NANJING
LITERATURE AND ART
CHRONICLES

南京
文学艺术志

南京市文学艺术界联合会　编

南京出版传媒集团　南京出版社

《永乐大典》书影

龚贤像

梁吴平忠侯萧景墓石辟邪

石辟邪

《南都繁会图》（局部）

董其昌《栖霞寺诗意图》

王蒙《秋山草堂图》

吴敬梓像

傅抱石《待细把江山图画》

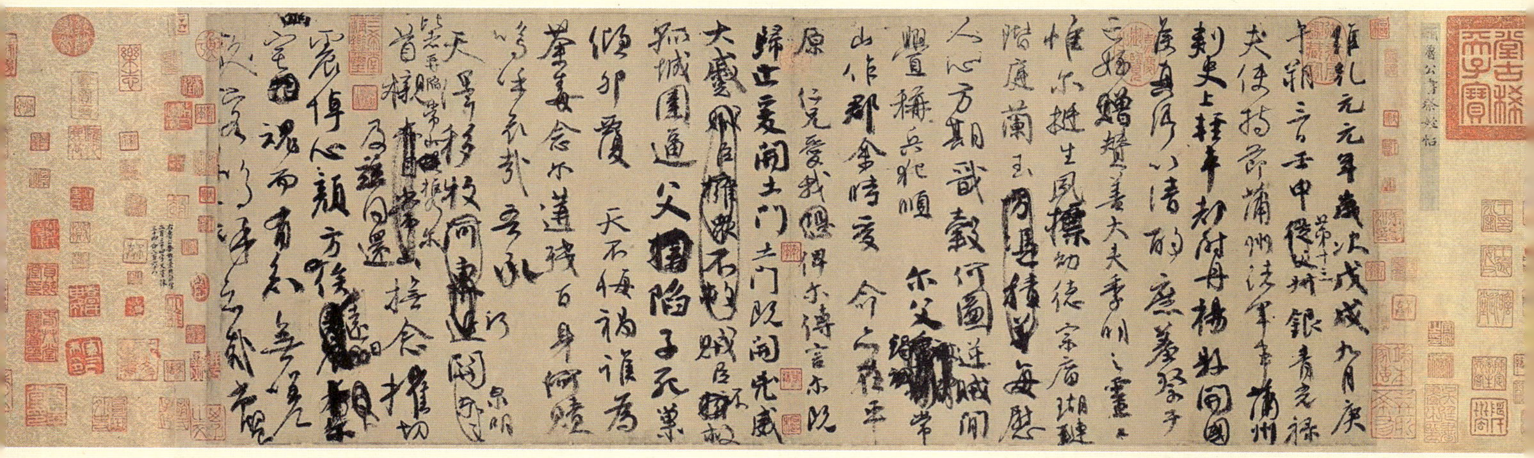

颜真卿《祭侄文稿》

《南京文学艺术志》
编纂委员会

《南京文学艺术志》
撰稿人员名单（2001年）

概　　述	顾伯岭
文　　学	吴福林
美　　术	黄廷海（中国画、壁画、美术理论）
	王长富（中国画）
	袁振藻（水彩画）
	范保文（油画）
	黄丕谟（版画）
	刘　宪（雕塑）
	顾伯岭（美术理论）
书法、篆刻	庄希祖　孙　洵　曹　军　胡舜庆
摄　　影	沈秉钧　张成军　陈　敏
戏剧、曲艺	王　渊（戏曲剧种、曲艺曲种）
	顾伯岭（戏曲创作、曲艺创作及戏剧、曲艺研究论著）
音　　乐	计文岚
舞　　蹈	林　敏
人 物 传	吴福林　顾伯岭　陈　敏　庄希祖　计文岚　沈秉钧
大 事 记	顾伯岭　吴福林　陈　敏　陈学诗　林　敏　庄希祖
	计文岚　朱金梅
增　　补	顾伯岭　陈　敏
统　　稿	顾伯岭

《南京文学艺术志》
修订稿编审人员名单（2021年）

特邀编审 王宜早 吴福林

主　　编 顾伯岭

副 主 编 陈　敏 黄廷海 王维平

统　　稿 王宜早

统　　筹 陈　敏 蒋灿灿

审改分工 顾伯岭：审改“概述”“美术”“戏剧、曲艺”“人物传”等章节

吴福林：审改“文学”“大事记”等章节

王宜早：审改“书法、篆刻”“摄影”等章节

陈　敏：审改“音乐”“舞蹈”等章节，选编全书图表

编　　务 杨幼筠

序

“一邑之典章文物，皆系于志。”习近平总书记强调“要高度重视修史修志”。地方志是中华民族特有的文化瑰宝，在传承中华文明、凝聚民族共识、涵养资治智慧等方面发挥着独特作用，而文艺作为其中的重要组成部分，更是散发着独特魅力。

南京，是六朝古都、十朝都会，历史文化底蕴深厚，素有“天下文枢”之美誉。中国历史上的第一个“文学馆”、第一篇文学理论文章《文赋》、第一部诗论专著《诗品》、第一部系统的文学理论和批评专著《文心雕龙》、第一部儿童启蒙读物《千字文》、现存最早的诗文总集《昭明文选》等都是在南京诞生的。有中国“第二国歌”之誉的经典民歌《茉莉花》也起源于南京。此外，南京还是中国山水文学、声律、宫体文学及宋词的孕育地。

“文化兴则国家兴，文化强则民族强。”进入新时代，以习近平同志为核心的党中央高度重视文艺事业发展，指出文艺事业是党和人民的重要事业，文艺战线是党和人民的重要战线。习近平总书记从“文运同国运相牵、文脉同国脉相连”的高度，对繁荣发展社会主义文艺提出一系列新思想新理念新要求，深刻指出“举精神之旗、立精神支柱、建精神家园，都离不开文艺。当高楼大厦在中国大地上遍地林立时，中华民族精神的大厦也应该巍然耸立”。在实现中华民族伟大复兴的新征程中，文艺作用不可替代。

盛世修志，志载盛世。《南京文学艺术志》自1988年组织编纂，到2020年重新编修，经过数十年的艰辛磨砺，这部70余万字的志书终于付梓出版。该志资料丰富翔实，较为完整地记述了南京从古至今（2000年）众多文学艺术家及其作品。编纂时力求融思想性、科学性、资料性于一体，充分体现时代特色、地方特色和文艺特色，并努力对文艺发展的规律进行积极的探索。这些记载积淀着深沉的中华审美与精神追求，凝聚着厚重的历史文化经验，更是对延绵千年不绝的南京文脉的有力诠释。

问道既往，启迪后昆。实现中华民族伟大复兴进入了不可逆转的历史进程，南京也正处在“两个一百年”奋斗目标的历史交汇期。新时代新征程是当代中国文艺的历史方位。当前，全市上下正深入贯彻党的十九届六中全会精神，为全面建设人民满意的社会主义现代化典范城市打下坚实基础，更需要中华优秀传统文化的滋养和历史经验智慧的引导。相信《南京文学艺术志》的出版，必将为实现第二个百年奋斗目标、为南京经济社会发展提供强大价值引领力、文化凝聚力和精神推动力，助力开创南京文艺高质量发展新境界。

是为序。

任家龙

南京市文学艺术界联合会党组书记、常务副主席

凡 例

一、本志书的编纂以马列主义、毛泽东思想、邓小平理论、“三个代表”重要思想、科学发展观和习近平新时代中国特色社会主义思想为指导。

二、本志收录原则限于从古至今在南京发生的文艺事件及所涉及的重要人物。因南京为中国历史文化名城，文艺史料浩繁丰富，不可能全部收录，故本志坚持立足当代、详今略古的原则。关于断限时间，本志书上限不限，下限至2000年。

三、本志分七大艺术门类。为避免与《南京文化志》过多重复，凡《南京文化志》详者则本志略。本志偏重文艺创作，以类系事，横排纵写，横纵结合。结构为章、节、目三层。除设七大艺术门类章节外，前有概述，后有人物传、大事记，另有图、表、附录和索引。本志采用以志为主，志、记、传、图、表、录并用的综合体裁。

四、根据“生不立传”的修志惯例，“人物传”只收录已故的南京籍或客居南京的有影响的人物。人物排列以生年先后为序，生年同时以卒年先后为序，若生卒年均一致，以人名汉语拼音字母为序；生卒年不详的放在同时期之后，以人名汉语拼音字母为序。

五、“大事记”记载南京历代有重要意义、有影响力的文艺事件，记述方法以编年体为主。“大事记”的纪年，辛亥革命前（含1911年）先写公元纪年，再括注相应的朝代年号；辛亥革命后统一以公元纪年标注。

六、本志收录范围包含南京市各区及在宁省、部属单位及部队的文艺活动、文艺人物。部分省、部属单位及在宁部队未能及时提供可用资料，此次出版暂付阙如，留待再版时补充。

七、本志所取资料均为有关史书、方志、辞书，不一一注明出处。统计数据原则上以统计部门的数据为准；统计部门没有的，以主管单位的统计数据为准。

目　录

概　述

几十万年前，南京这块古老的土地上就有人类劳动生息。史前时期，以汤山古人类化石出土点为代表的遗迹，证明了五六十万年前南京人的祖先就在这片地区生活。公元前5000年左右，南京的先民们进入母系氏族制社会，过着定居的生活。20世纪50年代发现的北阴阳营遗址表明，公元前3000年左右父系氏族制代替母系氏族制，已有原始的农业、家畜饲养业和手工业生产。北阴阳营文化的特征反映在陶器、石器、玉石玛瑙制品上。在奴隶制社会，南京这块土地孕育了属商周之交的湖熟文化，它是青铜时代文化的代表。有人说，湖熟文化是商末周初受中原文化影响的一种土著文化，也有人说，是这个地区的西周文化。经过数千年的历史进程，丰厚的民族文化在南京积淀，多彩的现代文化在南京交融，使南京拥有了灿烂的文化遗产。南京的文学艺术在历史上经历了六朝、南唐、明、清、民国、新中国几个高峰期，对传承和弘扬中华民族优秀文化传统起到了重要作用。

六朝时期

魏晋南北朝时期的建康为六朝首都，那时社会经济得到繁荣和发展，在文化方面起到承汉启唐、融合南北的作用，多元文化在此交流，促进了学术思想、文学艺术和自然科学的不断创新和发展，“艺文儒术，斯之为盛”。黄武元年（222），大月氏人支谦在建业吴东宫出经处译佛经29部47卷。孙权在建业都城筑东观，保存皇家档案典籍。玄学、文学、史学一度取得与儒学并重的地位，佛、道二教始盛于世，书法、绘画、诗赋人才及名作迭出，《后汉书》《宋书》《世说新语》《文心雕龙》《昭明文选》《诗品》等名著流传至今。

文学

六朝建康文学具有开创之功，影响深远。在诗歌创作上，谢灵运堪称“山水诗之祖”，对山水诗人谢朓、王维、孟浩然，乃至李白、杜甫、韦应物和柳宗元等人都产生过影响。鲍照的诗独树一帜，他是中国诗歌史上七言诗酝酿时期的大家，为七言诗的发展开辟了宽广的道路。谢朓在继承谢灵运诗风的基础上，摆脱谢灵运山水诗中的佛理，追求自然之美，将山水诗的创作推向巅峰。六朝诗歌，是中国古代诗歌黄金时期唐诗的奠基。

六朝时期的小说创作，是中国小说发展萌芽阶段的代表。刘义庆《世说新语》使“人”成为小说描写的主体，对小说体裁定型有重大意义，亦是后代记叙轶闻隽语的笔记小说的先驱。

陆机的《文赋》是中国文学批评史上第一篇系统的创作论，也是第一篇以赋体写作的文学论著。沈约已佚著作《四声谱》，是中国第一部研究诗歌声律的理论专著。刘勰的《文心雕龙》，则是中国古代文学理论批评史上第一部系统而完整、体大而虑周的理论专著，为杰出的“开源发流”之作。刘勰不仅是中国的文艺理论家，还是世界美学史上卓立不朽的巨人。钟嵘的《诗品》是中国文学批评史上第一部专论诗歌（五言诗）的理论批评著作，打破了“四言为正”的传统观念，确立了五言诗的正宗地位。《诗品》还开古代诗歌评论特有的传统形式——诗话的先河。萧统主持编选的《昭明文选》，成为中国现存最早的诗文总集。六朝时期，南京的民间歌谣和辞赋创作亦多佳制。

美术

六朝时期，建康丹青高手众多，名家汇集，创作成果丰硕，佛教寺院内的壁画、塑像创作众多。卫协、张墨以擅长古代人像、名士像、神仙像而出名，时有“画圣”之称。顾恺之的《女史箴图》《洛神赋图》在中国古代绘画发展史上占有重要的地位。陆探微与顾恺之、张僧繇三人地位相当，有人评为“张得其肉，陆得其骨，顾得其神”。六朝中国画研究开中国美术学研究的先河。南朝齐谢赫写出中国绘画史上第一部完整的绘画理论著作《古画品录》。

南朝宋、齐、梁、陈时期，建康陵墓雕塑高度繁荣。现存于南京东郊各处的数十尊名为“辟邪”“天禄”“麒麟”的大型石雕护陵瑞兽，威猛凶悍、浑厚雄伟。位于栖霞山西南山麓的千佛岩摩崖石窟群雕是这一佛教雕刻繁盛期留下的杰作。位于栖霞寺庙墙外的舍利塔为佛教雕刻与建筑艺术完美结合的典范。

三国时，吴画家曹不兴是南京历史上最早的佛像画家，有“佛画之祖”之称。东晋顾恺之20余岁时曾在凤凰台瓦官寺作巨幅壁画《维摩诘像》。南北朝时期，南京作为南朝都会，有众多的佛画和寺庙壁画。当时的画坛名家顾恺之、顾骏之、陆探微、沈标、张僧繇、江僧宝、董伯仁等人都创作了大量的寺庙壁画。东晋、南朝时，人物画有了较大的发展，加之佛教绘画的传入，印度晕染法被广泛运用，丰富了中国画的表现技巧。

书法

从东吴、东晋开始，南京进入书法艺术的繁盛期。王羲之集书法之大成，真、行、草俱佳，对后世影响极大，被尊为“书圣”。其子王献之有所突破，人称“小圣”。南朝王、谢、郗、庾等豪门望族，以翰墨相标榜，同时有南朝诸帝倡导于上，文士风从，甚至君臣奏答，品评书艺。继西晋设立“书博士”一职，六朝时又涌现出一批真正具有学术意义的“书学”著作。此风持续300余年而不衰。六朝著名的书法家还有皇象、陆机、王珣、羊欣、王僧虔、陶弘景、僧智永、贝义渊等。

音乐

六朝时期，建康的先民创造了自己的“吴音”。东汉末年，音乐家蔡邕在秦淮河上游青溪体验生活并创作《蔡氏五弄》。自东吴、东晋至隋朝统一前后360多年，南京音乐文化处于繁荣发展期，如东晋桓伊创作的笛曲《三弄》流传至今。南朝时，帝王都有歌舞表演队伍，那时已有管乐合奏及管弦乐合奏。梁文学家沈约利用前人声韵的研究成果，正式确立四声的名称，使声韵学在后来得以渐渐演进成独立的学科。陈后主开隋、唐燕乐之先声，将北方箫鼓用于演奏，并派宫女去北方重新学习“北歌”，这对南朝的鼓吹乐产生了新的影响。

建康在中国佛教音乐发展史上占有重要地位。东吴时，扶南国有使者带来具有浓厚佛教特色的歌舞队。孙权在皇宫附近建造一座扶南乐署，让宫女们学习歌舞。南朝齐、梁两代开始利用清商乐（到唐代发展为法曲）为佛教服务，为后世佛教仪式创造了一个模式。

南唐时期

五代十国时期，战乱频仍。南唐在金陵建都，偏安一方，藏书量为十国之冠，成为当时中国文艺繁荣的中心地区。

文学

南唐金陵词的创作别开先河。冯延巳的词大多写闲情离思、伤春悲秋，但意境深远广阔，语言清闲婉约，形象优美迷离，可以引发丰富的联想。李煜后期的词善于捕捉鲜明生动的形象，抒发沉痛真切的感情，开拓抒情歌词前所未有的艺术境界。

美术

南唐的绘画艺术成就辉煌。南唐李璟、李煜礼遇画士，授之以官位，还成立画院，由此金陵成为全国绘画繁盛之地。此时期的重要画家有曹仲玄、周文矩、顾闳中等人。画院外则有花鸟画家徐熙等。曹仲玄的宗教画别创细密风格，被认为是江南第一。仕女画家周文矩承继周昉的绘画风格，但在表现妇女生活和精神状态方面更细致具体。南唐的山水画家以董源、巨然负有盛名，他们新创的“披麻皴”对后世颇有影响。

书法

南唐书法承晚唐遗风。李煜的书法传“二王”之笔法，善行书，喜用颤笔樛曲之状，遒劲如寒松霜竹，被称为“金错刀”；作大字不用笔，卷帛而书，被称为“撮襟书”。徐铉精通文字学，工篆隶，时有大名。

明朝时期

朱元璋在南京称帝，南京首次成为南北统一的国都。南京文化再度崛起和繁荣。

文学

明代，南京出现一些卓越的文学家。宋濂被誉为“开国文臣之首”，以散文创作著称，其传记小品和记叙性散文亦很出色；他还创作寓言体散文和写景散文。刘基的文学创作以诗歌最为突出；散文内容丰富，又以寓言体散文最为出色，代表作为《郁离子》。

美术

明初，南京宫内外画家云集。朱棣迁都北京后，南京作为留都，绘事仍很繁荣。这一时期的南京画坛，人物、山水、花鸟画家皆以宫廷画家为主流。蒋子成的人物、边景昭的翎毛、赵廉的虎被称为“禁中三绝”。永乐至崇祯年间，南京的水墨写意花鸟画有较大发展。明末“秦淮八艳”的梅兰竹菊清新素雅，名重一时。明代美术论著颇多，重要作品有宋濂的《画原》、王世贞的《艺苑卮言》等。

明代是中国版画艺术的鼎盛时期。随着文学、戏曲、小说的兴起，书中附加木刻插图的做法日益兴盛，技艺求精，书坊林立，金陵成为全国出版中心之一。《十竹斋画谱》与《十竹斋笺谱》前后历时20余年在南京印制完成，是版画史上的宝贵遗产，影响世界。

书法、篆刻

明代帖学盛行，以承继为主，力图革新，书坛呈现繁荣景象。著名的书家有董其昌、黄道周、宋濂、刘基、宋璲、解缙、文彭、徐霖、王世贞、宋钰等。董其昌书画自成一家，闻名海内，人称“双绝”。黄道周长于隶草，即楷书也常带隶体，笔画凝重，方劲峭厉，别具一格。篆刻艺术在明中期有了新的突破。南京著名的篆刻家有文彭、何震，他们并称“文何”，是明清流派篆刻辉煌业绩的开拓者。

戏剧、曲艺

明初君臣爱好戏曲，促使南京戏曲艺术发展繁荣起来。朱元璋设教坊司、富乐院，并制定有关法律；又在城内外建“十六楼”，使城内歌舞升平。朱棣迁都北京后，教坊司称南教坊。这一时期的戏曲家有朱权、谷子敬等。朱权为朱元璋第十七子，博学多才，尤工戏曲，著有《太平正音谱》。该书为研究元明杂剧要籍。朱权还作杂剧12种。南京籍戏曲作家还有魏士贤、沈士廉、孙行简、唐复等。明代戏曲作家徐霖和散曲作家陈铎并有“曲坛祭酒”之称号。徐霖曾作传奇戏曲8种，对后代戏曲有很大影响。从嘉靖至万历近百年间，南京昆曲盛行。戏曲史上著名传奇作家汤显祖创作的《牡丹亭》在南京演出，连续10年不衰。明末南京的戏曲作家以阮大铖最为著名。阮大铖著有《燕子笺》等作品，他的家班在当时属一流水平。

舞蹈

明初，朱元璋设立教坊司，“以掌官悬大乐”。朱权编成的《神奇秘谱》，是中国最早有谱的琴书。三山街书肆富春堂以刻曲著称，今保存于美国国会图书馆的《琴谱真传六卷》为富春堂刻本。朱厚照下江南，把《靖江乐》传到南京，又把南京教坊乐工顿仁及善词曲的徐霖带至北京，这对南北音乐的交流起了积极作用。

清朝时期

南京长篇小说有了发展。清晚期，文化出现多样化的格局。

文学

方苞是清代大散文家，也是桐城派散文的创始人。他在南京标举“义法”，提出系统的文论主张，对当时和后代散文均有很大影响，成为文学史上有名的桐城学派创始人。吴敬梓在南京创作的长篇小说《儒林外史》，展示了一幅18世纪中国社会的“风俗画”，堪称中国叙事文学中讽刺艺术的高峰，开创了以小说评价现实生活的范例。曹雪芹长篇小说《红楼梦》，内容取材自南京，以金陵为故事背景而展开情节，是中国古典小说中伟大的现实主义杰作，成为中国古典小说的高峰。长期生活在南京的袁枚与赵翼、蒋士铨并称“乾隆三大家”，他活跃在诗坛60余年，存诗4000余首，有其独特风格。袁枚又是乾嘉时期的主要诗论家之一，成为明清两代“性灵说”的主要代表者。

美术

江南地区出现一批反正统派画家，代表画家有弘仁、髡残、石涛、朱耷“四僧”，其中石涛、髡残多年在南京生活、创作。这一时期，南京的代表画家还有“金陵三大家”和“金陵八家”。他们的画法并不完全一致，但均有鲜明的地方特色和相近的艺术思想。重要的清代南京书画学术论著有：张风的《大风论画》、龚贤的《柴文画说》、王概等人的《芥子园画传》、周亮工的《读画录》、笪重光的《画鉴》。

水彩画属于外来画种。南京在中国水彩画的形成和发展过程中发挥了积极作用。清末，南京两江优级师范学堂聘请日籍教习盐见竟负责水彩画教学，培养了一批掌握水彩画理论和技法的新型教师。吕凤子毕业后在南京两江师范附中等校任教，是中国水彩画先驱者之一。

李渔编印的《芥子园画传》是继《十竹斋画谱》之后，在南京用饾版彩色套印的画谱。同治五年（1866），金陵刻经处成立，所刻佛画近30种，这些作品都有很高的艺术价值和史料价值。太平天国壁画大多是为官衙、王府所作。

书法、篆刻

清初，南京书法家众多，特别有影响力的有王铎、石涛、郑簠等。乾嘉以后，帖学日趋衰微，碑学大兴。这一时期，南京书法家有影响者为邓琰、铁保、包世臣、孙星衍等。清晚期，南京书法家多至200余人，除上述者外，何绍基、顾梦游、程世萼、秦大士、莫友芝、端木埰等人亦声誉卓著。其中，何绍基兼工篆、隶、楷、行四体，最精楷书，能取各家之长而有所创造。

清代碑石出土益多，金石学大兴。南京印坛亦十分活跃，著名篆刻家除邓石如外，尚有程邃、汤绶名、黄文瀚等40余人。

戏剧、曲艺

在戏曲上，清代承袭明代遗风，而南京地区的戏曲活动仍然很活跃。李渔在南京约20年，其戏曲专著《闲情偶寄》揭示了戏曲创作的若干规律，其戏曲理论结合了舞台实践，在中国古代戏曲理论发展史上属开创之举。洪昇在南京完成《长生殿》的创作。曹寅工诗词、戏曲，曾创作传奇剧本《表忠记》等，并在家蓄养戏班，康熙帝4次南巡都“进宴演戏”。孔尚任到南京先后探访名人、遗迹，回北京完成名剧《桃花扇》。一时“南洪（洪昇）北孔（孔尚任）”赞誉不绝。属于“太平梨园”的高淳，被称为“徽戏第三个兴盛地区”。

音乐

清初著名的虞山派琴家庄臻凤在南京创作各具特色的14首琴曲，比较流行的是《梧叶舞秋风》和《春山听杜鹃》。清末，古琴家黄勉之在北京创办金陵琴社，招收入门弟子传授琴艺，当时地位显赫的军机大臣张之洞、皇亲贵戚溥桐等人也列为学生。两江师范学堂开办后，聘日本教师教授西洋音乐课。中国近代琵琶演奏家、音乐教育家、江南崇明派琵琶主要传人之一沈肇洲在南京高等师范学校、东南大学任国乐教师，琴家王宾鲁至南京高等师范学校教授琴艺，戏曲理论家吴梅先后在东南大学、金陵大学任教。他们成为学院戏曲音乐课的开拓者。

民国时期

辛亥革命后，中国近代新学在西学和中国传统文化的相互激荡中融合发展。南京成为近代新学的重地，在文艺创作、研究等方面取得重要成果。

文学

这一时期有陈瘦竹、匡亚明、路翎等人的小说，田汉的戏剧创作等。南京是外国文学研究发源地和发展中心之一，研究成果颇为可观，对歌德、托尔斯泰、莎士比亚、雪莱、海明威、泰戈尔等重要外国作家均有较为深入的研究。在中国古典文学研究方面，出现了吴梅、唐圭璋、胡小石、陈中凡、罗根泽、王瀣、吴宓、汪辟疆等著名学者，并取得了开创性的研究成果。

美术

南京美术突出成就在于美术教育的改进与振兴。出国研习西洋绘画的留学生李叔同、李毅士、徐悲鸿等人先后来到南京高等师范学校、国立中央大学艺术系任教，推动了中国水彩画的发展。他们先后培养出大批水彩画学生，其中包括吕斯百、吴作人等知名的中国水彩画家。在雕塑艺术领域，较具影响力的是中山陵陵墓雕塑；园林雕刻也有较好的作品产生。

戏剧、曲艺

1930年，南京有正式娱乐场所116家。京剧最为繁盛，程砚秋、梅兰芳、周信芳、言菊朋、袁世海、谭富英等人演事活动频繁。1931年，南京戏曲音乐院成立。这一时期，洪山戏在六合等地的抗日民主根据地和游击区有所发展，相关艺人还演出过反映抗日斗争的现代戏。这些作品深受指战员和民众欢迎。

音乐

1927年，陶行知在南京晓庄用北固乡山歌填写成《锄头舞歌》。当时，该曲在国内很流行，甚至流传到国外。1936年，中国近代史上第一支专业民族管弦乐队在南京成立，并产生了一大批民族音乐作曲家、演奏家，如陈济略、甘涛、黄锦培、王沛纶、杨大钧、张定和、贺绿汀、程午加等，他们又培养了一批民族音乐人才，使其成为中国民乐的骨干力量。1946年，中华交响乐团迁至南京，在南京胜利电影院举行每周音乐会。同年，国立中央大学、国立音乐院迁至南京，培养出许多卓有成就的音乐人才。解放战争时期，沈亚威等人创作的《淮海战役组歌》是歌颂中国共产党的一部重要音乐文献。

摄影

20世纪20年代初，南京成立了全国最早的摄影社团——美社。以后又相继成立南京影社、南京东南大学影社等。其间，在南京出生和活动的、在全国乃至国际较有影响的中国第一代摄影家有郎静山、胡伯翔、胡伯洲、冯四知等。

新中国时期

新中国成立后，经过50多年的发展，南京成为全国文化名城。

20世纪80年代至1999年，南京文学艺术出现新的繁荣时期。全市有文艺表演团体29个，市属文艺表演团体获国际大奖6项、国家级奖61项、省部级奖171项。

文学

1949年11月，南京市第一次文学艺术工作者代表大会召开时，有文学会员190人。南京先后成立了南京市青年文艺工作者协会、南京市文学艺术界联合会、南京市作家协会等20多个文学社团。这是南京文学发展史上空前之举。1979年，《青春》文学月刊在南京创刊。该刊在几年内成为全国有影响的文学刊物，并获得中国作家协会颁发的庄重文文学期刊奖。1986年，金陵文学奖开始设立。据20世纪80年代不完全统计，仅南京市作家协会会员就获得各类文学奖、作品奖300人次，其中省级以上奖（包括全国专项奖）超过100人次。1999年，南京市作家协会会员发展到近800人，其中江苏省作家协会会员305人，中国作家协会会员102人。

美术

江苏省及南京市美术家协会、江苏省国画院及南京市书画院相继成立。各大学成立美术系科。著名画家傅抱石的山水画创作，陈之佛的花鸟画创作，刘海粟的黄山画创作及钱松喦、亚明、魏紫熙、宋文治等人的山水画创作都进入新的境界，在国内外产生了广泛影响。傅抱石、陈之佛、俞剑华、刘汝醴、罗叔子等人著书立说，在研究上取得成就。知名水彩画家有李剑晨、杨廷宝、童雋、余钟志、金立德、杨云龙等。1991年，南京现代水彩画会成立，多次派员参加亚洲及世界水彩画大展。吴俊发、程勉、张新予、黄丕谟、朱琴葆等人为江苏水印木刻的著名画家。水印木刻被公认为中国版画三大流派之一。

1952年，南京师范学院美术系油画教授秦宣夫、黄显之、杨建侯、吕斯百、宋正殷、徐明华等人创作了许多优秀作品。1959年，南京艺术学院设油画专业。1985年，南京油画研究会成立。1989年，第七届全国美术展览会油画作品在南京展出，南京多幅油画作品入选。

1978年后，南京雕塑进入高潮，市内及郊区相继耸立起雕塑，如毛主席视察十月人民公社纪念碑、南京长江大桥桥头堡雕塑、雨花台革命烈士纪念碑群雕、雨花台烈士陵园大型浮雕群、侵华日军南京大屠杀遇难同胞纪念馆浮雕、中共梅园新村纪念馆周恩来铜像等。

戏剧、曲艺

南京在解放初期，先后组建了南京实验扬剧团、南京实验京剧团，并为张桂轩、陈艳秋等艺人创造传艺的条件。1957年2月，南京市第三届戏曲观摩会演举行，规模空前。1976年后，南京市越剧团的《报童之歌》《莫愁女》，南京市京剧团的《醒醉记》，南京话剧团的《大江奔流》《秦淮人家》，南京杂技团的《转碟》《抖空竹》，以及南京民乐团的民乐相继上演。

音乐、舞蹈

20世纪50年代，部队与省、市相继成立专业歌舞团体，创作出一批具有江南特色的舞蹈作品。1954年，南京乐社成立。1957年，前线歌剧团创作并首演于南京的歌剧《红霞》在全国产生影响。1964年，南京驻军作曲家沈亚威为音乐舞蹈史诗《东方红》谱写了毛泽东的《七律·人民解放军占领南京》曲谱。改革开放后，南京的音乐创作、演出在国内外屡创佳绩。

摄影

20世纪50年代至70年代，摄影家除拍摄反映工农兵生活的新闻图片外，亦创作风光、静物摄影作品。1978年12月，南京风光摄影艺术作品展览举办，展览中既有反映社会主义建设成就、名胜古迹、自然风光的作品，又有花卉、静物、动物等摄影作品。20世纪90年代以来，青年摄影家创作了一批人物摄影、小品摄影、特技摄影佳品。摄影作品采用电脑制作，运用了新的技术技巧。

第一章 文学

WENXUE

南京地区的文学创作源远流长、蔚为大观，在中国文学发展史上占有重要地位。南京的文学发展，在六朝、南唐、明、清、民国时期都出现过高峰。新中国成立后，南京地区的文学事业得到了前所未有的发展。

《大观园图》（局部）

六朝时期，南京的文学全面繁荣、光彩夺目，产生了深远影响。诗歌、文艺理论、民歌民谣及小说均有不少代表性作家作品。特别是刘勰，他完成了“体大思精”的文艺理论巨著《文心雕龙》。刘勰不仅是中国封建社会划时代的杰出文艺理论家，也是世界美学史上卓立不朽的文化巨人。南唐的词开婉约派词之先河，深深影响了北宋词坛，在词的发展上具有开创性意义。明清时期，南京出现了不少文学大家，产生了一批扛鼎之作，曹雪芹、吴敬梓、方苞、袁枚等都是那一时期的代表性人物。特别是曹雪芹“披阅十载，增删五次”完成的长篇巨著《红楼梦》，乃是中国古典小说的高峰、伟大的现实主义杰作，而曹雪芹也成为公认的世界文化巨人。徐霖、李渔等人在戏曲创作和理论方面的建树也是对这一领域的杰出贡献。

新中国成立后，文学创作队伍日益壮大，文学组织、文学社团极其活跃，文学创作硕果累累。南京地区高等院校、研究部门众多，有一支颇具实力的文艺理论研究队伍，出版了一批文艺理论著作，在全国影响深远。

第一节 诗 歌

南京地区诗歌创作起步较早、起点较高，多名家、大家，多开创性作品，特别是六朝时期，呈现出全面繁荣的局面，代表着当时中国诗歌的最高水平。而后，南唐的词奠定了宋词的基础，宋、明、清的诗词时有高峰。新中国成立后，新诗得到长足的发展。在中国文学史上，南京地区的诗、词、曲和赋，都占有重要地位。当然，若用传统本籍观点来看，许多卓有成就者并非南京本籍人，多为外来大户。但是，人口交流既是历史事实，亦为发展之必然，而且其中一部分外来大户又常年客居南京，繁衍子孙，从而成为地道的南京人。

一、诗

南京地区旧体诗源远流长，名家迭出；新诗创作，诗坛竞雄，辈有才人出。散文诗虽为诗歌创作中的冷门，也不乏热心者问津，他们时有力作问世，并产生了广泛影响。

（一）古体诗

南京地区最早见诸文字记载的诗人当数西晋时曾客居南京的陆机、陆云兄弟二人。陆机流传下来的诗，近半数是乐府诗和拟古诗。他的诗歌“才高词赡，举体华美”（钟嵘《诗品》），注重艺术技巧，但缺乏个人情感的抒写，不过，其中也不乏寄兴颇深的作品。他的代表作有《君子行》《长安有狭邪行》《长歌行》《赴洛道中作》《赠弟士龙》和《赠尚书郎顾彦先》（其二）等。陆云的诗与其兄陆机的巧思繁富不同，大多文辞清新明净而立意典正，结构严谨。其代表作有《为顾彦先赠妇》（2首）和《答张士然》等。

东晋时，郭璞官于南京、死于南京，今存诗22首，代表作为《游仙诗》（14首）。这些诗名为游仙，实为咏怀，通过对隐遁生活的歌咏和对神仙境界的追求，表现了诗人离乱中的悲哀和生不逢时的感慨，具有一定的现实意义。

南朝时，颜延之在诗坛声望很高，和谢灵运齐名，二人并称“颜谢”。但实际上，他的成就远不如谢灵运。他的诗作存世者不少，而可观者不多，较好的有《五君咏》（5首），其他代表作还有《北使洛》和《还至梁城作》等。谢灵运的主要成就在于山水诗，由他开始，山水诗乃成为中国诗歌史上的一个流派。他的诗歌对后世山水诗人，如谢朓、何逊、王维、孟浩然等人产生了重大影响。其代表作有《石壁精舍还湖中作》《石门岩上宿》《入彭蠡湖口》《登池上楼》《初去郡》《岁暮》和《过始宁墅》等。谢瞻曾作《喜霁诗》，由谢灵运书写，谢混诵读，时人叹为“三绝”。其代表作有《九日从宋公戏马台集送孔令》和《答灵运》等。谢惠连与族兄谢灵运并称“大小谢”。钟嵘《诗品》称谢惠连“才思富捷”，“又工为绮丽歌谣”。其代表作有《捣衣》《秋怀》《西陵遇风献康乐》和《泛湖归出楼中望月》等。王微工诗，以《杂诗》较著名，钟嵘《诗品》称其诗“殊得风流媚趣”。鲍照与谢灵运、颜延之并称“元嘉三大家”，其中鲍照的成就最高，是南北朝时期最杰出的诗人，也是中国诗歌发展史上七言诗酝酿时期的一个大家，为七言诗的发展开拓了宽广的道路。他的诗对李白、高适和岑参有很大影响。其代表作有《拟行路难》（18首）以及《代放歌行》《代出自蓟北门行》《代东武吟》《拟古·束薪幽篁里》和《梅花落》等。鲍照的妹妹鲍令晖亦善诗，其代表作有《题书后寄行人》《拟客从远方

谢灵运

来》和《代葛沙门妻郭小玉作》等。谢庄的诗，钟嵘《诗品》评之清雅，代表作有《游豫章西观洪崖井》《怀园引》和《山夜忧吟》等。王僧达的诗，钟嵘《诗品》列之为中品。王僧达与谢瞻、谢混、王微等人并列，其代表作有《答颜延年》和《和琅琊王依古》等。宋孝武帝刘骏也是颇有才华的诗人，刘勰在《文心雕龙·时序》中称赞其"孝武多才，英采云构"。刘骏的代表作有《丁督护歌》（6首）和《自君之出矣》等。他的诗开南朝帝王模仿民歌的风气，对诗歌发展有一定贡献。刘骏之弟刘铄亦能诗，其较好的作品是一些拟古诗，代表作有《拟行行重行行》《拟明月何皎皎》和《过历山湛长史草堂》等，往往能独创新意。历仕宋、齐、梁三朝的沈约，为当时公认的文坛领袖，是讲求声律的"永明体"的创始人之一。他的诗作中比较突出的是那些描写山水景物和离别哀伤的诗，其代表作有《早发定山》《新安江至清浅深见底贻京邑同好》《石塘濑听猿》《宿东园》《游沈道士馆》《别范安成》和《伤谢朓》等，另有乐府诗《临高台》和《夜夜曲》等。这些诗在当时也是上乘之作。他还有一组《八咏诗》，体裁介于诗赋之间，不仅文体具有特色，而且情韵兼备，时号"绝唱"。江淹的诗，在南朝诗人中显得古奥遒劲，稍近鲍照，所以后人将他们合称"江鲍"。但从反映生活的广度说，江的功力则远不如鲍，笔力也见纤弱。江诗的特色是意趣深远，代表作有《渡泉峤出诸山之顶》《仙阳亭》《游黄檗山》《望荆山》和《还故园》等。江诗还善拟古，代表作有《杂体诗》（30首）及《陶征君潜田居》《休上人怨别》和《效阮公诗》（15首）等，其中《陶征君潜田居》曾被误认为是陶渊明《归园田居》的第六首。齐梁时期诗人范云亦为当时文坛领袖之一，他8岁时就能写诗，而且文思敏捷，时人多疑为宿构。其代表作有《别诗》《之零陵郡次新亭》《闺思》《赠张徐州谡》《有所思》和《送沈记室夜别》等，风格明净，已见唐音的前奏。齐初文坛的核心人物王俭，今存诗8首、歌辞5首，其诗多为典雅庄重的四言体，有几首抒情写景的五言小诗较为出色。他的代表作为《春诗》，明清之际王夫之称赞这首诗"二十字如一片云，因日成彩"，"允为绝句先声"（《古诗选评》卷三）。南京人陶弘景，其诗虽仅存6首，但多数质量较高，代表作有《诏问山中何所有赋诗以答》《题所居壁》和《寒夜怨》等。其中《寒夜怨》杂用三、五、七言，感情真挚，语言流利，清人沈德潜在《古诗源》中说它"音节近词"。虞炎，今存诗4首，其诗学谢朓，代表作有《玉阶怨》和《饯谢文学离夜诗》等。刘绘，今存诗8首，其诗多系与谢朓、沈约等人唱和之作，诗风也与他们相近，其代表作有《饯谢文学离夜》和《入琵琶峡望织布矶呈玄晖》等。萧子良，今存诗5首，其代表作是《望山登雷居士精舍同沈右卫过刘先生墓下作》。任昉，今存诗21首，其代表作有《赠王僧孺》《落日泛舟东溪》《济浙江》和《出郡传舍哭范仆射》（3首）等。刘峻，今存诗4首，其代表作有《自江洲还入石头诗》和《始居山营室》等。虞羲的诗，钟嵘《诗品》评之"奇句清拔，谢朓常嗟颂之"。虞羲的代表作有《咏霍将军北伐》《送友人上湘》《见江边竹》《春郊》和《咏秋月》等。梁武帝萧衍重视乐府民歌，曾有不少拟作，以《子夜四时歌》《河中之水歌》和《东飞伯劳歌》等为代表。其诗清新活泼，是帝王贵族中的出色作品。

"永明体"诗人的代表谢朓，与谢灵运并称"二谢"。谢灵运为"大谢"，谢朓为"小谢”。“小谢”诗歌创作的主要成就是发展了山水诗，他的山水诗抒发了思想感情，基本摆脱了玄言诗的影响。他的短诗也很出色，耐人咀嚼，富于民歌风味，对后来五言绝句的形成和发展有一定影响。他的诗在当时就享有盛名，萧衍竟说：“三日不读谢（朓）诗，便觉口臭。”谢朓的诗影响了唐代诗人，也影响了一代诗风。唐代大诗人李白“一生低首谢宣城”（王士祯《论诗绝句》），宋人严羽说“谢朓之诗，已有全篇似唐人者”。谢朓的代表作有《赛敬亭山庙喜雨》《赋贫民田》《暂使下都夜发新林至京邑赠西府同僚》《晚登三山还望京邑》《之宣城郡出新林浦向板桥》《游东田》《玉阶怨》《王孙游》和《隋王鼓吹曲》（10首）等。丘迟的诗，写法上多仿效谢灵运，代表作有《白马篇》《古意》《落日登高》和《伤乞人》等。柳恽的诗，今存者不足20首，但不乏佳作，代表作有《江南曲》《捣衣诗》《从武帝登景阳楼》《独不见》和《赠吴均》等。王融的诗，钟嵘《诗品》评之“有盛才，词美英净”，代表作有《江皋曲》《古意》《渌水曲》和《巫山高》等。吴均的诗，音韵和谐，风格清丽，属于典型的齐梁风格，但语言明畅，用典贴切，无堆砌之弊，代表作有《送柳吴兴竹亭集》《行路难》《胡无人行》《从军行》《赠王桂阳》《梅花落》《闺怨》和《边城将》（4首）等。何逊，在当时曾与刘孝绰齐名，二人称为“何刘”。何逊的诗受“永明体”的影响，很讲究声律，某些作品比沈约等人的作品更接近成熟的近体诗。何逊擅长抒写离情别绪及描绘景物，其代表作有《临行与故游夜别》《与胡兴安夜别》《入西塞示南府同僚》《赠王左丞》《下方山》和《慈姥矶》等。王筠的诗受到沈约的赏识，沈曾以谢朓所主张的“好诗圆美流转如弹丸”赞之，代表作有《望夕霁》和《北寺寅上人房望远岫玩前池》等。

“宫体”诗人庾肩吾，其前期作品诗风浮艳靡丽。他晚年身经战乱，故其诗风有所转变，代表作有《游甑山》《寻周处士弘让》和《战后行经吴邮亭》等。梁简文帝萧纲，史称7岁便有诗癖，后来在蕃及做太子时期，写作了大量以浮艳的辞句来表现空虚放荡的诗歌，当时徐摛、庾肩吾等属官又推波助澜，从而形成宫体诗的流派。他在这方面的代表作有《咏内人昼眠》《咏舞》和《美人晨妆》等。他还有一些以边塞为主题的乐府诗，如《从军行》《陇西行》《雁门太守行》和《度关山》等，在某些写作技巧上开唐人边塞诗的先河。阴铿诗的风格与何逊诗相似，后人将二人并称为“阴何”。阴铿善五言诗，以写景见长，其代表作有《晚出新亭》《闲居对雨》《五洲夜发》《晚泊五洲》《游巴陵空寺》《秋闺怨》和《经丰城剑池》等，这些诗均可视为唐代律体的滥觞。徐陵亦是宫体诗的重要诗人之一。他的诗喜用典故，注意辞藻、对仗，历来的评论家常把他和庾信合称为“徐庾”。在他的现存诗中，应制之作和艳体诗占多数。这部分诗内容比较贫乏，艺术上也没有什么突出之处，基本上同萧纲、萧绎的宫体诗类似。但他也有一些诗清丽简洁，用韵平仄相间，音律和谐，其代表作有《长相思》《关山月》《出自蓟北门行》《山池应令》《新亭送别应令》《刘生》和《别毛永嘉》等。梁元帝萧绎的诗，属于典型的齐梁绮丽风格，今存100多首，多为反映宫廷糜烂生活的作品，诗风浮艳轻靡；也有一些诗以咏物写景为主，清丽自然，音调谐美，代表作有《咏阳云楼檐柳》和《折杨柳》等。沈德潜在《古诗源》中称其“此种音节，竟是五言近体矣”。陈代亡国宰相江总，是宫体诗的重要诗人之一，他的诗有价值的部分是国家衰亡、个人际遇下落之后的创作。这些诗渐渐洗去浮艳之色，而时有悲凉之音，代表作有《诒孔中丞奂》《明庆寺》《哭鲁广达》《南还寻草市宅》《闺怨》和《宛转歌》等。有评论者认为《闺怨》和《宛转歌》等诗的语言和律调已似初唐七言歌行。张正见的诗，在陈代颇负盛名，史称"其五言诗尤善，大行于世"。今存80多首，大多是游宴诗和拟古乐府诗，讲究声律和对仗，比"永明体"诗人更接近于近体诗，代表作有《与钱玄智泛舟》《赋新题得寒树晚蝉疏》和《游龙首城》等。陈后主陈叔宝，也是一位南朝宫体诗的重要诗人，今存诗90多首。这些诗皆淫艳至极，反映了当时统治者的腐朽糜烂生活，因而他成为后世批判南朝文学的主要对象。其代表作有《玉树后庭花》和《临春乐》等。

隋唐时期，南京的地位与六朝时期相比，可谓天渊之别。唐代，是中国古代诗歌极盛的黄金时代。清人所辑《全唐诗》共收有2000多位诗人的48900多首诗歌。此时，南京虽无特大名家，然而依然拥有具有全国水平的佼佼者，他们跻身于《全唐诗》所收录的2000多位诗人的行列。孙元宴，是南京第一个专注于金陵咏史诗的诗人。《全唐诗》收入其咏史诗75首，并将其编为1卷。前人评论说："咏金陵事为一集者，实自元宴始。"他的代表作有《袁粲》《庾信》《江令宅》《乌衣巷》《临春阁》和《淮水》等。可惜的是，关于他的史料太少，正如《全唐诗》编者所说，"不知何许人"也。徐延寿（一作余延寿），江宁（今江苏南京）人，只知其为开元年间处士。《全唐诗》收入其诗3首，即《折杨柳》《南州行》和《人日剪彩》。京兆长安（今陕西西安）人王昌龄，约于开元二十八年（740）前后被贬为江宁县丞，世称"王江宁"。在江宁七八年，他留下了不少名篇，其代表作有《芙蓉楼送辛渐》《采莲曲》和《越女》等。他的诗继承建安风骨，扭转齐梁风气。他尤擅长七言绝句，人称"诗家天子王江宁"。后人往往将他的七绝诗与李白的七绝诗并称。唐代大诗人李白，多次漫游金陵，一度寓居，留下许多脍炙人口的诗篇，诸如《登金陵凤凰台》《登瓦官阁》和《长干行》等。张籍的乐府诗艺术成就很高，与王建的乐府诗齐名，并称"张王乐府"。大诗人白居易在《读张籍古乐府》中称许他"尤工乐府诗，举代少其伦"。他的代表作有《塞下曲》《凉州词》《筑城词》《求仙行》《董公行》《伤歌行》《山农词》《贾客乐》《采莲曲》《江村行》《樵客吟》和《江南曲》等。项斯的诗，受到杨敬之、张籍的赞赏，代表作有《蛮家》《江村夜泊》《山行》和《长安退将》等。句容（今属江苏镇江）人唐光臣，《全唐诗》收其诗1首，即《金陵怀古》。

李白

南唐时，王感化，《全唐诗》收其诗2首，即《奉元宗命咏苑中白野鹊》和《建州节帅更代筵上献诗》，另有残句一联。李家明，《全唐诗》收其诗4首，即《元宗钓鱼无获进诗》《咏卧牛》《咏皖公山》和《题纸鸢止宋齐丘哭子》。其中，《咏卧牛》作于陪同中主李璟游

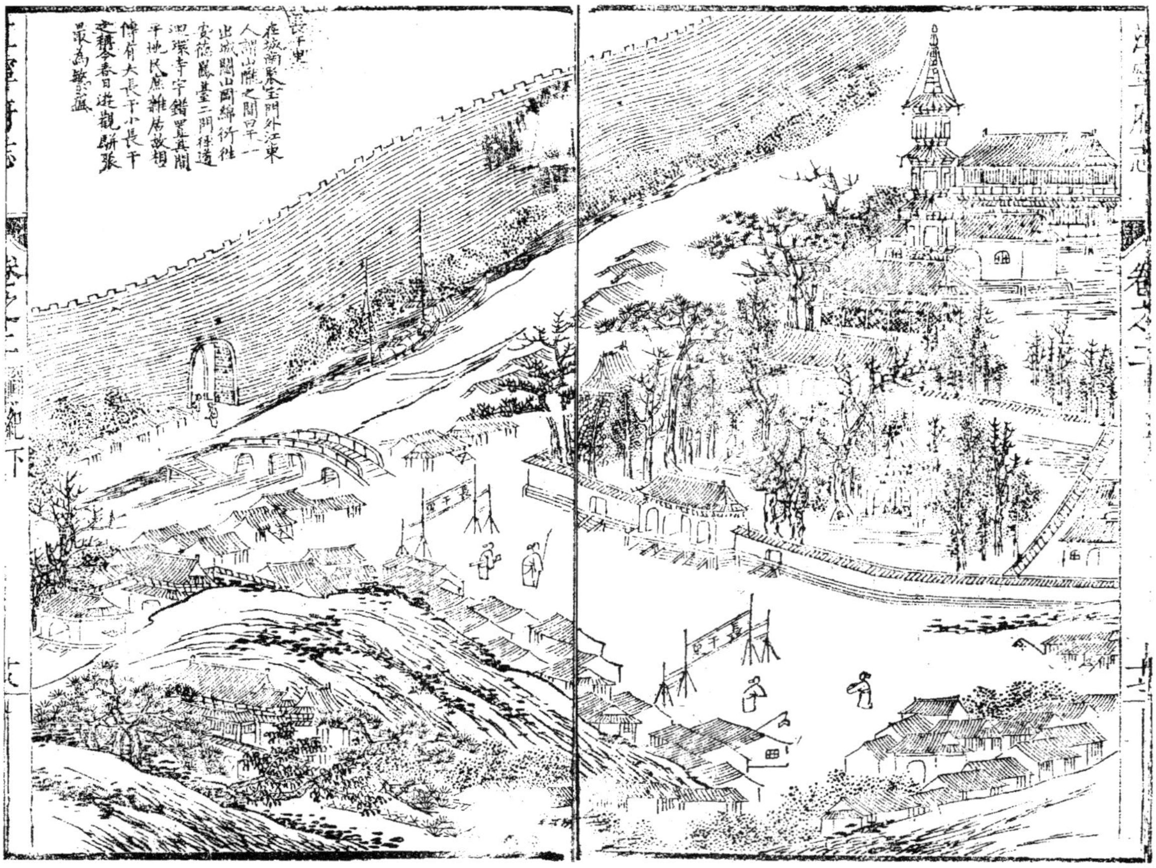

《江宁府志》中的长干里

后苑之时。他登台时见牛晚卧美荫，当时他又是乐部班头，便即献上这首绝句，借牛来比喻人民的负担沉重，而且耕田辛苦，只嚼枯草，无人问端，讽刺辅相不恤人民。此诗一吟，“辅相皆惭”。朱存，《全唐诗》收其诗1首，即《元武湖》（元武湖即玄武湖）。其实，他曾读有关吴大帝孙权和六朝史书，感慨历代兴亡成败，作鉴古诗200首，每首4句。除《元武湖》外，尚有《阿育王塔》《秦淮》《石头城》《东山》和《天阙山》等。

宋时，徐铉的诗平易浅显，真率自然，不押险韵，不用奇字，颇近白居易诗风，代表作有《贬官秦州出城作》《送王四十五归东都》《寄高邮陈郎中》和《喜李少保卜邻诗》等。刁衎（一作刁衎）为“西昆体”诗人，其诗作今仅存《西昆酬唱集》中。刁衎之孙刁约亦能诗，为苏轼、王安石、欧阳修和司马光等人所看重。大诗人王安石的诗歌，不仅数量多，有1500多首，而且很有特色，自成一家。他退居江宁以前所写的诗歌，多数属于政治诗。退居江宁以后，他一方面继续关心新法，写作歌颂新法成效的诗篇，其代表作有《歌元丰》（5首）及《元丰行示德逢》《后元丰行》《北陂杏花》《杖藜》《梅花》《独山梅花》《望夫石》《鸥》等；另一方面，由于新法推行不畅，处境愈来愈艰，他又不得不借佛理来解脱自己的精神苦闷，并将其反映在诗歌上，这方面的代表作有《示宝觉》（3首）、《示无著上人》、《寓言》（3首）和《拟寒山拾得》（20首）等。此外，他还寄情山水、陶冶性情，写了大量山水田园诗，其代表作有《南浦》《染云》《书湖阴先生壁》《江上》《北山》和《泊船瓜州》等。王安石的后期诗作，在艺术上走着杜甫“老去渐于诗律细”的路子，在对仗、用典、格律上精益求精，同时又吸收了王维诗歌的取境之长，进一步增强了艺术美。叶梦得在《石林诗话》中评价说：“王荆公晚年诗律尤精严，造语用字，间不容发。然意与言会，言随意遣，浑然天成，殆不见有牵率排比处。”所以，严羽在《沧浪诗话》中称其诗歌自成一体，为“王荆公体”。王安石的诗歌，在扫清西昆影响、开创宋诗新局面的过程中，起了很大作用。北山隐者王拙，有诗名，王安石、梅尧臣和贺铸等人皆有赠诗，其代表作有《北山隐居》等。段缝，与王安石、苏轼等人有交游，其代表作有《赠王介甫》等。苏轼有《赠段缝诗》。郑侠擅长古体诗，其代表作有《古交行》《谢太守惠酒》和《醉翁行赠黎师醇》，近体诗佳作有《同子忠上西楼》《幽居》和《和子京霜字见寄》等。南宋政治家胡铨的诗，颇具风采，代表作有《家训》《题小桃源图》《哭赵公鼎》和《题自画潇湘夜雨图》等。词家张孝祥亦能诗，其诗多赠答、题咏和纪行之作，不少篇章都能于写景叙事之中流露出对国家命运和人民生活的深切关怀，代表作有《黄州》和《和沈教授子寿赋雪》等。溧水人吴柔胜，与三子吴渊、四子吴潜皆科举出身，时称溧水“三贤”。“三贤”皆能诗，以吴潜尤胜，其诗多为纪游、即事之作，代表作有《送曾阿宜往戍》等。

明代，刘基的诗歌古朴雄浑，以乐府诗、古体诗为优，在艺术上风格多样，或求雄浑，或求婉约，或求奇崛，或求天然，兼容并包，卓然成家。代表作有《野田黄雀行》《畦桑词》《雨雪曲》《从军五更转》《过东昌有感》《有感》《孤儿行》《病妇行》《田家》《夏夜台州城中作》《赠周宗道六十四韵》《二鬼》《懊侬歌》和《感时述事》（10首）等。其中，《二鬼》长达1200余言，借二鬼曲折地表达了诗人在朱元璋猜忌压抑下的苦闷，以及再整朝纲的抱负，想象奇谲，语言瑰丽，风格雄浑，气势恢宏；而另一些诗歌，如《懊侬歌》和《从军五更转》又浅显通达，饶有民歌风味。周德的诗，吸取民歌的养分，能反映下层人民的疾苦，代表作有《商妇怨》《桑妇谣》《枕上忆礼用黄文学》《莫愁乐》《远别意》《寄赠白下彭君》和《长安古意》等。俞允，方孝孺门人，少年即有诗名，与袁海叟、陶宗仪、陆达夫、陈主客伯仲结诗社，社中被呼为“小友”，其代表作有《山居》和《题倪云林画》等，有诗集《春曹诗稿》。句容人蒋主孝、蒋主忠兄弟二人，皆能诗。旧说，有称二人皆为“景泰十才子”中人，有称仅蒋主忠为“景泰十才子”之一，亦有说蒋主忠与“景泰十才子”中之蒋忠并非一人者。蒋主孝的代表诗作有《思昔》《旅邸有怀》《无题》《大堤曲》《车遥遥》《渔父》《题钟馗》和《少年花》等。蒋主忠的代表诗作有《芙蓉》《经龙潭故居》和《来宾楼》等。

倪谦、倪岳父子二人皆善诗。倪谦的代表诗作有《题画》《避暑天界寺禧上人西庵》和《雪景为毗陵陈公懋赋》等，倪岳的代表诗作有《喜雨谣》《题白纸扇》《成化辛卯六月苦雨浃旬民以大困感今怀昨良用恻然因抵掌放歌聊以泄激烈之悲耳诗云乎哉》《新春感事》《和汝行敏登雨花台韵》和《晚泊流河》等。以戏曲著名的徐霖，亦能诗，据说7岁就能赋，其代表作有《献花》等。与顾璘、王韦并称“金陵三俊”的陈沂，据说幼年便能作诗，因崇拜宋代大诗人苏东坡而自号“小坡”，其代表作有《秋日游灵谷寺》《观音山江阁与顾英玉中秋看月》和《夏日杂兴》等。吴文度，有诗名，其代表作有《游上方小酌僧舍》等。画家史忠（本姓徐，从母姓史），亦善诗，其代表作有《长檠背壁》《宿碧峰寺》《杂诗》《题画》和《重过灵谷僧舍》等。与顾璘、徐祯卿并称“江东三才子”的刘麟，所作诗文皆盎然有天趣，著有《刘清惠集》12卷。被誉为“江东三才子”之一，又被誉为“金陵三俊”之一的顾璘，其代表作有《登清凉寺后西塞山亭》《登牛首两厓颠》《燕子矶》《经钟山》《同刘子登雨花台》《同蒋参军子云七弟英玉登青龙山》《长相思曲》《短歌二首赠罗印冈》和《松坞草堂新成杂兴》（12首）、《东郊田园》（4首）等。与朱应登、顾璘、陈沂相友善，被视为“朱、顾、陈、王”之列的王韦，其诗婉丽多致，代表作有《摄山道中》《幽栖寺》《牛首》和《寄邵士廉》等。“乐王”陈铎，亦工诗，其《夜行》即传诵一时，著有《秋碧轩集》和《香月亭诗集》等。上元（今江苏南京）人谢少南，工于诗，有文才，其代表作有《登石子岗》，著有《河坦稿》《谪台稿》和《粤台稿》等。石城居士许谷，其代表作有《哭金子有》《石岗示述怀之作走笔和答》和《市隐园十八咏》等。姚汝循有诗名，著有《锦石山斋稿》《屏居集》《浪游集》和《耕余集》等，还曾选编金陵人诗为《金陵风雅》40卷。盛敏耕，其代表作有《三台洞》等。焦竑，其代表作有《莫愁湖》等。汪宗姬，其代表作有《天界寺》等。秦淮妓马湘兰，能画善诗，著有诗集《湘兰子集》2卷。顾起元，其代表作有《金陵名贤咏》（共60首，每首咏一名贤）、《杏村诸园诗》（共19首，每首咏一名园），以及《祈泽寺》《朝天宫》《燕子矶》和《蘼芜涧》等。朱之蕃，其代表作有《和周吉甫春日移居》等。其弟朱之士亦能诗，有《游吉山寺》等。以写传奇著名的阮大铖亦能诗，著有《咏怀堂诗集》10卷和《咏怀堂诗补遗》1册。纪映钟，其代表作有《别家》《秦淮竹枝词》《秦淮夏日词》和《东花园看花歌》等，王渔洋极其欣赏他的《别家》诗尾联“底事（一作惆怅）天涯头易白，杨花空满阅江楼”。其妹纪映淮亦能诗，其代表作有《桃叶渡》等。明末还出现过一位女诗人邓太妙，她是宁河王邓愈之后裔、文徵明曾孙文震孟继室，所存诗极少，其代表作为《金陵九思》。该诗作于长安，“思金陵之景”，仿张衡诗《四愁》而作，首句皆用南京景物起兴，诉说南望思人之苦，一咏三叹，令人不忍卒读。

明末清初，张怡，其代表作有《金陵诸园诗》《三叟诗》《六十初度》和《九歌》等。黄周星，其代表作有《秋日与杜子过高座寺登雨花台》《初入山自咎》和《有感》等。桐城籍南京人方文，其诗先学杜（甫），后学白（居易），由苍老而入通俗自然，在清初诗坛也是矫然不群的，代表作有《白下移居》《白门买宅梅惠连书来却寄》《除夕叹》《内人初度》《偕吴次尾陈定生梅朗三泛舟秦淮因过侯朝宗》《从子子唯园中作》《寄怀余澹心》《过吴氏旧园》和《有客画报恩寺塔者索予题之》等。其侄方以智与其齐名，代表作有《独往》和《闻雁》等。余怀，其代表作有《上巳雨中看花作》《金陵杂感》和《同刘旅皇阻雨三宿岩》等。其子余宾硕，亦能诗，代表作有《金陵览古》（60首）。画家龚贤亦善诗，其代表作有《晚出燕子矶东下》《登石头城作》《冬日栖霞寺中作》和《与费密游》（3首）等，著有诗集《龚半千诗稿》和《草香堂集》。藏书家黄虞稷，据说7岁能诗，号为神童，著有《我富轩诗集》。久居南京的杜濬，其诗气势奔放，悲壮苍凉，在清初诗人中实属难得，深为王士祯所推崇，代表作有《初闻灯船鼓吹歌》（早年成名的长篇）以及《清凉山寺逢僧号扫叶者赠之以诗》《别兴》《关山月》《燕矶感旧》和《古树》等。清时，曾任江宁织造的曹寅在满族诗人中可谓大家，其代表作有《岁暮远为客》和《读洪昉思稗畦行卷感赠兼寄赵秋谷宫赞》等。张坚以戏曲创作著名，其代表诗作有《江南一秀才歌》。上元人黄越，生卒年均不详，康熙四十八年（1709）进士，著有《退谷诗集》7卷。小说家吴敬梓亦能诗，《文木山房集》中有诗7卷，另有《金陵景物图诗》（23首）及《题雅雨山人出塞图》《老伶行》和《西湖归舟有感》等。小说家曹雪芹同样能诗，其诗立意新奇，风格近于唐代诗人李贺。他的友人敦诚曾称赞其说："爱君诗笔有奇气，直追昌谷破篱樊。"又说："知君诗胆昔如铁，堪与刀颖交寒光。"但他的诗仅存《题敦诚〈琵琶行传奇〉》两句："白傅诗灵应喜甚，定教蛮素鬼排场。"除此之外，只能从其长篇小说《红楼梦》中的诗词窥其一斑了。状元秦大士，诗文雍容大雅，其代表作有《游秦淮》和《桃叶渡小泛》等。袁枚主张"性灵说"，他是乾嘉时期的代表诗人之一，与赵翼、蒋士铨并称"乾隆三大家"。他的诗有弊病，也有创新，学杨万里而参以白居易，学前人而出以性灵，却有纤佻之病，代表作有《苦灾行》《征粮行》《同金十一沛恩游栖霞寺望桂林诸山》《沙沟》《谒岳王墓作十五绝句》《马嵬》《到石梁观瀑布》《张丽华》《落花》和《秦中杂感》（8首）等。严长明，为诗用思周密，和易而当于情，所著《归求草堂诗文集》中收有其诗作。汤贻汾，工诗，所著《琴隐园集》中收有其诗。管同，其诗抒情叙事，创意造言，论者以为得苏（东坡）、黄（庭坚）之朗峻，著有《因寄轩诗集》（未刊行）。梅曾亮，以文名，不以诗名，但作文之余，常以悲欢为诗，原本唐音，兼有众体，其代表作有《移家诗》和《杂咏》（5首）等。汪士铎，著有《悔翁诗钞》。何兆瀛，著有《心诗存》。六合人徐鼒，博学工诗，著有《未灰斋诗钞》。上元人许宗衡，工诗文，著有《玉井山馆诗》。金和，著有《秋蟪吟馆诗钞》。太平天国后期领导人之一洪仁玕，诗作不多，但素有"文曲星"之称，其代表作有《甲寅四年冬自上海乘海轮返香港》《香港饯别》和《题御赐金笔》等，他的诗基本上都收录于《军次实录》中。秦际唐，被誉为"同光以来以诗文纵横一世"者，诗作颇丰，精选其十之一二为《南冈草堂诗选》。陈作霖，其诗偏重纪实，遂有"诗史"之称，著有《可园诗存》，他还募刊朱绪曾历时30年所辑成的《金陵诗征》，又与甘元焕、秦际唐等人辑成《南朝金陵文钞》，与秦际唐编校《国朝金陵词钞》。

清末民初，与谭嗣同齐名为"两公子"的陈三立，为"同光体"诗人的领袖，其代表作有《漫题豫章四贤像拓本》《赠黄公度》《上元夜次申招坐小艇泛秦淮观游》《书感》《十月十四日夜饮秦淮酒楼》《短歌寄杨叔玫时杨为江西巡抚令入红十字会观日俄战局》《留别墅遣怀》《寄调伯弢高邮榷舍》《挽周伯晋编修》《读侯官严复氏所译英儒穆勒约翰〈群己权界论〉偶题》《除夕被酒奋笔书所感》和《感春》（5首）等。李瑞清，其所著《梅庵诗文集》中收有其诗作。"百花仙子"程先甲，著有《千一斋诗文集》10卷。

民国时期新诗崛起，旧体诗日渐衰微。夏仁虎著有《枝巢编年诗》40卷。戏曲家吴梅在诗歌创作上造诣很深，著有《霜厓诗录》。陈延杰著有《晞阳诗钞》。该作品于1944年全国学术评比中获奖，为获奖作品中仅有的两部诗集中的一部。

新中国成立后，创作旧体诗者日渐稀少。草书名家林散之，被誉为诗、书、画三绝，著有《江上诗存》。金石书法家高二适，一生与诗为友，其书法作品大多为个人创作诗，虽然其诗名为书名所掩，其病逝后林散之仍题碑曰"江南诗人高二适先生之墓"。此外，还有一些老人对旧体诗不能忘怀，或以述怀，或以唱和，或以应酬，或以自娱，寄情于斯。1983年江南诗词学会成立后，南京诗词学会于1993年5月成立，有了刊物，亦有了沟通，群众性的诗词创作有了新的发展。

（二）新诗

南京地区较早的新诗创作活动可追溯到20世纪20年代后期。卢前的新诗集《春雨》，1926年11月由南京书店出版，1930年又由开明书店出版，同年开明书店又出版他的新诗集《绿帘》。1934年9月，诗人孙望和常任侠、汪铭竹、程千帆等人创办的《诗帆》问世。他们的努力目标是，促使"胡适体"新诗进一步现代化，不仅要出口成章，更要耐人寻味。除孙望有诗集《小春集》外，卢冀野还有《流云小集》，高加索（原名吕健军）与丁力等人有诗集《花开满地又是春》。

新中国成立后，新诗的发展在探索中前进。赵瑞蕻著有《梅雨潭新绿》，其《诗的随想录》（150首）获第二届金陵文学奖。丁芒著有《欢乐的阳光》《怀念》《更流集》《枫露抄》《我是一片绿叶》和《寒村》等。化铁（原名刘德馨），20世纪40年代开始诗歌创作，1950年出版诗集《暴雷雨岸然轰轰而至》，其后搁笔20多年，1984年又重新写作，写有《又一个画像》和《生命中不可重复的偶然》等诗近百首，发表于《诗刊》《文汇月刊》和《清明》等刊物。高加索，著有《江南谣》，又有诗集《秋天里的春天》获首届金陵文学奖；与莫愁诗社诗友杨毅、叶庆瑞、吴野、王德安、冯亦同、郭浩、文丙、马绪英、何仃、池澄和孙成惠共12人合出的诗集《正午的瞳孔》获第二届金陵文学奖；另有组诗《风·花·雪·月》获《雨花》奖。孙成惠，20世纪50年代开始在《诗刊》等刊物上发表诗作，其组诗《写在1968年》获首届金陵文学奖。高风（原名王劭），1950年发表第一首诗，而后诗作相继发表在国内许多报刊上，因长期从事文学编辑工作，发现和培育了众多新人，获首届金陵文学奖园丁奖。何仃，1957年开始发表作品，其代表作有《梅园是清贫的》和《白发》（2首）、《心帆》（6首）等，其中《梅园是清贫的》于1990年获"雨花杯"创作奖。黄东成，1953年开始发表诗作，著有民歌集《公社新人物》和《兄弟俩》，以及诗集《花魂吟》《青春的旋律》《香港多棱镜》《爱的琴弦》《黑风暴》《黄东成抒情诗》《早春奏鸣曲》和《北方北方》，还有叙事长诗《山魂》和《冬娃》等。其诗已被收进数十种选集，并被译成英文和法文。煤矿诗人孙友田，著有《煤海短歌》《矿山锣鼓》《煤城春早》《石炭歌》《金色的星》《矿山鸟声》《花雨江南》《带血的泥哨》和《孙友田煤矿抒情诗选》等，还曾与人合编诗集《矿工歌谣》。王文丙，1957年开始发表诗作，30多年来共发表诗作600余首，其诗曾被选入《中国新文学大系》（1976—1982年诗集）及《中国当代短诗选》《江苏三十年诗选》《百家诗选》《新华文摘》等，著有《迟熟的高粱》（与王德安合集），并获首届金陵文学奖。王德安，20世纪50年代末开始从事文学创作。1963年10月，他在《诗刊》发表组诗《工厂光圈》，开始受到诗坛重视，其代表作有《百货谱》和《我的诗生活》等，著有《迟熟的高粱》（与王文丙合集）。其诗曾被选入《朗诵诗选》《全国三十年诗选》《江苏三十年诗选》和《中国新诗大辞典》等。冯亦同，笔名叶彤、夏集、夏一代（与王盛合用）、冯奕同（与其兄冯大同合用），著有《相思豆荚》等，其诗作《莫高窟写意》（2首）获首届金陵文学奖。叶庆瑞，1964年发表处女诗作，著有《爱的和弦》《她，就是缪斯》和诗、散文诗合集《爱的化石》，其诗作《大桥剪影》被收入大学文科教材，《国歌诞生如是说》获“雨花杯”特等奖，并获江苏省委宣传部颁发的文学创作一等奖。卢咏椿，1958年初中读书时开始写作，至1963年共发表诗歌近百首，1963年后转以歌词创作为主，共发表歌词近千首，其中50多首获得国家和省级以上奖励。江苏人民广播电台以《多彩的土地多情的歌》为题，专篇介绍了他的创作经历和作品，中央人民广播电台和全国各省电台对其进行了转播。他的代表作有《踏着烈士的脚印前进》《雷锋叔叔望着我们笑》《这就是我的祖国》和《卖蜜桃》等。陈咏华，笔名静春、山尔等，1964年开始文学创作，发表诗作1000余首，著有《爱的旅程》《水乡梦》和《无声的云》等，其山水田园诗较有成就，评论界称其为继沙白、忆明珠之后江苏的又一新山水诗人。傅天虹（原名杨来顺），自幼喜爱诗歌，13岁即有习作见诸报刊，有千余首诗作发表于海内外。他著有《火花集》《酸果》《傅天虹诗选》《天虹近作》和《花的寂寞》等，其诗作获首届和第二届《雨花》奖。1983年，傅天虹赴香港攻读学位课程，与蓝海文创办第一份沟通海峡两岸诗人的诗报《世界中国诗刊》，并担任该刊副主编；又发起创立香港诗人协会，是第十届世界诗人大会的正式代表、世界华人诗人协会的常务理事，获台湾诗协1986年优秀诗人奖。台湾1984年度诗选和1988年度诗选收有其诗。邓海南，1974年开始发表诗作，所著《机器和雕像》获首届金陵文学奖，其长诗《流》获第二届金陵文学奖。

出生于南京的诗人韩东，1980年开始发表作品。1984年，他组织的他们文学社，是这一时期南京最为引人注目的诗歌群体。文学社主要成员有韩东、于坚、朱文、刘立杆、于小玮、吕德安等。1985年，他们创办刊物《他们》，共出5期，被认为是第三代诗歌的主要代表，形成了对第三代诗群产生重要影响的“他们”诗群。他们认为“诗到语言为止”，强调口语写作的重要性。其作品和主张对中国现代诗歌的发展产生了积极的促进作用。韩东著有诗集《吉祥的老虎》《爸爸在天上看我》等。

经过20世纪80年代的诗歌热潮之后，这一时期的南京诗歌进入了个人化写作的稳定发展期，表现为以下几个特点：

一是南京诗人与民间诗刊众多，韩东、叶辉、小海、黄梵、育邦、吴晨骏、朱朱、马铃薯兄弟、胡弦、雷默、梁雪波、刘畅、半岛、胡也、草原之夜、马永波等诗人活跃于诗坛。《扬子江诗刊》《陌生诗刊》《先锋诗报》《他们》《诗歌通讯》《原样》《缺席》等官方或民间诗刊林立，为诗人提供了发表阵地。一大批青年诗人先后在文坛崭露头角，并逐渐形成具有个性的诗歌风格，如梁雪波、何同彬、杨澄宇、吉小吉、王勇（海马）、王忆荣、杨隐、麦豆、王方方、张晓东、朱慧劼、兰童、杨万光、王子瓜、李梦凡、崔馨予、刘德胜、李黎、毛振虞、曾昊清、杨隐、焦窈瑶、刘蕴慧、耿玉妍、陈文君、秦三澍、赖思彤等。

二是除“他们”诗群仍保留某种程度的团体性质外，其他在第三代诗潮中出现的诗歌群体大多解散，团体性的诗歌组织已不多见，诗人的个体化写作成为常态。

三是南京诗歌题材多样，涉及历史、革命、现实生活、个体沉思等多个面向。同时，诗人善于从内在视角观察世界，体味人生，思索存在的意义，普遍呈现出一种沉静气质。

四是南京诗歌注重修辞、意象的优美和雅致，偏于形象的暗示与事物的隐喻性，讲求结构的完整性与对照性。

附：散文诗

南京地区散文诗创作出现的时间晚于新诗创作出现的时间，写散文诗的人也少于写新诗的人，而且往往是诗人兼而为之。丁芒，著有散文诗集《扫云集》和《情人谷》等。高风（原名王劭），其代表作有《元宵》《晚泊》《小镇》《边缘线》《路灯》《圆明园遗址》《信天游》《登新黄鹤楼》《月光》《绒布小毛驴》《雨》《金黄的大斗笠》和《冻结的欲望》等。陆苇，著有《相扶的绿叶》（与叶庆瑞合集）和《芦笛声声》等，其散文诗《爱的年龄》（外一章）获第二届金陵文学奖。王安雄，其散文诗被《江苏散文诗选》收入，代表作《岩浆》获1986年散文诗协会首届评奖优秀作品奖。叶庆瑞，著有《相扶的绿叶》（与陆苇合集）、《A弦的咏叹》和诗、散文诗合集《爱的化石》等，其散文诗组《我和我的妻子》获首届金陵文学奖。

二、词、曲

（一）词

南京地区最早出现的一批著名词人有南唐时期中主李璟、后主李煜父子及其周围的一些文人，他们起点很高，影响卓著，有继往开来之功。李璟，其词仅存4首，但艺术成就较高，内容为怀人惜别、感时伤秋之类，语短情长，文小旨大，蕴藉含蓄，耐人寻味，对李煜词有相当影响。李煜的词流传下来的也不算多，不过三十几首，但是他的词在继承了晚唐花间词人的传统之上，又向前推进了一大步。其词扩大了词的表现领域，具有较高的概括性，语言自然。李煜的代表作有《清平乐·别来春半》《破阵子·四十年来家国》《虞美人·春花秋月何时了》《浪淘沙令·帘外雨潺潺》《乌夜啼·林花谢了春红》《相见欢·无言独上西楼》等。冯延巳为五代词人中的一位大家，也是五代词人中流传下来词作最

南唐后主李煜

多的一个，其词多写离情别恨，文辞清丽，对北宋词坛颇有影响。其代表作有《蝶恋花·几日行云何处去》《采桑子·小堂深静无人到》和《谒金门·风乍起》等。

宋时，大文学家王安石亦能为词，其词作数量不多，但艺术性却比较高，代表作有《千秋岁引·别馆寒砧》和《桂枝香·金陵怀古》等。政治家胡铨亦为文学家，其词多激愤之语，著有词集《澹澹词》1卷。大词人张孝祥，上承苏轼，下开辛弃疾爱国词派的先河，在词史上占有比较重要的地位。他作词凭借激情，平昔为词，未尝著稿，笔酣兴健，顷刻即成，情感连贯，热情澎湃，语言流畅自然，又能融汇前人诗句而不见雕琢痕迹，其代表作有《浣溪沙·荆州约马举先登城楼观塞》《水调歌头·和庞佑父》《六州歌头·长淮望断》《念奴娇·离思》《水调歌头·泛湘江》《西江月·洞庭》和《念奴娇·过洞庭》等。吴渊，著有《退庵词》，今仅存词6首，代表作有《念奴娇·我来牛渚》等。其弟吴潜成就尤著，是南宋词坛的重要词人，代表作有《满江红·送李御带珙》《满江红·齐山绣春台》和《满江红·豫章滕王阁》等。李彭老，代表作有《浣溪沙·题草窗词》等。元时曾卜居金陵的白朴，虽为“元曲四大家”之一，但亦善词，著有《天籁集》，代表作有《水龙吟·九日同诸公会饮钟山望草堂有感》《夺锦标·霜水明秋》《沁园春·金陵凤凰台眺望》《沁园春·我望山形》和《水调歌头·初至金陵诸公会饮因用北州集》等。

明时，刘基虽以诗文见长，其词能为清婉妙丽，亦能为悲凉慷慨，仍堪称明代冠冕，代表作有《如梦令·题画》《浣溪沙·即景》《临江仙·街鼓无声更漏咽》《水龙吟·鸡鸣风雨潇潇》《一萼红·送别》《沁园春·清明日作》和《瑞龙吟·秋光好》等。陈铎，有“乐王”之称，有词集《草堂余意》，着意奇特，把宋《草堂诗余》中的春意、夏意、秋意和冬意这四部分词，每首都照原韵和作1首，在中国词学史上独树一帜。上元人俞彦，刻意填词，以雅淡见长，代表作有《长相思·折花枝》等。黄周星，代表作有《满庭芳·送友人还会稽》等。

明末清初，画家、诗人龚贤著有《半亩园词草》，其代表作有《西江月·新结临溪水栈》和《鹧鸪天·江水西来地势斜》等。

清时，曹寅著有《楝亭词钞》，代表作有《浣溪沙·曲曲蚕池数里香》等。吴敬梓，其词收于《文木山房诗文集》，代表作有《买陂塘·少年时》和《买陂塘·石头城》等。六合人汪世泰，袁枚之婿，著有《碧梧山馆词》，为丁绍仪《听秋声馆词话》所称道，其代表作有《湘月·出关晚经南天门作》和《水龙吟·金泥画出江天》等。邓廷桢，其词忠诚悱恻，出《骚》入《雅》，有人以为其是北宋欧阳修、范仲淹之流亚。他著有《双砚斋词》，代表作有《好事近·云母小窗虚》《酷相思·寄怀少穆》《月华清·岛列千螺》《高阳台·玉泉山燕集》《买陂塘·赎裘》和《江城子·题杨雪樵观察金陵策蹇图》等。陈作霖，著有《可园词存》，又曾辑《国朝金陵词钞》，代表作有《减字木兰花·诸葛菜》等。

民国时期，程先甲著有《百花词》1卷，收词62首，代表作有《一剪梅·叹逝》等。婺源（原属安徽，今属江西）人石云轩，因寓居南京秦淮河边而号“淮水东边词人”，其词散见于《如社词钞》《蓼辛词》和《扫叶楼集》等，词作的特点是造句稳重，辞藻妍丽，用典恰当，代表作有《天香·浓麝霏华》等。鞠谦词人仇埰，虽50岁后方才着力填词，但造诣颇高，论者以为其词涩而不晦，缜而不缛，意内而言外，心危而志苦，著有《鞠谦词》2卷，辑有《金陵词钞续编》6卷。夏仁虎，著有《啸庵词》《枝巢新乐府》和《清宫词》（200首）等。吴梅，著有《霜厓词录》等，代表作有《翠楼吟·秦淮遇高华故人》《临江仙·短衣羸马边尘紧》和《清平乐·题郑所南画兰》等。

新中国成立后，词创作情况略同于旧体诗，代表词人有唐圭璋。唐圭璋著有《梦桐词集》，还编著有《全宋词》《全金元词》《宋词三百首笺注》《唐宋词笺释》等，并主编《唐宋词鉴赏辞典》《金元明清词鉴赏辞典》等。

（二）曲

南京地区散曲创作情况留存资料不多，但是颇有大家，他们在全国都占有重要地位。元时，作为“元曲四大家”之一的白朴，自至元十七年（1280）移居金陵，在金陵寓居约20年。此时，他无意功名，纵情诗酒，也创作了不少散曲。他的散曲在内容上大抵是叹世、咏景和闺怨，艺术上以清丽见长。白朴是当时有成就的作家之一，其代表作有《沉醉东风·渔夫》《寄生草·饮》《天净沙·春、夏、秋、冬》和散套《仙吕·点绛唇》等。

明时，南京散曲著名作家有徐霖、陈沂、史忠和陈铎。徐霖，填曲富有才情，且颇精于格律，他与当时另一位散曲作家陈铎并有“曲坛祭酒”的称号。明武宗朱厚照也极为欣赏他的词曲，甚至要他入朝为官。徐霖文思敏捷，填曲往往即席立就，当为高产作家，但是流传下来的作品不多。民国时期所编《中国文学家大辞典》云：“散曲极少见，今仅见存于《南宫词纪》中的二首。”近年所编《中国百科全书·中国文学》也含糊地说：“徐霖散曲大多未能传存，《南宫词纪》录其《山坡羊·闲情》两首，可略见其风格。”明代笔记中还收有一些他的曲作，如《客座赘语》中记有其《警世曲》（调对《玉环带清江引》）4首，并有他与陈铎合作的《四景联句》（调曰《金索挂梧桐》）4首。他的散曲写得绵丽宛折，曲尽个中情景。陈沂，散曲创作没有徐霖、陈铎名声大，但作品不少，收于《南北宫词记》中。画家史忠，解音律，善填曲，而且创作神速，每提笔，或五十曲，或百曲，方搁笔，徐霖、陈铎亦服其敏捷。史忠爱妾何旻（玉仙），号白云道人，能画，知音律，从两京绝手琵琶学南北曲。史忠填曲，何旻被之管弦。其代表作有题于《卧痴楼图》上的《醉太平·逸情》4首等。陈铎，除同徐霖并称“曲坛祭酒”外，更有“乐王”之美誉。他精通音律，善弹琵琶，常常牙板随身，高歌一曲，可谓能写、能唱、能演。其散曲大部分写男女风情和闺怨相思，供歌妓清唱。其中有些作品缠绵幽怨，故作多情，显得纤弱萎靡，部分内容无甚可取，但艺术上却颇有特色，语言精致丽密，往往动用情景相生的手法，铺叙委婉细致，一些小令用娴雅的笔墨写得情韵深长。其曲声婉而辞艳，流丽清圆，丰藻绵密，皆能传唱一时，明人南曲选本多选录。他还有些抒写个人逸怀和写景咏物的作品，流丽自然，清新可读，其代表作有《满庭芳·摇橹》和《黄钟·醉花阴》《秦淮游赏》等。陈铎还有一卷北曲小令《滑稽余韵》，共收136首作品，每首写一个行业，一共描写了60多种手工业工匠和劳动人民的生活以及30多种店铺经营，广泛写及当时城市生活，堪称明代中叶城市生活的“风俗图卷”。此曲集的艺术风格同陈铎的其他作品有很大差异，采用口语，明白通俗而又幽默风趣地对各行各业的人物、事物进行描写，在叙述中夹议论褒贬，揶揄嘲讽，表现手法直露而不迂曲，不事藻绘雕琢。陈铎还有散曲集《秋碧乐府》《梨云寄傲》《月香亭稿》和《可雪斋稿》等。

民国时，吴梅被誉为近代“曲家泰斗”（夏敬观《忍古楼词话》）。他兼擅制曲、谱曲、度曲、演曲以及校定曲本、审定音律等。他著有《顾曲麈谈》《南北九宫简谱》和《中国戏曲概论》等，所刻《霜厓三剧》曾缀旁谱行世，另刻《奢摩他室曲丛》第一、二集。吴梅弟子卢前，著有《晓风残月曲》和《冀野散曲钞》等。

新中国成立之后，散曲创作基本无人问津。

三、赋

南京地区最早的赋作，据史籍记载，还数曾经侨居南京的晋时陆机和陆云兄弟二人的赋作。陆机的赋，今存27篇，或感时节之代谢，或悲故旧之丧亡，或抒思乡之情愫，大多篇幅短小，文笔清灵，代表作有《叹逝赋》《瓜赋》《漏刻赋》和《文赋》等。其中，《文赋》最为著名，是文学史上最早采用“赋”体写成的文学理论著作。《瓜赋》约300字，咏物寄怀，体现了作者的道德观。陆云的赋，今存8篇，代表作有《愁霖赋》等，写大雨成灾的情景，颇为真切。

陆机

此前，西晋临淄（今山东淄博）人左思用10年时间写出《三都赋》，其中《吴都赋》专写三国吴都建业（今江苏南京）。《三都赋》出，“豪贵之家，竞相传写，洛阳为之纸贵”（《晋书·左思传》）。

东晋时，郭璞“词赋为中兴之冠”，今存10篇，有《江赋》《客傲》《蚍蜉赋》《蜜蜂赋》《井赋》《巫咸山赋》《盐池赋》《流寓赋》《登百尺楼赋》和《南郊赋》。其中，《江赋》《客傲》和《南郊赋》可以确定为郭璞到江南后所作。《客傲》体例模仿西汉东方朔的《答客难》，较集中地表现了他的哲学思想和处世态度，行文比较平易。不能确定写作年代的《井赋》，起首4个三字句的形式，对后来谢惠连的《雪赋》和杜牧的《阿房宫赋》等都有影响。最有代表性的作品应是《江赋》，被《文选》收录。此赋文采宏丽，铺张夸饰，极写大江之浩瀚，地势之险峻，物产之丰富，气象壮阔，笔力雄健。

南朝时，颜延之的《赭白马赋》，虽属奉诏而作，但如“旦刷幽燕，昼秣荆越”之句，描写骏马奔驰之速，对后来许多咏马诗都产生过影响。谢灵运的赋今存10余篇，有《山居赋》《撰征赋》《罗浮山赋》《长溪赋》《岭表赋》和《江妃赋》等。其中，最著名的是《山居赋》，对一些景物的刻画颇有匠心独运之处。谢惠连，其代表作《雪赋》沿用了汉赋中假设主客的形式，从酝酿降雪写到雪霁天晴，展现了素净而奇丽的画面，文辞清美鲜丽。鲍照，有

《芜城赋》《舞鹤赋》《野鹅赋》《尺蠖赋》《游思赋》和《伤逝赋》等。其中，最著名的要数《芜城赋》，历来被视为六朝抒情小赋的代表作之一。此赋以描写广陵城的盛衰变化为题材，在南朝宋丧乱的社会现实背景上，抒发了兴亡替废的感慨；全文极力运用渲染和夸张的手法突出不同景象，文辞“驱迈苍凉”“惊心动魄”，语言奇警有力，形象鲜明生动，千古以来，被誉为“赋家之绝境”。谢庄，其代表作有《赤鹦鹉赋》（今存残文）、《月赋》和《舞马赋》，皆为当时所重。其中，《月赋》为南朝咏物写景小赋的代表作，虽也多用典故，但情致隽永，风格明净，铺陈排比而不显得生硬累赘，在结构上也很有特色。南朝齐女文学家韩兰英，于孝武帝时曾献《中兴赋》，被赏入宫；入齐后，为后宫司仪，又任博士，人呼“韩公”。卞彬，有《枯鱼赋》《蚤虱赋》《蜗虫赋》和《虾蟆赋》等。沈约，其代表作有《郊居赋》《高松赋》和《丽人赋》等，其中《丽人赋》被后人评为“曼声柔调，顾盼有情，自是六朝之隽”（许梿《六朝文絜》）。张融，其代表作有《海赋》，文辞诡谲，独与众异。江淹，梁代成就最大的辞赋作家，其辞赋多属抒情小赋，这些赋既受《楚辞》的影响，也从鲍照等作家的作品中吸取了艺术技巧。其辞赋留存约40篇，代表作有《恨赋》《别赋》《横吹赋》《去故乡赋》《青苔赋》《待罪江南思北归赋》《灯赋》和《遂古篇》等，其中最有名的要数《恨赋》和《别赋》。《恨赋》表达了人生短促、志不获骋的感慨；《别赋》主要写各种不同类型人物的离愁别恨，历代为人传诵。孔稚圭，其代表作有《北山移文》。此赋借北山（南京钟山）山灵的口吻，讽刺当时具有代表性的名士周颙故作高蹈而又醉心利禄的行为，写得尖刻泼辣，通过对山川草木拟人化的描写，嬉笑调侃，历来为人传诵。思想家范缜，其代表作有《招隐士赋》。萧子良，其代表作有《梧桐赋》等。诗人谢朓，其代表作有《思归赋》《临楚江赋》《游后园赋》《高松赋》和《杜茗赋》等。这些赋体制短小，声律协调，富于抒情色彩，正体现了抒情、咏物小赋向骈赋过渡的特点。萧绎，其代表作有《荡妇思秋赋》等。此赋杂以诗句入赋，在形式上有所创新，辞采绚丽，行文流畅，对后世作家有所影响。南朝陈，仅存文人赋作20余篇，以徐陵的《鸳鸯赋》较为著名。

唐宋时，南京地区辞赋创作缺乏名家名篇。

明时，刘基，其代表作有《伐寄生赋》等。此赋内容为刺世疾邪，以古文的笔法写出，别有格调。陈沂，有《赤宝山赋》，据说为其12岁时所作。

清时，吴敬梓有赋，收于《文木山房集》中。袁枚，其代表作有《铜鼓赋》和《秋兰赋》等。《铜鼓赋》作于其12岁补县学生时，传闻一时；《秋兰赋》内容借赞美秋兰独芳百卉，傲寒不凋，以抒写自我的清高品格。

民国时，程先甲有《金陵赋》。该赋长达3723字，作于程氏21岁时，铺叙了清末南京的山川形势、四时景色、水陆交通、农工物产、商肆居民和社会风俗，是研究南京民俗的重要文献。此赋一出，一时东南各地争相传抄，曾两次以刻本问世，后被收入傅春官所辑《金陵丛刻》，1939年商务印书馆又将其辑入《丛书集成初编》。

第二节　散　文

古代散文，其义甚广；现代散文，其义日狭。广义而言，南京地区最早出现散文创作的时间，见诸文字记载为两晋。古代，以南朝和明清时期较为兴旺。民国时期，杂文、报告文学兴起。新中国成立后，散文创作得到重视和发展。

一、散文

南京地区最早出现的散文创作，当数西晋时客居南京的陆机、陆云兄弟二人的一些散文，二人时称“二陆”。陆机是西晋太康、元康年间最具声誉的文学家，被后人誉为“太康之英”。他创作的散文的思想内容比诗、赋更为充实，时有峭健之笔，代表作有《辩亡论》和《吊魏武帝文》等。前者论东吴兴亡之由，归于能否得人，议论滔滔，笔势流畅，可谓西晋论文中最为博大的篇什；后者是看到曹操遗令有感而作，既肯定了曹操的事功，又对这位叱咤风云的豪杰在死亡面前不能摆脱对家庭琐务的牵挂之情而暗含讥刺，文笔时而峭拔豪放，时而委婉细腻，情辞凄怆感人。陆云著有文章340余篇，其中《与杨彦明书》写时光流逝、老之将至的心境；《与陆典书书》追悼亡人，皆语言清新、行文流畅、感情真挚，与曹丕的一些书笺风格相似。

对南京本籍人而言，最早的散文创作则是东晋葛洪的《抱朴子》。不过，葛洪的《抱朴子》只能算是广义的散文，其内篇阐述道教理论，并具体地记载了炼丹方法，属现存较早的炼丹术著作；其外篇言“人间得失，世事臧否”，其中有些篇什，如《钧世》《应嘲》《辞义》《尚博》等，属于文论。东晋还有客居南京、被选为“东床快婿”的王羲之，亦是散文能手。他的代表作《兰亭集序》脍炙人口，文笔清新朴实，通脱自然，情味隽永，犹如一篇优美的散文诗。

南朝宋文学家傅亮博涉经史，尤善文辞，宋初表策文诰，多出其手，其代表作有《为宋公修张良庙教》和《演慎论》等。谢惠连写《祭古冢文》，以辞美著称。南朝宋文学家鲍照，其散文《登大雷岸与妹书》是历来传诵的名篇，在手法上吸取了汉赋的铺陈和夸张的手法，而又把作者的感情熔铸于写景之中，字句基本整齐，时而夹有一些抒情和议论的散句，显得文气跌宕而辞藻绚丽，兼有骈散两文体的长处。其代表作还有《石帆铭》和《瓜步山楬文》。前者是一篇写景文字，笔力雄浑朴茂，同当时流行的文风不大一样；后者实际上是一篇讽刺杂文。南朝宋文学家盛弘之，著有《荆州记》3卷，该书已散佚，散见于一些类书和《世说新语注》、《文选》（李善注本）等书中，清人有辑本。它记述了荆州的地理风貌和山川名胜，文辞优美峻洁，是出色的山水文学作品。《水经注》中的不少名篇，如《巫峡》《青溪》《荆门》和《虎牙》等，多采自《荆州记》，甚至连章法字句也大致相同。南朝宋文学家王微，其散文文辞比较质朴，风格接近魏末的嵇康等人。他的《报何偃书》自述胸襟，很少雕饰，几同口语，颇能显示他淡泊真率、不慕荣利的个性；《以书告弟僧谦灵》悼念从弟王僧谦，由于他们志趣相投，朝夕共处，很有感情，因而写得哀婉动人；《与江湛书》较重辞藻，但也能看出他傲岸的性格。南朝宋辞赋家、诗人谢庄的散文代表作为《殷贵妃诔》。南朝宋文学家王僧达有散文《祭颜光禄文》。南朝齐文学家王俭，首倡撰文用事数典，开南朝以“用事为贵、数典为工”之风，其代表作有《太宰文简褚公彦回碑》。南朝齐诗人谢朓亦有表、章、笺、启一类散文，其代表作有《拜中军记室辞随王笺》和《齐海陵王墓志铭》等，情见乎辞，文情并茂，富于诗情画意。南朝齐文学家王融的散文代表作有《三月三日曲水诗序》和《永明十一年策秀才文》。前者为应制之作，文藻富丽，当世称誉；后者多陈述政见。

南朝文学家沈约，历仕宋、齐、梁三朝。严可均《全上古三代秦汉三国六朝文》辑其遗文为8卷，除了那些例行的公文外，大量的赋、论、碑、铭都足以表现他的“高才博洽”（《梁书·沈约传》）。他的《齐故安陆昭王碑文》文辞典雅，用事得体；《与徐勉书》自叙老态，写得十分形象，因而留下“沈郎腰瘦”的典故。南朝文学家江淹擅长诗赋，其散文多为应用文字，其代表作《狱中上建平王书》申诉了自己的冤愤，笔法颇似汉代邹阳的《狱中上梁王书》；《袁友人传》是为悼念好友袁炳之作，纯用散体，写得颇为动情。南朝齐梁时期思想家、文学家范缜的《神灭论》既是一篇哲学论文，也是一篇结构严谨、思维缜密的政论文，在历史上产生了巨大影响。他的文章还有《答曹舍人》和《与王仆射书》等。南朝齐梁时期文学家、道教思想家陶弘景的《答谢中书书》，清淡而精美，是六朝山水小品的名作之一。南朝梁文学家任昉，以表、奏、书、启著称，其作品语言精美。当时王公表奏莫不请他代笔，他起草即成，不加点窜，与沈约享有“沈诗任笔”之称。其代表作有《为齐明帝让宣城郡公第一表》《奏弹曹景宗》《为萧扬州荐士表》《王文宪集序》等。南朝齐梁时期文学家刘峻的散文，在南朝作家中颇具特色，代表作有《辨命论》《广绝交论》《重答刘秣陵沼书》和《自序》（残文）等。南朝梁文学家丘迟留有名篇《与陈伯之书》，其语言委婉绮丽，历来为人们所传诵。南朝梁文学家王僧孺的散文，多为骈体应用文，代表作有《与何炯书》和《答江琰书》等，抒发了失意的悲愤和隐遁的愿望，富有真情实感。南朝梁文学理论批评家刘勰留有两篇散文，分别是《灭惑论》（《弘明集》卷八）和《梁建安王造剡山石城寺石像碑》（《会稽掇英总集》卷十六）。南朝梁文学批评家钟嵘除著有《诗品》之外，还有散文《瑞室颂》，其辞甚典雅工丽，可惜已佚。南朝梁文学家吴均，其文工于写景，尤以小品书札见长，今存《与施从事书》《与朱元思书》和《与顾章书》3篇，它们表现了流连山水的生活情趣，风格简淡清新，是历来传诵的骈文名作。南朝梁文学家裴子野的《宋略》，人谓可比《过秦论》，今仅存《宋略·总论》，陈述了南朝宋兴亡史，叙事简捷，明畅易晓。裴子野的代表作还有《移魏文》和《喻虏檄文》等。南朝梁文学家陆倕，著有《石阙铭》和《新漏刻铭》等。南朝梁文学家刘孝绰留有文章10余篇，其代表作有《〈昭明太子集〉序》。南朝梁文学家刘孝仪的文笔颇受称赞，其代表作有《雍州平等寺金像碑》《平等寺刹下铭》和《北使还与永丰侯书》等。南朝梁陈时期文学家沈炯，其代表作有《经汉武通天台陈情表》和《劝进梁元帝表》。前者为沈炯著于被虏困于西魏之时，因作此表，而竟获归。南朝梁陈时期文学家徐陵的散文，多代笔文字，比较优秀的作品是他羁留北齐时所写的一些书信，代表作有《致杨遵彦书》和《在北齐与宗室书》。另外，《〈玉台新咏〉序》也写得绮艳精工，得到传诵。

南唐时，以文章议论著名的有韩熙载、徐铉，二人时称“韩徐”。韩、徐二人，以应制、书命之作为著。韩熙载著有《格言后述》5卷、《文集》5卷。徐铉的文章，承晚唐骈俪之风，而体格孤傲，代表作有为李煜所作之墓志铭。此铭立言得体，被《宋文鉴》收录。

宋时，刁衎曾著《本说》10卷，献给真宗。今存《睦州正厅记》《宁国府碑》和《钓台碑》等。久居南京的王安石，是著名的“唐宋八大家”之一。他的散文创作以论说文的成就最为突出，有直接向皇帝陈述政见的奏议《上仁宗皇帝言事书》等，有针砭现实的杂文《原过》《兴贤》《闵习》等，有人物论和史评《子贡》《读〈柳宗元传〉》《读〈孟尝君传〉》等；有书序和信札《〈周礼义〉序》《答司马谏议书》《答吕吉甫书》等。其记叙文代表作有《先大夫述》《伤仲永》《游褒禅山记》等，抒情散文代表作有《祭范颍州仲淹文》《祭欧阳文忠公文》等。他的散文得欧阳修指点，兼取韩非的峭厉、荀子的富丽和扬雄的简古，融会贯通，形成峭刻幽远、雄健刚直、简丽自然的独特风格。王安石弟王安国亦能文，因进所著序言，召试，赐进士第，为著作佐郎、秘阁校里。六合人仇博，质敏博学，善属文。其父仇著任梓州知府时，尝建至乐堂。当时仇博仅13岁，作《至乐堂记》，被大文学家苏东坡看到，十分惊奇，抚其背说：“后生可畏！”郑侠的散文以书论见长，他认为王安石的变法有问题时，曾致书王安石，但王安石不接纳，他又绘流民图上奏。王安石被贬之后，吕惠卿执政，他又上书论之。郑侠著有《西塘先生文集》9卷。张孝祥以词著名，其文章多议论，对于南宋王朝政治的腐朽黑暗多有揭露和批判，表现了坚决抗敌、收复失地的爱国精神。他在绍兴二十四年（1154）参加廷试时所写的策论，被宋高宗读后，认为“议论雅正，词翰爽美”。为官期间，他曾先后上书《论先备札子》《论治体札子》《论涵养人才札子》等奏议，提出了加强边备、抵御金人的建议；扫除积弊，改革政治和培养、选择人才的种种主张，表现了他在政治上的远大理想。谢尧仁在《张于湖先生集序》中称赞他的文章“如大海之起涛澜，泰山之腾云气，倏散倏聚，倏明倏暗，虽千变万化，未易诘其端而寻其所穷”。

明时，散文家宋濂曾被誉为“开国文臣之首”，当时朝廷祭祀、朝会、诏谕、封赐文章大多出自他手。他的散文，以传记小品和记叙性散文最为出色，代表作有《秦士录》《杜环小传》《李凝传》《记李歌》和《王冕传》等，还有寓言体散文集《燕书》和《龙门子凝道记》。写景散文亦有名篇，代表作有《环翠亭记》和《看松庵记》《阅江楼记》等。《送东阳马生序》《桃花涧修禊诗序》等，亦广为传诵。在明初开国大臣中，刘基在文坛中占有重要地位。他的散文，体裁多样，内容丰富，但以寓言体散文最为出色。其代表作为元末隐居时所写的《郁离子》，共18章195节，多者千言，少者百字，在议论之中常杂以寓言。他的写景散文名篇有《游云门记》《出越城至平水记》《活水源记》《白云山舍记》和《松风阁记》等。刘基以师古为宗旨，他的散文风格古朴浑厚。其寓言体散文模仿秦汉子书，语言典奥，意蕴深远，并善于驰骋想象，大胆改制古代史实传说，推陈出新；说理散文则论点鲜明，文笔犀利，而且往往夹叙夹议，注意到文字的形象性；写景散文讲求意境，手法细腻，颇有唐宋散文名家风致。散文家方孝孺，师从宋濂，为宋濂诸弟子之冠。当时，《太祖实录》和《类要》等书皆由他总裁。他的散文，常以物喻理，直抒胸臆，文笔畅达，言简意明，为时人所传诵。其代表作《蚊对》和《指喻》等，文风雄健豪放，比喻生动，析理透彻，意义深刻，词锋犀利，为明初独树一帜的作品。方孝孺的门人俞允，以诗著名，文有《山月轩读书记》。倪谦、倪岳父子曾同日入史局纂修《英宗实录》。据说，倪谦才思敏捷，当时少有能及者；碑版金石之文，云涌川溢，沛不可遏。据焦竑《玉堂丛语》记载："倪公谦性敏甚，落笔千言，应制赋诗，中人率立候以进。奉使朝鲜，远人一睹丰采，悚然叹服。有所作，即席挥洒，不加点缀，莫不吐舌，惊以为神，至今国中梓行其文。平生著述有《玉堂稿》百卷、《上谷稿》8卷、《归田稿》42卷、《南宫稿》30卷、《辽海编》4卷。"巩珍，虽不是文学家，但因曾随郑和通使西洋，归后撰《西洋番国志》，记所历20余国之风土人物等，蔚然可观。刘麟，绩学成文，与顾璘、徐祯卿并称"江东三才子"。刘麟诗文，皆盎然有天趣，著有《刘清惠集》12卷。顾璘，又与同里陈沂、王韦并称"金陵三俊"。他负海内重望，为文不事险刻，而铸词发藻，心以古人为师。所著《国宝新编》（1卷），专录明代著名文人事迹，计13人，人各为传，传各有赞，类似柳宗元《先友记》。其《息园存稿》中有文9卷。陈沂，为文出入史汉，著有《维祯录》《畜德录》《拘虚晤言》《金陵世纪》等。沈越的《嘉隆两朝闻见记》，被朱之蕃认为是"野史之良"。周晖为诸生时，考试文章便多发奇思，但不为赏识，久考不中，遂弃考而去，隐居著书，其《金陵琐事》乃笔记体纪实散文集，另有《山中白云》1卷等。焦竑为明代古文大家，著有《澹园集》，另有笔记体纪实散文集《焦氏笔乘》和《玉堂丛语》等。朱之蕃著有《使朝鲜稿》4卷和《南还杂著》1卷。顾起元著有笔记体纪实散文集《客座赘语》，此外还有《遁园漫稿》和《顾氏小史》等。

清时，南京地区影响最大的散文家，要数桐城派散文创始人方苞，其代表作有《左忠毅公逸事》《狱中杂记》《汉文帝论》《李穆堂文集序》《书卢象晋传后》《与李刚主书》《孙征君传》《万季野墓表》《游潭柘记》《送冯文子序》《送吴平一舅氏之钜鹿序》《请定征收地丁银两之期劄子》和《请备荒政兼修地治劄子》等。诗人、诗论家袁枚，亦工文章，其代表作《祭妹文》《峡江寺飞泉亭记》《与蒋苕生书》《重修于忠肃庙碑》《书鲁亮侪事》和《黄生借书说》等，皆为名篇。其中《祭妹文》，评论家常以之与韩愈《祭十二郎文》、欧阳修《泷岗阡表》并提，称其为哀悼文的杰作。桐城派散文的集大成者姚鼐，曾在南京主持钟山书院。他的文章，从方苞、刘大魁、归有光上溯于"唐宋八大家"，而与欧阳修、曾巩之文相近，简洁清淡，纡徐要渺，雍容和易，一如其人，在桐城派诸家之中，最富有情韵。其代表作有议论文《伍子胥论》《李斯论》和《贾生明申商论》等，序跋《老子章义序》《〈海愚诗钞〉序》《〈荷塘诗集〉序》和《刘海峰先生八十寿序》等，书信《答翁学士书》《复汪进士辉祖书》和《复鲁非书》等，记传《登泰山记》《朱竹君先生传》和《袁随园君墓志铭》等。管同出自姚鼐门下，其代表作有《拟言风俗书》《拟筹积贮书》和《禁用洋货议》等，纵论天下大计，指陈弊端，颇中肯綮，逆料事态发展，亦时具远识，传诵一时。姚鼐的另一弟子梅曾亮，与管同同为姚之高足，其代表作有《与陆立夫书》《上某公书》《记棚民事》和《民论》等。太平天国后期领导人之一洪仁玕，曾写有一篇对话体的散文作品《英杰归真》。该篇散文假托自己回答一个虚构降官的问话，阐述太平天国的变革更新，是太平天国文学中的一篇重要作品。

民国时，南京地区的散文创作缺乏突出佳制。卢前生于南京，在抗日战争爆发后举家逃难到安徽无为，之后辗转到重庆。在逃难过程中，他创作了《南京杂忆》。此文被收入《炮火中流亡记》，还与《关洛劳军记》《上吉山典乐记》《还乡日记》一同被收录到散文集《丁乙间四记》中。

新中国成立后，高风的散文代表作有《记忆的一次碰撞》《光点》《海的情怀》《一匹老马的生日》《山村》《一片湖》《历史的枝叶》《似有若无的年轮》和《烟历》等。孙友田著有散文集《在黑宝石的家里》。姜滇有散文集《美在斯》《情潭》，其散文作品获国家环保局散文创作奖，《门前有棵石榴树》获江苏优秀散文奖。冯亦同的散文《姑苏归来话同里》，获江苏旅游散文奖。邓莺莺有《黄山暮色赋》和《深林的呼唤》等，前者被选入中学语文课本，并一度作为大学生课外阅读教材，后者被编入《中国当代女作家散文选》；又有《一日情思》，被收编入《中国当代女作家一日》。杨煜泰有散文《秦淮月色》和《童趣》等，其散文两次荣获省级奖。

1987年7月，陆净民任主编，俞律、冯亦同、邓小文任副主编创作的诗文集《秦淮恋》由南京出版社出版。该书请俞平伯题写书名并作序，内收丁芒、艾煊、忆明珠、俞律、苏叶、魏毓庆、赵瑞蕻、黄裳等45位作家关于南京秦淮河的散文45篇。

一些小说作家也兼有散文佳作。叶兆言代表作有《南京人》《秦淮旧影·老南京》《流浪之夜》《失去的老房子》《录音电话》《闲话三种》《叶兆言绝妙小品文》《叶兆言散文》等，其中一些以写南京为主、南京味极浓的散文作品，极受欢迎。苏童有散文集《捕捉阳光》《寻找灯绳》等。范小青有散文集《花开花落的季节》《贪看无边月》《怎么做女人》《又是雨季》《平常日子》《走不远的昨天》等。毕飞宇有散文集《写满字的空间》等。韩东有散文集《爱情力学》等。黄蓓佳有散文随笔集《窗口风景》《生命激荡的印痕》《玻璃后面的花朵》等。

二、杂文、报告文学

（一）杂文

新中国成立后，南京地区较早从事杂文创作的陶白（笔名东方既白），发表许多杂文，其代表作有《理气说》《“官”型解》《破天荒》《不因人废言》和《蓄猫记》等。江苏省杂文学会会长乐秀良，长期从事杂文创作，其代表作有《日记何罪》《再谈日记何罪》《心碑》和《“倨”与“卑”的联想》等。李克因于20世纪40年代即开始写作杂文，1956年春以杂文重新执笔，自1964年始一度辍笔；十一届三中全会后，他开始大量写作，以杂文随笔为主，先后共发表文章500余篇。其代表作有《鬼的人化和人的鬼化》《“国骂”未可废除》《“知名度”》《“四知”说》和《莲花风格与量人砝码》等。窦天语有杂文六七十篇，其代表作有《〈官型解〉补》和《去尾愿》等。谈成均，以应名为笔名，自1983年以来发表杂文百篇，其代表作有《南郭改姓》《吹“牛”》《碑者悲也》《还要再看看！！》《秃而有发》《仿〈陋室铭〉》和《杞人的申辩》等。1988年，其《“祖师学”研讨会纪要》一文获《人民日报》“风华杂文征文”三等奖。

达英騄自1951年开始发表杂文作品，共达600余篇。袁云著有杂文集《踏入社会门槛之后》和《谈吃喝玩乐》。陈克勤的杂文《关于成立吹牛协会的倡议》获《雨花》30周年优秀作品奖。刘根生自1986年开始杂文创作，共发表杂文250余篇，其《无知也是力量》获“梅兰春”杂文征文奖，《名教授被“骂”之后》获“潜龙杯”杂文大赛奖，《“定型”说》获“言论”征文奖，《豆腐随想》获“科学与人”征文二等奖。

1989年12月，虞煜星任主编，邓小文、沈存步任副主编的《栖霞枫语》由南京出版社出版，是南京地区第一部杂文选集。该书分鼎新篇、银针篇、励志篇、史鉴篇和情趣篇，共收录南京地区陶白、乐秀良、赵力田、李克因、谈成均、沈存步、虞煜星、邓小文和刘根生等61位作者的136篇杂文。这部杂文选集，“征稿是在戊辰年（1988——志书编者注）深秋，正值南京‘秋栖霞’的美丽季节。栖霞满山的红枫，像一大蓬活火，像一满坡欢笑。秋风之中，枫叶沙沙，秋语万种，自由自在，犹如万千篇杂文佳作标立世间，不由得不清醒、不狂热、不奋发，不能不从栖霞满山枫语中品味出：秋天是变幻的酵母，经过夏的酝酿和冬的发酵，酿出了醇美的春光。由此，我们欣然为南京第一本杂文选取名：‘栖霞枫语’”（《〈栖霞枫语〉序》）。

（二）报告文学

新中国成立后，南京地区的报告文学创作较有影响的当首推华田出版于20世纪50年代的特写集《马恒昌生产小组》。而后，姜滇的《活力28：中国现代神话》获《人民文学》“攀钢杯”报告文学奖。赖祥著有报告文学集《明星之路》和《明星之情》，后者获第二届金陵文学奖。徐延平的《清泉之歌》获《莫愁》杂志社“莫愁杯”奖。林震公的《腾飞的轨迹》获第二届金陵文学奖。叶光明的《扬州第九怪》（合作）获《南京日报》“雨花石”征文一等奖。黄铁男的《新潮文艺晚会始末》获首届中国潮报告文学二等奖。龚惠民的《颠倒世界》，发表后引起一定轰动，获第二届金陵文学奖。陈云生著有《酒乡的奇异之花》和《惆怅的插曲》等，前者获《南京日报》“燕舞”文学作品征文二等奖，后者获上海《文化艺术报》“红灯”纪实文学征文一等奖。董连生的《扬州第九怪》（合作）、《被人们遗忘的角落》，皆获《南京日报》征文一等奖。管海琴的《亚洲男篮锦标赛上的中国裁判》获江苏省《邮电报》好作品一等奖。程童一与他人合作的系列报告文学《“两用人才”的开发者》，获第三届全国优秀报告文学奖和第二届中国人民解放军文艺奖。吴晓平的《中国人体模特儿》《小民胜诉记》和《电视剧背后》等作品，引起社会反响，其中《中国人体模特儿》获第二届金陵文学奖。傅宁军长期致力于报告文学的写作，20世纪90年代后，著有《澳门见闻录》《台湾海峡悲欢录》等作品。

第三节 小 说

南京地区的短篇小说起源甚早，明清之际长篇多名著，民国时期长篇亦有影响。新中国成立后，小说家蜂起。

一、短篇小说

中国小说起源于古代的神话传说，滥觞于魏晋南北朝的“志怪”和“志人”小说。南京地区小说的出现，几乎与之同步。最早的一部小说集，当推官于南京、死于南京、葬于南京的晋郭璞的《玄中记》。《玄中记》，又名《郭氏玄中记》《元中记》。该书早亡佚，历代史志皆不见载。今所见皆为辑佚本，最多者为叶德辉《观古堂丛书本》辑68条、鲁迅《古小说钩沉》辑71条。《玄中记》为志怪小说集，博物志怪，内容甚丰，有神话故事、方域奇闻、动植物精怪、山川风物、妖异变化等传说，这些内容大多来自民间，表现了在科学不发达时代人们以幻想的形式解释奇妙的大自然和复杂的社会人事的才能，显示了劳动人民的创造性智慧，是魏晋六朝时期志怪小说的代表作之一。

晋葛洪有轶事小说集《西京杂记》和志怪小说集《神仙传》。在魏晋南北朝轶事小说中，《西京杂记》是除《世说新语》之外唯一的“幸存者”，其他各书均已散失。该书文笔简洁而有文采，唐李善的《文选注》和徐坚的《初学记》均大量引用此书，可见其在用典方面对后世的影响。《神仙传》充满炼丹服药、隐形变化、长生不老、白日升天等内容，叙述仙人得道前后的活动也颇雷同，但在传达人物情态时仍有少量生动的文字，写仙人的种种变化时也表现出一定的想象力，对后世神魔小说有某种程度的影响。

晋干宝有志怪小说集《搜神记》。原书共有30卷，散佚后被缀成20卷传世。《搜神记》亦是魏晋志怪小说的代表作，内容庞杂，多名篇，对后世文学艺术的发展影响很大。唐代传奇、宋元平话、元明清小说和戏剧中有不少作品从中汲取了营养，鲁迅的历史小说《铸剑》也取材于此。

晋郭澄之的轶事小说集《郭子》，为《世说新语》的先声。《世说新语》取材于此书的有70余条。晋祖台之有志怪小说集《志怪》。

南朝宋刘义庆的轶事小说《世说新语》，是中国古代小说中不可多得的名著，呈现了小说从狭义的子书脱胎而出的状态。《世说新语》开始着重描绘人的品操、容止、风度，使人成为小说描写的主体，对小说体裁的定型有着不可抹杀的重大意义。它是后代记叙轶闻隽语的笔记小说的先驱。《世说新语》一出，模仿之作不断出现，甚而形成“世说体”。书中的不少故事，或成为后世戏曲小说的素材，或成为后世诗文常用的典故。许多流传下来的成语也出于此书。刘义庆还著有《幽明录》。该书是南北朝志怪小说中篇幅较大的一种，与《搜神记》同为志怪小说的代表作。刘义庆的志怪小说集《宣验记》，是南朝出现较早的专为宣明因果应验的佛家观念而产生的志怪小说。

南朝时，由于帝王提倡，小说盛行，时人纷纷撰著，连一些科学家也跻身此列。宋刘敬叔撰志怪小说集《异苑》，东阳无疑撰志怪小说集《齐谐记》，虞通之撰轶事小说集《妒记》（又名《妒妇记》）；齐祖冲之撰志怪小说集《述异记》，齐梁时期沈约撰轶事小说集《俗说》；梁陶弘景撰志怪小说集《冥通记》、轶事小说集《续世说》，吴均撰志怪小说集《续齐谐记》，任昉撰志怪小说集《述异记》，殷芸受梁武帝令撰轶事小说集《殷芸小说》。《殷芸小说》是中国文学史上第一部以“小说”名书的短篇小说集，并且摆脱真人真事的束缚，开始以虚构的情节塑造历史上的真人形象而又不失其历史面貌，是南朝小说中的佼佼者，成为中国小说创作中的一大突破。

六朝时，南京短篇小说的创作出现高峰，之后虽时有作品面世，却再难呈现顶巅。隋颜之推有志怪小说集《冤魂志》（又名《还冤志》《还魂记》《还冤记》《怨魂志》），还有作《北齐还冤志》和《集灵记》；五代宋初徐铉有志怪小说集《稽神录》；明陈沂有《语怪录》和《善谑录》，朱良佑有《纪异录》，焦竑有《明世说》，岳梦渊有《依红自惕录》，秦朝选有《闲中录》，焦若鈐有《咫尺见闻录》，焦光俊有《客窗随录》，蒋鸣庆有《恒谈近录》，杨毓斌有《秋灯丛笔》等。

民国初，约20世纪20年代，在南京任教的创造社后起之秀倪贻德（笔名尼特），其处女作《玄武湖之秋》发表于《创造周报》，揭露了当时社会的黑暗面，抒发了对未来的憧憬，在青年群体中广为传诵，受到郭沫若、郁达夫的赞赏。但倪贻德亦因此而受到“封建卫道士”的问罪，甚至被学校辞退。还有南京正谊中学教员吴双热（名恤，笔名双热），写有短篇《哑教员》等。

新中国成立后，短篇小说创作日益繁荣，新人辈出。高楡于《人民文学》1952年5月号上发表作品《潜力》，是第一个走向全国、登上全国性文学刊物《人民文学》的南京青年作者。1960年编印的《春天里的竞赛》，是南京市工人的第一部小说集。陆文夫曾任江苏省作家协会主席、中国作家协会副主席，他的《献身》《小贩世家》《围墙》先后获全国优秀短篇小说奖。方之有小说集《在泉边》等，他的小说《内奸》获1979年全国优秀短篇小说奖。胡石言有《漆黑的羽毛》和《秋雪湖之恋》等。张弦有《记忆》和《被爱情遗忘的角落》等。杨汝申的《少校之死》获《雨花》奖一等奖。20世纪80年代前后，高晓声塑造了极具时代内涵和文化价值的“陈奂生”形象系列，延续了“鲁迅式”的国民性问题的探究，在全国范围内产生了重大反响。其代表作品有《李顺大造屋》《“漏斗户”主》《陈奂生上城》等，《陈奂生上城》还获得1980年全国优秀短篇小说奖。姜滇的《热恋》获《雨花》文学奖，《阿鸽与船》获首届全国青年文学创作奖，《巴根草》获《朝阳》文学奖。他还著有《暮雨初收》《濂溪笔记》系列小说和《话说南运河》系列小说等。孙观懋有《天灾不算祸》《断指的故事》《小巷幽默曲》等。贺景文有小说集《同居长干里》等。张昌华有《鸡鸣茅店月》《201光棍宿舍》《车到山前》等。成正和有小说集《淡绿色的站牌》，其中《我们都是年轻人》获《雨花》文学奖、金陵文学奖。薛冰有《本色》《夜色编织的不都是梦》《星火》《阎王庙》《无价之错》《无价之宝》《空白》《黑火》《大学士街一号》《绿光》等，其作品多次被选载，获芒种文学奖、国际青年金鸽奖、金陵文学奖、钟山文学奖。孙华炳有《烟笼寒水》《重赏之下》《难忘的一别》《凤栖梧》《金锁链》等。程童一的小说《牛怆》获1987年《解放军文艺》优秀作品奖。黄蓓佳有小说集《小船，小船》《唱给妈妈的歌》《遥远的地方有一片海》《芦花飘飞的时候》《在水边》。恽建新有《瑞雪兆丰年》《国药》等，其作品连获首届和第二届金陵文学奖。苏童，本名童忠贵，1983年发表小说处女作，此后著作甚丰，著有《桑园留念》《祭奠红马》《红桃Q》《告诉他们，我乘白鹤去了》《小偷》《向日葵》《古巴刀》《水鬼》《巨婴》等，其小说曾被翻译成英文、法文、德文、意文等多种语言，是中国当代文学先锋代表作家之一。毕飞宇于1991年发表处女作《孤岛》，此后著有《那个男孩是我》《是谁在深夜说话》《白夜》《男人还剩下什么》等。1997年，毕飞宇的《怀孕期的女人》获首届鲁迅文学奖短篇小说奖。

现代短篇小说中，后起微型小说（又称小小说）一支。沙黾农为微型小说之高产者，有约200篇作品面世，其中一些作品被多次转载，并数次在全国、省、市级的微型小说征文比赛中获奖；1989年出版《沙黾农微型幽默小说99篇》（南京出版社出版）。张新民的《落棋有声》被《小说选刊》《新华文摘》等数十家书刊转载，并获《工人日报》1983年全国小说征文一等奖。

二、中篇小说

中篇小说为后起之名称。方之是新时期反思文学的代表性作家，除致力于《青春》杂志的创刊以及对青年作家的培养之外，还把自己多年对革命历史的体验和深刻思考融入创作之中，发表了《浪头与石头》等作品，在全国产生影响。黎汝清有《我守卫在桃花河畔》和《搏斗者》等。胡石言有《柳堡的故事》，朱苏进有《第三只眼》，胡正言有《五色土》，这些作品都曾产生了广泛影响。姜滇的《清水湾，淡水湾》获《十月》文学奖，《瓦楞上的草》获《当代》文学奖，他还著有《花湿红泥村》《一个趺趺爬爬的人》和《小楼昨夜》等60余部作品。贺景文的《哈麻子鞋铺》《凯蒂来了之后》，获首届、第二届金陵文学奖。黄铁男有《藕群》《一个犯过错误的男人》和中篇集《抛向异邦的彩球》。朱新楣的《灰布阿七》获首届金陵文学奖。薛冰有中短篇小说集《爱情的故事》。孙华炳有《悬崖》《大潮》《冻土》《落红》《秦淮半边月》等，其《蓝夜》和《伴读》获首届、第二届金陵文学奖。沈乔生有中篇小说集《黑房子》，其《苦涩的收获》获《小说界》首届作品奖。孙景生有《特殊使者》。黄蓓佳有中篇小说集《给你奏一支梦想曲》，其《冬之旅》获第二届金陵文学奖。陆文夫的《美食家》获1983—1984年全国优秀中篇小说奖。周梅森有中篇小说集《庄严的毁灭》《沉沦的土地》

《国殇》，其《军歌》获1985—1986年全国优秀中篇小说奖。1988年，《南京日报》《扬子晚报》和南京汽轮电机厂联合举办“汽轮杯”连载接力赛，南京俞律等20位作家写成两部同名连载小说《爱的圆圈》，成为文坛佳话。

出生于南京的叶兆言，是专注于写南京、展现南京味的代表性作家。其作品有《夜泊秦淮》《艳歌》《枣树的故事》《殇逝的英雄》《去影》《路边的月亮》《五异人传》《采红菱》《绿色陷阱》《今夜星光灿烂》《走近赛珍珠》《纪念少女楼兰》等。其《追月楼》获1987—1988年全国优秀中篇小说奖、首届江苏文学艺术奖。

二十世纪八九十年代，步入文坛的苏童和毕飞宇以其实力引人注目。苏童于1987年在《收获》上发表《1934年的逃亡》而一举成名，著有《罂粟之家》《离婚指南》等。其作《妻妾成群》于1992年被张艺谋改编成电影《大红灯笼高高挂》，同年获得庄重文文学奖，被列入20世纪中文小说100强。毕飞宇，20世纪80年代中期开始小说创作，其中篇小说《青衣》获《小说月报》奖、首届中国小说学会奖，位列中国小说学会“2000年度中国小说排行榜”中篇小说榜首。黄蓓佳亦有中短篇作品集《在水边》《这一瞬间如此辉煌》《请和我同行》《藤之舞》《玫瑰房间》《危险游戏》《忧伤的五月》《爱某个人就让他自由》等。

三、长篇小说

南京地区的长篇小说亦出现较早，且多名篇。明纪振伦，号秦淮墨客，南京人，著有《杨家通俗演义》。明甄伟，号钟山居士，南京人，著有《西汉通俗演义》。明许仲琳，号钟山逸叟，著有《封神演义》（另说作者为兴化人陆西星，但皆为孤证，尚难确断）。清李渔有《合锦回文传》。最有名的，还数侨居南京的吴敬梓所写的长篇小说《儒林外史》。“迨吴敬梓《儒林外史》出，乃秉持公心，指摘时弊，机锋所向，尤在士林；其文又戚而能谐，婉而多讽；于是说部中乃始有足称讽刺之书。”（鲁迅《中国小说史略》）还有曹雪芹的《红楼梦》，人物事故摆脱旧套，为全面批判封建社会的现实主义杰出作品。自《红楼梦》出，而兴红学，长盛不衰。

《儒林外史》内页

民国时期，吴双热有《兰娘哀史》《孽冤镜》《断肠花》《鹃娘香史》《香国春秋》等。抗日战争时期前，南京新闻界有著名的“三张”，即张恨水、张友鸾和张慧剑。除张慧剑为“副刊圣手”外，另“二张”皆擅长长篇小说。张恨水是著名的章回小说家，其代表作有《啼笑因缘》等。张友鸾的长篇则与南京乡土有更大关联，多以南京社会为背景，如《白门秋柳记》《魂断文德桥》，还有南京人熟知的故事《沈万三》、济公式人物《志公传》。其《胭脂井》则写南朝陈发生在南京的帝王陈后主和妃子张丽华之间因荒淫无耻而导致亡国的历史故事，《腹蛇案》亦是写清嘉庆年间发生在南京的历史案件。

新中国成立后，艾煊有《大江风雷》《山雨欲来》《战斗在长江三角洲》和《乡关何处》等。黎汝清有《海岛女民兵》《万山红遍》《叶秋红》《冬蕾》《雨雪霏霏》《生与死》和《芳茗园之夜》等。张友鸾有《秦淮粉墨图》等。海笑有《农场女儿》《青青羊河草》和《女花剑传奇》等。蔡观华的《生命与爱情》曾被《中国青年报》列为第二号畅销书。姜滇有《市长夫人》和《摄生草》等，前者获《十月》文学奖。陆拂明创作反映明末清初文人生活、歌妓生活的历史长篇小说《兰舟恋》，引起较大反响。贺景文有《替身》，黄铁男有《东方斗牛士》《沉疴》《厨王》，张联有长篇推理小说《没有阳光的小街》，孙景生有《“震风”号巡洋舰失踪》。周梅森发表《黑坟》后即引起强烈反响，中国煤矿文化宣传基金会文学研究所和南京市作家协会在杭州联合召开其作品讨论会。

自20世纪80年代开始，南京文人不断有新篇，展现实力。叶兆言有《花影》《花煞》《走进夜晚》《死水》《一九三七年的爱情》等，苏童有《米》《菩萨蛮》等，范小青有《裤裆巷风流记》《个体部落记事》《采莲浜苦情录》《锦帆桥人家》《天砚》《老岸》《误入歧途》《无人作证》《费家有女》《城市民谣》《百日阳光》等，黄蓓佳有《夜夜狂欢》《新乱世佳人》。诗人韩东亦有《扎根》《我和你》等，邓海南有《垓下悲歌》等。

第四节　民间文学、儿童文学

民间文学作为一个学术名词，在南京地区是从“五四”运动之后才逐步出现和流行的。儿童文学作为专门为少年儿童创作的文学作品，也是在19世纪末20世纪初才开始逐渐出现的。但是，如果追本溯源，而且广义地把民间文学也作为一种儿童文学看待的话，那么，这两类文学作品完全可以说是南京地区最早出现的、最古老的文学体裁。南京地区的民间文学诞生自远古，几乎与南京初民同时存在。20世纪80年代，南京对民间故事、歌谣、谚语开展全面普查，所搜集到的远古传说《人怎么出世的》，可与全国长期流传的《女娲造人》相媲美；《后羿射金乌》的传说流传于江宁汤山的射乌山一带，与当地射乌山和汤山温泉相关联。

在古代，南京地区大量的民间文学作为口头文学而流传民间。六朝时，始有史书和专著记载南京歌谣，有文人利用传说撰写故事、小说。

民国时，亦无专人从事民间文学和儿童文学。

新中国成立后，民间文艺家和儿童文学作家开始出现，民间文学和儿童文学的局面逐步打开。

一、民间文学

（一）歌谣谚语

南京地区见诸记载的最早一首民谣，当是《三国志·吴书·陆凯传》中所引的吴孙皓初年的一首童谣："宁饮建业水，不食武昌（今湖北鄂州）鱼。宁还建业死，不止武昌居。"这首民谣是反对孙皓迁都的，反映了南京地区民谣的都市色彩。

《晋书·五行志》中所引东晋哀帝司马丕时的两首童谣：一是"升平（以及后面的"隆和""兴宁"，皆是哀帝年号）不满斗，隆和那得久？桓公（指大将桓温）入石头（南京石头城），陛下徒跣走"；二是"虽复致兴宁，亦复无聊生！"其内容是反对、嘲讽庸劣无能的反动统治者的。

六朝时，南京还是吴声歌曲（吴歌）的发源地。那时候，自从东晋渡江以来，长江流域的经济得到发展。农业、手工业的发展促使商业、交通和城市经济有了相应的发展，作为娱乐的歌舞也随之在贵族官僚和一般平民中空前盛行。《宋书·良吏传》记载，宋文帝时，"凡百户之乡，有市之邑，歌谣舞蹈，触处成群"。《南史·循吏列传》记载，齐武帝时，"都邑之盛，士女昌逸，歌声舞节，袨服华妆。桃花渌水之间，秋月春风之下，无往非适"。歌舞已成为一种社会的广泛需要，新的乐曲和歌辞不断在民间产生，亦为乐府官署所重视，他们对其加以采集和加工。这是吴歌在南京诞生的基本社会条件，亦是这些吴歌得以保存并流传的基本原因。关于吴歌起源于南京的说法，除了六朝史书有记载之外，也不断得到后人的肯定。《晋书·乐志》曰："吴歌杂曲，并出江南，东晋以来，稍有增广，其始皆徒歌，既而被之管弦。"《乐府诗集》的编者、南宋后期人郭茂倩在引用这段话后，立即肯定地说："盖自永嘉渡江之南，下及梁陈，咸都建业。吴声歌曲，起于此也。"诸如《长干曲》《子夜歌》《懊侬歌》和《上声歌》等吴歌，都反映了南京地处长江之滨、商业繁荣发达的都市特色。吴歌对当时和后世文人产生了巨大影响，对唐诗形成盛况、艺术构思等方面给予了不少启迪。

咸丰三年（1853），太平军攻占南京，定都于此，将都城改称天京，居留南京11年之久。这一时期涌现出大批民歌民谣，反映了南京人民对农民起义的鲜明态度和强烈感情。"天父天兄手段高，打得清兵四处逃。拿下南京立天国，旗开得胜万民笑。"这首民歌写出了南京百姓对太平军的赞扬和攻克南京的欢悦之情。

民歌流传于民间，往往自生自灭，不管经受什么曲折和打击，基本都得以流传下来，可见其生命力之强。新四军宣传队在南京江北地区搜集整理民歌《茉莉花》，是民间文艺史上浓墨重彩的一笔。1942年冬，抗日战争处于相持阶段，14岁的何仿和战友随新四军淮南大众剧团来到江苏的六合、仪征一带进行宣传，开展反"扫荡"工作。他们在金牛山区第一次听见悠扬而舒展的，流行于六合、扬州一带的民歌《鲜花调》，深被吸引，立即将其采集。《鲜花调》的3段词分别歌咏了3种花——茉莉花、金银花和玫瑰花。1957年，时任前线歌舞团作曲兼指挥的何仿对《鲜花调》进行修改加工，集中歌咏茉莉花。在全军文艺汇演中，前线歌舞团演唱的《茉莉花》一唱而响，流传全国。1959年，前线歌舞团受命以中国青年代表团歌舞团的名义参加在奥地利维也纳举行的第七届世界青年与学生和平友谊联欢节，何仿再次对《茉莉花》进行了较大幅度的修改。这首歌第一次走出国门，便受到了各国青年的高度赞赏，从此流传全世界。1997年6月30日午夜，在香港回归祖国交接仪式上，中英两国军乐队各奏3首乐曲，中国军乐队演奏的第一首乐曲便是江苏民歌《茉莉花》；同年12月19日午夜，在澳门回归祖国交接仪式上，乐队又奏响了这首名曲。

尽管民歌生命力很强，但它在封建社会长期得不到重视，并不能真正在文学上占有一席之地。范福孙的《南京谚语》和李芬的《谚语》，被收入1927年出版的《中华谚海》，但收录量都不大。

民间歌谣、谚语的搜集整理工作真正得到重视，还是在新中国成立以后。1958年12月，由南京市委宣传部主编的《南京民歌选》（由彭冲撰写序言）正式出版发行。1959年，南京农民作家张正超创作的民歌《东方卧龙上九重》被选入郭沫若主编的《红旗歌谣》。1962年，由研究太平天国的学者郭存孝等人搜集、整理的《太平天国歌谣》出版。

规模最大的一次民间歌谣、谚语搜集活动，是1987年10月开始的由南京市艺术学科规划领导小组组织领导的普查活动。该活动历时3年，范围覆盖全市15个区、县，除了组织领导者外，参加搜集者有156人，参加演唱者有238人。共采录5000多首（约4万行）歌谣、2万多条谚语，最后精选出320多首（5000多行）歌谣、3000多条谚语结集，于1990年3月由江苏古籍出版社正式出版，名为《南京歌谣谚语》。

在《南京歌谣谚语》中，歌谣共分劳动歌、情歌、生活歌、仪式歌、时政歌、历史传说歌、儿歌和杂歌八大类。除了具有丰富性之外，该书还搜集到流传于高淳地区的长达253行的民歌《民间百草歌》。民间谚语共分时政、经济、事理、修养、社交、生活、自然和生产八大类。这本书是南京有史以来普查最广、搜集最全的歌谣谚语集。

（二）民间故事

南京地区的民间故事历史源远流长，可以追溯到远古。“小说”一节中有南京民间故事在古代发展的影子，以及对文人创作的影响。民间文学的地位真正受到重视始自新中国成立后。

1962年出版的南京民间故事集《太平军破地道阵》，是南京市民间文学工作者在新中国成立后多年来搜集、整理民间故事的第一批成果。该书收民间故事44篇，其中工人斗争故事5篇、太平天国故事14篇、云锦故事8篇、鲁班故事5篇、地方风物故事及其他12篇。

1979年12月，南京市文学工作者协会成立民间文学组（1985年改建成南京民间文学工作者委员会）。南京民间文学工作者开始有了自己的文学组织，也从此结束了南京民间文学工作者散兵游勇的状况。同年，《金陵百花》创刊，又给南京民间文学提供了较大的发表园地。在此基础上，《南京民间传说》增刊（或称特刊）从1983年1月开始出版，至1984年5月共出3期，每期收南京民间传说20多篇。南京民间文学组和《金陵百花》起了团结南京民间文学工作者的作用。这一时期，南京地区涌现出包括王崇辉、吴福林、董志涌等在内的二三十人的民间文学骨干队伍。

1982年，王崇辉、吴福林搜集整理的《沈万三传说》，被连载于同年《垦春泥》2—4期，读者对此反映很好。1984年6月，该作品被收入江苏人民出版社出版的《唐伯虎月夜梅花梦》中篇故事集中，并多次再版；1986年，又获首届金陵文学奖。

1983年3月，由南京民间文学组组织搜集整理的《南京民间传说》出版（江苏人民出版社出版）。该书收南京民间故事43篇，由44人搜集整理而成，初步展示了南京民间文学工作者有了自己文学组织之后的力量。

1984年12月，《南京的传说》出版（上海文艺出版社出版），收传说故事54篇。

1986年9月，《史痴嫁女》出版（中国民间文艺出版社出版）。该书由南京市作家协会委托吴福林主编，收南京民间传说故事33篇，其内容与1983年3月出版的《南京民间传说》毫无重复，可以说是《南京民间传说》的续编。

南京市艺术学科规划领导小组于1987年10月开始的民间文学普查活动，除了搜集到大量的民间歌谣谚语、编辑出版了《南京歌谣谚语》外，还采录了约500万字的民间故事资料，精选出100多篇40多万字内容，将其结集出版了《南京民间故事》（江苏古籍出版社出版）。南京民间故事历来多历史人物故事、地名胜迹故事、民俗风物故事，因此它们固然能反映出南京作为历史文化名城的特色，但是缺少神话传说故事来说明南京的悠久历史。这次普查活动的最大成绩，除了全面外，就是搜集到一些神话传说故事，填补了南京民间文学的空白。《人怎么出世的》《岁数走哪块来的》《后羿射金乌》等神话，既与全国性的此类神话有一致之处，亦从内容的地域性、语言的地方化等方面，强烈地反映了南京地方特色。此外，这次活动还搜集到了不少动植物传说和生活故事，这反映了南京地区民间故事的丰富性。

1996年，吴福林、王崇辉所编的《南京的民间传说》被收入“可爱的南京丛书”第二辑，出版后获江苏省第二届民间文学评奖一等奖和第三届（1995—1999年）南京市文学艺术奖优秀奖。

二、儿童文学

南京地区儿童文学创作力量的形成，发生在新中国成立以后。一些老作家率先致力于此，而后不断出现新人，并逐步在全国产生影响。

黄天戈著有短篇小说集《白额牛》《闪亮的花朵》和童话寓言集《睡谷的传说》等。其中，《白额牛》《白脸狐狸》和《松鼠阿姨》等获江苏省儿童文学三等奖以及上海有关刊物奖。杨苡的《北京—莫斯科》被收入由人民文学出版社出版的《1958年儿童文学选》，《自己的事自己做》获新中国成立十周年优秀儿童文学作品奖，《今天我做值日生》于1964年由上海少年儿童出版社出版。张介著有童话集《一块粘土的经历》，他的童话《松树和石头》获1956年江苏省创作三等奖。林先德多写供幼儿阅读的儿童文学作品，《黑熊的西瓜》在《好孩子画报》上发表后，获辽宁省新少年杂志社优秀作品奖。王崇辉的《骄傲的小风筝》两次获江苏省文学创作奖。李旺儒著有儿童短篇小说集《新苗茁壮》等。杨清生的短篇小说《不饶人的董珍珍》获首届金陵文学奖。高恩道自1970年开始从事低幼儿童文学创作，发表儿诗、童话、寓言故事约300篇，《学游泳》先后5次在全国、省、市一级儿童文学评选中获奖。眭双祥著有中篇童话《小头疼就诊记》和童话《数学魔方奇案》《长方形过生日》《小头疼奇遇》等，其作品曾多次获奖。熊梅生著有小说《带问号的一百分》，科学童话《小海马的奇遇》《一个国王的懊恼》和长篇英雄传奇故事《特级英雄杨根思》（主要执笔者）。张廷科的长篇儿童小说《铁蛋历险记》由安徽文艺出版社出版。林震公的中篇小说《小足球队的风波》获首届金陵文学奖，儿童小说《明镜样的心灵》获《中国少年报》1980年优秀作品奖。徐长林著有长篇童话诗《金鸟》和《银鸟和火鸟》以及寓言《红玫瑰和黄玫瑰》。王炳毅的儿童小说《飞吧小白鸽》获《儿童时代》小说征文三等奖。龚慧瑛的《月儿，为什么这样亮》获江苏《少年文艺》1985年优秀散文奖，《记住这个盛大的节日》获江苏《少年文艺》1986年“教师节朗诵诗征文”比赛成人组一等奖。陶志泉的散文《被遗忘的琴声》获上海《少年文艺》“好作品”奖。王启礼的《啊，古老的“仓王”》等被选入《全国优秀儿童短篇小说选》，《三打宿县》被选入《全国青少年小说选粹》。顾晓军的《太阳地》被选入《全国儿童短篇小说选》（1986年）。何伦的《小鹰飞起来》获甘肃省新中国成立三十周年文学艺术创作三等奖。黄蓓佳于1973年发表处女作《补考》，一举成名；1982年发表的小说《心声》被选入《中国新文艺大系——1976—1982儿童文学集》，又被收入语文课本；《作文上的红双圈》亦被收入语文教材。程玮的《来自异国的孩子》获1988年首届全国优秀儿童文学奖。

1990年7月，邢熙坤的传记文学《大鸾——周恩来童年故事》、王启礼的短篇小说《啊，古老的“仓王”》、杨清生的短篇小说《老米跌价》、许金华的报告文学《秦淮小渔夫》、高恩道的诗歌《小淘气和他的刻刀》和眭双祥的童话《数学魔方奇案》6部作品，获“金陵文学奖·儿童文学状元杯”奖。

第五节　文学理论和风格流派

南京地区的文学理论起源很早，在古代出现了不少有开创性且影响深远的理论批评巨著和名篇。近现代，南京许多高等学校的理论力量雄厚，风格流派时有出现，产生了一定的影响。

一、文学理论

曾侨居南京的西晋文学家陆机的《文赋》不但是南京地区文学理论的开篇之作，亦是中国文学理论发展史上第一篇系统的创作论，它对于文学创作构思过程中想象问题的论述尤为精辟，对声律的探讨内容为沈约创造“四声八病”说及律诗的形成准备了条件。

东晋葛洪的文学理论主要包含在《抱朴子》（外篇）的《钧世》《尚博》《辞义》《文行》等篇中。他的文学思想深受王充和陆机的影响而有所发展。他要求文章发挥社会作用，移风易俗，讽谏过失；反对贵古贱今，认为今胜于古，文学风气当随时推移；提倡文学创作要雕文饰辞，并主张德行与文章并重。他的“本不必皆珍，末不必悉薄”的论点，突破了儒家德本文末的思想藩篱。南朝宋时，长期在南京为官的史学家范晔，在《狱中与诸甥侄书》中发表了自己对文学的见解。他重视音韵在诗歌中的运用，成为陆机之后又一位强调诗歌声韵的文论家。这一意见促进了人们对于文字声韵和诗歌韵律的探讨，对于后来永明体诗和永明声律理论的产生起了推动作用。

南朝齐梁时期文坛领袖沈约学识渊博，精通音律。他的《宋书·谢灵运传论》是文学批评史上有影响的理论著作。在创作上，他主张文学作品应该情文互用，做到内容与形式相统一。他还总结了前人声韵研究的成果和诗歌创作运用音律的经验，创立了声律论，提出了“四声说”和“八病说”。他的《四声谱》是研究声律理论的专门著作（今已亡佚）。他的声律论的提出，推动了五言古诗向律诗演变的进程，在诗歌发展史上有进步的意义。

南朝梁还有人专门研究《诗经》。陶弘景有《毛诗序注》1卷，梁武帝萧衍则有《毛诗问答》及《毛诗大义》11卷、《毛诗发题序义》1卷等，梁简文帝萧纲又有《毛诗十五国风义》20卷。

南朝齐梁时期最著名的文学理论家刘勰在南京上定林寺，经过五六年的刻苦努力，于齐和帝中兴元年、二年间（501—502），写成了南京也是中国最早的一部有严密体系的“体大而虑周”的文学理论专著《文心雕龙》。这部著作在文学理论上集前人之大成，并建立了完整的理论体系。全书共10卷50篇，包括“总论”“文体论”“创作论”和“批评论”4个部分，最后一篇《序志》说明创作意图。它继承并发展了前人的进步文艺思想，比较全面地概括和分析了那个时代的文学现象，把中国古代文学批评理论推向了一个新的阶段，对后世有极大的影响。在文学史观上，刘勰认为文学的发展变化终归会受到时代及社会政治生活的影响，把以往这方面的理论提到了一个新的高度；关于物与我、情与景关系的论述，对唐代及唐以后有关这方面问题的探讨有着重要影响；关于风格的研究，对后来的《诗式》《二十四品》等，都有直接的影响；其“风骨”之说，对唐代诗歌的发展有过重大影响。他不仅首次提出了文学创作离不开必要的夸张，而且主张夸而有节，反对夸张失实……鲁迅高度评价《文心雕龙》：“篇章既富，评骘自生，东则有刘彦和之《文心》，西则有亚里士多德之《诗学》，解析神质，包举洪纤，开源发流，为世楷式。”（《论诗题记》）正由于创作了这部巨著，刘勰不仅成为中国五六世纪之交的，甚至是整个封建时期的杰出文学理论家，而且在世界美学史上也是一位卓立不朽的巨人。

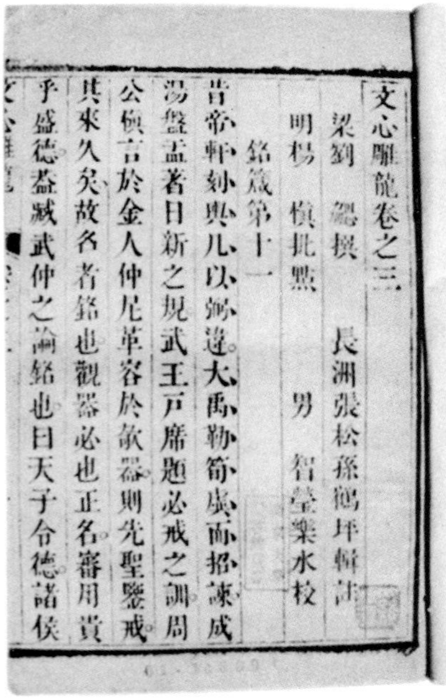
文心雕龍卷之三
梁劉　勰撰　　長洲張松孫鶴坪輯註
明楊　愼批點　　男　智瑩棐水校
銘箴第十一
昔帝軒刻輿几以弼違大禹勒筍虡而招諫成湯盤盂著日新之規武王戶席題必戒之訓周公愼言於金人仲尼革容於欹器則先聖鑒戒其來久矣故銘者名也觀器必也正名審用貴乎盛德蓋臧武仲之論銘也曰天子令德諸侯

《文心雕龙》内页

南朝齐梁时期重要的文学理论批评家钟嵘所创作

的《诗品》，是南京也是中国最早的一部论诗专著。这部著作以五言诗为主，将自汉至梁有成就的诗歌作家列等第，分为上中下三品，故称《诗品》。上中下三品又均有序言，近人将其集于书前称作《诗品序》，又称《总论》。《诗品序》集中阐述了作者的诗歌理论主张，总结了诗歌发展的历史，正视五言诗兴起的事实，打破了旧有“四言为正”的传统观念，确立了五言诗的正宗地位。钟嵘论述了诗歌创作的原则，对赋、比、兴的含义做了新的解释。他针对当时玄言虚饰的时弊，要求诗歌创作崇尚自然，不故作藻饰，为五言诗的发展指明了正确的道路。

钟嵘还在《诗品》中通过品评122位诗人，具体阐述了自己的创作主张。《诗品》对当时诗歌的发展起了直接的推动作用，对后世诗歌批评也有很深的影响。

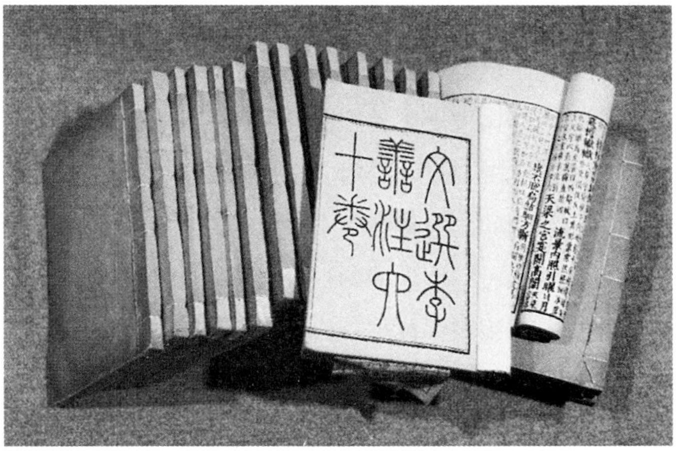
《文选》李善注六十卷书影

南朝齐梁时期，由于统治阶级本身的爱好以及大力提倡，文学较为繁荣，批评之风普及，学术空气比较活跃。在此时期为官的裴子野著有《雕虫论》，虽然其文学观念是守旧的，却大胆而尖锐地批判南朝盛极一时的形式主义文风，指斥它为“雕虫之艺”，揭露这种文风的恶劣影响，甚至把批判的矛头直接指向最高的封建统治者，这篇著作因此成为中国文学批评史上著名的文学专论。齐高帝萧道成之孙萧子显在《南齐书·文学传论》中，通过评述魏晋以来的作家，也对当时形式主义的文风给予批评，提倡文章“新变”，肯定了鲍照“发唱惊挺”“倾炫心魂”的诗歌特色，这对文学批评史有重要意义。梁武帝长子、昭明太子萧统的文学理论，见于他的《〈文选〉序》《〈陶渊明集〉序》和《答湘东王求〈文集〉及〈诗苑英华〉书》。萧统的文学理论中最有价值的是他在确定《文选》入选标准时，力图划出文学与非文学的界线，试图确立文学的独立地位。他对文学的特点、范围和独立地位的认识比前人又有了进步。萧统还为陶渊明编了文集，并写了《〈陶渊明集〉序》，充分肯定了这位杰出作家和诗人的成就，这反映了他的卓越见识。《文心雕龙》这样的巨著却对陶渊明只字未提，钟嵘在《诗品》中将这位大作家、大诗人列为中品。可以说，萧统是历史上最早认识并高度评价陶渊明的文学与人格的人，他使人们对陶渊明及其诗歌开始有了新的认识。

唐时，南京地区有两部文学理论批评著作值得一提。一部是句容人许淹所著《诗格》1卷，另一部是句容人许叔牙所撰《毛诗纂义》10卷。许叔牙累官太子洗马兼崇贤馆学士，其《毛诗纂义》10卷是研究《诗经》的著作。可能出于官职的缘故，他曾将此书进献皇太子，太子赐帛百段，令写本付司经局。御史大夫高智周对此书给予高度评价，对人说：“凡欲言诗者必须先读此书。”

宋时，长期侨居南京、三任江宁知府的王安石，不仅是一位卓越的政治家、思想家，而且是一位著名的文学家。连《宋史》也说："安石议论高奇，能以辨博济其说。果于自用，慨然有矫世变俗之志。"他的文学观点，见于《张刑部诗序》《上人书》等。他同欧阳修一样坚决反对西昆体文风。他要求写作有明确的目的，应对社会现实发挥积极作用，甚至强调文学要为现实政治服务。因此，他一方面肯定韩愈、柳宗元在唐代古文运动中的历史功绩，另一方面又反对他们过多地在语言文字上下功夫。王安石的文学观存在着忽视艺术形式的一面。另有祖籍瓯宁（今福建建瓯）、生于金陵的吴可，著有《藏海诗话》1卷、《学诗》3首。吴可论诗，上承苏轼，下启严羽，提倡以禅喻诗，强调学诗要像参禅那样，经过长期修炼，达到顿悟的境界。他反对"头上安头"的因袭模拟，要求跳出前人窠臼，具有自家面目。他提出作诗"以意为主，辅之以华丽"，学诗应以学杜（甫）为主，兼取诸家之长，并赞赏诗歌平淡的风格。这些见解对诗歌的艺术发展是有益的。

明时，开国文臣之首宋濂亦为明初文坛领袖。他的文学主张，基本上见于《文原》上下两篇。《文原》是他为其学生写的作文指导，阐述了文章的渊源、为文利弊、作者修养和写作目的等一系列问题。他把文章看成表现社会生活的手段和工具，要求作者既要重视文理道德修养，也要熟悉、掌握广博的社会人事。宋濂论文受理学家影响，有重道轻文的倾向。另一开国元勋刘基，与宋濂并称"一代文宗"。他在《照玄上人诗集序》《书绍兴府达鲁花赤九十子阳德政诗后》中，表述了他的文学主张。他认为诗歌创作的主要任务是批判时政，讽刺邪恶，表达民情，要以"刺"为主，并认为这才是《诗经》的优秀传统，坚决反对"哦风月、弄花鸟为能事"。他也反对"温柔敦厚"的诗教，主张诗歌可以直指其事，明斥其人。他还重视民间诗歌，对出自匹夫匹妇之口的民歌给予肯定。在南京被害的血性文臣方孝孺，是宋濂的学生。他的文学观点，见于《答王秀才书》《谈诗》（五绝）中。他的文艺思想属儒家正统的文学观。但他论文注意表现作者的个性，赞扬苏轼的创新，反对形式雕琢、模拟复古，开明代反拟古诗论的先河。他还对浪漫主义文学的特征有所认识，推崇庄子、李白、苏轼等浪漫主义作家及其作品。

明太祖朱元璋的第十七子朱权，因避皇室争权之祸，寄情于戏曲、游娱、奉道，以求自保，而在戏曲理论的研究上取得突出成就。他的戏曲理论著作有《太和正音谱》《务头集韵》和《琼林雅韵》，后两种已佚。

《太和正音谱》2卷写成于洪武三十一年（1398），现有影写洪武间刻本。这是一部戏曲文学理论、戏曲音乐理论兼及戏曲史料的著作。朱权首创戏曲文学体式，将其分为"丹丘体""宗匠体""黄冠体""俳优体"等15种，但主要成就却在音韵格律方面。其中，第八章"乐府"为北曲杂剧曲谱，占全书篇幅的五分之四，根据北曲黄钟、正宫、大石调、小石调、仙吕、中吕、南吕、双调、越调、商调、商角调、般涉调12宫调分类，逐一记述各个曲牌的句格谱式，以元代或明初的杂剧、散曲作品为例，详细注明四声平仄，用大小字体标清正字、衬字，共收曲牌335支。这是现存唯一最早的北曲杂剧曲谱，对后世有较大影响。明人范文若的《博山堂北曲谱》、清人李玉的《北词广正谱》，以及《钦定曲谱》《九宫大成南北词谱》中的北曲部分，都以该书为基础重新编制而成。该书对戏曲声乐理论、歌唱方法，古剧角色源流的阐述，虽然大部分直接取自元人燕南芝庵的《唱论》，但其中也有朱权的见解和新增的史料。

官至南京刑部尚书的王世贞，继李攀龙之后主持文坛，为“后七子”的领袖。他的《弇州山人四部稿》中有《艺苑卮言》12卷（含附录4卷），全面地记载了他的文学主张。他与李攀龙一样，继承“前七子”的“文必秦汉、诗必盛唐”理论，提倡复古，重模拟，工藻饰。他晚年时，对他的攻击者渐起，故渐趋平淡，但基本倾向仍未摆脱崇古拟古之风。所以，他论诗强调格调，重视才思的作用和诗法，提出诗有篇法、句法、字法，必须严格遵守。但他的文艺思想又是矛盾的。他主张诗的意境应该独造、丰满，应“神与境会”，认为诗要遵循诗法，但又要不露痕迹；重视辞采，又反对过分追求辞藻。他还重视民歌、戏曲等通俗文学。这些主张都具有一定的积极意义。江宁人焦竑与李贽友善。他论文尚变易而不主故常，对“前后七子”的拟古主张曾进行抨击。他批评拟古者颠倒黑白，是“谬种流传”，认为善法古者不应机械模拟，而要化实为虚，化死而活，化臭腐为神奇，不要拘泥于古法，而要独创。他继承传统的文质相符的思想，强调创作中“实”的重要性，主张“华实相符”。他重视作者身心的真实体验，继承苏轼的“词达说”。他在反对复古派的斗争中，还提出了“性灵说”，这对后来公安派的“性灵说”有明显的影响。

明代戏曲理论比较发达，除朱权外，曾在南京任南都翰林院孔目的何良俊也是一大家。他的戏曲理论载《四友斋丛说》第37卷，共30条。该书亦有单行本，名为《曲论》。他的戏曲主张，一是提倡用本色语言编写剧本，重蕴藉而轻浓艳；二是主张不能为追求字句的工整而违腔忤律，当文辞与音律产生矛盾时，宁可词句欠通顺，也要遵守戏曲音律。主张虽有偏颇，但对明代中叶以来戏曲作品日益脱离舞台的创作倾向很有针对性，对后来万历年间出现的吴江派有直接影响。潘之亘著有《鸾啸小品》和《亘史》，顾起元著有《客座赘语》，其中多有记载南京地区戏曲创作和演出的资料，是研究明代戏曲史的重要参考文献。

明末清初，余怀的《板桥杂记》记下了大量明末秦淮戏曲活动，评述了众多著名演员，是迄今可见最完备的明末清初秦淮戏曲史料。

清时，南京地区最有建树的文学理论批评家有李渔、方苞和袁枚。

李渔的戏曲理论，见于《闲情偶寄》，其中“词曲”部论述戏曲创作，“演习”部和“声容”部的若干内容论述舞台艺术，即他所谓的“登场之道”。这部著作是他有感于戏曲理论落后于创作而著。他广泛地汲取了前人的理论成果，联系当时戏曲创作的实际，并结合他自身的创作经验，对戏曲理论进行了较为全面系统的总结，较为全面地反映了他的美术学思想和艺术观点。关于剧本创作，他非常强调戏曲文学的特殊性，系统地阐述了戏曲创作的特殊规律；广泛地论述了戏曲创作各方面的问题，对戏曲结构、语言、题材等问题的论述尤为精辟；他把剧本创作之外的有关排演、表演、戏曲音乐等演出艺术，称为“登场之道”，并进行了开创性的探讨，这在中国古代戏曲理论发展史上是一个值得重视的突破。《闲情偶寄》不愧为中国民族戏曲理论中有代表性的、自成体系的著作。他还把小说统称为“无声戏”，将小说向戏曲靠拢，重视艺术虚构和艺术想象在小说创作中的重大作用，为古代小说理论做出了新贡献。

方苞，祖籍安徽桐城。明末，其曾祖因避乱，从桐城迁居到南京。方苞自幼在南京长大，他是清代桐城派创始人，在文学理论上集文论中正统派之大成，提出了“义法说”，奠定了桐城派的理论基础。他之所谓“义”，即作文要言之有物，以程朱理学为主；所谓“法”，即形式上要清澄雅洁，反对雕琢。他的《古文约选》是古文义法的示范。该书序例阐明了选录标准，论述了古文义法的发展、古文义法理论的含义。义指内容，要求有物；法指形式，要求有序。法从义出，法又随义变。这种见解比过去单纯模拟秦汉字句的复古派和专讲间架结构的唐宋派为高。

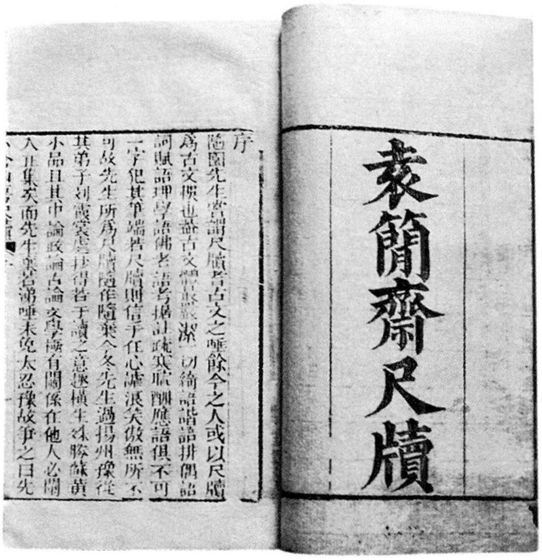

袁枚《袁简斋尺牍》书影

袁枚是乾嘉时期的主要诗论家之一，继明代公安派、竟陵派而持“性灵说”。他有许多论诗的书信文章，以《随园诗话》及《补遗》《续诗品》为诗论主要著作。《随园诗话》除阐述“性灵说”的理论外，对历代诗人作品、流派演变及清代诗坛多有评述。《续诗品》则是仿司空图《二十四诗品》之作，立36目，用四言韵文简括诗歌创作过程、方法、修养、技巧等具体经验体会，即所谓创作“苦心”。他论诗批评沈德潜的“格调说”、翁方纲的“肌理说”，对极为风行的王士祯的“神韵说”也有议论。其“性灵说”的真谛所在是把真实的感受生动活泼地表现出来。他认为诗歌创作应从真实、创新方面着眼，要求解放传统的束缚，不以诗废人，不以人废诗，就诗论诗，不拘一格，打破古今和门户的限制。袁枚的文学思想对封建的正统文学观念是一种冲击，有其进步意义。他的“性灵说”较明代公安派前进了一步，显得全面完整，因而一般以为其是明、清“性灵说”的主要代表者。除“性灵说”之外，袁枚的文学思想广涉文论及文学发展、文体作用等各方面，其观点在当时也是进步的。

咸丰十一年（1861），洪仁玕、蒙时雍、李春发联衔发布《戒浮文巧言谕》，从太平天国的政治需要出发，要求建立“文以纪实”“朴实明晓”的文风，反对用“龙德”“龙颜”及“百灵”“承运”等对封建统治者的谀颂之词。这对当时文风改革起了一定的作用。洪仁玕与洪秀全等人主张用简单的删改方法对待文化遗产，对文学与非文学未加区分，一律以“去浮存实”的文告体标准对待。

民国时，在南京东南大学、中央大学任教的吴梅致力于戏曲理论研究，其研究声韵和格律的代表作有《南北词谱》《顾曲麈谈》和《曲学通论》（又名《词余讲义》）。《南北词谱》采用归纳法为每一曲牌选定一个标准模式，说明该曲牌的作法、声韵、格律等应注意事项，对历代旧谱中遗留的疑难问题也有所疏释。这部著作对曲学研究者校订曲本、审定曲律具有重要参考价值。《顾曲麈谈》和《曲学通论》，对制曲的规律、唱曲的方法、元明清曲家及其流变等做了系统、详细的介绍或阐述。他的《中国戏曲概论》是一部评述元明清戏曲的专著，对前人研究成果做了科学的综合整理，进而提出自己的独到见解。他在戏曲理论教育方面有新的突破，是中国第一个将戏曲理论和戏曲实践送上"大雅之堂"的开拓者。将戏曲作为一门科学引入大学课堂，不但扭转了人们的偏见，而且培养出一批研究戏曲文学的人才。卢前亦致力于戏曲研究，著有《明清戏曲史》和《中国戏曲散论》等。陈中凡于1927年写出中国第一部《中国文学批评史》。罗根泽的《乐府文学史》为中国第一部研究乐府之专著。此时期还有唐圭璋、孙望等人致力于诗词研究。唐圭璋著有《南唐二主词汇笺》《词话丛编》等，孙望著有《南京与唐诗》等。

1922年，南京文学界在新文学运动迅猛发展之际，曾出现复古逆流。同年1月，留洋回国的东南大学教授梅光迪、胡先骕、吴宓创办《学衡》杂志（在上海出版），故得名"学衡派"。他们在杂志上先后发表了《评提倡新文化者》《论新文化运动》等文章，引述西洋文艺理论为"护身符"，提出"昌明国粹，融化新知"的口号，反对白话文和新文学。

新中国成立后，南京有众多的高等学校，具有雄厚的探讨研究文学理论的实力，对文学理论的研究也不再是自发的、支离破碎的，而是自觉的、全面系统的。

在古代文学研究方面，钱南扬著有《谜史》《宋元南戏百一录》等，其作品于1984年10月获中国戏剧家协会第一届全国戏剧理论著作奖荣誉奖。南京人唐圭璋专攻词学，成就卓著。编著有《宋词三百首笺注》《全宋词》《全金元词》《唐宋词简释》《词学论丛》《词话丛编》（修订本）等多部词学专著；主编的《唐宋词鉴赏词典》于1987年获全国优秀畅销书奖。王气中长期从事中国古典文学研究工作，尤致力于中国文学史和散文史的研究，著有《两汉文学史》《中国古代散文史纲》《艺概笺注》和《刘熙载和艺概》等。管雄，长于中国古典诗歌理论史、魏晋南北朝文学，著有《〈汉书〉论文》《魏晋南北朝文学史》《隋唐诗歌史论》等。孙望，长期从事古代文学研究，著有《王度考》《〈箧中集〉作者事辑》《韦应物事迹考》《〈莺莺传〉事迹考》《尤袤〈全唐诗话〉考述》等。程千帆，著有《文论十笺》《唐代进士行卷与文学》《〈史通〉笺记》《古诗考索》《闲堂文薮》等。吴调公，长期从事中国古代文学和文艺理论的研究，著有《李商隐研究》《古代文论今探》《古典文论与审美鉴赏》《神韵论》等。其中，《李商隐研究》获江苏省1979—1984年哲学社会科学优秀成果一等奖，《古典文论与审美鉴赏》获1984—1987年哲学社会科学优秀成果一等奖。金启华，致力于中国古代诗歌研究，著有《国风今译》《杜甫诗论集》《诗经全译》《诗词论丛》《杜甫诗史》和《新编中国文学简史》等。卞孝萱，长于唐代文学，著有《刘禹锡年谱》《元稹年谱》《唐代文史论丛》和《刘禹锡丛考》等。王白坚，主要从事明清及近代爱国诗歌研究与古典诗歌爱国主义传统研究，著有《杨文骢传论》《夏完淳集笺校》《简论夏完淳的生平及其作品》《论辛亥烈士南社诗人周实》《散论中国古典文学中的爱国主义》等。周勋初，长于中国文学批判史、先秦诸子研究，著有《高适年谱》《〈韩非子〉札记》《中国文学批判小史》《九歌新考》《唐语林校证》和《文史探微》等。南京人常国武，长于宋代文学研究，著有《〈辛稼轩词集〉导读》和《辛弃疾》等。钟来因，专攻《道藏》与中国文学，著有《杜诗解校注》《古典爱情诗赋论稿》和《苏轼与道家道教》等，还有论文《论〈高唐赋〉源流与影响》等。胡忌，专攻古代戏曲，著有《宋金杂剧考》《昆剧发展史》（合作）和《古代戏曲选注》《元代戏曲选注》等。曹济平，著有《陆游》和《芦川词笺注》等。郭维森，长于楚辞学和先秦两汉文学，有论著《屈原》、论文《〈易传〉的文学思想及其影响》，并主编《古代文化知识要览》一书。吴圣昔，著有《西游新解》等。南京人陈美林，长于《儒林外史》研究，著有《吴敬梓研究》《新批〈儒林外史〉》和《吴敬梓》等，有合著作品《李玉和〈清忠谱〉》和《杜甫诗选析》。吴新雷，著有《曹雪芹》《曹雪芹江南家世考》等。郁贤皓，著有《李白选集》《李白丛考》和《唐刺史考》等，有合著作品《李商隐》《建安七子诗笺注》《女皇帝武则天》和《〈元和姓纂〉及岑氏四校记整理》。其中，《唐刺史考》获1987年度中国图书奖荣誉奖。南京人高国藩，著有《中国民间文学基本知识》《敦煌曲子词欣赏》《敦煌民俗学》和《敦煌古俗与民俗流变》等。谈凤梁，主攻中国古代小说史和元明清文学，著有《中国古代小说简史》《古小说论稿》《〈儒林外史〉创作时间、过程新探》等。陈鸿祥，校注《受兹室诗稿》和《洹洛访古游记》，前者已被译成德、法文。他还有《王国维与近代东西方学人》和《王国维与文学》等学术专著。屈兴国，著有《白雨斋词话足本校注》。周钧韬，著有《金瓶梅新探》等。欧阳健，著有《明清小说新考》和《明清小说的发现》等，有合著作品《水浒新议》以及与他人合作编订的古籍《宋元小说话本集》。莫砺锋，著有《江西诗派研究》等。

在中国当代文学研究方面，陈瘦竹长期致力于中国现代文学和中外戏剧理论的研究，著有《现代剧作家散论》《戏剧理论文集》和《论悲剧与喜剧》（与沈蔚德合著）等。《论悲剧与喜剧》于1984年获中国戏剧家协会戏剧理论著作奖。吴奔星，著有《茅盾小说讲话》《中国现代诗人记》《文学现代风格流派论》和《奔星集》等，其主编的《中国新诗鉴赏大辞典》获华东六省一市1989年度文艺出版社优秀著作奖。黄政枢，著有《新时期小说的美学特征》，有合编作品《当代中国文学名著提要与评析》。叶子铭，著有《论茅盾四十年的文学道路》《茅盾漫评》，主持全国高校通用教材《文学的基本原理》的修订工作与40卷本《茅盾全集》的编审工作，编选《茅盾论创作》《茅盾文艺杂论集》，还有论文《茅盾漫评》等。许志英，有合编作品《中国现代文学史》，合著作品《中国现代文学史简编》《“五四”：人的文学》，以及论文《论周作人早期散文的艺术成就》。胡若定，著有《新时期小说论评》，主编和参与编写《当代中国文学名著提要与评价》和《中国当代文学史初稿》。其中，《中国当代文学史初稿》获1986年中国当代文学研究表彰奖。董健，著有《陈白尘创作历程论》《中国现代戏剧史稿》（与陈白尘合著）等，有合编作品《中国当代文学史初稿》。其中，《陈白尘创作历程论》获1989年中国话剧文学研究会专著奖、江苏省1984—1987年哲学社会科学优秀成果一等奖。程中原，著有《张闻天与新文学运动》，有论文《“歌特”为张闻天化名考》等。汪应果，著有《巴金论》，有论文《论巴金早期世界观》等。王盛，著有《许地山评传》。刘福勤，著有《阿Q正传创作论》和《心忧书〈多余的话〉》。徐采石，有合著作品《陆文夫的艺术世界》《王蒙、陆文夫小说欣赏》，主编《陆文夫作品研究》《艾煊作品研究》。其中，《陆文夫的艺术世界》于1988年获全国当代文学研究第二届优秀成果奖。任天石，著有《叶圣陶小说论》。金燕玉，著有《儿童文学初探》，有合著作品《陆文夫的艺术世界》，并编有《童话辞典》《茅盾与儿童文学》和《陶行知儿童诗选》等。胡星亮，其论文《论〈风雪夜归人〉的抒情风格——兼论中国现代婉约派抒情戏剧》获中国话剧文学研究会首届优秀论文奖。

在外国文学研究方面，赵瑞蕻长于西欧文学、浪漫主义和中西比较文学研究，著有《诗歌与浪漫主义》等。黄龙，英国皇家文学学会会员、国际传记名人协会荣誉终身研究员，著有《莎士比亚新传》等，该书被英国莎士比亚研究中心收藏并展出。陈敬咏，长期从事俄语语言文学研究，著有《当代苏联战争文学评论》等。应天士，著有《当代外国文学宏观研究》等。冯瑞生，其论文《〈战争与和平〉的哲学主题》获苏联教育部颁发的论题证书。黄仲文，长于美国、加拿大文学研究，著有《加拿大文学简史》等。钱林森，长于法国当代文学和比较文学的研究，著有《中国文学在法国》《中外文学因缘》等。张子清，著有《20世纪美国诗歌史》。刘海平，长于英美文学、西方戏剧的研究，其合著《中美文化在戏剧中交流——奥尼尔与中国》一书获中国话剧文学学会1989年优秀专著奖。赵立坚，长于英美诗歌及中西诗歌比较的研究，其英文论著《哈代与沈从文逃避主义之比较》在国际比较文学第13届会议上被宣读。王守仁，著有《心灵的舞台——19世纪英国诗剧研究》等。张杰，其专著《陀思妥耶夫斯基创作及巴赫金的复调理论》获国家青年社会科学基金。

在文学理论研究方面，陈白尘主编的《中国古代戏剧史》，与董健合编的《中国现代戏剧史稿》获江苏省1987—1990年哲学社会科学优秀成果一等奖。杨咏祁，著有《审美形态概要》等。丁芒，有诗论集《诗的追求》。丁修询，著有《阳腔目连戏》（校注，分上、中、下册），参与编写《中国戏曲志·江苏卷》。陈辽，著有《叶圣陶评传》《江苏新文学史》《陈辽文学评论选》《中国革命军事文学史略》《新时期的文学思潮》和《文艺信息学》等。其中，《陈辽文学评论选》获1986年中国当代文学研究表彰奖。包忠文，著有《鲁迅的思想和艺术新论》等。裴显生，有合著作品《写作学新稿》等。马莹伯，著有《别、车、杜文艺思想论稿》等。凌焕新，著有《写作艺术新探》等，有合著作品《写作学新稿》。王长俊，有合著作品《文学语言》和《美学基础》等。陈德溥，著有《审美心理与编剧技巧》和《陈瀓宸集》（校点）等。蔡敦勇，著有《〈金瓶梅词话〉剧曲品探》等。何永康，著有《红楼美学》和《小说艺术论稿》《曹雪芹的主观命意和〈红楼梦〉的客观意蕴》等，有合著作品《写作学新稿》。吴功正，著有《精湛的史诗艺术》《小说美学》《明清短篇小说概论》《古今名作鉴赏集萃》和《中国文学美学》等，《小说美学》于1987年获江苏省优秀图书特别奖，其主编的《古文鉴赏辞典》于1988年获首届全国“青年之友”图书评奖二等奖。南京人王永敬，著有《剧论》等。赵宪章，其作品《二十世纪外国美学文艺学名著精义》获1988年华东六省一市优秀文艺图书二等奖。朱寿桐，著有《情绪：创造社的诗学宇宙》和《文学情绪论》等，其论文《田汉早期创作中的唯美主义倾向》获中国话剧文学研究学会优秀论文奖，《论戏剧创作中的情绪导向》获吉林省1990年度新文化奖，《脱了轨道的星球——论创造社作家张资平》获江苏省首届文学研究优秀成果三等奖。

二、风格流派

（一）玄言诗派

玄言诗派是见诸文字记载的南京地区最早的一个文学流派，约起于西晋之末而盛行于东晋。玄言诗，是一种以阐释老庄和佛教哲理为主要内容的诗歌。自魏晋以来，社会动荡不安，士大夫托意玄虚以求全身远祸。到了西晋后期，这种风气逐步影响到诗歌创作。尤其是东晋时代，因佛教的盛行，玄学与佛教逐步结合，许多诗人都用诗歌的形式表达自己对玄理的领悟。《文心雕龙·时序》说："自中朝贵玄，江左称盛，因谈余气，流成文体，是以世极迍邅，而辞意夷泰。诗必柱下（老子）之旨归，赋乃漆园（庄子）之义疏。"《世说新语·文学》注引檀道鸾《续晋阳秋》还指出"过江（指东晋）佛理尤盛"。这个诗派的出现，虽反映了魏晋玄学对文学的影响，但其实质则与王弼、何晏、阮籍、嵇康等早期玄学家不尽相同。西晋后期，玄学已成为门阀士族的思想理论，这种理论又经东晋支遁诸人之手，与佛教思想结合起来，反映了当时士大夫逃避现实的精神状态。玄言诗派的代表人物是孙绰和许询。由于玄言诗大多"理过其辞，淡乎寡味"（《诗品序》），缺乏艺术形象及真挚感情，文学价值不高，所以绝大多数作品失传。逯钦立《先秦汉魏晋南北朝诗》辑有孙绰诗12首、许询诗3首。此外，谢安、王羲之等人所作的《兰亭诗》，也是典型的玄言诗。不过由于魏晋玄学提倡"得意忘象"，所以自然景物也往往作为领略玄趣的"言象"出现在玄言诗派的诗人笔下。孙绰的《秋日》就写得较有文采。许询也有"青松凝素髓，秋菊落芳英"的写景佳句。《兰亭诗》中也有较为生动的景物描写。谢灵运那种夹带玄言的山水诗，陶渊明的一些诗所创造的恬淡意境，多少都受到玄言诗的影响。

孙绰和许询因同为玄言诗派的代表诗人，故而二人并称"孙许"。南朝梁钟嵘《诗品》卷下云："世称孙、许，弥善恬淡之词。"

（二）山水诗派

山水诗派是南朝宋齐时期在南京地区出现的一种诗派。南朝梁刘勰《文心雕龙·明诗》说："宋初文咏，体有因格。庄老告退，而山水方滋。俪采百字之偶，争价一字之奇，情必极貌以写物，辞必穷力而追新，此近世之所竞也。"晋南渡后，一些士族文人在优裕的物质生活和佳丽的自然风光中，登临山水，放情歌吟，山水诗随之产生并大量发展。这些诗于东晋后期玄言诗盛行之时出现，经谢灵运、谢朓等人大力创作，逐渐成为一个诗派。山水诗的内容主要是描写山水景物，真实反映山水中存在的自然美，并且通过自然景物的描写抒发作者的思想感情，创造情景交融的意境。山水诗派的诗人把自然景物引入诗歌，使之从枯淡无味的玄理中解放出来，扩大了诗歌的题材，且又强调情景交融，极其注意诗歌的形象和词句的精工，讲究对句和声色，又能寓情于景，对后世山水田园诗影响很大。到唐代，山水诗发展到高峰，王维、孟浩然、李白和杜甫等许多著名诗人都创作了大量的优秀山水诗。以后各代都有不少诗人热衷于山水诗的创作。中国古代诗论有许多重要内容是对古代山水诗创作经验的总结。

山水诗派的代表诗人有“三谢”“大小谢”“二谢”并称之说。“三谢”，指南朝宋诗人谢灵运、谢惠连及齐诗人谢朓。明宋濂《答章秀才论诗书》云：“元嘉以还，三谢、颜（延之）、鲍（照）为之首。三谢亦本子建（曹植）而杂参于郭景纯（郭璞）。”“三谢”均以山水诗名世。谢灵运是山水诗派的开创者，谢朓则是这一诗派中贡献最大的诗人。谢惠连艺术成就不高，不足以与谢灵运、谢朓相比。“大小谢”，一指南朝宋诗人谢灵运及其族弟谢惠连，前为“大谢”，后为“小谢”。南朝梁钟嵘《诗品》卷中《宋法曹参军谢惠连》：“小谢才思富捷。……《秋怀》《捣衣》之作，虽复灵运锐思，亦何以加焉！”一指谢灵运和南朝齐诗人谢朓。唐李白《陪侍御叔华登楼歌》曰：“蓬莱文章建安骨，中间小谢又清发。”此“小谢”即指谢朓。谢灵运和谢朓，又有“二谢”之称。唐杜甫《解闷》：“孰知二谢将能事，颇学阴何苦用心。”此“二谢”即指谢灵运和谢朓。

（三）元嘉体

“元嘉体”是在南朝宋文帝元嘉年间形成的一种诗风。“元嘉体”之名，始见于宋代严羽的《沧浪诗话》。《沧浪诗话·诗体》指出：“元嘉体，宋年号。颜（延之）、鲍（照）、谢（灵运）诸公之诗。”这三位诗人在注重描绘山川景物、讲究辞藻的华丽和对仗的工整方面有类似之处。但是，“元嘉体”诸诗人的风格也各有特点。谢灵运擅长写山水诗，以辞藻富赡、善于描写自然景物著称；颜延之以侍宴、应制之作居多，其诗作特点是典雅、凝练，往往雕琢过甚，用典过多，虽亦有写景之句，常有“雕缋满眼”之弊；鲍照作品以乐府诗为最有名，反映社会现实的深度远胜颜、谢。他乐府诗以外的一些诗则较重辞藻，与颜、谢相近，其特点是以奇险取胜。这三位诗人对齐梁诗人都有一定的影响。《南齐书·文学传论》谈到齐梁诗言语时，曾指出有3个流派，一派学谢灵运，一派学鲍照，另一派虽未指出具体人名，而说他们的特点是最讲究对仗和用典，显然指颜延之等人。可见这三位诗人在元嘉年间及以后一段时间内确实产生了很大影响。他们的诗改变了东晋多数诗人平典无味的玄言诗风，形成了注重辞藻、讲究对仗的共同趋向。比起齐梁诗，他们的诗又都显得较为古奥和刚劲。

因有“元嘉体”出现，谢灵运、颜延之和鲍照被称为“元嘉三大家”。除《沧浪诗话》将他们三人并举之外，元方回有《颜鲍谢诗评》。还有将颜、谢并举的。《宋书·颜延之传》云：“延之与陈郡谢灵运，俱以词采齐名，自潘岳、陆机之后，文莫及也，江左称颜谢焉。”南朝梁钟嵘认为：“谢客为元嘉之雄，颜延之为辅。”（《诗品》）又有将鲍、谢并举的。唐杜甫《遣兴》曰：“赋诗何必多，往往凌鲍谢。”

（四）永明体

“永明体”是南朝齐武帝永明年间形成的一种诗体、诗风。《南齐书·陆厥传》曰：“永明末盛为文章，吴兴沈约、陈郡谢朓、琅琊王融，以气类相推毂；汝南周颙，善识声韵。约等文皆用宫商，以平上去入为四声。以此制韵，不可增减，世呼为永明体。”这一诗体严格遵守

“四声八病”说，要求写诗必须做到“一简之内，音韵尽殊；两句之中，轻重悉异”。其特点是平仄协调，音韵铿锵，词采华丽，对仗工整，体裁短小，是中国格律诗产生的开端，对唐代近体诗的形成影响很大。但其要求过于苛细，束缚了人们的创造性。“永明体”题材狭窄，情调纤柔。只有谢朓的诗作抒发仕途坎坷之情，描写秀丽景色，清新流丽，并不严格遵守沈约的声韵格律，他也成为该诗体成就最高的诗人。“永明体”诗人还有范云、孔稚圭等。

“永明体”诗歌，历史上称“新体诗”，因为与比较自由的四言、五言等“古体诗”有所区别而有此称。“新体诗”之称始于清末王闿运所编之《八代诗选》。该诗选共20卷，选自汉到隋八代诗歌。其中，第12至14卷专选南朝齐至隋百余年中微有格律的诗歌，题曰“新体诗”。“新体诗”是“古体诗”到格律严整的“近体诗”的一种过渡。

（五）齐梁体

“齐梁体”是南朝齐梁时期所出现的一种诗体、诗风。隋李谔上书论文体时指出：“降及后代，风教渐落。……竞骋文华，遂成风俗。江左齐梁，其弊弥甚，贵贱贤愚，唯务吟咏。遂复遗理存异，寻虚逐微；竞一韵之奇，争一字之巧。连篇累牍，不出月露之形，积案盈箱，唯是风云之状。世俗以此相高，朝廷据兹擢士；禄利之路既开，爱尚之情愈笃。”（《上隋文帝书》）齐梁时期诗歌多吟咏风云之状、描绘月露之形，其题材狭窄；内容上遗理存异，寻虚逐微；形式上追求辞藻之巧艳，韵律之精细，对仗之工整。这是这个时期文学的基本格调，世称“齐梁体”。宋严羽《沧浪诗话·诗体》云：“齐梁体，通两朝而言之。”一指风格，即唐陈子昂所谓“彩丽竞繁，而兴寄都绝”，也就是《朱子语类》所说“齐梁间之诗，读之使人四肢皆懒慢不收拾”。一指格律，则与“永明体”相近。清姚范《援鹑堂笔记》云：“称永明体者，以其拘于声病也；称齐梁体者，以绮艳及咏物之纤丽也。”

（六）宫体

“宫体”是南朝梁后期和陈代所流行的一种诗歌流派。“宫体”之名，始见于《梁书·简文帝纪》对萧纲的评语：“然伤于轻艳，当时号曰宫体。”但这种风格的诗歌，自梁武帝及吴均、何逊、刘孝绰已开其端。宫体诗的主要作者就是萧纲、萧绎以及聚集于他们周围的一些文人，如徐摛、庾肩吾、徐陵等。陈后主陈叔宝及其侍从文人也可归入此类。历来对宫体诗的批评多为其中有不少以写妇女生活及体态为内容，其实其内容并非限于妇女生活，也有一些抒情咏物之作，即使写妇女生活，格调低下的也只占少数。总的来说，宫体诗的情调流于轻艳，诗风比较柔靡缓弱。被称为“宫体诗人”的萧纲、萧绎等人，也写过不少清丽可读之作，至于庾肩吾、徐陵等人，更有一些比较优秀的诗篇。在诗歌发展史上，宫体诗所起的作用有两方面：一是影响隋及唐初的诗风，使之流于靡弱；一是形式上比“永明体”更趋格律化。《梁书·徐摛传》称徐摛“属文好为新变，不拘旧体”。这种“新变”正是宫体诗的形式特点。据统计，宫体诗中符合律诗格律的约占40%，基本符合的数量尤多。这说明宫体诗对后来律诗的形成有着重要的推动作用。至于它用典多、辞藻艳丽的特点，对后世也有一定的积极作用。唐李贺和李商隐的诗显然吸取了宫体诗的某些手法。

（七）徐庾体

“徐庾体”是南朝梁徐摛、徐陵父子和庾肩吾、庾信父子的诗文风格。《周书·庾信传》云：“时（庾）肩吾为梁太子中庶子，掌管记，东海徐摛为左率，摛子陵及信（肩吾子）并为抄撰学士，……文并绮艳，故世号为徐庾体焉。”徐摛和庾肩吾都是南朝梁后期诗人，为简文帝萧纲所器重，并以写艳体诗闻名。徐陵和庾信早年仕梁，诗风亦继承父辈，比较靡丽，而且多用典。徐陵后来仕陈，继续写作艳体诗。庾信则因出使被留在北周，后期诗风有所变化，显得苍凉刚健，非徐陵所及，但重辞藻、用典多的特点仍与徐有相似之处。唐元稹为杜甫作墓志铭时，曾概括“徐庾体”的特色为“流丽”。徐陵和庾信的骈文，比沈约、任昉等人的作品更讲究用典，写得更丽逸，但由于过分拘泥于典故，有时造成个别文句欠通顺，影响了文章的流畅。清蒋士铨说：“唐四六毕竟滞而不逸，丽而不遒。徐孝穆（徐陵）逸而不遒。庾子山（庾信）遒逸兼之，所以独有千古。”（《评选四六法海·总论》）这段话虽有推崇过当之处，但指出了徐、庾的共同点，并且指出庾信在骈文上胜于徐陵，也不失为公允之论。

（八）玉台体

“玉台体”是南朝陈徐陵编《玉台新咏》所代表的一种诗风。宋严羽《沧浪诗话·诗体》云：“玉台体。《玉台集》乃徐陵所序，汉魏六朝之诗皆有之。”梁萧纲倡导宫体诗时，为寻求写作根据和范本，命徐陵编《玉台新咏》。自汉至梁，凡稍有涉及妇女的诗篇都被收罗其中，“撰录艳歌，凡为十卷”，共收诗歌700多篇。《玉台新咏》虽有再现男女真挚爱情、反映妇女疾苦且有积极意义的作品，如《古诗为焦仲卿妻作》（最初即见于此书），但是所收录的诗歌在内容上多描写闺情艳事，离愁别绪，题材狭窄，缺少对广泛社会生活的反映，形式上则追求辞藻的靡丽华艳，声律的和谐。后世遂称此类作品为“玉台体”。

（九）吴均体

“吴均体”是南朝梁文学家吴均所倡导的一种文风。《梁书·吴均传》云：“均文体清拔有古气，好事者或效之，谓为‘吴均体’。”“吴均体”以短小的信札见称，代表作有《与施从事书》《与顾章书》和《与宋元思书》等。这些作品描写山水景物，清新挺拔，形象生动，脱尽齐梁浮艳之气，为历来传诵之名作。

（十）宫廷杂剧

宫廷杂剧是明前期杂剧的一种流派，其代表作家朱权、朱有燉皆明藩王，长期居于王府宫廷，创作和演出也在宫廷，故有此称。“二朱”及其追随者视杂剧为歌功颂德和消遣享乐的工具，用以粉饰太平，宣扬封建道德，致使明杂剧更趋于消极。其剧作大多是模仿、修改前人的作品，缺少生活气息，但形式有所创新。如打破杂剧四折一本、生或旦独唱的惯例，创造了合唱、对唱、轮唱，甚至旦唱南风、末唱北曲及南北合唱的新唱法。同时，此种剧目曲调流畅，音律和谐，又着重舞蹈，便于演出，对舞台艺术的发展起了积极作用。

（十一）弘正十才子

“弘正十才子”是明弘治正德年间十位文学家的并称。《明史·文苑·李梦阳传》云：

“弘治时，宰相李东阳，主文柄，天下翕然宗之。梦阳独讥其萎弱，倡言文必秦汉，诗必盛唐，非是者弗道。与何景明、徐祯卿、边贡、朱应登、顾璘、陈沂、郑善夫、康海、王九思等号十才子。”其中，顾璘和陈沂为南京人。“十才子”多是“前七子”成员。朱应登、顾璘、陈沂、郑善夫的诗风虽多有特点，但文学主张和创作倾向与“前七子”基本相同。他们反对“台阁体”和八股文“啴缓冗沓，千篇一律”的风气，主张“刻意范古，铸形宿模”，随“前七子”倡导明代文学复古运动。

（十二）性灵说派

性灵说派是由清袁枚所极力倡导的一个诗歌理论学派，是清代前期四大诗歌理论派别之一。另三大派别为神韵说（王士禛倡导）、格调说（沈德潜倡导）和肌理说（翁方纲倡导）。袁枚继承并发展明代公安派“独抒性灵，不拘格套”（袁宏道《叙小修诗》）的诗歌理论，力主性灵说，其核心是强调诗歌创作要直接抒发诗人的心灵，表现真情实感，认为诗歌的本质即表达感情，是人的感情的自然流露。性灵说派具有反对儒家的传统文学观、把诗歌创作与个性自由的要求联系起来的进步意义，是当时诗坛上的一股清流。但是，其诗论却忽略了诗歌乃是社会生活的反映这一根本性的命题，未跳出士大夫闲情逸致的圈子。

（十三）桐城派

桐城派是清代著名散文流派，由康熙时方苞开创，经刘大魁发展至乾隆时姚鼐形成。方、刘、姚三人皆安徽桐城人，故名。而方苞生于南京、长于南京，姚鼐又在南京主持钟山书院多年，故此派又与南京渊源极深。桐城派的文论，以“义法”为中心，逐步丰富发展，成为一个体系，主张“义理、考据、辞章”并重。桐城派的文章，在思想上多为“阐道翼教”而作；在文风上，只求简明达意、条例清晰，不重罗列材料、堆砌辞藻，不用诗词与骈句，力求“清真雅正”，颇有特色。桐城派在清代文坛上影响极大。在时间上，他们从康熙时一直绵延至清末；在地域上，他们也超越桐城，遍及各地。桐城派的“载道”思想，适应清朝统治者提倡程朱理学的需要；“义法”理论也能为“制举之义”所利用，故得以长盛不衰。他们在矫正明末清初“辞繁而芜，句佻且稚”（方苞《书柳文后》）的文风、促进散文发展等方面起了一定的作用。姚鼐编选的《古文辞类纂》，流传尤广。

（十四）同光体

“同光体”是近代学古诗派之一。同光，指清代同治、光绪两个年号。“同光体”诗人首领陈三立，是义宁（今江西修水）人，在南京先后居住20余年。“同光体”主要学宋，也学唐，它崇尚的是中唐的韩愈、孟郊、柳宗元，而不是盛唐的李白、杜甫。“同光体”又分闽派、赣派和浙派三大支。陈三立是赣派代表，学韩愈、黄庭坚，直接继承宋代江西派，后继者有夏敬观、华焯、胡朝梁、王瀣、王易、王浩等，或出入于梅尧臣、陈师道诸家。“同光体”诗人的诗早期还有些主张变法图强、反对外国侵略的内容，而较多的则是写个人身世、山水咏物。清亡以后，大多表现复辟思想。

第二章 美术

MEISHU

南京的美术创作呈现出以下几个特点。一是门类齐全。中国画、雕塑、壁画、版画、水彩、油画等门类创作繁荣，作品丰富。二是创作水平高。各个门类都出现过高水平的绘画大家，产生过广泛的影响，他们的作品有不少成为世界级的稀世珍宝。三是繁荣期相对集中。南京先后出现过六朝、南唐、明、清、民国以及新中国6个繁盛期。其他时期也出现过一些有影响的艺术家和艺术作品，而这几个时期的绘画创作大家众多，题材广泛，风格多样，异彩纷呈。

第一节　中国画

中国画源远流长，早在原始社会，彩陶器物上便出现了表现人们劳动状态和自然景物的装饰图案。战国的帛画《凤夔美女》《御龙人物》和青铜器饰纹图，汉代的《金雀山帛画》及题材极为丰富的画像砖等，都是早期的中国画。它们奠定了中国画以线为主的表现样式。

六朝时期

魏晋六朝以前，南京地区在绘画上远不如北方发达，故无画迹记载。自东吴、东晋和南朝宋、齐、梁、陈相继建都南京（时为220—589），南京作为六朝都会长达370年，成为南方的政治、经济与文化中心。六朝上承大一统的汉代，下启大一统的隋唐，处于承上启下的历史时期。南京由于其特殊地理位置，加上长达370年的都会地位，所以各领域都出现了突破性的进展，体现出鲜明的时代特色。特别是在绘画艺术上，丹青名家汇集，彪炳史册的大画家相继突起，不断留下传世佳作，形成南京画史上第一次高峰期。据唐张彦远《历代名画记》记载，六朝名画家有90余人，他们先后生活在南京，为南京绘画史写下辉煌篇章。

东吴画家有：

赵夫人，吴王孙权夫人，丞相赵达的妹妹，河南人。三国《吴书》并无有关记载，据王子年《拾遗录》记载："吴王赵夫人，善书画，巧妙无双。"她曾为孙权作列国五岳河海城邑行阵之形图于帛上，称绝一时。

曹不兴，《唐朝名画录》《宣和画谱》中均作曹弗兴，吴兴（今浙江湖州）人。工画佛像人物，被称为"佛画之祖"，亦善虎、马、龙，与东晋顾恺之、南朝宋陆探微、南朝梁张僧繇并称“六朝四大家”。其《小列女图》《楞严七佛图》等作品著录于《历代名画记》。

东晋画家有：

王廙（276—322），字世将，琅琊临沂（今山东临沂）人，元帝姨弟，羲之叔父。建武初擢辅国将军，封武康侯，后王敦以廙为平南将军、荆州刺史。擅人物、鸟兽、鱼龙和草书。《历代名画记》云：“晋室过江，王廙书画为第一。”其《吴楚放牧图》《鱼龙相戏图》等作品著录于《贞观公私画史》《历代名画记》。

司马绍（297—326），晋明帝，字道畿，元帝睿长子，温县人，太宁元年（323）即位，在位4年。幼与王羲之从王廙学书画，擅佛像人物。谢赫评云：“虽略于形色，颇得神气，笔迹超越，亦有奇观。”其《洛神赋图》《瀛洲神仙图》等作品著录于《贞观公私画史》。

史道硕，工画人物故事及牛马和鹅。其兄弟四人皆善画，以道硕最知名。谢赫评云：“道硕与王微并师荀（勗）卫（协），然王得其细，史得其真，细而论之，景玄（王微）为劣。”其《周穆王八骏图》《梵僧图》《七贤图》等作品著录于《贞观公私画史》《历代名画记》。

戴逵（326—396），字安道，谯郡铚县（今安徽宿县）人。擅画人物、山水、走兽，亦画宗教画和雕塑佛像。谢赫评其人物、山水画有“情韵连绵，风趣巧拔”之语。他为瓦官寺所塑的《五世佛》，与顾恺之的壁画《维摩诘像》、狮子国（今斯里兰卡）送来的玉佛，时称“三绝”。其《尚平子图》《嵇康像》等11卷作品著录于《贞观公私画史》。

慧远（334—417），僧，俗姓贾，雁门楼烦（今山西宁武）人。太元六年（381）于庐山建东林精舍。工诗善画，著有《法性论》《诗经注》等。其《江淮名山图》著录于杨慎《丹铅录》。

顾恺之《女史箴图》（局部）

顾恺之（约345—406，一作348—409），字长康，小字虎头，晋陵（今江苏无锡）人。曾为桓温及殷仲堪参军，义熙初任通直散骑常侍。博学有才气，工诗赋、书法，尤善绘画，人像、佛像、山水、禽兽皆妙，有“才绝、画绝、痴绝”之称。兴宁中在建康（今江苏南京）瓦官寺壁作《维摩诘像》，画像容貌清羸，神态忘言，观者万人空巷，轰动一时。顾恺之尤善点睛，自云：“四体妍蚩，本无关于妙处；传神写照，正在阿堵中。”尝为裴楷画像颊上添三毫，而益见有神。唐张彦远评云：“意存笔先，画尽意在。”唐张怀瓘评曰：“像人之美，张僧繇得其肉，陆探微得其骨，顾恺之得其神。”谢安深重之，认为“自苍生以来，未之有也”。顾恺之精通画论，其“迁想妙得”“以形写神”等论点，对中国传统绘画的发展影响极大。作品甚多，今有《洛神赋图》《女史箴图》早期摹本传世，著有《论画》《魏晋胜流画赞》《画云台山记》等。

东晋时，南京知名画家还有谢安、江思远、王羲之、王献之、康昕、戴勃（戴逵之子）等。顾恺之成就最高，戴逵、史道硕亦很有影响。

南朝宋画家有：

王微（415—453），字景玄，一作景贤，又字烦皆，琅琊临沂人。文帝刘义隆时授义兴太守，固辞，官尚书郎右军司，殁赠秘书监。笃好文艺、音律、医方、术数，尤善丹青山水。与史道硕同师西晋画家荀勗、卫协。尝与何偃书云："吾性知画，一往迹求，皆得仿佛。"著有的《叙画》一篇，与同时期的宗炳《画山水序》同为中国山水画论早期的重要著作，对后世极有影响。

陆探微（？—约485），吴郡吴县（今江苏苏州）人。擅画肖像、人物，学顾恺之，兼工蝉雀、马匹、木屋，亦写山水。明帝刘彧时，常侍左右，多为宫廷贵族写照，时享大名。谢赫评云："画有六法，自古作者，鲜能备之，唯陆探微及卫协备之矣。"又云："陆探微穷理尽性，事绝言象，包前孕后，古今独步。非激扬所能称赞，但价重之极，于上上品之外，无他寄言，故屈标第一等。"其画笔迹周密，劲利如锥刀，人物造型有"秀骨清像，生动而见神明"。又因笔势连绵不断，称为"一笔画"。画史上他与顾恺之并称"顾陆"，号称"密体"，以别于张僧繇、吴道子之"疏体"画法。其《黄帝战涿鹿图》《降灵文殊图》等作品著录于《贞观公私画史》《烟云过眼录》。

顾景秀，吴郡吴县人。善画人物故事及禽兽草虫，驰名于大明中。常侍于孝武帝刘骏，奉命画蝉雀扇，以赐驸马都尉何戢，时陆探微、顾宝光见之，叹其巧绝。谢赫评云："始变古体，创为今范，赋彩制形，皆有新意。扇画蝉雀，自景秀始也。"其《王僧绰像》《孙公命将图》等作品著录于《贞观公私画史》。

谢庄（421—466），字希逸，陈郡阳夏人。太常谢弘之微子，灵运族弟。元嘉二十七年（450）为参军，大明元年（457）为都官尚书。善书画，曾依"左氏经传"图之于木板上，天地山川、土地疆域各具分理，有"离之则州郡殊，合之则宇内为一"的赞辞。谢庄有《画琴帖序》，以自叙其画，惜不传。

顾宝光，字彦先，吴郡吴县人。大明间官尚书水部郎，入齐为司徒左曹掾。善画人物、鸡鸭，师法陆探微，亦擅行草。谢赫评云："全法陆家，事之宗禀；方之袁倩，可谓小巫。"其《王翼之像》《斗鸡图》等作品著录于《历代名画记》。

南朝宋时，南京画家还有谢稚、谢灵运、袁倩、袁质、陆绥、戴颙、谢惠连等。陆探微最有成就，彪炳画史；王微则于画论上影响后世。

南朝齐画家有：

刘瑱（约460—501），字士温，彭城（今江苏徐州）人，官至尚书吏部郎、义兴（今江苏宜兴）太守。工书，善篆隶，尤长画人物，有"毛惠远画马，刘瑱画妇人，并称第一"之誉。

永明十年（492），刘悛为成都刺史，重修玉堂礼殿，请项画《仲尼四科十哲像》，项被推为妙手。谢赫评云：“用意绵密，画体纤细，而笔迹困弱，形制单省。其余所长，妇人为最。但纤细过度，翻更失真。然观察详审，甚得姿态。”其《朝臣像》《吴中行舟图》等作品著录于《贞观公私画史》《历代名画记》。

毛惠远，荥阳阳武（今河南原阳）人。永明中官至少府卿，后被诬纳贿，被诛。查其家甚贫，武帝萧赜痛悔之。毛惠远善画马，兼长人物故事，师法顾恺之。谢赫评云：“画体周瞻，无适弗该，出人穷奇，纵横逸笔，力遒韵雅，超迈绝伦。”张彦远云：“曾见《酒客图》，是宫卷；后有题记，笔迹之外，颇有风格，意匠师于顾恺之。”其弟惠秀、子毛稜亦善画。其《胡僧图》《剡中溪谷村墟图》等作品著录于《贞观公私画史》。

谢赫，工画人物，尤善肖像。为人写照，不用对着，敏察默记，不失真相。所写仕女，丽服靓妆，直眉曲鬓，随时变改，与世竞新。精鉴赏，深研画学，首创“六法”论，为古今评画之标准。其《安期先生像》著录于《贞观公私画史》。有《古画品录》传世，为评画之首。弟子沈标亦工道释人物。

南朝齐画家中，以谢赫、毛惠远最为著称。

南朝梁画家有：

张僧繇，吴郡吴中人。天监中为武陵王国侍郎，直秘阁知画事，官至右军将军、吴兴太守。工写真、道释人物，尤善画龙。相传在金陵安乐寺画四龙，二点睛，有“乘云腾去”之说。以朱红青绿画“凹凸花”，有立体感，亦用红绿重色画山水，不用勾勒，称“没骨法”。其《梁武帝像》《田舍儿舞图》等作品著录于《贞观公私画史》《历代名画记》。《雪山红树图》传为其作，图录于《故宫藏画精选》。

张善果，张僧繇子，吴郡吴中人，居吴兴。工画道释人物，自得父传。曾于南朝陈江宁栖霞寺作壁画，画作著录于《贞观公私画史》。

萧绎（508—554），梁元帝，字世诚，小名七符，南兰陵（今江苏常州）人，武帝萧衍第七子。善书画，冠绝一时。姚最评云：“学穷性表、心师造化，足使荀（勗）、卫（协）阁笔，袁（倩）、陆（探微）韬翰。”著有《山水松石格》一篇。其《文殊像》《游春苑图》等作品著录于《贞观公私画史》。

解蒨，一作倩。善画佛像、鬼神、人物、仕女。江宁定林寺、延陵资德寺各有他的神像壁画数堵，它们均著录于《贞观公私画史》。

其他画家还有陶弘景、陆果、萧综、江僧宝、袁昂等。张僧繇成就最大，著称于后世。

南朝陈画家顾野王（519—581），字希冯，吴郡吴县人。在梁时为中领军，后入陈为黄门侍郎、光禄卿。赠秘书监、右军将军。擅长人物，尤工草虫。画迹流传甚少，唐代无闻。宋徽宗赵佶得其《草虫图》，称为精工。该作著录于《宣和画谱》，其《玉篇》是中国现存最早的楷书字典。

南京六朝时期的绘画在题材、风格、气息上均大异于秦汉。在题材上除部分因袭汉画中常见的历史故事外，更多地扩大到人生的多个领域，出现了一批前所未有的人物肖像画、表现文学作品的绘画，以及大量反映贵族生活、田舍生活、少数民族人物的风俗画。作为人物画背景的山水画开始走向独立，花鸟草虫画也出现独立的萌芽。此外，随着佛教的传入及寺庙的大量兴建，佛教绘画迅速发展。

六朝时的人物画、道释画已相当成熟，具有很高的成就。曹不兴是文献记载中南京最早接受西域佛画影响的画家，被称为中国“佛画之祖”。他能在约16.7米长的绢上画大幅人像，心敏手捷，一挥而就，头身四肢的比例都很准确，其衣纹皱褶，别开新样。西晋号称“画圣”的卫协正是师从曹不兴而成功的。戴逵与顾恺之是继曹不兴之后人物画的一代大家。他们的人物画，把中国古代造型艺术中优秀的现实主义传统，尤其是形神兼备，向前深化了一步。他们善于捕捉对象的性格和气质特征并加以刻画，形神俱得。戴逵的《嵇轻车诗图》能传嵇兴放浪形骸之神情，即所谓“作啸人似啸人”。《竹林七贤图》则再现魏晋名士风度。谢赫称他的人物画“情韵绵密，风趣巧拔，善图圣贤，百工所范，荀、卫之后，实称领袖”。顾恺之的人物画继承并发展了汉画的浓古作风和卫协精思巧密的画法，别开生面。其作画，敷染容貌，以浓色微加点缀，不求晕饰；笔迹周密，紧劲连绵，如春蚕吐丝，春云浮空，流水行地，皆出自然。《女史箴图》和《维摩诘像》正体现其风貌。他以曹子建的《洛神赋》为题材的《洛神赋图》，展现了曹子建和他的随从们从在洛川看到洛神起到洛神离去为止的情景，交织着欢乐、哀怨、惆怅的感情。该画构思巧妙，突出了人物间的联系和内在精神活动，并通过环境烘托，从而达到了情景交融的效果，使我们体味到顾恺之所说的“悟对通神”的广泛意义。陆探微则将顾恺之“春蚕吐丝”的线条变为锐利挺拔刚劲的线条，以此种线条所塑造的人物形象被张怀瓘评为“秀骨清象，似觉生动，令人懔懔若对神明”。他的儿子陆绥，也被赞美为“体韵遒举，风彩飘然，一点一拂，动笔皆奇”。张僧繇是六朝后期最具影响力的人物画家。他的艺术成就是改变了“顾陆”的细密之风，而代之以豪迈疏朗的风格，独创“疏体”画法，继承了汉代的传统，并达到新的阶段；在人物形象上，改变了“顾陆”以来的“秀骨清象”，而创造了比较丰腴的典型。张僧繇是结束“顾陆”并开隋唐画风的大家，我们可以从唐阎立本、吴道子的作品中看到他的影响。而顾恺之的“传神论”则被历代人物画家奉为经典。

六朝山水画还处于孕育并趋独立的阶段，山水的描写大多是作为人物的衬景，在技法上较为幼稚。顾恺之的《洛神赋图》，树石布景，格法甚古，水不容泛，人大于山，冰澌斧刃，刷脉镂叶。六朝已开始出现一批擅长山水画的画家和独立的山水画作品及山水画论，这一时期正是中国古代山水画走向独立的阶段。据记载，顾恺之作有《庐山图》《雪霁望五老峰图》，戴逵作有《剡山图》，张僧繇作有《雪山红树图》，刘瑱作有《吴中舟行图》，毛惠远作有《剡中溪谷村墟图》等。王微则说自己“山水之好，一往迹求，皆得仿佛”。他在《叙画》中又说：“望秋云，神飞扬；临春风，思浩荡。”他认为自然景物的变化影响人的思想情感，令人产生丰富的联想，亦即顾恺之所说的“迁想妙得”。此外，顾恺之的《画云台山记》、萧绎的《山水松石格》都是中国最早研究山水画的著作之一。六朝山水画经过300多年的孕育、发展，开始走向独立，为隋唐山水画的成熟奠定了基础。

中国的花鸟画是由工艺装饰发展至唐代中期才成为独立画科的，在此之前，花鸟画还处于萌芽阶段。花鸟题材走向壁画的形式在汉代已见端倪，望都墓壁中所描写的羊、兔、鸡、凤等，稚拙而生动。六朝时期，一方面，传统的神话形象（如龙、凤等）还占有重要地位，另一方面，描绘实在的花鸟也日益成为画家们的喜好。据记载，曹不兴善画虎、马、龙，曾将墨点改画成苍蝇，不仅挽救了被污的画面，而且使孙权误以为真，竟用手去掸它。而张僧繇发展单纯勾线的传统画法，吸取印度的晕染法，创造出没骨的“凹凸花”。另外，顾恺之的《凫雁水鸟图》、陆探微的《斗鸭图》、史道硕的《鹅图》、顾宝光的《射雉图》、萧绎的《芙蓉醮鼎图》、顾野王的《草虫图》等，都是早期的花鸟画，但画迹早已失传，无法观其面貌了。

南唐时期

隋唐时，政治、经济、文化中心移向北方，名画家及绘画创作大多集中在北方，但唐代绘画艺术的繁荣促进了五代特别是南唐绘画的全面发展和成熟。

南唐继六朝后又一次建都南京，在数十年的和平环境下，吴越文化迅速发展。

南唐三代君主李昪、李璟、李煜均好文艺，尤重绘画。中主李璟仿效西蜀在宫廷设立翰林图画院，这是中国历史上最早正式设立的画院之一，推动了中国画的繁荣与发展。南唐画院聚集了数量众多的画坛高手，其中有：

顾闳中，江南人。事李璟、李煜朝，为翰林待诏。工画人物，其名作《韩熙载夜宴图》（宋代摹本）藏于故宫博物院。

高冲古，又名太冲，江南人，李璟朝翰林待诏。工人像。

朱澄，江南人，李璟朝翰林待诏。工楼台屋木。

徐崇嗣，金陵人，徐熙孙。事李璟、李煜朝，善花鸟。南唐亡后，随李煜归宋。

周文矩，句容人，李煜朝翰林待诏。升元中已在宫廷作画。工画人物、仕女。其作品《明皇会棋图》《重屏会棋图》藏于故宫博物院。

王齐翰，金陵人，李煜朝翰林待诏。工画人物。其作品《勘书图》藏于南京大学。

曹仲玄，又名仲元，丰城（今属江西）人，李煜朝翰林待诏。工画佛道鬼神。其《九曜图》《佛会图》等41幅画作著录于《宣和画谱》。

解处中，江南人，李煜朝翰林司艺。精工画竹。

董羽，字仲翔，毗陵（今江苏常州）人，李煜朝翰林待诏。口吃，人称“董哑子”。南唐亡后归宋，为图画院艺学。工画龙鱼，尤长画水。

梅行思，又名再思，江夏（今湖北武昌）人，李煜朝翰林待诏。工画人物、牛马、尤善画鸡，号称“梅家鸡”。《宣和画谱》著录其作品41件。

厉昭庆，江宁人。李煜朝翰林待诏。南唐亡，归宋，为图画院祇候。工画佛像、观音。

赵干，江宁人，李煜朝画院学生。工画山水、林木、江南水村。其作品《江行初雪图》图录于《故宫名画三百种》。

在南唐朝廷任官职的著名画家也有不少，其中有：

董源（？—约985），又作董元，字叔达，钟陵（今江西进贤西北）人，李璟朝后苑副使，世称“董北苑”，南唐亡后归宋。工画龙水、牛马、人物，尤以江南山水最有成就，著称于世。其《潇湘图卷》《夏山图》等作品藏于故宫博物院、辽宁省博物馆。

卫贤，长安（今陕西西安）人。李煜朝内供奉。工画楼宇、山水。其作品《高士图》藏于故宫博物院。

竹梦松，溧阳（今江苏溧阳）人，李煜朝东川别驾。工画雪竹、仕女。

此外，南唐民间还涌现出一批画坛名家，其中有以画人物著称的陆晃、顾德谦，以画佛及山水著称的陶守立、刘道士，以画花鸟著称的唐希雅，以画鸡著称的郭乾晖，以画猫著称的郭乾祐，以画竹著称的丁谦，以画鱼著称的杨辉，以及对后世影响极大的花鸟大家徐熙（江宁人，江南望族，终生不仕）和山水大家巨然（江宁人，董源弟子；南唐亡后归宋，入开封开元寺为僧）等。这些画家虽身在民间，但多与宫廷及画院画家有着密切的联系，相互学习、交流与创作。

南唐时，宫廷内外有诸多名家活跃在南京，而且各擅其长，成就卓著，这在中国绘画史上实属罕见。此时期的画作无论在人物、山水还是花鸟题材上，都有很高的成就，使南京步入中国画发展的第二个高潮期。

南唐的人物画在唐代基础上有较大的发展，周文矩、顾闳中、王齐翰、竹梦松、高冲古、卫贤、曹仲玄、顾德谦等都是杰出的代表。他们的人物画创作多以现实人物的活动，特别是以贵族生活和士大夫知识分子的生活为主要描写对象，而佛道题材已退居次要地位。这与后主李煜的艺术观点是相近的。

周文矩是描写宫廷生活和贵族生活的代表画家。《宣和画谱》著录有他的70多件作品，这些作品有三分之二是描绘宫廷和贵族妇女娴雅生活的，如《李煜真图》《明皇取性图》《明皇会棋图》《写谢女真》《阿房宫》《火龙烹茶》《重屏图》等。他的《重屏会棋图》刻画了中主李璟的肖像，人物形象生动，很有个性特征，是一幅珍贵的历史人物肖像画。他的艺术风格，“体近周昉（唐代画家），而更增纤丽”。而所创以“战笔”勾衣纹，乃周文矩的特色。

《韩熙载夜宴图》（局部）

顾闳中所画的《韩熙载夜宴

图》（真迹不传，有宋代摹本）是中国人物画中的一幅杰作。它是李煜派遣顾闳中到中书侍郎韩熙载家窥察私情，顾闳中目识心记，然后默画的。图中人物生动神妙，所绘中书侍郎韩熙载、太常博士陈致雍、门生舒雅、紫微朱铣、状元郎粲、名僧德明、教坊副使李家明及其妹、歌伎王屋山以及众多乐人各具神态。该画结构布局巧妙别致，构图安排疏密自然，设色浓丽而富有变化，用笔细润而圆劲流畅，是南唐“小王朝”的写照，也是当时上层士大夫和统治阶级腐朽生活的典型概括。

王齐翰的人物画以工笔细腻见长。流传至今的《勘书图》，其画面为一白衣长者，袒胸赤足，坐椅上挑耳止痒，一脸舒服惬意的神态。长者背后是三折屏风，上面是一幅连成一气的细笔设色山水，当为当时南京近郊风景。后人评该画得“曲尽形神”之妙。画卷上有李煜的“建业文房之印”和宋徽宗的瘦金体题字“勘书图，王齐翰妙笔”以及宋代苏轼、苏辙的题记。

南唐人物画的最大贡献，是继承并发展唐代周昉、吴道子等人的技巧，形成精巧、细致、浓丽的特色。同时以形写神，形神兼备，使顾恺之的“传神论”得以延续和发展。

南唐的山水画体法完备，风格突出，对后世影响深远。其杰出代表是首创江南画派的董源和他的学生巨然，他们是山水画史上的一代巨匠。董源的山水画有水墨与青绿两种风格，而以水墨山水最有成就、影响最大。董源以江南景色为题材，描绘了远山茂林、江水行船、沙碛平坡、芦汀渔村等。其画法特点是构图平远、笔墨柔润，以披麻皴写石，点缀成树，山顶多矾石，山间多岚气，具有丰富的情感，显示了“温柔之美”的审美特征。《潇湘图》《夏山图》《夏景山口待渡图》以及《龙袖郊民图》等传世杰作，使我们领略到了山水画风格以及优美的江南景色。宋米芾《画史》对他评价云：“董源平淡天真多，唐无此品，在毕宏（唐代画家）上，近世神品，格高无与比也，峰峦出没，云雾显晦，不装巧趣，多得天真，岚色郁苍，枝干劲挺，咸有生意，溪桥渔浦，洲渚掩映，一片江南也。”董源所绘的江南山水深得米芾的推崇，始被画坛重视，为后世所范。

巨然是祖述董源而又发展了董源画法的另一位山水大家。他的作品亦写江南山水，而多以山岭、茂林、山居为题材。山顶喜画卵石，长披麻皴山，茂林杂草，幽深浓郁，填塞满幅，少清疏之观，至老年也趋于平淡天真。沈括有“江南董源僧巨然，淡墨轻岚为一体”之评，这正是指出了董源、巨然山水画的风格特点及艺术情致的一致性。因此二人被后世并称“董巨”，推为南方山水画派的鼻祖。董源、巨然与北方的荆浩、关仝又被并称五代宋初山水画的“四大家”。元代有人还将董源、李成（北方画家）、范宽（北方画家）称为“北宋三大家”，认为“三家照耀古今，为百代师法”。

南唐山水画家中，赵干、刘道士亦很有成就。赵干的长卷山水，写江南渔村劳作，水波浩渺，精工细致，宛如千里。刘道士（佚名，建康人）与巨然同时，其山水亦属董源嫡派，画风与巨然相近。唯刘画道士在左，巨然则以僧在左，以此为别。今传有《湖山清晓图》一作。

五代两宋在中国花鸟画史上，是一个极盛和成熟的时代。五代的花鸟画只在西蜀、南唐发展兴盛。西蜀黄筌的重彩花鸟继承了唐代院体风格，南唐徐熙的水墨花鸟被南唐士大夫所欣赏，两者从而形成了两大流派，有“黄家富贵，徐家野逸”之评。

徐熙为人宁静淡泊，专心绘画，善写江湖间汀花野竹、水鸟渊鱼。常游山林园圃，细察动植物情状，“蔬菜茎苗，亦入图画”。所作花木禽鸟，形骨轻秀，独创“落墨”法，用精笔浓墨，草草与枝叶萼蕊，略施杂彩，使色不碍墨，不掩笔迹，一变黄筌细笔勾勒，填彩晕染之法。这种水墨淡彩且落墨为格、杂彩副之的表现方法，具有清新、野逸、淡雅的艺术格调，在花鸟画坛影响极大。宋诗人梅尧臣题徐熙的画云“徐熙下笔能逼真”，认为“年深粉剥见墨纵，描写工夫始惊俗”。宋苏轼亦题其《杏花图》云：“却因梅雨丹青暗，洗出徐熙落墨花。”

南唐花鸟画家基本上都属徐熙一系，以水墨擅长。郭乾晖善画鹰，《宣和画谱》说他多写“草木鸟兽犬，田野荒寒之景”。他的画风老劲，曲尽物性。钟隐是郭乾晖的学生，所画《棘鹞图》笔墨高淡简远，工于用墨，笔迹浑成，外无棱刺，木身鸟羽，皆用淡色，意就而成。南唐后主李煜善画竹，他将其书法“金错刀”的笔法用于画墨竹，自根到顶，极细的地方也用双勾，故有“铁勾锁”之称，形成独特的技巧。唐希雅掌握了李氏的这一画法，因此在艺术成就上被评为“江南绝笔，徐熙、唐希雅二人而已”。丘庆余也善水墨花竹翎毛，而兼长于草虫。其草虫，独以墨之浅深映发，亦极形似之妙，风韵高雅，为世所推。人谓其得意处，不减徐熙也。

宋元明时期

宋元时，政治中心移向开封、杭州和北京，绘画中心亦随之改变，南京的绘画开始衰落。

宋太祖赵匡胤建宋后，就设立了翰林图画院，征召画坛高手入院。南唐亡后，南唐大批画家随后主李煜来到开封，其中有董源、巨然、刘道士、董羽、厉昭庆、蔡润、丘庆余、徐崇嗣、徐崇矩、徐崇勋等。出于宋宫廷的审美标准等原因，在南唐流亡画家中，仅董羽、厉昭庆、蔡润进入翰林图画院，其他均为在野画家。董源、巨然、刘道士的江南山水画，以及北方在野画家李成、范宽的北派山水画，并峙画坛，成为宋初山水画坛的主流。徐崇嗣、徐崇矩、徐崇勋、丘庆余发展了徐熙的水墨花鸟画，所创的没骨画法对元明水墨大写意派的兴起具有重大影响。

两宋时期，南京地区还产生了不少有成就的画家：

荀信，江南人，赵恒朝翰林图画院待诏。工画龙水。

艾宣，金陵人。工画花竹翎毛，有野趣。熙宁初与崔白、丁贶、葛守昌等人合画垂拱殿御扆，苏轼评其为“近世之冠”。故宫博物院有《紫茄图》，相传是其作品。

刘常，金陵人。善画花竹，名重江左。曾作《折枝桃花图》。米芾过金陵，喜得之，置于屏间，坐卧其下，夜秉烛对之，若相晤言，叹云：“刘常花，气格清秀，有生意，固在赵昌、王友上。”其《写生杏花图》《桃花图》等作品著录于《宣和画谱》。

郝澄，字长源，句容人。工画人物，于形似外，尤得精神气骨之妙。

李士云，金陵人。善传神并工山水，曾为王安石画肖像。

崔友谅，金陵人，淳祐时任翰林图画院待诏。善画道释、人物及绛色山水，尤善大幅雪景。

吴俊臣，江南人，淳祐时任翰林图画院待诏。善人物、山水，多作雪景。

施义，金陵人。工画山水，师法李唐，享名于时。

张翼，字性之，号竹林，江宁人。善人物、道像及杂画，尤工逸笔。

陶缜，金陵人。善画花果，尤工蔬菜，曾画敷色菜20种图册。

盛师颜，金陵人。善画道像、仕女，颇具富贵气息。

顾大中，江南人。善画人物、牛马，兼工花竹。

圆贞，字光祖、胜之，金陵人。善画墨竹石坡。

田宗源，东京（今河南开封）人，居南京。善山水，师法范宽。

此外，还有善花鸟的吕元亨、陈禧，善山水的董深、熊应周等，他们均为南京人，名重一时。

元代对南方统治势力较弱，破坏较少，画家大多集中在南方，且大多不仕，隐居山林。因此，元代的文人画发达，山水画盛行。元代4位山水大家黄公望、倪云林、王蒙、吴镇，主要师承董源、巨然，并发展了江南画派。南京的赵原、马琬则是元末明初师法董巨一派而自创一格的名家。

赵原，字善长，号丹林，莒城（今山东莒县）人，寓吴。工山水，远师董源，近法王蒙，善用枯笔浓墨，风貌郁苍雄丽。兼能竹石，当时在平江一带颇负盛誉。与倪瓒、顾瑛过从甚密。入明，洪武间征至中书令绘制往贤著功名者，因应对不合朱元璋意，被杀。其作品《合溪草堂图》现藏于上海博物馆。

马琬，字文璧，号鲁钝生、灌园人，秦淮（今江苏南京）人，元末客居松江（今属上海）。擅画山水，远法董源、巨然和米芾，近师黄公望，笔墨清润，构图密茂，颇负时誉。入明，洪武三年（1370）官抚州知府。其作品《暮云诗意图》《夏山欲雨图》分别藏于上海博物馆和日本大阪市立美术馆。著有诗集《灌园集》。

元末，南京著名的人物画家有：

潘桂，金陵人，宋末画家张翼孙婿。善人物，尤工肖像，名重当时。

陈遇（1313—1384），字静城、中行，金陵人。元末任温州教授，后弃官归，在江东明道书院为山长。入明，值朱元璋召襄军务，不就。工于人物、肖像，兼善山水。洪武九年（1376）作《设色山水图》传世。

明代绘画活动的中心在南方。宋元时，江浙一带流行院体风格和水墨野逸风格，画家纷纷各择其宗，异常活跃，出现了明代宫廷院体派、戴进的浙派、沈周的吴门派、吴伟的江夏派、董其昌的松江派等。明代画派呈现出百花争艳的局面。

明初，洪武朝特设仁智殿以召画家。历朝的宫廷亦设仁智殿、武英殿和文华殿，召集画家，并授以待诏、副使、锦衣指挥、锦衣镇抚、锦衣卫千户、锦衣卫百户等官职。洪武、永乐初年，南京为首都，成为全国绘画活动的中心，宫廷内外画家云集。永乐十九年（1421）后，都城虽迁北京，但宫廷里的大批画家仍然出自江浙。南京作为留都，绘事仍很繁荣。

洪武、永乐年间在南京的宫廷画家有：

周位，字元素，镇洋（今江苏太仓）人。博学多才，尤善山水，洪武初被征入宫。凡宫掖画壁多出其手。后周位中谗言，被朱元璋处死。其传世作品《渊明逸致图》原藏于故宫博物院，后在台湾地区。《渔翁对话图》图录于《域外所藏中国古画集》。

朱芾，字孟辩，号沧洲生，华亭（今上海松江）人。洪武初被召入宫，为宫中书舍人。善书画，尤工芦雁，极尽潇湘烟水之致，兼工山水、人物。

盛著，字叔彰，嘉兴人，元画家盛懋侄。工山水，兼长人物、花鸟。洪武中入宫，后画天界寺影壁，以水母乘龙背，不称旨，弃市。

张子明，字兰雪，号大顽老痴、雪山道人，常熟（今江苏常熟）人。工山水，兼长花鸟、竹。永乐中被召入宫。

卓迪，字民逸，自号清约，奉化（今浙江奉化）人。工诗、书，尤长水墨山水，师法朱自方，得师心妙。永乐中被召入翰林。南京报恩寺有其手迹。

谢环，字廷循，永嘉（今浙江温州）人。善水墨山水，宗法荆浩、关仝、米芾，亦工人物。永乐中被征入宫，宣德初授锦衣卫千户，与戴进、李在、石锐、周文靖齐名。其传世作品《杏园雅集图》现藏于镇江博物馆。

郭纯，初名文通，永乐中入宫任供事内廷，被朱棣赠名“纯”，遂以文通为字，号朴斋，永嘉人。工山水，学盛懋，布置茂密。画作专供宫廷，不轻易予人。其传世作品《青绿山水图》现藏于中国文物商店总店。

上官伯达，邵武（今福建邵武）人。工山水，兼人物、花鸟。永乐间被召入宫，直仁智殿，作《百鸟朝凤图》，受帝赏识，后除官不受，以年老请归。

相澧，字子光，华亭人。工山水，师黄公望。洪武中被召入宫，进画，后厚赐归乡。

此外，还有由元入明的赵原等。

以上皆为山水画家。

王仲玉，善人物，洪武中被召入宫。

沈希远，昆山（今江苏昆山）人。善传神，亦工山水，师马远。洪武中写御容称旨，授中书舍人。

陈远，字中复，一字中孚，金陵人，陈遇弟。善人物，通易经。洪武三年（1370），太祖召其入宫写御容，为文渊阁待诏。其作品《罗汉图》著录于《石渠宝笈》。

孙文宗，字仲文，祥符（今河南开封）人。洪武三年（1370）被召入宫，为太祖写像。其人物画传神。

蒋子成，一作子诚，阳羡（今江苏宜兴）人。工道释仙佛、观音大士像，傅彩精致。永乐间被召入宫。

陈伪，字仲谦，武昌（今湖北武昌）人。永乐中被召入宫，为成祖写御容。人物画传神。

以上画家皆以善人物、传神著称。

范暹，字启东，一作起东，号苇斋，东吴（今江苏苏州）人。工书法，尤善花鸟，笔致俊逸。永乐间被召入宫，供职30余年，为士林所重。

边景昭，字文进，沙县（今属福建）人。善画禽鸟、花果，师南宋院体风格。永乐间任武英殿待诏，宣德时尚在。其传世作品《三友百禽图》现藏于台湾，《春禽花木图》现藏于上海博物馆。其子楚祥、楚芳、楚善等亦传父业。

赵廉，湖州（今浙江湖州）人。善画虎，人称“赵虎”，享名当时。

以上为花鸟、禽兽画家。

洪武、永乐时期的南京画家，无论是画人物、山水还是花鸟，皆以宫廷画家为主流。洪武时，宫廷画家的风格与样式仍较多地保持元代文人水墨画法。王仲玉的《陶渊明像》，墨笔白描，神情淡逸，与周位的《渊明逸致图》风格相近，同属元人画风。朱芾的芦雁、盛著的山水，亦富有元人气息。永乐时，画风开始向南宋院体过渡。卓迪、郭纯的山水画，一方面保持了元人风格，如卓迪的《修禊图》，另一方面又接受南宋院体，如郭纯的重彩山水画。花鸟大家边景如主要继承了南宋院体风格，其作品勾勒填色精细，妍丽而生动，如《竹石图》等，是他工笔画的典型代表作品。同时，他与王绂（字孟端，号友石、鳌叟，无锡人。洪武时生员，永乐初入宫，供事文渊阁，官中书舍人。后归江南，隐居九龙山。善竹，兼山水）合作的《竹鹤双清图》，其仙鹤羽毛略施铅粉，淡雅潇洒，别有韵致，又保留了元人简淡文雅的风格。边景昭与弘治时期花鸟大家吕纪以院体花鸟并称宫廷，成为明初花鸟画坛代表。当时，蒋子成的人物与边景昭的翎毛、赵廉的虎，被称为“禁中三绝”。

永乐后期，宫廷画家都随朱棣迁都入北京。永乐至崇祯年间，南京产生了许多画家，以人物画著称的有：

曾鲸（1568—1650），字波臣，莆田（今属福建）人。流寓金陵，创“波臣派”。其传世作品《葛一龙像》现藏于故宫博物院，《王时敏像》藏于天津市艺术博物馆。其子曾沂，僧，法号懒云，善山水。

吴彬，字文仲，莆田人，流寓金陵。万历间以画名世，授中书舍人，历工部主事。

张翀，字子羽，号浑然子、图南，江宁人。其传世作品为崇祯十六年（1643）所作的《斗酒听鹂图》，现藏于南京博物院。

张风（？—1662），字大风，号升州道士，又号上元老人，上元人。崇祯时生员。明亡，云游名山，画风大变。善肖像、山水、人物、花卉，无师承，全凭己意，得元人法。其传世作品《诸葛亮像》图录于《故宫名画三百种》，《观瀑图》现藏于上海博物馆。

山水画家有：

史谨，字公谨，号吴门尘樵，昆山人，流寓金陵。

谢晋，字孔昭，号叠山、兰庭生、深翠道人，晚年号葵丘翁，吴县人，流寓金陵，为永乐宣德间吴门画派名家之一。工诗，有《兰庭集》。其传世作品《东原草堂图》现藏于浙江省博物馆。

金润，字伯玉，又字静虚，上元人。正统间乡贡，官安南知府。

王孟仁，江宁人，活动于成化年间。

王逢元，字子新，号吉山，金陵人。

史忠（1438—约1519），本姓徐，名端本，字廷直，自号痴翁，又称痴仙。其传世作品正德元年所作的《仿黄公望山水图》图录于《中国历代名画集》，《三绝册》现藏于上海博物馆。

吴伟（1459—1508），字士英、次翁，号鲁夫，江夏人。幼孤贫，流落常熟，被钱昕收养。成化中，成国朱公延至幕中，以“小仙”呼之，因以为号。后吴伟为宫廷作画，任仁智殿待诏；孝宗朱祐樘时被授以锦衣卫百户，赐“画状元”印；旋称病南返，居南京秦淮河畔。山水学戴进，远师马远、夏圭，系浙派名家，亦是江夏派首领。其传世作品《长江万里图》现藏于故宫博物院，《崆峒问道图》现藏于天津市艺术博物馆。

蒋嵩，字三松，江宁人。山水崇吴伟，多写金陵江山环叠，焦墨枯笔，豪放淋漓，系浙派晚期名家。其传世作品《渔舟读书图》藏于故宫博物院。

蒋干（1525—？），字子健，江宁人，蒋嵩子。山水清拔古雅，不类其父。其传世作品《秋江独钓图》现藏于天津市艺术博物馆。

朱之蕃，字元介，一作元升，号兰嵎，金陵人。万历二十三年（1595）状元及第，官至礼部右侍郎，曾出使朝鲜。其传世作品《君子林图》现藏于故宫博物院。

宋臣，号二水，字子忠，江宁人。山水属戴进、吴伟一派。

李著，金陵人。山水属江夏一派。

陈沂（1469—1538），字宗鲁，后改鲁南，号石亭，原籍鄞县（今属浙江），明初移居金陵。正德十二年（1517）进士，官翰林院编修，后任山东参政、翰林。山水得马远、夏圭意。与同里顾璘、王韦并称“金陵三杰”。其传世作品《雪中丘壑图》著录于《虚斋名画续录》。

施霖，字雨咸，江宁人。山水能大幅，间有元人风度。其传世作品《山水》现藏于故宫博物院，《凭窗图》图录于《金陵派名画集》。

宋珏（1576—1632），字比玉，号荔枝仙，莆田人，流寓金陵。画风在米芾、吴镇间。其传世作品《山楼对雨图》图录于《中国名画宝鉴》，《亭皋落木图》现藏于故宫博物院。

王元耀，字潜之，金陵人。万历间为官四川。山水先从文徵明，后师巨然、郭熙、倪瓒诸家。

胡宗仁，字彭举，号长白，上元人。山水师倪瓒，晚年出入王蒙、黄公望，疏秀苍润，笔意古拙，为时人所重。其传世作品万历二十六年（1598）所作的《送张隆父归武夷山水图》图录于《神州国光集》，万历二十九年（1601）所作的《山水图》图录于《明清书画集》。另著有《知载斋集》。弟宗信、宗智，子耀昆、起昆，侄玉昆（宗智子）皆善画，得家传。

盛胤昌，字懋开，一作茂开，江宁人。山水绰有古风。子盛丹、盛琳亦善山水，得元人黄公望气韵。盛丹于崇祯十一年（1638）所作的《拟唐棣山水册页》图录于《金陵派名画集》，盛琳于崇祯八年（1635）所作的《秋山古寺图》现藏于辽宁省博物馆。

盛时泰，字仲交，号云浦，上元人，贡生。山水远师倪瓒，近法沈周，曾与顾璘游。

郑重，字千里，号天都懒人、风道人，歙县（今属安徽）人，流寓金陵。山水师宋元体，气韵精研，不愈前轨。万历四十二年（1614）应普门之邀北上，绘《法海图》进呈，被神宗朱翊钧赐锦宴。又为东宫画扇，拟待诏中翰，力辞归黄山。其传世作品《仿王右丞雪栈图》现藏于故宫博物院。

顾源，字清父，丹泉，更号宝幢居士，世居金陵。山水得小米笔意。

邹鹏，字远之，号筠石，金陵人。工画山水。

杨文骢（1597—1646），字龙友，贵阳（今属贵州）人，流寓南京。万历末举人，福王朱由崧朝官兵备副使。南京陷落后，任唐王朱聿键朝兵部右侍郎，在浙江衢州抵抗清兵，败退浦城，被俘就义。山水画格调近黄公望、倪瓒。其传世作品《古木竹石图》藏于南京博物院，《村坞长斋图》藏于故宫博物院。另著有《洵美堂集》。

魏之璜（1568—1647），字考叔，上元人。山水宗法宋人。其传世作品《设色山水》现藏于故宫博物院，《秋入空山图》图录于《中国历代名画集》。弟之克，字和叔，山水得兄法。其作品《松崖待渡图》现藏于故宫博物院。

高阳，字秋甫，四明（今浙江宁波）人。因避祸移居金陵。分别于天启七年（1627）和崇祯十七年（1644）为胡正言校辑《十竹斋画谱》和《十竹斋笺谱》。山水得吴镇法，亦善花卉。其传世作品《猫对藤花图》现藏于南京博物院。侄友，字三益，亦善画，二人时称“二高”。

姚允在，字简叔，会稽（今浙江绍兴）人，流寓金陵。山水传荆浩、关仝一派。其传世作品《山水扇》现藏于故宫博物院。

邹典，字满字，吴县人，流寓金陵。顺治三年（1646）所作的《金陵胜景图》著录于《石渠宝笈》，传世作品《墨花图》现藏于故宫博物院。

陈丹衷，字旻昭，一作长昭，号涉江、献父，金陵人。崇祯十六年（1643）进士，授御史。明亡后，归居乡里。其传世作品《为玄翁作山水》著录于《古代书画过目汇考》。

七处，僧，俗姓朱，名睿，字翰之。明亡后削发为僧，自名七处，人称“七师”。人谓自翰之出，秣陵（今江苏南京）画风一变，士大夫、僧人无不宗之，驰名江南。其传世作品《山水扇》现藏于故宫博物院。

以花卉、梅竹著称南京的画家有：

金琮（1449—1501），字元玉，金陵人。工画墨梅，纷披苍劲，有杨补之笔意。

徐霖（1473—1549），字子仁，一作子元，号九峰道人，晚年号快园叟，长洲（今江苏苏州）人，寓居南京。善花卉、松竹和山水。与沈周交善，弘治三年（1490）访沈，吴伟作《沈徐二高士行乐图》以记之。其传世作品《菊石野兔图》现藏于故宫博物院。著有《快园诗文类选》《续画史会要》。

陈芹，字子野，号横崖，上元人。《明画录》谓其先世本安南国王裔，成祖永乐中来奔，遂定居金陵。陈芹能书善画，尤工写竹，为金陵名家，颇得文徵明推重。其传世作品《修篁文石图》现藏于南京博物院。

盛安，字行之，号雪蓬，江宁人。善写梅竹，形类草书。

许通，金陵人。善画牛，晚年专工佛像。

可浩，僧，号月泉，住持金陵灵谷寺。善画葡萄，不减温日观。

明代肖像画有较大的发展，而以南京曾鲸为代表的“波臣派”成就最高。曾鲸折中西洋画法画人像，其法重在墨骨，烘染数十层，然后敷彩，此法与江南画家全用粉彩渲染者不同。故其写照“如镜取影，妙得神情”，“点睛加毫，俨然如生”。陈衡恪认为传神一派，“至波臣乃出一新机轴”。此法师者甚众，风行一时。弟子谢彬、沈韶、徐易、金穀生、王宏卿、张琦、顾见龙、廖大受等人皆追其风。之后禹之鼎、徐璋等人亦传其法。

明代的山水画十分盛行，画家众多，阵容庞大，流派纷呈。但宋元那种蓬勃发展、创新变革的势头已减，崇古摹古之风渐起，使明代山水画处于发展缓慢却又承上启下的阶段。

明代南京画坛山水画家人数最多，他们主要师法宋元的董巨、“元四家”和马远、夏圭。明代早期，杭州的戴进（1388—1462），字文进，号静庵、玉泉山人。宣德间被召入宫在仁智殿，后被放归。师法南宋院体山水马远、夏圭一派，画风雄健苍劲，水墨淋漓，影响甚大，称“浙派”。吴伟又师法戴进和马、夏二人，愈发雄劲，称誉南京，蒋嵩、张路、宋巨、李著等继之，称“江夏派”。明代中期，师法南宋院体一路的“浙派”“江夏派”渐衰，士大夫文人画开始兴盛，推崇“元四家”的“吴门派”以及明晚期的“松江派”占据山水画坛。南京地区的山水画家，绝大多数师法“南方派”的董源、巨然、米友仁和黄公望、倪瓒、王蒙、吴镇。其中谢晋、金润对吴门画派的形成产生一定影响。

明代早期宫廷花鸟画发达，中期以后水墨写意花鸟有了较大发展。南京除边景昭以院体花鸟著称外，其余多写水墨花竹梅菊。此外，明末名重一时的秦淮歌妓马湘兰、卞玉京、李香君、柳如是、董小宛、顾眉、寇白门、陈圆圆，皆能诗善画，精工梅兰竹菊，清新素雅，人称“秦淮八艳”。她们向来不入画坛正宗，然而脱俗丹青常出风尘才女之手，也足见当时南京画风之盛。

清朝时期

顺治二年（1645），清军占领南京，改“应天府”为“江宁府”，在此设置了管辖江苏、安徽、江西三省的“江南总督”，南京又成为清代东南地区的中心。因此，清代南京地区的绘画仍很繁荣。特别是清初，大批遗民画家和外地画家流寓南京，与本地画家共居交往，促进了南京绘画的发展，使其进入又一高潮期。

清代绘画以山水最盛，花鸟、人物次之。受明末摹古风气影响和清统治者的推崇与扶持，以摹古著称的“四王”（王鉴、王时敏、王原祁、王翚）山水画被清一代视为正统。到了清中期，尊太仓王原祁的称“娄东派”，宗常熟王翚的称“虞山派”，这两派一直统治清中晚期画坛。“四王”及“娄东派”“虞山派”缺乏生活气息和革新，没有脱出摹古范围。与“四王”摹古派相对立的是一大批在野画家，如安徽的弘仁，南昌的朱耷，扬州的石涛，南京的龚贤、髡残、程正揆、程邃等名家。他们大多隐居不仕，在山水画上主张深入生活，突破古人，创造新风，在艺术上均有很高成就。

清代南京画坛具有鲜明的地域特色和创新精神，涌现出不少杰出画家。他们主要宗法董源、巨然、米芾、“元四家”和明代沈周、文徵明、董其昌一脉，善于变法，寄情写实，自成一格。少数画家兼取北派范宽、李唐一路，但明代曾盛行一时的戴进、吴伟之风已不复存。

主要画家有：

龚贤（1618—1689），一名岂贤，字半千，号野遗、柴丈人，昆山人，寓居金陵清凉山。工画山水，取法董源、吴镇，重视写生，用墨层层染渍，浓郁苍润，独创一格，对后世影响极大。其传世作品《千岩万壑图》现藏于南京博物院，《中峰苍翠图》现藏于日本东京国立博物院。著有《香草堂集》《画诀》《龚半千授徒画稿》等。

髡残（1612—约1692），僧，俗姓刘，字石溪，一字介丘，号白秃、石道人、残道人等，武陵（今湖南常德）人，居江宁牛首山幽栖寺。擅山水，受王蒙影响最深。喜用秃笔和渴笔，干笔皴擦，景物茂密，笔墨苍莽荒率，景界奇辟，自成风格。其传世作品《苍翠凌天图》现藏于南京博物院，《层峦叠壑图》现藏于故宫博物院。

程正揆（1604—1676），初名正葵，顺治时改正揆，字端伯，号鞠陵，晚号青溪道人，孝感（今属湖北）人，寓江宁青溪畔。崇祯四年（1631）进士，入清，官工部右侍郎。善山水，初经董其昌指授，得枯笔干墨之法，远溯宋元，多用秃笔，枯劲简苍为其特点，而设色却浓湛。其传世作品《江山卧游图》（多卷）现藏于故宫博物院，《山水册》藏于南京博物院。

以上3人并峙清初南京画坛，有清初“金陵三大家”之称。其中髡残（石溪）、程正揆（青溪）并称“二溪”。髡残与髡济、朱耷、弘仁并称清“四大高僧”。他们在中国绘画史上均有很高地位。

清代南京最有影响的地域性画家，是以龚贤为首的“金陵八家”。“金陵八家”之说有二：其一见于雍正十三年（1735）成书的张庚《国朝画征录》，记述龚贤、樊圻、高岑、邹

龚贤《清凉环翠图卷》

喆、吴宏、叶欣、胡慥、谢荪号“金陵八家”，似谓“八家”之说前已定论；其二见于稍晚的乾隆十六年（1751）刻印的《上元县志》，列出“八家”为陈卓、吴宏、樊圻、邹喆、蔡苍霖、李又李、武丹、高岑。相同者4人，不同者4人，合计为12人。但从成就及影响来看，似以张庚一说为妥，故后人多以张说为准。

樊圻（1616—？），字会公、洽公，金陵人。善山水，既师南派黄公望、王蒙一路，又师北派荆、关和南宋马、夏一路，多写江南景象，自成面貌。其花鸟画清新淡冶，也很出色。其传世作品《柳溪鱼乐图》藏于故宫博物院，《春山策杖图》藏于南京博物院。兄樊沂、圻子樊云，沂弟子郑淮亦善画。

高岑，字善长，又字蔚生，杭州人，居金陵。山水初师僧七处，后自出机杼，用笔精到，无粗犷气，写意花卉，清秀入神。其传世作品《林荫评古图》《凤台秋月图》现藏于南京博物院。兄高阜、阜子高遇、岑子高荫亦善画。

邹喆，字方鲁，本吴县人，后随父邹典客居金陵。画宗其父，山水工稳而有古气，图松尤奇秀；兼长水墨花卉，勾勒傅染，有元王渊风格。其传世作品《云岳水村图》现藏于南京博物院。子邹坤、孙邹冰亦善画。

吴宏，字远度，号竹史，金溪人，寓江宁。山水得北派笔法，写江南景色，自成劲挺、苍莽、阔大之风，于江南画家中面貌卓立，成就仅次龚贤。其传世作品《松溪草堂图》《竹石图》现藏于南京博物院。

叶欣，字荣木，云间（今上海松江）人，流寓金陵。山水兼取宋元，融南北之法，作风方硬细谨，淡远明秀，在“金陵八家”中最为工细，多以南京附近之景入画。其传世作品《山水》现藏于故宫博物院，《鹤舞千年树图》图录于《金陵派名画集》。

胡慥，字石公，秣陵人。山水用笔劲硬、瘦削，勾皴染相结合，似在北派李成与郭熙之间。其花鸟画亦颇出色。其传世作品《葛仙移居图》现藏于故宫博物院，《山居观梅图》现藏于南京博物院。子胡清、胡濂皆能画。

谢荪，字缃西、天令，溧水人，寓居金陵。善山水、花鸟，颇具功力。其传世作品《荷花图》现藏于故宫博物院，《山水图》图录于《中国名画集》。

此外，陈卓、蔡霖沧、李又李、武丹亦以山水画见长，尤以陈卓成就最高。

陈卓（1634—？），字中立，晚号纯痴老人，北京人，居金陵。善画青山绿水，喜仿张僧繇“没骨法”，与刘度风格相近。其传世作品《云山青嶂图》现藏于安徽省博物馆。

“金陵八家”的画法、面貌并不完全一致，但他们却有画派的某些共性，即鲜明的地方特色和相近的艺术思想。对于可否将其称“金陵画派”，尚有争议。

除清初“金陵三大家”和“金陵八家”外，还有龚贤一系的“金陵派”。“金陵派”除龚贤外，其他成员有：

王概（1645—约1710），初名丐，字东郭，后改今名，字安节，秀水（今浙江嘉兴）人，寓居金陵。以卖画为生。山水学龚贤，颇有成就。35岁时为《芥子园画传》编绘山水集，有益后学。其传世作品《硕辅耆英图》（10页）现藏于故宫博物院，《山卷晴云图》现藏于中央美术学院。著有《画学浅说》。

王蓍（1649—约1734），原名尸，字宓草，号湖林，居金陵，王概弟。山水学黄公望、龚贤；亦善花卉、翎毛，兼篆刻。名与兄概并驱。其传世作品《归去来辞图》现藏于故宫博物院。

柳堉，字公韩，号愚谷，江宁人。山水师龚贤，得董、巨遗法。

龚柱，号础安，江宁人，龚贤子。山水能传其家风。

龚贤曾这样论述道："今日画家以江南为盛，江南十四郡以首都（指南京）为盛，郡中著名者且数十辈，但能吮笔者奚啻千人。"可见当时南京画坛之兴旺程度。

周亮工（1612—1672），字元亮，号栎园，别号陶庵、栎老、适园等，祥符人，移家金陵。崇祯十三年（1640）进士，官御史。入清，官户部侍郎。爱好文艺，与书画家交好。

据《读画录》所载，当时金陵名家还有：葛震父（一龙）、陈昭（涉江）、魏考叔（之璜）、魏和叔（之克）、邹满字（典）、朱翰之（七处）、朱知（思远）、祁止祥、翁寿如（陵）、姚简叔（允在）、胡长白（宗仁）、胡元润、释无可（方密之）、方邵村（亨咸）、姜绮季（廷干）、黄济叔（山松）、张大风、杨龙友（文骢）、谢仲美、杨玄草、方尔张（维）、凌又蕙（畹）、朱近修、陈原舒（道山）、盛伯含（丹）、盛林玉（琳）、吴子远（期远）、章言在（谷）、施雨咸（霖）、沈朗倩、马瑶草（士英）、杜大成、王穉（东皋）、胡元青（士昆）、张震等。

康熙八年（1669），周亮工在南京举办了盛大的画家集会，"词人高士，无不毕集，数十年未有之胜事也"。出席盛会的有：袁重其、黄生、顾与田、姜绮季、王石谷、胡元润、樊圻、樊沂、吴宏、张损之、邹喆、夏茂林、胡竹君、陈卓、叶欣、张震等。会上，周亮工及门弟子黄俞邰（虞稷）作长歌90句以记之。诗中还提到高岑因病（"独嫌高髯卧斋榻"）、龚贤隐居（"更有圣予栖岩阿"）、王概路远（"重城相隔不时见，相思使我歌江沱"）、倪灿（闇公）来不遇而返（"我友倪宽异相失，不令与我相切磋"）等未能到会的原因。此集会史称"己酉盛会"。

中国画史上的几位大家程邃、萧云从、石涛等人也曾在南京居住或活动过，为南京画坛增添了光彩。

程邃（约1605—1691），字穆倩、朽民，号垢区、青溪、垢道人等，歙县人，晚年迁居金陵。善篆刻、书画，尤以山水著称。山水初仿巨然，后纯用渴笔焦墨，沉郁苍古，别具蹊径，为新安画派中主要画家。黄宾虹评其画有"干裂秋风，润含春雨"之趣。其传世作品《幽居图》藏于上海博物馆。著有《会心吟》《肖然吟诗集》。

萧云从（1596—1673），字尺木，号默思、无闷道人、钟山老人等，芜湖（今属安徽）人。与南京胡正言交好，曾邀访南京。山水画笔意清疏韵秀，饶有逸致，也有工雅绝伦之作，弟子甚多，人称"姑熟派"。其传世作品《仙台楼阁图》藏于安徽省博物馆。

石涛（1630—约1708），僧，俗姓朱，名若极，全州人。明靖江王朱守谦后裔，父亨嘉于明亡后在桂林自称“监国”，为南明广西巡抚瞿式耜所杀，时若极5岁，削发为僧，法名原济，小字阿长，字石涛，号大涤子、清湘老人，晚年号瞎尊者、零丁老人、苦瓜和尚等。山水一反仿古之风，构图新奇，笔墨雄健纵恣，淋淳酣畅，深得元人意趣，气概与风神独具面目。王原祁叹喟：“大江以南，无出石师右者！”原济对近代画风影响极大。其著作《画语录》，精深奇奥，主张“收尽奇峰打草稿”“笔墨当随时代”“我自有我法”。此乃精辟之见，很有影响。其早年流寓宣城10年，画黄山诸胜，与弘仁、梅清等称“黄山派”。中年时，康熙十九年至二十六年（1680—1687）客居南京城南长干寺一枝阁，故别号“一枝叟”，与南京画家交流，并创作了许多作品。晚年居扬州。其传世作品甚多，其中《淮阳洁秋图》藏于南京博物院，《蕉菊图》藏于故宫博物院。

周璕（1649—1729），字昆来，号嵩山，商丘人，寓居江宁。善人物、花草，尤工画龙，尝以所画龙在武昌黄鹤楼标银100两出售，从此出名。其传世作品《铁骝图》现藏于南京博物院，《云龙图》藏于中国美术馆。

清代中晚期著称南京的画家有：

张敔（1734—1803），字虎人，号雪鸿，晚号止止道人，桐城人，居江宁。乾隆二十七年（1762）举人，官湖北房县知县。善画山水、人物、花禽，随意挥洒，无不工妙。敔有三子：长子敔轩，字虎观，善花竹；次子迺耆，字寿民，号白眉，画得父传；三子云鹏，善花鸟、山水、人物。

汤贻汾（1778—1853），字若仪，号雨生、琴隐道人，晚号粥翁，武进（今江苏常州）人，居金陵。咸丰三年（1853），太平军攻陷南京，汤贻汾投水死，谥贞愍。善山水，亦写梅，韵致疏秀。点染花卉，亦简淡有情。其传世作品《山水册》藏于南京博物院。著有《琴隐园集》。其长子绶名、次子懋名、四子禄名及女嘉名皆传家风。

周济（1781—1839），字保绪、介存，号未斋，晚号止庵、白门逋客、春水翁，荆溪（今江苏宜兴）人，晚居金陵春水园。嘉庆十年（1805）进士，官淮安教谕。山水师法北派，用笔沉厚，气势弥漫，尤喜丈匹山水。其传世作品《为仙舫写山水》图录于《金石书画二集》。著有《折肱录》《味隽斋词》《介存斋论词杂著》等。

吴庆云（？—1916），字石仟，后以字行，晚号泼墨道人，金陵人，寓上海。擅山水，从米芾、高克恭两家取法，并参用西洋水彩画技法，画烟雨云山，四季变换，生动入微，能出新意，是清末有影响的创新画家。其传世作品《远寺夕照图》藏于中国美术馆，《秋山夕照图》藏于上海博物馆。

咸丰三年（1853），洪秀全的太平军攻克南京，并定都于此，将都城改称天京。随后从扬州招来民间画家虞蟾、陈光、李匡济、郑长春、洪福祥等，在天京各王府画了大量壁画，著名作品有《防江望楼图》《江天亭立图》《孔雀牡丹图》等。这些作品藏于南京堂子街，大多以军事生活为题材，设色浓丽，富有装饰味。

此外，清代南京画坛还有以山水画见长的石庄、朱福田、吴思忠、李锡光、周鼎、崔瑶、张宝、程缵、邹扩祖等，以人物见长的汪庆、陶咏裳等，以花鸟兰竹见长的司马钟、卡赛（女）、卡敏（女）、朱龄、明明和尚、侯云松、姚若翼、马士图、邓启品、徐眉（女）等，以画马见长的王锡祉等。

清代中晚期南京的绘画仍以山水为盛。这时期虽然画家人数不少，但是富有生活气息、创新意识和独特风格的大家已不多见，唯太平天国时期画家的作品富有时代精神。清末，吴庆云始摆脱旧法，开创新风，成为近代山水画革新的先驱和“海派”创始者之一。

民国时期

1912年，中华民国成立，定都南京。南京再次成为全国的政治、经济和文化中心。民国时期，画家及艺术活动主要聚集在北京、上海和南京等中心城市。受“五四”运动的影响和西方绘画的启示，画家们对明清以来中国画坛形成的崇尚古人、萎靡不振的局面早已不满，要求变革。因而，全国掀起了美术革命的高潮。

南京作为传统绘画的基地和中心，是最早发生美术革命的城市，并涌现出一大批画坛名家，使南京画坛再现兴旺局面。

这时期重要的画家和美术教育家有：

李瑞清（1867—1920），善书法，作山水、花卉、佛像，以书法入画，古拙超逸。他倡导艺术教育，引进西方美术，设图画手工科，为近代中国美术的发展做出了杰出贡献。

萧俊贤（1865—1948或1949），工画山水，苍古浑厚，淡远秀逸，兼而有之，人称“萧派”。兼写花卉，别出风韵。光绪三十二年（1906）任两江优级师范学堂国画教师。其作品《山居图》图录于《当代名人画海》，出版有《萧厔泉画稿》《萧厔泉山水画课稿》。

李叔同（1880—1942），善西画，亦善国画、书法、篆刻，曾任南京高等师范学校教授。

汪孔祁（1886或1887—1940），擅长青绿山水，得宋元人神韵，兼长花鸟竹石。其传世作品《枫谷支筇图》藏于南京博物院。

胡汀鹭（1884—1943），花鸟学任颐、青藤、白阳，参以写生，浑厚秀逸兼之。山水学沈周、唐远、马远、夏圭，雄伟淋漓。历任南京高等师范艺术专科学校、南京美术专科学校教授，并创无锡美术专科学校。

徐悲鸿《徯我后》

徐悲鸿（1895—1953），善油画、国画，尤长画马，气魄雄厚，笔力豪壮，布局设色，均有新意，是现代美术史上的重要人物，影响极大。其传世作品有《徯我后》《九方皋》《愚公移山》《漓江春雨》《奔马》

徐悲鸿与中央大学艺术系西画组学生合影

等。1928年，徐悲鸿主持南京国立中央大学艺术教育科，积极提倡现实主义，强调继承与发扬民族传统，主张改革中国画。当时受聘名家有高剑父、张大千、陈之佛、颜文梁、潘玉良、周玲荪、蒋兆和、张书旂、吕斯百、吴作人、黄君璧、傅抱石、黄显之、许士骐、庞薰琴、李瑞年、谢稚柳、秦宣夫、吕凤子等数十人，名家云集，实力雄厚。该校培养学生500余人，他们分布全国各地，其中不少后来成为知名的画家和美术教育家，如张安治、谢孝思、邓白、杨建侯、冯法祀、文金扬、艾中信、宗其香、李斛、戴泽、韦启美、夏同光、哈琼文、王临乙、刘汝醴、郁风、黄养辉、萧淑芳等都在此学习、研究或旁听过。

高剑父（1879—1951），善山水、花鸟、走兽，也作人物画，在中国传统技法基础上，融合日本和西洋画法，善用色彩和渲染，具有南方特色，开创岭南派。其传世作品《红叶苍鹰图》藏于广东省博物馆，《雨景图》藏于故宫博物院。著有《印度艺术》《中国现代的绘画》等。

张大千（1899—1983），善山水、人物、花鸟，功力极深，有八大山人、石涛之神韵，沈周、唐寅之华润，20世纪30年代即与齐白石齐名，并称“南张北齐”。晚年又创泼墨、泼彩山水，墨色淋漓，莹润磅礴，独具风采，在海外影响极大。其传世作品《泼墨荷花图》藏于南京博物院。

张书旂（1900—1957），善花鸟，取法任伯年，工设色，尤善用粉。

吕凤子（1886—1959），历任中央大学艺术科教授、国立艺术专科学校校长、江苏师范学院艺术系教授和江苏省国画院筹委会主任委员。善人物、仕女、罗汉，别具风格。其传世作品《自画像》《忆江南图》图录于《吕凤子画集》。著有《中国画法研究》。

蒋兆和（1904—1986），善国画人物，其《流民图》名闻中外。

高希舜（1895—1982），创办南京美术专科学校。善花鸟，工写兼长，尤以写意荷花为佳，雄浑遒劲，笔力扛鼎。晚年多作红梅。

新中国时期

经国务院批准，江苏省国画院于1960年成立，是全国最早成立的3家省级画院（另两家在北京、上海）之一。同时，南京艺术学院、南京师范学院（后改为南京师范大学）等亦设有美术系，解放军南京军区政治部还设有美术创作组，江苏省设有江苏省美术馆。1979年，南京书画院成立。许多画家纷纷到南京，其中有傅抱石、刘海粟、陈之佛、赖少其、钱松岩、亚明、宋文治、魏紫熙、陈大羽、丁士青、黄养辉等，从而使南京的中国画再现辉煌，成为与北京、上海、广州、西安并峙的国画重镇之一。

南京的国画画坛以傅抱石为首，倡导变革，培养了一大批画家。傅抱石的山水、人物宗法石涛、石溪、陈洪绶等人，融合日本画法，崇尚革新，形成淋漓豪放、古雅瑰奇之面貌，为一代大家。1959年，他与关山月合作的巨幅山水画《江山如此多娇》悬挂于北京人民大会堂，可谓旷世之作，彪炳画史；他的历史人物长卷《丽人行》于1996年被北京佳德拍卖公司以1078万元拍出，创当时中国画拍卖最高纪录。1960年，傅抱石率江苏省山水画写生团一行13人，赴西北和华南写生，经豫、陕、川、鄂、湘、粤等省，行程1万多公里，以新颖的笔墨和构思创作大量反映现实生活的新山水画。1962年，他们的作品以“山河新貌”为展题在北京中国美术馆展出，引起轰动。傅抱石创作的《待细把江山图画》《井冈山》等，以雄浑苍郁的笔墨、独特的构思，表现祖国山河的雄伟壮丽。他独创的“抱石皴”技法，在这些作品中达到炉火纯青之境，使他的山水画步入顶峰期。钱松岩创作的《红装素裹》《枣园春色》则以缜细的笔法、古拙的情趣和深厚的写实功夫，再现革命圣地延安的景色。而亚明的《三峡灯火》则大刀阔斧，笔墨淋漓，歌颂三峡的雄伟和人定胜天的英雄气概。与此同时，陈之佛则以工笔花鸟驰名画坛，与傅抱石称誉南京。

1980年前后，中国画开始复苏，画坛开始活跃，刘海粟、亚明、宋文治、魏紫熙、陈大羽、钱松岩、谢海燕、杨建侯、黄养辉等老画家步入创作旺期，著称画坛。

继傅抱石之后，亚明领导江苏的国画坛。他擅长画人物、山水，画风豪放飘逸。南京山水画家为北京毛主席纪念堂绘制的巨幅山水画《北戴河》（亚明、秦剑铭合作）、《韶山》（宋文治、金致远合作）、《遵义朝晖》（魏紫熙、尚君励合作）等作品称绝一时。亚明与钱松岩、宋文治、魏紫熙并称江苏“山水四家”，享誉海内外。钱松岩以江南湖山见长，兼善指画，画风厚重儒雅，青绿设色尤佳。宋文治擅江村林峦，画风静雅透逸。魏紫熙善云壑飞瀑，秋山重彩尤长。此外，活跃于南京的刘海粟以泼墨泼彩见长，尤以画黄山云烟松石称誉画坛。俞剑华以墨笔乱云山水著称，张晋以工笔青绿山水著称，余彤甫以江南小景著称，黄纯尧以画三峡著称，张文俊以细笔山水著称。其他如伍霖生、李琬、曹汶、汪国澄和民间画家许公泽、胡国仁、董伯等各有所长。20世纪90年代，南京又涌现出一批颇有实力的中年山水画家，如傅二石、宋玉麟、萧平、华拓、朱葵、董欣宾、卢星堂、朱道平、方骏、范保文等人，使南京山水画坛后继有人。

南京地区的花鸟画也有长足发展。陈之佛是南京花鸟画的杰出代表，亦是中国花鸟画大家，对花鸟画坛影响极大。其花鸟画以工笔重彩见长，作风精严细密，敷色雅丽匀和，以形写神，意趣盎然。他的双勾细染传宋、元人遗韵，加以发展，自成一格。南京博物院所藏《梅鹤迎春图》是其风格代表作。传其画法者有喻继高、陈修范等，他们皆有所成，为南京工笔花鸟一派。南京写意花鸟画家颇多：杨建侯善画芦雁，谢海燕善画金鱼，黄养辉善画梅花和茶壶，陈大羽善画公鸡，谭勇善画鸽，叶矩吾善画鸳鸯，赵良翰善画松鹤，李亚善画兰竹。民间画家张正吟、韩少婴、李味青、张罕余等亦各擅胜场，称誉一时。南京地区的花鸟画主要分为陈之佛的“工笔派”和陈大羽的“写意派”。

人物画在南京可称“大家”者，唯傅抱石、亚明。傅抱石善古典写意人物，其《二湘图》《九老图》《晋贤图》《擘阮图》《九歌图》《屈子行吟图》《丽人行》等皆为名作，极有影响。亚明则善写域外人物和古代文人雅士，其国外人物写生作品和《怀旭》《陶渊明采菊图》《米芾拜石图》等皆为力作。

南京地区老中青画家多次在全国获奖。重要作品有：刘海粟的《黄山白龙潭》，钱松岩的《光明万年》，余晓星的《苗岭深处》，常进的《秋水无声》，周京新的《水浒组画》《扬州八怪》，盖茂森的《戈马江南》，陈琪的《箭在弦上》，高云、何家英的《魂系马嵬》，高马得的《戏剧人物》，张伟的《仕女图》，祁恩进的《吴越环秀》，于友善的《九九春运图》等。

第二节　水彩画

水彩画、油画均为外来画种。

100多年前，水彩画随着西学东渐潮传入中国。南京是水彩画传播最早、发展最快的地区之一。宣统二年（1910），李叔同学成回国，在上海城东女校、浙江两级师范学校、南京高等师范学校担任教学工作，推行包括水彩画在内的西画教学。他在日本留学时写的《水彩画法略说》可称为水彩画启蒙之作，现存的水彩画作品《山茶花》的构图和造型方法都运用了中国画的形式，有浓郁的中国味。两江优级师范学堂图画手工科第一届毕业生吕凤子，毕业后在两江优级师范学堂附属中学堂等校任教，研究西画10年，编写《中学水彩画帖》等教材多种，对西画的理论和技法有较深的造诣，是中国水彩画先驱者之一。从其现存的两幅水彩画印刷品《桥》《静物》来看，它们既受日本早期水彩画的影响，又融入了中国的风格。辛亥革命前，两江优级师范学堂图画手工科培养五六十名美术教师，他们毕业后分赴江苏、安徽、浙江、江西、湖南、广东、四川、山西、北京等地从事美术教学工作，把水彩画的理论和技法带往全国各地。

1916年，李毅士毕业归国后先后任教于南京高等师范学校，中央大学艺术系、建筑系。他糅合中西画之长，其作品《含情欲说宫中事，鹦鹉前头不敢言》《江州司马青衫湿》等，都是借古喻今之作。他在中央大学10余年，创作水彩画《鸡鸣寺佛堂》《秦淮河船家》《玄武湖草亭》《鼓楼公园》等。徐悲鸿水彩画作品《仕女图》（上海博物馆藏，画的是康有为夫人）、《女人体》（北京徐悲鸿纪念馆藏）造型严谨，用笔流畅，色彩透明、谐调，为中国水彩画中不可多得的杰作。他们先后培养了吕斯百、吴作人、蒋仁、张治安、刘汝醴、孙文林、艾中信、郁风、萧淑芳、陈志华、那畹衡、宗其香、魏起正、蒋荪生、吴承砚、戴泽、袁振藻、恽宗瀛等一大批长于水彩画的学生，其中不乏后来成名的中国水彩画家。1925年，商务印书馆出版了薛珍《现代水彩画》两辑。1933年，《薛珍画集》出版，对推动水彩画创作产生过广泛影响。

新中国成立后，一批很有成就的知名水彩画家或定居南京，或客居南京，从事水彩画教学、创作以及理论研究，带动全国水彩画的发展，其中有：南京工学院建筑系的李剑晨、杨廷宝、童寯、樊明体、崔豫章、那畹衡等，南京师范学院美术系的余钟志、金立德、杨云龙、蒋逊生、朱敬仪、吴栋楷等，南京艺术学院的孙文林、陈志华、马承镳、叶善禄等，以及薛珍、王肇民、吴夔、吴君琪、袁振藻、恽宗瀛、袁贞秋、李陈旺等，形成了一支实力强大的水彩画创作队伍。李剑晨出版《水彩画法》《英国水彩画选集》《李剑晨水彩画选集》《水彩画创作技法》等9部著作。他的水彩画作品《晨曦中的人民英雄纪念碑》是20世纪50年代在全国很有影响的作品。他的《水彩画技法》解决了学习水彩画的基本问题，受到读者的高度评价。杨廷宝和童寯都是留美的著名建筑家、水彩画家，他们的作品《威尼斯圣马可大教堂》（杨廷宝作）、《西德美因茨教学广场早市》（童寯作）显示出水彩画创作方面的极高成就。樊明体作品《外滩》《山雨欲来》被收录于大型画册《水彩画选集》。崔豫章有作品《峨眉天下秀》等。余钟志创作的人物画《饥寒交迫》《无家可归》为中国美术馆收藏。金立德作品《钢堡》为中国美术馆收藏。杨云龙作品《海滨》《向科学进军》《春风》《群众》有广泛影响。孙文林水彩画《螃蟹》为江苏省美术馆收藏。陈志华作品《女摩托车手》《菊花》由上海美术出版社出版。1979年4月，南京工学院的李剑晨、杨廷宝、童寯、崔豫章、许石丹、金允铨6位水彩画家在江苏省美术馆举行大型水彩画联展。1990年至1999年，南京水彩画参加全国性大展以及出国展出中评价较高的优秀作品有：李创晨的《黄海风云》、杨云龙的《春风》、崔豫章的《峨眉天下秀》、常厚鍟的《绣》、范保文的《紫金山天文台》、吴栋梁的《女电焊工》、朱敦俭的《秋林印象》、袁振藻的《水巷晨雾》、张子生的《难忘的岁月》、曹辅銮的《白丁香》、龙芸绪的《雪后初霁》、曹立侃的《霜白天地小》、潘裕建的《金鱼戏水》、万里利的《维吾尔姑娘》、陆长根的《银色的港湾》、陈世光的《冰糖葫芦》等。

第三节　版　画

中国是世界版画的发源地。中国版画的出现早于欧洲500多年，由古代版画（亦称木刻）

发展到现代版画不仅具有光辉的历史，而且作品在世界艺术宝库中占有重要的位置。明代是中国版画艺术的鼎盛时期。

金陵在明代初年，其文化非常发达。随着文学、戏曲、小说的兴起，书中附加木刻插图日益增多，技艺求精，书坊林立，金陵一跃成为出版中心之一。

可资代表明初金陵版画水平的作品甚多：

洪武二十八年（1395），应天府（南京）沙福智刊本《观世音菩萨普门品经》（此刊本由北京图书馆藏），由金陵陈声刻，刊本图41幅，其中《现婆门身说法图》刻制精巧、工整、明丽，生动自然，是金陵明初突出作品之一。

宣德十年（1435），刘东生（刘兑）撰《新编金童玉女娇红记》。它是插图剧曲本子，金陵乐安绩德堂刊行，刻者不详。该剧描写申原卿（纯）与王娇娘遇合的故事，全书80余页，书内插图单面形式，前图后文。其人物造型、衣冠刻画和景物布置，刀法顿挫钩斫，都具有宋元版画古拙朴质的遗韵，被称为明初金陵戏曲插图的先导。（日本长泽规矩藏其刊本，中、日均有影印本行世。）

金陵在万历崇祯年间（约1573年以后的70年），版画雕刊技术有飞跃进步。三山街（白下路至夫子庙一带）私人书坊开设甚多，有唐氏（唐官春）富春堂，唐氏（唐晟）世德堂，唐氏（唐锦池）文林阁，唐氏（唐振吾）广庆堂、寿德堂、振古堂，陈氏（陈大来）继志斋，汪氏（汪廷讷）环翠堂诸家，形成了百花齐放、争奇斗胜的局面。

唐氏诸家刊物多附插图。如富春堂一家所刻的传奇戏曲《李十郎紫箫记》《分金记》《虎符记》《齐世子灌园记》《玉玦记》《祝发记》《鹦鹉记》《玉钗记》《白蛇记》《刘玄德三顾草庐记》《王昭君出塞和戎记》《韩朋十义记》《金貂记》《姜诗跃鲤记》《张巡许远双忠记》《韩信千金记》《吕蒙正破窑记》《绨袍记》《斐度香山还带记》《周羽孝子寻亲记》《岳飞破虏东窗记》《刘知远白兔记》《易鞋记》《薛仁贵跨海征东白袍记》《重订赵氏孤儿记》《南西厢记》《拜月亭记》等百余种，皆附有繁复的插图，有的半页，有的整页。其中，《鹦鹉记》《刘知远白兔记》《南西厢记》《拜月亭记》是富春堂刻制的典型巨著。唐振吾所刊《西湖记》《武侯七胜记》，文林阁刊本《胭脂记》《易鞋记》《蕉帕记》《高文举珍珠记》《古城记》《浣沙记》《锦笺记》等刊物中的各幅，图版精致，风度变为妍静疏朗，接近徽派而别树一帜。世德堂刊本《玉合记》《节孝记》《双凤齐鸣记》《惊鸿记》《西淳记》等也很有影响。唐氏诸家所刻的插图，自成一体，重黑白对比，光线鲜明和谐，一扫贫乏无味和呆板，尤以简明的刀锋，刻画人物面貌和内心情感，甚为生动突出。

陈氏继志斋刊本插图剧曲，主要有《旗亭记》《锦笺记》《量江记》《双鱼记》《埋剑记》《黄粱梦记》。在陈氏诸作中，以万历二十七年（1599）出刊的《玉簪记》、万历四十年（1612）出刊的《义侠记》、六幅对幅图的《香囊记》为代表作品，它们也是继志斋的典范之作，与唐氏的富春堂相颉颃。

继富春堂、继志斋以后，汪氏的环翠堂和他们有并驾齐驱的地位，也是独树一帜的。环翠堂主人汪廷讷原是安徽巨富，后寄居金陵，在金陵设环翠堂。所刊印的《环翠堂园景图》，由钱贡画，黄应祖刻，初印于万历三十年至三十三年（1602—1605），内容是描写汪氏庄园景色。该图全长1468厘米，高24厘米，以宽约33.8厘米为一段，共45段，衔接为一个长卷。这件版画为中国古代版画中少见的宏伟大作。另外，环翠堂还刊行《环翠堂乐府》10余种、剧曲插图《义烈记》22幅、《采舟记》17幅、《投桃记》14幅、《三祝记》26幅、《天书记》16幅等。画风富丽堂皇，纤细入微，人物颈身修长，垂鬓高髻，眉清目秀，刀刻遒劲生动，图版的空白处多填细密图案花纹，无不以纤细造妙取胜。

明末，多才多艺的胡正言于万历年间由安徽迁来南京，筑十竹斋为庐于鸡笼山下。他创造的“饾版”和“拱花”技术，给彩色套印开辟了新的天地。用彩色水墨套印，产生浓淡、虚实、水墨意味，并利用凹凸特殊压磨使画面拱起，产生特殊的效果。

《十竹斋画谱》自万历四十七年（1619）起绘刻，完成于天启七年（1627）。该画谱内分“书画谱”“墨华谱”“果谱”“翎毛谱”“兰谱”“竹谱”“梅谱”“石谱”8种，每种图20幅，除“兰谱”外，每种在图版的对开上都有名人题句。《十竹斋笺谱》于崇祯十七年（1644）刻成。该笺谱内容：卷一分为7类，共62幅，有“清供”“博古”“奇石”“华石”等；卷二分为9类，共77幅，有“龙种”“入林”“凤子”“墨友”“胜览”等；卷三分为9类，共72幅，有“孺慕”“应求”“敏学”“尚志”“高标”“棣华”等；卷四分为8类，共68幅，有“建议”“灵瑞”“香雪”“文佩”“杂稿”等。笺谱特点是用拱花法印制。《十竹斋画谱》与《十竹斋笺谱》前后历时20余年才印制完成，是中国版画史上的宝贵遗产。1962年春，南京文化局重建十竹斋，郭沫若手书斋名，以《金陵琐志》原版笺纸重印，并有现代版画创作。“文化大革命”期间，十竹斋再次停业，后开业。

胡正言采用“饾版”和“拱花”技术刻印的《十竹斋笺谱》

清代的《芥子园画传》是继明末《十竹斋画谱》以后，用饾版彩色套印，成就很高，也是对后学者很有启发的画谱。芥子园是李渔（号笠翁）晚年定居南京所筑的别墅名。李渔在明万历末年生于钱塘（今浙江杭州），身经战乱，入清以后仍以明遗民身份周游天下，性情任侠、豪放，擅撰小说、戏曲。晚年，指导编印画谱，题名为《芥子园画传》，俗称《芥子园画谱》。康熙十八年（1679），李渔撰初集前面序。康熙四十年（1701）画传初版于南京。《芥子园画传》分3集。初集分5卷：第一卷为画学浅说；第二卷为树法；第三卷为石法；第四卷为点景人物；第五卷为仿各家横长各式。二集分兰、竹、梅、菊四谱八卷共220余页（二集成书时，李渔已去世，芥子园也三易主人）。三集是草虫、翎毛、花卉谱及“设色浅说”，并附有草木花卉、木本花卉、草虫等画法浅说。嘉庆二十三年（1818），书坊擅自将丁皋《写真秘诀》（又名《传真心领》）一卷，采择《晚笑堂画传》等人物画谱中的图绘，合刻成《芥子园画传》第四集人物画谱，并将其于光绪年间在上海石版印制，流传甚广。

清代流传下来的《小瀛洲社会诗图》（原是明版，清初周龙甫补刻于金陵）、康熙年间《笠翁十种曲》（翼圣堂刊版）、乾隆三十二年（1767）金陵版《黄山志定本》等，也是较有影响的作品。

同治五年（1866），金陵刻经处建立，主持者为杨文会居士。所刻佛画近30种，篇幅均在2尺到6尺间。大幅巨制有：康熙年间周口画的《观音菩萨像》、赵松麓画的《飘海观音》，光绪年间华口画的《十八臂观音像》、释开智摹绘的《四十臂观音像》、沈口画的《送子观音像》，以及张益画的《西方极乐世界》《极乐世界庄严图》《造像量度经》等。金陵刻经处至今仍在南京淮海路，继承中国传统文化，经营种种版刻。

自19世纪初叶起，虽然随着近代印刷术的发展，木刻版印刷走向衰落，但是金陵古版画一直葆有很高的艺术价值，至今还博得世人的喜爱，值得后人研究。

20世纪初，中国就有一批进步艺术家，以反映现实生活为内容创作木刻版画作品。自1929年起，木刻版画创作的艺术团体相继出现。1931年8月，鲁迅提倡新兴木刻（又称新兴版画运动），在上海举办木刻讲习所。从此，新兴版画（即现代版画）在祖国大地包括南京生根发芽。

新兴版画亦称现代版画，在1949年前南京已有零星作者，如陆地于1937年参加了全国木刻抗敌协会，从事木刻版画创作；还有一些进步的大学生创作木刻招贴画，为革命斗争服务。

南京的现代版画是在新中国成立以后发展起来的。

1953年10月，南京4位版画家陆地、杨涵、黄丕谟、李有光建立了版画组，以创作为中心，开展学术研究等多种活动，并定每月集会一次。其后，吴俊发、萧方等人也相继参加了版画组。

1961年9月，南京市职工艺术大学开设版画专业，由黄丕谟主讲，传授版画技法，同时进行画史、画论研究。至1966年6月，该校培养了蔡知新、金明华、姚于惠、殷福林等20余位较有成就的版画家，壮大了南京市版画创作队伍。

自1962年8月起，中国美术家协会江苏分会、江苏省美术馆在南京举办水印木刻版画进修班，由陆地、吴俊发、黄丕谟、张新予、朱琴葆负责辅导工作。除南京学员外，还有来自全省各地的版画作者。进修班共举办3期，时间延续到1964年4月。版画作者将传统的水印技法和现代木刻的刀味、木味版画特点相结合，创作了一批崭新的水印木刻版画作品，分别在北京、上海及其他地方展出，在国内外产生了很大影响。江苏水印木刻成为全国一个重要的艺术流派。

自1972年1月起，南京市文艺创作组举办美术培训班，由黄丕谟主持。培训班分期分批吸收了20多位版画作者，时间延续了2年，创作出一批版画作品。陶德胜的《冒雨焊接》、徐健的《晨曲》、速泰熙的《我爱北京天安门》、蔡知新的《山村公路》、殷福林的《新学员》、欧阳宁的《出战》、周炳辰的《大桥组画》等数十幅作品，分别入选纪念毛主席《在延安文艺座谈会上的讲话》发表30周年全国美展、第六届全国美展、全国版画展等，得到好评。

1980年2月，南京市美术家协会重组版画组。同年12月，江苏省版画家协会在南京成立。在宁版画家陆地当选为名誉会长，吴俊发为会长，黄丕谟、张新予等人为副会长。

1982年，黄丕谟水印木刻展在北京展出。其后，展览分别在南京、上海、台北、中坜、成都、崇明举办。1984年，黄丕谟应邀出访日本，在神户、东京、名古屋、大阪、京都、奈良、池田、大垣、福山、广岛等地举办个展。他发展了水印传统技法，为风景版画创作开拓了新领域。

自1982年起，吴俊发、程勉、张新予、朱琴葆的个人版画展陆续在南京展出，吴俊发的个展还在法国展出。

1986年4月18日至5月4日，南京市美术家协会举办的中国南京·日本“刀之会”版画联展在南京开幕，展出中日两国的作品各63件，日本版画家大坪宪市专程来南京出席座谈会。1988年4月18日，中国南京·日本“刀之会”版画联展由日本“刀之会”（版画家团体）举办，并在日本大阪府立美术馆展出。这是南京市首次与国外版画界共同举办的版画联展。

1986年9月，南京版画研究会成立，旨在提高版画创作水平，从事理论研究，并编印《南京版画》专刊。研究会聘请李桦为名誉会长，李平凡、马克、吴俊发为艺术顾问，黄丕谟为会长，李树勤、蔡知新为副会长。

1990年，江苏省首届水印版画艺术节举办，在美术界产生了积极影响。

1994年，南京艺术学院刘波的版画作品获全国第十二届版画展金奖。

1996年，著名版画家黄丕谟、陈光达、蔡知新三人在北京获中国版画家协会颁发的鲁迅版画奖。

南京市的优秀版画作品甚多，在全国美展、全国版画展以及其他全国性美展上都有作品展出。许多作品在40多个国家展出或收藏，主要有：

《春风春水江南》（黄丕谟作）、《秋染巴山》（张新予作），在法国巴黎春季沙龙国际美展展出。

《武夷山下》（张新予作）、《晴朗的海湾》（黄丕谟作）、《姑苏河畔》（程勉作）、

《石宝寨》（吴俊发作）、《山涧》（朱琴葆作），入选南斯拉夫第14届世界版画展，其中《武夷山下》获二等奖。

《阳春雪》（黄丕谟作），《苏州印象》（张新予作），《万里长城》（吴俊发作），《唱祷歌的妇女》《桥》（程勉作），《椅子》（陈琦作），《花瓶与果子》（张树云作），《生命的渊源》（张仲则作），分别在意大利第10届、第11届比埃拉国际版画展展出。

《春风春水江南》（黄丕谟作）、《南海普陀》（姚于惠作）、《姑苏河畔》（程勉作）、《新春》（朱琴葆作），在日本举办的亚洲现代美展展出。

《太湖水滟渔村处》《喜雨江南》（黄丕谟作），《茅山颂》《方志敏》《洞庭渔归》（吴俊发作），《秋夜》《栖霞山下》《山中气象台》《玉屏朝晖》《石钟山》《仲夏》等（张新予、朱琴葆作），《一江晨晖》《夜诊》（程勉作），分别在印度第八届国际现代美展、挪威第六届国际版画展展出，并刊于《中国十年版画选集》《中国新文艺大系》《中国新兴版画史》《中国新兴版画五十年选集》等国内外大型画集。

第四节　油　画

油画是外来画种。中国古代虽有油类、漆料绘制的作品，但属漆画或工艺画。南京正式开始油画艺术创作历史不长。新中国成立后，南京在油画艺术人才培养和创作上都在全国有着举足轻重的地位。

1902年，南京创立两江优级师范学堂。1906年，该校设立中国最早的美术系科，曾聘请日本教师盐见竟等人授油画、水彩画（当时简称西画、西洋画）。南京培养油画人才从此开始。

1927年，南京中央大学创立艺术系，学制初为2年，后改3—4年。油画教学由徐悲鸿主持。1930年，徐悲鸿作油画《田横五百士》《徯我后》等作品。抗日战争开始后，学校迁至重庆，抗日战争胜利后又返宁。1948年，中央大学增设艺术研究所。

1952年，以原中央大学艺术系为基础，南京师范学院美术系进行改建，后又改为南京师范大学美术系，油画也是该系主要学科。该系油画科的历任教授有秦宣夫、黄显之、杨建侯、吕斯百、宋正殷、徐明华等。

1957年，为庆祝中国人民解放军建军30周年，南京开展军史画创作。南京部队及地方画家在南京成立了军史画创作室。这次创作除国画版画作品外，还对油画作品的创作做了分工：《淮海战役》由罗琪、赵光涛、费以复、杨涵合作；《总前委巡视淮海战场》由杨涵、费以复、陈达、罗琪合作；《解放南京》由杨建侯作；《车桥大歼灭战》由黄显之、亚明、吴俊发合作；《皖南抗日根据地遗址》由秦宣夫作；《孟良崮战役》由徐天敏、吴夔合作；《大破三百里竹篱笆》由朱克可作；《沙沟登陆战》由金志远作；《海上遭遇》由陈其作；《洼塘诱敌》由吴君琪作；《解放一江山岛》由叶文西作；《二次战役》由向天野作；《上甘岭战斗》

由周祖铭作。以上这些作品均参加中国人民解放军总政治部、文化部、中国美术家协会举办的中国人民解放军建军30周年全国美术展览会，并由中国军事博物馆收藏。

1958年，华东艺术专科学校由无锡迁来南京，第二年更名为南京艺术学院，刘海粟为名誉院长。其美术系设油画专业，该专业的历任教授有苏天赐、冯健亲、张华清、沈行工、李新、杨焕照等。

1962年，南京市美术家协会成立油画组，有油画会员50余人。油画组开展油画创作、学术讨论等活动。

1964年，南京在迎接庆祝新中国成立15周年之际，掀起油画创作热潮。《菊花》（黄显之作）、《高粱映天红》（徐天敏作）、《新农民》（张华清作）、《开垦》（杨培钊作）、《扫净谷场迎丰收》（宋杰作）、《两代》（方冰山作）、《秋耕》（江小竽作），均入选华东美展或全国美展，这体现了中青年油画家的艺术成就。

1972年，南京市文艺创作组举办美术进修班，吸引15位青年油画家和油画爱好者参加。上半年为纪念毛主席《在延安文艺座谈会上的讲话》发表30周年全国美展创作了《伟大的史诗》（龙芸绪作）。还有其他作品，如《向毛主席汇报》（毛兆明、曹立侃等人合作）、《蒸蒸日上》（刘之光、管鹤奎、王波合作）、《工人师傅上讲台》（沈广耀作）、《百万雄师过大江》（张延作）。这些作品参加了全国美展及江苏省美展。

1979年至1984年，油画《四月雪》（钱大经作）、《洞庭十月》（李华英作）、《奔赴延安》（陈世和作）、《小镇春深》（沈行工作）、《东进途中》（钱锋作），分别向庆祝新中国成立30、35周年献礼，并入选全国美展。

1985年，南京油画研究会成立，有首批会员20余人。为提高油画创作水平，加强理论研究，研究会分别在1987年、1989年、1990年举办了油画研究会作品年展，每次展出作品50—100件。1991年，南京油画研究会易名为油画研究社；1996年，又改名为油画研究会。

1989年，第七届全国美术展览会油画作品在南京展出，共有作品400余件。这是对中国油画水平的一次“总检阅”。其中，南京的油画作品《农妇》（陈世和作）、《寨边絮语》（李华英作）、《一九一九年“五四”前夕》（陈世宁作）、《晓雾锁大江》（徐天敏作）、《早春》（苏天赐作，获铜奖）、《备嫁妆》（张延作）、《晴日》（周一清作），均入选这次全国美展。

1994年10月，著名女画家潘玉良绘画精品展举办，其中展出了不少艺术品位较高的油画作品。

1996年10月，俄罗斯著名油画家作品展举办。

1999年6月，江苏省油画雕塑院成立，并在江苏省美术馆举办了首届作品汇报展。

第五节 雕 塑

南京的雕塑艺术有着灿烂而悠久的历史，早在新石器时期，雕塑艺术的雏形已开始出现，又经历了商周至今3000多年的发展嬗变过程。这门具有三维空间实体性的造型艺术，伴随着南京社会历史的兴盛而繁荣，也随着它的衰败而沉寂。在这漫长的进程中，南京的雕塑艺术曾在南朝、隋唐、明代和新中国成立后出现过4次繁盛发展时期。不同时期出现的杰出工匠和雕塑名家，用他们自己的智慧和汗水为后代留下了许多传世作品，这些作品成为南京珍贵的文化遗产。

南京的雕塑艺术以其独特的人文、地域特性丰富了中国雕塑艺术史册，同时它也是中国雕塑艺术宝库不可缺少的组成部分。

发端于新石器时期的雕塑艺术，尚处在萌芽状态，它不能脱离实用器物而以独立形态存在，通常附着在器物表面，起图案性的装饰美化作用。现藏于南京市博物馆的半璧形玉璜是新石器雕塑的代表作品之一。此玉璜呈半圆形，上凿对称小圆孔，以拴系绳索之用，表面磨制细腻光滑，是一件人体佩戴饰物玉石雕刻。

1982年，南京近郊营盘山出土的三足牛首陶罐是一件烧陶雕塑。此罐腹部雕刻牛头造型浮雕装饰，呈三足落地造型，独特别致。三足牛首陶罐是新石器时期陶器雕塑的代表作品。这表明当时人类已具备打磨雕制的工具和技艺，同时已达到烧陶技术、雕塑技巧与器皿三者完美结合的水平。

商周到春秋战国时期，随着青铜冶炼铸造业的出现和发展，青铜器皿雕塑兴盛起来。南京江宁县出土的商代雕塑青铜三羊垒是商代早期的作品。此垒为罐型容器，上部精雕羊头3只，周身饰以浅雕目雷纹，色泽古拙凝重。商代末期雕塑青铜铙在造型、纹饰上较前者有明显的不同。此铙呈倒钟状，敞口朝上，下部以一实心圆柄支承铙身，通体雕饕餮纹，粗深图案包含细浅纹理。这一铜铙在造型上吸收了楚文化的铜器特点。

西周时的青铜雕塑代表作品为梁其钟。它是一种礼乐器，其旋部、舞部、篆间、鼓部雕刻目雷纹、变形夔龙纹，钲间及鼓左铸铭文46字。梁其钟的价值在于它能科学地将声学、雕塑、铸铜三者结合并达到完美地步。变形夔纹匜是江宁县陶吴乡出土的春秋青铜雕塑。它是一种液体容器，下有三足鼎、阔腹、长颈，是一件具有典型的吴文化特征的青铜器。

商周至春秋战国时期的雕塑多为青铜铸造，这一时期在雕塑史上为青铜时代。在这一时期，南京青铜雕塑为吴文化铜雕之代表，与楚文化青铜器有鲜明差异，前者轻巧精湛，后者古拙凝重。

秦汉时，青铜雕塑得到进一步发展，突破了小品独体的局限，实现了大体组合拼装。东汉天文学家张衡创制的青铜塑浑天仪，已将雕塑与天文科学巧妙地结合。它不仅可以多角度自由转动，方便窥视太空，而且将四角支柱巧妙处理成4条昂首攀踞、怒视苍穹之盘龙。此雕塑是与天文仪器完美结合之典范，堪称举世无双，现放置于紫金山天文台之浑仪，系正统二年

（1437）仿制。

三国两晋时的雕塑作品多为山体陶瓷材质，但那时的雕塑仍能以精湛的工艺在南京雕塑史上占有一席之地。青瓷羊尊出土于南京清凉山吴墓，系甘露元年（265）制。羊尊高23.5厘米，长31.7厘米，取屈腿盘卧之姿，挺胸昂首，体形肥硕，口微张若鸣叫。釉色青灰、葱翠莹润，是三国东吴时期越窑青瓷雕塑的代表作品。

这一时期的雕塑沿袭东吴遗风，仍以小体陶塑为主。永宁二年（302）烧制的青瓷鹰头壶，出土于汝阳太守墓，是保留下来较好的作品。这只壶腹部为正圆形，小口短颈，两边有环孔。壶上雕一鹰头，鹰钩嘴瞠目，利爪垂于下部，似翱翔态，静中蕴动。青灰瓷质光泽斑驳。这只陶壶明显保留了汉陶的一些特征。另一件西晋瓷雕青瓷魂瓶现藏于南京博物院。这件瓷瓶分两层，瓶盖下面精雕10余个屈腿盘坐抬手捧物人像，上层刻有10余只飞跃的禽雀。瓶腹四周贴塑花卉图案，造型复杂细致，生动有趣。以上两件陶瓷雕塑基本上代表了西晋雕塑艺术在陶瓷领域的发展水平。

南朝的宋、齐、梁、陈时期是南京历史上第一次陵墓雕塑的高度繁荣期。由于当时国都在南京，加上经济发展，国家安定，封建帝王为了炫耀自己的显赫地位，不惜投入大量人力财力，大兴陵墓雕塑。现存于南京东郊各处的数十尊名为“辟邪”“天禄”“麒麟”的大型石雕巨兽，成对地列置于陵前，威猛凶悍，浑厚雄伟。按时代顺序依次列叙如下：

宋武帝刘裕初宁陵神道石刻现位于江宁县麒麟乡，现有大型石雕天禄、麒麟各一尊。左为天禄，意为天赐俸禄；右为麒麟，意为君权神授。头有牡丹者为麒麟，头有双角者为天禄。石雕似狮形，昂首挺胸，张口吐舌，曲腰垂身。双兽在头顶、耳侧、腿后、下颌及胸部刻饰华丽螺旋纹，两侧有羽翼，意能翱翔行空。只惜甲文石损，致使天禄四腿均已断失，现以石块堆垒，以承身躯部重力及防倒塌。麒麟上颌及尾部断落。

齐高帝萧道成泰安陵神道石刻现有石雕天禄、麒麟一对。雕刻以整块巨石凿成，风格华丽，头部高昂，双目凶悍，胸部纹饰与羽翼刻制工整细致。

齐武帝萧赜景安陵神道石刻现有石雕天禄、麒麟各一尊。其雕刻风格与同时期帝王陵基本相同，只是二尊石雕在局部上略有损坏。

齐宣帝萧承之永安陵神道石刻现有石雕天禄、麒麟各一尊。

齐景帝萧道生修安陵神道石刻与永安陵神道石刻大致相仿，亦有石雕天禄、麒麟各一尊。其雕刻风格手法与南朝宋齐时期其他帝王陵神道石刻相同。

梁吴平忠侯萧景墓神道石刻位于栖霞区十月乡十月村，现有石雕辟邪一对及神道石柱一座。与帝王陵前置天禄、麒麟不同，王侯贵族墓前列置石兽辟邪，以区别二者地位的尊卑高下。

梁归川靖王萧宏墓神道石刻位于栖霞区仙鹤门张库村，现有石雕辟邪一对、神道石柱及龟趺碑一座。萧宏墓辟邪亦为挺胸曲腰态，张口吐舌并有羽翼纹饰等。石柱双螭座已断裂，柱额、莲盖及小兽已散失，龟趺座雕刻粗简，碑侧浅雕花纹装饰。

梁始兴王萧憺墓神道石刻位于栖霞区甘家巷西，现有石雕辟邪两尊及小兽一只，石柱已损毁。萧憺墓辟邪雕刻风格方整，口部牙齿突出，其中一尊石兽头部被毁。

梁安成康王萧秀墓神道石刻位于栖霞区甘家巷小学内，现有石雕辟邪两尊，以及龟趺碑一座、双螭础神道石柱等。萧秀墓辟邪雕刻风格圆润，口阔舌展。石雕通体呈黑灰色，石柱、莲盖及小兽已散失，龟趺碑基本保存完整。

梁桂阳王萧融墓神道石刻位于南京炼油厂中学内，现有石雕辟邪两尊。石雕呈灰白色，羽翼纹及胸髯卷纹雕刻工整精致。

梁南康简王萧绩墓神道石刻现有石雕辟邪两尊、神道石柱及龟趺碑（已毁）。其雕刻风格仍沿用同时代规范样式，无显著特色。

梁鄱阳王萧恢墓神道石刻现有石雕辟邪两尊，以及石柱、龟趺碑各一座。萧恢墓神道石碑侧刻有丰富的浮雕图案装饰，显示出华丽而庄严的气度。

陈万安陵神道石刻位于江宁县上坊乡石马街，现有石雕天禄、麒麟各一尊，其姿态与前代略同，在雕刻风格上更为圆转浑厚、朴拙。天禄胸部已断裂，麒麟除右上颌有轻度裂损外，大部皆较完好。

陈蒨永宁陵神道石刻位于栖霞区狮子冲，现有石雕天禄、麒麟各一尊。两尊石雕保留完好，头侧、胸前、腋下皆刻有平行卷曲纹，四爪高跷，首硕颈细，风格华丽，气势浑穆。

南朝系列帝王公侯陵墓雕刻在雕塑史上的学术价值在于它继承了汉代石雕凝重拙朴的优秀传统，同时又实现了由粗简、呆滞向精湛灵动的转变，在构思和技巧上跃升到更为成熟的阶段。

南朝也留下了一些较好的小件雕塑作品。出土于南京麒麟门外灵山南朝墓的青瓷莲花尊便是其中之一。此尊若花瓶状，高85厘米，宽46厘米。尊座为两层相叠覆莲花形边饰，中部有五层莲叶边相重叠，其中夹一圈尖形叶片。尊颈细长，肩部四周有耳孔6个，敞口形盖上雕刻花纹装饰。此尊制作构思奇颖，工艺精湛，外观华丽，是目前发现的同类瓷雕中形制最大的灰白质胎青瓷釉器皿雕刻。

位于栖霞山西南山麓的千佛岩摩崖石窟群雕是这次佛教雕刻繁盛期留下的杰作。相传千佛岩石窟最早开凿于南朝齐时期。当时临沂县令仲璋继承父志，在崖壁上始凿无量寿佛及菩萨像，后梁刘文惠太子等诸王及臣民各依山崖深广，就崖壁之势刻制佛像，后又有梁归川绪王萧宏增其规模，加以扩展，遂使千佛岩石窟形成如今壮观之雄姿。宋明两代曾对石窟进行过修葺，并有少量增补。据统计，该石窟共刻有佛龛294个、佛像550尊。有的一龛一佛，有的一龛二三佛甚至四五佛。佛龛大的高逾2米，小的不足0.33米。诸佛像有的咏经，有的禅坐悟道，也有的阐释佛经及听道。人物造型丰满，衣纹依形体变化简洁且起伏妥帖，具有很高的雕刻技巧。新中国成立后，千佛崖石窟得到政府的妥善保护，但在“文化大革命”时期不幸遭到严重破坏。

这一佛教雕塑繁盛期的另一遗迹为位于栖霞寺庙墙外的舍利塔，该塔建于仁寿元年（601）。

现存舍利塔为南唐重建。它以细质灰白石砌凿而成，仿木结构依覆钵形建造。塔高15米，八面三层，塔身各部均雕刻阐释佛教故事的形象。前后角柱上浮雕金刚力士像，左右角柱上雕立势盘龙，须弥座中部精刻释迦牟尼佛祖成道八相图浮雕，依次为：一是白象托生母胎；二是树下诞生，九龙洒水；三是出游四门，见老病死及沙门四相；四是逾城出家，雪山苦行；五是河中沐浴，村女授乳，树下禅坐；六是修炼成道；七是降服魔王；八是大般涅槃，荼毗焚化。塔身第一层正面为门，其他各面精雕四大天王及文殊、普贤菩萨像；第二层以上各层各面刻佛龛，计有64尊小佛像坐于龛中。塔檐下斜面还刻有飞天、乐天、供养人等多个人物。此塔虽应属建筑范畴，但因其包含着丰富的佛教文化雕塑，内容故亦入雕刻领域。舍利塔作为佛教雕刻与建筑艺术完美结合的典范，在南京雕塑史上自有重要的地位。

隋唐以后，进入五代十国时期，由于政治的多变和经济的衰退，雕塑艺术也随之沉寂。类似先朝大规模的雕塑已属鲜见。大件陵墓雕塑逐渐小型化并从墓外转入墓中，如建于937年至975年间的南唐二陵即其中的代表。

南唐二陵位于江宁县祖堂山，是南唐先祖李昪和中祖李璟的帝王陵寝，也是长江中下游地区著名的地下宫殿。南唐二陵出土了大量烧陶雕塑随葬俑，共有人物俑、动物俑190余件。出土的动物俑有各种陶兽、陶禽等，形象夸张，富有情趣。此外，二陵墓道内两侧还有高浮雕3块，其为青灰石质。左右各一尊镇墓武士像，它们身着盔甲，双手紧握利刃朝下之剑柄，表情怒目横眉。中间墓道横梁上刻双龙攫珠浮雕，龙身粗短，四爪灵动，富有装饰效果。

五代十国时期，南京的雕塑艺术日趋衰落，南朝雕塑雄浑的气势已丧失殆尽，雕塑从内容到体量都显得狭隘而小气。这种变化既反映出政治、经济对雕塑艺术的消极影响，同时也体现出雕塑艺术自身波浪式发展的内在规律。

宋元时，南京地区保留下来的雕塑名作当属简仪，它是元代天文学家郭守敬创制的天文观测仪器。它将东汉的浑仪加以简化，目的在于减少多重环节对观测产生的影响。简仪非常注重雕塑美感，在四周精雕4条腾跃之龙，每条龙前爪托住轨架，后爪一只撑地，一只腾空，龙目凶悍，龙尾盘卷。简仪的铸铜工艺水平很高，更具有抗氧化防腐的功能。现列置于紫金山天文台的简仪为正统二年（1437）仿制。

明朝前期，国都建于南京，当时在帝王、贵族间盛行厚葬风。以明太祖朱元璋孝陵为代表的大型陵墓雕塑成批出现，散布于南京近郊。这一时期是南京雕塑史上的第三次高潮期，也是南朝以来陵墓雕塑的再度繁荣期。

始建于洪武九年（1376）、历时30余年建成的明孝陵神道石雕，位于紫金山独龙阜玩珠峰下。它是明太祖朱元璋帝陵寝，堪称中国历代帝王陵中罕见的规模恢宏的帝王陵。立于神道两侧规制巨大的石雕群共有石兽六种二十四尊，每种动物两蹲两立；还有文臣武将四对八尊，每尊像皆以整块巨石凿成。群雕依山势起伏迂回曲转，尽显太祖生前浩荡的仪卫规模。

孝陵神道动物石雕依次为：蹲、立狮各一对四尊，蹲、立獬豸各一对四尊，蹲、立骆驼各一对四尊，蹲、立象各一对四尊，蹲、立麒麟各一对四尊，蹲、立石马各一对四尊。

越过龙纹白石望柱神道折向正北，依次排列有文臣、武士像四对八尊，直至棂星门止。四尊文臣像相对而立，仪态安详，微张的双眼蕴藏深远韬略，两臂前拱合于胸前或持奏折似在上朝，衣纹简洁洗练，造型敦厚凝重。四尊武士像握剑抱锤，甲胄精细，盔缨垂于后颈下，尽显指挥之气。

孝陵神道雕刻吸收唐宋陵墓雕刻之精华，比例协调，造型严谨，将圆雕和线刻相结合。它虽比汉代之浑朴、六朝之雄悍、唐代之雍容华贵略逊一筹，但仍以神道整体构造之宏伟、用材之巨硕，于灵巧之处见秀媚、平静中蕴生动而独显自身的魅力，成为中国东南地区古代陵墓雕塑的珍贵遗产，并且在中国古代雕塑中占有重要地位。

明代著名的陵墓雕塑还有建于洪武十七年（1384）的李文忠墓神道石雕，该石雕现位于南京太平门外蒋王庙。神道现有龟趺碑一座，雕花望柱一对，控马官牵马像一尊，石马雏坯一尊，石羊、石虎各一对，文臣武将四尊，合计十尊雕像。将未完工的坯形置于神道中的做法是极为罕见的。

明中山王徐达墓神道石雕位于太平门外板仓村，建于洪武十八年（1385）。现有明太祖亲撰碑文的巨型龟趺碑一座，雕花牌坊一座，石虎、石羊、石马各一对六尊，文臣武将四尊。明陵石雕吸收南朝传统并在规制上加以拓展。它在石碑、望柱、一对护陵兽的基础上增设石马、石羊、文武官员像、石牌坊等，其中文臣像表情冷峻练达，极富个性。

明开平王常遇春墓神道石雕位于紫金山麓白马村，现有控马官牵马像两尊，石羊、石虎各一对。武士像两尊，原址文臣像已丢失，但按建墓规制应有两尊文臣的立像位置。另有雕额六面白石望柱一座。

明宁河王邓愈墓神道石雕位于雨花台邓府山，现有刻云龙纹额饰龟趺碑一座，石马、石羊各一对，文臣武将四尊。邓墓神道石刻与明代其他陵墓之区别是文臣和武将位置互易。其中，一对石虎座基仍在，但双虎已丢失。

明江国公吴良、海国公吴桢墓神道石刻位于太平门外岗子村电影机械厂内。这是两座毗邻的兄弟陵墓。江国公吴良墓建于洪武十九年（1386），海国公吴桢墓建于洪武二十二年（1389）。两墓石雕规制类似，只是吴桢墓增设石马、石虎各一对。双墓于1952年合并，石雕仍以原来排列顺序移于其兄吴良墓前。两墓石雕均属明代王公贵族程式化风格。

浡泥国王墓神道石雕建于永乐年间，位于南郊雨花区乌龟山下。浡泥国即现在的文莱。此墓系一位在明代来华访问中病逝于中国的文莱苏丹麻那惹加那乃的陵墓，现有石马、石羊、石虎各一对，文臣武将四尊，龟趺碑一座。浡泥国王墓神道石雕在列置上与明代陵墓石雕不同，它将人物立于石羊、石马之间。这种位置上的变化定有其特定的含意。

明代陵墓雕塑繁盛期与南朝陵墓雕塑高潮期相距900余年。明代陵墓雕塑吸收了南朝陵墓雕塑的艺术营养，在规制和数量上更胜一筹，动物品种有增加，并补充列置人物像，在体量上也胜于南朝陵墓雕塑，但在单体艺术品的精神内涵及视觉张力方面却稍逊色。明代陵墓大多石雕的造型相近，缺乏独创性，时代风格没有得以充分体现。

明代雕塑也有小件作品传世，万历三十七年（1609）出土于沐英九世孙沐昌祚墓中的琥珀杯是其中珍品。杯以琥珀雕成，呈荷形，深红色，透雕渔翁、鱼篓、鱼鹰等物。其以写实手法雕刻，琢磨细腻，是一件实用性及观赏性兼具的器皿雕刻。

清代的雕塑艺术质量一般，高水平的作品不多。现置于南京朝天宫后院内的清代汉白玉金鱼缸为尚好作品之一。此缸高44厘米，直径20厘米有余，外壁雕数只贴壁爬狮围成一圈，中部间隙处雕饰条形纹理，显得雅致、华丽。这只石缸为清代汉白玉雕刻保存较好的一件。

清末，伴随着甲午战争和两次鸦片战争的硝烟，西方的科学文化逐渐被输入中国，其写实主义雕塑艺术体系也相继被传入，引起国内雕塑传统产生更新与变革。一方面，自由创作艺术雕塑开始出现；另一方面，雕塑家开始受到社会的认可和重视。

民国时期较具影响力的雕塑是位于紫金山南麓的中山陵陵墓雕塑。这里陈列着一举结束封建帝制的资产阶级革命家孙中山先生坐像。坐像为意大利白色大理石材质，由波兰雕塑家保罗・兰窦斯基在巴黎创作。像高2.7米，以严谨的写实风格塑造了膝上铺展着民主革命图卷、目光深邃的孙中山先生。下部基座四面刻反映孙中山先生早期从事革命活动的浮雕，向左依次为“如抱赤子”“出国宣传”“商讨革命”“振聋发聩”“讨袁护国”“国会授印”。墓室中安放的是孙中山先生石棺卧像。该卧像系捷克雕塑家高琪创作，为着西装仰卧姿态，刻于石棺盖上部，面部为安然入睡之神态。

孙中山纪念馆前陈列着孙中山先生纪念碑青铜像。该铜像为孙中山生前好友日本人梅屋庄吉捐赠，原立于新街口广场，20世纪60年代被移至中山陵对面祭坛，80年代又被移至现在地点定位。像与真人等大，精心塑造了似在缓步前行的中山先生。此像的左手撩开衣摆半插于裤袋中，右手伸向前部空中，意喻向人民指明民主革命的道路，其服饰衣纹简洁概括。此为南京地区保存较好的民国时期青铜像。

民国时期的园林雕刻也有较好的作品。水浒、三国演义相关典故的砖墙位于南京莫愁湖公园内抱月楼舞台前基部。作者传为江宁艺匠陈姓父子。砖雕在舞台前基自左向右横向展开，共计196块，反映了水浒、三国故事中的人物。其中，砖雕中的人物、山水、亭台屋舍栩栩如生，层次清晰，刀工爽利明快，内容异常丰富。

1949年10月，中国共产党领导人民结束了一个世纪的内忧外患，开始了社会主义革命和建设的新历史。雕塑艺术由于能够有力地歌颂革命领袖，反映火热的社会生活，因此受到政府的重视，开始全面复苏，并于1978年后逐渐进入高潮。这是南京历史上第四次雕塑艺术繁盛期。南京市内及郊区相继耸立起一座座室外雕塑。

毛主席视察十月人民公社纪念碑位于栖霞区十月乡十月村，仿汉白玉人造石质。像高约5米，塑造了人民领袖毛主席微笑着朝群众走来挥手致意的瞬间。

南京长江大桥桥头堡雕塑是与桥梁建筑结合的4组群雕，仿红花岗石质，分别位于南北4个小桥堡上。南堡两组雕塑为《亚非拉人民团结反帝反修》和《欢庆革命委员会成立》，北堡两组雕塑为《解放军胜利渡江》和《掀起工农业建设高潮》。该雕像群由于创作于1968年（“文化大革命”时期），因此在创作题材方面受到当时特定历史条件的限制。

三保太监郑和像位于南京郑和公园内，由南京艺术学院雕塑家张祥水、谌硕人创作，汉白玉石质，高3米余。

雨花台革命烈士纪念碑群雕位于雨花台烈士陵园正门。该群雕为天然红花岗石质，高10余米，由广东雕塑家唐大禧、林毓豪等人创作于1979年9月。

雨花台烈士陈列馆内厅镶嵌着数块反映烈士史迹的汉白玉浮雕，它由南京雕塑工作室戴广文等人创作。另有邓演达、罗登贤、邓中夏等烈士雕塑，它们均以传神、严谨见长。

雨花台烈士陵园大型浮雕群由江苏省美术馆雕塑家罗世平等人于1996年创作。浮雕群表现了众多革命烈士面对国民党屠刀不屈不挠的革命精神。

渡江胜利纪念碑位于下关热河路广场，是1979年为庆祝南京解放30周年而建立的，由江苏省美术馆、南京艺术学院数位雕塑家集体创作。此碑上部抽象形船帆高达23.4米，意喻4月23日南京解放日。碑座下面镶嵌镍铜合金铸成的“渡江胜利纪念碑”7个字，为邓小平手迹。碑座北面镌刻毛泽东诗《七律・人民解放军占领南京》草书手迹。两侧浮雕为《解放军勇渡长江》和《南京市民欢迎解放军入城》。

侵华日军南京大屠杀遇难同胞纪念馆浮雕群位于江东门外，于1985年建立，由南京艺术学院雕塑家阮雍崇、张祥水、谌硕人，江苏省美术馆雕塑家叶宗镐、吴支超等人主持，钱大经设计。浮雕群为青灰石质，高约2米余，总长度约50米，为华东地区规模较大且水准较高的作品。它吸收了拉雪兹神甫公墓的巴黎公社社员墙的表现手法，以粗犷、错落、凹凸的雕塑语言以及丰富有力的形象和断垣残壁交叉契合，充满了历史与力度的美感。

中国共产党代表团梅园新村纪念馆雕塑室外陈列的周恩来铜像高3.2米，重900公斤，由雕塑大师刘开渠设计、雕塑家孙家彬协助完成。雕像再现了周恩来同志在国民党包围中坚定、机智的革命家风范。纪念馆正门外墙上嵌有由雕塑家叶崇镐和戴广文合作的汉白玉浮雕。该浮雕高6.5米，宽3.3米，表现了周恩来、董必武、邓颖超、廖承志等革命领导人的奕奕神采。

傅抱石纪念碑位于傅抱石纪念馆，为高1.4米的汉白玉石质胸像，由叶宗镐创作。雕像精湛传神地刻画出国画大师傅抱石先生的形象。

张闻天纪念碑位于河海大学，青铜材质，高3米。它是南京地区高水准的肖像纪念碑作品。

蔡元培铜像位于江苏省科学技术委员会，为胸像，由吴显林创作。其细腻的写实雕塑技巧，塑造了杰出教育家的生动形象。

陈鹤琴像位于鼓楼幼儿园，由杨建强创作。

曹雪芹纪念碑位于乌龙潭公园，为天然花岗石质全身坐像，由阮雍崇、谌硕人创作。

范旭东像、侯德榜像，两者皆为汉白玉石质。范旭东像位于南化公司，侯德榜像位于南化宾馆，均由叶宗镐创作。

孙权像纪念碑为天然红花岗石质，高约4米，位于梅花山坡孙权墓遗址，由张祥水创作。

莫愁女像位于莫愁湖公园郁金堂西汪清池中。该像为汉白玉石质，高2余米，由广东雕塑家唐大禧创作。

李春纪念碑位于南京金固建设（集团）有限公司，为汉白玉石质，高2米，由雕塑家刘宪作。石雕刻画出隋代著名桥梁设计家李春结实而坚毅的形象——他正风尘仆仆地手握图卷和铁锤走上赵州桥建造现场。

牡丹仙子是一尊典型的园林雕刻，位于古林公园，为汉白玉石质，由雕塑家杨雪创作。

孙中山铜像位于新街口广场中心，为青铜材质，高5.57米，由雕塑家戴广文于1996年创作完成，历时3年。铜像面貌取材于中山先生当年就任临时大总统时的风采，他身着西式大衣，身姿挺拔庄严，脸部细致传神。此铜像项目曾在全国公开招标，经过3轮筛选，最终戴广文先生力挫群雄，夺得雕塑权，并无偿捐献给南京人民。

东方灵山大佛由南京市文联雕塑家吴显林设计创作，晨光制像公司铸造。此佛像为青铜材质，高达88米，历时2年于1997年初完工。它是当今亚洲乃至世界最高的青铜雕塑，也是世界上最大的佛像。这件雕塑采用现代激光电子空间定位放大技术，在建造期间得到中国佛教协会主席赵朴初先生、副主席茗山法师的关心和支持，最终被安装在无锡灵山。它的落成成为中国当代佛教界的盛大事件，并被佛教界定为继西方四川乐山大佛、中原洛阳龙门大佛、北方山西云岗大佛、南方香港大屿山天坛大佛之后的东方灵山大佛，并以其最为高大称为“五佛至尊”。

南京国际烈士航空公墓纪念碑位于紫金山北麓王家湾，是为纪念参加“二战”亚洲地区反法西斯空战而牺牲的中、美、苏、韩4国飞行员而建的两组纪念碑群雕。群雕为花岗石质，由雕塑家罗世平等人创作。

新中国成立至今，雕塑艺术再次进入繁盛期。在相继完成上述众多大型城市雕塑之外，雕塑家们的艺术才华还倾注于小型架上创作雕塑方面。

第六节　壁　画

壁画是指绘制或镶制于墙壁上的绘画。因场所的不同，壁画主要有寺庙壁画、殿堂壁画、墓室壁画、石窟壁画等几种形式。

中国壁画历史悠久，已知现存最早的壁画实物是秦代咸阳宫殿遗址发现的壁画残片。但中国壁画绝非始于秦代，据文献记载，早在东周时期就已经有壁画了。

南京在中国壁画创作史上有相当重要的地位。六朝、南唐、明代、太平天国及新中国这几个时期都创作了大量生动传神、气势宏伟的壁画作品，可惜古代壁画大多被毁于兵火，少量留传至今的弥足珍贵。

三国时吴画家曹不兴是文献记载中南京知名最早的佛画像画家。赤乌四年（241），康僧会初到建业，曾设像行道。曹不兴随主前往，亲见“西国佛画”，因此摹写于壁，故有“佛画之祖”之称。

东晋顾恺之是位极有成就的画家，他20余岁时曾在江宁凤凰台瓦官寺作巨幅壁画《维摩诘像》。闭户月余，及开户，光照一寺，观者倾城，施者填咽，俄而得百万钱以捐该寺，从此名声大振。该壁画唐时犹存，据唐张彦远观后说，顾恺之所画维摩诘像“有清羸示病之容，隐几忘言之状”，还以为“陆（探微）、张（僧繇）皆效之，终不及矣”。这说明当时顾恺之的人物画和壁画已有相当的艺术成就。另一位东晋大画家戴逵在10余岁时就在瓦官寺作画。

《维摩诘图》

南朝时，北方石窟壁画发展迅速，新疆的吐鲁番、库车、拜城，甘肃的敦煌、天水、永靖以及酒泉、武威等地的石窟都有壁画。南京则以寺庙壁画最为盛行。当时南京作为南朝的都会，文化、经济较为发达，历代帝王推崇佛教，大建寺庙。据宋张敦颐《六朝事迹编类》所记，当时南京有寺庙43座。特别是梁武帝，不但广召僧人，还自己亲受剃度做和尚。全国信佛靡然成风，从而佛画和寺庙壁画风起云涌。当时的画坛名家，如南朝宋的陆探微，南朝齐的沈标，南朝梁的张僧繇、江僧宝、陆整之、了光、张善果、焦宝愿、张儒童、解倩，南朝陈的董伯仁等，都创作了大量的寺庙壁画。据唐裴荐源《贞观公私画史》记载，当时在南京寺庙可见壁画的有：瓦官寺，顾恺之、张僧繇画；定林寺，解倩画；何后寺，陆整之画；高座寺，张僧繇画；景公寺，江僧宝画；开善寺，张僧繇画；草堂寺，焦宝愿画；栖霞寺，张善果画。

东晋、六朝时，人物画有较大的发展，加之佛教绘画的传入，印度晕染法被广泛运用，大大丰富了中国画的表现技巧。这时期的山水画亦走出汉代的胚芽阶段，出现独立的趋向。加之画论研究著述的系统化，从而使六朝时南京地区的壁画摆脱秦汉时的简朴粗犷之风，逐渐形成清丽精雅的风格。顾恺之作画笔法遒丽，连绵不绝，尤善传神；陆探微作画笔触犀利，秀骨清像；张僧繇则创疏体与“没骨法”，有“张家样”之称。以上三人史称“六朝三大画家”，对唐宋绘画极有影响。

除了寺庙壁画盛行外，六朝的墓室壁画亦有不少，现已发现的有河南邓州南朝墓及江苏丹阳、南京南朝墓等，其中的画作都属画像砖壁画。

南京西善桥南朝墓砖印画称为《高逸图》（亦称《竹林七贤图》），分镶于墓室南北两壁中部，是先在整幅绢上画好，分段刻就行次号码，待烧就，依次拼对而成的。该画共绘8人，南壁绘刻嵇康、阮籍、山涛、王戎4人，北壁绘刻向秀、刘伶、阮咸、荣启期4人。画中并绘刻各种同根双枝形的树木，嵇康之旁绘银杏，阮籍之旁绘槐树，山涛之旁绘垂柳，并有松树、阔叶竹等。人物席地而坐，情态、服饰均不相同，线条简朴、流畅。其中，山涛、王戎、刘伶刻画得最为传神。山涛头裹巾，赤足屈膝坐于皮褥上，一手挽袖，一手执耳杯，表现出一种饮酒沉思之意。王戎则一手靠几，一手玩弄如意，仰首屈膝，赤足而坐，其前有瓢尊与耳杯，瓢尊中尚浮一小鸭，显露出“不修威仪”，似有醉意之态。刘伶又是另一种情态：露髻，屈一膝，赤足而坐，一手持耳杯，一手作蘸酒状，尽显嗜酒之态，特别其双目凝视杯中，显示了“视名酗而心醉”的特性。《高逸图》虽非南朝大家之作，但具有较高的艺术水平和砖印工艺技术，体现了南朝人物画雅秀清丽的风格。晚唐画家孙位所画《高逸图》的构图，树石与人物相间，姿态等均与南京南朝墓《高逸图》相同，可见其范本是一脉相承的。

隋代时，国家统一，经济、文化日趋繁荣，出现了美术创作的兴盛局面。隋代的政治中心在北方，统治者在北方建有大量的寺庙和宫殿，当时的许多宫廷画家和民间高手绘制了大量壁画。仅据唐张彦远《历代名画记》记载，隋代就有展子虔、郑法轮、郑德文、董伯仁、杨契丹、江志、李雅等数十人参加寺庙、宫殿的壁画创作；唐代有吴道子、张璪、毕宏、杨庭光、郑虔、王维、张孝师、朱审、李昭道、边鸾、韩干、李果奴等数十位名家在寺庙宫殿绘有大量壁画。

隋唐时的寺庙、宫殿壁画、石窟壁画和墓室壁画皆进入中国壁画的高潮期，风格富丽典雅，气势劲拔。但画家及壁画创作多集中于西北地区，南京的壁画创作则处于低潮。

五代时的南唐，建都于南京，创立南唐画院，聚集了董源、巨然、徐熙、王齐翰、顾闳中、卫贤、周文矩、高太冲、朱澄、曹仲玄、顾德谦等一批画坛高手，加上南唐寺庙、宫殿甚多，壁画创作数量较隋唐时要多，惜年代久远，今荡然无存。

宋元时，寺庙、宫殿壁画继承了唐代的艺术成就，并有进一步发展，而石窟壁画，墓室壁画较前朝逐渐衰败。现存的北宋开化寺，元永乐宫、广胜寺、兴化寺、青龙寺等的壁画，都是民间画师画的工笔重彩画，规模宏大，写实严谨，线条流畅，具有相当高的艺术成就。这时期的壁画创作集中在北方和南方的杭州一带，南京的壁画仍处于低潮时期。

明清两代是中国封建社会走向衰落的时期。随着佛教的衰落，包括壁画在内的佛教美术也开始走向衰落，除少量的寺观殿堂壁画外，石窟壁画、墓室壁画逐渐消失。

明初建都南京，永乐十九年（1421）迁都北京。明代前中期由于社会稳定，生产恢复，经济、文化有了很大发展。明代壁画以寺观壁画为主，继承宋元风格，气魄宏大，华丽典雅，精练成熟，端庄敦厚，比宋代壁画更有气魄，比元代壁画更典雅。代表作品为北方的法海寺、稷益庙、圣母庙、毗卢寺及九龙壁的壁画，内容多为佛、道、飞天、鬼神、耕作、祭祀、神话故事、祥云花木。

明代是中国宫廷建筑和寺庙修建的复兴时期，南京的明故宫（已被毁于太平天国时期）及北京的故宫皆为世界伟大工程之一。南京著名的寺庙亦有灵谷寺、大报恩寺（原寺已被毁，今为复建建筑）、昌化寺等。这时期南京的寺庙、宫殿壁画很流行，不仅民间画工参加壁画创作，宫廷内外的画家也投入这一工作，如报恩寺有卓迪、戴进等人的壁画，昌化寺有吴伟画的《五百罗汉》，还有灵谷寺壁上的《白乐天参禅》《东坡参禅》《达摩折芦过江》《孔老释三人》等壁画。

清代一切与宗教、墓葬有关的艺术（包括壁画）更趋衰落，而宫廷艺术、文人艺术、民间艺术和少数民族艺术都有所发展，并开始受西洋文化的影响。清代壁画不论在数量还是在质量上都不如明代，是中国古代壁画的尾声。这时期的壁画仍以寺观壁画和殿堂壁画为主，多为民间画工所画，属民间美术，生活气息很浓，更加世俗化，风格亦不统一。清代最具代表性的壁画是泰山岱庙的壁画、山西大同华严寺（上寺）的壁画和南京太平天国王府的壁画。

太平天国时，推崇壁画成一时风尚。丁守存在《从军日记》中提到，太平军在广西时，他们的县署之门就有“内门涂黄，对画龙虎”的壁画。建都天京后，壁画更为兴盛，当时各王府内都有五彩壁画。有的“头二门皆改涂红色，门上画双象，大堂暖阁门绘龙，两旁涂黄色，绘花鸟鱼雁，四壁红色，亦绘鸡鹅鱼凤”，正是“处处楼台漫丹漆”。天京失陷后，经过清军的焚毁破坏，所存壁画还有千余处。当时不仅天京如此，凡太平天国领域内都有“穷极工巧”的彩绘壁画。

太平天国壁画大多是为官衙、王府所作，有它严格的制度，如洪秀全之门画双凤，杨秀清、韦昌辉之门画龙虎，丞相之门画象，以下画狮、豹、鹿、兔等。

太平天国在天京土街口设有“绣锦衙”，它是组织艺人进行壁画创作的重要机关。被征集的艺人中，有民间画工，也有士大夫画家。其中较著名的有虞蟾、陈崇光、李匡济、郑长春、洪福祥、罗琪、周士永、方梅生等，他们在南京各王府及其他地方都画过大量的壁画。其他如虚谷、任颐，都曾与太平天国的壁画创作有关联。南京、苏州、绍兴、金华、绩溪等地已被发现有太平天国壁画，而以南京壁画最为完整和精彩。

南京堂子街壁画　1952年发现，彩绘壁画，共18幅，系太平天国建都天京后，招请民间艺人、工匠及部分职业画家共同绘制的，现仍完好地保存在堂子街74号。这是一所坐北朝南的平房三阔间。壁画分别绘于二、三进的墙壁和木板及门框上方。这些作品既具有传统写意画的深沉气息，又含有民间艺术的灿烂色彩，纯朴大方，题材新颖，突出地显示了太平天国的艺术思想和绘画风格，其中以《防江望楼图》最为出色。该图纵277厘米，横201.8厘米，突出表现了太平天国革命的军事建筑，并把行驶的战船、飘扬的战旗画入山水，具有浓郁的时代气息。《云带环山图》，纵272厘米，横201.5厘米。《山亭瀑布图》，纵278.4厘米，横199厘米。《江天亭立图》，纵273厘米，横200厘米。《鹤寿图》纵212.5厘米，横98.1厘米。《荷花鸳鸯图》，纵228.5厘米，横86厘米。《蟠桃绶带图》，纵233.5厘米，横84.5厘米。《柳荫骏马图》，纵223厘米，横107.5厘米。《鱼藻图》，纵129.5厘米，横106厘米。《金狮彩球图》，纵129.5厘米，横160厘米。此外，还有《孔雀牡丹图》《双鹿灵芝图》《瓶花盆栽图》《丛林楼阁图》《茅亭远帆图》《文房四宝图》等。与堂子街74号毗邻的72号，原绘有太平天国壁画6幅，但这些壁画均于1950年被住户所毁。

南京罗廊巷壁画 1954年发现，彩绘壁画，共10幅，现仍存于罗廊巷17号。这是一所坐北朝南的三进平房院落，一、三进已改建，壁画绘于二进的南、西、北三墙。后因粉刷、重砌、加开窗户等，壁画严重遭损，仅存残迹可辨。南墙4幅，自东至西第一幅绘水草，第二幅绘树石、三狗、红蓼、灵芝，第三幅绘松鹤、茶花、太湖石，第四幅不清。西墙2幅已模糊不清。北墙残存树石痕迹。这些作品既不柔弱也不粗率，厚实纯朴，雅俗共赏，与堂子街壁画作风相近。

南京如意里壁画 1954年发现，彩色壁画，共5幅，现仍存于如意里40号和44号。《枫林秋色图》，纵300.5厘米，横214厘米。《梧桐仙鹤图》，纵303厘米，横217厘米。《荷花双鹭图》，纵248厘米，横94厘米。《桃树峰猴图》，纵251厘米，横203.5厘米。《绶带双栖图》，纵252.5厘米，横207厘米。这些作品保存完好，构图简练，线条流畅，是现存太平天国壁画中艺术性最高的一批。

南京江宁县方山壁画 1953年发现，水墨壁画，共3幅，仍保存于江宁县方山下乐村乐家大厅旧宅第二进的东、西墙上。《守城图》，纵231厘米，横170厘米，描绘太平军战士守城之情景，构图简拙，技法稚弱，显然是出自战士之手。另2幅已模糊不清，仅辨出绘有巨蝴蝶及一人抱球嬉龙等图形。

太平天国壁画继承了民族绘画的传统，更重视民间传统形式和生活的表现，为建筑壁画做出了很大的努力。仅就现存作品来看，内容相当丰富，以精美的花鸟居多，描写战争生活的作品极为珍贵，是中国绘画遗产中的重要部分。太平天国由于历时过短，其艺术还未充分地发展，还没有形成鲜明独特的风格。

民国时，南京作为首都，其油画和中国画（卷轴式）及美术教育均有重大发展。由于军阀混战，政府已无心修建寺庙、殿堂，而卷轴式的中国画越来越受到欢迎，所以壁画走向萧条。

在新中国成立后相当长的时间内，壁画发展仍很缓慢。1978年后，中国实行改革开放政策，经济持续增长。由于商业文化发展和殿堂宾馆装饰的需要，壁画在中国又开始复兴。著名的北京机场巨型壁画的问世，是中国当代壁画复兴的信号。不久，绘制大型壁画之风风靡全国。不过壁画绘制的场所已不再是以寺庙为主，而是扩展至机场、宾馆、会堂、饭店、楼厅之类，其装饰性、实用性、观赏性更强；形式、材料亦结合利用现代科技，如瓷砖彩釉、沥粉描金、金属镶制等。

当代南京壁画作品主要有：

清凉山壁画群 1981年彩绘《牛首春晓》（萧平作）、《钟山夏色》（吴毅作）、《栖霞高秋》（秦剑铭作）、《石城雪霁》（张尔宾作），共4幅，每幅纵6米，横3米，绘制于清凉山公园崇正书院内墙壁上。该壁画群以中国山水画的手法，描绘了南京四季景色，笔法细致，构图饱满，景界开阔，富有地方特色。

《金陵十二钗》 1986年冯一鸣作，沥粉拓金丙烯壁画，纵2米，横25米，绘制于玄武饭店。该壁画以传统的装饰手法，塑造了12位佳丽婀娜多姿的艺术形象，曾入选全国美展，获江苏省壁画展大奖。

《美丽的扬子江》 1992年赵晓华、赵晓中合作，丙烯壁画，纵2米，横28米，绘制于扬子宾馆。该壁画从安徽黄山始到上海外滩止，用概括的造型及工笔重彩的手法，描绘了扬子江的秀丽和壮美之景。

《夫子庙》 1990年张珂、陈少雷合作，丙烯壁画，纵2.5米，横7米，绘制于丁山宾馆。该壁画以装饰画的构图、色彩和造型，表现了南京秦淮河一带的明清建筑及风情。

《刘备招亲》 1986年徐建明、吴元奎、赵晓华、曾昭强合作，沥粉、描金、丙烯壁画，纵1.5米，横14米，绘制于玄武饭店。该壁画以汉代画像砖的风格和造型，分割成几大块，表现了刘备招亲时的几个故事情节。

《金陵揽胜图》 1990年王靖国、李情举、张珂合作，彩釉陶板壁画，纵2.2米，横8米，绘制于金谷大厦。该壁画以装饰手法，充分发挥陶瓷色釉的特点，表现了南京历史名城的秀丽景色。

南京著名山水画家亚明隐居苏州东山镇昭德堂时，曾以中国画手法创作了大量壁画。

第七节 美术理论

魏晋南北朝时期，中国美术的创作进入严谨、精密的阶段，完整的美术论著也在这一时期成批地出现。南京出现了顾恺之、宗炳、谢赫等杰出的美术理论家。此后，南京在中国美术理论方面多有建树，贡献突出，在中国美术发展史上占有极其重要的地位。

一、论著

自东晋开始，南京地区历代均有重要美术理论论著面世，其中不乏精品佳作（见下表）。

东晋以来南京重要美术理论论著一览表

作品名称	作者	时间	备注
《论画》	顾恺之	东晋	
《摹拓妙法》	顾恺之	东晋	
《画云台山记》	顾恺之	东晋	
《叙画》	王微	南朝宋	
《山水松石格》	萧绎	南朝梁	
《画龙辑论》	董羽	南唐	
《画原》	宋濂	明	
《艺苑卮言论画》	王世贞	明	

（续表）

作品名称	作者	时间	备注
《王氏画苑》（10卷）	王世贞	明	万历刊本
《读画录》	周亮工	明末清初	康熙年间云烟过眼堂刊本
《柴丈画说》	龚贤	明末清初	
《画筌》	笪重光	清	知不足斋丛书本
《书筏》	笪重光	清	明代丛书本
《芥子园画传》（3集）	王概等	清	康熙年间木板彩色套印
《画筌析览》	汤贻汾	清	
《历代著录画目》	福开森	1934年	金陵大学中国文化研究所出版
《中国的人物画和山水画》	傅抱石	1954年	上海人民美术出版社出版
《石涛画语录标点注译》	俞剑华	1959年	人民美术出版社出版
《中国古代山水画史的研究》	傅抱石	1960年	上海人民美术出版社出版
《桃花坞木版年画》	刘汝醴、罗叔子	1961年	上海人民美术出版社出版
《中国山水画的南北宗论》	俞剑华	1963年	上海人民美术出版社出版
《中国民间剪纸》	张道一	1980年	金陵书画社出版
《美术鉴赏》	左庄伟	1981年	南京大学出版社出版
《中国历代绘画图录》	林树中、周积寅	1981年	天津人民美术出版社出版
《中国绘画批评史略》	温肇桐	1982年	天津人民美术出版社出版
《中国画论辑要》	周积寅	1985年	江苏美术出版社出版
《中国古典画论选译》	许祖良、洪桥泽	1985年	辽宁美术出版社出版
《六朝画论研究》	陈传席	1985年	江苏美术出版社出版
《古代埃及艺术》	刘汝醴	1985年	上海人民美术出版社出版
《英国水彩画史》	刘汝醴	1986年	上海人民美术出版社出版
《艺术放谈》	刘汝醴	1986年	江苏美术出版社出版
《中国现代绘画史》	张少侠、李小山	1986年	江苏美术出版社出版
《欧洲美术鉴赏》	左庄伟	1986年	江苏美术出版社出版
《中外美术史大事对照年表》	奚传绩	1988年	江苏美术出版社出版
《西方裸体艺术鉴赏》	左庄伟	1988年	湖南美术出版社出版
《中国美术全集雕塑编·魏晋南北朝雕塑》	林树中	1988年	人民美术出版社出版
《中国山水画史》	陈传席	1988年	江苏美术出版社出版
《中国工艺美术大辞典》	吴山	1988年	江苏美术出版社出版
《世界美术史》（第三卷）	奚传绩	1989年	山东美术出版社出版

（续表）

作品名称	作者	时间	备注
《当代写意花鸟画佳作赏析》	吴国亭	1990年	江苏美术出版社出版
《西方画论辑要》	杨身源、张弘昕	1990年	江苏美术出版社出版
《六法生态论》	董欣宾、郑奇等	1990年	江苏美术出版社出版
《中国绘画对偶范畴论》	董欣宾、郑奇	1990年	江苏美术出版社出版
《吴源绘画研究》	周积寅	1991年	江苏美术出版社出版
《艺术的回声》	许祖良	1991年	南京出版社出版
《美术长短录》	张道一	1992年	山东美术出版社出版
《色彩美学》	郭廉夫	1992年	陕西人民美术出版社出版
《中华民国美术史》	阮荣春等	1992年	四川美术出版社出版
《画海雕林探美》	左庄伟	1994年	北京出版社出版

二、人物年谱与评传

自1928年开始，南京的美术评论家对南京地区的历代美术大师做了深入研究，写出不少有质量的人物年谱、评传（见下表）。

1928—1993年南京地区美术人物年谱、评传一览表

作品名称	作者	出版时间	出版社
《郑板桥评传》	陈东原	1928年	商务印书馆
《石涛上人年谱》	傅抱石	1948年	京沪周刊社
《石涛研究》	郑拙庐	1961年	人民美术出版社
《顾恺之研究资料》	俞剑华、温肇桐、罗叔子	1962年	人民美术出版社
《中国美术家人名辞典》	俞剑华	1981年	上海人民美术出版社
《王齐翰》	马鸿增	1982年	上海人民美术出版社
《郑板桥书画艺术》	周积寅	1982年	天津人民美术出版社
《董源、巨然》	周积寅	1985年	上海人民美术出版社
《顾恺之新论》	温肇桐	1985年	四川美术出版社
《龚贤研究集》（上、下集）	刘海粟	1988—1989年	江苏美术出版社
《杨文骢传论》	王白坚	1990年	上海人民美术出版社
《钱松嵒研究》	马鸿增	1990年	江苏美术出版社
《陈之佛研究》	李有光、陈修范	1990年	江苏美术出版社
《颜文樑研究》	尚辉	1993年	江苏美术出版社

附：

1980—2000年南京地区美术作品在全国获奖情况表

获奖时间	展览名称	获奖作品名称	画种	获奖级别	作者	单位
1980年	全国第二届青年美展	《碑》	油画	二等奖	陈坚	南京军区
		《满目疮痍》《笔底波澜》	国画	三等奖	贺成	省国画院
		《响鼙春融》	国画	三等奖	徐建明	南京艺术学院
		《疑是银河落九天》	国画	三等奖	朱道平	
1983年	全国第一届科普美展	《长空利剑》	版画	三等奖	刘之光	
1984年	全国第六届美术展览	《黄山白龙潭》	中国画		刘海粟	南京艺术学院
		《光明万年》	中国画		钱松岩	省国画院
		《苗岭深处》	中国画		余晓星	省国画院
		《秋水无声》	中国画		常进	省国画院
		《水浒组画》	中国画		周京新	南京艺术学院
		《诸葛亮剥葱图》	漫画	银牌奖	柯明	省出版社
		《他的自行车找不到了》	漫画	银牌奖	原小民	
		《孟良崮》	中国画	铜牌奖	亚明	省国画院
1984年	全国第六届美术展览	《支前》	中国画	铜牌奖	范杨	南京师范大学
1985年	前进中的中国青年美展	《樱花》	中国画	鼓励奖	喻慧	省国画院
		《草原牧歌》	中国画	鼓励奖	石迎晓	省国画院
		《春雨》	中国画	鼓励奖	江宏伟	南京艺术学院
		《冬训》	油画	鼓励奖	陈世宁	南京艺术学院
1986年	全国第九届版画展览	《北斗》	版画	优秀作品奖	吴俊发	省美术馆
		《金秋》	版画	优秀作品奖	陈光达	
1987年	庆祝中国人民解放军建军60周年全国美展	《戈马江南》	中国画	优秀奖	盖茂森	省国画院
		《箭在弦上》	中国画	优秀奖	陈琪	南京军区
		《地道战》	中国画	佳作奖	徐分	南京师范大学
		《纺线线》	中国画	佳作奖	黄柔昌	南京师范大学
		《寸草心》	中国画	佳作奖	孔晶海	南京艺术学院
		《月亮走我也走》	中国画	佳作奖	林容生	南京艺术学院
		《命令》	油画	佳作奖	陈坚	南京军区
		《金色的空间》	油画	佳作奖	张正刚	南京军区

（续表）

获奖时间	展览名称	获奖作品名称	画种	获奖级别	作者	单位
1987 年	庆祝中国人民解放军建军 60 周年全国美展	《瞬间永恒》	版画	佳作奖	玉兰、刘建	南京军区
		《百色的回忆》	版画	佳作奖	姚于惠	南京军区
		《琴声》	版画	佳作奖	赵文元	南京军区
		《枪声》	连环画	佳作奖	郝嘉贤	南京师范大学
1989 年	全国第七届美展	《扬州八怪》	中国画	银牌	周京新	南京艺术学院
		《魂系马嵬》	中国画	银牌	高云	省美术出版社
		《春华》	版画	银牌	杨春华	南京艺术学院
		《梨花春艳》	中国画	铜牌	喻继高	省国画院
		《早春》	油画	铜牌	苏天赐	南京艺术学院
		《桌》	版画	铜牌	陈琦	南京艺术学院
	全国第七届美展专项奖	《魂系马嵬》		新人奖	高云	省美术出版社
1990 年	全国第十届版画展览	《姑苏倩影》	版画	铜牌奖	周全友	
		《我的母亲》	版画	铜牌奖	程勉	省美术馆
	全国青年版画大展	《桥》	版画	创作奖	陈琦	南京艺术学院
		《秦淮人家》	版画	鼓励奖	沈兰	南京师范大学
1994 年	全国第八届美展优秀作品展览	《无题》（2 幅）	中国画	优秀奖	赵绪成	省国画院
		《南方的花房》	中国画	优秀奖	常进	省国画院
		《轻风赏花图》	中国画	优秀奖	胡宁娜	省国画院
		《冬至》《第一场雪》	油画	优秀奖	庄重	南京艺术学院
	全国第十二届版画展	《生命的映象 NO.2》	版画	金奖	刘波	南京艺术学院
		《窥视》	版画	铜奖	刘彤彬	南京艺术学院
1996 年	中国版画家协会颁发		版画	鲁迅版画奖	黄丕谟、陈光达、蔡知新	
	全国第十三届版画展	《荷之连作十六》	版画	金奖	陈琦	南京艺术学院
		《路石》	版画	铜奖	张新予	省美术馆
1998 年	全国第四届当代中国工笔·重彩画大展	《吴越环秀》	中国画	丹青金奖	祁恩进	
		《红枫树下谁为伴》	中国画	丹青优秀奖	李大成	南京军区
		《京韵》	中国画	丹青优秀奖	刘红沛	
		《秋语》	中国画	丹青优秀奖	雷苗	
		《大操练》	中国画	丹青优秀奖	崔进	

（续表）

获奖时间	展览名称	获奖作品名称	画种	获奖级别	作者	单位
1998 年	全国第十四届版画展	《故乡的阳光》	版画	金奖	徐健	
		《桃花园记之一》	版画	铜奖	张放	南京艺术学院
1999 年	全国第九届美展	《九九春运图》	中国画	银奖	于友善	南京艺术学院
		《荷风》	中国画	铜奖	石晓	省国画院
		《脊梁》	中国画	铜奖	尚可	南京艺术学院
		《战洪图》	中国画	优秀奖	周京新	南京艺术学院
		《金色的池塘》	中国画	优秀奖	叶烂	省国画院
		《遐歌》	油画	优秀奖	金田	省美术馆
		《故乡的阳光》	版画	铜奖	徐健	
		《水中的鱼》	版画	铜奖	陈琦	南京艺术学院
		《和平·风雅颂》	版画	铜奖	王轶琼	省美术馆
		《1936·民族的希望》	版画	铜奖	金小平	
		《日出而作》	版画	优秀奖	程勉	省美术馆
		《再来感觉历史之痛》	水彩（粉）画	银奖	高柏年	南京师范大学
		《暖阳》	水彩（粉）画	铜奖	莫雄	南京艺术学院
		《'99 之夏》	水彩（粉）画	铜奖	金田	省美术馆
		《密林深处》	水彩（粉）画	优秀奖	杨云龙	南京师范大学
		《野趣之三》	水彩（粉）画	优秀奖	毕鸣仁	
2000 年	江苏版画作品展	《夏天的梦》	版画	优秀奖	濮存周、任雨恒	
		《瞬间的宁静》	版画	优秀奖	李蔚、朱明	
		《蓝天又响雁鸣声》	版画	优秀奖	金小平	
		《朝花夕拾》	版画	优秀奖	邓清之	
		《旱冰场》	版画	优秀奖	万子良	
		《江南金秋早市忙》	版画	优秀奖	黄丕谟	
		《槐巢》	版画	优秀奖	朱登琮	
		《端午节》	版画	优秀奖	徐开利	
	文化部中国农民画联展	《我是小医生》	农民画	优秀奖	王林山	六合县文化馆

第三章

书法、篆刻

SHUFA ZHUANKE

书法和篆刻（碑刻、印章）的创作工具不同，一为毛笔，一为刻刀，两者的载体材质也不同，但都以汉字书写为基础。

由于经济和社会的发展阶段不同，并且现存的资料有限，南京的书法传统暂时只可追溯到1700多年前的三国吴。此时，中国的汉字和书法在中原大地已经诞生了，许慎《说文解字》对汉字的形、音、义加以规范，篆、隶、楷、行、草等各种书体已经基本成熟。汉字的工具性和艺术性既统一又矛盾，由此进入新的发展阶段。汉字艺术性的品质通过书写大大彰显出来，书法艺术作为一个独立的艺术门类已经形成。自汉末三国时期开始，南京作为吴国都城，迅速成为人文荟萃之地，对中国书法艺术的发展产生了巨大而深远的影响。

东吴、东晋和南朝宋、齐、梁、陈，虽然国运短暂，偏安一隅，但比起北方相对安定，中原文化大规模传播至此，得到衍生发展，南京成为经济、政治、文化中心。这是一个人文觉醒的时代，思想大解放，审美意识昂扬，“清谈”风气蔓延，在艺术领域中，强烈的主体意识和独创精神被激发。由于门阀制度的影响，名门望族十分重视文化传承和书法学习，六朝时期的书法家阵容具有规模盛大、艺术水平高和家族性强等特点，形成了王、庾、郗、谢四大书法世家，涌现了以王羲之、王献之为代表的一大批书法名人。他们所流传下来的书法名作成为后人研究中国书法帖学之源，甚至可以说后代的书家无不直接或间接地受到他们的影响，从他们的书法和论述中吸取营养。在这一时期，南京的书法史几乎就成了中国的六朝书法史，成了半部中国书法史。它上承秦汉遗绪，下启隋唐新风，起到承上启下、继往开来的作用，在中国书法史上写下了辉煌的篇章。正如学者马宗霍在《书林藻鉴》中所说：“书以晋人为最工，亦以晋人为最盛，晋之书，亦犹唐之诗，宋之词，元之曲，皆所谓一代之尚也。”

唐宋时，由于政治中心北移，南京的书法力量相应减弱。五代南唐书法家云集，但气象不够阔大。明清之际，南京又成为中国封建社会后期经济、文化发达的地区。明初南京曾为首都，统治者迁都北京后，南京仍为文化中心。清代，南京在经济、文化上颇具重要地位，书坛也呈现出繁盛景象。清代王铎、何绍基等都是著名书法家，而郑簠的隶书和邓石如的篆书则被认为是“古今第一”。近现代以来，南京成为资产阶级革命中心，全国重要的文化人物包括书法家，无不在南京留下痕迹。新中国成立以后，书法事业得到蓬勃发展，南京的书法创作、书法教育遍地开花，各种类型、各个层次的书法社团相继涌现，出现多种风格流派争荣斗艳的繁荣局面。胡小石、林散之、高二适、萧娴被誉为“金陵四家”，武中奇则携齐鲁雄风耸峙江畔。他们均在碑帖交融的大潮中，以独特的书风屹立于中国书坛，广受追捧。

从古到今，南京不仅流传下来许多书法名作，而且保存了一些在中国书法史上极具影响的碑刻名作，如东汉的《校官碑》、三国吴的《天发神谶碑》、南朝梁的《萧憺碑》、唐代的《明征君碑》等。

南京地区的篆刻艺术在全国有很大影响。明代后期以文彭为代表的文人，集书家与篆刻家于一身，为后代书家、篆刻家在石头上操刀治印开辟了崭新的世界。另外，在书法理论和篆刻理论方面也留下了许多著名的篇章，为中国书法篆刻理论做出了贡献。“碑学”与“帖学”之争、“书学”概念的高举，对中国书法艺术的发展都具有深远的全局性意义。

第一节　历代书法家、篆刻家

中国汉字书法的发展可以大致概括为不自觉和自觉两个阶段。南京的书法艺术，有资料可见者，即属于自觉阶段：在实用书写的基础上，自觉融入了艺术的审美观念，寄托书写者的生活感受和审美感受，同时大大提高实用书写的艺术水平。没有专门以书法名家者，因为著名书法家无不是书、文汇于一身的，而且在书法艺术的各种书体中，他们大多是诸体皆能，或有优劣，这与时代风气和书法家的素养个性有关。在前期书法家中，书写与镌刻各有分工，少有兼能者，执刀者亦多不具名。这种状况唐代以后渐次突破。自元明以来，书法家、篆刻家集于一身，形成风气，流派纷呈，蔚为大观。本志称为书法家、篆刻家的，非为截然两类，实为有所侧重、有所专长而已。

一、书法家

吴

东汉末年，群众性的书法艺术出现高潮。对书法艺术的尊崇和热爱，表明了人们对汉民族传统文化深怀认同感和归属感。帝王的重视和提倡，无疑对书法艺术起到推动作用。吴国雄踞东南，自有其独特优势，出现了许多具有全国影响力的文化人，包括继汉开晋的书法家。

吴国流传至今的碑刻《天发神谶碑》《禅国山碑》《谷朗碑》，仍然闪耀着艺术的光芒。自20世纪50年代以来，考古发掘出土大量孙吴时期的简牍，它们为人们了解吴国的书法艺术提供了可靠的资料。据现存资料看，吴国地区的书法风格相较于中原而言，比较保守、质朴。葛洪《抱朴子外篇》云：“吴之善书者则有皇象、刘纂、岑伯然、朱季平，皆一代之绝手，如中州之有钟元常、胡孔明、张芝、索靖，各一邦之妙，并有古体，俱足周事。”

孙权（182—252），字仲谋，吴郡富春（今浙江富阳）人，生于下邳（今徐州邳州）。东吴大帝，黄龙元年（229）迁都建业，病逝后葬于蒋陵（今南京梅花山）。宋人陈思《书小史》称其善行草书。唐张怀瓘《书估》对96人的字进行估价，将他们分五等，将孙权、孙皓等

43人列为第三等，评曰："或奇材见拔，或绝世难求，并庶几右军草书之价。"可能是因为至唐之时，孙吴书迹已十分难得，他在《书断》中列出古今书家"神品二十五人、妙品九十八人、能品一百七人"，其中就没有孙权的名字。

皇象，字休明，广陵江都（今江苏苏州）人。东吴时官至侍中。幼工书，师于杜度。《三国志·吴书·赵达传》注云："时有张子并、陈梁甫能书，象斟酌其间，甚得其妙，中国善书者不能及也。"又将其书同严武之棋、曹不兴之画等并称"八绝"。《书小史》称其工八分、篆及章草。袁昂《古今书评》认为"皇象书如歌声绕梁，琴人舍徽"。南朝宋羊欣《采古来能书人名》说："吴人皇象能草，世称沉着痛快。"唐张怀瓘《书断》评皇象章草为神品，八分为妙品，小篆为能品。其传世书迹有《文武帖》《急就章》《天发神谶碑》（传）。《急就章》（原名《急就篇》）是西汉史游编写的儿童识字课本。皇象以规范的章草书就，今有刻本流传，而以吉水人杨政据宋人叶梦得颍昌本摹刻之"松江本"最为著名，原石现藏于松江区博物馆。《天发神谶碑》传为其所书，书法简古，笔势劲健。宋黄伯思《东观余论》云："象书人间殊少，唯建业有吴时《天发神谶碑》，若篆若隶，字势雄伟，相传乃象书也。"该碑在审美上独标一格，康有为赞美它笔力雄伟冠古今，奇伟惊世。

张纮（153—212），字子纲，广陵人。官至孙策侍御史、孙权长史，曾建议孙权迁都秣陵。《三国志·吴书》称："纮既好文学，又善楷、篆。"纮尝与孔融书，融遗纮书曰："前劳手笔，多篆书。每举篇见字，欣然独笑，如复睹其人也。"

张昭（156—236），字子布，彭城人。客居南京城南长干里一带。为孙权军师，官拜辅吴将军，长于文学，又善书。《吴书》本传云："昭善隶书。"庾肩吾《书品》列其书于"中之下"品。张昭著有《春秋左传解》及《论语注》。

孙皓（243—283），吴后主。《东观余论》云："皓上晋武帝表章草书，体裁绵密，字画高古。"陶宗仪《书史会要》称"皓善小篆、飞白"。

陆机（261—303），字士衡，华亭人。祖父陆逊是东吴丞相，其父陆抗是大司马，俱为名将。陆机少有奇才，文章冠晋。吴亡入晋，于"八王"中依傍失据，官至后将军、河北大将军，终遭谗遇害。陆机与其弟陆云，人称"二陆"。陆机善行书，《平复帖》传为其书，是存世最早的文人书法真迹。米芾《书史》称："火箸画灰，连属无端，可以评士衡此帖。"怀素、杨凝式皆从此得笔。陆机为著名文学家，年二十所著《文赋》是中国古代重要的文学论文。初唐书家陆柬之行书《文赋》，结体遒劲，而有晋人风格。

陆云（262—303），字士龙，机弟。在吴曾任清河内史，世亦称"陆清河"。善行、隶书。"二陆"兄弟居住在南京时，陆云指导周处改邪归正、重新做人的传说流传至今。他教导周处的话"古人贵朝闻夕死，况君前途尚可；且人患志之不立，亦何忧令名不彰邪"也传为至理名言。吴亡后，陆云入晋到洛阳，著《怀旧赋》，以怀念他们在南京的故居。在"八王之乱"中因其兄之案牵连被害。

东晋

魏晋人文精神的觉醒表现在书法上，在审美理念、创作方法、风格流派等方面，建构了中国书法史上的主流体系。中国的书法艺术通过西晋的桥梁登上了东晋的高峰。“百族南渡”，东晋建立，继承并挽救了中原文化的发展成果。由于“清谈”风气蔓延，“魏晋风度”的人格追求与书法上的自由抒写达成默契。门阀制度对思想文化的影响表现在书法艺术上，形成了王、庾、郗、谢四大书法世家。各大家族之间在书法艺术上，既互相传承，又互相竞争，极大地影响了社会风尚。人们以能书为荣，以不能书为耻，一个个书法群体争荣并茂，既各具独特风貌，又带有时代色彩。可以毫不夸张地说，六朝尤其东晋书法艺术的光辉照耀了整个中国书法史。

郗鉴（269—339），东晋大臣，王羲之岳父，工书法。其《灾祸帖》收录在《淳化阁帖》中。郗鉴与郗愔、郗昙、郗超、郗俭、郗恢，号称“六郗”，一门以草书卓越获得赞誉。王僧虔《论书》云：“郗超草书亚于二王，紧媚过其父，骨力不及也。”

郗夫人，名郗璇，字子房，郗鉴女，王羲之妻。颇工书，其弟郗愔、郗昙夸她是“女中笔仙”。

司马睿（276—322），字景文，东晋元帝。窦臮《述书赋》评其书：“天然俊杰，豪翰英异。如发硎刃，虎骇鹗眙。”

王导（276—339），字茂弘，琅琊临沂人。东晋元帝时官至丞相，时称“王与马，共天下”。善书，尤工行草书。庾肩吾《书品》将其列为“中之下”品，谓“列圣推能”。王导官位很高，影响很大。宋陈思《书小史》称其少年时即有风鉴，识量清远。据王僧虔《论书》云：西晋末年，他率“百族南渡”，奠基建邺，“亡高祖丞相导……丧乱狼狈，犹以钟繇《尚书宣示帖》藏衣带中。过江后，在右军处，右军借王敬仁（王修），敬仁死，其母见修平生所爱，遂以入棺”。在王导的影响下，王氏家族几乎占据了东晋书坛的半壁江山。据元末陶宗仪《书史会要》说，王羲之上下三辈人中就有22名书法家著称史册。

王旷，字世宏，王导从弟，王羲之父。历官丹阳太守、淮南太守。善隶、行书。与卫氏世为中表，故得蔡邕书法论于卫夫人，藏于枕下。羲之窃而读之，旷曰：“待汝成人，吾当授汝。”羲之拜曰：“愿早授之。使得成人，已为暮学。”旷语以大纲，羲之学功日进。两晋交替之际，旷实建江左之策。后以孤军救上党，下落不明。督导羲之学书之责，遂落到其弟王廙肩上。

王廙（276—322），字世将，王导从弟，王羲之叔父、书法导师。曾官平南将军，人亦称“王平南”。永嘉年间衣冠南渡，曾将索靖《七月二十六日帖》折成四叠缝在衣中，携以渡江，爱之如命。能属文，工诗书，善音乐、射御、博弈。张彦远《历代名画记》目其画为上品之上，谓其“过江后为晋代书画第一”。王僧虔《论书》云：“王廙，右军叔，自过江东，右军之前，唯廙为最，画为明帝师，书为右军法。”他是继蔡邕之后又一个将书、画相结合的人。张怀瓘《书断》称其工于草、隶、飞白。《宣和书谱》称其“作草隶飞白得张芝、卫瓘遗法”。时人称：“王廙飞白，右军之亚。”他将画作《孔子十弟子图》付予羲之，并勉励其说：“画乃吾自画，书乃吾自书，吾余事虽不足法，而书、画固可法，欲汝学书则知积学可以致远，学画可以知师弟子行己之道。”

卞壶（281—328），字望之，冤句（今山东菏泽卞庄）人，居建康。东晋名臣，官至侍中骠骑大将军。成帝即位后，与庾亮共辅朝政。苏峻叛乱时，领兵拒敌，与两个儿子均在巷战中阵亡，被葬于南京朝天宫冶山，历代祭奠。卞壶工草书，唐窦臮《述书赋》云：“望之之草，紧古而老，落纸筋盘，分行羽抱，如充牣多士，交连杂宝。”

葛洪（284—364），字稚川，自号抱朴子，丹阳（今江苏句容）人。东晋著名医药学家、化学家，时官咨议参军。宋米芾《海岳名言》称：“葛洪‘天台之观’飞白，为大字之冠，古今第一。”葛洪著有《要用字苑》《抱朴子》《肘后卒救方》《玉函方》。

庾亮（289—340），字元规。官中书令。卒赠太尉，谥文康。工行、草书，骨逸。与羲之友好，甚爱其书。

司马绍（299—325），东晋明帝，字道凡。《书小史》称其“幼而聪哲”，好文辞，善书画。

王羲之

王羲之（303—361），字逸少，王旷子，王导、王廙侄。官至右军将军，故亦称王右军。自小随表姑母卫夫人卫铄学习钟繇楷书，并得到她的《笔阵图》真传。章草、八分、飞白，备精诸体，博涉多优，楷、行书尤为古今之冠，所书《兰亭序》是书文并茂的杰作，被誉为“天下第一行书”。研究者认为“右军书法晚乃善”。南朝宋虞龢《论书表》云：“羲之书，在始未有奇殊，不胜庾翼、郗愔，迨其末年，乃造其极。”《晋书》本传云：其书“至暮年方妙”。由于他在书法史上的杰出贡献，及对于后世书法的深远影响，后人尊称他为“书圣”。梁武帝萧衍评他的书法：“字势雄逸，如龙跳天门，虎卧凤阙。故万世宝之，永以为训。”唐太宗李世民搜求天下王书殆尽，每有所得，必心摹手追，亲自临仿之外，并以命诸王子。他的书法，胎息大王，或谓得其神髓。传说李世民赚得《兰亭序》，命学士临摹多本，以传后世，其真迹则遗诏殉葬。他亲自为《晋书》作《王羲之传论》，评王书云：“所以详察古今，研精篆素，尽善尽美，其唯王逸少乎！”据孙过庭《书谱》云，王羲之曾经说：“顷寻诸名书，钟（繇）张（芝）信为绝伦，其余不足观。”又说：“吾书比之钟张，钟当抗行（并列），或谓过之。张草犹当雁行（同列，互有前后）。然张精熟，池水尽墨，假令寡人耽之若此，未必谢之。”

庾翼（305—345），字稚恭，庾亮弟。官至征西将军，继其兄镇武昌。据王僧虔《论书》云，庾翼少时工书，初与王羲之齐名，右军后进，翼犹不忿。在荆州与都下书云：“小儿辈乃贱家鸡，爱野鹜，皆学逸少书，须吾还，当比之。”后见羲之书迹，叹为“伯英再生”。庾氏四兄弟（庾亮、庾怿、庾冰、庾翼）皆能书，以翼为最。《淳化阁帖》收录其《故吏帖》，《宣和书谱》称其有《步征帖》《盛事帖》。

张翼，字君祖，下邳人，活动于永和、升平间。真书学钟繇，草书学王羲之，皆能精妙。其模仿名家书法的技能，出神入化。南朝宋羊欣称其“善学人书”。王僧虔《论书》云：“张翼书右军自书表，晋穆帝令翼写题后答右军，右军当时不别，久方觉，云：‘小儿辈乃欲乱真。’”相传王羲之的某些手迹出自他手。

谢尚（308—357），字仁祖，陈郡阳夏人。东晋名士，官散骑常侍。博综众艺，精通音律，善舞蹈，工书法。《宣和书谱》称其草书“深得昔人行笔之意”。谢尚与谢奕、谢安被称为“谢氏三昆”。

谢奕（309—358），字无奕，陈郡阳夏人，谢裒子，谢安长兄，谢玄、谢道韫之父。东晋大臣，官至安西将军。喜作字，尤长于行书，飘逸之气入人眉睫。《述书赋》称“毫翰云为，任兴所适”。

谢安（320—385），字安石，尚从弟，陈郡阳夏人。官卫将军进太保，被王俭称为“江左风流宰相”。张舜徽赞其为“中国历史上有雅量有胆识的大政治家”。谢安是淝水之战的指挥者，多才多艺，尤善行书，有《中郎帖》传世。王僧虔《论书》云：“谢安亦入能流，殊亦自重，乃为子敬书嵇中散诗。得子敬书，有时裂作校纸。”

王洽（323—358），王导第三子，字敬和。官拜领军将军，人称“王领军”。众书通善，尤能隶、行。王僧虔《论书》云：“亡曾祖领军洽，与右军书云：俱变古形。不尔，至今犹法钟、张。右军云：‘弟书遂不减吾。’”

杨羲（330—386），字羲和，吴郡人，徙家句容。工书，不今不古，能细能大，笔力规矩兼于王羲之、王献之，评者以为翩翩有冲霄之度。他被称为道教上清派创始人。

王献之（344—386），字子敬，王羲之第七子。授中书令。幼学父书，与父齐名，人称“二王”。有《鸭头丸》《洛神赋》《中秋》《地黄汤》等书迹传世。据张怀瓘《书议》云：“子敬年十五六时，尝白其父云：‘古之章草，未能宏逸，今穷伪略之理，极草纵之致，不若藁行之间，与往法固殊，大人宜改体。且法既不定，事贵变通，然古法亦局而执。’”这明确表达了变革的思想。宋黄伯思《东观余论》云：“王氏凝（凝之）、操（操之）、徽（徽之）、涣（涣之）之四子书，与子敬（献之）书俱传，皆得家范而体各不同，凝之得其韵，操之得其体，徽之得其势，涣之得其貌，献之得其源。”

顾恺之（约345—406，一作348—409），字长康，晋陵人。客寓建康瓦官寺附近，东晋时官参军。《书小史》称其善书。他的痴、书、画，时人号为“三绝”。

王珣（350—401），字元琳，王导孙，王洽子，王珉兄。官尚书令。有行书《伯远帖》及草书《三月帖》传世。《伯远帖》是“三希堂”中唯一的晋人真迹，现藏于故宫博物院。

王珉（351—388），字季琰，王珣弟。善行书，继王献之为中书令，二人素齐名，是谓献之为“大令”，王珉为“小令”。王僧虔《论书》云：“王从祖中书令珉，笔力过于子敬。”

王献之曾对着他的一幅书法作品开玩笑说："弟书如骑骡，骎骎恒欲度都骅骝前。"

孔琳之（369—423），字彦琳，会稽山阴人。强正有志立，好文义，解音律，能弹棋，妙善草隶。王僧虔曰："孔琳之书，天然绝逸，极有笔力。"又曰："孔琳之书，放纵快利，笔道流便，二王后略无其比；但功夫少，自任过，未得尽其妙，故当劣于羊欣。"

谢道韫，谢奕女，王凝之妻。有才华，曾以"柳絮因风起"比喻大雪，被赞为"咏絮之才"。善书，李嗣真《书后品》评曰"雍容和雅，芬馥可玩"。

桓玄（369—404），小名灵宝，字敬道，谯国龙亢（今安徽怀远）人。东晋丞相桓温之子，谋篡帝位，在建康建立桓楚，旋被攻灭。性贪鄙，人有法书好画及佳园宅者，必夺归己，亦甚珍惜。客来参观所藏书画，为避免沾污书画，则不设寒具招待。王僧虔《论书》云："桓玄书，自比右军，议者未之许，云可比孔琳之。"

南朝

代晋而兴的宋、齐、梁、陈，史称南朝，皆都建康，与北朝各国形成南北分治局面，书法上也形成了南尚婉丽而北宗峻美、北多名碑而南多名家的特殊现象。南朝书人是东晋书法遗产的直接继承者，南朝书风完全处于"二王"（王羲之、王献之）书风笼罩之下。宋、齐近百年间，"小王"的影响超过"大王"，梁陶弘景叹道：比世皆高尚子敬（王献之），海内非惟不复知有元常（钟繇），于逸少（王羲之）亦然。而梁武帝则力挺"大王"，赞曰"龙跳天门，虎卧凤阙"。齐朝草书家张融不受"二王"裹挟，能自成一格，但影响不大。

羊欣（370—442），字敬元，泰山南城（今山东费县）人。官至中散大夫，义兴太守。书法得舅氏王献之亲授。《南史》本传载："（欣）年十二时，王献之为吴兴太守，甚知爱之。欣尝夏月着新绢裙昼寝，献之见之，书裙数幅而去。"后人乃以"羊裙""白练裙"为文人雅赏爱慕之典。羊欣之书见重一时，时谚曰："买王得羊，不失所望。"沈约云："敬元尤善隶书，子敬之后可以独步。"羊欣尤善行草，有《暮春帖》。范晔、萧思话同师羊欣。萧思话书得欣体法。行草连岗尽望，势不断绝。王僧虔曰："萧全法羊欣，风流媚态，殆欲不减，笔力恨弱。"袁昂云："羊真孔草，萧行范篆，各一时之妙也。"羊欣尚有《续笔阵图》《采古来能书人名》，它们都是重要的书法研究资料。

颜延之（384—456），字延年，临沂人。少孤贫，好读书，文章冠绝当时，与谢灵运同为当时著名诗人，并称"颜谢"。好酒，不护细行。南朝宋时官至金紫光禄大夫。善草书。

谢灵运（385—433），本名公义，字灵运，陈郡阳夏人，谢玄孙。南朝宋时封康乐侯，人称"谢康乐"。善真草书。《书断》称其书："模宪小王，真草俱美，若石蕴千年之色，松标百尺之柯。虽不逮师，歙风吐云，簸荡川岳，其亦庶几。"虞龢云："灵运，子敬之甥，故能书，特多王法。"王僧虔云："谢灵运书乃不伦，遇其和时，亦得入能流。昔子敬上表，多在中书杂事中，灵运窃写易其真本，相与不疑。元嘉初，方就索还。《上谢太傅殊礼表》亦是其例，亲闻文皇（宋文帝刘义隆）说此。"他是开创山水诗派的代表作者，时有好句，如"池塘生春草，园柳变鸣禽"，备受赞誉。谢灵运、谢惠连、谢朓，后人称三人为"三谢"。

颜竣（？—459），颜延之长子，字士逊。南朝宋时官扬州刺史。善行书。《述书赋》谓："颜氏儒门，士逊墨妙，大令典则、中散（嵇康）风调。薄首孔肩（与薄绍之、孔琳之并立），体格唯肖。如惊弦履险，避地鹰峭。"

颜腾之，字宏道，琅琊临沂人，居建康。南朝宋时任巴陵太守度支校尉。唐颜真卿《颜氏家庙碑》谓其"善草隶，书有风格"。梁武帝《草书评》谓"颜腾之、贺道力并便尺牍，少（不多）行于代"。

薄绍之，字敬叔（《书史会要》作钦叙），丹阳（今安徽当涂）人。官至给事中。善书，张怀瓘《书断》谓"敬叔隶、行、草入妙"，称其"宪章小王（献之），风格秀异，若干将出匣，光芒射人；魏武临戎，纵横制敌。行草倜傥，时越羊欣"。薄绍之与羊欣并称"羊薄"。梁武帝萧衍评曰："薄绍之书如龙游在霄，缱绻可爱。"

陶隆（？—461），秣陵人，弘景祖。好学，善行书。南朝宋官封晋安侯。

骆简，字政祖，丹阳人。南朝宋官钜野令。工行书，师资"小王"，深入堂奥。《述书赋》谓："翩翩正祖，恭己法则，师资小王，深入阃阈。安知逸气，未详笔力（缺乏逸气和笔力）。犹骥异真龙，紫非正色。"

徐爰（394—475），字长玉，南琅琊开阳人。南朝宋官中散大夫。善正书。

徐希秀，徐爰子，南琅琊开阳人。南朝宋官至骁骑将军。擅篆隶，善行书。泰始三年（467）奉诏与巢尚之、孙奉伯等编次"二王"法书。《南史·列传第六十七》云："爰子希秀，甚有学解，亦闲篆隶，正觉、禅灵二寺碑，即希秀书也。"《述书赋》云："希秀之迹，敬叔之伦（薄绍之那一班的）。正则谨从有度，草则拘检靡伸。如俭德君子，清朝士人。"

王昙首（394—430），东晋丞相王导曾孙，王珣子，王僧虔父，临沂人。南朝宋开国功臣，官骁骑将军。兄弟分割家财时，唯取图书而已。善行草。《宣和书谱》称："行笔痛快，亦自有可观者。"

刘系宗（419—495），丹阳人。少善书画，工行草。南朝宋齐之际为中书通事舍人，即宫廷书吏，齐朝官至宣城太守。《历代名画记》中"历代能画人名"将其列在"南齐二十八人"中。

王僧虔（426—485），字简穆，羲之四世族孙，临沂人。南朝宋官至尚书令，是南朝齐代表性书家和书论家。庾肩吾《书品》谓"王僧虔雄发齐代"。王僧虔善草、隶书，好文史，解音律。宋文帝见其书素扇，叹曰："非唯迹逾子敬，方当器雅过之。"《南史》本传云："孝武（南朝宋第五位皇帝刘骏）欲擅书名，僧虔不敢显迹，常用拙笔书，以此见容。"僧虔书承祖法，丰厚淳朴而有骨力，有《太子舍人帖》传世。《述书赋》评其书法"发卷伸纸，满目辉光"。张怀瓘称："祖述小王，尤尚古直，若溪涧含冰，岗峦被雪，虽极清肃，而寡于风味。"其书论代表作有《论书》《笔意赞》。著名论断是："书之妙道，神采为上，形质次之，兼之者方可绍于古人。"

萧道成（427—482），字绍伯，兰陵人，齐高帝。善草书，笃好不已，祖述子敬，稍乏风骨。张怀瓘《书断》载："尝与王僧虔赌书，书毕曰：'谁第一？'对曰：'臣书臣中第一，陛下书帝中第一。'帝笑道：'卿可谓善自谋矣。'然太祖与简穆赌书，亦犹鸡之搏狸，稍不自知量力也。"

萧赜（440—493），字世调，齐武帝，萧道成子，南朝齐第二位皇帝。多才艺，善隶书。张怀瓘《书断》谓："始变古法，甚有娟好。"

颜炳之，字叔豹，颜腾之子。南朝齐官辅国江夏王参军。以能书见称。

沈约（441—513），字休文，吴兴（今浙江湖州）人，梁代文学家、史学家。官尚书令。工草书。《宣和书谱》称其"下笔超绝"。沈约编著《宋书》，是倡导声律的诗人。

张融（444—497），字思光，吴郡吴县人。张怀瓘《书断》谓其"博涉经史，早标孝行，书兼诸体，于草尤工。而时有稽古之风，宽博有余，严峻不足。然齐梁之际，殆无以过。或有鉴不至深，见其有古风，多误宝之，以为张伯英书也，而拓本大行于世"。其言行诡怪狂放。据《南史·张融传》，他常"自美其能"，齐高帝萧道成曾对他说："卿书殊有骨力，但恨无二王法。"他傲然回答："非恨臣无二王法，亦恨二王无臣法。"《述书赋》曰："思光逸才，挥翰无滞；超宝光之力，从僧虔之制，越恒规而涉往，出众格而靡继。如塞路蓬转，摩霄鸢唳。"时人目为"异人"，故其说影响不深。

王慈（451—491），字伯宝，王僧虔子，王俭从兄。南朝宋官至侍中冠军。善行、隶书。有《柏酒帖》《翁尊帖》传世。据《书林纪事》，少年时谢凤子超宗诣慈，慈正学书，未即放笔，超宗曰："卿书何如虔公？"慈曰："慈书比大人，如鸡之比凤。"可见其认真和恭谨的态度。

陶弘景（456—536），字通明，丹阳秣陵人。跨南朝宋、齐、梁三朝，在齐曾官诸王府侍读。永明十年（492）辞官，归隐苏南茅山。梁武帝常向他咨询国事，故其人称"山中宰相"。陶弘景善书，师钟王，采其气骨。时称陶弘景与萧子云、阮研各得右军一体。工草隶，行书尤妙，书风萧远洗雅，若其为人。张怀瓘谓"其真书劲利，欧、虞往往不如，隶、行入能"。茅山《石井栏题字》传为弘景手迹。有人认为镇江焦山大字《瘗鹤铭》是他所书，未有定论。其书论有《与梁武帝论书启》等。他又是化学家、医药家，增补东晋葛洪《肘后卒救方》为《肘后百一方》，著有《本草经集注》。

王志（460—513），字次道，王僧虔子，王慈弟。南朝宋官至侍中、吏部尚书。善草隶，传有《一日帖》。《述书赋》评介王慈、王志兄弟书法曰："伯宝、次道，并资义训（都从父学书），兄则杂而外兼，秉家君于己分；弟则纤薄无滞，过庭益俊。并能宽闲墨妙，逸速毫奋；比达士于君子，人不知而不愠。"《梁书》卷二十一《王志传》曰："志善草隶，当时以为楷法。"

袁昂（461—540），字千里，扶乐（今属河南）人。梁吏部尚书，迁尚书令，位司空。书画家。其《古今书评》，奉敕品评历代书家凡25人。

谢朓（464—499），字玄晖，陈郡阳夏人。南朝齐官吏部郎中。工草隶虫篆。《书断》

称："草殊流美，薄暮川上，余霞照人，春晚林中，飞花满目。"谢朓著有《谢宣城集》。

纪僧真，建康人，南朝齐官高帝冠军府主簿。善行、隶书。南朝宋时，萧道成在淮阴，令僧真学他的手迹和签名，"至是报答书疏，皆付僧真"。萧道成见而笑道："我亦不复能别也。"

纪僧猛，僧真弟。南朝齐官至晋熙太守。《南史·列传第六十七》谓纪僧真、纪僧猛"兄弟皆有风姿举止，并善隶书。僧猛又能飞白书，作《飞白赋》"。

萧衍（464—549），字叔达，小字练儿，南兰陵人。南朝梁高祖武皇帝，在位48年。博学能文，重儒立学，好佛事。工书，草、隶、虫篆诸体皆精。张怀瓘《书断》评曰："好草书，状貌亦古，乏于筋力，既无奇姿异态，有减于齐高矣。"《述书赋》说他"文胜质而辞寡，明察众而理穷"。萧衍著有《观钟繇书法十二意》《草书状》《与陶隐居论书》《书评》传世。

陶贞宝，字国重，陶弘景父。南朝齐时家贫，以写经为业。善隶书，书体以羊欣、萧思话为法。

萧子云（487—549），字景乔，南兰陵人。南朝梁曾为秘书郎，迁太子舍人，屡有任命。善草、楷书，举朝效法。祖述王羲之，得法于王僧虔，妍妙至精，意趣飘然。其书名远扬海外，百济国特使以数百万钱求得他书作三十纸。

庾肩吾（487—551），字子慎，一字慎之，南阳新野（今属河南）人。梁时官度支尚书。擅书法、诗赋。张怀瓘《书断》谓其"隶草入能"，评曰："才华既秀，草隶兼善，可谓瞻闻之士也。变态殊妍，多惭质素，虽有奇尚，手不称情，乏于筋力。"庾肩吾有《书品》一卷传世，叙述书法的源流演变，评论书人特色。

颜协（498—539），字子和，颜炳之孙，颜之推父。少有器局，博涉群书，工草、隶及飞白。师从吴人范怀约学习隶书，笔迹几可乱真。梁湘东王镇荆州以为记室，荆楚碑碣皆所书。

贝义渊，吴兴人。萧梁之时碑禁已开，皇室带头，形成制度。普通三年（522），南京东郊出现的南朝大碑《梁故侍中司徒骠骑将军始兴忠武王之碑》（简称《萧憺碑》），以及3年以前刻立之《梁故散骑常侍司空安成康王之碑》（简称《萧秀碑》，碑文全泐），书者署名"吴兴贝义渊"。两碑书风融合了南北书风之长，形成瘦硬强劲的面貌，代表当时楷书的最高水平，是研究南朝历史和书法的重要资料。

王琛，建康人，王导裔孙。素工书。梁武帝尝令其书古妇人事分给后宫。

陈霸先（503—559），字兴国，吴兴人，南朝陈武帝。《书小史》称其涉猎史籍，善行草书。

徐陵（507—583），字孝穆，东海人。仕梁，出使北魏，被留滞；7年南归，仕陈，官至左光禄大夫。善正书，为著名骈文家。历来认为《玉台新咏》是徐陵所编。

王褒（513—576），字子深，王导裔孙。弱冠举秀才，除秘书郎太子舍人。江陵沦陷，被西魏扣留，与庾信同以文学特被亲待。善草隶，学于萧子云。《述书赋》云："惟子深与惠达（萧特字惠达，为萧子云子），总景乔（萧子云字景乔）之幼志，俱亲拂毫，同陪结字。深正稳而寡力，达草宽而丰意。”

纪少瑜，字幼玚，丹阳秣陵人。本姓吴，养于纪氏。少工草书。为武陵王记室参军。

王筠（482—550），僧虔孙，字元礼。7岁能属文。官太子詹事。工行书。

顾野王（519—581），原名顾体伦，后更名顾野王，字希冯。吴郡吴县人，居于亭林（今上海金山），人称“顾亭林”。著有《武帝本纪》《舆地记》等。《书小史》称其虫篆奇字，无所不通，尤善丹青，是陈代大画家。所著《玉篇》收入汉字16917个，是继东汉许慎《说文解字》之后又一部重要字典，也是中国现存最早的楷书字典。初唐大书法家虞世南少年时与其兄虞世基曾拜顾野王为师。

江总（519—594），字总持，济阳人。《宣和书谱》称其“作行草，为时独步”。以词是宫体艳诗代表作家。后人称其为“亡国宰相”。

陈蒨（520—566），字子华，南朝陈文帝。善行草书。

沈君理（525—573），字仲伦，吴兴人。官至侍中尚书左仆射。《书小史》称其善草书。

隋唐五代

隋唐统一，书坛欣逢鼎盛，中国书法史出现一个新的高峰。然而，南京却遭遇隋的摧毁、唐的贬抑，“金陵”成了文人感伤的意象，南京的书法失去了繁荣的条件，偶有珠砾闪光而已。五代南唐，后主李煜高举“崇王”旗帜，经过数十年建设，略有可观成绩，但也在指导思想上限制了书法家的创造精神。

殷胄，江南人。工草隶。

颜真卿（709—785），字清臣，琅琊临沂人。历迁刑部尚书、太子太师封鲁郡开国公。乾元二年（759）除升州刺史，充浙江西道节度使兼江宁军使。在南京写有《乌龙潭放生池》，著名的遗迹有“三绝碑”中的宝志禅师像赞（在灵谷寺前），历经摹刻，气象犹存。《明远帖》亦为任职江宁期间所书。

冷朝阳，江宁人。李嘉祐有诗《送冷朝阳及第归江宁》。《吴岳祠堂记》为于公异撰，冷朝阳行书。冷朝阳还是大历年间南京知名诗人。

刘之复，句容人。聪敏绝人，幼善属文，唐会昌中拜刑部侍郎，弘文馆学士。善书，工八分，有《滑州节堂记》传世。

高正臣，广平人。官卫尉少卿，曾与褚遂良同在高宗朝为官。玄宗甚爱其书。张怀瓘《书断》称：“少卿习右军之法，脂肉颇多，骨气微少，修容整服，尚有风流，可谓堂堂乎张也。”又称：“自任润州、湖州，筋骨渐备，比见畜者，多谓为褚后。任申、邵等州，体法又变，几合于古矣。”可见评价渐高，切合实际。高与薛稷、孙过庭等人同列隶书能品，与薛、孙、释智永同列行书能品，与王导、陆柬之、孙过庭同列草书能品。刘熙载认为高正臣书俊逸古雅，格调很高，优于薛绍彭。其传世书迹有《明征君碑》。该碑于上元三年（676）由唐高宗撰文，高正臣书，立于南京栖霞寺前，现已建亭加以保护。

张怀瓘，海陵（今江苏泰州）人。唐玄宗开元中曾任翰林院供奉。他家藏历代书迹丰富，供职朝廷期间得以审定内府秘藏“二王”书迹，毕生浸淫书道。工书法，与人论书，自视甚高，自诩：“真行可比虞（虞世南）褚（褚遂良），草欲独步于数百年间。”然无遗迹可考。张怀瓘是重要的书学理论家，所著书论有《书断》《二王书录》《书议》《书估》《文字论》《六体书论》《论用笔十法》《评书药石论》《玉堂禁经》等，对后世影响巨大。其代表作《书断》，所录皆古今书体及能书人名，各述其源流，系之以赞。张彦远《法书要录》全载其文。有人称《书断》可比于文学史上的《文心雕龙》。

宋齐丘（887—959），本字超回，改字子嵩，豫章人。南唐宰相，烈祖时为升州刺史。齐丘书劄不工，而自矜衒，反嗤欧（欧阳询）虞（虞世南）。冯延巳工书，远胜齐丘，而佯为师授以求媚。齐丘谓之曰：“子书非不善，然不能精意，往往似虞世南，其何堪也？”其寡学不经如此。

冯延巳（903—960），初名延嗣，字正中。江都人。累官中书侍郎同平章事。著名词人，又工书。宋马令《南唐书·宋齐丘传》称：“延巳工书，远胜宋齐丘。”齐丘谓曰：“子书往往似虞世南。”

徐铉（916—991），字鼎臣，广陵人，寓金陵。10岁能属文。仕南唐李璟、李煜父子，太祖命为直学士，归宋后任散骑常侍，后贬为静南军行军司马，死于贬所。南唐后主曾命其编辑内府所藏历代墨迹，刻为《升元帖》4卷。徐铉精通文字学，好李阳冰小篆，臻其妙。陶宗仪《书史会要》云：“识者谓自李阳冰之后，续篆法者，唯铉而已。人跋其书，以谓笔实而字画劲，亦似其文章，至于篆籀，气质高古，几与阳冰并驰争先。清代冯武曾在《书法正传》中谓铉书映日视之，中心有一缕浓墨，至曲折处亦然。乃笔锋直下不倒侧故耳。”徐铉小篆代表作《篆书千字文残卷》现藏于黑龙江省博物馆。其行书代表作《私诚帖》现藏于台北“故宫博物院”，大气磅礴，结构平稳矫健。

徐锴（920—974），字楚金，徐铉弟，南唐进士，官至知制诰集贤殿学士。精通文字学，亦善篆书。与兄铉重新修订《说文解字》，“尝以许慎《说文》，依四声谱次为十卷，目曰《说文解字韵谱》”（宋史《徐铉传》），铉序其首。又有《说文解字系传》（亦名《通释》，世称“小徐本”）40卷，畅许氏之玄旨，正阳冰之新义，皆《说文》之羽翼也。

李煜（937—978），初名从嘉，字重光，生于江宁府，自号钟隐、钟峰隐士、莲峰居士。南唐后主，亡国后被俘至汴京，被毒死。李煜是中国文学史上的重要词人，精鉴赏，善书画，书作颤笔屈曲，谓之“金错刀”。作大字不事笔，卷帛书之，世谓之“撮襟书”。宋朱长文《续书断》品书列神品3人、妙品16人、能品66人，将李煜置于能品中，并云：“颇尚儒雅，工笔札，遗迹甚劲锐，今清凉寺有德庆堂榜犹在。”明代杨慎《墨池琐录》记载他对颜真卿书的评价：“颜书有楷法而无佳处，正如叉手并足田舍郎翁耳。李之论一出，至宋米元章评之曰：颜书笔头如蒸饼，大丑恶可厌。”又评唐人得失云：“善法书者，各得右军一体。若虞世南得其美韵而失其俊迈，欧阳询得其力而失其蕴秀，褚遂良得其意而失其变化，薛稷得其清而失于窘拘，颜真卿得其筋而失于粗鲁，柳公权得其骨而失于生犷，徐浩得其肉而失于俗，李邕得其气而失于体格，张旭得其法而失于狂，唯献之俱得之，而失之惊急，不得其蕴藉态度。”论者以为此言把羲之书法当作十全十美的最高标准，极大地限制了书者的创造精神。李煜的一大贡献是把内府所藏历代书法墨迹珍品交给徐铉刻帖4卷，名《升元帖》（一名《建业文房帖》）。此帖实为中国汇帖之祖。

潘佑（？—975），金陵人。《宣和书谱》称其行草书帖，笔迹奕奕，超拔流俗，有东晋之遗风。

杨元鼎，句容人。官虞部郎中，工篆书。徐铉的《茅山紫阳观碑》，由杨元鼎书并篆额（《天下金石志》）。杨元鼎还著有《天下金石志》。

王文秉，丹阳人。南唐时以小篆名世。李日华《紫桃轩又缀》记：“南唐王文秉，工小篆，自号‘王逸老’，欲与‘逸少’相抗。”宋代尚有《小篆千字文》《紫阳石磬铭》二石存世，欧阳修曾亲见之。《集古录跋尾》谓“其笔甚精劲”。又曰：“文秉之书罕见于今世。小篆自李阳冰后未见工者。文秉江南人，其字画之精，远过徐铉，而朝中之士不知文秉，但称徐常侍者，铉以文章有重名于当时故也。”“五代干戈之际，士文艺有至于斯者，太平之世学者可不勉哉！”

应用，江南人。以书法名，五代时南京微书专家。善写细字微如毛发，常于一枚钱币上写心经，又于一粒芝麻上写“国泰民安”四字。

释应之，姓王，其先为闽人。习柳氏（公权）法，以善书冠江左，初举进士，善楷隶。南唐升元、保大间为内供奉。中主、后主书体与之相类，当时碑刻多为其书。其中，江宁府保宁寺的《四体金刚经》兼备诸体，尤为精华。

宋元时期

在宋元时期400多年中，南京的书法史处于沉寂时期。北宋初年，书法出现严重的时代断层。《淳化阁帖》的出现，可以看作是接续断层的努力成果。直至“宋四家”（苏轼、黄庭坚、米芾、蔡襄）挺出，破法尚意，书法史再度辉煌。宋徽宗独创“瘦金体”，颇为可喜，惜其气象较唐卑弱，未能振起。南宋书坛依然毫无起色。爱国文人“提笔四顾天地窄”。金元之际，民族文化交融，出现复杂局面。在这几段时间内，南京在书法艺术上并无重大贡献。

叶清臣（1003—1049），字道卿，长洲人。曾任江宁知府。善书，有《晋卞壶墓碣》传世。该墓碣现藏于南京市博物馆。

胡恢，金陵人。《书史会要》称其善篆隶。胡恢坐法失官10余年，篆太学石经，因得复官。曾书册晏殊撰《茅山五云观记》，南京栖霞题名亦其所书。

王安石（1021—1086），字介甫，临川（今属江西）人，家金陵。神宗即位被召为翰林学士，熙宁拜同中书门下平章事，加尚书左仆射，封舒国公，领导变法改革。他曾3次出知江宁府事，终老于南京半山园。他的书法奇古，笔墨学杨凝式。陶宗仪《书史会要》云：“凡作字，率多淡墨疾书，初未尝经意，惟达其辞而已。然而使积学者尽力莫能到。评者谓得晋宋人用笔法，美而不妖娆，瘦而不枯瘁。”王安石的书法风神闲逸，韵度清美。笔画纵敛，自有分寸，气息畅达，结体宽阔，清劲峭拔，疏雅之气度，与简约之形质，相映成趣，所书经文，有横风斜雨之气派。黄庭坚云：“荆公率意而作，本不求工，而萧散闲远，如高人胜士，敝衣破履，行乎大车驷马之间，而目光已在牛背矣。”《东坡题跋》云：“荆公书得无法之法，然不可学。”王安石著有《王荆公集》《字说》等。其书迹《过从帖》现藏于台北“故宫博物院”。

葛端，江东人。太宗时为侍书，善篆。

高绅，江东人。善篆。

申革，江东人。善篆。

刘岑（1087—1167），字季高，号杼山，溧阳人。进士，累官户部侍郎，以徽猷阁待制致仕。草书纵逸而不拘，有自得之趣，笔墨精妙，独步斯世。

李仲和，号竹山，溧水人。进士，为无为军节制官。工书法，撰《稽古韵》及《存古正字编》。

秦桧（1090—1155），字会之，江宁人。政和五年（1115）进士，绍兴元年（1131）参知政事拜右仆射，同中书门下平章事，封崇国公。卖国权奸，朝廷投降派的代表，是杀害民族英雄岳飞的主要刽子手。善书能篆，书写齐整工稳，民间相传“宋体字”是他发明的，但缺乏史料支持。金陵文庙井栏上曾刻其所书“玉兔泉”三字，亦有可观。存世书法有《偈语帖》《深心帖》，拓本《都骑已临帖》《别低勤恳帖》。

陆游（1125—1210），字务观，号放翁，越州山阴（今浙江绍兴）人。明张丑称“放翁书迹飘逸”，“字画遒劲可爱”。陆游的存世墨迹有《苦寒帖》。他多次经过建康，都留有诗文和墨迹。乾道元年（1165）任建康知府，游定林寺，在南京紫霞洞题写“乾道乙酉七月四日笠泽陆务观冒大雨独游定林”。5年后，他再游钟山时，定林寺已毁于火，他的题名被寺僧摹刻在寺后崖壁上。

杨翮，字文举，上元人。元末提举江浙学校，能诗善书。杨孟载悼杨翮诗云：“八分书古追东汉，七字诗工到盛唐。”盛时泰《苍润轩碑跋》称其书严劲古拙，不及古人，而布置茂美，风神骨力，反有一种韵度。

张文盛，字彬之，秣陵人。长于诗，工草隶。

廖毅，字弘道，建康人。能书，善为文。

马琬，字文璧，号鲁钝生，秦淮人。早年师从杨维祯学《春秋》。精小篆籀，并工诗画。每遇佳山水，必托之毫素，辄自题其左，诗书画时称“三绝”。

明代

明代，书法进入繁荣时期。明初建都南京，文化人一时会集于南京；后统治者迁都北京，南京仍是经济文化中心。“天下法书尽归吴”，这说明书法与南京有着千丝万缕的联系。朝廷曾征召善书之人编入翰林院，还挑选28人，专学“二王”书法，这促使帖学盛行，加上科举制度的广泛影响，“台阁体”书法泛滥，为清代“馆阁体”的形成打下了基础。明代书法大普及，总体特色是“俗”：大众化、世俗化、商品化。明代著名“台阁体”书家除“三宋”（宋克、宋燧、宋广）之外，尚有詹希元、杜环、沈度、解缙等，他们大多在南京活动过。“吴门书派”（代表人物有祝枝山、文徵明）以苏州为中心，但是大部分人都有在南京活动的经历。董其昌、黄道周对书法的传承、革新，产生过全国性的重大影响。明代中叶以后，一批具有叛逆倾向的书家涌现，他们也在南京投射了一缕绚丽的霞光。

宋濂（1310—1381），初名寿，字景濂，号潜溪，浦江人。明初征至应天，除江南儒学提举，累转至翰林学士承旨，知制诰。宋濂毕生酷爱书法，行笔萧散，坚韧如纯棉裹铁。草书墨迹现存《出师表》。郎仁宝（名郎瑛，字仁宝）云：“公草书有龙盘凤舞之象。”（《七修类稿》）宋濂擅长微书，能在一粒黍米上作数十字。郎仁宝说：“昭代精细楷者，宋景濂一人而已。”

刘基（1311—1375），字伯温，青田人。明初任御史中丞兼太史令。精通天文、兵法、数理等，善楷、行、草书。其墨迹《春兴八首诗卷》既有赵松雪行书清丽秀美的特点，又有唐楷严谨庄重的意味。

饶介（？—1367），字介之，号华盖山樵，临川人，游建康。元时自翰林应奉出佥江浙廉访司事。元末张士诚据吴时慕其名，召其为淮南行省参知政事。士诚败，介被俘至南京，为朱元璋所害。饶介善书，家藏《兰亭》数十本，晚又获《定武刻本》。其书从晋人出，康里巎巎在南台时，曾得其亲授，后上溯怀素、王献之。《书史会要》称其“草书亦飘逸”，“评者谓不减怀素”。崇祯间，姜绍书曾评其《行草韩柳文卷》谓：“入山阴堂庑，有纯绵裹铁之致。此卷大令法，草韩柳文（《送孟东野序》《梓人传》），醉墨淋漓，凤翥鸾翔，似欹反正。”

危素（1303—1372），字太仆，号云林，金溪（今属江西）人。元廷大臣。入明，洪武二年（1369）授侍讲学士知制诰。解缙《春雨杂述·书学传授》云：“子山（康里巎巎）在南台时，临川危太仆（危素）、饶介之得其传授，而太仆以教宋燧仲珩、杜环叔循、詹希元孟举。”明徐一夔《始丰稿·跋危内翰所撰炬法师塔铭后》云：“楷行草三体并臻于妙。凡世臣大家、释老寺观、穹碑短碣，多出公手；至于遐方裔壤，得其片言只字，莫不宝以为玩，当时

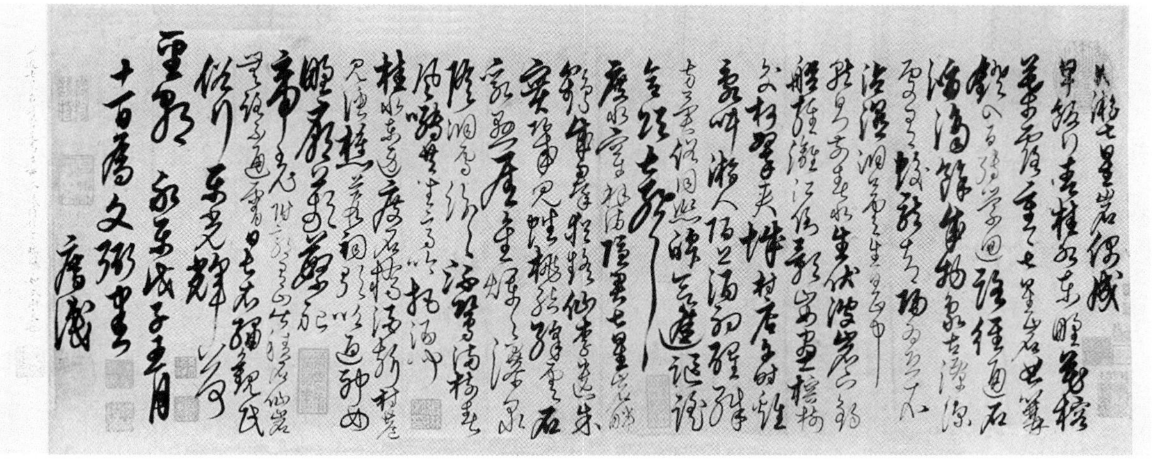

解缙草书《游七星岩诗页》

号称辞翰两绝。”《书史会要》称：“危素善楷书，有释智永、虞永兴典则。”其《陈氏方寸楼记》现藏于故宫博物院，楷书卷，骨力遒健，结字端秀，精谨工整而少个性。

詹希原，初名希元，后更名希原，字孟举，新安（今安徽歙县）人。洪武初为铸印副使，后官中书舍人。以大字闻名，兼欧虞颜柳，于端庄严整中寓苍劲雅秀，当时南京城门、宫殿、坊匾，多为其书。据传明太祖尝令詹希原书写太学集贤门门额，其字画遒劲，但写“门”字右直微钩起，太祖见而怒曰：“安得梗吾贤路？”遂杀之。

杜环（？—1388），字叔循，金陵人，其祖先是庐陵人。杜环随父游宦，定居金陵。洪武初年官水部员外郎，后补晋王府录事。能诗工书。《艺苑卮言》称其正书入能品。过庭训《分省人物考》云：“环书法端妍，至于行草亦各臻妙。”杜环又善画，写生花鸟，妙极。宋濂有《杜环小传》。

宋璲（1344—1380），字仲珩，宋濂次子。官中书舍人。书法诸体皆精，尤擅小篆，解缙以为“国朝第一”。宋璲与宋克、宋广并称“三宋”，负盛名。

方孝孺（1357—1402），字希直，宁海人。洪武二十五年（1392）擢汉中教授，蜀献王聘为世子师，命名其读书处为“正学”，世称“正学先生”。建文即位被召为翰林博士，进侍讲，录迁侍讲学士。靖难时以十族殉。不经书名，而刚方不折之气，流溢笔墨间。今南京白鹭洲遗有正学祠。

沈度（1357—1434），华亭人。杨士奇《东里集》云：“少力学，善篆隶真行八分书，洪武中举文学不就，成祖擢为翰林典籍。一时翰林善书如解大绅之真行草，胡光大之行草，滕用亨之篆八分，王汝玉、梁用行之真，杨文遇之行，皆知名当世，而胡、解及度之书，独为上所爱。凡玉册金简，用之宗庙朝廷藏秘府，施四裔刻之贞石，传于后世，一切大制作必命度书。度书婉丽飘逸，雍容矩度，八分尤为高古，浑然汉意。”李绍文《皇明世说新语》云：“太宗征善书者试而官之，最喜云间二沈（沈度、沈粲）学士，尤重度书，每称曰‘我朝王羲之’。”

杨士奇（1365—1444），初名寓，以字行，一字东里，吉安府泰和县（今属江西）人。建文初以名儒荐征授教职；靖难后改编修，入值文渊阁，累官少师华盖殿大学士。朱谋垔《续书史会要》谓：“士奇善行草，笔法古雅而少风韵。”

倪谦（1415—1479），字克让，其祖先是钱塘人，徙南京上元。正统进士，成化中为南京礼部尚书致仕。赠太子少保，谥文僖。王世贞《三吴墨妙跋》曰：“倪文僖公与僧求竹帖，却无意而有笔。”

翟瑛，字延光，江宁人。成化进士，历官太常卿。周晖《金陵琐事》曰：“延光作字运笔如飞，结体流利可爱。”

黄谦（？—1591），字为之，号紫芝，江宁人。成化进士，授工部主事。工诗善书，其行、草遒劲古雅，榜书更妙。

陈献章（1428—1500），字公甫，新会白沙人，人称“陈白沙”。成化年间授翰林院检讨，归隐乡里。讲授经学，有“活孟子”之誉。他提出了著名的“学贵知疑”教育理论。他是岭南唯一从祀孔庙之人，也是明代从祀孔庙的四人之一。他的书法出入数家，不拘一格。家贫，束茅草代笔，称为“茅龙”，晚年专用，遂自成一家。写字粗头乱服，奇崛古拙，挺拔沉雄，生峭涩辣，别开生面，形成“白沙书派”，开岭南书法之先河。现存行草墨迹《自书诗卷》《大头虾说》《城南唱和诗》等。弟子张诩《行状》记载：“天下人得其片纸只字，藏以为家宝。”他在南京江浦与庄昶等人联句，即以茅龙草书，将其镌刻于白马寺碑传世。

李应祯（1431—1493），初名生生，以字行，后更字贞伯，长洲人。举乡试，入太学。以工书，授中书舍人。篆楷皆入能品。文徵明曾从其学书，推为当代第一。其尤妙者三指搦管，虚腕疾书，今人莫能及。他针对台阁体庸俗的面貌提出“奴书论”，主张要写出自己的面目。这些论断是有进步意义的。

庄昶（1437—1499），字孔阳，一作孔旸，号木斋，又号定山居士，江浦人。成化二年（1466）进士，授翰林院检讨，上书忤旨，被贬。成化七年（1471），父母亡故，丁忧丧除，隐居定山27年，建有定山草堂，在珍珠泉畔建有七亭。文徵明多次到定山拜师从学。庄昶草书迥然自成一家，与陈白沙齐名。陈献章、庄昶曾在江浦白马寺联句，由陈书碑。庄深解书法，或问张汝弼（金朝吏部尚书）草书如何，昶曰：“好到极处，俗到极处。”

何昙，女，画家史忠（痴翁）之姬，字玉仙，号白云道人，金陵人。能诗，兼工篆书，尤精治印，为古代女子以篆刻卓然成家者。又解音律，居恒以文字自娱。

金琮（1449—1501），字元玉，自号赤松山农，金陵人。好吟咏，工书，十二三岁时即能作大字。

徐霖（1462—1538），字子仁，一作子元，号九峰道人，金陵人。9岁能大书，操笔成体。14岁补博士弟子员。因性放任，不随流俗，遭忌被黜，乃退居家中，寓居南京快园，号快园叟。博览群书，致力书画。正楷出入欧颜，真行书皆入精妙。篆书传谓得法于异人，可登神品。李东阳、乔宇时号“篆圣”，见则以为不及，推为当代一人。他在篆法衰微的明代实属难能可贵。日本使臣得其法书多珍藏之。《同治上江两县志》载：“日本、安南尝以重价购其书画。”徐霖与沈周交善，弘治三年（1490）访沈，作《沈徐二高士行乐图》以志之。著有《续书史会要》《快园诗文类选》。

陈沂（1469—1538），初字宗鲁，后字鲁南，号石亭，先世为鄞县人，以被征入太医院，居南京。嘉靖中官至太仆卿，因与执政忤，上疏乞归。少时好苏氏学，自号小坡，书法旁及篆隶绘事，皆称能品，与顾璘、王韦并称“金陵三俊”。致力于乡邦文献，著有《金陵古今图考》《金陵世纪》《献花岩志》《金陵名山记》等。

王韦，字钦佩，一字南原，金陵人。弘治进士，授吏部主事，擢河南提学副使。以母老乞休，加太仆少卿。善书，真、草清雅有法。

文徵明（1470—1559），原名壁，字徵明，长洲人，先世为衡山人，故其号衡山居士。曾官翰林待诏，人亦称“文待诏”。与沈周、唐伯虎、仇英合称“明四家”（吴门四家），又与祝枝山、唐伯虎、徐祯卿并称“吴中四才子”。诗文书画无一不精。他到南京拜李应祯、庄昶为师，结交“金陵三俊”（顾璘、陈沂、王韦），为金陵文化建设贡献颇巨。他的《先君行略》记载：“少拙于书，乃刻意临学。”他从写《千字文》开始，上溯王羲之的《黄庭》《乐毅》，篆师李阳冰，隶师钟元常，终成有明一代之冠。文徵明在南京留下了大量诗文书画，如《宿江浦有怀定山先生》《谒庄先生留宿定山草堂》及《先友诗》（8首）。其中，行书《金陵杂诗》（15首）纸本手卷作于嘉靖四年（1525），后有款识：“乙酉秋，道济应试金陵，寄示余记行诸篇，铸词精深，思致闲远，诚佳作也。且其所赋，多余往时所历，因悉和之，以寄余意。……徵明记。”

唐寅（1470—1523），字伯虎，一字子畏，号六如居士、桃花庵主，吴县人。少有才名，29岁乡试第一，中应天府解元，后因事牵连下狱，遂绝意仕进，筑室桃花坞，以诗文书画终其一生。自称“江南第一风流才子”，为人为艺，与传奇化的描述距离很大。他的书法能化王羲之、李邕、赵孟頫于一炉，风情潇洒，不与法缚。

王守仁（1472—1529），字伯安，余姚人。弘治十五年（1502）筑室越城东南阳明洞中，导引讲学，自号阳明子，世称“阳明先生”。嘉靖中官至南京兵部尚书，卒谥文成。他的“心学”在中国古代思想史上有重要地位。他不追求书名，视其为道德文章之余事。他学书尊王羲之为祖，尤得力于《兰亭》。幼年在洪都外舅官署中，临写古帖，曾将署中蓄纸书写一空。他说：“吾始学书，对模古帖，止得字形。后举笔不轻落纸，凝思静虑，拟形于心，久之始通其法。”（《王文成公全书》卷三十二）朱长春曾跋其书迹：“法度不尽师古，而道迈冲逸，韵气超然尘表，如宿世仙人，生具灵气，故其韵高冥合，非假学也。右军子孙在会稽，书法独不传，文成当其苗裔邪？观其骨气，雅有祖风。”（《太复乙集》）徐渭说：“古人论右军以书掩其人，新建先生（王守仁）乃不然，以人掩其书。”（《跋书马君所藏王新建公墨迹》）王守仁曾封新建伯，卒赠新建侯。王守仁的传世书作不多，其《家书》《何陋轩记》载日本平凡社《书道全集》卷十七，《行书诗翰卷》藏于浙江省博物馆。

顾璘（1476—1545），或作顾遴，字华玉，号东桥，上元人。弘治九年（1496）进士，嘉靖中为南京刑部尚书。《书史会要》称其“善行草，笔力高古，翩翩有晋人意”。《金陵琐事》云其“真草书皆清澈可爱”。顾璘又善诗文，诗篇清丽，文辞雅致。著《息园存稿》《归田稿》《浮湘集》《金陵名园记》等。

盛时泰（1476—1545前后），字仲交，号云浦，上元人。贡生，天才敏捷，为诗古文辞，下笔数千言。工书，行书学米、苏，可谓绝妙，小楷学倪瓒，隶字更优。有《玄牍记》一册，品题古今名帖。另著有《苍润轩碑跋》《摄山志》。

蔡为（？—1541），字九逵，号左虚子、林屋山人，吴县人。官南京翰林孔目。工正行书，宗法晋唐，娴雅蕴藉。其书多用秃笔，资骨清劲。

王逢元（1480—1540前后），字子新，号吉山，王韦子。擅书，楷法钟繇，草法王羲之、王献之父子。画法赵松雪，得其神骏。兼能篆刻，朴健清新，刚柔互济，自成一家。有《息园存稿》传世。

金润（1485—？），字伯玉，又字静虚，上元人。正统间官至郡守。通音律，工书画。书法松雪，山水法方壶，天真横溢，推为神品。

王宠（1494—1533），字履仁，后字履吉，号雅宜山人，长洲人。八就乡试皆不第，仅以邑诸生被贡入南京国子监，成为一名太学生，世称“王贡士”。遂绝意仕途，隐居石湖。工诗文书画，与祝枝山、文徵明并称。书善小楷，行草尤为精妙。纸本《五言律诗》落笔如烟，纵横千里，现藏于南京博物院。

丰坊（1494—1565），字存礼、人叔，号南禺外史，鄞县人。其父丰熙，官南京翰林院事。丰坊为嘉靖二年（1523）进士，出为南京吏部考功主事。为人狂诞傲僻，所至人畏而恶之。家藏古碑刻甚富，临摹乱真。书学极博，五体并能，诸家靡不兼通，规矩尽从手出，工于执笔，大有腕力，神韵稍不足。

马一龙（1499—1571），字负图，号孟河，又号玉华，溧阳人。官至南京国子监司业，以书名。陶宗仪《书史会要》云：“一龙作字悬腕运肘，落管如飞，顷刻满幅，自谓怀素以后一人。然评者谓其奇怪，为书法一大变。”

陈鹤（？—1560），字海樵，又字九皋，号鸣野，山阴人，后迁南京。嘉靖举人，能书善画。徐文长称其“颖悟绝群，年十余已知好古，置奇帙名帖，穷日夜诵览”。陈鹤的草书能效诸名家，间出己意。

陆树声（1509—1605），字与吉，号平泉，华亭人。历官太常卿，掌南京祭酒事。尝严敕学规，著条教以励诸生。善书，有书论《平泉题跋》2卷。

陈芹（1520—1580前后），字子野，号横崖，上元人。其先为安南（今越南）王后裔，永乐间因避乱来中国，居南京。陈芹为嘉靖举人，选知奉新县，调宁乡，后告病归。擅画，亦擅书法，出自“钟王”，尤善草书。

许初（1522—1566前后），字复初，一字元复，号高阳，长洲人。嘉靖间以县学生序贡授教职，历南京太仆寺主簿，迁汉阳府通判。善书法，四体皆能，师“二王”，流畅圆熟。

王世贞（1525—1590），字元美，号凤洲，又号弇州山人，太仓人。嘉靖二十六年（1547）进士，官至南京刑部尚书。善古诗文，为“后七子”首领，独主文坛20年，片言褒奖，声价骤起。世贞不以书名，但写了许多关于书法的评论，见诸《艺苑卮言》《弇州山人题跋书画跋跋》等。他的名言“天下书法归吾吴”肯定吴门书派的历史地位，有贬抑台阁、发扬光大羲之书风的意义。朱谋垔《续书史会要》云：“世贞书学虽非当家，而议论翩翩，笔法古雅。”他是杰出的书画鉴藏家，极力推崇文徵明，而对前代书家有所鄙薄。在篆隶创作式微的明代，他对篆隶的鉴赏和品评虽有偏颇，但弥足珍贵，对创作有所推动。

王世懋（1536—1588），字敬美，号麟州，太仓人，世贞弟。嘉靖三十八年（1559）进士，官至南京太常少卿。《书史会要》称其“书无俗笔，多从晋帖中流出”。

焦竑（1540—1620），字弱侯，号澹园，金陵人。官修撰，赠宫渝。顾起元《客座赘语·书法》称："弱侯真行，结法眉山，散朗多姿，而古貌古骨，有长剑倚天，孤峰刺日之象。"焦竑学识渊博，著作宏富，是蜚声海内之学者。万历二十五年（1597）主北闱考试，于落卷中拔取上海徐光启，可谓慧眼识人。

冯梦祯（1548—1606），字开之，号具区，室名快雪堂，秀水（今浙江嘉兴）人，祖籍江苏高邮。万历间会试第一。官翰林院编修，累迁至南京国子监祭酒，门人有李日华、戴浩等。后遭蜚语中伤，归隐杭州西湖孤山之麓，取斋名"快雪堂"，卒葬西溪梅坞。生前与汤显祖、董其昌、茅坤等名人游，人称东南一带"风雅教主"，集文人、官员、佛弟子、鉴藏家、教师于一身。有《快雪堂集》64卷和《快雪堂日记》。《快雪堂尺牍》13卷刻本，现存于南京图书馆。钱谦益《列朝诗集小传》（丁集）谓冯氏斋名"快雪堂"来自家藏王羲之《快雪时晴帖》，这是望文生义。其实冯氏并未收藏此帖。冯氏《快雪堂集》卷二十八有文《结庐孤山记》云："上梁于去年嘉平某日，时积雪初晴，命之曰'快雪堂'，取晋帖《快雪时晴》语。"只是用典，并非珍藏。该帖当时在王穉登（一作王稚登）手中。此帖传承有序，于1949年被掠出"三希堂"，现存于台北"故宫博物院"。

董其昌（1555—1636），字玄宰，号思白、香光居士，华亭人。官至南京礼部尚书，赠太子太傅，谥文敏。书画均为吴中巨擘。他自述17岁参加松江府会考，因为字写得差，被知府故意降为第二，"自是发奋临池矣。初师颜平原《多宝塔》，又改学虞永兴，以为唐书不如晋魏，遂仿《黄庭经》及钟元常《宣示表》《力命表》《还示帖》《丙舍帖》，凡三年，自谓逼古，不复以文徵仲、祝希哲置之眼角"。"比游嘉兴，得尽睹项子京家藏真迹，又见右军《官奴帖》于金陵，方悟从前妄自标评，比如香岩和尚，一经洞山问倒，愿一生做粥饭僧，余亦愿焚笔砚矣。自此渐有小得，今将二十七年，犹作随波逐浪书家。"他出入晋唐，不仅临池功深，可贵的是形成了疏宕秀逸而带禅意的风格。他评价历代书法风格说"晋人书取韵，唐人书取法，宋人书取意"，这几乎成了历史定谳，深刻而富有启发。著有《容台文集》《画禅室随笔》。

顾起元（1565—1628），字太初，江宁人。万历二十六年（1598）探花，官至吏部左侍郎，谥文庄。精金石之学，工书法。顾起元著《客座赘语》《说略》《蛰庵日记》《遁园漫稿》。

朱之蕃（1570—1625前后），字元介，一作元升，号兰嵎，原籍山东聊城，后附籍南直锦衣卫（属南京）。万历二十三年（1595）状元，官终礼部右侍郎。曾出使朝鲜，应对如流，不辱使命。朝鲜权贵索要字画，他则换回许多流散朝鲜的中国书画、古器。后服母丧，不复出仕。善书，真行法赵孟頫，兼学颜真卿、文徵明，运笔快，可日书万字。南京人把他居住过的巷子称为朱状元巷。

宋珏（1576—1632），其名一作瑴，字比玉，号荔枝仙、莆阳老人，莆田人，流寓金陵。国子监生，善小诗，山水出入"二米"（米芾、米友仁）、吴征及黄公望。擅画松。兼能刻印，后人称"莆田派"。工书，尤长于隶书，师法《夏承碑》。

黄道周（1585—1646），字幼玄，号石斋，漳浦人。南明福王时官礼部尚书，唐王时官武英殿大学士，兼吏、兵二部尚书，率师至婺源，与清师遇，兵败被俘，殉国于南京。临刑前夕，坦然挥毫完成以前许诺过的书画应酬，并以血书遗家人曰："纲常万古，节义千秋，天地知我，家人无忧。"作为"东林党"五擘之一，他的风骨气节受到后人景仰。书法擅长楷、行、草诸体，书品高古，书风奇峭。王文治《快雪堂跋》谓"楷书遒劲，直逼钟王"。清初宋荦评曰："石斋先生楷法尤精，所谓意气密丽，如飞鸿舞鹤，令人叫绝。"

杨文骢（1596—1646），字龙友，贵州人，流寓金陵。万历四十年（1612）举人，官至兵部郎中。博学好古，善画山水，为"画中九友"之一。行书潇洒出尘。

胡玉昆（1607—1687），字元润，江宁人。山水有家法，用笔虚渺，咫尺千里。兼长花卉、兰竹，为胡氏一门之杰，称逸品。又善书，行草洒脱有法度。他为周亮工精心绘制的画册《金陵胜景图》12幅，每幅都标出景点名称并有题跋。

薛素素，女，字素卿，又字润卿，吴郡人，寓江宁。能诗工书，善画兰竹，其字画得董其昌、李日华盛赞。有诗集《南游草》。

孙瑶华，女，字灵光，金陵曲中名妓，后归新安汪景纯，筑楼白门城南六朝古松下。其诗与字皆清劲婉约。景纯好蓄古画、鼎彝之属，经孙瑶华鉴别不失毫厘。王伯谷极称之，以为时之李清照。

朱无瑕，女，又名馥，字泰玉，金陵桃叶妓。幼学歌舞，长而通文史，喜吟咏，工楷书，又善画兰。万历间秦淮有社，会集名士，朱无瑕均出入。朱无瑕著有《绣佛斋集》。

杨宛（？—1644），女，字宛叔，金陵妓。能诗，有丽句，兼善草书。年十六嫁茗上茅止生。善书画，董其昌评其书曰："杨宛书非真媚秀取姿，而回腕出锋，绝无媚骨。"

李贞孋，女，字淡如，金陵人。工书画。著《芳韵集》。

清初及中期

清代书法是清代文化的重要组成部分，具有集大成性质，古代各种重要的书体流派在清代均有代表人物继承发扬。"馆阁体"实用书法与科举制度如同形之于影，相互强化。从中央国子监到各地方县乡学校和书院，都把习字课放在十分重要的位置。艺术性质的书法，则通过书家的"家学渊源"和师徒传授来延续、变革。清初的明代遗民书画既显示出对于明代萎靡书风的反叛，又反映了对异族统治的抵抗，性质比较复杂，但是其艺术成就所达到的高峰，引起人们普遍的重视和肯定。清初，顾炎武、黄宗羲、王夫之等人倡导汉经学，推崇"求本证源"的方法；许多学人为避免政治迫害，悉心经学考研，旁及文字、训诂、音韵，至乾嘉庆年间，蔚为大观。"乾嘉学派"代表了清代学术之最高成就，考证之风反映到书法理论之研究，成果丰硕，出现了诸如王昶《金石萃编》、阮元《南北书派论》、包世臣《艺舟双楫》、康有为《广艺舟双楫》等重要学术著作，与庞大的"朴学"队伍并行互动。凡攻书学者，无不受其影响，譬之犹空气、阳光、水。清代发动的碑学与帖学大论战，影响更是极为深远。康乾盛世的书坛由帖学独霸转而为碑学一统天下。清代后期出现了碑帖结合、南北并重的主张，诚属难得。

“扬州八怪”破格创体，异军突起，有力地冲击了书法艺术传统中保守的审美观，具有深刻的革命意义；“西学东渐”的启迪，深刻地影响着清代后期以至近现代，中西各种艺术样式互相交融，书坛出现缤纷奇异的新局面。书法艺术之花并未随着旧的社会制度而凋落，反而在中华大地上放射出更加灿烂的光彩。

举国如此，南京亦然。南京处于连接南北的特殊地位，感受到时代的风气，枝叶摇曳，呈现出自己的独特面目。

钱谦益（1582—1664），字受之，号牧斋，晚号蒙叟，常熟（今张家港鹿苑奚浦）人。明末东林党领袖之一，官至翰林院侍读学士、礼部侍郎，南明弘光朝官礼部尚书。顺治二年（1645）与王铎一起在南京降清，官礼部侍郎管秘书院事，充明史馆副总裁。文坛盟主，人称“两朝领袖”。不久称疾乞归，回到南京，偕名妓柳如是归常熟虞山，后曾被株连囚南京狱。钱氏不以书法著称，但所遗书迹，遒劲流畅，特别是小楷，风格意趣，颇近《灵飞经》。纸本《与仲雪等唱和诗卷》现藏于常熟博物馆。

王铎（1592—1652），字觉斯，一字觉之，号十樵，孟津（今河南孟津）人。崇祯年间曾任南京翰林院学士，又受命任南京礼部尚书，后被南明福王朱由崧任命为东阁大学士。后在南京与礼部尚书钱谦益等人率文武百官冒雨开门降清。百姓恨之入骨。据《福王本末》载：“铎为市民所执，詈其误国，众手交加，须发立尽。”入清，王铎官至礼部尚书、弘文苑学士。晚年人品颓丧，唯以书法为寄托。他规定自己“一日临帖，一日应请索，以此相间，终身不易”。有《拟山园法帖》传世。书风雄浑恣肆，开近代风气。也有人认为，那是他痛苦郁勃的内心世界之外化，学界崇举过甚。

顾梦游（1599—1660），字密之，号鹿起，江宁人。性慧，幼号神童，10岁作《荷花赋》千言，19岁补诸生，厌举子业，为攻诗古文辞，任侠好义。善行草书。著《顾与治诗集》《茂绿轩集》。

方以智（1611—1671），名以智，号密之，桐城人。明末“四公子”之一，复社领袖之一。幼禀异慧，前半生享尽繁华，诗文、词曲、书画无不极其精妙。字作章草，亦工“二王”。明亡后削发为僧，佛名弘智，字无可；先后投奔各地方政权，历尝绝望，陷入枯寂，晚年唯以古朴萧疏之笔墨，聊书一些禅语以自喻。

冒襄（1611—1693），字辟疆，号巢民，一号朴庵，如皋人。崇祯贡生，加入复社，与方以智、陈贞慧、侯方域并称明末“四公子”，纳秦淮名妓董小宛为妾。入清隐居不仕，屡拒征召。书法不拘成法，潇洒不羁，体现出晚明的名士气派。《清史稿》本传云：“书法妙绝，喜作擘窠大字，人皆藏弆珍之。”

髡残（1612—约1692），僧，字石溪，号白秃，自号残道人，武陵人。乱世出家后流浪诸方，后住金陵牛首幽栖寺。所画山水有元人野逸派意境，书法亦古奥幽深，枯笔点画，支离破碎，让人感受到遗民心境的荒寒枯寂，以及傲岸的孤独和绝望的激愤，弥漫着历史的悲怆。

龚贤（1618—1689），又名岂贤，字半千，号野遗，昆山人。流寓金陵清凉山，于屋前空地筑园栽植，命为“半亩园”。后人称其旧居曰“扫叶楼”。龚贤性孤僻，落落难合，不与官场交往。工诗文、行草。山水画积墨浓厚，自开生面，为“金陵八家”之首。书源米芾，但有自家面目。

郑簠（1622—1693），字汝器，号谷口，上元人。行医为业，雅好文艺，能书，工八分，四出访碑，家藏拓片四大橱。学习隶书初从流寓南京的闽人宋珏，后上溯汉隶30余年，于《史晨》《曹全》用力颇深，为一代名手。郑簠以行草书笔意写《曹全》，遒美飘逸，获得其时知名文士的集体追捧，从而竖起碑学复兴的第一面旗帜。时人将他与“六分半书”郑板桥合称“二郑”。包世臣《国朝书品》把他与金农隶书同列为“逸品上”。朱彝尊称之为清代隶书第一人。阎若璩把郑簠与顾炎武、黄宗羲等人并列为“十二圣人”。由于他在隶书中加入草书的笔意笔法，也有人批评他“力弱”“挑趯”“恶趣”。

笪重光（1623—1692），字在辛，号君宜，又号蟾光、江上外史、郁岗扫叶道人，句容人。为官刚正，官御史，因严词参劾贪官，反被判刑收赎，“永不叙用”。罢官归乡，隐居茅山之麓，潜心于道教。工书画，秦祖永《桐荫论画》认为其“书法眉山，笔意超逸名贵，与姜西溟（姜宸英）、汪退谷（汪士鋐）、何义门（何焯）齐名，称四大家”。笪重光著有《书筏》《画筌》传世。

董小宛（1624—1651），女，名白，江宁人。名隶南京教坊司乐籍，“秦淮八艳”之一。结识复社名士冒辟疆，嫁为妾。善书画通诗史。有手书唐人绝句一卷，落笔生姿，杜于皇极赞赏之。冒襄作有《影梅庵忆语》，记载小宛生平始末。

周岫岩，金陵人，适同邑张氏。工篆隶，善画兰竹及着色花卉。

吴娟，女，妓，字麋仙，号群玉山人，石城人，流寓江宁。工小楷尺牍，善绘事。

方亨咸，小字姐哥，号邵村，桐城人。方拱乾子。顺治四年（1647）进士，官御史。能文，擅书，精于小楷。又善山水、花鸟画。

石涛（1630—约1708），僧，俗姓朱，名若极，全州人，明靖江王后裔。明亡为僧，法名原济，亦作元济，后人误传为道济，号大涤子、苦瓜和尚、清湘老人等。中年时住南京，托钵于大江南北。诗文书画俱静，尤以绘画成就最高，山水兰竹及人物脱尽巢窠，自成一家，被推为“江南第一”。著有《苦瓜和尚画语录》，后人辑有《大涤子题画诗跋》。他的画论就是书论，就是艺术美学。名言有“我之为我，自有我在”“搜尽奇峰打草稿”“笔墨当随时代”等。

程京萼（1645—1715），字韦华，号祓斋，上元人。嗜书善文，夙工书法。著有《野外堂文钞》。

杨法（1696—1750后），字已军，号白云帝子，上元人，寓居扬州。画擅花卉，曾被列入“扬州八怪”。精刻印，所书篆、隶、行、草，奇古苍劲，独创一格。扬州黄园中“柳下风来，梧间月上”八字，即其所书。扬州博物馆、南京市博物馆俱藏有其作品。杨法精于篆刻，朱白文自汉印出，苍劲古朴，一如其书。

秦大士（1715—1777），字鲁一，又字鉴泉，号秋田老人，江宁人。乾隆十七年（1752）状元。精篆籀及行楷法。《艺舟双楫》列其行书于“佳品”下。秦大士著有《蓬莱山樵集》。历任考官，卷卷尽阅，尽职尽责，得人才颇丰。传说翰林院侍读学士卢文弨藏有汉《张迁碑》拓片，秦大士甚爱之，求其转让而不许。未及半月而秦因急病去世。卢前往祭奠时，自袖中取出拓片，在灵前焚烧，以送别亡友。传说新科状元秦大士瞻仰岳飞墓，曾作对联：“人从宋后羞名桧，我到坟前愧姓秦。”

袁枚（1716—1798），字子才，号简斋，晚号随园老人，钱塘人。乾隆四年（1739）进士，官江宁知县。不久辞官，购置小仓山隋氏废园，营建随园，著述课徒终老。以诗名闻于时，是“性灵派”代表诗人。不以书名，而张问陶盛赞其书，以为“雅淡如幽花，秀逸如美士。一点着纸便有风趣，其妙在神骨间”。

姚鼐（1732—1815），字姬传，桐城人。乾隆二十八年（1763）进士，官刑部郎中。长于古文。晚而工书，专精王献之，为方寸行草，宕逸而不空怯，时出董其昌之外。有《论书六绝句》。在金陵任书院山长多年，主纂同治、上江两县志。

张敔（1734—1803），字虎人，又字芷园，号雪鸿。先世为安徽桐城人，后迁江宁。张敔为乾隆二十七年（1762）举人，官湖北房县知县。善画山水、人物、花卉等，随意挥洒，笔气豪纵。兼擅四体及飞白书，至若以左手或竹箸、指头书画，无不精妙。

邓石如（1743—1805），原名琰，字顽伯，号完白山人，怀宁（今安徽安庆）人。少年时曾经客居金陵梅镠家，得遍临秦汉以来金石善本，寒暑不辍，八载遂工。曹文植称其四体书皆为清代第一。在书法上，邓石如诸体兼善，康有为评曰“怀宁集篆之大成”。邓石如还好刻石。

铁保（1752—1824），字冶真，又字铁卿，号梅菴，满洲正黄旗人。曾官两江总督。书名甚高，乾嘉时称“翁（方纲）、刘（墉）、成（永）、铁（保）”四家。

孙星衍（1753—1818），字伯渊，号渊如，阳湖（今江苏常州）人，居金陵五松园。精诗文，名著海外，与洪亮吉齐名，并称“孙洪”。精研金石碑版，工篆隶、刻印。著有《寰宇访碑录》《平津馆读碑记》等。

包世臣（1775—1855），字慎伯，号倦翁，安吴（今安徽泾县）人。宦游不得志，弃官寓金陵，自署曰：白门倦游阁外史、小倦游阁外史。学书30年，尽交天下能书之士。用功至深，终伤腕弱。书学理论见解独特，著有《艺舟双辑》等。

方山（1776—1820前后），字锡之，号龙眠，上元人。兼善行、楷书。嘉庆时与朱鲁南等90余人结金陵画社。

方朔（1784—1840前后），字小东，怀宁人。官同知。善骈文，工篆隶书，学《张迁碑》及孔庙“三碑”。又能作细书，五寸之砚，一尺之笺，皆可缩写千余字汉碑一通。曾客曾国藩幕，知名江左。

何绍基（1799—1873），字子贞，号东洲，又号蝯叟，道州（今湖南道县）人。道光十六年（1836）进士，官编修、四川学政。咸丰年间侨寓南京，对金陵书坛影响甚巨。精小学，旁及金石碑版文字。书法颜平原，各体皆工，以行书、小真书为尤。曾国藩攻破天京后，正在湖南长沙担任城南书院山长的何绍基回到南京，遍访故地故人，感慨万千，写下了《金陵杂述》（40首）。其手稿呈送曾国藩，也曾刻石，广为流传。

近现当代

历史进入近现当代，书法艺术发生着深刻的变革，表现出蓬勃发展的势头，显示了无比强大的生命力。随着书写工具的变化，毛笔书法退出了大部分实用平台，然而它与社会政治经济、人民群众生产生活的联系依然十分紧密，而且对于艺术观赏性提出了更高的要求。随着近现代中西文化交流的汹涌潮流，许多具有历史意义的新鲜事物不断涌现：中国艺术家和世界各国艺术家交流，向世界传播中国的书法艺术，扩大了其对世界艺术特别是抽象艺术的影响；许多书法社团相继成立，许多书法艺术专业刊物陆续出现，一系列书法展览、教育活动和笔会的举办，推动了书法艺术的普及，也出现了艺术流派、传承门派和利益宗派之间相互渗透和竞争的错综复杂局面。书法作品成为商品，这种情况古代就有。到了民国时期，书法家的商品意识普遍增强，南京夫子庙的书法市场与北京的琉璃厂、上海的豫园等，都在国内外产生巨大影响。书法教育除了传统家教、私塾、师徒传授形式而外，学校的形式已经相当普遍。据孙洵《民国书法史》载："民国二十四年（1935）金陵大学国学研究生班还开设书法课，这是当时最高形式的书法教育。"

中国近现当代史天翻地覆，南京则处于激流漩涡之中。资产阶级民主革命推翻了清朝封建统治，在南京建立了中华民国临时政府。经历了军阀混战，见证了帝国主义列强的瓜分蚕食，特别是遭受了日本军国主义的血腥摧残，南京曾经变为一片瓦砾。野火烧不尽，春风吹又生。新中国成立以后，南京凤凰涅槃，新生的土地重新佳木葱茏，书法学习和创作、书法理论的研究、书法普及和教育在社会的变革潮流中，风雨沉浮，终于迎来欣欣向荣的局面。社会经济政治的变动，对书法事业的发展和书法的审美风气都产生重大影响。"文化大革命"中，"大字报"满天飞，固然与书法艺术无关，但是许多人也因此得到了亲近笔墨的机会。"文化大革命"结束后，全民掀起学习书法的热潮，书法课被列入课表，这可以看作是一种历史的"反弹"。书法商品化也带来一系列消极效应，以"解构汉字"为特征的"丑书"之风被遏制以后，广大习书者认真练习基本功，使书法事业走上健康发展轨道。

莫友芝（1811—1871），字子偲，号郘亭，独山人，寓居金陵。精通文字音韵及版本目录学，著有《郘亭传钞》《韵学源流》等。书工篆隶，对钟鼎款识和秦汉石刻无所不临，疏宕古拙。

端木埰（1820—1880前后），字子畴，江宁人。性兀傲不偕俗，独居京师，自甘冷僻。书法颜真卿，小楷尤工，曾手缮《经史粹言》《读史法戒录》进呈，皆蒙留览。著有《有不为斋集》。

张裕钊（1823—1894），字廉卿，鄂州人。道光举人，官内阁中书，历主江宁、保定、湖北等地的书院。书法宗北魏，点划转折，皆绝痕迹。其书转必提顿，以方为圆；落必含蓄，以圆为方。康有为誉其为“千年以来无与比”。

樊增祥（1846—1931），原名樊嘉，字嘉父，号云门，恩施人。官江宁布政使。他的书法以北碑入行楷，方挺劲拔。

张祖翼（1849—1917），字逖先，号磊庵，桐城人。工行楷。刻有《天发神谶》（三段碑）摹本，为其命弟子所作。

王瓘（1849—1911前后），字孝玉，铜梁人。工篆隶书，精鉴别，富收藏，兼工篆刻，以金石、书法名于时。

张金鉴（1860—1930前后），上元人。清末举人，在江西任县令。所书铁线篆为当地人所赞赏，后即在当地公余卖字。

端方（1861—1911），字午桥，满洲正白旗人。本汉人，姓陶，号陶斋。官两江总督。从政之余，收藏颇富，精品亦多。尤工书法。著有《陶斋藏器目》《陶斋吉金录》《陶斋藏石记》等。

曾熙（1861—1930），字季子，又字嗣元，更字子缉，晚号农髯，人称“髯公”，衡阳人。曾主讲衡阳石鼓书院，任湖南教育学会会长。客居南京。民国初期赴上海，并于上海卖字。书法造诣很深，篆隶真行，各体俱精。方圆兼备，宽博纵逸，用笔藏转，婉畅多姿，被学者尊为“农髯体”。书法自称南宗，与李端清齐名，并称“南曾北李”。康有为曾将他的八分与何绍基并提。时人将他与吴昌硕、李瑞清、黄宾虹并称“海上四妖”。他与李瑞清、沈曾植、吴昌硕并称“民初四家”。张大千、谢彬、马宗霍皆出其门下。

孙文（1866—1925），字中山，号逸仙，化名中山樵，香山人。中国民主革命先驱者，中国同盟会创始人，曾任中华民国临时大总统。他不以书名，而所书酷似苏轼。1911年2月，于总统府为京剧演员潘月樵授勋，曾亲笔题写横幅“现身说法，高台教化”相赠。40岁后，其书法风格愈发正直浑厚、朴实雍和，平生多书“博爱”“天下为公”“革命尚未成功，同志仍须努力”等语句赠人。南京中山陵墓的主要建筑物上都镌刻有他的手书：牌坊上“博爱”、陵门上“天下为公”、祭堂门外横额“天地正气”、堂内两壁《建国大纲》全文、墓室门上横额“浩气长存”等。南京的许多庄重场所可见他的遗墨。南京西郊莫愁湖公园有“粤军殉难烈士墓”，碑文为“建国成仁”，其落款是“临时大总统孙文题”。

庄蕴宽（1866—1932），字思缄，一字抱闳，号云楠，武进人。光绪十七年（1891）副贡。历官江苏都督、民国审计院院长、《江苏通志》编撰、故宫博物院院长等职。书法沉潜北魏，参以汉隶。作行草书，别饶古意，痛快潇洒，豪放纵横，时人赞为“以书写心”。

李瑞清（1867—1920），字仲麟，号梅庵，一号梅痴，斋名玉梅花庵、黄龙砚斋，入民国后署清道人，临川人。光绪三十一年（1905）以候补道分发江苏，为江宁提学使，兼任南京两江优级师范学堂监督。他提倡艺术教育，特设图画手工科，造就艺术教育人才。最善书法，根基是篆书，主张“求分于石，求篆于金”，曾说：“篆书唯鼎彝中门径至广，汉以来至今，无人求之，留此以为吾辈新辟之国。余为冒险家，探得大洲，贡之学者耳。”（《清道人论书嘉言录》）所临钟鼎、汉、魏碑帖，印行甚多，擘窠大字，尤为磅礴有力。行草得黄山谷神髓，真书出晋、唐。偶画山水、花卉、佛像，一以书法笔墨行之。清帝逊位后，李瑞清鬻书沪上，四方购求，名满海内。门生颇多，张大千、胡小石均为其入室弟子。殁后，李瑞清葬于南京牛首山麓。

王世镗（1868—1933），字鲁生，晚号积铁老人，祖籍天津。清末民初客居汉中。早年摹《爨宝子》用力至深。中年后曾将张传之《草诀歌》改订为《增改草诀歌》，手书泐石。于右任电邀王氏来南京，誉其书法曰："古之张芝，今之索靖，三百年来，世无与并。"后王世镗病殁于金陵，葬于牛首山。著有《书诀》《论草书今章之古文》等。

蔡元培（1868—1940），字鹤卿，号孑民，绍兴山阴人。曾任中华民国首任教育总长。他是民国以来第一位提出"美感教育"的教育家，发表过《以美育代宗教说》讲演，主张把书法教学作为美育的重要内容，又主张学校的美感教育要注重美化环境，包括装饰、绿化及营造书法氛围。

徐谦（1871—1940），字季龙，号黄山樵客、佐治老人，歙县人，寓居南京多年。辛亥革命后任广州军政府秘书长，系国民党中央执委常委。工书法，自初唐人，上追"二王"，楷行兼备，秀逸有致。

欧阳渐（1871—1943），字竟吾，精研佛学著名学者，为深柳大师杨仁山嫡传高足。曾在南京公园路筹办佛学院，长年参与金陵刻经处的研究工作。书法有汉魏风骨，对汉隶研究殊深。中年后以草书笔法写汉隶，中宫散开，结体奇宕，行款错落有致。"金陵刻经处"正门额为其手书。他以古隶与汉简用笔相结合，古拙凝重，极尽开张飞动之势，为民国时期南京书坛不同流俗又风格迥异的大书家之一。

王瀣（1871—1944），字伯沆，号冬饮，世籍溧水（今江苏溧水），后迁上元。书法学颜真卿，渊懿典雅，风骨遒劲。自1916年起，为南京高等师范学堂（后改为国立东南大学、国立中央大学等）教授。南京沦陷后，他大义凛然，拒不任教于伪大学，极重气节。日伪时期病殁于边营老宅，遗命不出丧，就埋在厅后天井内，柳诒徵为其手书墓碑。

易孺（1872—1941），字季馥，号大厂，别署魏斋。早年留学日本，返国后应邀来南京，出任南京方言学堂监学。书法初师赵之谦，晚益豪纵。20世纪30年代，常往来于南京、上海，留有很多书画作品在民间。

仇埰（1872—1945），字亮卿，一字述庵，世称"鞠谦词人"，南京人。曾留学日本，在南京先后创办四区模范小学、江苏省立第四师范学校、栖霞乡村师范分校。在第四师范学校增设艺术专修科（大专），多方延请名师，如吴梅（瞿安）、胡翔东、王东培、刘海粟等人。他对学生关心爱护，无微不至。学生唐圭璋家境贫寒，生活艰难，仇埰不仅给予经济帮助，而且细心指导他的古文作业，这为其日后从事古典诗词研究打下坚实基础。后来唐氏辑《全宋词》《词话丛编》，请仇埰指教，他说："圭璋治学之勤，辑著之广，我不如也，千百年后，我将因圭璋而名。"仇埰50岁以后始着力于填词，传为佳话。退休以后专治词学。他也是南京如社和上海午社的词人。著有《鞠谦词》2卷，还辑有《金陵词钞续编》6卷。善书法，由颜真卿上追“二王”。王东培赞曰“骨秀神怡”。

王孝煃（1874—1947），字东培，号寄沤，又号红叶词人，江宁人，清光绪末举人。先后任教于汇文书院、金陵大学、江苏省立第四师范学校、东南大学。生平治印不倚门户，不计石质优劣，不收润笔之资。书法自褚遂良上追“二王”，旁及六朝墓志，秀劲清雅。

商衍鎏（1874—1963），字藻亭，号又章、冕臣、康乐老人，番禺（今属广东广州）人。长期居宁，1949年后先后被聘为江苏文史研究馆馆长、广东文史研究馆副馆长、中央文史研究馆副馆长，在南京留下墨迹甚多。其书法有颜真卿之端庄、褚遂良之秀劲，行草书潇洒自如，飞逸多姿。商氏书名在华侨心目中十分响亮，特别是在中国香港、澳门地区和东南亚一带。

蔡超伯（1875—1945），上元人，清末秀才。文章瞻丽，引经据典，颇见功夫。科场中，为友人做“枪手”皆能中举，然本人却未能遂愿。后研究岐黄之术，成为南京名儒医。书法以擅写苏字而著称，与王东培（孝煃）极友善。

谭延闿（1876—1930），字组安，别署畏公，茶陵人。两广总督谭钟麟之子，清季解元。辛亥革命后，曾出任国民政府主席、行政院院长。书法学颜真卿，登钱沣之堂，别有新意。用笔取势，雍容浑厚。中山陵碑亭大字即其手笔。其弟泽闿亦善颜字，更趋工整。

柏文蔚（1876—1947），字烈武，寿州人。民国初年为安徽都督，曾寓居南京。善楷、行，有书名。

于右任（1878—1964），原名伯循，字诱人，后以谐音右任为名，别署骚心，号髯翁，晚号太平老人，三原人。早年追随孙中山从事民主革命，主上海《民吁报》笔政，后任国民政府审计院院长、监察院院长多年。工书法，精研六朝碑版。工行楷，中年变法，致力于草书的研究，熔章草、今草、狂草各体精粹于一炉，雄浑奇伟，仪态万千，其晚年之作更入化境。1931年，于右任发起成立标准草书研究社的倡议，创办《草书月刊》，编订《草书部首》，提倡标准草书，由此产生深远影响。

蔡守（1879—1941），原名珣，后改名守，号寒琼，晚年号茶丘居士，顺德人。嗜好古董，广泛研究书画、篆刻、博物、碑版。抗日战争时期，他流播苏皖间，后来定居南京鼓楼二条巷。其妻谈月色为黄宾虹弟子，擅书瘦金体，通篆刻。蔡守著述颇丰，有《寒琼碑目》《寒琼金石跋续》《说文古籀补》等书。

柳诒徵（1879—1956），字翼谋，号劬堂，丹徒人，中国文化学奠基人、现代儒学宗师。民国时期历任南京高等师范学校国文和历史教授，清华大学、北京女子大学、东北大学、东南大学等校教授，并曾担任江苏国学图书馆（中央大学国学图书馆，后更名江苏省立国学馆）馆长、中央研究院院士等。精擅书法，笔力劲健，尤善写《经石峪》和颜体。久住南京龙蟠里。国学大师吴宓是他的得意弟子，曾说国立东南大学之教授人才，“以柳先生博雅宏通，为第一人”。

叶玉森（1880—1933），字荭渔，别署中泠亭长，镇江人。通晓中西文化，涉猎多门学术，业绩丰赡。留学日本早稻田大学，归国后曾任教于南京宁属师范学校（后改为江苏省立第四师范学校，次年与省立一中合并为省立南京中学）。他是除“四堂”（罗振玉号雪堂、王国维号观堂、郭沫若字鼎堂、董作宾字彦堂）以外研究甲骨文的专家之一。柳诒徵称赞叶氏是“与王国维、罗振玉鼎足而三的契学大师”。叶玉森以善书甲骨文知名。他的重要著作《殷虚书契前编集释》手稿被人偷卖到扬州书肆，至今下落不明。镇江市图书馆古籍部藏有叶氏著作手稿几十种，南京图书馆收藏其《天衣集》。

李叔同（1880—1942），号息霜，平湖人，出生于北京。后出家为僧，释名演音，字弘一，号晚清老人，其笔名多达200多个。1905年留学日本，毕业后回国，先后在上海、浙江从事美术教育，1915年担任南京高等师范学校美术主课教师，力主教学改革。1918年出家，停止艺术活动，仅保留书法。他的书法由北碑入手，几经变化，最后达到宗教的超脱与书法艺术圆融一体的境界。

黄七五（1880—1964），原名辑五，如皋人。从南京两江师范学堂毕业后留学日本宏文书院，毕业回国后任教于第四师范学堂。后投身革命，曾任苏北卫生局副局长等职，1962年被聘为江苏省文史研究馆副馆长。江苏省书法印章研究会成立时，黄七五任副会长。临写碑版，于《爨宝子》用力至深。

叶恭绰（1881—1968），字裕甫，又字誉虎、玉父，号遐庵，番禺人。平生致力文化学术，醉心考古与鉴定文物，造诣颇深。被称为“西周铭王之冠”的毛公鼎自陕西岐山出土后，初为山东陈介祺所藏，后为端方购得，其后人典当给英国银行（一说为天津某洋行），无力赎回。叶氏闻讯四处奔走，筹措巨资及时赎回。日本侵略者企图抢夺，因查不出收藏地点而未得逞。抗日战争胜利后，此鼎收藏于当时的南京国立中央博物院，现存于台北“故宫博物院”。叶氏抢救毛公鼎之事被作为传奇竞相传说。叶氏书法兼备各体，以学苏字最为传神，且时有个人情趣。新中国成立后，叶恭绰被聘为中央文史研究馆馆长。殁后葬于南京东郊仰止亭。

吴梅（1884—1938），字瞿安，号霜厓，长洲人。早年在上海与柳亚子、陈去病、高燮等人唱和诗文。后加入南社。工词曲，著述甚丰。先后任北京大学、北京师范大学、东南大学、中央大学等校教授。任中敏、俞平伯、唐圭璋、钱南扬皆为其门人。1937年，汪精卫派特使奉亲笔信札聘吴梅出任伪政府要职，吴梅断然拒绝，并当夜出逃，一路颠簸，来到云南学生李一平家，居于祠堂，不久病逝。20世纪80年代，苏州市政府将其遗骸迁至苏州西郊风景区藏书乡小王山安葬。吴梅不以书法名世。从其存世手迹看，书体瘦劲精醇，居于楷隶之间，少见枯锋、长锋、连笔，少见大开大阖、风卷浪涌的草体。他在为其亡兄吴兴让辑刻的《城隐庐诗钞》序言中写到他的学书经历：“（兄）一日见余书，笑谓余曰，弟于斯艺尚未工也。先师尝诏吾矣，字须手写，勿以笔写，而其要在笔笔送到。余叩其故，则曰，手写者，吾手持笔，笔为吾用也；笔写者，吾为笔困矣；笔笔送到者，虽一波一磔，当如所至之地而止，慎勿以笔左右跌荡也。余因略悟作书之理。”此言可谓得其真髓。

汪辟疆（1887—1966），名国垣，字笠云，号辟疆，晚号方湖，彭泽人。久居南京，任南京第四中山大学、中央大学、金陵大学国文教授。书法宗“二王”，以《圣教序》为主体。

王蕴章（1885—1942），字莼农，号西神，无锡人。短期任职于南京中华民国临时政府，不久去职，应聘上海商务印书馆，主编《小说月报》凡10年，是近代鸳鸯蝴蝶派作家。工书，擅率更体，工铁线篆，书殊自负，尝为人书联：“成佛肯居灵运后，学书直到永和前。”不喜作草书。论书颇有独到，著述甚富，有《碑林奇字》《临池杂志》等。

郭则豫（1885—1935前后），号枫谷，福建人。北洋政府时任职于燕京，为名士。齐白石与之有交往。其书法宗“二王”，自20世纪30年代起，即在南京享有书名。

任鼒（1885—1948前后），扬州人，沈曾植弟子。早年参加武昌首义，抗日战争胜利前为《中央日报》副刊主笔。书法以汉隶为主，风格朴茂凝重。晚年喜写汉简，雄浑遒丽，别出一格。

黄侃（1886—1935），字季刚，号运甓，蕲春人。早年留学日本，为章太炎得意弟子。有《手批十三经》传世。批语系朱笔小楷，工整秀雅。先后任武昌高等师范学校、东南大学、中央大学、金陵大学等校教授。书法籀篆，古拙可爱。

朱伯房（1888—1964），仁和人，久居南京。书法精于楷行，甚有时誉。新中国成立后，缘舅兄陈叔通先生推荐为江苏省文史馆馆员，任秘书。

孙绍伯（1888—1961），字退公，后改逸园，别号乌目山民，常熟人。早年留学日本，回国后供职教育部。工书，六体兼备，尤精楷、行。时任教育部部长王世杰应酬书作多由其代笔。

胡小石（1888—1962），原名光炜，号倩尹、复庐，晚号沙公，嘉兴人，出生于南京。毕业于两江师范学堂。历任北京女子高等师范学校、武昌高等师范学校、东南大学、中央大学、金陵大学等校文史教授。早年问学于李瑞清、沈曾植，为李之入室弟子。书法融合南北书派，碑帖并重，是民国期间南京最有代表性的书法家、书法理论家之一。1960年4月，江苏省书法印章研究会成立，胡小石被推选为首任会长。

陶行知（1891—1946），原名文濬，后易名知行，再易名行知，歙县人。毕业于金陵大学国文系。1927年，陶行知于南京创办晓庄试验乡村师范（现为南京晓庄学院），提出“生活即教育”“社会即教育”，被称为“伟大的人民教育家”“万世师表”。书法师颜真卿，出入唐宋诸家。他常题字“捧着一颗心来，不带半根草去”“以教人者教己，在劳力上劳心”，流传甚广。南京晓庄学院曾复制其手迹作为珍贵礼品赠人。

姚锡钧（1893—1954），又名雏、雄伯，字宛若，松江人。精诗词，南社社友。工书，出入欧颜，潇洒自如。曾应于右任之邀，出任国民政府监察院主任秘书，未脱文人气息。

邓季宣（1893—1972），怀宁人，邓石如后裔。早年留学法国，毕业于巴黎大学。喜金石碑版甄别。民国时曾任法文教授、江苏省教育厅督学等职。新中国成立后，他被聘为南京国学图书馆和江苏省文史研究馆馆员。书法宗完白山人，偶作兰竹，有淳古气。

徐悲鸿（1895—1953），原名徐寿康，宜兴人。受家庭熏陶，幼即嗜书画。多次出国学习、游历、举办画展，筹得巨款捐助国内抗日战争。1935年任中央大学艺术科主任兼教授，1946年任北平艺术专科学校校长，1949年受政务院任命担任中央美术学院院长。画兼中西，人物、飞禽走兽无不精妙，画马更是为世所称。所作气魄雄厚，笔力豪壮，而布局设色均有新意。徐悲鸿主要以画名世，而其书法亦佳。其书法受康有为影响，对北魏精研尤深，中年后喜临《张猛龙》《郑文公碑》《爨宝子碑》。

冯若飞（1896—1968），江安人。毕业于日本早稻田大学。著有《劳动问题概论》《女性论》。能诗文，工书画，为武进庄蕴宽之婿。与张大千极友善，张氏赠画达数十幅之多。冯若飞与张群为同学，后张任国民党要职，冯为张之秘书，张氏应酬笔墨多由冯代笔。1949年后，冯若飞被聘为江苏省文史研究馆馆员。其书法最擅小楷，饶有晋唐气息，典雅工秀，小幅山水，青绿为上。

刘海粟（1896—1994），名盘，字季芳，常州人。1912年创办上海图画美术院，新中国成立后任南京艺术学院院长。多年在日本、欧洲交流艺术、举办画展，特别是1934年在德国柏林举办中国现代绘画展览，每幅作品都有较高水平的书法题款跋识。刘海粟以画名世，书法造诣亦深，大至“江苏饭店”招牌，小至随手便笺，都写得雄壮厚重而又不失灵动。新加坡作家周颖南保存有刘海粟写给他的39封信。这些信共6万余言，全用行草书写就，有的潦草直率，有的细腻从容，有的顶真规矩，大多真情挥洒，一气呵成，夭矫苍劲，兼有钟鼎、碑石、法帖的神韵，表达了书者对祖国艺术的真知灼见和深厚情怀，可以看作他的书法代表作。

张寿谷（1898—1979），原名运闳，晚年自号谷叟，祖籍徽州休宁（今安徽黄山）。因随祖宦游苏北，遂占籍江苏泰兴。年不及弱冠即毕业于师范学校。书法功力深厚，真、草、篆、隶无不精究，尤以写北碑、“二爨”酷肖原刻，使人折服。喜作文人画，俊逸萧疏，似无人间烟火，为刻印学皖派。张氏早年服务于中缅、中印边界公路工程，后返回上海，曾任职于上海市政府。1947年前后，他定居南京，后在南京农学院图书馆任职，与陈中凡、邹树文、高二适、黄七五、林散之极友善，均有唱和。约1960年，经陈中凡教授推荐，张被聘为江苏省文史研究馆馆员。

林散之（1898—1989），原名以霖，早年号三痴，后更名散之，晚号江上老人，书作常署散耳，江浦人。曾任江浦县副县长、南京书画院院长、中国书法家协会名誉理事、江苏省书法家协会名誉主席等。他在诗、书、画三方面成就卓著，人称“三绝”。有诗集《江上诗存》传世，风格接近杨万里。绘画师承黄宾虹，传其衣钵；又游历高山大川，行程达1.8万余里。其书法用功最深，“由唐入魏，由魏入汉，又转而入唐，入宋元，降而明清皆所摹习”（《〈林散之书法集〉自序》）。大器晚成，被海内外公认为“当代草圣”。赵朴初赞道：“庄严色相臻三绝，老辣文章见霸才。”日本书坛巨擘青山杉雨题赞：“草圣遗法在此翁。”他的草书线条瘦劲婉转，灵动洒脱，时作散毫飞白，下笔重涩，令人惊叹。有《林散之书画集》《林散之书法选集》《〈乙瑛碑〉林散之临本》出版。

沈子善（1899—1969），原名沈国宝，字子善，以字行，号六峰阁主，六合人。抗日战争时期，在重庆与沈尹默、潘伯鹰等数十位名流发起成立中国书学研究会的倡议，后任研究会总干事长、《书学》杂志社总编兼社长。新中国成立后，任南京师范学院政教系教授，在美术系和中文系开设书法课，手写行书《毛主席诗词十九首》印给学生作临写范本。书法以“二王”为宗，对《十七帖》用力最深。书风严谨，结字绰约，乍看如仙姬舞袖，静对觉剑影鞭风。20世纪40年代，在书法上与沈尹默并称“江南二沈”。研究《书谱》甚有收获，有“沈书谱”的时誉。有专著《王羲之研究》和普及教材《怎样写毛笔字》等。其制订的大中小学书法教育计划体系庞大周密、影响深广，培养出一批著名书法家和书法教育家。1960年，江苏省书法印章研究会成立，胡小石为会长，沈子善为理事会成员。

周琪（1900—1975），字仁廉，南京人。自幼酷爱书法，后专攻颜鲁公，以擘窠大字驰名。抗日战争胜利后，在升州路弓箭坊订润鬻字。

罗化千（1901—1986），原名罗空，号浮云，新登人。“九一八”事变后，义卖对联400余幅，以救济东北灾民。书法学习尤精于北魏，是南京市书法家协会理事、江苏省文史研究馆馆员。

谢亦鸣（1901—1992），原名野萍，号野翁，桐城人。能诗词文赋，擅书法，能四体书，以汉隶最为传神，在秦淮风光带多有其匾额题字。任江苏省文史研究馆馆员。殁后，门人醵资刊印《谢亦鸣书法选集》，沙曼翁题签。

萧娴（1902—1997），女，字稚秋，号蜕阁、枕琴室主，贵阳人，康有为入室弟子。书法以“三石”（《石门颂》《石门铭》《石鼓文》）为友，尤喜作擘窠大字，气势雄浑，胆魄惊人。多次在南京、济南、贵阳举办个人书展。任中国书法家协会名誉理事、南京市书法家协会名誉主席。贵阳市特地在名胜古迹翠微阁修建萧娴先生书法作品陈列馆，收藏萧老捐赠的100余件书法精品。

高二适（1903—1977），原名锡璜，晚号舒凫、麻铁道人，东台人。曾任立法院秘书，后为江苏省文史研究馆馆员。善诗文，精书法，尤擅章草，有《新定急就章及考证》影印出版，它是文字学力作。1965年，郭沫若发表《由王谢墓志的出土论到〈兰亭序〉的真伪》一文，坚称《兰亭序》文、书皆伪，引起学术界震动。高二适撰文《〈兰亭序〉的真伪驳议》，展开“兰亭论辨”，广征博引证明《兰亭序》的真实性结论不容更易。由于章士钊的推荐，毛泽东主席曾批示“笔墨官司，有比无好”，高文得于《文物》《光明日报》发表。高二适的书法以“二王”为宗，自铸新体，章士钊曾盛赞其书法“挥洒极工，颇类南宫名札”。他与林散之、胡小石、萧娴并称“金陵四家”，出版了《高二适书法选集》。

端木仲森，1906年生，溧水人。自幼入塾攻读四书五经、古典诗文，暇好书法篆刻，博览群碑名帖，四体均擅，曾在重庆、宁都、南京等地举办个人书展。作品曾多次参加省市内外及全国展览并获奖，墨迹已在国内20多处刻碑传世。著有《书法浅谈》。

张金沙（1907—1996），字坚吾，本名张福庚，以“微沙淘金”自励，易名金沙，金坛人。任江苏省文史研究馆名誉馆员、中国书法家协会会员、中国老年书画联谊会会员、南京市中山书画社顾问。一生题写南京“和平电影院”等近千家匾牌，人们夸张地称之为“张半城”。他的书法作品还流传到美国、日本、加拿大、澳大利亚、德国等国。

武中奇，1907年生，长清（今山东济南长清）崮山后大彦村人，世代务农。1937年参加徂徕山抗日武装起义，先后担任团长、支队司令；1938年10月在淄川地区太合庄一带曾创造过率领一个排使用步枪打下日本一架重型轰炸机的奇迹。新中国成立后，先后任上海市监狱副典狱长、南京市文物管理委员会副主任、江苏省人民代表大会常务委员会委员、江苏省画院副院长、中国书法家协会理事、中国书法家协会江苏分会主席。幼年拾荒，以青麻作笔，方砖当纸，清水代墨，书学《郑文公》，上追秦汉，广为涉猎，擅长真草，兼攻金石。其真书竣宕雄伟，刚健质朴，大胆尝试“以碑融草”，独树一帜，世称“武体”。早在20世纪30年代初期，他的书法篆刻已经成熟，曾受冯玉祥之聘，担任山东武训中学书法金石教员。后来在戎马倥偬、弹火纷飞的岁月，他坚持以木棍划地、以指书膝，揣摩书法金石。他一生多次为革命烈士纪念碑书丹，为部队、机关书刻印信，曾参加全国第一、二、三届书法篆刻展，在北京、南京、济南等地多次举办个人书画展。日本、德国、英国、新加坡、澳大利亚等国展出过他的作品，大英博物馆将其作品列为珍品收藏。山东省政府和济南市政府在济南市五龙潭公园建有武中奇书法篆刻展览馆。

陈大羽，1912年生，初名致贤，成年取名汉卿，出生于潮阳。早年就读于上海美术专科学校中国画系，是第十八届毕业生，其间师从姚世影、马公愚、诸乐三、诸闻韵、王个簃，后拜齐白石为师，专攻大写意花鸟画，尤擅画雄鸡。齐白石为其取名翱，字大羽，并为其画作题句：“论艺术要能有天分过人，有此画鸡之天分，天下人自有眼目，况天道酬勤，大羽弟应得大名。”陈大羽先后任教于上海美术专科学校、无锡华东艺术专科学校，在南京艺术学院任教授、研究生导师、美术系主任。他对大写意花鸟画的最大贡献是一改传统文人画温文儒雅的气质，而代之以乐观豪迈的个性风格和时代特征。陈大羽的书法以篆书、行草见长，其作品曾参加全国第一、二、三、四届书法篆刻展，在南京、上海举办过个人作品展，出版了《陈大羽画集》《大羽画选》《陈大羽作品集》。

赵遂之（1913—1990），镇江人。熟谙文史，人称“杂家”。书法精铁线篆，治印学徐三庚。新中国成立后，长期在南京图书馆做古籍修补、缮录工作。有《王安石诗词注释》一书传世。

张一之，1913年生，原名张世定，别号他翁，出生于湖北宜昌。毕业于湖北省立师范和金陵大学农科，武昌艺术专科学校肄业。1940年在重庆育才学校工作，后经陶行知写信介绍到贸易委员会子弟小学任教。1949年4月任南京军管会财政部秘书主任，历任南京五中校长、江苏省总工会教育工会副主席、南京化工学院宣传部部长、南京十三中校长。1983年离休后，担任南京市退离休教育工作者协会名誉理事长、南京市陶行知研究会顾问、南京书法教学研究会首任会长。书法学颜，有自己独特风貌。

刘濬川，1914年生，又名刘浚川，号鹤山老人、艺林居主，出生于宿州，后移居南京。他淡泊名利，终身未仕，却与书法结下不解之缘。从7岁入私塾开始，萤窗雪案，苦习临池，到14岁已能替人书写碑文。行草隶皆佳，以楷书和魏碑书法名重于世，形成雄强而隽美的“刘体楷书”。赵朴初评论他的楷书“小到精妙入微，大到气贯长虹，如庙堂上的阿弥陀佛”。黄济云赞美他“笔底龙盘人不识，先生原是地行仙”。刘濬川著有《刘濬川书法选》《刘濬川书法集》《刘濬川楷书千字文》《刘濬川书孙子兵法》。曾是江苏省文史研究馆馆员、中国书法家协会会员。

赖少其（1915—2000），斋号木石斋，出生于汕头普宁的池尾镇华市村。早年加入新四军，1949年10月后历任南京市军管会文艺处处长、南京市委宣传部副部长兼南京市文联主席以及南京大学、金陵大学教授。他长期担任安徽省、上海市、广州市的美协、书协、政协领导，是中国现代版画艺术的开创者，鲁迅曾誉之为“最有战斗力的青年木刻家”，有“艺坛圣哲”之称。其书法远承“爨宝子”“爨龙颜”，近法“扬州八怪”中的金农，方笔如削，峭拔苍劲，具有浓厚的简札和石刻韵味。榜书学北齐经石峪，由方转圆。

田芜（1917—1998），初名王学馊。19岁去上海当学徒，加入中国共产党，因地下工作需要，改名田无，后再改田芜。辗转武汉、重庆、广州，参加苏南新四军。1961年转业到南京，任南京市文化局局长、市文联主席。1980年12月，南京市书法家协会成立，田芜任主席，兼任江南诗词协会会长和江苏省作家协会、江苏省书法家协会、江苏省诗词协会领导职务，被称为“文化当家人”。

施栋钧（1920—1971），南京人。有旧学根底，谈锋甚健。能四体书，以隶书、行书为佳。

石学鸿，1921年生，字云孙，号志勤，别号雪痕、雪斋，室名厥庐、石交堂、翠竹楼，出生于南京，为中国书法家协会会员、国家一级美术师、江苏省文史研究馆馆员等。石学鸿幼承家学，1940年毕业后任南京图书馆编目主任，博览历代图书、碑刻、印谱。1943年兼任中国公学金石校勘学教授。1950年在杨仲子、胡小石、傅抱石的支持下，创办新安印社。石学鸿的作品多次参加国内外展出，被刊载于国内、国际的多种辞书、图录、大典中。个人印行了《云孙印存》《石学鸿书法篆刻》。

秦士蔚（1922—1999），淮安人。出身于书香门第，官宦人家。曾祖以下，三代饱学。幼从父亲学习诗文，稍长从乡贤包伯龄习刻印，1949年后在南京市蔬菜公司工作到退休。任江苏省文史研究馆名誉馆员、中国书法家协会会员以及省、市书法家协会理事。毕生从事甲骨文字学研究，其主要成就有三：一为新释读出甲骨文字100多个；二为甲骨文篆刻，按照篆刻家苏金海的意见，秦士蔚的甲骨文篆刻具有甲金一体、平险结合、刀笔相融的特点，刀法爽利，浑朴奇崛，别开印坛新面；三为甲骨文书法。其书风疏旷古拙，潇洒大度，气宇雄浑。大字劲峭挺拔，气势凌厉，小字精美整饬。其书法枯湿浓淡，随意变化，形随意生，气韵生动，蓄意远离百年来甲骨笔墨陈法，开辟新路，自成一家，独步当代。其作品入选全国第一、三届书法篆刻展作品集及首届全国篆刻艺术展作品集，参加国际书展及中国书展赴比利时、法国展出，被中央文史研究馆、辽宁博物馆、淮安周总理故居收藏。南京市政府曾经授予其首届文学艺术奖金奖。

王思任（1924—1989），东台人，中国民主同盟成员。与高二适友好。20世纪50年代初，二人同时任教于白下路南京三中，同住在三条巷六合里。王思任的书法学“二王”，风神俊逸，潇洒自如。他是南京市书法教学研究会创建者之一。其去世后，教育局领导以联挽之：“大笔犹存，令儿童长仰晋唐风范；白云已渺，有山水同怀道德文章。”

陈慎之，1928年生，从事誊印社工作。20世纪60年代从林散之学书，由唐楷入手，上追魏晋，行草书崇尚“二王”、米芾、王铎诸家。任中国书法家协会会员、南京市书法家协会顾问。其作品入选全国第一、二、三届书展，并多次参加日、韩、美、法等国的展览，获全国银牛杯书法竞赛一等奖、南京市第二届文学艺术书法金奖。陈慎之出版了《小楷字帖》《宋词三百首小楷》《钢笔字帖》等6种图书。

常国武，1929年生，字翼谋，亦署止戈，南京人。毕业于金陵大学中文系，系南京师范大学中文系教授、博士生导师。任江苏省文史研究馆馆员、东慈书画院名誉院长。书法熔诸体笔法于一炉，饶有书卷气和金石气。耄耋之年仍能作蝇头小楷，笔法精绝。著有《宋代文学史》《辛稼轩词集导读》《中国书法名作鉴赏辞典》等。

侯镜昶（1934—1986），江阴人。自南京大学中文系毕业后，随胡小石攻读研究生课程3年，后留校任教，成绩斐然。有《书法论丛》上、下两册传世。

尉天池，1936年生，砀山县人。先后师承沈子善、林散之。书法学篆、隶，草，楷、行诸体，尤擅行草，苍劲豪放，秀逸清奇。曾任中国书法家协会副主席、江苏省书法家协会主席。

章炳文，1939年生，扬州人。师承胡小石、林散之、亚明、宋文治。书法以隶见长，风气新颖而飘逸。曾任南京市书法家协会主席。

二、篆刻家

明代

中国以刀为笔的篆刻艺术，从汉字诞生之时就出现了。篆刻艺术以所用工具、材料及体制之不同而区分为不同样式，大而言之，有广义、狭义之分。狭义的篆刻艺术以玺印刻制为主，战国、秦汉至宋元为第一个发展阶段，明清以来为第二个发展阶段，以南京的异军突起为标志。明代南京的篆刻艺术起着承上启下的重要作用。南京提供的灯光冻石是一个重要条件，它有利于操刀者自由发挥，从而形成许多风格流派。南京的印人自觉地把刀与笔结合在一起，把篆刻与书法结合在一起，极大地提高了篆刻的文化含量和艺术地位。

文彭（1498—1573），字寿承，号三桥，长洲人，文徵明长子。少承家学，书法诸体俱佳，而不蹈父迹，自成一家，尤精篆隶。文彭篆刻成就超过其书。据周亮工《印人传》载，明代晚期，文彭每以牙章入印。其后，在赛虹桥路遇青田人送石来宁制售妇女饰件，发现此石凝腻纯润，可以治印，乃不复治牙章，灯光冻石之名遂广为传播。文彭被推为吴门开派宗师，与何震并称“文何”。

何震（1530—1606前后），字主臣，一字长卿，亦称雪渔，婺源人。精篆刻，与文彭挚好，亦师亦友。尝曰：“六书不精义入神，而能驱刀如笔，吾不信也。”主张必须精研汉字，通晓书法，然后可以驱刀如笔，这为篆刻从单纯的手工技艺提升到艺术的高度打下了理论基础。文彭每得到灯光冻石，往往自己蒙墨，而请何震奏刀，这除了因为何震刀功出众，更因为他们在篆刻艺术的基本理论上有共同认识。后来何震遍游边塞，据说将军们都以得到他的一枚印章为荣。何震著有《续学古编》一卷。据周亮工《印人传》记载，何震往来白下，与人研讨汉字六书，“尽日夜不休”。由此可见印人聚集南京互相研究讨论印学之一侧面，也可见文彭、何震对印学有不可磨灭的创建和发扬之功。何震同乡程孟长、程元素父子曾收集何震所刻印5000余钮，并将其拓为谱，编为《印选》4卷传世。

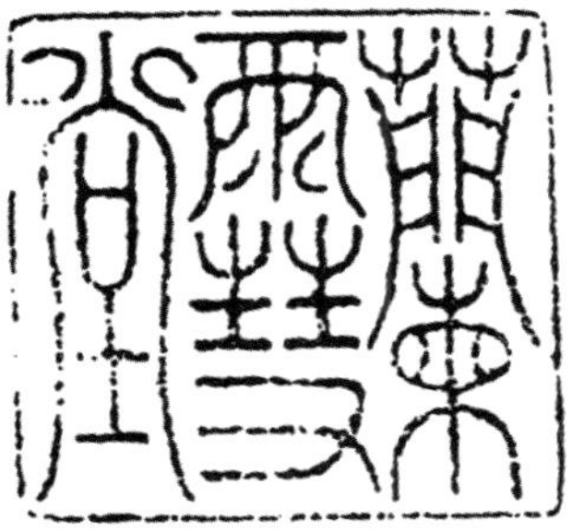

何震篆刻：《兰雪堂》（左）；《登之小雅》（右）

甘旸（1530—1590前后），字旭甫，号寅东，江宁人。万历二十五年（1597）著《甘氏印正》，自为序曰：“顾氏印薮抚勒精工，第翻放滋多，舍金石而用梨棘，令古人心画神迹湮没失真。”摹刻《集古印谱》。

胡正言（1584—1674），字曰从，号十竹主人、默庵老人，原籍徽州休宁，寄籍金陵，上元人。明亡后蛰居小楼30年，以著作及刻印、卖印为生。擅书画，且擅制墨。辑有《十竹斋画谱》，另有《十竹斋笺谱》，被鲁迅、郑振铎均非常推崇，认为其能反映明末士大夫“清玩”文化之最高成就。这两部作品不仅在当时博得赞誉，迄今仍被推为“艺林无上珍品”。

清初及中后期

清代的篆刻艺术在形式和内涵上均超过前代，出现了派别林立、百家争鸣的局面，像皖派、浙派、邓派、吴派、赵派，同时也造就了一大批成就卓著的印坛巨匠。他们与南京的关系或密或疏，但相互影响、相互推动，直至今日。

文士英（1600—1680前后），字及先，号白华老人，江宁人。师从金一甫（光先）学治印，索其图章者，门庭若市。他总是说：“吾得之一甫金夫子，夫子得之何主臣（震）先生。”这足见其不忘本源。据俞剑华《中国美术家人名辞典》考订，《广印人传》及《补遗》把文及先、文士英列作二人，这是不对的。

程邃（1607—1692），字穆倩、朽民，号垢区、清溪，又号垢道人，歙县人，住金陵10余年，主张变革。周亮工《印人传》曰：“偶然作印，乃力变文、何旧习，世翕然称之。”程邃学问厚实，才气过人，印风迥异于古人。

梁袠（？—约1636），字千秋，维扬（今江苏扬州）人，久居南京。师事何震，能传其神。印论家祝世禄《梁千秋印集序》称：“有梁生，何生不死矣。”彼时善鉴者亦难分何、梁二人篆刻，因此梁袠时名甚响。他有《印隽》4卷传世。

梁年，字大年，梁袠弟，与其兄同寓南京。精篆刻，善书画。其所作不似其兄梁袠全以何震为法，能显示自己面目。时人多以千秋胜大年，周栎园则以大年自有新意，远出千秋之上。

韩约素（？—约1637），女，自号钿阁，维扬人，梁袠侍姬。工缪篆，善篆刻，其铁线篆尤为得心应手。结字清新婉约，章法典雅，用刀稳当。今人陈巨来藏有其“吴下阿蒙”一印，叹为不让须眉。

王概（1645—约1710），原名丏，字东郭，后字安节，秀水人，久居金陵。善画山水、人物、花卉、翎毛之属，动笔辄有味外之味。芥子园山水画谱为其手摹。刻印直追秦汉，刻竹尤精，与弟蓍皆笃竹嗜古，旁及诗画，擅名于时。

王蓍（1649—约1734），原名尸，字宓草，秀水人，居金陵。山水得黄公望笔意，善花卉、翎毛，兼工书法、篆刻，与其兄概可并驱，人以元方、季方目之。

王臬，初名蘖，字司直，又字汝陈，秀水人，久寓金陵。诗、画及刻印与王概、王蓍两兄弟齐名。

李耕隐，自称破屋老人，祖籍维扬，寄居金陵。印风绝俗，古致萧然，为当时金陵印坛名家。周亮工为之传。传其得汉代一耕隐章，喜与自家名相吻合。后又得一子母篆，曰李悦已，复得一篆曰李尊，因以名其子孙。寿入耄耋，生平精鉴赏，好画竹。

吴仁长，江宁人。精篆刻，周亮工为之传。

李瑛，字渭珍，江宁人。治印有时誉，周亮工为之传。

徐坚，字子固，苏州人，徐君楫之子，长住金陵。治印恪守古人成法，时在金陵印坛以能得古意而享名。周亮工为之传。

周亮工（1612—1672），字元亮，号栎园，又有陶庵、栎老等别号，祥符人，移家金陵。精鉴赏。家有赖古堂，收藏印、书、画极富。所交接者都是当时的篆刻名手，兴到时尚能自己奏刀，古意盎然。著《栎园读书录》《印人传》《赖古堂印谱》。

谢垣（1720—1780前后），字学久，六合人。苦心于篆籀，有时名。乾隆十六年（1751）因镌刻阴骘文图章百枚而受赏。

王顺曾（1730—1790前后），字义从，一字青山，宛平（今属北京）人，久居金陵。蓄志丹青，负隽才，读等身书，诗文倚马立就，又极好篆刻。

张世焘，字木义，一字馥仙，江浦人。乾隆三十六年（1771）举人，须髯如戟，性坦诚豪放。能鼓琴，工诗赋，篆刻有文人情趣。

朱爚，字郁文，一字霞川，江宁人。明齐王后裔，家住南京文德桥。诗文、音律、书法、篆刻俱精妙，人称“通材”。能豪饮，酒酣耳热则纵谈千古事，乾隆中幕游粤而卒。

顾城（1735—1780前后），字仙沂，上元人。名门之后，能传家风。补诸生，文名渐噪。与乾嘉学派传人汪中甚睦，两人俱以鉴别书画文物著名。江西铅山蒋士铨甚赏其才。

邓石如（1739—1805，《广印人传》作1743—1805），原名琰，字石如，后改字顽伯，号完白山人，怀宁人。30岁时客居江宁梅镠家8年，遍临梅家所藏秦汉碑帖，书艺大成。刘墉、包世臣、赵之谦见其书法，皆大惊，给以极誉。翁方纲擅篆、隶，而邓不登其门，故翁对其有抵牾。邓之治印，以自家的篆书情趣为主，将汉碑额篆书风采融入印中，一变旧习，以圆劲胜，风神流动，富笔情墨趣，尤在朱文印上有所突破。他用“刚健婀娜”四字评判自己制作之印。后人将其与门人包世臣、再传弟子吴熙载称为“邓派”。

方絜（1795—1830前后），字矩平，号治庵。其艺事活动主要在金陵，为金陵派刻竹名手，人称“方竹”。曾为达受和尚作《庐山竹脚图》于竹臂阁，刻工精细，须眉毕现。又曾为阮元作80岁肖像。其竹刻拓本一册被誉为无上逸品。

汤绶名（1802—1846），字寿民，武进人，久居金陵。精四体书，工铁笔，又善鼓琴。著有《画眉楼摹古印存》。

陶炳吉，字泳棠。江宁人。工楷书，喜临十三行帖。专画仕女，其姿容秀丽，意态孤冷。陶炳吉尤精篆刻，朱白同工，以行楷作边跋，苍劲朴茂，迥异时流。

施瑞年，字葆生，晚年号江东布衣，上元人。工篆隶。画山水、人物、翎毛、走兽俱工。尤精金石瓷竹。又工诗，有手钞诗集。晚年好静，寓莫愁湖僧舍，除治印外，岁暮并刻石砚一方，售与识者，以为度岁之资。

方元常，白下人。善刻印。

高友，字小石，江宁人。工刻石。

张井，字铁耕，江宁人。篆刻之法私淑垢道人。

孙昭朴，上元人，孙旭子。诸生，学古人隐居，居土山，自诩清贫博雅。工篆刻，刻印逼古。

黄家达，字山谷，上元人，恩详侄。邑诸生。能书画，工篆刻。

田林，字志山，号髯农，江宁人。工诗文，能篆刻，并通医。

顾乔，字敬岳，上元人，顾绶汝子。33岁卒。

戴衍祉，字申之，一字思瞻，上元人。工书法，尤精篆刻。曾授以县丞职，以不善逢迎，引疾而归，诗书自娱。

章鼎，字宝吾，江宁人。邑诸生。能文善书，并工铁笔，有艺名。

张复纯，字止原，江宁人。诸生。擅书法，亦善篆刻，有《止原印谱》《宝汉斋铜印略》等谱传世。

黄鼎，字秋园，江宁人。精书法篆刻，尤耽诗酒。著有《秋园吟草》。

朱安祺，字恬士，六合人，遐昌子。诸生，六品衔训导。精书法、绘画，能篆刻。约卒于咸丰年间。

曹森，字大木，号羲池，上元人。善画山水、花鸟，兼草隶、铁笔。

杨士镛，号两湖，江宁人。精于鉴别，工书及篆刻，兼能画山水。

近现代

南京的篆刻艺术在近现代得到进一步发展。现代篆刻的流派大旗集中在浙江、上海，而南京处于上下贯通、左右联络的位置，做出了自己的贡献，亦有明显的特色。新中国成立以后，南京在篆刻艺术的研究、继承和教育方面都有新的进展，建立了群众性的专业社团，培养了大批篆刻人才，其中有些具有相当的艺术水平。

严坤（1840—1900前后），字庆田，号栗夫，临安（今浙江吴兴）人。工缪篆，善治印。诗笔倔强，著《溲勃丛残》。为人谦和朴实。论印以丁敬、陈鸿寿为宗。曾入两江总督幕，客居金陵有年。

蒋师轼（1844—1876），字幼瞻，上元人。性好古笃学，工诗古文词，并工楷法，能篆刻。著《治学求近录》1卷、《渔石楼印谱》1卷、《三经草堂诗文钞》6卷。

丁二仲（1868—1935），原名尚庾，祖籍浙江绍兴。其父在抗击八国联军中殉国。丁二仲随母寄居南京舅父家。与齐白石家印风各异，世称“南丁北齐”。书法善隶篆，隶宗《华山碑》，篆书酷喜散氏（矢人）盘，用笔以李瑞清、曾熙之法。其生前印作由仪征朱华岳、朱乔岳昆仲出资刻成《蓉园印谱》8卷传世。

王大忻（1869—1925前后），字冠山，号冰铁，吴县人。通金石文字，师从莫友芝，尤精篆刻。曾参端方幕，端方撰写《陶斋吉金录》时，出力尤多。民国后任上海图书馆馆长。有《王冰铁印存》5卷传世。

杨复明（1869—约1930），字鹿鸣，号宾叔，南京人，题其居曰“灵寿如意室”。入民国后任北京古物陈列所所长10余年。与杨仲子、徐芝荪、吴恩元相交甚密。能篆刻、书法，善画兰石，有《画石歌》。擅长金石学，精于文物考据，亦精古琴，是民国琴坛名师。富著述。

陈衡恪（1876—1923），字师曾，号朽者、朽道人，义宁人。祖宝箴任湖南巡抚，父三立世称“散原先生”。“六君子”血案后，陈三立受株连，“永不叙用”，举家迁至南京，并邀金陵名儒王瀣到家开馆，为衡恪授课。衡恪10岁能为擘窠大字，被视为奇童。长工篆刻，熔铸秦汉，古拙淳朴。书法无体不工，风神秀逸，笔力苍劲。齐白石时在京华，衡恪竭力与之交流，相互推动，有“君无我则退，我无君不进”之说。著有《不朽录》《陈师曾先生遗墨》。

李栖云（1880—1957），原名墨湖，自号南岳山樵，邵阳人。光绪二十九年（1903）在日本加入同盟会，受到孙中山的赏识。后奉命回粤刺杀两广总督张之洞。他乔装成一和尚，因故未遂，反炸掉自己左手一指，时报刊称其为“九指头陀”。李氏精于佛学内典，往往于酒后盘膝而坐，能以此为眠。金石书画无一不精，与黄宾虹、谢无量友善。北伐战争时，他为韶关司令。1928年，何民魂出任南京市市长，请他任旗民生计处处长。后与蒋介石意见不合，始去上海以卖书画、刻印为生。李宗仁、白崇禧及其“桂系”将领，以及与其有过交谊之显贵，均请他刻印以变相接济他的生活。汪精卫在南京粉墨登场后，曾派一说客送5000银圆邀他出任“和平军华南总司令”，他怒以鸡毛篙帚将说客从楼上打到楼下。新中国成立后，上海市市长陈毅聘其为上海市文史研究馆馆员。栖云治印，全以汉印为宗，明清流派诸家不涉一笔，功力深邃。所存印谱由黄宾虹前题后跋，极为推崇。惜其后人不能珍藏遗作，以至散失，无从问世为憾。

杨天骥（1882—1958），字骏公，号千里，吴江人，孙中山秘书。书法四体兼善，而尤工治印，一以汉印为宗。天骥篆刻，边跋颇饶六朝韵味。

杨仲子（1884—1959，一说1885—1962），原名祖锡，亦名扬子，南京人。早年留学法国，归国后，先后任北平艺术学院院长、国立中央音乐院院长、国立礼乐馆作乐部主任兼中央音乐院教务长。他有一方闲章自刻“壬申长艺院壬午长乐院癸未主乐教”。仲子毕生喜爱书法，精于钟鼎文与甲骨文，与胡小石交谊亲密。杨闲时刻印甚多，学人谓之“以贞卜文字入印第一人”。齐白石对他极为敬重，特为治《见君思齐》《不知有汉》两印。

王师子（1885—1950），原名伟，字师梅，40岁后改名师子，句容人。曾长期在南京从事艺术创作活动。一度寄居上海麦加里，因谐音别署墨稼居士。曾任上海美术专科学校、中国艺术专科学校、新华艺术专科学校等校的国画教授。书法以秦权诏版为宗。治印渔猎秦汉，注重朴拙凝重，有个人面目。

吕凤子（1886—1959），原名吕濬，字凤痴，别署凤先生，丹阳人。清末时于南京两江优级师范学堂图画手工科毕业。与胡小石、陈中凡、姜丹书友善。历任中央大学艺术科教授、国立艺术专科学校校长，创办正则艺术专科学校并任校长。新中国成立后，任江苏师范学院艺术系教授。擅书画，善画人物、仕女，尤以绘佛像、罗汉图为名，别具风格。工隶、行、草各体，皆以篆隶笔法行之，古雅奇肆。吕氏刻印入汉人之室，端庄恬静，气韵平和。抗日战争前，中央大学艺术系开设篆刻课时，他为首任教席，开全国高等艺术院校风气之先。

乔曾劬（1891或1892—1948），字大壮，书斋名“波外楼”，华阳（今四川成都）人。祖茂谖公在京都供职，“六君子”于菜市口被杀后，乔家曾收拾遗体掩埋，受士人敬重。乔氏早年在北京与许季茀、鲁迅同事于教育部，后应邀到南京国立中央大学任教，先讲授诗词，后因吕凤子离校而代授篆刻课。乔曾劬工书，取法章草。篆刻奇宕诡谲，成个人面貌。蒋维崧、高月秋拜乔氏为师，终成著名篆刻家。

吕乖盦（1897—？），原名恭，兴义人。性旷达，好读书，尤悉心艺事。在北京大学读书时，即仰慕金石考古学家姚华（茫父），后成为姚氏入室弟子。擅四体书，不论蝇头小楷、擘窠大字，挥毫而成，神采奕奕。尤以写颜体最见功力。谭延闿病殁后，他的榜书即闻名江南。篆刻胎息秦汉，印风醇古朴茂。20世纪30年代初，吕乖盦娶一叶姓牙科医师之女为妻，遂定居南京。吕氏曾以卖字刻印辅助生计，惜染于鸦片嗜好，晚景不佳。

黄淬伯（1899—1970），字脆白，晚年自谓垂伯，南通人。早年在清华大学国学研究院受业于王国维、梁启超两位大师。未到而立之年即定居南京，在大学任教。黄氏治印受陈衡恪熏染甚深。平生最爱用两方闲印，一是《静安门人》（王国维字静安）；另一是《新会弟子》（梁启超是新会人）。有《静文斋印存》两册。

钱瘦竹（1900—1978），原名君易，无锡人。早年就读于无锡美术专科学校，抗日战争胜利前后到南京定居。钱氏书法以写秦权诏版最为得意。林散之、高二适与之友善，分别有诗赞其用笔。钱氏篆刻融皖、浙两派，结字峭峭，章法因印文而变化。

王敦化（1900—1991），字畹芝，书斋题榜“小红词室”，临沂人。抗日战争胜利后，移家金陵，执教金陵中学，后调汇文女子中学（后改为第四女中）。校领导发现其长于金石、鉴定之学，遂推荐其调至南京博物院任职，可谓人尽其才。王氏好古博学，毕生喜收藏，刻印宗汉人法。

傅抱石（1904—1965），原名昌盛、瑞麟。缘徐悲鸿推荐，江西省主席熊式辉资助其赴日本留学。1935年，傅抱石在东京银座松阪屋举办个人书法绘画篆刻作品展，日本文部大臣和著名画家衡山大观、篆刻家和井仙郎、书法家中村不折都前往参观，日本美术史权威金原省吾曾加称誉。傅抱石的篆刻《离骚》夺得全日本篆刻大赛冠军。他学成回国，由徐悲鸿介绍，被中央大学艺术科（系）聘为教授。新中国成立后，任南京师范学院美术系主任、江苏省国画院首任院长。傅抱石的山水、人物画独步画坛，享誉海内外。傅抱石、关山月合作的《江山如此多娇》，堪称杰作，被悬挂于北京人民大会堂，傅也被称为“新山水画”的领军人物。其篆刻之工实为画名所掩。其书画作品所钤印章俱出己手。

高月秋（1906—1978），南京浦镇南门人。高家世业照相，但高月秋酷爱书画音乐。拜乔曾劬为师学习篆刻。抗日战争期间，随乔师入川，加入印人团体巴社，负责编印《巴社印集》。高氏治印的印风古拙凝重，用刀劲健为长。

丁吉甫（1907—1984），原名丁守谦，南通人。先后任教于华东艺术专科学校、南京艺术学院。20世纪70年代，为弘扬篆刻艺术，丁氏联络全国造诣较高的篆刻家，收集资料，克服困难，主编出版《现代印章选集》，计收98人的作品，实为印坛盛事。

张辰（1910—1986），南京人。毕业于金陵大学化学系。抗日战争胜利后为南京第二中学校长。新中国成立后，被调至南京师范学院化学系任教。张辰出身于金石书画世家，是金陵名宿张金鉴之子，自幼接触家藏古玩与历代印谱，接触当时文士王东培、蔡超伯、杨复明、仇涞之诸公，耳濡目染，加之自己用功甚勤，故书画篆刻造诣颇深。能四体书，以铁线篆、楷书最传神。篆刻则以汉铸印、秦小玺见长。

倪成模（1911—1968前后），亦名成谟、承模，号万印轩主人，南京人，世居仓巷。倪成模治印学吴昌硕。1949年后，曾以卖印为生，挂牌贡院西街，自制楠木小章，为群众刻私章应急，立等可取。

鲍传铎（1912—1991），宝应人。刻治自秦汉入，30岁后学黄牧甫，追求印面平正无斑驳，线条坚挺，有装饰性。

罗叔子（1913—1968），亦作罗赤子，名彀叔，别署崇艺、范球，新化人。1948年于国立艺术专科学校国画系毕业，后任南京艺术学院美术系讲师。曾拜徐悲鸿为师。著有《北朝石窟艺术》《中国纹样史》；与人合编《中国艺术美术史》《桃花坞木版年画》《顾恺之研究资料》等。罗氏刻印初模汉印，后旁参赵之谦、吴昌硕法，吸收黄土陵风格，险中寓奇，又能驭险为正，有创新精神。“文化大革命”中受到迫害，自缢于古林公园。

汪琦（1919—？），扬州人。幼时勤奋读书之余，喜爱刻石。定居南京，拜金石家吕乖盦为师。艺事大进，遂在贡院西街挂牌订润治印，有于右任、溥心佘、唐醉石、仇采等名流题耑。汪氏40岁后，其印风受吴昌硕熏染颇深。

仇欣，字荣卿，江宁人。善花鸟，运笔构图师罗聘法，生动有致。精治印，曾篆刻欧阳修《醉翁亭记》，每句一印，甚精美。

王一羽，1921年生，字兆翔，号羽翁，南京人。幼承庭训，4岁开笔，不临唐人书，由隶而篆。9岁时，李栖云借寓其家，王氏得其指授书画及奏刀篆刻。16岁从吴昌硕弟子吴门金铁芝游。20岁突患类风湿关节炎，赴沪求医，经陈伯衡之介，得拜西泠印杜创办人王福厂之门。30岁后，锐意追求书法源流，四体兼备，博采众长。治印则自启蒙后，即以汉印筑基，缶庐为用；中年以后，每以金文、古玺入印，率意而作，力求自我。其书法、篆刻互为砥砺，相习相长，仅以此道作为业余陶冶情操，抒发性灵之寄托，舍名利之求，尽自娱之乐。著有《兰楼印存》。

第二节　书法、篆刻作品

书法、篆刻作品，习惯以书写工具而大别为书法作品（毛笔）和篆刻作品（刀），后者又以载体材质和体制而分为碑刻和印章。其间存在着互为依托、互相转化的复杂情况。纸帛竹木等材料不易保存，书法作品许多因而湮灭，许多则借助镌刻而得以保存，如甲骨、石鼓、摩崖、碑碣、刻铸、汇帖等；而许多篆刻作品亦借助拓印、摹写而扩大其流传范围。二者在技法方面常常彼此启发，比如书法临摹注意刀法，讲究金石味，而篆刻注意笔势和笔意，往往先蒙后刻等。随着社会的发展、科技的进步，这种概念的分化融合、艺术门类的扩展重组，呈现出日新月异的活跃局面。

一、书法作品

南京地区历代书家辈出，曾流传下来无数书法墨迹名作，有的因年代久远迭经兵燹，仅存孑遗，或真迹已毁，只有刻帖传世，如王羲之、王献之等六朝书家的名作留存极少，绝大多数赖《淳化阁帖》而保存了下来。有的真迹尚存，如明代顾璘、文彭、王逢元、蔡羽等人的《鞠谯诗画卷》现藏于南京市博物馆。有的书法名作刻于碑石之上，至今仍完好无损，如唐高正臣书写的《明征君碑》屹立在栖霞寺前。

《平复帖》 西晋陆机书，文凡9行，计84字，纸本，无款，为现今传世最古的知名书家墨迹，现藏于故宫博物院。书法古厚淳雅，字体奇古，介于章草与今草之间，与西晋竹木草书相类。

《丧乱帖》《二谢帖》《得示帖》三帖合裱一卷 东晋王羲之书，后有南朝摹书手徐僧权、姚怀珍题名，现藏于日本天皇内府。行草书相杂，淋漓潇洒，为王羲之代表作之一。

《兰亭序》 东晋王羲之行书代表作，真迹传已殉葬昭陵。世人所见为唐人摹本，28行，320余字。书风妍美秀逸，被誉为“天下第一行书”。

《游目帖》 东晋王羲之草书，摹本，11行，101字。此帖用笔圆活，多为独草，森严纵逸，圆劲有力。

《鸭头丸帖》 东晋王献之书，墨迹绢本，2行，15字，行草书。此帖雅逸多姿，沉着痛快，是王献之的代表作之一。

《伯远帖》 东晋王珣书，行书，真迹，纸本，5行，47字。本是王珣追念兄弟伯远、向人倾诉心中愤懑的一件简札，信手随意，笔势流便，舒展自如，神韵萧散。北宋入宣和内府，后流落民间，明代时为董其昌收藏，乾隆时进入内府，与《快雪时晴帖》《中秋帖》一道藏于养心殿西暖阁“三希堂”内，是流传至今唯一的东晋名家法书真迹。清末自寿康宫流出，1950年被购回，现藏于故宫博物院。

《太子舍人帖》 南朝齐王僧虔书，摹本，为《万岁通天帖》中的第八帖。纸本楷书，4行，33字，承接王氏书风，丰厚淳朴而有气骨。

《柏酒帖》 南朝齐王慈书，唐摹纸本，4行，24字，收入《万岁通天帖》。此帖风流跌宕，奇纵多变，藏于养心殿西暖阁内。

《祭侄文稿》 唐颜真卿行书法帖，乾元元年（758）书，文凡23行，计234字，又改易34字，共268字。因系文稿，故挥洒自如，笔踪豪放，时呈流宕郁勃之致，被誉为“天下第二行书”。

《蔡明远帖》 唐颜真卿书，行书，纸本，18行，104字，疑为后人摹本。此帖书于乾元二年（759），乃颜真卿除升州刺史，充浙江西道节度使兼江宁军使职时所书。此帖笔力雄健，大气磅礴，并有刻本传世。

《比事帖》 五代南唐李煜行书墨迹。

《徐铉尺牍》 或亦误称作《升元帖》，北宋徐铉书，纸本，行书，14行，160字。该作书法结字甚古，多有唐法。

《升元帖》 一名《建业文房帖》，又名《保大帖》，或名《澄心堂帖》，后讹作《澄清堂帖》，由南唐后主李煜出内府所藏历代法书命徐铉编刻而成，是中国汇帖之祖。据明杨慎《墨池琐录》载，此帖“以匮纸摹拓，李廷珪墨拂之，为绝品。匮纸者，打金箔纸也。其次即用澄心堂纸蝉翅拂为第二品，浓墨本为第三品也。《升元帖》在淳化祖刻之上，隋开皇帖之下，然今皆不可复见矣”。前述诸帖惜皆已失传，现藏于故宫博物院的《澄清堂帖》有10卷，是明代人据南宋海陵刻本翻刻的。

《过从帖》 北宋王安石书，纸本，行书尺牍，6行。该帖书法强健，结构奇崛。

《春兴诗卷》 明刘基书，纸本行书，乃书其七言律诗8首。该诗卷书风洒脱奇逸，笔法严谨，为其代表书作之一。

《致宪使大人张兄尺牍》 明李应祯书，纸本，行书尺牍，凡13行，具清健端严之貌。

《草书五言诗轴》 明徐霖书，绢本。该作笔势奇宕，墨色浓枯相间，落款“髯仙”二字乃徐霖之号，现藏于南京博物院。

《鞠谦诗画卷》 明顾璘、文彭题首，王逢元画菊，蔡羽、徐霖等人题诗合作书画卷，作于嘉靖十四年（1535）。尚有罗凤、许陆、陈沂及清人程京萼等题跋，近人王东培诗跋，吴白匋、唐圭璋题跋。该诗画卷是一件流传有绪的文物，现藏于南京市博物馆。

《草书诗册》 明文彭草书，49行，263字。内容写其在南京国子监时迎驾、侍班等活动。书作气势浩荡，运笔流畅，章法大小疏密，变幻莫测，为其草书代表作。现为台北“故宫博物院”藏品。

《书说卷》 明蔡羽书，草书，纸本。该作笔势遒逸俊美，笔断意连，古趣盎然，得王羲之草书三昧。现藏于南京博物院。

《李白古风诗卷》 明王宠书，纸本，行草书。此卷书风古雅，巧拙互用，锋芒不露，气韵萧疏。现藏于故宫博物院。

《明金陵名贤帖卷》 行书刻本，明代金陵各名家书，共8卷。首刻目录。明万历己卯徐氏勒石，末款2行8字篆书。第一卷由杜环等7人书，第二卷由黄谦等9人书，第三卷由顾璘等5人书，第四卷由谢承举等3人书，第五卷由周金等10人书，第六卷由谢少南等7人书，第七卷由陈芹等7人书，第八卷由陈凤等6人书。明原装拓本刻摹较佳。

《秣陵七歌册》 明丰坊行书，纸本，计14开，凡133行。书于嘉靖四年（1525），当其为南京吏部考功主事时所书。此册用笔俊迈，沉着痛快。现藏于台北“故宫博物院”。

《致李天卿札》 明陈沂书，纸本，楷书。此札楷体中兼行书意，结字微欹而宽博，笔画稍丰而秀健，既保留了苏书的艺术特点，又有明人书法的娴雅风致，为明人信札书法的佳品。现藏于故宫博物院。

《自书诗册》 明陈芹书。此册为陈芹自撰并书之作，书于万历元年（1573），当属晚年杰作。其书法婉转自然，妍媚遒苍，时出章草笔意。现藏于故宫博物院。

《自书七律诗轴》 明许初书，纸本，行草书。此为许初手录的一首七律诗，其书法受文徵明影响，又兼师王羲之、黄庭坚等人笔法，结字紧劲，笔画舒展，极具风致，现藏于故宫博物院。

《七言律诗》 明宋珏书，纸本，隶书。此作用笔沉厚，有汉隶遗意，苍老雄健，骨法斩然，体势整肃，现藏于故宫博物院。

《东阁唱和诗》 明朱之蕃书，纸本，楷书。此为朱之蕃中状元第三年所作，故书法仍有严正遒健的科举之势，略参行体，稍有流便之意。现藏于故宫博物院。

《三世诰命卷》 明董其昌书，纸本，楷书，共3段，乃明熹宗赐予董其昌祖父母、父母及本人夫妇三代诰命。此卷笔法娴熟，结体秀逸，自出机杼。现藏于故宫博物院。

《七言律诗轴》 清龚贤书，绫本，凡4行。此轴气势流贯，豪宕潇洒。现藏于上海博物馆。

《浣溪沙词轴》 清郑簠书，纸本，隶书，凡6行，共58字。此轴似法《曹全》《史晨》而又自出机杼，古雅而又有新意。

《宿山寺诗轴》 清笪重光书，绫本，行书，凡4行，53字，豪迈雄健。

《赠偭生四体书屏》 清邓石如书，凡四条屏，均三行。书体为篆、隶、楷、行四体，各具己貌。

《韩愈榴花诗轴》 清包世臣书，纸本，行书，七言绝句一首。此轴浑厚圆润而流畅。

《邓石如墓志铭》 清何绍基书，纸本，楷书，七开，每开一尺见方。此作端庄丰丽，是将颜真卿与六朝碑版融合的佳作。现藏于故宫博物院。

《天下为公》 孙文书，笔力遒劲，结字优美，沉雄不呆滞，刚柔共济，有苏字风范。

《己未四月题跋》 李瑞清书，有《龙门》之刚、《刁遵墓志》之柔，以汉简笔意写章草，自成面目。篆法商周金文，最得力于散氏盘。

《草书笺》 王世镗书。王世镗章草直追汉魏，中年后略有己意。

《竹期饶昌诗轴》 庄蕴宽书，行笔流畅，有六朝碑版遗韵。

《倚竹乐鳞联》 曾熙书，以汉隶用笔为本，下穷魏晋，收楷书宽博纵逸之姿。

《宋词十九首》 端木埰书。端木埰为近百年最善于写颜字小楷者，称海内第一。1933年，上海开明书店将此作影印出版。

《赠任潮书轴》 徐谦书，书风隽永秀逸，有“二王”风韵。

《为友人题词》 林森书，法度谨严，结字讲究中宫收拢，有颜字之宽博、柳字之骨力。

《赠罗炳之四条屏》 王瀣书，书风渊懿典雅，起笔收锋一丝不苟。

《致原觉兄书札》 易孺书，有颜字《争座位帖》风骨。

《穿云直上峨眉斗方》 商衍鎏书，书风潇洒、秀劲。

《赠友人条幅》 吴铁珊书，化颜、柳两家为一体，格调高古。

《行书轴》 王西神书，书风雅隽峭峭。

《行书轴》 谭延闿书，博取诸家，雍容浑厚。

《楷书屏条》 柏文蔚书。

《赠曝冬先生联》 于右任书。

《集殷墟甲骨文书轴》 叶玉森书。

《山深海静五言联》 柳诒徵书。柳书师法颜鲁公，中年后上追汉魏六朝碑版。

《善行无辙迹轴》 叶恭绰书。

《汪辟疆先生手迹》 汪辟疆书。

《董西厢跋信札》 吴梅书。

《丛树阴阴轴》 黄侃书。

《豁蒙楼联句》 黄侃等人书。1929年，中央大学七教授陈伯弢、王瀣、胡翔冬、黄侃、汪辟疆、胡小石、王晓湘诗酒会于鸡鸣寺豁蒙楼，依年齿先后轮番出场，作五言诗一句，自己抄在鸡鸣寺提供的毛边纸上，4轮联成28句。此作先由黄侃保存，后传与其侄黄焯，再赠程千帆、沈祖棻，最终捐赠南京大学，现藏于南京大学图书馆。

《赠子安有道联》 吕凤子书。

《楷书条幅》 孙绍伯书。

《行是知之始联》 陶行知书。

《赠友人联》 徐悲鸿书。

《博雅文章》《临兰亭序》《临爨宝子》 张寿谷书。

《谢亦鸣书法选集》 谢亦鸣书。

《胡小石书法作品集》 胡小石书。

《胡小石书法选集》 胡小石书。

《林散之书法选集》 林散之书。

林散之书法作品《论书一首》

《高二适书法选集》 高二适书。

《萧娴书法选集》 萧娴书。

《武中奇书法选集》 武中奇书。

《尉天池书法选集》 尉天池书。

二、篆刻作品

（一）碑刻

南京地区碑刻可考者，最早为东汉《校官碑》、东吴《天发神谶碑》。

两晋禁碑，故留存碑版极少。东晋名碑仅有两种，均不在南京：《爨宝子碑》出土于云南，现存曲靖一中碑亭内；《好大王碑》，在鸭绿江边集安县。禁碑令反而催生了墓志风气。墓志体小，深埋墓中，得以留存。直至南朝，禁碑之令渐开，遂有较大体制之碑刻见于南京周遭。

《古今石考》《江宁金石志》等史料中可查到南京历代曾留下不少碑刻书法作品，其中有著名书家如唐颜真卿《颜含大宗碑》《颜含碑》，元赵孟頫《华阳道院铭》《江宁南门外善世桥铭》，明董其昌《华山雪浪大师塔铭》等，然均已毁佚。现仅就南京地区至今尚存的在书法史上有一定影响的古代碑刻和当代的重要碑刻作品简录如下。

东汉《校官碑》 又名《校官潘乾碑》，光和四年（181）刻，隶书16行，行27字，额隶题“校官之碑”。碑文记述潘乾修县舍等政绩，字体方整古厚，气韵沉雄。清方朔跋此碑云：“字体方整淳古，有西京篆初变隶风范，东京中惟《衡方》《张迁》二碑如其结构。”至顺四年（1333），单禧在碑阴刻释文并跋。碑原在溧水境内，现藏于南京博物院。

吴《天发神谶碑》 又名《天玺纪功碑》《三段碑》等。三国吴孙皓继帝位后昏庸残暴，政局日渐险恶，为稳定民心，乃改天玺元年（276），并刻立此碑，制造天降神谶的舆论。碑文篆书，传为皇象书。以隶入篆，若篆若隶，别具一格，为秦汉时代古碑篆刻做了一个奇迹性的总结。康有为叹其为“奇伟惊世”。张叔未谓其“为二汉来不可无一，不能有二之第一佳迹”。原石在当时的江宁县学内，宋时已断而为三，嘉庆十年（1805）毁于火。清末端方任两江总督时，其幕僚桐城张祖翼命其弟子摹刻于总督署内，迄今仍存。

吴《封禅国山碑》 《江宁府志》云：“苏建书吴后主纪功碑，非篆非隶，最为奇古。”《广艺舟双楫》称此碑“浑劲绝伦”，“笔力伟健冠古今”。碑在江苏宜兴境内，立于天玺元年（276），篆书43行，每行25字。

东晋《谢鲲墓志》 太宁元年（323）刻。1961年在南京中华门外戚家山出土。隶书4行，共67字。此作运笔挺秀，结体谨严，有汉碑风格。现藏于南京市博物馆。

东晋《颜谦妇刘氏墓志》 颜谦为颜含之子、颜髦之弟，东晋世族。墓主刘氏殁于永和元年（345）。此墓志为砖质，呈长方形，长33厘米，宽15厘米，厚14厘米，1958年在南京中央门外老虎山出土。志文凡3行，每行7—9字不等，共24字。志为楷书，无纲。现藏于南京市博物馆。

东晋《王兴之夫妇墓志》 王兴之为王羲之从兄。此墓志于1965年在南京新民门外老虎山出土。墓志两面刻，一刻于咸康七年（341），一刻于永和四年（348）。志文正面13行，每行4—10字不等，背面11行，每行1—10字不等，共203字。志文书风朴茂谨严，方正遒劲，波磔不明显，属于隶楷。此墓志现藏于南京市博物馆。

东晋《王丹虎墓志》 升平三年（359）制，1965年出土于南京北郊象山。志文书体属楷隶，与王兴之夫妇墓志相同，但更为苍劲。此墓志现藏于南京市博物馆。

东晋《王闽之墓志》 王闽之为王兴之长子，殁于升平二年（358）。此墓志为砖质，两面刻，正面5行，行12字，背面3行，每行7—9字不等，共80字，有方界格，与乃父兴之墓志书法体势相同，端方严正，极尽朴拙之美，1965年在南京燕子矶出土。现藏于南京市博物馆。

东晋《夏金虎墓志》 夏金虎为王彬之继室、王兴之继母，殁于太元十七年（392）。此时王彬之早卒，王氏豪族已由盛转衰，故此方墓志原砖虽划有界格，但已不像王氏其他墓志照格先书后刻，其中缺笔、错笔、添补多处，应是石工照稿信手刻成，但这恰好真实反映了东晋时期民间通行的字体面貌。志文共6行88字。此墓志现藏于南京市博物馆。

东晋《卞氏王夫人墓志》 此墓志为砖质，砖面刻“卞氏王夫人”，侧面有“太和元年八月”。志文书法为晋碑中较为少见的书体，结构浑穆宽博，点画圆转沉厚，开北齐《泰山金石峪金刚经》及北周《匡喆刻经颂》诸摩崖体势之先河。此墓志1955年于江宁县出土，现藏于南京市博物馆。

南朝早期《陈留周叔宣母黄夫墓志》 此墓志为砖质，全文共2行9字，第二行“夫”字下似漏刻“人”字，1966年2月在南京中华门外磨盘山出土。现藏于南京市博物馆。

南朝早期《济阳圉蔡冰墓志》 此墓志为砖质，有两方，一方残断，一方完整。志文相同，都是2行8字，全文为“济阳圉蔡冰字道坚”。墓主姓蔡，名冰，字道坚。此墓志1966年8月在南京栖霞区梅墓出土。

以上南朝早期二方砖志时代相近，其书法为同一体势，疏放恣纵，与东晋王氏墓志用笔方正严谨显然不同，而与以后梁代《天监十五年石井栏题字》和焦山《瘗鹤铭》字体乃一家眷属。

南朝宋《明昙僖墓志》 此墓志是1971年1月在南京太平门外光晨果木场清理一座南朝宋墓时发现的，其墓主明昙僖殁于元徽二年（474）。墓志为石质，全文计30行，每行字数不等，共有548字。南朝宋墓志传世极少，此志具有确实年号，在南京地区尚属首次发现。志文书体结构严谨，用笔凝重，朴茂苍秀，下开隋唐健美秀丽之门。

南朝梁《萧融墓志》 天监元年（502）刻，正书28行，每行28字，1980年在南京甘家巷出土。此墓志笔画瘦劲，结体有奇趣。

南朝梁《石井栏题字》 天监十五年（516）刻于石井栏上，正书7行，每行4—6字不等。其书沉毅中含逸致，传为陶弘景所书。

南朝梁《萧憺碑》 全称《梁故侍中司徒骠骑将军始兴忠武王之碑》，贝义渊书。碑身高大雄伟，高约4.8米，宽约2米。碑文正书，碑阳36行，每行86字，3000余字。然多漫漶，仅存三分之一。碑文书法极有姿致，吸收了南北书风之长。康有为评此碑“为峻美严整之宗”，“直与率更（欧阳询）《量甫君碑》无二”。梁启超以为“诸家论此碑多以其波磔森恣，谓与北碑同体，其实不然”；“此碑与马鸣寺面目相似处甚多，互勘最易见南北书风差别”；“而南派代表，端推此碑”。此碑现于南京尧化门外栖霞区境内，盖有碑亭保护。

南朝梁《萧秀碑》 全称《梁故散骑常侍司空安成康王之碑》，贝义渊书。碑主是萧憺之兄。此碑比《萧憺碑》早立3年，有东西两碑，碑文全泐，现存西碑碑阴部分楷书，雄劲瘦硬，与《萧憺碑》同调。

唐《明征君碑》 上元三年（676）立，唐高宗李治撰，高正臣书，行书33行，每行74字，全文共2376字，通篇为四六韵文。碑额为王知敬篆书“摄山栖霞寺明征君之碑”。此碑书法劲利，与怀仁集王羲之《圣教序》相类似，字有风骨，极为可爱。清叶昌炽《语石》云：“高正臣风骨凝重，精光内含，是善学褚者。其书品在《张琮》《樊兴》两碑之上。”叶氏为金陵人，自称“吾乡栖霞山”，其所见高氏书法，当即《明征君碑》。碑文记载了南朝齐隐士明僧绍（征君）隐居摄山，“爰集法流，于焉讲肄”，后舍宅为寺的高行逸状。碑在南京栖霞山栖霞寺前，盖有碑亭保护，是南京地区唯一的一块唐碑，在全国的唐碑中亦属上上品。此碑石材是距今3亿年前形成的下二叠纪栖霞灰岩，通碑布满了海百合茎和中国孔珊瑚等浅海动物化石2.2万多个，更是弥足珍贵。此碑著录最早见于宋赵明诚《金石录》，其后见于朱彝尊《曝书亭集》，以及清代《金石文字记》《潜研堂金石文跋尾》《金石萃编》《语石》等书，并有翔实考证。民国时，这些辑评被收入《江苏金石志》中。

唐《宝志公像赞诗碑》 宝志是南朝齐梁时期高僧，殁于天监十二年（513）。碑面有吴道子绘宝志像，颜真卿书李白诗赞，故称“三绝”。颜真卿楷书40字，风格刚健雄厚。赵孟頫在碑的下部又加了跋及“宝公菩萨十二时歌”。“三绝碑”屡毁屡刻，乾隆帝还在翻刻的碑上书“净土指南”。此碑后毁于“文化大革命”中。现在钟山南麓灵谷寺前的“三绝碑”系根据清代拓片重新翻刻而成。

唐《乌龙潭放生记》 颜真卿书。碑在南京乌龙潭公园。

宋《晋卞壶墓碣》 叶清臣书，刻于庆历三年（1043）。正书2行，每行11字，书风近颜真卿，浑厚端庄，势满气圆。此墓碣现在南京市博物馆内。

宋《陆游紫霞洞刻石》 乾道元年（1165）陆游冒雨独游钟山，至定林寺，于壁上题有“乾道乙酉七月四日笠泽陆务观冒大雨独游定林”20余字，后人将其移刻紫霞洞附近崖石上。

明《白马寺诗碑》 成化十九年（1486），广东陈献章与江浦名士庄昶、石淮等人联句赋诗《夜宿白马寺联句》，由陈献章用茅龙笔书就。草书苍劲挺拔，野逸雄强。碑高约1.5米，宽约0.7米，已断为两截，现存于南京浦口区林散之先生书画陈列馆。

《中山陵碑刻》 中山陵竣工于1929年，有多处碑刻题额。陵墓大门博爱坊上“博爱”二字、祭堂中门“天地正气”直额及祭堂东西两壁黑色大理石上所刻“建国大纲”均为孙中山手书。孙中山书法浑厚雄健，平稳庄重，颇得苏东坡神韵。祭堂正中所立9米高之花岗岩石碑上刻有“中国国民党葬总理孙先生于此　中华民国十八年六月一日”24个镏金大字，为谭延闿手书。此书雄浑端庄，纯自颜真卿《麻姑仙坛记》中化出，翁叔平称谭“笔力殆可扛鼎”。

《灵谷塔碑刻》 灵谷塔于1931年至1933年建造，原名阵亡将士纪念塔，内外壁上刻碑多处。底层外壁刻有蒋介石题写的楷书“精忠报国”4字；2层到4层内壁嵌有于右任草书12块，内容是孙中山在北上时与黄埔军校告别辞；5层到8层内壁嵌有吴敬恒书写的孙中山在黄埔军校的开学词，共16块。

《三民主义碑廊》 建于1936年，全长125米，在藏经楼。孙中山《三民主义》全文约15.5万字，分别由叶恭绰、邓散木等15位书家用正楷书刻在138块碑石上。由于书家师承源流不同，故书风各异，有写圣教的蔡允、写颜体的陈天锡、写魏碑的连声海等，后有林森的楷书跋文，书风瘦劲有力。

《古银杏行诗碑》 林散之书，在浦口汤泉的惠济寺内。碑高2.25米，宽1米，碑文为行书。

《大成殿两庑碑廊》 位于夫子庙大成殿，1986年竣工，共30块，每块高0.85米，宽0.67米，镌刻了赵朴初、林散之、王个簃、王蘧常、沈鹏等30位著名书法家有关秦淮诗词的书法作品。

《南唐二陵碑廊》 征集了费新我、沈鹏、赖少奇等20多位书家书写李煜词作的墨迹，分别镌刻在高约0.75米、宽0.55米的石碑上。

《雨花台碑廊》 1987年动工，1992年底完成。其内容为赵朴初、费新我、萧娴等36位书家书写的《共产党宣言》《马克思主义的三个来源和三个组成部分》《新民主主义论》3篇文章，共47043字，分别刻于180块石碑上。

（二）印章

印章作品，或称篆刻（印章）作品，或称篆刻作品。这种概念的差异反映了事物在发展过程中出现的“分化”“整合”现象。自明代以来，有些印章仅为名章，出自刻字匠之手，以实用为目的，谓之“印信”；有些印章则印有寄寓篆刻者志趣的词语或短句，即使是名章，亦可表现出篆刻家的艺术特质和审美追求。其工具性和艺术性的关系与写字和书法创作的关系基本相同。因取材方便，用途广泛，千百年来，印章作品殊难计数，其存世状态或为实物收藏，或为发表著录。今所掇拾，不啻沧海一粟，恒河沙数，聊标一目而已。

《文彭之印》《文寿承氏》《天外宾》《爱酒不愧天》 文彭刻。

《甘旸私印》《吴鸣皋印》《龙骧之印》 甘旸刻。

《程守之印》《云中白鹤》《修竹湾》 何震刻。

《程邃之印》《郑簠之印》 程邃刻。

《俞安期印》《佛弟子》《岂有文章惊海内》《折芳馨兮遗所思》 梁袠刻。

《吴下阿蒙》 韩约素刻。

《遥望齐州九点烟》《纸窗竹屋灯光青荧》 周亮工刻。

《完白山人》《缪城一日长》《逸兴遄飞》《意与古会》 邓石如刻。

《闻吵香室》《载仁》《倪》《朱华狱》 丁二仲刻。

《梅花石室》《竹庄别号因是子》《函章可贞》 王东培刻。

《丹青不知老将至》《萧俊贤》《三十称髯》《邓文瑗印》 陈衡恪刻。

《扬子》《长相思》 扬仲刻。

《凤先生》《凤先生诗词》《吕凤子》 吕凤子刻。

《徐悲鸿》《张大千》《潘伯鹰》《玄隐庐》《十年磨一剑》《波外楼诗词》 乔曾劬刻。

《郭明》《熙如》《王敦化印》《嵩山少室砚斋》 王敦化刻。

《静安门人》《新会弟子》 黄涔伯刻。

《笔歌墨舞》 鲍传铎刻。

《傅》《傅抱石》《往往醉后》 傅抱石刻。

《恕斋珍藏》《壬寅耋寿》《恕斋手拓泉币》 汪琦刻。

《到处莺歌燕舞》 丁吉甫刻。

《四自堂》《广阔天地炼红心》《广阔天地》 陈大羽刻。

《徂徕一兵》 武中奇刻。

《神游三代》 王一羽刻。

《铜古人三镜》 马士达刻。

《砚田生计》 祝竹刻。

《锡君之玺》 王冰石刻。

《恨二王无臣法》 胡伦光刻。

《国富强而法立》 查元康刻。

《散也》 徐利明刻。

《江流有声》 张汉怡刻。

《有酒当饮》 黄惇刻。

《屈宋》 邱国明刻。

《老来风格更天真》 沙曼翁刻。

《陶冶性灵》 周摩和刻。

《古楚闲人少》 万玉龙刻。

《冰壶韵墨》 周俊海刻。

《南京印社》《寂寞嫦娥舒广袖》 秦士蔚刻。

《动不失宜》 王光明刻。

《落叶归根》 徐畅刻。

《神游物外》 梁龙巴刻。

《如意里太平天国壁画》 石学鸿刻。

《敢为老马》 言恭达刻。

《赏心闲事》 蒋永义刻。

《得人则安》 苏金海刻。

《家在紫金浮玉之间》 朱培尔刻。

第三节　书法、篆刻理论

中国书法艺术由不自觉而进入自觉状态的主要标志之一是书法理论的产生。中国书法理论诞生于汉代。六朝时流传下来的书论名篇大多出于古都南京。此后，虽政治中心北移，然南京书论家仍代不乏人，在中国书学理论体系的建设方面居功至伟。清代开展的“碑帖之争”影响深远。新中国成立后，书界第一次书学论战——“兰亭论辩”，即由南京学者高二适揭开序幕。“文化大革命”结束后，南京地区书法理论出现了欣欣向荣的局面。

篆刻理论始于元明，南京地区也贡献过一些重要的篆刻理论著作。

一、书法理论

中国书法理论研究的内容大致分为3个部分，对应于其发展过程，也大致包括3个阶段：

（1）早期书论关于书法艺术的本质及其特征，包括书法艺术与汉字的关系、与自然的关系、与书者的关系。“象”“势”“气力神”是古代书学的三大理论支柱。

（2）书法艺术的个性特征，包括不同书体的审美特征、书法作品的审美价值、书法家的风格及继承关系。

（3）书法教程包括书法艺术的审美原理、发展史、创作技法。

南京对于书法理论建设的参与大致是从第二阶段开始的。六朝的品评之风遍及于书体、书家、时代等课题。2000年来，研究的课题和成果以创作风格为中心，带有综合性质。

《题卫夫人〈笔阵图〉后》《用笔赋》《书论》《笔势论十二章并序》《记白云先生书诀》等，传为东晋王羲之著。对书法艺术的若干基本理论，通过形象比喻的方式加以论述，其论述方法和风格为后世许多书论做出榜样，体现了中国古代文艺论著的共同特点。以上书论若干篇是否出自王羲之手笔，早有质疑，未敢定论。这些书论经唐张彦远《法书要录》、宋朱长文《墨池编》、陈思《书苑菁华》及《佩文斋书画谱》等书法论集分别收录而流传至今，一直被视作书圣的理论而加以引用，已成为中国书论史上不可或缺的重要部分。

《采古来能书人名》　南朝宋羊欣著，是南京地区的第一篇书法评论，开启了品评书家的风气。它评说了上自秦李斯下迄东晋的40余位书家之书法艺术，是具有书史性质的书论。后世的书史大多沿用羊欣的著述方式。

《论书表》　南朝宋虞龢著。宋明帝曾下诏寻求“二王”遗迹，并令虞龢、巢尚之、徐希秀、孙奉伯4人整理“二王”书迹，评其品第。泰始六年（470）九月，虞龢著《论书表》1卷呈明帝。文中记录了“二王”的许多书法趣闻轶事，为后世的书史一再引用。虞龢另著有《法书目录》6卷，惜已亡佚。

《书赋》《论书》《答齐太祖论书启》《笔意赞》　南朝齐王僧虔著。《笔意赞》首先提出了“神采论”的观点，从而奠定了“神采论”在书法艺术创作中的主导地位，后世一再引用并加以引申。

《观钟繇书法十二意》《草书状》《与陶隐居论书》《古今书人优劣评》 南朝梁萧衍著。《古今书人优劣评》中褒扬王羲之，贬抑王献之，对东晋末年至南朝初年百年间崇尚“小王”的风气加以扭转，为唐太宗尊王羲之为书圣做了先导。

《与梁武帝论书启》 南朝梁陶弘景著，是五通论书信札。它对萧衍扬羲抑献的观点大加推崇，并记载了有关王羲之的轶事，为研究王羲之、王献之父子提供了重要的资料。

《古今书评》1卷 南朝梁袁昂著。此文系奉梁武帝之命而撰，简评了25位书家之优劣。梁武帝萧衍的《古今书人优劣评》即就此编附益而成。

《书品》1卷 南朝梁庾肩吾著，是南朝书论中体裁最完整的专著。此作载汉至齐、梁能真、草书者128人（实际123人），并将其分为九品，各系以论。

《书论》1卷、《书断》3卷、《文字论》1卷、《书估》1卷、《六体书论》1卷、《论用笔十法》1卷、《玉堂禁经》1卷、《评书药石论》1卷 唐张怀瓘著。他在《书评》中对王羲之草书提出批评，为后世书法批评开创了良好的风气。《书断》分上、中、下3卷，录古今书体及能书者姓名，对书体的演变及书家的渊源均记述较详。以“神”“妙”“能”三品论书的原则始于张怀瓘，对后世书画理论的影响颇为深广。《六体书论》是张怀瓘奏御之作，论述了大篆、小篆、八分、隶书、行书、草书6种书体的源流。

《书述》《评书》 南唐李煜著。《书述》记述了“拨镫”执笔法，对执笔法进行了简要的说明，功不可没，后人据此而知“拨镫法”之要义。《评书》一文以王羲之的书法为准则，评价了欧阳询、虞世南、褚遂良、薛稷及颜真卿、柳公权、徐浩、李邕等人的得失。

《舆地碑记目》4卷 宋王象之著。王象之，金华人，庆元二年（1196）进士，知江宁县。此书以天下碑刻地志之目，分府、州、军编次，而各注其所在地、年月及姓氏（见《四库全书》本）。

《四友斋丛说·论书》1卷 明何良俊著。何良俊（1506—1573），字元朗，号柘湖，华亭人，曾特授南京翰林院孔目。《四友斋丛说》著录了明代书家交往轶事，其中的《论书》1卷，对历代书家多有评述，尤以晋人书为典范，以王羲之书为准则。这在明代具有一定的代表性。

《平泉题跋》2卷 明陆树声著。皆其题跋书画之文，后附以杂著4则，为其门人所辑。

《书诀》1卷 明丰坊著。此书总结了前人双钩悬腕之执笔法，对古人“如屋漏痕，如壁坼，如锥画沙，如印印泥，如折钗股”进行了详尽的诠释，在书法风格的审美上主张“沉着痛快”。其书论注重篆籀，提倡学古，为明清篆隶书法的兴盛做了理论上的准备。

《苍润轩碑跋》1卷、《续跋》1卷 明盛时泰著。此跋又名《元牍记》，品题古今名帖，并一一核其异同，订其讹误。清《佩文斋书画谱》引用较多。

《弇州山人四部稿》 明王世贞著。此书有墨迹碑帖题跋7卷，多涉及其书论以晋为宗、以古为则的主张。

《书画跋跋》 明孙矿著。孙矿，字文融，号月峰，谥文简，余姚人，曾官南京兵部尚书。《书画跋跋》为《弇州山人题跋》后之跋文，以匡正王氏跋中之缺失，所论时有精理。

《篆法偏旁歌诀》1册　明朱之蕃著。此作原名《篆法探源》，因篆书以《说文》为祖，约9000字，初学者难以掌握，故朱之蕃编成歌诀，以便于记诵及区别。然原刻本甚少，传抄翻刻日久，讹误颇多，后经南京李登重订，逐字稽核，深探其源。此歌诀文字通俗，篆字书法颇精，乃后人学篆之范本。1985年，安徽黄山书社将其影印出版。

《画禅室随笔》4卷　明董其昌著。此作是杨补对董其昌所著《容台集》《容台别集》中涉及书论者及他处书画杂论斟酌后辑录而成。《四库全书》著录，谓其"中多微理，由其昌于斯事积毕生之力为之，所解悟深也"。此书第一卷论书，分为论用笔、评书法、跋自书和评古帖4类。其中对用笔及墨法尤深造微妙，结体以"巧妙"为本，章法以疏淡为宗，与禅宗思想相关联。

《黄漳浦集·书品论》　明黄道周著，主张书家以名节、学问为重，与其人品相合。

《四体字法》5卷　明李登著。李登，字士龙，号如真生，上元人，官新野县丞，"精六书之学，直探其奥"（《江宁志》）。《四体字法》卷一为楷书字法；卷二为正字千文，字旁附有民间通行之异体字，下注音释，以便稽考；卷三为草书字法；卷四为隶书字法；卷五为篆书字法，并叙历代字法心传。

《隶书字法》1卷、《篆书字法》1卷　明陈纪著。陈纪，钟山人，字振纲。《隶书字法》列有汉隶源流统略歌诀，右附释文。并以隶体书写唐代诗人名作，汇书法与文学于一帙。《篆书字法》叙述篆书之源流，指出后世篆书偏旁多有谬误，后列篆体文字并附释文。

《金陵金石考》　明顾起元著。

《书法源辨》　明孟象九著。

《偏旁辨证》　明马琬著。

《赖古堂书画跋》1卷　清周亮工著，凡29则，大多品题为与其交游的同代书画家手迹。

《韵石斋笔谈》2卷　清姜绍书著。姜绍书，字二酉，自号晏如居士，丹阳人，明南京工部侍郎，入清后不仕。《韵石斋笔谈》记述了所见之书画、古器奇玩的真伪得失和流传聚散的情况。

《书筏》　清笪重光著。该书共29则，所论极精，是碑学兴起前对帖学的小结。书后王文治跋曰："此卷为笪书中无上妙品，其论书深入三昧处，直与孙虔礼先后并传，伪《笔阵图》不足数也。"

《潜研堂金石跋尾》　清钱大昕著。钱大昕（1728—1840），字晓征，一字及之，号辛楣，江苏嘉定人。乾隆进士，曾任内阁中书、翰林院侍讲学士，任江宁钟山书院院长多年。清蒋宝龄《墨林今话》谓其"平生著述等身，博于金石，尤精汉隶"。钱大昕著有《唐石经考异》《经典文字考异》等10余种书。《潜研堂金石跋尾》全册4集，凡800余篇，对三代至元明金石文字进行了详尽的考证。

《惜抱轩全集·法帖题跋》3卷　清姚鼐著，是其为古法书所作释文及题跋的汇编。全书以跋晋人法帖者为多，先列释文，后加跋语及考证，订正了前人不少舛误。姚鼐另有《论书六绝句》等论书诗传世。

《平津馆金石萃编》《寰宇访碑录》 清孙星衍著。清吴修《昭代尺牍小传》曰："星衍深究经史文字时训之学，旁及诸子百家，皆心通其义，研精金石碑版，工篆隶，校刻古书最精。"孙星衍著述甚丰，如《平津馆丛书》《平津馆文稿》《平津馆金石萃编》《芳茂山人诗稿》及《寰宇访碑录》。《寰宇访碑录》12卷广收元代以前各地金石碑刻，按时代编次篇目，共计8000余篇。篇目下注明书体、作者、刻碑年月及所在地等。该书耗时20余年，是研究中国金石及书法史的重要资料。

《开有益斋金石文字记》1卷 清朱绪曾著。朱绪曾（约1796—1866），字述之，上元人，官至知府，藏书甲于江浙。此卷乃著录魏曹真碑以下各代碑帖共33种，并对其形制、文字、立石、流传及书艺风格均进行了考证。

《艺舟双楫》 清包世臣著。包世臣的书学理论为碑学奠定了理论基础，竭力崇尚篆隶及北魏碑版，被视为碑学之开山。

《艺风堂金石文字目》《云自在龛随笔》 清缪荃孙著。缪荃孙（1844—1919），字炎之，又字筱珊，号艺风，江阴人。光绪进士，曾主钟山书院讲习，并创办江南图书馆、京师图书馆，长于金石目录学。《云自在龛随笔》一名《云自在龛笔记》，共4卷，分论史、书画、金石、书籍四部分。其中，书画卷记录了书画墨迹佳作之作者、内容、收藏流传情况及题跋等；金石卷记录了造像题记、碑刻、摩崖及拓本情况。

《急就章章法考》《急就章偏旁考》《补订急就章偏旁考》 清李滨著。李滨，字古余，上元人。《急就章章法考》对《急就章》进行了逐字注释，对古文、篆、隶的递变原因言之甚详，乃学章草之教材。《急就章偏旁考》对章草偏旁及演变进行了注明。

《江宁金石记》8卷、《待访录》2卷 清严观著。严观，字子进，号述斋，国子生。二书辑录了金陵历代之金石目，然未进行勘察考证。

《清道人遗集》 李瑞清著，由门生编辑成本。书中多有品第书画、碑帖题跋及学书要旨，其观点以碑学为宗，对当代书法颇具影响。

《稿诀集字》（又名《增改草字诀》）1册 王世镗著。该书为订正《草诀百韵歌》而作，有歌诀308句，字形均以历代草书法帖为依据书写而成，并附有释文，阐述了笔法及字体的演变。此作有石刻本传世，文物出版社有影印本。

《标准草书》 于右任编著。该书研究整理历代草书写法，以"易识、易写、准确、美丽"为原则，选定标准草书千字文，并以通例、分例、杂人例三部分对草书偏旁部首进行了科学的分析审定，对草书书写的规范化做出了贡献。此书印数较大，仅上海书店以第六版为底本就印了5次，累计41万册，影响巨大。

《遐庵谈艺录》《纪书画绝句》 叶恭绰著。《纪书画绝句》为作者40年前所收藏而又几失殆尽的书画名作因忆而赋的绝句诗，每件艺术品赋一绝句，并在其注解中详细考证，多遗闻逸事。它共有诗105首，是书画理论及鉴赏的难得资料。

《书艺略论》 胡小石著。该作发表于《江海学刊》1961年第七期，并被上海书画社出版的《现代书法论文选》录用。此文对文字的变迁、八分在书艺上的重要性，以及学书的法则规律进行了简要的叙述。在当时中国书法处于万马齐喑的时期，它对书艺之复苏具有重要的意义。

《林散之序跋文集》 林散之著，黄山书社编印出版。该书辑录了林散之书画题跋、书画集自序及《江上谈艺》等有关书画语录。所论学书方法、碑帖评论及对时风的意见均入木三分。林散之另出版有诗集《江上诗存》，其中有论书诗40余首，它们均为学书要旨。

《新定急就章及考证》 高二适著，1982年上海古籍出版社影印出版。作者广搜古今《急就章》注本，溯本求源，详审并矫正历代诸本之讹误，有很高的学术价值。而且此书是作者亲笔手书影印而成，故又是学书佳帖。

《兰亭论辨》 文物出版社编辑出版。1965年，南京象山王羲之宗族的墓葬群出土了《王兴之夫妇墓志》等五方墓志，中华门外又出土了《谢鲲墓志》。因其书体均为隶楷，与传世的《兰亭序帖》的书体大不相同，又涉及《兰亭序》文章的后半段并非王羲之原作，而是经过后人篡改的，遂郭沫若于1965年在《文物》第六期发表了《由王谢墓志的出土论到〈兰亭序〉的真伪》，认为《兰亭序帖》为陈僧人智永所假托的。郭文一出，在学术界引起了热烈讨论，有赞同的，但也有人持不同的看法，如高二适发表的《〈兰亭序〉的真伪驳议》等。文物出版社依其立论不同，编辑此书，分为上下两编：上编收有郭沫若以及与之观点一致的启功等11人的15篇文章；下编收有章士钊、高二适、商承祚与郭沫若等观点相对立的具有代表性的文章3篇。

《殷墟文字类编》《福氏所藏甲骨文字及考释》《说文中之古文考》《石刻篆文篇》《论东晋的书法风格并及〈兰亭序〉》 商承祚著。商承祚（1902—1991），字锡永，号契斋、驽刚，番禺人，商衍鎏子，罗振玉之门生。曾任金陵大学研究员、中山大学教授等。《殷虚文字类编》是其将罗氏考释之甲骨文按《说文》次序编成的甲骨文字典。其他编著甚多，如《殷契佚存》《十二家吉金图录》《浑源彝器图》《古代彝器伪字研究》《石刻篆文篇》等。

《书学论集》1册 侯镜昶著。该书共收录了作者有关书法史论的文章12篇，主要研讨了东汉分书流派、王羲之《兰亭序》的真伪，以及唐宋书家、帖学之考略等，1982年由华东师范大学出版社出版。

《中国书论辑要》 季伏昆编著，江苏美术出版社出版。

《中国书法》 丁灏著，南京大学出版社出版。

《中国书法名作鉴赏辞典》 李名方、常国武主编，南京大学出版社出版。

《书法篆刻》 黄惇、李昌集、庄希祖编著，高等教育出版社出版。

《民国书法史》 孙洵编著，江苏教育出版社出版。

《中国古典书学研究》 王宜早著，南京师范大学出版社出版。

《中国书法风格史》 徐利明著，河南美术出版社出版。

《书法有法》 孙晓云著，知识出版社出版。

二、篆刻理论

早期的篆刻理论附属于书法理论，独立成篇以后，始终带有明显的专业特征，逐渐形成煌煌的理论体系。元代篆刻家吾丘衍住在浙江，其著作《学古编》（后人直呼《十三举》）是中国最早的印学理论著述，对南京影响巨大，印人奉为经典。南京对中国篆刻艺术的理论研究也做出了突出贡献。南京的篆刻家何震率先提出要“驱刀如笔”，认为必须“六书精义入神”，要求印人具有汉字修养和书法修养，把“刻字匠”变成“篆刻家”。这既是对前辈篆刻家实践经验的理论总结，也是对后来篆刻家和篆刻爱好者提出的艺术要求。南京的篆刻理论著作在专业规范的制订、篆刻历史的研究等方面，都起到了引领潮流和骨干带头的作用。

《印章集说》 明甘旸著。万历二十四年（1596），金陵印人甘旸在其《甘氏印正》付梓时，曾附有论印文字《甘氏印正附说》一篇，此文又名《印章集说》。此作计67个条目，清晰而准确地为印章艺术的专业术语进行了诠释，如玺、印、秦印、汉印、白文印、朱文印、篆法、笔法、刀法、章法等，对印学的规范做出了很大的贡献。1920年，西泠印社吴隐编辑《遁庵印学丛书》时，将甘旸此篇收入是书。

《赖古堂印人传》3卷 清周亮工著，简称《印人传》。它是中国第一部印人传记，大多是作者为所收集的印谱而作的题跋，共记载了自文彭而下的64位印人的传记，又附有名无传者61人，是研究中国印章发展史的重要史料。

《摹印学》《刻印源流》《中国篆刻史述略》《评〈明清画家印鉴〉》 傅抱石著。《摹印学》撰于1926年，《刻印源流》发表于1940年。这些印学论著是民国时期印学研究之先驱。1940年发表的《中国篆刻史述略》分篆刻为萌芽期、古典期、沉滞期、昌盛期。这种分法在印学界闻所未闻，反响强烈。《评〈明清画家印鉴〉》指出了此书谬误80余处，是抗日战争期间印学研究史上最辉煌的一笔。

《胡小石论文集三编》 胡小石著，上海古籍出版社1995年出版。

《历代阴风系列丛书》21卷 黄惇任总主编，黄惇、徐畅、苏金海任3册分卷主编，重庆出版社1999年出版。

《印章参考资料》 丁吉甫编，1960年出版。

《现代印章选集》 丁吉甫编，江苏美术出版社1981年出版。

《中国古代印论史》 黄惇著，上海书画出版社1994年出版。

《民国篆刻艺术》 孙洵著，江苏美术出版社1994年出版。

第四节　书法、篆刻社团及展览

南京作为长江中下游的一个大都会，自新中国成立以来艺事十分活跃。特别是“文化大革命”结束之后，南京陆续成立了一批书法、篆刻社团，举办了一系列书法篆刻作品展览，对推动经济和社会文化的建设、改革和发展起了重要的作用，在全国产生了积极影响。

一、社团

江苏省书法印章研究会　1960年4月3日，在江苏省书法活动的一次高潮中成立。主要成员有：会长胡小石；副会长傅抱石、黄七五；秘书长亚明；副秘书长丁吉甫、张文俊；理事丁吉甫、亚明、吴俊发、沈子善、罗叔子、胡小石、张文俊、黄七五、傅抱石、蒋吟秋、诸健秋。研究会团结了一大批著名书法家、篆刻家，如罗叔子、杨仲子、沈子善、高二适、钱瘦竹、林散之、萧娴、陈大羽等。自成立以来，研究会举办了多次学术讲座、书法展览和笔会，对推动南京地区、江苏以至全国书法活动起到了积极的作用。

南京市书画院　1979年7月10日成立，院长林散之，副院长陈大羽、萧娴、曹汶，院址位于玄武湖公园内。多年来，书画院除了培养出许怀华、张伟、秦国良、徐纯原等优秀画家外，还培养出一批优秀书法家。其中，女书法家孙晓云书风取法高雅，自然清纯，古源新境，洒脱灵秀，其成就为国内书坛注目。

南京市书法家协会　1980年11月28日在南京第四次文代会上正式成立，主席田芜，副主席万放、尉天池、章炳文、王一羽，名誉主席萧娴，共有会员283人（其中，省会员79人、中国书协会员23人）。

江苏省书法家协会　1980年在南京成立，是江苏省文学艺术界联合会团体会员，当时名称是中国书法家协会江苏分会，1991年改为现名，首任主席为武中奇。1998年，第三次会员代表大会推选尉天池为主席。

南京少儿书画会　1982年成立，在老一辈书家和中青年书家的关心支持下，多次举办书法讲座、比赛、笔会等活动，让一大批书法新苗茁壮成长。

南京书法教学研究会　1983年成立，会长张一之，会员110人。换届后，王宜早任会长，齐昆、王凡、黄真任副会长，齐昆兼秘书长。研究会主要做了以下工作：（1）把每周1节书法课列入初中课表；（2）编印初中书法课教学纲要和练习册；（3）开展教学研究和交流观摩活动；（4）举办一年一度的全市学生书法比赛，后更名为全市中小学生林散之杯书法比赛；（5）举办全市园丁书法美术摄影作品展览。

金陵印社　1985年5月成立，社长许炯。社址在夫子庙西市场，其宗旨是文化、经营结合。

南京印社　1987年2月成立，社长武中奇，副社长陈大羽、王一羽，主要社员是一批在全国卓有影响的中青年印人。印社不仅经常开展各项学术活动，而且还成立了南京市业余书法篆刻学校，培养了一大批书法篆刻新人。

江苏省直属单位书法家协会（简称省直书协） 1987年2月成立，主席武中奇，副主席陈大羽，秘书长陈肯，会员320人。自成立以来，协会每年举办一届省直系统书展。

中国人民解放军驻江苏书法工作者协会 1987年2月28日在南京军区军人俱乐部成立，主席于承绍，副主席耿改、沈家骐、任文田等12人。

江苏省青年书法家协会 1988年1月在南京成立，主席谭以文，副主席乐泉、刘铁平、张汉怡。

二、展览

省市级重大书展 六大古都书法作品展（1984年），全国七城市书法交流展，南京、合肥、南昌书法作品展览（1990年），南京、沈阳书法联展，苏南五城市书法联展，南京首届军民书画联展（1989年），纪念南京解放35周年美术书法展览（1984年），江苏省首届青年书法篆刻作品展（1989年），全国首届篆刻展，草叶书展等。

对外交流展览 “以文会”书展、南京三岛市书法联展（1990年）、长岛南龙书法作品展（1990年）、海峡两岸书画联展（1989年）、中韩书法联展（自1995年以来每年一展，轮番在两国举办）等。

个展 林散之书法展、萧娴书法展、陈大羽书画展、武中奇书法展、高二适书法展、沙曼翁书法展等。

附：

1980—2000年南京书家入选历届全国展览及获奖情况

展览名称	时间地点	南京市书家参展入选名单	南京市书家获奖情况
第一届全国书法篆刻展览	1980年5月沈阳	18人	
第二届全国中青年书法篆刻展	1986年北京	孙晓云（女）、徐利明、黄惇、尉天池、吴振立、陈仲明、徐纯原、章炳文、苏金海、周玉峰、马波生、桑作楷、端木丽生（女）、马士达、张宁、邵希平	孙晓云（女）、吴振立获文化部优秀作品奖
第三届全国书法篆刻展览	1987年10月郑州	林散之、陈大羽、武中奇、尉天池、章炳文、张宁、端木丽生（女）、徐纯原、李泰庆、桑作楷、萧娴（女）、杨应龙、陈仲明、吴振立、郑必宽、秦士蔚、黄惇、樊建峰、周玉峰、陈慎之、孙晓云（女）、徐利明	
第一届全国篆刻艺术展	1988年南京	武中奇、王一羽、马士达、徐利明、黄惇、卢政新、孙少斌、秦士蔚、王光明、孙向群、徐畅、石学鸿、任文田、苏金海、钱汉璞、陈显铭、杜志强、孙国柱	
第四届全国书法篆刻展览	1989年北京	尉天池、黄惇、武中奇、周玉峰、端木丽生（女）、桑作楷、陈大羽、徐纯原、张仪、西乐群、陈仲明、孙晓云（女）、章炳文、萧娴（女）、吴振立、马士达	吴振立、孙晓云（女）、周玉峰、徐纯原获三等奖

（续表）

展览名称	时间地点	南京市书家参展入选名单	南京市书家获奖情况
第三届全国中青年书法篆刻展	1990 年合肥	王刚、孙繁建、叶鹏敏、端木丽生（女）、章炳文、黄正明、陈仲明、王岚（女）、陈金纯、樊建峰、梁钰、钱新、庄希祖、管峻、张宁、周玉峰、徐利明、徐纯原、黄惇、吴振立、孙晓云（女）、马士达、苏金海	马士达、孙晓云（女）、吴振立获优秀作品奖
第一届中国书坛新人作品展	1991 年 6 月郑州	恽建新、陈金纯、梁钰、魏建勋、潘敏钟、黄征	
第二届全国篆刻艺术展	1991 年 10 月烟台	陈大羽、王一羽、秦士蔚、苏金海、石学鸿、黄惇、蓝青、徐利明、马士达、杜志强、朱寿友、张仪、万凡、程松	
第四届全国中青年书法篆刻展	1992 年枣庄	黄惇、徐纯原、潘敏钟、梁钰、朱德玲（女）、叶鹏敏、周祥林、孙晓云（女）、吴振立、王岚（女）、潘坚（女）、黄正明、魏建勋、钱新、刘灿铭、陈金纯、曹军、管峻、马士达、潘敏钟、张爱国	魏建勋、钱新、刘灿铭、陈金纯、曹军、管峻、马士达、潘敏钟获优秀作品奖
第五届全国书法篆刻展览	1992 年沈阳	陈大羽、武中奇、尉天池、黄惇、洪炜、徐纯原、刘灿铭、曹军、魏建勋、黄正明、管峻、梁钰、孙晓云（女）、萧娴（女）、恽建新、章炳文、西乐群、周祥林、徐利明、张宁、苏金海、潘敏钟、马士达	徐利明、孙晓云（女）、黄惇、刘灿铭被评为优秀作者，获全国奖
第六届全国中青年书法篆刻家作品展览	1992 年 10 月	丁家福、魏建勋、王刚、曹军、陈金纯、陆亚鸿	
第五届全国中青年书法篆刻展	1993 年 9 月北京	徐纯原、朱敏、张玉海、魏建勋、恽建新、潘敏钟	
第二届中国书坛新人作品展	1993 年 11 月郑州	薛龙春、朱敏、李学珍	
第六届全国书法篆刻展览	1995 年 11 月	孙晓云（女）、陈金纯、叶鹏敏、潘敏钟、胡家持、曹军、朱敏、朱德玲	
第七届全国书法篆刻展览	1997 年 12 月	孙晓云（女）、魏建勋、陈金纯、胡家持、徐春媛、黄明、谭三喜、陈拥军、钱新、陆亚鸿、柳正梅、陈绪凯、苏金海、丁凡	
第七届全国中青年书法篆刻家作品展览	1998 年 2 月	吴振立、魏建勋、柳正梅、吴国平、胡家持、陈拥军、隋秉涛、莫建强、陆亚鸿、叶鹏敏、龚洪林、王刚、薛龙春、甘泉	
第八届全国中青年书法篆刻家作品展览	2000 年 9 月南京	吉小岳、莫建强、胡家持、曹军、刘春、柳正梅、龚洪林、吴国平、郚劲、陆亚鸿、魏建勋、孙长松、隋秉涛、陈金纯、丁楠、王刚、谭三喜、黄明、初湘义、何震宇、冯怀根、朱敏、徐纯原、沈贵平、桑作楷	

1973—2000年江苏（南京）部分美术书法展览

展览时间	展览名称
1973 年 10 月 1 日—11 月 30 日	江苏省国画书法印章展览
1977 年 1 月 1 日—3 月 6 日	江苏省美术书法印章摄影艺术展览
1977 年 8 月 28 日—9 月 6 日	日本现代书法展览
1978 年 7 月 22 日—8 月 22 日	南京市书法印章作品展览
1979 年 1 月 8 日—2 月 7 日	故乡人民怀念周总理美术摄影书法印章展
1979 年 4 月 5 日—5 月 6 日	天安门诗抄书法展
1979 年 6 月 13 日—7 月 5 日	南京市书法篆刻展览
1980 年 8 月 17 日—8 月 30 日	林散之书画展
1980 年 12 月 16 日—1981 年 1 月 2 日	江苏省第四届书法篆刻展
1981 年 1 月 6 日—20 日	新四军征途书画展
1981 年 4 月 22 日—30 日	江苏省聋哑人书画工艺美术展览
1981 年 5 月 11 日—22 日	中日联合书法展
1981 年 9 月 1 日—15 日	庆祝中国共产党成立 60 周年江苏省书法篆刻展
1981 年 9 月 29 日—10 月 5 日	纪念鲁迅诞辰 100 周年江苏省书法篆刻展
1981 年 10 月 15—11 月 12 日	萧娴书法展
1981 年 10 月 11 日—12 月 25 日	潘天寿书画展
1981 年 12 月 10 日—25 日	谢稚柳、陈佩秋书画展
1982 年 1 月 1 日—15 日	武中奇书法展
1982 年 4 月 30 日—5 月 15 日	诸乐三书画篆刻展
1982 年 5 月 22 日—6 月 6 日	王个簃诗书画篆刻展
1982 年 6 月 4 日—8 日	香港书画家余雪曼作品展
1982 年 8 月 26 日—9 月 10 日	江苏省青年书法篆刻展
1984 年 2 月 2 日—26 日	江苏省国画院书画展
1984 年 3 月 20 日—4 月 8 日	费新我书展
1984 年 4 月 7 日—22 日	霜匡书画联展
1984 年 6 月 8 日—21 日	中日联合书法展
1984 年 6 月 8 日—21 日	江苏省名胜古迹篆刻展
1984 年 6 月 21 日	林散之三代书画展
1984 年 9 月 6 日—16 日	省政协庆祝建国三十五周年书画展
1985 年 2 月 9 日—28 日	田原书画展
1985 年 7 月 31 日—8 月 7 日	中部日本书道会书法作品展
1985 年 8 月 15 日—25 日	陈肯书法展

（续表）

展览时间	展览名称
1985 年 9 月 7 日—15 日	庆祝第一个教师节——南京市第三届园丁书画影展
1985 年 9 月 14 日—20 日	南京市画院特约创作员作品展
1985 年 9 月 28 日—10 月 17 日	夏同浩书画展
1985 年 12 月 14 日—26 日	纪念吕凤子先生诞辰 100 周年书画展
1986 年 2 月 22 日—3 月 9 日	刘二刚书画展
1986 年 3 月 15 日—27 日	孙其峰书画展
1986 年 11 月 11 日—20 日	纪念孙中山先生诞辰 120 周年书画展
1986 年 12 月 13 日—21 日	第六届金陵书展
1986 年 12 月 25 日—1987 年 1 月 8 日	中国书协江苏分会会员书法篆刻作品展
1987 年 2 月 20 日—3 月 5 日	黄养辉书画展
1987 年 3 月 15 日—28 日	高二适书法遗作展
1987 年 11 月 3 日—21 日	全国书法邀请展
1987 年 11 月 3 日—1988 年 3 月 18 日	夏同浩捐赠明清书画作品陈列展
1987 年 11 月 21 日—29 日	中国书协江苏分会新会员作品展
1987 年 11 月 25 日—12 月 1 日	京杭运河书画展
1988 年 1 月 8 日—17 日	江苏省全龙硬笔书法大展
1988 年 3 月 25 日—4 月 9 日	江苏省文史研究馆建馆 35 周年书画展
1988 年 5 月 4 日—11 日	江苏省首届青年书法展
1988 年 7 月 21 日—27 日	全国石化职工首届美术书法摄影展
1988 年 7 月 27 日—8 月 2 日	江苏省—爱知县教师书法展
1988 年 7 月 27 日—8 月 2 日	第七届金陵书展——扇面展
1988 年 9 月 25 日—10 月 4 日	全国首届篆刻展
1988 年 10 月 21 日—29 日	余任天金石书画遗作展
1988 年 10 月 27 日—11 月 6 日	上海美术馆美术书法摄影作品展
1988 年 11 月 6 日—12 日	中日篆刻交流展
1988 年 11 月 16 日—23 日	尚平书画展
1988 年 11 月 25 日—12 月 3 日	江苏省第四届老年书画展
1989 年 1 月 17 日	海峡两岸书画家作品展
1989 年 1 月 20 日—29 日	江、浙、沪三省书法篆刻联展
1989 年 2 月 2 日—19 日	刘铁平书法展
1989 年 5 月 14 日—21 日	海峡两岸书画联展
1989 年 10 月 1 日—15 日	江苏省书法篆刻展览

（续表）

展览时间	展览名称
1989年11月17日—26日	江苏省直属系统二届书法展
1989年11月21日—28日	庆祝南京市文联成立四十周年市美术书法摄影展
1989年11月30日—12月10日	江苏省文史研究馆书画展
1990年5月8日—21日	日本柳田泰云书法展
1990年6月30日—7月12日	“得月杯”江苏省青年书法大赛展
1990年7月20日—3月1日	日本以文会选拔书法展
1990年7月26日—29日	中国南京市与日本三岛市书法家作品联展
1990年8月5日—14日	中日书法大联展
1990年8月17日—9月2日	江苏省蓝盾书画展
1990年9月30日—10月9日	第二届全省画院、美术馆作品联展
1990年10月13日—20日	纪念江苏工艺美术学会成立十周年中国江苏纤维艺术壁褂展
1990年11月10日—14日	江苏省写意花鸟画展
1990年11月20日—27日	江苏省第二届群众文化干部书画影展
1990年11月20日—28日	江苏省首届壁画展
1990年11月30日—12月9日	林散之先生逝世一周年书画遗作展
1990年12月14日—23日	江苏省首届水印版画艺术节暨江苏水印版画系列展
1990年12月27日—1991年1月13日	香港中文大学艺术系、江苏省美术馆现代水墨画联展
1991年1月18日—2月3日	江苏省直属系统第三届书法展
1991年2月9日—21日	全国中青年山水画邀请展
1991年2月9日—24日	南京书画院迎春书画展
1991年2月26日—3月5日	南京、合肥、南昌书画影展
1991年3月23日—4月3日	端木仲森书法展
1991年6月20日—7月2日	江苏省书协会员作品展
1991年6月27日—7月8日	江苏省庆祝中国共产党成立七十周年美术作品展
1991年7月5日—16日	江苏省第十三届摄影艺术展览
1991年7月11日—27日	江苏省文史研究馆书画展
1991年7月18日—27日	庆祝中国共产党成立七十周年南京市美术作品展览
1991年9月1—6日	苏皖浙沪抗洪救灾纪实摄影展
1991年9月24日—10月5日	南京文化艺术节美术、书法、摄影展
1991年10月18日—24日	中国当代书法家作品邀请展
1991年10月18日—24日	中日当代书家作品邀请展
1991年10月26日—31日	纪念鲁迅先生诞辰110周年暨江苏省版画展

（续表）

展览时间	展览名称
1991年11月5日—12日	萧娴90寿辰书展
1992年1月31日—2月18日	江苏山水写生团作品展
1992年2月18日—27日	江苏版画院首届作品展
1992年3月13日—4月12日	江苏省美术馆水彩画藏品陈列展
1992年4月9日—19日	江苏省国画院山水画小品展
1992年5月5日—12日	一鸣、望秋伉俪画展
1992年5月15日—20日	画家莫朴回顾展
1992年5月23日—6月5日	纪念毛泽东同志《在延安文艺座谈会上的讲话》发表五十周年江苏省美术、书法、摄影作品展
1992年6月20日—28日	周蕴华画展
1992年6月30日—7月7日	邓守智摄影作品展
1992年9月24日—10月4日	全国漆画展
1992年10月22日—11月1日	南京书画院、西安中国画院中国画联展
1992年11月7日—12日	江苏省国画院花鸟画展览
1992年11月15日—21日	日本豆子甲水之一门书法展
1992年11月24日—27日	中国南大—日本山口大学师生书展
1992年11月29日—12月5日	江苏省新人书法展
1992年12月18日—25日	江苏省花鸟画研究会作品展
1992年12月29日—1993年1月5日	中国民间秘藏绘画珍品真迹展
1993年1月22日—2月13日	萧娴及其门生书法作品展
1993年1月22日—2月13日	美国掠影——赵苏旅美摄影作品展
1993年4月10日—17日	江苏文史馆建馆四十周年书画展
1993年4月30日—5月9日	江苏省国画院人物画展
1993年6月2日—5日	江苏油画雕塑院成立首展
1993年6月18日—24日	张友宪画展
1993年7月17日—25日	江苏省版画展暨江苏版画院二届院展
1993年7月17日—25日	吴俊发从艺创作五十年作品展览
1993年8月1日—5日	日本三岛市摄影作品展览
1993年9月3日—9日	杨逸塘山水画、顾凤珍花鸟画联展
1993年9月18日—20日	庆祝建国44周年江苏名人书画邀请展
1993年9月21日—24日	中国画大展
1993年9月28日—10月13日	李可染艺术展

（续表）

展览时间	展览名称
1993 年 10 月 16 日—24 日	台湾陈忠藏水彩画展
1993 年 11 月 9 日—14 日	南京军区纪念毛泽东同志诞辰一百周年书画、篆刻作品展
1993 年 11 月 15 日—21 日	日本川上景年先生书法展
1993 年 12 月 1 日—7 日	徐建明画展
1993 年 12 月 24 日—1994 年 1 月 2 日	纪念毛泽东诞辰 100 周年江苏省美术书法作品展
1994 年 1 月 18 日—27 日	斯洛文尼亚“14+1”现代艺术展
1994 年 2 月 1 日—4 月 5 日	江苏省美术馆藏国外及港台版画作品陈列
1994 年 2 月 5 日—3 月 11 日	“世界屋脊行”省美术馆画家赴藏区写生作品展览
1994 年 3 月 8 日—13 日	庆“三八”江苏女书画家作品展
1994 年 3 月 15 日—31 日	伊朗法尔希奇扬大师画展
1994 年 4 月 6 日—10 日	江苏省企业文联美术、书法、摄影展览
1994 年 4 月 8 日—12 日	台湾画家李奇茂教授画展
1994 年 4 月 11 日—17 日	魏紫熙画展
1994 年 4 月 15 日—25 日	第三届中国当代工笔画展
1994 年 5 月 7 日—15 日	内蒙古哲里木版画展
1994 年 5 月 18 日—22 日	郭新民山水画展
1994 年 6 月 3 日—10 日	徐利明书法篆刻展
1994 年 6 月 8 日—15 日	广州美术馆作品展
1994 年 6 月 23 日—28 日	南京台湾书展
1994 年 9 月 8—13 日	庆祝建国 45 周年南京市美术书法摄影作品展
1994 年 9 月 11 日—16 日	庆祝建国 45 周年南京市政协、南京市书画院作品展
1994 年 9 月 20 日—25 日	庆祝建国 45 周年江苏省书法展览
1994 年 9 月 29 日—10 月 7 日	庆祝建国 45 周年江苏省美术摄影展
1994 年 10 月 28 日—11 月 1 日	第八届全国美术作品展览——江苏作品
1994 年 11 月 11 日—16 日	江苏版画院第三届院展
1994 年 12 月 29 日—1995 年 2 月 9 日	江苏省美术馆馆藏近现代中国画名家作品陈列展
1995 年 1 月 10 日—22 日	陈培光牡丹画展
1995 年 1 月 18 日—24 日	潘高鹏画展
1995 年 2 月 2 日—8 日	百岁老人胡家芝剪纸艺术展
1995 年 2 月 21 日—25 日	今日以色列摄影作品展
1995 年 4 月 12 日—20 日	旅美著名摄影家郭伐先生世界风情艺术摄影个展
1995 年 4 月 28 日—5 月 7 日	李剑晨九五华诞画展

（续表）

展览时间	展览名称
1995年5月26日—31日	奉献者之光——劳模风采艺术摄影展
1995年6月9日—18日	江苏省首届农民画大赛获奖作品展览
1995年6月27日	《宋玉麟作品选》首发式暨山水画观摩
1995年7月12日—18日	南京市美术家协会提名展（第一回）
1995年7月24日—30日	徐悲鸿诞辰100周年纪念画展
1995年7月28日—8月6日	江苏省美术馆1995仲夏提名展
1995年8月25日—9月7日	纪念抗日战争胜利50周年江苏省美术馆藏品展
1995年9月5日—8日	钱松喦画展
1995年9月20日—26日	江苏省女画家美术作品展
1995年10月14日—117日	中国现代派书法十周年代表作家作品展
1995年10月20日—26日	金明华、陆华书画联展
1995年10月20日—26日	中华人民共和国优秀体育摄影展
1995年12月28日—1996年1月3日	江苏省壁画、漆画展览
1996年1月5日—14日	范保文画展
1996年1月10日—16日	江苏省花鸟会研究会作品展
1996年1月19日—23日	刘灿铭书法展
1996年1月25日—2月6日	爱我江苏国画展
1996年2月14日—15日	武中奇捐赠希望工程作品义卖
1996年4月19日—24日	南京—大田书画交流展
1996年4月25日—28日	全国特邀书法家作品展
1996年5月4日—12日	江苏省青年美术作品展
1996年5月10日—19日	江苏省首届雕塑作品展
1996年5月21日—25日	南京市美协双年展
1996年6月14日—19日	江苏青年十人版画提名展
1996年7月30日—8月11日	黄宾虹画展
1996年8月8日—16日	南京市美术家协会提名展（第二回）
1996年8月18日—24日	日本西部每日书道中国展
1996年9月3日—5日	程大利山水作品观摩展
1996年9月5日—13日	扬州市书画家作品联展
1996年9月10日—15日	江苏省花鸟画展
1996年9月20日—10月6日	江苏省美术馆建馆60周年系列展
1996年10月26日—11月5日	第十三届全国版画作品展览

（续表）

展览时间	展览名称
1996 年 11 月 8 日—14 日	徐天敏画展
1996 年 11 月 22 日—25 日	张继馨画展
1996 年 11 月 28 日—12 月 2 日	开放的语境——南京艺术邀请展
1996 年 11 月 28 日—12 月 4 日	何水法花鸟画展
1996 年 11 月 29 日—12 月 4 日	赵文元画展
1996 年 12 月 28 日—1997 年 1 月 7 日	江苏省书法家作品展
1997 年 1 月 24 日—29 日	南京书画院作品展
1997 年 1 月 31 日—2 月 2 日	悼念萧老——萧娴书法遗作展
1997 年 2 月 21 日—3 月 4 日	江苏省版画新作展暨江苏版画院第五届院展
1997 年 2 月 22 日—27 日	南京印社成立十周年作品展
1997 年 3 月 6 日—22 日	南京市水彩画作品展
1997 年 4 月 3 日—13 日	台北故宫博物院珍藏书画复制品展
1997 年 6 月 13 日—18 日	南京市美术家协会提名展（第三回）
1997 年 6 月 17 日—22 日	江苏省直书协七届书法展
1997 年 6 月 27 日—7 月 2 日	江苏省中国画、人物画、花鸟画展
1997 年 7 月 5 日—12 日	南京、台北、汉城三地水墨画大展
1997 年 7 月 18 日—23 日	庆祝中国人民解放军建军七十周年南京军区美术、书法展
1997 年 8 月 1 日	江苏省第四届体育美术作品展
1997 年 8 月 22 日—26 日	“临淮杯”首届中国农民书画大赛
1997 年 8 月 29 日—9 月 3 日	南京市第十八届摄影艺术展览
1997 年 9 月 5 日—25 日	法国女画家格特劳德月・贺恩菲纳作品展
1997 年 9 月 23 日—25 日	江苏美协皖、赣千里行写生团汇报展
1997 年 10 月 14 日—18 日	江苏省第五届水彩画展
1997 年 10 月 23 日—26 日	“十五大精神颂”——江苏省美术书法展
1997 年 11 月 11 日—18 日	陕西当代中国画展
1997 年 11 月 20 日—26 日	贵阳市美术作品展
1997 年 11 月 21 日—26 日	南京市美术家协会提名展（第四回）
1997 年 11 月 28 日—12 月 4 日	江苏省国画院 40 周年作品展
1997 年 12 月 6 日—10 日	沪宁著名中国画家作品联展
1997 年 12 月 9 日—11 日	“金陵祭”——侵华日军南京大屠杀三十万同胞遇难六十周年书画展
1997 年 12 月 13 日—17 日	江苏省第十五届摄影艺术展
1997 年 12 月 19 日—21 日	汪澄山水画展

（续表）

展览时间	展览名称
1997 年 12 月 27—1998 年 1 月 2 日	江苏花鸟画研究会作品展
1997 年 12 月 31 日—1998 年 1 月 5 日	江苏油雕院作品展
1997 年 12 月 31 日—1998 年 1 月 11 日	萧娴书法作品精粹展（捐赠）
1998 年 1 月 23 日—2 月 6 日	江苏省美术馆藏中华书法家作品陈列
1998 年 1 月 23 日—2 月 10 日	江苏省美术馆藏四川版画作品陈列展
1998 年 1 月 23 日—2 月 10 日	江苏省美术馆藏黑龙江版画作品陈列展
1998 年 3 月 5 日—15 日	纪念周恩来同志诞辰 100 周年美术、书法作品展
1998 年 3 月 18 日—20 日	美在江苏——江苏省风景、风情摄影作品展
1998 年 4 月 7 日—13 日	朝鲜艺术品观摩
1998 年 5 月 1 日—10 日	江苏省美术馆青年美术家作品展
1998 年 5 月 28 日—6 月 1 日	“江苏颂”书法展
1998 年 6 月 5 日—7 日	中日交流绘画展览会
1998 年 7 月 10 日—19 日	江苏省首届山水画展览
1998 年 8 月 5 日—23 日	江苏省美术馆水彩画藏品精选展
1998 年 9 月 1 日—6 日	首届江苏省工笔画展览
1998 年 9 月 11 日—20 日	丁聪画展
1998 年 9 月 26 日—10 月 4 日	张华清俄罗斯风情油画展
1998 年 10 月 7 日—11 日	闵叔骞画展
1998 年 10 月 23 日—28 日	第四届中韩书法作品交流展
1998 年 11 月 1 日—8 日	首届江苏省美术节中国画大展
1998 年 11 月 1 日—18 日	首届江苏省美术节油画、版画、雕塑、水粉、水彩、书法大展
1998 年 12 月 2 日—6 日	赵文元新作展
1998 年 12 月 23 日—27 日	魏紫熙画展
1998 年 12 月 23 日—27 日	徐培晨画展
1998 年 12 月 29 日—1999 年 1 月 3 日	改革开放二十年书法展
1999 年 1 月 15 日—2 月 28 日	江苏省美术馆藏花鸟画精品展
1999 年 1 月 16 日—17 日	首届江苏省书画名家精品展
1999 年 3 月 18 日—24 日	南京艺术学院美术系中国画人物画高研班毕业作品展
1999 年 3 月 31—4 月 4 日	墨尔本—南京美术作品联展
1999 年 4 月 2 日—10 日	迎接新世纪江苏油画大展
1999 年 5 月 2 日—11 日	李剑晨教授百岁华诞捐赠作品展
1999 年 5 月 3 日—7 日	江苏省大学生艺术节美术、书法、摄影展

（续表）

展览时间	展览名称
1999年5月13日—20日	罗邦泰、晏明、王国斌三人中国画联展
1999年6月18日—23日	卢星堂从艺四十周年画展
1999年8月11日—14日	江苏省—大邱美术作品交流展
1999年8月18日—22日	第二届全国青少年书法美术摄影南京邀请赛部分获奖作品展览
1999年9月1日—5日	江苏摄影五十年优秀作品展览
1999年9月1日—5日	纪念建国五十周年暨迎接澳门回归诗书画展
1999年9月8日—12日	南京书画院成立二十周年双庆画展
1999年9月14日—18日	江苏省庆祝建国50周年书法作品展
1999年9月20日—25日	江苏省庆祝建国50周年美术作品展
1999年9月21日—26日	著名英国水彩画家瓦奇・米拉基绘画作品展
1999年9月28日—10月8日	第九届全国美展水彩画作品展
1999年10月11—14日	江苏省摄影作品展
1999年10月20日—24日	以色列摄影作品展
1999年11月3日—7日	新四军老战士书画展
1999年11月3日—7日	日本青年画家五人展
1999年11月9日—14日	江苏省花鸟画研究会双庆画展
1999年11月27日—29日	南京市文联50周年美术、书法、摄影作品展览
1999年12月1日—5日	钱松喦诞辰一百周年画展
1999年12月27日—2000年1月4日	迎接新世纪——南北方中国画大展
1999年12月28日—2000年1月4日	世界屋脊行——江苏省美术馆美术家作品展
1999年12月28日—2000年1月4日	20世纪中国画江苏省美术馆藏品展
2000年1月14日—18日	施邦鹤旅欧水粉写生画展
2000年2月2日—10日	江苏省美术馆藏中国当代版画精品展
2000年4月1日—9日	江苏省美术馆画家深入生活写生展
2000年4月1日—9日	2000年江苏水彩画特别邀请展
2000年4月1日—9日	江苏青年版画家提名展
2000年4月1日—9日	李剑晨艺术展
2000年4月30日—7日	江苏著名版画家特别邀请展
2000年5月26日—30日	2000当代艺术国际交流展
2000年11月8日—12日	江苏省水彩画研究会成立二十周年庆典画展
2000年11月8日—13日	薛亮画展
2000年11月8日—13日	范扬、周京新画展

（续表）

展览时间	展览名称
2000 年 11 月 15 日—19 日	中国新文人画五人展
2000 年 11 月 15 日—23 日	朱葵山水乡情中国画展
2000 年 11 月 22 日—24 日	江苏省第十六届摄影艺术展览
2000 年 11 月 25 日—29 日	徐源绍画展
2000 年 11 月 26 日—12 月 1 日	南北方中国画大展（第二回）
2000 年 12 月 29 日	江苏省美术家“走进西部”画展

第四章

XIJU QUYI

戏剧、曲艺

南京地区戏曲有宋元南戏、元明杂剧、明清传奇、近代京剧和地方戏，以及现代戏曲。

南京是中国歌舞百戏的发源地之一。春秋时，南京为吴楚交界地带，“信巫鬼，重淫祠”，祈神歌舞盛行，这可从六合程桥出土的春秋末期的编钟、编镈得到佐证。汉末三国时，南京流行吴声歌曲。孙皓为父治丧，以巫舞祭，更有“青溪女神善歌舞”传说等记载。东晋时，“桓伊善乐”，为“江左第一”。还有谢鲲能歌善鼓琴、谢安蓄家奴“可以歌舞”的记载。南朝宋、齐、梁、陈均建都建康，南朝历代帝王均蓄有庞大的歌舞表演队伍。梁武帝制《上云乐》，更是影响久远。沈约的《四声谱》便是歌舞百戏繁盛的必然产物，对后世戏曲的发展产生了重大影响。唐代虽有抑制建康的政策，但因其地理位置重要，歌舞百戏依旧繁荣。南唐《韩熙载夜宴图》则是当时音乐歌舞演出的纪实描绘，与《南唐书》有关记载参核完全一致。

南京出现过许多戏曲作家和戏曲研究家，对中国戏曲的发展做出了杰出贡献。元代以降，突出的戏曲家有白朴、朱权、汤显祖、孔尚任、洪昇、李渔、吴梅、田汉等。

南京的曲艺活动据文字记载，可以追溯到汉末，迨至东晋、南朝已相当兴盛。六朝时期是南京曲艺发展的重要阶段，唱导“落花”等早期曲艺形式直接影响了盛唐时的曲艺发展。隋唐时期，南京的曲艺仍然相当繁盛，比如长安宫廷乐工李龟年便曾在南京唱经楼卖唱。两宋是中国曲艺发展史上的重要阶段，鼓子词、话本已开始在南京流传，“莲花落”则从南京走向全国。元代，一些著名的曲艺演唱家，如蒋康之、杜妙隆、樊香歌，散曲作家廖谊、杨讷等云集南京，从事曲艺创作与表演，盛极一时。明代是南京曲艺发展的又一鼎盛时期，从南京产生的曲种评话、盲词、打谈、滑稽戏等陆续走向全国。清代，在南北曲艺交流，平话、词话向长篇讲史发展的过程中，南京的说书家起着承先启后的重要作用。

民国期间，南京的曲艺发展引人注目。一是北方曲种的传入，梨花大鼓、相声、京韵大鼓、琴书、安徽大鼓、安徽评书、扬州评话等陆续传入南京，各曲种代表人物聚集，可谓盛况空前；二是独角戏、苏州弹词、苏州评话也纷纷在南京展演，南方曲种的代表人物纷纷登台亮相；三是当地曲种，如白局、南京评话、送春等也更臻成熟。当时南京成为名副其实的全国曲艺活动中心，获“占曲艺三分天下”的盛誉。

新中国成立后，南京于1950年组建曲艺改进会。1953年，记录、整理王少堂扬州评话《水浒》，在曲艺创作、研究等方面也取得成绩。到1957年，一些曲艺创作、研究人员被错划为右派分子，南京的曲艺事业因此遭受损失。1960年后，江苏省曲艺团、南京市白马曲艺团、解放军南京军区前线歌舞团曲艺队、江苏省戏剧学院评弹系相继成立，南京市曲艺事业得到平稳有序的发展。在“文化大革命”期间，南京市曲艺团、百花曲艺团、南京市滑稽剧团、南京市白马曲艺团相继被撤销，南京的曲艺事业再次遭到严重摧残。1978年十一届三中全会后，南京市曲艺团队得到恢复，创作、演出活动得到开展，群众曲艺活动也开展起来。但由于曲艺演员的流失、曲艺创作人员的缺乏，加上电视和舞厅、录像厅的出现，在商品经济发展的现实中，曲艺事业尚难振兴。

为避免与同类文化志书重复，本章偏重戏曲剧种、曲种和戏剧、曲艺艺术的创作方面的介绍，戏曲表演团体、研究机构等从略。

第一节　戏曲剧种

一、歌舞百伎

南京地区的歌舞百伎活动在汉代以前未见文字记载，但从出土的器乐文物中可以推知其发端极早。

早在黄帝时期，南京地区的先民们就已知用“夔”兽之皮做鼓，制作出哨笛、琴瑟、竽、石磬、陶埙等乐器了，并与祭祀相结合。

汉代以后，南京的歌舞百伎活动始有记载。汉、三国时期，南京流行吴声歌曲。南朝时，历代帝王都蓄有庞大的歌舞表演队伍。南朝宋时，把流行于民间的白纻舞改编为宫廷大乐（《通乐志略》）。汉代的“鱼龙百戏”，南朝齐梁以后称为“散乐”，有舞盘伎、舞轮伎、长跷伎、跳剑伎、掷倒伎等诸般名目，齐东昏侯萧宝卷就擅长百戏中之白虎，每于昼间，在臣民之前大显身手，以为至乐。胡震亨《唐音癸签》记载梁武帝所制《上云乐》已经有了人物和故事情节。陈代新曲之作亦多。《南史》《通典》《碧鸡漫志》等均有相关记述。沈约把汉语字音声调分为平、上、去、入四类，对后世戏曲，尤其是唱腔、唱词有很明显的影响。

隋唐时，虽然中国政治、经济、文化中心北移，但因江南一带比之北方战乱要少一些，因此歌舞百戏之盛并未断绝。《南京文献·江南好辞》述：“北门大街有唱经楼，相传唐李龟年卖曲于此，今为谷演社戏之处。”到了五代，南唐在南京建都39年，三主酷爱歌舞百戏，后主尤甚，君臣之间，以善歌舞为能，出现了一些艺术人物。李煜不仅是诗、词作家，而且是曲家。他曾经专门下令整理唐玄宗的艺术遗产《霓裳羽衣曲》。据《南唐书》载，韩熙载宅邸华侈，有伎乐40余人，他常易服与家伎们一起演出。著名的绘画作品《韩熙载夜宴图》展现了当时的歌舞演出场面。与韩熙载同时，蓄养家伎自娱的还有陈致尧。南唐李煜即位时，善吹三孔笛的乐工申渐高参加登基仪式，并被选为“教坊部长”（见《菊部轶闻》）。这是南京有关教坊的最早记录。南唐时，还出现了杨正花、李冠子等民间音乐曲家。南唐末年，发生了一批伶人被屠杀的事件。《金陵历代名胜志·乐官山》记："南唐末，宋兵南下，诸将置酒大会，伶官痛苦不作乐，被杀于乐官山。《南唐书》有乐工殉志者，或即此。"北宋时，王安石罢相后退居金陵，所作《桂枝香》词有"至今商女，时时犹唱《后庭》遗曲"，由此可知南京歌舞不辍。

南京古代歌舞及其他表演艺术的繁荣，使戏曲衍生与发展有了肥沃的土壤。

二、杂剧

南宋时，戏文已成长壮大，于是逐渐向外埠扩展。其初步扩展的地域为浙江、江苏、江西、安徽、福建一带，南京正在其中。

元代，北曲杂剧在南京流行。元夏庭芝在《青楼集》中记载了"驰名金陵"的5位女演员的姓名及其艺术评价，这是目前发现的最早记载南京籍戏曲演员艺术活动的珍贵史料。这五位演员依次为杜妙隆、平阳奴、郭次香、韩兽头和樊香歌。杜妙隆是金陵的美女，擅唱功。著名戏曲作家卢疏斋（卢挚）在墙壁上题《踏莎行》词一首，从中可以看出杜妙隆的演唱水平和观众对她的痴迷："雪暗山明，溪深花藻，行人马上诗成了。归来闻说妙隆歌，金陵却比蓬莱渺。宝镜慵窥，玉容空好，梁尘不动歌声悄。无人知我此时情，春风一枕松窗晓。"樊香歌也是金陵著名的佳人（一说是名妓），不仅擅长歌唱和舞蹈，而且涉猎书史，很有才华。平阳奴原姓徐，"平阳奴"为其艺名，她的一对眼睛很小，四肢都刺以纹绣，精于绿林杂剧，以扮演绿林女杰见长。郭次香（一说郭天香、郭太香）是陈德宣的妻子，韩兽头是曹皇宣的妻子，二人也擅演杂剧。从此记载中可见元杂剧的表演艺术在当时已经形成了唱、念、科、舞综合的、完整的表现形式，演员的表演在唱、念、做、打各方面已有所侧重。

还有关于元杂剧艺人在南京的活动记载，例如《至正直记》记有千金奴，《太和正音谱》记有蒋康之，《元曲记事》记有西溪王家伎红梅，《录鬼簿续编》记有金文石等。这些艺人在艺术上都有较高成就。《太和正音谱》在"善歌之士"条目中生动地记述了蒋康歌唱之动人。

元代南京的戏曲作家以流寓者为众。其中，"元曲四大家"之一的白朴于宋亡后第二年（1280）迁居南京，滞留了30多年，每日与戏曲家李文蔚、杨西奥等人纵情于山水诗酒之间。他先后作杂剧16种，在南京从事戏曲活动甚久。杭州的金仁杰著有杂剧6种，于天历年冬被授建康崇宁务官，翌年卒。蒙古杨讷善琵琶，乐府出人头地，作杂剧18种，元末来到金陵。卢挚与白朴同在南京，且为至戚。南京籍的剧作家有廖毅。《录鬼簿》记：廖毅，字弘道，建康人，泰定三年（1325）与《录鬼簿》作者钟嗣成会，出一、二旧作，皆不凡俗，发越新鲜，皆非蹈袭。天历二年（1329）春病故。谷子敬是元末明初的南京剧作家，据《录鬼簿续篇》载，曾为枢密院掾史。他所作杂剧有《城南柳》《枕中记》《闹阴司》《借尸还魂》《一门忠孝》等，另有一些散曲。

三、南北曲、传奇

1368年，朱元璋建立明朝，定都南京，南京成为当时全国政治、经济、文化中心。明初，君臣对于戏曲如赏珍玩，以示承平富贵，风气流传，这促使南京戏曲艺术日益发展繁荣。朱元璋重视戏曲的教化作用，曾说："五经四书，布帛菽粟也，家家皆有；高明《琵琶记》，如山珍海味，富贵家不可无。"（徐渭《南词叙录》）这种崇尚北曲的风气一直延续了很长时间。顾起元在《客座赘语》中说："南都万历以前，公侯与缙绅及富家，凡有宴会，小集多用散乐，或三四人，或多人，唱大套北曲，乐器用筝、箫、琵琶、三弦子、拍板。若大席，则用教坊打院本，乃北曲大四套者。中间错以撮垫圈、舞观音，或百丈旗，或跳队子。后乃变而尽用南唱，歌者只用一小拍板，或以扇子代之，间有用鼓板者。今吴人益以洞箫及月琴，声调屡变，益为凄婉，听者殆欲堕泪矣。大会则用南戏，其始止二腔，一为弋阳，一为海盐。弋阳则错用乡语，四方士客喜闻之，海盐多官话，两京人用之。后则又有四平，乃稍变弋阳而令人可通者。今又有昆山，较海盐又为清柔而婉折，一字之长，延至数息。士大夫禀心房之精，靡然从好。见海盐等腔已白日欲睡，至院本北曲，不啻吹篁击缶，甚且厌而唾之矣。"这段记录非常详细地叙述了明代南京戏曲声腔流变的情况。即使到了明后叶，南京也并非只有昆曲流行。有云"桥头门上戏平分"，就是指昆剧艺人集中在淮清桥、弋阳腔艺人集中在水西门一带演出的情况。

朱元璋对戏曲演出内容有严格的规定。《御律大明律》载："凡乐人搬做杂剧、戏文，不许妆扮历代帝王后妃、忠臣烈士、先圣先贤神像，违者杖一百……"朱元璋还专门设立教坊司，"以掌宫悬大乐，凡行礼筵宴用领乐宫妻四名，领女乐二十四名，随钟鼓司引进，在宫内排列作乐"（李东阳等《大明会典》），后又复设"富乐院"，"太祖立富乐院于乾道桥，复移武定桥"（刘辰《国初事迹》），"乐户统于教坊司，司有一官以主之，有衙署，有公座，有人役、刑杖、签排之类，有冠有带，见客则不敢拱揖耳"（余怀《板桥杂记》）。

朱元璋的第十七子朱权是皇族中出现的一位大戏曲家。他于洪武二十四年（1391）就封大宁，永乐元年（1403）改封南昌。《中国古典存目汇考》说，朱权"卒谥献王，世称宁献王"。他博学多才，尤工戏曲，作有《太和正音谱》，还作杂剧12种。《太和正音谱》成于洪武三十一年（1398），盛传至今，为研究元明杂剧的重要文献。朱权在该书中评价了一些南京的戏曲作家，如评价谷子敬的曲词"如昆山片玉，其词理温润""可荐为郊庙之用，诚美物也"。

明成祖朱棣迁都北京后，南京成为留都，仍设各部院，但都是闲职。教坊司称为南教坊，一般官吏酬酢，可如教坊侑酒，风气渐开，促使明代南京豪贵人家自蓄家姬、乐部之风渐盛。《凤麓小志》记："徐鹏举，守南京五十余年，姬妾七十余人。"又记："赵辉，尚太祖女宝庆公主，官至驸马都尉，历事六朝，蓄妾姬百余人。"当时的名戏曲家徐髯仙、陈大声为座上客，二人联句作新曲，立命乐工度诸弦索。与徐髯仙齐名的史痴翁，有爱妾何玉仙妙解音律，请南京琵琶绝手张禄授以南北曲，痴翁有散曲填就，立命爱妾歌之。据《客座赘语》载，正德之前，豪贵人家，“营声利、蓄伎乐者，百不一二见之”，至正德、嘉靖，始大为普遍。

明代戏曲艺人情况复杂，除了民间职业戏班外，既有明初官妓乐户，也有后来兴起的秦淮妓女，还有明代中叶逐渐兴盛的家庭戏班。另外，骚人墨客及其他戏曲爱好者的串戏也达到了相当水平。

仕宦之家私人购置家庭戏班的风气自明中叶以后越来越盛，至明末则蔚为大观。正德十六年（1521），武宗南巡至南京，先后两次到戏曲家徐霖家中，徐霖则以家班戏曲进奉。明末客居南京的阮大铖的家班就是其中的佼佼者，他们专门演出阮大铖所撰写的剧本，而且“讲情理、讲筋节”，“故所搬演本本出色，脚脚出色，字字出色”（张岱《陶庵梦忆》）。武宗南巡，对南京的戏曲南北交流也起了一定的作用。正德皇帝下江南时，把《靖边乐》传到南京。正德皇帝在南京还十分宠爱两名教坊乐工。一名叫臧贤，“帝尝问南人之善词曲者，臧却以徐霖、杨循吉以对”（《国艺月刊》）。另一名叫顿仁，据《客座赘语》《四友斋丛说》记，“正德将顿仁带至北京，后顿仁尽传北方遗音，独步东南”。后来顿仁与何元朗在南京相遇，尽传北曲于何家班。正德皇帝还把徐霖也带到北京，后又放归。《金陵琐事》记载这件事时说：“山人徐霖，武宗召命禁值，霖作诗记之云：‘封祥无书何献纳，清平有调幸相逢，临流久洗巢由耳，也许来听长乐钟。’”

嘉靖至万历年间，南京教坊司复大盛，之后的民间职业戏班更不在少数。《客座赘语》《正德江宁县志》《万历重修金陵县志》等著作中均有详尽的记载。其时南教坊艺人集中地就有4处：正西伎艺厢——在县西，城南伎艺一厢、城南伎艺二厢——场在县南聚宝门（今中华门）外长干街，三山伎艺厢——在县西江东门外街北。现藏于中国历史博物馆的明代《南都繁会图》生动具体地反映了当时南京的戏曲活动：用席棚搭成的卷角戏台，演出的剧目似为《天官赐福》（明代传奇往往以这类题材为开场戏）；后台化妆场中，有一红脸猴形状者，似正在化妆扮演孙悟空的角色；戏台前观众熙熙攘攘、翘首争观演出。侯方域《马伶传》又载：“金陵为明之留都，社稷百官皆在，又当太平盛事，人易为乐，梨园技鸣者数十辈，而最著者二，曰兴化部，曰华林部。”侯方域生动地记述了这两个戏班在东、西两肆唱对台戏《鸣凤记》，兴化部马伶因演技不如人遁为相奴，刻意观察、模仿，3年后归来再与华林部竞赛的故事。这段故事早已成为中国戏曲表演史上的佳话；同时，这段记述也反映了明代戏班间艺术竞争的激烈。据明袁中道《游居柿录》载，万历年间南京有一个沈周班，班里面集中了一批演员。明周晖《金陵琐事》记述了一位名叫刘雅的名儒，其表演之幽默、滑稽，最能发笑感人。

明代，南京固定的戏台都是庙台，其余则是临时性或半临时性的建筑，现在已无遗迹可寻，但在《南中繁会图》和《南都繁会图》中都有具体的描绘。南京籍和客居南京的剧作家、评论家、戏曲音乐家不少。明初，南京籍的戏曲作家有魏士贤、沈士廉、孙行简、唐复等人。正德年间，戏曲音乐家陈大声有“乐王”之称。《万历重修江宁县志》说：“陈大声，万户侯也，生平豪爽多荡节，意气高迈，四座为倾，妙解音律，时时从酒间操筝琶，寻声度曲，即教坊子女听之，亦自恨弗如也。常与徐子仁在黄氏坐，即席联句为长词，一曲完即令梨园人奏之。文采风流绝一世，所著有《秋碧乐府》等，书行于时，论者大称其有才情。”今人路工在《访书见闻录》中说，陈大声热爱散曲，牙板随身，混迹街坊，熟悉下层。所以陈大声的著作《滑稽余韵》“能歌颂劳动人民，歌颂劳动，反映劳动人民及下层生活，讽刺统治阶级强加于人民的枷锁，揭露剥削者的贪得无厌”，“故其境界清新而又现实”。

陈大声以后，南京在正德、嘉靖年间又出现了著名的戏曲家陈沂。陈沂原籍浙江鄞县，居南京，字鲁南，正德丁丑举进士，曾作杂剧《善知识苦海回头》（今尚存）。

从嘉靖，经隆庆，到万历，100余年间，南京昆曲盛行，而北曲仍存。沈德符《顾曲杂言》：“自吴人重南曲，皆祖昆山魏良辅，而北词几废，今惟金陵尚存此调。”

万历十二年（1584），中国戏曲史上的著名传奇剧作家汤显祖至南京，大约于万历十五年（1587）写出了《紫钗记》这一传奇剧本，万历二十六年（1598）写成了《牡丹亭》。很快，《牡丹亭》这部传奇剧本就在南京演出。彼时，评论家潘之恒，编《元曲选》的戏剧家、出版家臧晋叔都在南京，他们观看《牡丹亭》之后，均交口称赞。自此，《牡丹亭》在南京越演越盛，连演10年不衰。到万历三十六年（1608），潘之恒在南京还连续看了5次《牡丹亭》。在《牡丹亭》长演不衰的过程中，南京涌现出许多优秀演员，有演柳梦梅的吴亦史、冒阿荃，演杜丽娘的江阿衡。潘之恒赞吴亦史“甚得柳梦梅恃才持声，沾沾得意，不肯屈服景状”，赞江阿衡演杜丽娘“情隐于幻，登场字字寻幻而终离幻”，赞冒阿荃演柳梦梅“情荡于扬，临局步步思扬而未能扬”（《访书见闻录》）。潘之恒还在南京写下了大量戏曲艺术评论文章，在《秦淮剧品》《初艳》《曲艳品》等著作中，记下了明嘉靖、万历时期大量戏曲活动史实，评论了蒋六、杨美等30余位优秀演员的表演。在《初艳》中，潘之恒叙述他在某年冬天，在南京秦淮竟连看了100余场戏，对演员蒋六能演百折昆曲、杨美坚持从生活出发的现实主义表演方法赞叹不已。潘之恒还在《初艳》中生动地记叙了戏迷宇四不顾家禁，坐等半夜，偷去看戏的故事。

万历时南京的戏曲出版事业有了发展。最著名的是长兴臧懋循的戏曲出版活动。臧懋循（1550—1620），字晋叔，号顾渚，长兴人。他是万历八年（1580）进士，任南京国子监博士，后于万历十三年（1585）被弹劾罢官。以后他致力于写作和出版书籍，先后编写有弹词《游仙录》《梦游录》《侠游录》以及《元曲选》等。此外，他还改编刊刻了汤显祖的《玉茗堂四游》，并著有《负苞堂诗选》5卷。据《元曲选家臧懋循》一书载，臧懋循除于万历十一年（1583）即在南京任国子监博士外，在万历二十四年（1596）、三十四年（1606）还来南京居住，他的书籍原在南京出版。他在罢官后曾多次来到南京，并一度迁居到南京。王国维《戏曲论文集》还说：“与臧氏同时刊行杂剧者，有金陵唐氏世德堂汇刊之本。”

明末，北方连年动荡，南京相对安定，官宦仍歌舞升平，尤其是福王小朝廷的戏曲活动几无间断。这些活动大多与秦淮画舫、河房有关。早在永乐帝迁都后，“花月春风十六楼”渐衰，秦淮开始兴盛。《首都志》称："自永乐迁都存者无几，惟富乐院为人所艳称，萃花月于一处，秦淮自此大盛。"《秦淮士女表》说："国初女妓尚列乐宫，缙绅大夫，不废歌宴，革除以后，屏禁最严。当初廿四楼分列秦淮之市，其后遂毁，所称艳者独旧院而已。"

明末清初戏曲家余怀的《板桥杂记》记录了大量明末秦淮戏曲活动，评述了许多著名演员，是迄今可见最完备的明末清初秦淮戏曲史料。《板桥杂记》载："金陵为帝王建都之地，公侯戚畹，甲第连云，宗室王孙，翩翩裘马，以及乌衣子弟，湖海宾游，靡不挟弹吹箫。经过赵李，每开筵宴，则传呼乐籍。"

秦淮之胜明代多有实录，清捧花生《秦淮画舫录》中记有《板桥杂记》《续板桥杂记》《水天余话》《石城咏花录》《秦淮花略》《青溪赘笔》等。

《陶庵梦忆》载："南曲中妓，以串戏为韵事，性命以之。"明代中末期，秦淮出现了许多演唱南北曲的戏曲艺人，有尹春、李湘真、葛嫩、李大娘、顾眉、董小宛、李香君、柳如是、卞赛、卞敏、范珏、顿文、沙才、马娇、顾喜、朱小大、王小大、张元、刘元、崔科、李香、王月、王节、冠湄、李贞丽、林奴儿、朱素娥、徐姬、赵燕如、赵四、徐翩翩、马湘兰等。

明末的南京戏曲作家以安徽流寓金陵的阮大铖最著，他一生写过11部传奇，现有《石巢四种》传世，这些作品大多是在南京完成的。

清初，南京"申酉之交，一片欢场，化为瓦砾"。戏曲活动自然也受到了影响。但未几即复原状，"乃承平既久，风月撩人，十数年来，裙屐笙歌，依然繁盛"（珠泉居士《续板桥杂记》）。这种盛况直至太平军入占南京才有所改变。

清代的家班亦很盛行，如李渔家班、曹寅家班等。李渔家班不仅在南京寓所芥子园演，而且还到外地去为达官贵人演出；曹寅在《长生殿》作者洪昇第五次来南京时，命自己家班为洪昇演出《长生殿》，凡三昼夜始阕。但到清代中叶，已不见有关家庭戏班的记载，这时主要的演出团体，只剩下民间职业戏班了，本来是戏曲演出的主要场所之一的酒楼废而茶园兴。

在明清两代，南京不仅是戏曲活动的中心之一，而且还是全国刊刻戏曲作品的主要城市。新中国成立后，影印的大部头戏曲作品集《古本戏曲丛刊》中，有相当数量的底本都是南京的刊刻本。

咸丰三年（1853），太平军攻占南京，遂定都于此，建立政权，开始时禁戏。后来，太平军"于池州得戏班衣服、器具数十箱，回金陵，乃招优伶装演，筑台于清凉山大树下，于是贼中尚戏剧"（王韬《翁牖余谈》）。谢介鹤的《金陵癸申记略》称："太平军在利涉桥搜戏班衣箱、优伶数十人，均送杨秀清点观，再行分配。"同治三年（1864），太平天国运动失败。曾国藩进南京后，曾"偕幕僚泛舟秦淮"，"约幕府诸君买棹游览"（陈迺勋、杜福堃《新京备乘》）。南京戏曲活动又逐渐复苏。

四、高淳阳腔目连戏

高淳阳腔目连戏是南京高淳地区的古老剧种，亦称阳腔目连戏、目连戏、阳戏、阳腔。高淳阳腔目连戏相传起于元代，目前尚无文献佐证。它流行于高淳各乡镇和江苏的溧水、溧阳、宜兴、江宁、句容和安徽的郎溪、广德、宣城、当涂等地。高淳阳腔目连戏的主体声腔为“一唱众和，锣鼓节音，不被管弦”的高腔。它由多种音乐成分荟萃而成，含有多种品类的音乐元素，包括道士腔、弋阳腔、余姚腔、青阳腔、佛曲、说唱音乐以及当地的山歌号子。其体制由吟诵逐步衍化为联曲体，如曲牌“七言诗”和“诗求板”就是上承宋齐言吟诵体杂剧余绪，并直接保留了余姚腔把五言诗、七言诗当曲子唱的特点。阳腔目连戏声腔有东西两路之分，东路腔又名水阳腔，为嘈槌，西路腔又名南陵腔，为清槌。高淳阳腔属东路腔。

目连戏是表现人、神、鬼，并演给人、神、鬼共看的一种宗教剧，又叫太平戏或平安神戏。高淳目连戏由僧道做法事发展成为舞台演出。舞台演出目连戏一般有3种情况：（1）唱秋戏，在秋收登场后至阴历十月，这是每年正常演出时间，演戏谢神，驱邪消灾；（2）酬神还愿，演期不定；（3）“打人命”，演戏超度冤魂。高淳地区的和尚道士都会唱目连戏，本地京徽剧艺人多兼演目连戏。唱秋戏时，徽京戏班邀来目连戏艺人同台演出。下午演徽戏或京戏，傍晚至次日天明演目连戏。高淳还有木偶演出的目连戏，称为小目连，其剧本声腔与人演的相同。剧本包括《台城》《九世图》和《目连》，都写目连故事。《台城》写梁武帝时的故事，被称为“目连前传”或“梁传”。《九世图》写目连九世轮回的故事。这两个剧目在1949年前已不演出，剧本在“文化大革命”时期被毁。《目连》，高淳早年曾有9本、7本、5本3种本子，每本演一个通宵，但均已失传。现存剧本有3种。第一，《阳腔目连戏》，江苏剧目工作委员会于1957年12月编印出版。第二，《目连》，僧超轮抄本。这两种与郑之珍《目连救母劝善戏文》的故事情节和关目设置基本相同，语言较为通俗，有几折是郑本所有的。第三，将3本压缩成一本的称“两头红本”，即从日落演至次日日出。现存“两头红本”为中学教师陈忠美于1944年按当时目连艺人的几个传抄本整理而成，共39折，缺“骂鸡”一折。陈忠美在“写在卷首”中称这是近六七年的常演本，3本目连已不演了。“两头红本”剧情并不连贯，内容上讲因果报应的几乎没有，保留了“劝善”和观赏性强的部分。

高淳阳腔目连戏的角色行当为：生、旦、净、丑、末、外。生行又分为老生、小生，旦行分正旦、花旦，净又分为大面、二面。此外，尚有武行，专演武戏，称为“打手”或“四花脸”。高淳阳腔目连戏在野外搭台演出，演出过程中穿插祀神和驱鬼等活动，是一种原始的戏剧形式，没有形成严格的表演程式。后期受到徽剧的影响，吸收民间武术杂技发展而来的武戏（称为武场），达到了很高的水平，令人叫绝，与张岱在《陶庵梦忆》中所描述的“旌阳戏子”的武功表演相似。由于演出的季节性和临时性，高淳阳腔目连戏没有常年固定的专业班社，也没有专业艺人。艺人大部分是半农半艺，或半工（手工业）半艺，或为和尚道士，或兼演徽戏京剧。截至2000年，尚能列举姓名的艺人有40多名，健在的只有3人。这些艺人按师承分为4代，推算时间第一代艺人为清道光时人。

20世纪40年代末至50年代初，高淳阳腔目连戏的演出活动完全停止。为保存戏曲遗产，挖掘传统剧目，江苏省镇江专署文化科和高淳县文教科于1957年9月，调集陈方正、邵士仁、韩体钧等20余位老艺人，内部演出了3部目连戏，并记录了剧本和唱腔曲谱。1958年10月，江苏省戏剧学校开办了目连班，招收男女学员14名，从高淳聘请18位老艺人担任教师，共传授40多出折子戏和60多支曲牌，并曾试排过现代戏。该班于1960年5月停办。

五、高淳高腔

高淳高腔是高淳地区的古老剧种，本名高腔，也称高腔戏，流行于高淳地区。

高淳高腔以前尚有春福和寿音两个戏班，这两个戏班中的邢有学、李先沛、笪万福等演员，当年在群众中享有盛誉。高淳高腔现已不在舞台上演出，只有坐唱，群众又将其称为“坐堂戏”。每年在元宵节期间演出，或在娶亲时演，称为“送（洞）房戏”。唱戏不取酬金，只需主家设酒饭烟茶款待。到高级农业合作社成立时，该戏已完全停止演唱。

高淳高腔艺人以家族血缘关系传艺，父教子，兄传弟。1949年后，尚存在的艺人为居住在高淳县漆桥乡跑马埂村的孔、徐二姓，人数仅10人。老艺人孔祥银、徐家炳、徐家清3人，于1957年至1958年先后应高淳县文教科与江苏省戏剧学校邀请，口述剧本和演唱曲牌，历时近半年。出生于1989年的孔祥银说他家唱高腔到他是第五代了。

高淳高腔的角色行当分为：生、旦、净、末、丑、外、贴。苏秦、董永、刘智远属生角，秦雪梅、七仙女属旦角，铁拐李属净角，院子属末角，王婆属丑角，苏秦父、傅员外属外角，梅香属贴角。到坐唱时，演唱者一般为6人。

高淳高腔的剧目都是明代中叶的南戏剧目，现在已知的剧目有：《白兔记》《苏秦》《商辂三元记》《跃鲤记》《织锦记》（《槐荫记》）以及《小八仙》。以上剧目仅《织锦记》中“送子”一折保留了全部唱词说白，其余只保存部分唱词。另外还有《苏皇后鹦鹉记》《古城记》等。

高淳高腔为“一唱众和”“锣鼓节拍”，无管弦伴奏的徒歌。它的音乐是用曲牌连接兼以板式变化而构成。唱腔曲牌为其主要组成部分，现存曲牌45支（包括同名曲牌），是南北曲的“改调歌之”，唱腔旋律较平直，多口语化，保持了原始古朴面貌。当地群众说“一声唱高腔，小茶壶吊腰上”，形容其费力，也说明其歌声的高亢嘹亮，唱以生旦角为主，各行当唱法有所不同，男角用真声，女角由男扮，用假声。舞台语言以高淳方言为基础，结合中州韵，不用管弦乐器伴奏，而用小锣、小鼓、小钹等打击乐，乐队成员为4—5人。

六、洪山戏

洪山戏由南京地区六合县民间香火神会中的演唱部分发展而成。晚清时，神会称室内说唱为“五岳内坛”，室外武术性表演为“洪山外坛”。光绪十四年（1888），部分内坛艺人将室内说唱的神书移至室外搭台演唱，称为“洪山大会”。以后，表演艺术不断提高，光绪三十一年（1905）始改称“洪山戏”。由于演员皆为香火艺人，观众俗称“香僮子戏”。洪山戏初期，只在本县的八百、四合演唱；宣统二年（1910）后进入县城及全县城乡。1923年，戏班成员赴上海演唱，1927年返乡时，剧种声誉提高，很快流行到天长、来安、仪征、邗江、盱眙东南、高邮湖西及南京市区。1931年，六合禁演洪山戏，戏班开赴江宁、丹徒、句容等地活动。其后，他们逐步流向天长、来安、仪征、高邮、盱眙等地及南京市区，乃至上海、镇江等市。

由于香火戏源于香火说唱艺术，其声腔亦由香火唱调衍化而成，主要有七字、十字、联弹、斗宝、娘娘等调，以锣鼓打击乐器伴奏。抗日战争前后，扬州花鼓戏的“梳妆台”“剪靛花”“哭小郎”“卖油郎”“虞美人”等调流入，开始有了弦乐伴奏。

洪山戏的剧目，有根据说唱神书改编及移植其他剧种两大部分，前者有《三姐下凡》《魏徵斩龙》《陈子春上任》《刘全进瓜》等，后者有《小放牛》《大补缸》《磨豆腐》等对子戏，以及《瓦车篷》《秦雪梅》《莲花庵》《斩经堂》《薛平贵》《薛仁贵》《薛丁山》等整本戏和《粉妆楼》《十把穿金扇》等连台本戏。现在所知洪山戏单以“记”立名的传统剧目就有72个，共120多出戏。抗日战争期间，洪山戏曾编演过《花木兰》《风波亭》等历史剧和《丁赞亭》《送弟入伍》《逃兵归队》《寡妇庄》《活捉赵东藩》《保家乡》等现代戏，新四军二师文工团也曾编演洪山戏《路条》。淮南大众剧团在新四军军部（盱眙黄花塘）演出洪山戏《保家乡》时，由于军民观众太多，代军长陈毅还亲自安排观众看戏，政治部宣传部部长钱俊瑞称该团为“新四军中的状元剧团”。

洪山戏角色行当，早期只粗分生、旦、净、丑四行，行内不同角色兼代较多。由于丑行语言、动作生活气息极浓，表演较生动，受到观众赞许，形成“四行丑为上”的地位。随着演员、剧目、演区、观众的日益扩大和增多，行当也有所增加，分为小生、老生、武生、童子生、文武生，花旦、青衣旦、风骚旦、老旦、丫头旦，大花、二花、三花，官丑、民丑等。洪山戏的表演初期以唱为主，同时根据剧情，运用外坛的“爬刀山”“钻火圈”“站刀”“踩火链”等武术穿插。宣统二年（1910）左右，演员从京剧表演中吸取程式动作，演技大有长进。1923年，他们赴上海演出后，得到观摩机会较多，经过揣摩，其表演艺术日趋成熟，并有了单、双刀枪等武打套子，排演现代戏时，表演艺术又有了新的发展。

洪山戏的服装，早期就用寺庙中马弁拍刀护神的红褂裤代替，头带勒巾、手捏绢帕者为女角，头带瓜帽或自制官帽、手执纸扇者为男角。开始营业演出时，除购置少量京剧小生、花旦服装外，多数服装仍旧自制。在式样上，生袍以晚清生衫为基础，将袖筒、腰身放大，配上长袖、腰巾；旦装则在清装女衣上多加几道绣边；老丫头扎珠勒，腰围渔裙，头梳长辫，发插纸花，腰围短裙；武生装是布做的箭衣或紧袖排扣。随着收入增多及进入大中城市演出，戏班逐渐购置了更多的京剧行当服装，并建立了衣箱分成制。卢沟桥事变后，戏班一度停演，衣饰分散零乱；1940年恢复演出时已难配套，仍以土制衣装充实。

光绪三十一年（1905），17岁的郝馀洲领头组建了洪山戏第一个戏班，称为“小郝子戏班”。1923年戏班赴上海演出时，改称“郝馀洲戏班”。是时，袁思兰、贺崇亮等人也组成小班在乡间活动。1927年，郝馀洲班回乡，由于剧种声誉提高，观众增多，各班在原有基础上分头吸收演员、学员，建成郝东方（馀洲）、袁南方（思兰）、邱西方（怀麟）、贺北方（崇亮）的“四方”戏班（“方”系承用香火内坛名称）。1931年六合禁演洪山戏时，郝馀洲带领一班人去江宁等地演出，称为洪山戏班。1943年，抗日民主政府东南办事处为加强抗日宣传，将四合、冶山一带艺人组成洪山剧团，宋时雨则组建洪山戏班，一同活动于六合、仪征、天长和来安。新中国成立后，当时的六合县八百镇、四合乡、竹镇、马安乡、程桥镇、大圣乡、乌石乡、马集镇先后都曾组建过半农半艺剧团，这些剧团成为各地文化活动的主力军。洪山戏累计有5代传人，共160多位演员。

七、徽剧

徽剧为全国性剧社，曾名徽社、徽调、徽腔。徽剧主要声腔之一是“四平”，于明万历至天启年间传到南京。徽剧主要声腔之一“二黄腔”，据清代枕月居士的《金陵忆旧集》载，在明末清初时广泛流传于安徽、江西、江苏、浙江等省，尤其得到南京人的喜爱。徽剧的另一主要声腔“高拔子”，据徽剧老艺人说，出自高淳渔民所唱渔歌。另有一些资料也表明，早在明末清初徽剧形成初期，徽剧已在南京地区流传。后来南京地区逐步发展成徽剧流行的中心地区之一。太平天国定都南京时，英王陈玉成组织老孟七、周奎来、王鸿寿参加徽班，取名“同春班”，并编演了一部反映太平军英勇作战的46本连台本戏《洪杨传》。徽剧在城市舞台衰落时，在高淳等地农村舞台仍然活跃。一直到抗日战争胜利后，高淳徽剧老艺人还组成了“寿星班”，只是为了营业上的需要，号称京剧班，但仍演徽剧。南京是徽剧流行较早、时间较长的地区之一。

南京本地的徽剧班社，除上述太平军举办的“同春班”外，以高淳的班社最多。从同治以来，所能列举名称的班社有10多个。同治至光绪年间有“老全福”“金台班”。现在，高淳县固城乡刘家垅万寿台的板壁还留有光绪三十一年（1905）农历七月二十日全福班演出时的戏码，包括《天关楼》《龙凤旗下》《白虎堂》《定军山》《女绑子》《置四庄》《磨豆腐》《北良关》。1913年，陈水林、蔡元禄等人创办了“陈记堂”徽班；1925年，戏班改名为“春福班”，逐步夹演一些京剧，一直持续到1952年，因在皖南演出，随地登记，成立了无为县京剧团，它是高淳历时最长的徽班。该班演员有老生三呆子、小生孙平弟、旦大嘴巴、丑张松柏，后来陆续参加的有小生马荣福、净徐宝林等。此外还有“新宏福班”“马荣福班”“新全福班”“洪福班”“金升堂班”“大鸡头班”等，这些班社的许多艺人在新中国成立后，为徽剧艺术的复苏做出了贡献。1958年，芮嘉士、高金山、徐广月等人受江苏省戏剧学校聘请在该校徽剧班任教。与此同时，马荣福、邢东成、周模木、陈方正等人受安徽省徽剧团的聘请，为该团学员传授技艺。由于他们的传艺，一批徽剧剧目重新呈现于舞台。高金宝、徐宝林等一批艺人到京剧、花鼓戏剧团担任技术指导或武功教师，为兄弟剧种发展出力。

南京地区的徽剧剧目非常丰富。1957年，高淳县政府文教科曾组织芮嘉士、马荣福、徐广月、高金山等老艺人挖掘出徽剧剧目100多个，共60多万字，但这批剧本已遗失，仅存大小剧目名称74个。这些剧目包括了徽剧各种声腔的大小剧目：昆曲的《铁笼山》《坤赐福》《万花献媚》，吹腔的《闹江州》《凤凰山》，拨子的《定天山》《千里驹》《烈火旗》，二黄的《大红袍》《女绑子》，西皮的《临潼山》《白马堂》，花腔小戏的《小放牛》《磨豆腐》；既有《大红袍》《二度梅》《白绫记》等连台本戏，也有《淤泥河》《渭水河》《青石岭》等折子戏。而《梅柏高》和《三打王府》为高淳所独有。

由于长期广泛流传，艺人世代相承，演出不断创新，南京地区的徽剧形成了独有的风格和特点。20世纪50年代末至60年代初，安徽省徽剧团研究室音乐组收集整理编辑了《徽剧音乐资料汇编》。该书的吹腔、拨子、皮黄部分中，收集了江苏艺人唱段36段，其中马荣福、周模木、陈方正3人唱段为21段，占60%，而马荣福1人就有16段之多。所谓江苏唱段，主要是由高淳艺人所唱。江苏路子的唱段，其拨子唱腔富有徽拨子的特色。马荣福唱的《淤泥河》高亢悲凉，保持了真正徽拨子的韵味。

八、昆曲

洪武六年（1373），朱元璋问周寿谊："闻昆山腔甚嘉，尔亦能讴否？"（周玄暐《泾林续记》）这是南京地区最早提到有关昆曲声腔的文字记载。

朱棣迁都北京后，南京被称为留都、陪京或南都，但仍然设有中央政府机构。虽然并不真正参与管理国家大事，但照样任命了各部各级官员。南京"公侯戚畹，甲第连云；宗室王孙，翩翩裘马；以及乌衣子弟，湖海宾游，靡不挟弹吹箫"（《板桥杂记》），仕宦者夸为仙都，游读者指为乐土，成为人文荟萃、声色犬马、文化消费的中心。

嘉靖年间，魏良辅等人改造昆山腔，获得成功；梁辰鱼依此新腔填词，撰写传奇《浣纱记》并搬演舞台，昆曲自此迅速兴盛。之后，南京籍和客寓南京的许多文人撰写过不少昆曲剧本。万历年间，南京已流行昆曲。顾起元在《客座赘语》中说，万历时南京公侯缙绅及豪富人家宴集，不用北曲而改用南唱、南戏，其中"昆山腔较海盐腔又为清柔而婉折，一字之长，延至数息，士大夫禀心房之精，靡然从好"。潘之恒的《鸾啸小品》中更有大量万历年间他在南京观昆曲演出后写下的评论。其后，随着战火纷起，许多地主富室、学士文人纷纷移居南京。职业和家庭戏班集中金陵，使其成了当时的昆曲中心。梨园数十辈，秦淮灯火不绝，歌舞之声相闻。几十年中，许多优秀昆曲表演团体不断涌现，如名炙都下的郝可成班，一洗梨园习气的兴化小班、昆山班、沈周班、兴化部、华林部等职业戏班，阮大铖、范景文、李渔等人的家庭戏班，他们的表演艺术都有相当的造诣。如名丑刘淮扮演《绣襦记·卖兴》中僮儿来兴，刻画细腻、惟妙惟肖，使看戏的某"极品贵人"信以为真，竟"呼（刘淮）至席前，满斟酒一金杯赏之，且劝曰：'汝主人既要卖你，不必苦苦恋他了。'"（周晖《金陵琐事》）。家庭戏班在艺术上十分讲究。

昆曲影响之极，使当时“南曲中妓，以串戏为韵事，性命以之”（《陶庵梦忆》），妓院也如梨园搬演，声彻九霄。一些良家子弟也因喜欢唱曲、演戏，被人们称之为“串客”。他们之中不少人，如尹春、顾眉、董小宛、卞玉京、彭天锡、丁继之、张燕筑、朱维年等人对表演刻意求工，“老梨园自叹弗及”。

晚明王朝统治者对昆曲迷恋极深。崇祯十七年（1644）清兵攻陷北京，苟安在南京的南明福王朱由崧依旧花天酒地，演戏几乎无日无夜，甚至清兵已逼近南京城，仍“集梨园演剧，福王（朱由崧）与诸内官杂坐酣饮。三鼓，同后宫宦竖跨马出聚宝门，奔太平，投黄得功”（吴伟业《鹿樵纪闻》）。

清初，南京一片欢场化为瓦砾，一度呈现萧条局面。经过一段时间后，“乃承平既久，风月撩人，十数年来，裙屐笙歌，依然繁艳”（《续板桥杂记》），南京的昆曲演出又呈复苏之状。如顺治十四年（1657），顾眉与丈夫龚鼎孳“重过金陵……命老梨园部长春等演剧，酒客丁继之、张燕筑及二王郎串《王母瑶池宴》”（《板桥杂记》）；康熙时，江宁织造曹寅等人喜爱戏曲艺术，对南京地区昆曲的再度兴盛起了推波助澜作用。乾隆年间，南京演出昆曲的职业戏班有庆丰等；嘉庆间最著名的戏班是庆余堂；道光时，庆福班是昆腔戏班；清末，庆余堂登台时则自称“华林小班”，表示自己是明代著名戏班华林部的继承者。

辛亥革命后，南京除偶尔在京剧演出中夹杂一些昆曲折子戏外，昆曲主要活动发生在非职业演员曲友们之中。吴梅、爱新觉罗·溥侗、甘贡三等人便是其中的代表，他们不仅自身唱念做表均有造诣，堪称全才，而且培养了一批昆曲爱好者，使昆曲在南京始终不绝。尤其是吴梅，他将昆曲引进大学课堂教授学生，更是极有特色的。

抗日战争期间，曲友四处流亡，南京的昆曲演出也随之风流云散。抗日战争胜利后，曲友返回南京，昆曲活动因此有所恢复，主要是自娱性质，间或也参加联欢、义演、招待等社会活动。业余曲社活动如今仍是昆曲活动的一个重要组成部分。

新中国成立以后，江苏省昆剧团于1960年成立，南京又有了专业昆曲团。同时，浙江、上海昆剧团也常来南京公演。

“文化大革命”期间，省昆剧团改演京剧，直至1977年重返南京，建立江苏省昆剧院。该院演员由昆曲“继”字辈、20世纪60年代开始随团学习的演员、20世纪60年代中期和1985年江苏省戏剧学校分配来的昆曲科毕业生组成。剧院采取“请进来”和“走出去”等多种形式培养演员队伍，演员受到前辈艺术家如俞振飞、张娴和“传”字辈老师周传瑛、沈传芷、王传淞、郑传鉴、姚传芗的悉心指导，艺术水平不断提高，保持并发扬了“南昆”的风格特点，扩大了昆曲的影响力，在昆曲艺术的抢救、继承、改革、研究和发展方面做了大量的工作，并取得了一定成绩。主要演员张继青荣获首届中国戏剧梅花奖，张寄蝶、石小梅、林继凡、胡锦芳、黄小午等人均是历届梅花奖得主，也是昆曲佼佼者。全院行当齐全，阵容强大，为剧坛瞩目。

剧院的演出活动多在南京，上演剧目影响较大的有：大型古典剧《窦娥冤》《十五贯》

《关汉卿》《李慧娘》《墙头马上》《朱买臣休妻》《西施》《牡丹亭》《李白与杨贵妃》；现代戏《鉴湖女侠》《山乡风云》《草原英雄小姐妹》，以及一批优秀传统折子戏《痴梦》《打虎·游街》《奇双会》《相梁·刺梁》《思凡》《下山》《借扇》《寄子》《游殿》《小宴》等。1984年4月，剧院发起召开浙江、湖南、江苏、上海三省一市昆剧工作座谈会。1982年10月，剧院参加在南京举办的纪念汤显祖逝世356周年的活动，并成立江苏省昆剧研究会。剧院演员还经常在苏州一带的江南水乡以至苏北平原巡回演出，或远涉武汉、长沙、株洲、衡阳等地公演。

1982年10月，张继青等人应邀赴意大利，在佛罗伦萨、威尼斯等城市演出《痴梦》《游园》等折子戏，深受国际友人欢迎。1985年，张继青又赴西柏林参加第三届地平线世界艺术节演出活动，并再度赴意大利参加世界艺术节演出，演出剧目为《牡丹亭》及一些传统折子戏。

1991年，江苏省昆剧院的林继凡、胡锦芳获得中国戏剧梅花奖。同年，《血冤》获文华新剧目奖。

1996年，江苏省昆剧院的剧目《桃花扇》《绣襦记》参加1996年全国昆剧新剧目交流演出，获较高评价。

1999年，昆剧《桃花扇》获文华新剧目奖。

九、京剧

京剧为全国性剧种。它始创于光绪年间的升平茶园、仪凤园、应升茶园等南京最早的戏院，开始营业时即演出京剧。当时登台献艺的演员有王鸿寿、汪笑侬、潘月樵、吕月樵、天鹅蛋、九盏灯等。汪笑侬于光绪三十二年（1906）在仪凤园演出，轰动全城，使仪凤园名声大振。

南京为徽剧流行地区之一。许多徽剧班社和演员后来改演京剧，如经常来南京演出的王鸿寿，即为率先改演京剧的代表人物之一。这种由徽改京的情况极可能是南京出现京剧的源头，但具体时间难以确定。

辛亥革命后，京剧著名演员绝大多数都来南京演出过，除营业性演出外，梅兰芳与名票红豆馆主（溥侗）等人的联合义演，程砚秋为赈灾和为南京戏曲音乐院建院募捐的义演，都是规模盛大的演出。1933年10月19日，程砚秋率中华戏曲专科学校学生为全国运动会运动员进行慰问演出时，观众近万人。抗日战争胜利国民政府还都南京后，在两次国民大会期间，梅兰芳、程砚秋、谭富英、叶盛兰、叶盛章、王少楼、高盛麟、袁世海等人都应邀到南京演出。

从20世纪30年代开始，南京规模较大的京剧戏院里逐步开始有常驻京剧戏班，张桂轩、王少楼、赵松樵、醉丽君、白玉艳、王玉让、关正明等人长期在南京演出。20世纪30年代中期，由小达子（李桂春）及其子李少春、李幼春等人组成的李家班，和由厉彦之及其子女厉慧良、厉慧敏、厉慧斌、厉慧兰组成的厉家班，曾有相当一段时间固定在南京演出。言菊朋、马连良、金少山、麒麟童等一流的京剧演员也不止一次在南京献演。

20世纪20年代至40年代末，秦淮河畔戏茶厅中的京剧演出曾盛极一时。戏茶厅以女艺人为主，据1929年3月15日的《首都日报》载，当时在戏茶厅表演的女艺人多达241人。在经历了清唱、彩唱、表演的锻炼之后，王玉蓉、李慧芳、张少楼、王熙春、蒋慕萍等人成为驰名全国的好演员。

新中国成立后，南京市和江苏省建立了全民所有制的京剧院（团），加上一批集体所有制的民间职业剧团，剧团最多达到10多个。新艳秋、张桂轩、苗胜春、王琴生、周云亮、周云霞、沈小梅、陈正薇、赵云鹤、张世兰、蒋慕萍、金少臣、梁慧超等人先后参加省、市院（团）。这些院（团）培养出了一些优秀中青年演员。

1951年4月，作为“四大名旦”之一的尚小云率团到南京演出后，剧团留在南京，尚小云在南京市文联第二届会员大会上当选为戏改工作委员会副主任。

20世纪30年代至40年代末，南京先后出现鸿春社（秦家班）、鸣声社、孙家班3个京剧科班，其中鸿春社历时最长，培养出不少人才。1958年，江苏省戏剧学校成立，设有京剧专业，培养了几期京剧表演和音乐会演奏人才。

南京的业余京剧活动非常普遍。从20世纪20年代起，票房开始出现，到40年代末，据不完全统计，市内长期坚持演唱活动的票房有10多个，其中红豆馆主领导的公余联欢社，以及新生活、阳春社、华社等都有较高的水平。新中国成立后，业余京剧活动更加活跃，市内工厂、学校、机关以及文化馆（站）的业余京剧团达40多个，规模较大、水平较高的有友艺集、南京京剧研究会和南京工人文化宫工人业余京剧队。这些业余京剧团既普及了京剧艺术，又培养了一些人才，有的人在京剧艺术上有较高造诣，成为专业人才，如杨畹侬、高华、汪剑耘、严凤英、任岫云、罗慧兰。高淳、江宁、溧水等地的京剧业余活动也很普遍。

梅兰芳、程砚秋、尚小云、荀慧生、周信芳、马连良、盖叫天、裘盛戎、张君秋、李少春、袁世海、叶盛兰、李多奎、杜近芳、童芷苓、谭元寿、马长礼、黄桂秋、李万春、方荣翔、赵燕侠、关肃霜等京剧名角均率团来南京演出过。

1960年5月成立的江苏省京剧院，其前身是1953年由苏南大众京剧团和苏北实验京剧团合并成立的江苏省大众京剧团，1955年更名为江苏省京剧团；1960年5月，以江苏省京剧团为基础，南京市京剧团、南京市青年京剧团和扬州专区京剧团部分演职员合并，在南京成立江苏省京剧院。全院设“三团两室”（3个演出团和创作研究室、办公室），首任院长为郭铁松。“文化大革命”中，剧院一度改名为江苏省京剧团，1982年9月30日复名，仍设“三团两室”。

该院历届主要演员有王琴生、梁慧超、赵云鹤、周云亮、金少臣、醉丽君、蒋慕萍、周云霞、张世兰、杨小卿、沈小梅、张春秋、朱鸿发、魏承武、费玉策，以及中青年艺术骨干董金凤、钟荣、黄孝慈、黄晓萍、詹国治、胡慧兰、赵道英、李光荣、武美玲、李正芷、江燕等。王琴生曾获1954年华东区戏曲观摩演出大会银质奖。建院前，京剧团冯玉改编的《倩女离魂》

《虹桥赠珠》《九莲灯》参加1957年江苏省第一届戏曲观摩演出大会，《倩女离魂》获剧本奖，《虹桥赠珠》《九莲灯》获演出奖，周云霞、周云亮、赵云鹤、张世兰、王琴生获演员一等奖，沈小梅、杨小卿获演员二等奖。改编的现代戏《红色风暴》《铁道游击队》也产生了广泛影响。剧团常年坚持巡回演出，深入工矿、部队和边远农村，足迹遍及江苏全省及东北、山东、安徽和长江流域部分地区。其间，该院还先后配合周信芳、梅兰芳赴全国各地演出。曾与该团合作演出的还有王玉蓉、黄桂秋、高盛麟、杜近芳、马少良、刘长瑜、周少麟等。

1958年，该院首次进京演出，周恩来总理亲临长安剧场观看了《挑滑车》《倩女离魂》等折子戏。1959年，该院受文化部委派，以中国青年京剧团的名义前往维也纳参加第七届世界青年与学生联欢节。《虹桥赠珠》《游园惊梦》《春郊试马》的主要演员周云霞、沈小梅、刘秀荣及配角宗云兰、万连奎等人均获金质奖，后又应邀对丹麦、挪威、瑞典、芬兰、冰岛等北欧五国进行了访问演出。1983年，该院再度受文化部委派去澳大利亚进行访问演出，在悉尼、堪培拉等地受到热烈欢迎。

剧院积极培养新生力量，一些有发展前途的青年演员被选派到戏曲校院进修学习，一些有较高艺术水平的演员和老师被邀请来院传授技艺。荀慧生到剧院收徒教戏，进行艺术交流活动2年，董金凤、胡慧兰等人正式拜荀为入室弟子，学习并演出了荀派名剧。20世纪60年代初期，剧院涌现出30名左右较有影响力的业务骨干，黄孝慈、黄晓萍、薛元亮、钟荣、董祖德、赵道英、嵇朋林、韩俊鸣、李植玉、詹国治等青年演员都崭露头角，以后又陆续接受了几批江苏省戏剧学校的毕业生。

1956年12月20日成立的南京京剧团，由南京市群力、习进、新宁和新宁实验4个民营公助京剧团合并组成，初名为南京市实验京剧团，1年后改用现名。首任团长为赵荣琛，主要演员有赵荣琛、许翰英、金少臣、蒋慕萍、孙玉祥、王多寿、季鸿奎、徐维廉、赵鸣慧、李越春等。杨宝忠曾一度在团内操琴。由于行当整齐、阵容较强，该剧团在京剧界颇有影响。他们以《文姬归汉》《鱼藻宫》《封侯恨》《过巴州》《花子骂相》《断密涧》《探庄·射灯》参加1957年5月江苏省第一届戏曲观摩演出，赵荣琛获演员一等奖，许翰英、金少臣、蒋慕萍、季鸿奎、徐维廉、赵鸣慧、李越春获演员二、三等奖。

1957年8月，赵荣琛离团，许翰英继任团长，剧团排演《望江亭》《绣襦记》《杨家将》《伍子胥》《大保国·探皇陵·二进宫》等戏。1958年，创作排演了现代戏《除四害》《冲破黎明前的黑暗》《甩辫子的姑娘》。1959年剧团奉命撤销，人员分别被调至江苏省京剧院、徐州市京剧团、南京市青年京剧团和南京戏曲学校。

1970年，南京市革命委员会决定重建南京市京剧团。重建的南京市京剧团的演员、演奏人员主要是来自南京市京剧学馆、江苏省戏剧学校和中国戏曲学院的历届毕业生。主要演员有姜宁、万连宝、宛励新、郭天运、乔海民、周洪武、章嘉禾、喻惠霞、李淑媛、续丽雯、陈辉、程全等。他们先后创作排演了《红花荡》《姑娘你爱谁》《火烧东王府》《沈万三》《少帅受审》《推车》《血剑恩仇》等现代剧和新编历史剧，以及《逼上梁山》《海瑞罢官》《白蛇传》《红娘》《赵氏孤儿》《三请樊梨花》《四郎探母》《王宝钏》《玉堂春》《伐子都》等一批传统剧目，并曾相继与张世麟、杜近芳、马少良等人合作演出。

在剧目建设方面，20世纪60年代挖掘整理了一批传统剧目，同时创作改编了十几个现代戏。剧院曾以《耕耘初记》《革命家谱》《再接鞭》赴北京参加了1964年文化部主办的京剧现代戏观摩演出，周恩来总理等党和国家领导人观看了《耕耘初记》的演出，并接见了全体演职员。剧院又以《江姐》《就是他》《伏虎》《英姑》《枫林渡》等剧赴上海参加了1965年华东区京剧现代戏观摩演出大会。“文化大革命”中，剧院艺术工作受到破坏。1978年后，剧院恢复了近百出传统戏，同时创作了10多个新编古代和现代戏。《琵琶泪》《姐妹花》参加了1979年江苏省京剧创作剧目会演，《长缨在手》《宝烛记》《荣辱鉴》等先后参加了全省调演和省属剧院（团）新剧目汇报演出，石玉昆获导演奖，赵润获音乐奖，沈小梅、杨小卿、赵云鹤获表演奖。《宝烛记》获1982年江苏省首届戏曲百花奖的演出奖。1982年，《双阳公主》参加省直院（团）汇报演出，董金凤、韩俊鸣获表演奖。1983年，《董小宛》《临江驿》《王昭君》参加省直院（团）新剧目汇报演出，黄孝慈、詹国治、韩俊鸣、江燕、黄晓萍获表演奖，龚苏萍获配角奖。

江苏省京剧院著名演员沈小梅还曾培养美国留学生魏莉莎、加拿大留学生刘伟亮，指导他们演出了《贵妃醉酒》《霸王别姬》等剧。1988年，沈小梅、朱鸿发、沈福庆赴美国夏威夷，为夏威夷大学排演了英语京剧《玉堂春》。1990年，剧院还以庞大阵容赴香港演出，引起轰动。

该院多次承担接待党和国家领导人和外国元首的演出任务。毛泽东、周恩来、刘少奇、李先念、胡耀邦、李瑞环等党和国家领导人，以及胡志明、西哈努克、金日成等外国元首都曾观看过该院的演出。

为了繁荣戏剧艺术，1990年10月9日至16日，江苏省文化厅与省剧协在南京联合举办江苏省第二届戏曲青年演员大奖赛。全省有10个市（连云港市未参加）、4个省直属院团、61名演员参赛。经评选，确定优秀青年演员一等奖6名，二、三等奖及组织领导奖若干名。这届大奖赛规模之大、时间之长、剧种之多、行当之全，均超过第一届，而且参赛人员的平均年龄较第一届小，整体水平比第一届高。这显示了江苏省戏曲事业后继有人的可喜景象。

1991年，在文化部举行的首届文华奖评选中，江苏省京剧院的《宝烛记》获文华新剧目奖，沈小梅获文华表演奖。

1992年12月，江苏省京剧院的京剧《青蛇传》参加全国青年京剧团（队）新剧目会演，获得优秀剧目、优秀导演、优秀舞美设计、优秀表演、优秀配角、编剧、音乐设计、武打设计及表演等9项奖励。

1993年4月，在文化部举办的第三届文华奖评选中，江苏省京剧院的《青蛇传》获文华新剧目奖，省京剧院的设计师姚呈远获得文华舞美单项奖，成为省舞美界第一个获得文华奖的人。

1993年8月15日，沈小梅应美国夏威夷大学校长罗伯特·汉斯的邀请，再次赴该校讲授京剧艺术，并帮助他们排演现代京剧《沙家浜》。随同赴美的还有著名演员陆根章、琴师沈福庆。

1995年10月，南京市京剧团排演的《醒醉记》入选成都第四届中国戏剧节，获优秀演出、编剧、舞美设计、灯光设计等奖，演员万连宝、续丽雯获优秀主演奖，张健强获优秀配角奖，还获得唱腔设计奖与导演奖。在这之前，该剧曾获1994年度中宣部“五个一工程”奖。

1995年，京剧《西施归越》参加首届中国京剧节，获得长庚铜奖。

1999年，现代京剧《骆驼祥子》在第二届中国京剧艺术节获金奖，在全国产生了较大影响。

十、滑稽戏

南京的滑稽戏与早期文明戏中的滑稽表演关系密切。文明戏中的滑稽角色相当于戏曲中的小花脸，专门插科打诨以活跃气氛。因剧中人物地位不同，又分为长袍滑稽和马甲滑稽两种。文明戏中的滑稽演员除了在剧中抓住一点尽情夸张逗笑观众外，还要在演出前和间歇如换景时串演一两个滑稽小品，这种小品称为“趣剧”，实际已是滑稽戏的雏形。

20世纪20年代以后，滑稽戏在南京活动时，曾分别用过趣剧、独角戏、滑稽京剧（所谓的什锦歌剧）等各种名称，代表性人物有顾无为、田晓菁、汤慧声、顾春山、夏悲天、周天愁等。他们大多来自上海，上演的剧目有《火烧豆腐店》《一碗饭》《小山东到上海》《捉拿落帽风》《老裁缝吃肉》《剃头》《算命》等。

从20世纪40年代起，沪、苏、锡、常等地的滑稽剧团也来宁演出，汤慧声、顾春山、文彬彬等人又在南京先后组织起五福团、春声剧团。1951年，南京市分散演出的滑稽演员在军管会文艺处的主持下，成立了南京人艺通俗话剧团。1959年4月，南京市滑稽剧团成立，上演剧目有《火锅为媒》《大点秋香》《喜上加喜》《财迷》《两厢情愿》《无所谓》等，主要演员有汤慧声、顾春山、赵玲、陈蜚、周道等。

从20世纪50年代中后期起，南京市滑稽剧团先后赴华北、中南、华东等地区的12个省40多个市巡回演出，受到各地的欢迎，首开滑稽戏离开吴语区北上演出成功之先例。

1970年，南京市滑稽剧团被撤销。1979年，南京市浦口曲艺团成立，一批原滑稽剧团艺人被调入该团，他们曾排演的滑稽戏《戏命攸关》在江苏省及安徽省上演。1980年，浦口曲艺团被撤销。

十一、扬剧

扬剧为地方戏曲剧种，由扬州、镇江一带的花鼓戏（亦称小开口或维扬文戏）和扬州、六合地区的香火戏（亦称大开品或维扬武戏）合流发展而形成。从20世纪20年代初期开始，扬剧形成之前的花鼓戏、香火戏都曾在南京演出，如程俊玉、陆云霞、高秀英、高玉卿等人都在升州路戏院演出过。

1936年，南京国民党当局以“油头粉面、有伤风化”的罪名禁演维扬戏。为避免禁令，艺人们先后以道情春戏、南方歌戏、广陵班、十锦戏、霓裳歌曲、邗江歌曲等名坚持演出过。

卢沟桥事变后，在上海的维扬戏艺人大部分撤离。金玉昆、武龄童、林玉兰、石玉芳、夏玉楼、房竹君、王美云、廖凤英等人陆续来到南京搭班或组班演出，特别是被誉为“苏北梅兰芳”的张月娥师徒班，自1941年来南京后，先在下关共和戏院演出，后邀请许多名角，扩大演出点，经常在下关、城中、城南夫子庙一带演出，有时还组班赴扬州、镇江、芜湖、蚌埠等地演出，最多时达7个班。

新中国成立初期，在人民政府的关怀下，扬剧艺术获得新生。当时南京有扬剧团6家，分别是力进扬剧团、联友扬剧团、新生扬剧团、新光扬剧团、大众扬剧团以及联三扬剧团。1951年，扬剧艺人参加了“改人、改戏、改制”的学习。同年11月，南京市文化事业管理处决定将力进扬剧团改建为南京市实验扬剧团，主要演员有王美玉、房竹君、张月娥等。1953年，江苏省扬剧团成立，因而大批演员从扬州来到南京，其中有高秀英、华素琴等，同时有一批新文艺工作者参加了扬剧工作。1955年以前，在宁的剧团均无固定归属，它们组织上自由结合，制度不完善，演出质量不高。剧团登记后，市文化主管部门加强了对其的领导，使剧团演职员基本固定，并在驻团干部的协助下，逐步建立起导演制等各项制度。

1956年，南京市实验扬剧团、联友扬剧团合并，建成全民所有制的南京市扬剧团。1958年，南京市扬剧团并入江苏省扬剧团，同时以原两团的青年演员组成江苏省青年扬剧团。

在剧目方面，新中国成立初期在扬剧舞台上演出的剧目，大多是幕表戏，经常上演的有《孟丽君》《樊梨花》《二度梅》《珍珠塔》《分裙记》《秦雪梅》等二三十出。之后，文化主管部门派干部到剧团抓剧目工作。30多年来，南京地区的各扬剧团上演了一大批新剧目。其中，古装戏有《鸿雁传书》《百岁挂帅》《恩仇记》《碧血扬州》《三审刁刘氏》《义民册》《上金山》《放许仙》《断桥》《算命》《朱洪武与马娘娘》等，现代戏有《枪毙恶霸萧月波》《迎春花开了》《枯木逢春》《东风解冻》《最听话的丫头》等，这些剧目在群众中都有较大影响。

在发展扬剧表演艺术风格方面，南京各扬剧团的主要演员也逐步形成了自己的特点。高秀英演的《鸿雁传书》，以青衣饰王宝钏，其表演特点是唱重于做，生活气息浓厚，程式化动作不多。她唱功突出，所唱的“堆字大陆板”深切感人，脍炙人口。华素琴饰演的《上金山》《断桥》，以花旦为主。她扮演的白素贞，在表演上吸收了昆曲载歌载舞的特点，唱做并重，舞台表演活泼多姿。丑角是扬剧重要行当之一，有些传统戏以丑角为主，并以说白取胜。陈立祥在《算命》一剧中饰演的王瞎子，以丑应工，有说有唱，演来惟妙惟肖，谐趣横生。

南京扬剧界还曾组团多次参加戏曲会演。1954年，上海举行华东戏曲会演，南京主要扬剧团的演员均参加，江苏省代表团演出了《鸿雁传书》《袁樵摆渡》《赶山塞海》，分获剧本奖、演出奖和音乐改革奖。在1957年举行的江苏省第一届戏曲观摩演出大会上，省扬剧团演出的《恩仇记》、市扬剧团演出的《算命》，均获一等奖。江苏省青年扬剧团在1960年举行的青年会演上，演出《义民册》等剧目，也受到好评。

1959年5月，新光扬剧团和大众扬剧团合并成立南京市红旗扬剧团。1961年1月，该团在江浦首次演出，并经南京市同意，被当时的江浦县接受，成立江浦县扬剧团。

江苏省、南京市文化主管部门十分注意扬剧接班人的培养。早在1952年，南京市实验扬剧团就招收了一批学员，并在1954年单独建立了南京市扬剧学员队，聘请扬州清曲名家王万青、尤庆乐等人任教。1956年，江苏省戏曲训练班为南京地区的各扬剧团以及外地扬剧团培养了大批演员和编导人员，后来他们都成了各扬剧团的主演和艺术骨干。

南京各扬剧团除在本市及郊县演出外，还曾赴苏北、苏南等地区演出。1959年，江苏省扬剧团到北京演出《百岁挂帅》《恩仇记》《挑女婿》《上金山》《放许仙》《断桥会》等戏，受到多位党和国家领导人的接见和文艺界的好评。省扬剧团拥有高秀英、华素琴、王秀兰、蒋剑峰、蒋剑奎、杭麟童、朱余兰、吴惠明等一批艺术骨干，还有20世纪70年代从省戏校毕业分配进团的徐秀芳、侯长荣、袁晓君、缪勇、杨晓苇等人也已成为剧团的后起之秀。

十二、锡剧

锡剧为地方戏曲剧种，约在清代后期，由流行于苏南的无锡、常州一带农村中的滩簧发展而成。据锡剧老艺人俞荣甫说，1928年，唐阿桂（仲卿）组班在南京民业公司演出，这是锡剧首次进入南京。这个班子阵容整齐，有唐阿桂（小生）、过昭容（旦）、辛金泰（老生）、叶生度（老旦、老生）、叶兰珍（风骚旦）、卜月娥（青衣）等知名演员，他们以最低的生活水平，包括晚上住在秦淮河上的船里，前后维持了两年半的演出。

从20世纪40年代初期开始，赵金奎的锡剧班（成员有仇泉荣、仇泉声、仇泉林、陈淑义等）从常州、溧水，经水路到高淳、江宁等地演出，使锡剧在南京地区有了更多的观众。

新中国成立后，锡剧在南京地区的发展较快。1952年，原上海合作锡剧团被分配到溧水县，易名溧水县大众锡剧团，即溧水县锡剧团前身。1953年3月，江苏省锡剧团在南京正式成立，以原苏南文联锡剧实验剧团为基础，吸收了原苏南文工团部分团员。1954年12月，原无锡县锡剧团40余人被编入该团。1955年，原在溧阳的友韵锡剧团在高淳县落户，改称高淳县友韵锡剧团，即后来的高淳县锡剧团。1956年，原宜兴的光明锡剧团被调到六合县，成为六合县锡剧团。1961年1月，江宁县也成立了江宁县锡剧团。

在专业锡剧团相继成立的同时，南京地区的业余锡剧活动也较活跃，如江宁县铜山乡在1950年就成立了业余锡剧团，在相当长时间内仍在活动。20世纪50年代后期，白下区文化馆也有业余锡剧演出队。“文化大革命”前，他们自编自演的剧目很受群众欢迎。此外，高淳县、溧水县等许多乡都有过业余锡剧团。

1954年，江苏省锡剧团以王兰英、费兴生的《双推磨》，姚澄、谭群卿的《庵堂认母》，沈佩华、何枫的《庵堂相会》参加华东区戏曲观摩演出大会。这些剧目均得好评，并先后被上海电影制片厂拍摄成戏曲艺术影片。这使锡剧迅速为省内外广大观众所熟知，与浙江越剧、安徽黄梅戏一起被人们誉为华东地区的三大地方戏剧种。在以后的30多年中，南京地区的锡剧除挖掘、整理、改编传统剧目，移植其他剧种的剧目之外，也上演了不少自己创作的剧目，其中《红楼梦》《红色的种子》《走上新路》《画缘》《三亲家》《光棍姻缘记》《火烧延庆寺》等戏取得了一定的成绩。

江苏省锡剧团主要演员有姚澄、沈佩华、王兰英、王汉清、刘鸿儒、何枫、费兴生、谭君卿、郑永德、徐风、张玲娣等。自1966年以来，江苏省戏剧学校先后分配4期毕业生进团，其中倪同芳、张志祥、王菊英、王根兴、蒋昌涌、杨继忠、薛燕等人已成为艺术骨干。剧团不仅在南京及江苏各地演出，还先后多次去上海、山东、浙江、湖北、湖南、广东、福建、江西等地进行巡回演出。1954年9月，剧团首次进京，为第一届全国人民代表大会代表们演出了《双推磨》《庵堂相会》《打面缸》和《罗汉钱》，受到文化部表扬。1955年，剧团为缅甸总理吴努演出《双推磨》。多位党和国家领导人曾观看该团演出的《红色的种子》《妇女代表》《罗汉钱》等戏。剧团还先后为外国元首和国际友人演出100多场。

十三、越剧

越剧为地方戏曲剧种，发源于浙江嵊州，壮大成熟于上海，20世纪40年代由上海沿沪宁线流入南京市。据有关文章记载，于1947年开张、1948年停业的位于建康路的新亚大戏院，就曾邀请合心女子越剧团演出过《迷月诗魂》《泪洒相思地》等剧。中央剧场也曾请姚桂芳主演越剧《血泪姻缘》。中华戏茶厅原有越剧彩唱，1949年7月后组班演出。

新中国成立后，南京的越剧演出日益繁荣，除上海一些越剧团来南京演出外，本地也有了新声、群乐、和合、联友、大众等几个民营越剧团，大鸿楼成了专演越剧的剧场。1954年春，竺小招、商芳臣、筱水招等人率云华越剧团来南京演出，即被挽留在南京定点，称为南京实验越剧团，1956年正式定名为南京市越剧团，1959年又并入由大众、联友越剧团合并而成的南京市越剧二团，阵容更加壮大。同年，江苏省文化局委托南京市文化局从无锡、镇江、常熟、武进等市县越剧团选拔演员。1964年，原由兴化县领导的越剧团被调归六合县，成为六合县越剧团。这些越剧团都颇受观众欢迎。

南京市越剧团于20世纪60年代至70年代还招收了一批男演员，实现男女合演，为全省首创。1956年2月8日，南京市越剧团在北京演出《南冠草》《柳毅传书》《梁祝》等剧，文化部艺术事业管理局和中国戏曲研究院为《南冠草》召开了座谈会，郭沫若、老舍观看演出，并分别为演出本进行修改和润色。周恩来曾多次观看剧团演出，于3月4日和邓颖超一起看《南冠草》后，与竺水招、商芳臣、筱水招、蒋鸿鳌等演职人员合影留念，并邀请剧团于4月12日进中南海紫光阁演出《南冠草》。演出结束后，他还在办公室接见剧团团长竺小招，副团长商芳臣、陶影、筱水招及《南冠草》的改编者毕华琪。

在专业剧团发展的同时，从20世纪50年代起，南京就有了业余越剧活动。“文化大革命”前夕，玄武区、下关区、南京电瓷厂、无线电厂以及江浦县都有业余越剧演出。“文化大革命”时期，六合剧团和江苏省青年越剧团被先后撤销，南京市越剧团名存实亡，各业余剧团也停止活动。

“文化大革命”后，越剧在南京重新活跃起来。南京市越剧团于20世纪60年代招收的一批演员如竺小招、袁小云、赵时莺等成为剧团的骨干，80年代初招收了一批学员，80年代后期又招收一批，定向在省戏剧学校培养。陶琪、陈菊芳、樊建萍、朱蔺、沈美娟、周密、华洁等“小百花”青年演员崭露头角，排演了《报童之歌》《莫愁女》《秀才遇仙记》《梨园天子》《侯门之女》《哑女恨》《杜兰公主》等剧目。

1989年3月27日，江苏省1988年新剧目观摩演出评奖结束。南京市越剧团创作演出的新编越剧《侯门之女》获得演出奖、剧本奖、导演奖、舞美设计奖，演员竺小招、袁小云、陶琪分别获得优秀表演奖、表演奖。

20世纪90年代，戏剧交流活动频繁。1993年9月，越剧戚派创始人戚雅仙带领上海静安越剧团在延安剧场献艺，她为观众清唱了《白蛇传》《玉堂春》选段。4月下旬，尹派创始人尹桂芳率福建芳华越剧团来南京演出《玉蜻蜓》。11月初，毕春芳来南京，在下关富盈春歌舞厅与戏迷一起举办戏曲联谊会。

1999年，南京市越剧团演员陶琪荣获第十六届中国戏剧梅花奖。

十四、话剧

见诸文字记载的南京地区的话剧演出始于光绪三十二年（1906），即辛亥革命前夕。当时，上海著名的职业性新剧团进化团在团长任天知的带领下，来南京举行首场公演。进化团是文明新戏的一面旗帜，它注重时事性与宣传性，孙中山先生曾为之欣然写下“是亦学校也”的赠词。他们模仿日本的习俗，在剧场门前高悬起“天知派新剧”的大字旗帜，吸引了好奇的南京观众。他们演出了由日本新派剧《血之泪》改译的《血衣》，以及反映朝鲜爱国者安重根刺杀日本首相伊藤博文的《东亚风云》和描写知识分子投笔从戎的《新茶花》。他们在南京连续演出3个多月，为南京的话剧演出活动播下了第一批火种。

“五四”运动以后，中国现代话剧脱离了文明新戏的范围逐步成长起来。对南京观众影响最大的演出当属1929年1月和7月南国社的两次公演。南国社是大革命失败以后田汉带领一批青年艺术家建立起来的进步戏剧团体，他们带来了田汉创作的《古潭里的声音》《苏州夜话》《生生意志》《湖上的悲剧》《名优之死》《火之跳舞》《颤栗》《第五号病室》等反映现实的社会剧，以及具有唯美主义色彩的《南归》和《莎乐美》。南国社的这两次演出，给南京观众带来了巨大的震撼。国民党当局对其赤色宣传惊恐万分。剧团第一次公演即遭到警察局的干涉，演出场地被迫从秦淮河畔的民众教育馆迁移到郊区的晓庄学校；剧团第二次公演时，戴季陶亲自出马，对田汉的新作《孙中山之死》实施禁演。然而，南国社火热的激情与卓越的表演深深地打动了无数青年观众的心，不少学生直接参加了南国社的戏剧工作，后来牺牲在雨花台的左翼戏剧家宗晖烈士，便是当年受其影响而加入南国社的晓庄学校学生。

江苏省立南京中学的学生观看了南国社的戏以后，把南国社社长田汉和主要演员俞珊请到南京中学校园参观，并自动组织了南钟剧社。起初，这个剧社排演一些独幕剧，如田汉的《苏州夜话》《湖上的悲剧》《南归》等，在校内演出。1932年，剧社排演了洪深编剧的多幕剧《五奎桥》，到校外剧场正式公演。当时在南京中学读高中的舒强（原名蒋树强）、水华（原名张毓藩）、王苹（原名王光珍）、封景孚等人都是剧社的主要成员。为了排演这样的大戏，剧社请来了上海左翼“剧联”的戏剧专家陈鲤庭任导演，并请校外的许之乔、吕复等人参加演出。剧社先后在延龄巷的陶陶大戏院演出了《五奎桥》和田汉编的《乱钟》，在社会上产生了较大影响。

1933年是南京话剧史上极为重要的一年。这年夏天，设立在上海的中国左翼戏剧家联盟特派陈鲤庭、宋之的等人专程来南京，以南钟剧社这支进步的力量为基干，成立了左翼戏剧家联盟南京分盟，其主要成员有瞿白音、洪法、吴天、施玉、王逸、许之乔、舒强、吕复、水华、王苹、严恭等。

南京分盟新建的磨风艺社（英文“moving”的译音，是“活动”的意思）联合民众教育馆的大众剧社，自1933年下半年到1935年进行多次大规模公演，以反封建、反压迫、反侵略、反内战为内容，在南京掀起了一阵空前的话剧热潮。他们最初以短小精悍的独幕剧为主，多在学校和农村进行演出，剧目有反映现实生活的《江村小景》《战友》《秋阳》《丰收》《放下你的鞭子》《小偷》《雪里王冠》和《月亮上升》等。为了避免受到迫害，也为了进一步提高表演水平，南京分盟特从上海请来了总盟的名导演章泯，为其排演内容较为缓和的大型剧目，尤其是世界名著，并且开始了大剧院里的正规化演出。1935年元旦，磨风艺社于陶陶大戏院首场演出了易卜生的名剧《娜拉》，他们精心的设计、超群的表演，使南京观众耳目一新，王苹扮演的娜拉、吕复扮演的赫尔曼、舒强扮演的柯洛克、水华扮演的南陔医生，给观众留下了深刻印象。女主角的扮演者王苹毕业于南京第一中学，应聘于南京兴中门小学任教师，因演《娜拉》被教育局解聘，于是掀起一场轰动全国的“娜拉事件”。王苹是南京人，回族，1916年生于南京（1990年在北京病逝）。她演《娜拉》时才19岁，主演进步戏剧，经受了严酷的考验，终于成为中国共产党的优秀党员和著名电影艺术家。

南京分盟的活动遭到了国民党当局的干涉。1934年冬，张道藩设宴于南京最大的饭店安乐酒家，拉拢演员排演他的剧本《自救》，遭到拒绝后，他恼怒万分。1935年春，当分盟准备利用三八妇女节的机会再度公演《娜拉》时，大批特务在演出前一天包围了环球饭店，将设立其处的公演办事处中的瞿白音、舒强、王逸等人逮捕，施玉、赵明等人亦先后陷入囹圄。分盟遭破坏，蓬勃发展的左翼话剧运动被扼杀。

1935年秋天，又一个进步话剧团体——中国舞台协会在南京诞生，它是在田汉的组织努力下成立起来的。1935年2月，田汉在上海被捕，随后解押到南京，7月经徐悲鸿等人保释出狱。他不甘沉默，暗中联络了马彦祥、应卫云、王晋笙3位旧友，发誓要“大干一场”。既无资金又无人马，依靠南京友人的支持和上海同仁的帮助，中国舞台协会竟成功地举行了3次公演，在南京又掀起了话剧运动的新高潮。

1936年10月，出现了由马彦祥等为负责人的中国戏剧学会，它于1937年1月和3月举行了两次公演，剧目分别为曹禺的《雷雨》和《日出》。曹禺亲自扮演的周朴园给观众留下了深刻的印象，马彦祥的导演才华更是初露锋芒。6月，中国戏剧学会从业余剧团的性质改为职业剧团，首次公演了阿英的新作《群莺乱飞》。本欲于7月再次公演曹禺的《原野》，但因卢沟桥事变的突发而作罢，剧团亦随之解体。

1935年秋，国民党主管文化工作的陈立夫、张道藩等人为了对抗左翼戏剧活动，培养为自己所用的戏剧人才，创办南京国立剧校。然而校内进步力量却占了上风，事务主任由中共地下组织成员石蕴华（杨帆）担任，教员中有田汉、洪深、应云卫、马彦祥、曹禺、吴祖光等大批进步人士，学生中有著名女演员石联星等。他们的行动使学校的发展趋向和政治动向同当初创办的意愿背道而驰。具有爱国热情的师生们常常利用实习公演，向南京观众献上反帝抗日的进步剧目，如《怒吼吧，中国》《青龙潭》《走私》《东北之家》等。一些学生还利用暑假秘密组织剧团，前往燕子矶乡演出《秋阳》《三江好》《放下你的鞭子》等宣传抗日战争的街头剧。

抗日战争期间，上海成立了文化界救亡协会救亡演剧队，演剧队提出的口号是“深入内地，深入农村，宣传抗日”。救亡演剧队从上海出发，经苏州、无锡、镇江来到南京。瞿白音、舒强、吕复、舒模、水华、严恭、王苹、王逸、王家乙、许之乔等人都参加了救亡演剧队。1937年9月18日是“九一八”事变6周年，救亡演剧队第八队在孝陵卫演出《放下你的鞭子》，第三、四队在苏、锡、常演出《三江好》《秋阳》《最后一计》《毒药》等剧之后，于1937年11月12日至14日以“抗敌剧团”的名义在香铺营公余联欢社公演了徐韬编剧的《八百壮士》和章泯编剧的《我们的故乡》。

抗日战争胜利后，为了反对内战，在中共地下组织的领导下，南京“大学联”以学生演剧活动，拉开了与国民党直接斗争的序幕。

灵活多样的演出晚会是其经常采用的方式，自编自演的活报剧是其演出的主要内容，《典型犹存》便是以卖国投降的袁世凯来影射蒋介石，获得了观众阵阵喝彩。国民党特务砸毁汽灯，制造混乱，然而同学们自动牵起手来，高唱《团结就是力量》，当几十个火把重新出现在会场时，制造破坏的特务亦被抓获，在众人的斥骂声中押解着游场一周。机灵的“笔杆子”们不失时机，立即抓住这一事件，当场创作出活报剧《公审特务》，从构思到演出仅用了10余分钟。

在这场反内战的民主斗争中，从大后方复员回南京的国立戏剧专科学校成为一支极富战斗力的队伍。他们创作出一批又一批辛辣犀利的活报剧，如《民主商店》《覆灭》《天亮前后》

《他们为什么死去》等，使国民党恼羞成怒，拿起屠刀。1948年4月1日，大批军警特务趁剧专学生参加“反对假和平，要求真和平”示威游行后返校之际，残酷地围殴了手无寸铁的学生。他们狂叫着要砸烂这个“八路学校”，打伤了数十名学生，洗劫了整个校园。外校师生闻讯后前来救援，亦被打死或打伤——这就是震惊南京的“四一”惨案。学生们的演剧活动为中国革命的最后胜利洒下了滴滴鲜血。

新中国成立后，江苏省、南京市文化部门重视话剧事业的发展，相继成立了江苏省话剧团（后改名为江苏省人民艺术剧院）、南京市话剧团和南京军区政治部前线话剧团。南京军区政治部前线话剧团成立于1953年5月1日，是随着革命战争的进程和胜利而发展起来的一支文艺队伍。最早是抗日战争时期的新四军军部服务团及所属部队的“前线”“大众”等剧团。解放战争开始后，这几支文艺队伍与山东军区文工团合并，被编为华东野战军文工团，到全国胜利时已发展为华东军区、第三野战军文工一团和二团，1950年被编为华东军区、第三野战军解放军艺术学院。从1950年到1955年前后，以剧院话剧队为基础，又调集了华东军区、第三野战军各部队文工团的业务骨干，组成了一个业务人才比较齐全、实力比较雄厚的话剧团体。

前线话剧团共创作多幕剧30余部，“文化大革命”前在军内外有影响的创作剧目有（按创作演出时间为序）：《东海最前线》《杨根思》《布谷鸟又叫了》《青春之歌》《烈火红心》《东进序曲》《我是一个兵》《第二个春天》《霓虹灯下的哨兵》《我们的队伍向太阳》。党的十一届三中全会以来，创作剧目有：《向前向前》《朋友》《理想还是美丽的》《宋指导员的日记》《斯诺在中国》《财经副官》《春风巷的邻居们》《强台风从这里经过》《天堂里来的士兵》等。

前线话剧团除主要演出自己创作的剧目外，还演出了军内许多优秀剧目，计有《红色风暴》《同甘共苦》《红缨歌》《八一风暴》《雷锋》《千万不要忘记》《年青的一代》《南方来信》《于无声处》《高山下的花环》等，演出的外国剧目有《心病者》《她的朋友们》《渔人之家》《天边外》等。演出各种样式的独幕剧近80个。

前线话剧团曾多次参加全国话剧会演、调演和全军文艺会演，获得多种奖励。在1956年第一届全国话剧会演中，《杨根思》获得演出一等奖，舞美设计一等奖，剧本、导演二等奖，舞台技术革新二等奖，舞台制作管理三等奖，5人获表演三等奖。1959年，《东进序曲》参加全军第二届文艺会演获得成功，被总政选为向新中国成立10周年献礼的优秀剧目，1960年又参加全国小型话剧会演，获得一致好评。1963年，《霓虹灯下的哨兵》在首都演出获得很大成功，得到毛泽东主席、周恩来总理、朱德委员长等老一辈无产阶级革命家热情称赞。同年，《霓虹灯下的哨兵》《第二个春天》《我是一个兵》获总政颁发的优秀创作奖。1977年在全军第四届文艺会演中，《红旗飘飘》《城下城》获总政颁发的创作演出奖，一批演员、舞美设计者获优秀表演奖和优秀舞美设计奖。1979年在庆祝新中国成立30周年献礼调演中，《向前向前》获国务院文化部授予的创作一等奖、演出二等奖。《宋指导员的日记》于1983年获首届解放军文艺奖，1984年获全国优秀剧本奖。1960年，前线话剧团出席全国文教卫生系统群英大会，被授予全国文教战线先进单位称号。

前线话剧团创作演出的优秀剧目被搬上银幕的有《东进序曲》《霓虹灯下的哨兵》《心灵的搏斗》（根据《宋指导员的日记》改编）。此外，被拍成电影的还有《江山多娇》《哥俩好》《布谷鸟又叫了》等。

1993年4月10日，南京市话剧团在百花艺苑上演英国荒诞派当代著名剧作家哈洛德·品特的名剧《情人》，由葛石柱、李宗华主演，特邀前线话剧团李建平执导。该剧从一对结婚10年的“幸福”夫妻入手，充分展现了人生的各个侧面。4月30日，市政协部分委员、专家对话剧《情人》进行了座谈讨论。

1995年，话剧《热线电话》获文华新剧目奖，王承刚、蔡伟获文华编剧奖，张九妹、郝光获文华表演奖。

1998年7月，南京市话剧院排演的话剧《大江奔流》在文化部举办的“纪念中国话剧运动90周年交流演出”中获6项大奖：话剧交流演出奖、导演奖、优秀表演奖（2个）、灯光设计奖、舞美设计奖，并在文化部主办的第八届文华奖评比中获文华新剧目特别奖。这是南京市戏剧艺术门类首次获此奖项。该剧被评为省、市“五个一工程”奖，以及南京市文学艺术奖荣誉奖，在全国巡演近200场，受到好评。

2000年，由姚远、邓海南、蒋晓勤创作的话剧《“厄尔尼诺”报告》获第九届文华剧作奖、文华导演奖和文华表演奖。

第二节　戏曲创作

早在元代，白朴等戏曲作家就在南京留下了戏曲佳作。明代、清初、民国及新中国成立后，南京曾是戏曲创作、演出研究的中心之一，汤显祖、洪昇、孔尚任、田汉等诸多名家都有传世佳构。

《梧桐雨》　杂剧，元白朴编剧。该剧写唐明皇和杨贵妃的故事，包括长生殿庆七夕、沉香亭舞霓裳、马嵬坡杨贵妃之死等情节，结束于唐明皇深秋雨夜哭奠杨贵妃。白朴在把白居易《长恨歌》改编为《梧桐雨》时，根据自己的时代感受，加强了对李、杨骄奢淫逸的批判。他吸收前人作品中关于杨贵妃与安禄山私通的描写，体现了社会舆论在对李、杨爱情的评价上存在的复杂矛盾。《梧桐雨》主要通过心理刻画来表现人物的精神面貌，特别是在第四折中，着力描写唐明皇的内心世界：忆旧、伤逝、相思交织在一起，人物的心情和雨打梧桐凄凉萧瑟的氛围非常协调，构成一种诗剧的境界。剧中回旋着的那种由人世沧桑引出的感伤调子，同白朴词作中一再表现的兴亡之感有相通之处，这也是《梧桐雨》艺术描写上的一个重要特点。《梧桐雨》对后世以李、杨爱情为题材的戏曲创作有着重要影响。

《墙头马上》　杂剧，元白朴编剧。《墙头马上》故事来源于唐代白居易新乐府《井底引银瓶》。宋金杂剧、院本中有《裴少俊伊州》和《墙头马上》，诸宫调有《井底引银瓶》，但都已佚失。此剧写李千金与裴尚书之子裴少俊相爱，私奔至裴家，在后花园同住七载，生下一儿一女，后被裴尚书驱赶回家；裴少俊中状元后，合家团圆，裴尚书则受到李千金一番奚落。《墙头马上》塑造了一个大胆追求爱情的少女李千金形象，她虽出身贵族，却率真、泼辣，敢作敢为，没有闺阁弱女的犹豫和软弱，裴少俊和裴尚书的性格也都比较鲜明。本剧富有喜剧性，通过戏剧冲突展示人物性格的手法较成功。

《紫箫记》 传奇剧本，明汤显祖作。该剧取材唐蒋防传奇小说《霍小玉传》，但割弃小说中因李益负心而致霍小玉于死的情节，写李益在结婚后随军出征，霍小玉在家，怀念不已，李益于七夕回京，两人团聚。它是作者的早期作品，后来作者又以此为基础改写成《紫钗记》。

《牡丹亭》 一名《还魂记》，传奇剧本，明汤显祖作。该剧写南安太守杜宝之女杜丽娘偕侍女春香游园遣闷，梦中和书生柳梦梅相爱，醒后感伤致死。3年后柳至南安养病，发现丽娘自画像，深为爱慕，丽娘感而复生，两人终得结为夫妇。剧本写成于万历二十六年（1598），塑造了杜丽娘、春香等典型形象，揭露封建礼教的罪恶，但也有向封建势力妥协的消极因素。人物心理刻画细腻，曲词优美，有突破南北曲旧格律之处，对后来的戏曲发展有较大影响。明代戏曲家如沈璟、臧懋循、冯梦龙等人都有改编本，冯本改名为《风流梦》。清代戏曲音乐家钮少雅、叶堂诸人则据汤显祖原曲词制谱《闺塾》（通名《春香闹学》）、《惊梦》（通名《游园惊梦》）等出昆剧演出。

《南柯记》 传奇剧本，明汤显祖作。该剧取材于唐李公佐传奇小说《南柯太守传》，对封建官吏的腐化享乐生活有所揭露。

《邯郸记》 传奇剧本，明汤显祖作。该剧取材于唐沈既济传奇小说《枕中记》，写卢生在梦中行贿中试，出将入相，一时享尽荣华，但因官场倾轧而遭贬，后又复官。剧本揭露了封建官场科举制度的丑恶。昆剧《扫花》《三醉》《法场》等即出于此。

《紫钗记》 传奇剧本，明汤显祖著，任太常寺博士时作。这是据其旧作《紫箫记》重写，故事仍根据蒋防传奇小说《霍小玉传》。剧本对霍小玉的坚贞非常同情，并揭露了封建统治者的罪恶。曲文清新俊逸，时有佳句，近于小词，昆剧《折柳阳关》即出于此剧。

《马伶传》 明侯方域作。剧本通过马伶与李伶比演《鸣凤记》中严嵩的故事，矛头指向了魏忠贤为首的奸党。

《李姬传》 明侯方域作。作者根据亲身的经历，刻画了一个头脑清醒、是非分明而又妩媚多情的歌女形象。李姬即李香君，此成为孔尚任传奇《桃花扇》的蓝本。

《绣襦记》 明徐霖编剧。《绣襦记》全剧41出，写唐代妓女李亚仙和郑元和的爱情婚姻故事。郑元和热恋李亚仙，因金钱荡尽，被鸨母设计逐出，流落下层，以送殡唱挽歌为生。其父常州刺史郑儋进京述职，见元和与人赌唱歌词，以其有辱家门，鞭笞至死，弃尸荒郊。元和后经人救活，寄养于卑田院，行乞于长安市上。一日，风雪严寒，元和持破瓦罐，唱莲花落，沿街乞讨。行至亚仙居处，为亚仙所认，拥扶于暖阁之中，复以利害说动鸨母，自赎其身，赁屋与元和同居。亚仙卖钗环、买书籍，剔目毁容，督促元和发愤苦读。元和及试中状元，诏除成都参军，乃携亚仙入蜀赴任，恰值其父擢升成都府尹，相会于驿馆，尽释前嫌，亚仙与元和遂正式结为夫妇。这一作品是在唐白行简传奇小说《李娃传》以及宋元南戏《李亚仙》、元高文秀杂剧《郑元和风雪打瓦罐》、石君宝杂剧《李亚仙花酒曲江池》、明朱有燉杂剧《曲江池》的基础上改编而成，为描写郑、李故事最细致、最完整的剧本。作者熟悉下层社会生活，对妓院、凶肆和市人、帮闲、乞儿的描写逼真。第31出中郑元和行乞时的唱词，把乞儿口语浑然天成地熔铸进去，更是富有特色。全剧艺术手法相当精练，很少枝蔓。近世许多地方剧种都有根据它改编的传统剧目。

《长生殿》 传奇剧本，清洪昇作。该剧写唐明皇宠幸杨贵妃，任杨兄国忠为相，但后来政治腐败，安禄山作乱，进攻长安，唐明皇仓皇出走，到马嵬坡时，将士愤慨，杀死杨国忠，迫杨贵妃自缢；后半部写唐明皇对杨贵妃的怀念以及两人在天上相会。剧本描写了两人的爱情生活，反映了当时社会的政治动乱，对人民的疾苦也有所表现。昆剧《定情》《密誓》《惊变》《埋玉》《闻铃》《哭像》等即出于此。

《桃花扇》 传奇剧本，清孔尚任作。该剧写明末阉党阮大铖为收买侯方域，暗中出钱让侯结识秦淮名妓李香君。侯、李拒绝阮的收买，阮就依附大学士马士英对他们进行迫害；清军破南京后，侯、李在栖霞山中相会，共约出家。剧本反映南明弘光王朝的政治动乱。

《小忽雷》 传奇剧本，清孔尚任、顾彩合作。该剧写唐梁厚本同郑盈盈的婚姻遭盈盈之兄及宦官仇士良破坏，几经波折，终于团圆的故事。因以珍贵乐器小忽雷被仇士良搜献进宫，后来又流传到外间的经过为线索，故名。

《秣陵春》 又名《双影记》，传奇剧本，清吴伟业编剧，共41出。剧情的梗概是：南唐徐适藏有李后主所赐玉杯，后主的内侄女黄展娘藏有内宫的宝镜。在偶然的机会下，杯、镜互易其主。展娘在杯中看见徐影，徐适也在镜里看到黄像。展娘遂不能忘情，魂离躯壳，在后主幽魂的主持下与徐适结合。婚后，后主送徐适与展娘魂魄回家，但两人在半路又被冲散。几经曲折，两人在人世重谐花烛。他们深感后主恩德，齐至后主祠庙参谒。忽然空中仙乐嘹亮，后主显灵，遂共同追忆南唐旧事，相对唏嘘感慨。通过剧中人对前朝皇帝的感恩，吴伟业表露自己的心迹。剧本情调比较低沉，使人感到作者在吐露自己的郁闷时，又有许多难言之隐。《秣陵春》语言典丽，情节奇谲，但结构松散，头绪纷繁。

《临春阁》 杂剧，清吴伟业根据《隋书·谯国夫人传》，并牵合《陈书·张贵妃传》的史实写成。剧情叙述陈后主依靠张丽华和冼夫人（一文一武），料理军国大事。隋兵渡江，南朝危在旦夕，她们虽力图挽救，终不免国破家亡。张丽华自杀，冼夫人也遣散军队，入山修道。作者通过对人物遭遇的描绘，抒发亡国之哀。剧中冼夫人对误国的文武官员的谴责，实际上也寄寓着作者对南明覆亡的看法。

《通天台》 杂剧，清吴伟业编。该剧写沈炯在梁亡后旅居长安，凭吊汉武帝“通天台”

遗迹，在悲伤中睡去。他在梦中被汉武帝召用，以有愧于心而竭力推辞，汉武帝无法勉强，只得送他出关。沈炯梦醒，发现自己原来身在“通天台”下的一个酒店里。这出戏情节单纯，格调苍凉，有较强的抒情性。吴伟业3部作品的取材都与兴亡有关，寄托的用意比较明显。

《比目鱼》 传奇剧本，清李渔作。该剧写书生谭楚玉同戏曲女艺人刘藐姑相爱的故事。

《风筝误》 传奇剧本，清李渔作。该剧写书生韩世勋题诗于风筝上，风筝落在詹家，詹淑娟和诗其上，二人因而结合的故事。剧中穿插了许多误会和笑料，思想情趣庸俗，其中《前亲》《后亲》《惊丑》等出昆剧演出较多。

《笠翁十种曲》 传奇剧本集，清李渔作。包括10个作品：《比目鱼》《蜃中楼》《怜香伴》《慎鸾交》《巧团圆》《奈何天》《风筝误》《玉搔头》《意中缘》《凰求凤》。

《石巢四种》 明末清初阮大铖编剧。阮大铖作传奇9种，今存《春灯谜》《燕子笺》《双金榜》和《牟尼合》，世称“《石巢四种》”。《春灯谜》全名《十错认春灯谜记》，作于崇祯六年（1633），写士子宇文彦一家悲欢离合故事。剧中父子、兄弟、夫妻、翁婿等关系一度全被“错认”，故名“十错认”。《燕子笺》作于崇祯十五年（1642），是阮大铖的代表作。剧本写唐代士人霍都梁与名妓华行云及礼部尚书郦安道之女飞云的爱情故事。霍都梁与飞云之间的关系，起因于《听莺扑蝶图》与《水墨观音画》在裱糊时被弄错，飞云题诗于笺，被燕子衔去，落入霍都梁手中，于是两个素未谋面的青年男女陷入苦苦相思。作者以细腻笔触描写了闺阁少女的孤寂生活及其对美好爱情的向往之情。剧中反面人物鲜于佶的性格塑造得比较生动。第38出《奸遁》至今仍为昆曲保留剧目。《双金榜》全名《勘蝴蝶双金榜记》，写皇甫敦两次被诬陷，妻离子散，后因二子登科，夫妻父子才得团圆。《牟尼合》全名《马郎侠牟尼合记》，一名《牟尼珠》。剧本塑造吃人魔王麻叔谋的形象，鞭挞封其蔀贪赃枉法、草菅人命的罪行，在一定程度上暴露了封建社会官僚机构的腐败黑暗，反映了下层人民的苦难。

《陌花轩杂剧》 杂剧集，明黄方胤著。黄有书斋“陌花轩”，因以为名。所制包括《倚门》《再醮》《淫僧》《偷期》《督妓》《娈童》《惧内》，内《倚门》有眉批，首有马丽华序文。《远山堂剧品》《重订曲海》《今乐考正》《曲目表》《曲考》《曲录》并著录，北京图书馆藏有顺治间原刻本。

《玉燕堂四种曲》 传奇剧本集，清张坚编撰。包括《梦中缘》46出、《梅花簪》40出、《怀沙记》32出、《玉狮坠》30出，有乾隆年间刻本流传。书中徐孝常《梦中缘序》有乾隆年间北京昆曲与乱弹竞争情况的介绍。《梅花簪》全剧有工尺谱存，《昆曲大全》第四集收《抢亲》《闻嫁》《遣判》《舟误》4出；其余36出，苏州市戏曲艺术研究室藏有抄本。

《太平乐事》 杂剧，清曹寅撰。共10出：《开场》《灯赋》《山水清音》《太平有象》《风花雪月》《龙袖骄民》《货郎担》《日本灯词》《卖痴呆》《丰登大庆》。洪昇“癸未（1703）腊月”为之作序。南京图书馆和上海图书馆各藏有残抄本。

《续琵琶》 传奇剧本，清曹寅撰。北京图书馆藏有35出残抄本，《古本戏曲丛刊》第五集据此影印。

《藏园九种曲》 清蒋士铨撰。有蒋氏红雪楼刊本。此集一名《红雪楼九种曲》，为杂剧、传奇全集，包括杂剧《一片石》《第二碑》《四弦秋》和传奇《空谷香》《桂林霜》《雪中人》《香祖楼》《临川梦》《冬青树》9个作品，其中《临川梦》写汤显祖，《冬青树》写文天祥，较著名。

《金闺杰》 清侯芝改编。有道光改编本。该书原名《再生缘》，由清陈瑞生、梁德绳著，侯芝改编成演出本，写元代元帅皇甫敬之子少华与兵部尚书孟士元之女丽君的爱情故事。此本影响较大，曲艺曲种改编演出甚多。

《复活的玫瑰》 侯曜作。该剧内收《复活的玫瑰》《刀痕》《可怜闺里月》，是南京较早的现代戏剧，前两篇为男女青年冲破封建礼教争取自由恋爱的故事，第三篇为反对军阀混战的故事。1924年3月由上海商务印书馆出版。

《弃妇》 侯曜著。该剧为五幕剧，曾由女青年剧作家濮舜卿饰女主角登台演出，一破男扮女装之陈规，反响很大。1925年5月由上海商务印书馆出版。

《山河泪》 侯曜作。该剧写韩国被日本入侵的历史故事，借以反对侵略战争，激起民族精神。1925年由上海商务印书馆出版。

《洪水》 话剧，田汉于1935年12月在南京创作，同时演出。同年12月，连载于南京《新民报》。

《梦归》 话剧，田汉在南京创作，发表于1935年《吴县日报》。

《械斗》 田汉作，发表于1936年1月《文艺月刊》。

《风洞山》《长虹血》《轩亭秋》《霜厓三剧》 吴梅编剧。吴梅的早期戏曲作品《风洞山》传奇，写明朝末年瞿式耜抗清殉国故事。此剧定稿于光绪三十年（1904），当时帝国主义列强侵略中国，清政府腐败无能，国家危在旦夕。作者“长歌当哭”，抒发强烈的民族感情，歌颂瞿式耜的爱国气节。《苌虹血》和《轩亭秋》是反映当时政治斗争、宣扬变法和民主革命的两部时事剧。前者作于光绪二十五年（1899），写戊戌六君子被害事。后者作于光绪三十三年（1907），写秋瑾的革命事迹。《苌虹血》因其祖父“深惧此书之贾祸，夜间密焚之”而不传。《轩亭秋》则仅刊出“楔子”。吴梅的晚年作品《霜厓三剧》（《湘真阁》《无价宝》《惆怅爨》）均谱前人风流遗事，是文采音律俱佳之作。

《曲选》 元明剧曲选，吴梅编著。该剧分4卷，收《琵琶记》等传奇32种194折。1930年11月由上海商务印书馆出版。

《杀敌报国》 张道藩作，国立戏校编，属于《抗战戏剧小丛书》第四种。1937年12月由长沙国立戏剧学校出版。

《卢沟桥》 田汉作，《抗战戏剧丛书》之一种。剧本写卢沟桥抗日斗争，悲壮激烈。该剧在南京首演，振奋人心，曾遭国民党当局禁演，但其影响很大，揭开了抗日戏剧的序幕。1937年10月由成都协美印刷局出版。

《**黎明之前**》 话剧，田汉于1935年11月在南京创作，同年12月演出。1937年由北新书局出版。

《**复活**》 话剧，田汉于1936年创作，同年于南京演出。1940年由上海杂志公司出版。

《**阿比西尼亚的母亲**》 话剧，田汉于1936年创作，同年于南京演出。1937年由北新书局出版，以后被收入剧集《黎明之前》（北新书局出版）。

《**阿Q正传**》 话剧，田汉于1937年在南京创作，根据鲁迅小说改编。同年由上海戏剧时代出版社出版。

《**凤凰城**》 吴祖光作。剧本写抗日义勇军苗可秀的英勇事迹，1938年5月由国立南京戏剧专科学校在重庆首演。1939年1月由重庆生活书店出版。

《**路条**》 洪山戏剧目，杨澍编剧。该剧写战士牛厚祖（绰号牛头粗）不爱学文化，一日，六合城内女特务花巧凤路过牛厚祖岗哨，用假路条蒙混过去，被侦察员皮小三（绰号皮条三）识破，皮小三逮住花巧凤，批评牛厚祖，从而双方引起争执。班长知道后，用事实教育牛厚祖，使其认识到学文化的重要性，同时也劝导皮小三改进教育方法。该剧由国民革命军新编第四军二师文工团排演。由于紧密结合部队生活，很受部队指战员们欢迎。

《**保家乡**》 洪山戏剧目，王永泉、张泽易编剧。该剧写日本兵下乡抢掠，强奸了一位农村妇女，她欲寻短见，幸为邻里发觉抢救下来。其夫参加了民兵队伍，配合新四军主力部队消灭了这股敌人。该剧由淮南大众剧团首演，后在高邮县金沟、闵桥、塔儿集（现属金湖县）等地巡演中，成批观众随团流动反复观看；在国民革命军新编第四军军部（盱眙县黄花塘）、二师师部（来安县大刘郢）、东分区司令部（天长县大李庄）演出时，均受到指战员欢迎。

《**云雀**》 路翎作。剧本写知识分子在社会大动荡中各自的生活道路，揭示出旧社会的没落和新中国的曙光。1948年11月由上海希望出版社出版。

《**目连**》 高淳阳腔目连戏传统剧目，亦称阳腔目连。近数十年经常上演的是三本目连，由唐变文、宋杂剧结合当地民间宗教祭祀活动，长时期发展演变而成。该剧演目连僧（傅罗卜）一家虔诚信佛，其母刘青提因吃荤开斋而被打入地狱，目连入地狱救母脱离苦海的故事。主干故事之外还插入了许多故事。其剧本的故事情节与关目设置与郑之珍《目连救母劝善戏文》基本相同，这是因为《目连救母劝善戏文》是郑之珍通过“搜实迹，据陈篇”而编成的。而郑本问世后，对民间目连戏产生了一定的统一规范作用。但《目连》并非源于郑本。《化钗求子》《出神》《脱凡》《拿狄狗奴》等折是郑本所没有的。江苏省剧目工作委员会于1957年12月编印《阳腔目连戏》。

《**魏徵斩龙**》 洪山戏传统剧目，郝余洲根据同名内坛神书改编。该剧写唐太宗年间，长安七县大旱3年，百姓易子而食。玉帝得知，传旨降雨1米。袁天罡卜出五月初三大雨，龙王与袁天罡打下人头赌。龙王赌后回宫接得玉帝降雨旨，龙女又唆使父亲改降雨1米为2米，致使百姓又遭水灾。玉帝大怒，即命武曲星魏徵斩龙，龙女又选13件珍宝贿赂唐王，要唐王以弈棋拖住魏徵，终将龙王斩首。

《刘全进瓜》 洪山戏传统剧目，郝余洲根据同名内坛神书改编。该剧写刘全娶妻李翠莲，生一子一女。刘全往淮安讨债，邻里王婆前来借米，翠莲厌其屡借不还，拒之。适逢唐僧取经归来，途中观音嘱其往刘家化其金钗，可使翠莲富贵荣华。唐僧登门指定化钗，翠莲心善施给，事为王婆窥见，趁刘全归家前，拦路诬告翠莲私通和尚。刘全入门索钗，翠莲遭百般打骂而自杀。翠莲之兄得知此事后上门大闹，毁尽财物。未几，又遭大火，刘全家财尽绝，只身外出讨饭。唐太宗出榜招贤去阴司献瓜。刘全梦中得知翠莲受屈，便揭榜应召，借以去阴司会妻。阎王念其进瓜有功，令其还阳复活，并让翠莲趁皇妹暴死之机借尸还魂。唐王喜认翠莲为御妹，封刘全为都尉，夫妻得以重圆。

《枪毙恶霸地主萧月波》 扬剧剧目，周镜泉等人根据土地改革期间，南京市郊区枪毙恶霸地主萧月波一事创作。萧月波鱼肉百姓，勾结官府，成为国民党、日寇、汪伪的三朝“元老”。农民谈泮芹率乡民与之抗争，结果家破人亡。乡民宛祥生多次告状，皆告败诉，还惨遭杀害，被抛尸野外。新中国成立后，萧月波继续造谣惑众，企图变天，终于被人民政府镇压。该剧于1951年由南京市力进扬剧团首演。

《双推磨》 锡剧剧目，吴白匋、杨彻、谢鸣、俞介君整理改编，俞介君执笔。该剧写除夕之夜，青年雇工何宜度在回家路上，无意撞翻寡妇苏小娥水担，后为苏挑水回家，帮苏推磨。两人互相爱慕，结为夫妇。锡剧传统对子戏中，有《磨豆腐》和《小寡妇粜米》，前者写一嫁给小丈夫的妇女，后者写一青年寡妇，但二人最终都与长工相爱而结合。《双推磨》则是把这两出戏合并，剔除其中不适宜成分，细致刻画了何宜度与苏小娥通过劳动，由相互了解、同情到相互爱慕的心理活动。该剧由江苏省锡剧团首演。1954年参加华东区戏曲观摩演出大会，获剧本二等奖、音乐改革奖、演出奖一等奖。同年由上海电影制片厂拍摄成舞台艺术片，中国唱片社上海分社灌制全剧唱片。剧本于1959年被收入中国戏剧出版社《戏曲选》第五卷及《中国地方戏曲集成·江苏省卷》。

《走上新路》 锡剧剧目，高晓声、叶至诚编剧。该剧写在江南一个新建的农业合作社里，中农张伯文总觉自己吃亏，富农周洪发趁机挑拨张和担任会计的儿子学才一起退社，结果让周窃取了会计大权。在对待张、周的问题上，副社长李瑞珍和正社长刘炳根意见分歧，李主张团结张、排斥周，刘则认为张太精明，周积极听话，加之麻痹大意，骄傲自满，才有机可乘。区委明确指示必须清除富农，团结中农，批评了刘，并吸收李入党。在周的阴谋彻底暴露后，群众觉悟了，干部团结了。该剧于1954年9月由江苏省锡剧团首演。同年10月，参加华东地区戏曲观摩演出大会，获剧本一等奖、优秀演出奖、导演奖、音乐改革奖、舞台美术奖、演员一等奖。

《挑女婿》 扬剧剧目，崔东升、杨彻根据传统幕表戏《一女嫁三夫》改编。该剧写村女张丽英爱上塾师李俊生，二人情投意合。张母贺氏出门烧香，途中为丽英托媒，将女儿许予吴三丁为妻。其时，张父天顺出外经商，将女儿丽英许配王田。父母爱吴、王两家为高门大户，嫌李贫穷，劝女打消己见，丽英坚决不允。而三家同至张宅会亲，乃闹至公堂。县令无法判断，后经太太设计，假意将丽英杖毙，王、吴两家不愿收尸，退回庚帖；而李俊生却自愿殡葬丽英，并终身不娶。县令遂将丽英许配俊生。1954年9月，江苏省扬剧代表团以该剧参加华东区戏曲观摩演出大会，获演出奖。

《柳毅传书》 越剧剧目，又名《水晶宫》，宗华、韩义改编。该剧取材于唐李朝威小说《柳毅传》、元尚仲贤杂剧《柳毅传书》及平襟亚改编的传奇小说《龙女画传》。主要内容为：秀才柳毅赴京应试，途经泾河畔，见一牧羊女悲啼，询知为洞庭龙君之女三娘，她因遣嫁泾河小龙，备受虐待，被贬至河畔牧羊。柳毅乃仗义为三娘传送家书，不畏艰险。三娘得救后，深感柳毅传书之恩，请其叔钱塘龙君作伐求婚，柳毅为避施恩图报之嫌，拒婚而归。龙女三娘一往情深，矢志不渝，偕其父洞庭君化身为渔家父女同往人间，托名三姑与柳毅邻里相处。柳与三姑感情日笃，三娘乃以真情相告，柳感佩三娘情挚爱真，二人结为伉俪。1952年，该剧由云华越剧团首演于上海。1955年云华越剧团改为南京市越剧团后，计大为重新改编该剧。1956年，剧团赴北京汇报演出，深获好评。剧本于1959年被收入《中国地方戏曲集成·江苏省卷》。1961年由计大为、叶至诚改编为戏曲电影剧本，1962年由长春电影制片厂摄制成彩色戏曲片向国内外发行。此为南京市越剧团保留剧目。

《袁樵摆渡》 洪山戏传统剧目，郝余洲根据同名内坛神书改编。该剧写玉帝三女思凡，由其师黎山老母领至人间。时值除夕，人皆忙着过年，二人唯见一渡口有人摇船渡客，遂登船过河。船靠彼岸，船夫索渡金，老母装穷未给，船夫欣然放行。三姐爱船夫（姓袁）人品，经老母说合成婚，后生子天罡。三姐又施法术，使袁门富贵。城中李财主闻知赶来查看，见三姐美貌，命家丁抢回，逼迫与其成婚，又生一子，取名淳风。异姓同胞长成，同拜鬼谷子为师，专工麻衣相术。1954年，江苏省扬剧团据神书将其改编为扬剧演出，编剧为吴白匋（执笔）、杨彻、张玉卿、颜琦。同年，该剧参加华东区戏曲观摩演出大会，获演出奖，并于1955年由江苏人民出版社出版。

《陈子春上任》 洪山戏传统剧目，郝余洲根据内坛神书改编。该剧写陈子春中状元后，被殷丞相招为女婿。唐太宗命陈去洪江任知府，陈偕妻凤英同行，至江口雇刘洪船行进。刘洪见凤英貌美，用酒灌醉陈并将其抛入大江，逼凤英成婚。凤英为报夫仇，佯装应允，以怀胎不便，成婚求缓。未几，凤英产子，为防止刘洪伤害，撕裙咬指写下血书，包起婴儿，将其置于木盆中浮入江中，任其漂流逃生。婴儿为镇江金山寺方丈救下抚养，取名"江流子"。江流子10岁为僧后，得知母陷洪江，独身赶去见母。凤英命他赴京报案，江流子赶至京城拜见外公殷相。太宗闻奏即命尉迟恭捉拿刘洪，同时见江流子少年大志，为他取法号玄奘，令往西天取经。

《上海姑娘》 张弦作。该剧由作者的小说《甲方代表》所改编，由北京电影制片厂于1957年摄制，并由中国电影出版社于同年出版。剧本写青年爱情的故事，反映出青年知识分子的热情和理想。此剧曾受到错误的批判，于20世纪80年代得到重新评价。

《布谷鸟又叫了》 话剧剧目，杨履方编剧。该剧讲述在1956年农业合作化运动时期，江南农村人称“布谷鸟”的姑娘童亚南，冲破封建旧思想，追求平等、自由、幸福的故事。1957年春，该剧由南京军区政治部前线话剧团首演。而后全国各地纷纷上演，并被改编为歌剧、戏曲，拍摄成电影，还被翻译成俄文，在莫斯科艺术剧院上演，由莫斯科电视台播映。

《红色的种子》 锡剧剧目，夏阳、顾尔镡、俞介君据张维成所述故事编剧，顾尔镡、俞介群执笔。该剧写1946年新四军北撤后，共产党员华小凤在洪泽湖畔开展敌后工作，虽与组织失去联系，仍坚持斗争，她和贫农王老二以假夫妻作掩护，发动群众，建立组织，开展工作，最后和解放大军胜利汇合。1958年7月初，该剧去北京参加现代题材戏曲联合会演。豫剧、评剧、粤剧等剧种曾将其移植上演，上海市人民评弹团将其移植改编为同名中篇评弹。剧本于1959年5月被收入中国戏曲出版社《戏曲选》第二卷，12月被收入《中国地方戏曲集成·江苏省卷》。

《百岁挂帅》 扬剧剧目，吴白匋、银川、江风、仲飞编剧。该剧取材于扬剧传统幕表戏《十二寡妇征西》。该剧写宋仁宗年间，西夏国的王文进犯三关，守将杨宗保中箭身亡，焦廷贵、孟定国回京送信。这时，天波府正为宗保五十生辰大摆盛筵，众女将惊悉宗保噩耗后，虽悲痛万分，但仍以国事为重，几经曲折，由百岁老人佘太君亲自挂帅，率众女将及重孙杨文广出征，刀劈王文，得胜还朝。该剧于1958年由江苏省扬剧团首演。1959年参加江苏省第三届戏曲观摩演出大会，被评为优秀剧目。同年秋，剧团赴北京汇报演出，受到好评。1959年底，吴白匋、银川将其改编为戏曲艺术片，上海海燕电影制片厂负责摄制。1960年，中国京剧院四团将其改编为京剧《杨门女将》，豫剧、河北梆子等剧种均曾将其移植上演。剧本被收入《中国地方戏曲集成·江苏省卷》。

《东进序曲》 话剧剧目，顾宝璋、所云平编剧。该剧写1940年，新四军挺进纵队渡江东进对日寇进行反“扫荡”。国民党苏鲁皖游击总指挥部妄图配合日寇消灭新四军，挺进纵队政治部主任陈秉光按照我党的指示，前往游击总指挥部谈判。谈判未成，新四军本着“人不犯我，我不犯人，人若犯我，我必犯人”的原则重创国民党军后，又以大敌当前、抗日为重的精神，主动提出停战，从而扭转了苏北的斗争形势。1959年10月，该剧目由南京军区政治部前线话剧团首演，并获1963年中华人民共和国国庆十周年献礼优秀剧目奖，1962年由八一电影制片厂摄制成同名影片。

《碧血扬州》 扬剧剧目，石来鸿编剧。该剧写南宋末年，元兵攻陷临安，掳宋谢太后及幼主北上。队伍途经瓜洲，两淮制置使李庭芝发兵夺驾，敌酋阿术绑李妻于扬子桥头，威逼李退兵，李舍妻救驾未成。阿术又逼令太后下诏劝降，并派李庭芝的堂弟子虎前往扬州游说。李庭芝敢于冲破“朕即国家”的封建道德，焚诏斩虎，义无反顾。后因制置副使朱焕叛变投敌，扬州城破。李威武不屈，自刎于莲花池，壮烈殉国。此剧由江苏省扬剧团首演，并于1959年被收入《中国地方戏曲集成·江苏省卷》。

《南征北战》 沈西蒙、沈默君等作，被收入1959年版《中国电影剧本选集》（中国电影出版社出版）。

《火锅为媒》 滑稽戏剧目，汤慧声、陈廉、汪伟、唐宁（执笔）据文明戏《描金凤》中一折改编。该剧写姑苏名医钱志节，其妻早丧，与女儿玉翠相依为命。恶霸汪宣垂涎玉翠貌美，欲娶为妾。汪宣求亲不成遂生诡计，命家中恶奴将钱志节诓至家中，用酒灌醉，乘钱神志模糊之时，指桌上“火锅”以为媒证，骗得玉翠之婚约。与此同时，玉翠与书生徐惠兰一见钟情，并以描金凤钗为信物，二人私订终身。钱志节回家后，玉翠知悉父亲贪杯允婚，抵死不从。街坊中有县衙刑房王书吏得知情由后，将计就计，请邻居许四娘假扮玉翠与汪宣拜堂，尔后率众邻里齐赴县衙，状告汪宣“抢孀逼嫁”。知县暗中已受汪宣贿赂，本欲偏袒汪宣，但察感王书吏已知其中内情，为保住自己的前程，只好判定汪宣以火锅为媒之婚约无效，并罚银五百两结案。此剧由南京市滑稽剧团在1959年6月首演于南京。

《活捉罗根元》 昆剧剧目，徐子权根据前线话剧团剧本《两个女红军》改编。该剧写1934年秋，江西红军女游击队队长发姑和队员秋姑，为营救被捕同志，装扮成新安镇富绅陈盛记家的丫头、小姐，假称郊游有病，混进黄土岭保安队队长罗根元家。罗母知陈家有势有财，便曲意奉承。突然，曾被游击队俘虏过的保安队队员小狗子闯了进来，认出二女。二女先发制人，将小狗子制服。罗根元回家，游击队经过一番唇枪舌剑，里外配合，将其生擒。被捕同志安然脱险。1959年，该剧由江苏省昆剧团首演。1960年参加江苏省首届青年戏曲演员观摩演出，获得好评。《江苏戏曲》于1960年5月号首次发表剧本。该剧又于1979年被收入江苏人民出版社出版的《1949—1979江苏小戏选》中。

《雨花台下》 话剧剧目。顾尔镡（执笔）、鲍明路、夏阳编剧。该剧描写了抗日战争前夕，共产党人在蒋家王朝统治下的南京城进行英勇不屈的革命斗争，广泛发动人民大众投入抗日救国运动。1961年7月，该剧由江苏省话剧团首演。

《莫愁女》 越剧剧目，张弦（执笔）、张震麟根据民间传说创作。该剧写明中山王府公子徐澄与丫鬟莫愁产生爱情，但徐澄之祖母老太君攀附权贵，强迫徐澄与邱丞相之女邱彩云结婚，并将莫愁关入柴房。新婚之夜，徐澄潜出洞房，悄悄至湖心亭柴房探望莫愁，共吐心曲。邱氏知徐澄旧情难忘，始而假意笼络莫愁，继而乘徐澄病重之时，唆使老太君命莫愁献出双睛。莫愁遭此迫害后，难以为生，乃投湖而死。徐澄闻讯，愤怒欲狂，追随莫愁亦跳入湖中殉情而亡。此剧于1963年由南京市越剧团首演。1979年4月，南京市越剧团重新排演此剧，由作者张弦重新构思创作，连演近100场。同年10月，江苏电视台将其摄成戏曲电视剧。1982年，南京电影制片厂将其摄成彩色戏曲片向国内外发行。豫剧、粤剧、秦腔、黄梅戏等剧种也曾纷纷将其移植演出。

《霓虹灯下的哨兵》 话剧剧目，沈西蒙（执笔）、漠雁、吕兴臣集体创作。该剧描写了中国人民解放军一个连队在上海解放初期进驻繁华的南京路，在“冒险家的乐园”里与暗藏敌人的斗争中坚持自身革命化的故事。1962年9月，该剧由南京军区政治部前线话剧团首演。1963年，该剧荣获中国人民解放军政治部优秀创作奖，1964年获文化部优秀话剧奖，同年被改编成同名电影。

《第二个春天》 话剧剧目，刘川编剧。该剧描写了20世纪60年代初期中国人民解放军海军建设中的一场斗争，讲述了中国自己设计、自己制造高速快艇“海鹰”的故事。该剧于1964年获文化部优秀话剧奖，还被改编为同名电影。

《我是一个兵》 所云平、白文编剧。1962年由解放军文艺出版社出版，1964年由上海天马电影制片厂摄成电影。

《夺印》 王鸿、丁毅编剧。1964年8月由中国电影出版社出版。

《无所谓》 滑稽戏剧目，南京市滑稽剧团于1963年集体创作，陈真、谢光宁、黄文虎加工修改。该剧写江南肥皂厂供销股长吴阿为，在建厂初期辛勤努力，忠心耿耿，因而便自诩为肥皂厂的功臣。随着生产的发展，他对许多原则问题麻木不仁，常用“无所谓”的口头禅来对待同志们的批评。一次，他外出采购急需的原材料时，慷公家之慨，铺张浪费，甚至为了抢购原材料而不择手段，请诈骗、盗窃分子“齐天大圣”充当业务介绍人，从而使工厂蒙受重大经济损失。在事实面前，他认识到了自己这种凡事“无所谓”的思想错误，用实际行动反对“无所谓”。1963年3月，该剧由南京市滑稽剧团首演于南京。

《耕耘初记》 京剧剧目，洪玖（吴白匋等9人的笔名，“洪”与“红”同音，“玖”代表9人）根据镇江市扬剧团《耕耘记》改编。该剧写高中毕业生田玉玲改名志耕，回乡务农，同学梁小英改名志耘，也报名下乡。临行前，校长和老校工赠送书和扁担，勉励她们运用文化科学知识去改造自然。志耕、志耘来到农村，受到干部群众的欢迎，但也有少数人一时不能理解。志耕姐姐玉珍劝说妹妹报考大学。志耘在劳动中闹了些笑话，遭人讥讽。志耕不但不动摇，还耐心帮助一度打算回城的志耘。1年后，志耕、志耘回母校向老师和同学们汇报回乡务农的情况。她们建设社会主义新农村的雄心壮志，以及热爱劳动、不怕困难的精神，为广大知识青年树立了榜样。1964年，该剧在江苏省京剧院首演。

《海岛女民兵》 锡剧剧目，根据黎汝清的同名小说改编，江苏省锡剧团剧目组集体讨论，叶至诚、许应、秀彦辉等执笔。该剧写20世纪50年代初，地处东海前线的同心岛有一支女民兵队伍，她们在连长海霞的率领下劳武结合，常备不懈。逃亡渔霸陈占鳌暗遣特务，冒名刘阿太混入同心岛，和岛上的尤二内外勾结，进行捣乱。乡长李双和思想麻痹，给人以可乘之机，海霞通过外查与内调，与人民解放军配合，布下天罗地网，终于粉碎了敌人妄图卷土重来的罪恶阴谋。1972年，该剧由江苏省锡剧团首演。

《报童之歌》 越剧剧目，谢光宁（执笔）、王庆昌编剧。故事发生在1941年的重庆。望春和亮娃是一对姊弟，生长在船工家庭，妈妈被敌机炸死，爸爸又因反对内战被反共顽固派杀害。亮娃和一群穷苦的孩子在周恩来的亲切关怀和直接教育下，参加报童队伍，为发行我党在国民党统治区的报纸《新华日报》，为传播党中央、毛主席的声音，与反共顽固派进行了机智勇敢的斗争。望春这个善良软弱的孤女，也在顽强的斗争中成为“新华军”的一名战士。周恩来面对“皖南事变”的反共逆流，大义凛然，英勇斗争，同时亲切关怀下一代的成长，表现了他崇高的革命品德，谱写了他伟大一生的光辉一页！该剧由南京市越剧团首演。该剧在越剧舞台上首次塑造了周恩来的光辉艺术形象，得到各界观众的热情赞扬，在浙江、上海、江苏等地连续演出了200余场。1979年参加在北京举行的国庆三十周年献礼剧目汇报演出，获创作二等奖、演出二等奖。

《三亲家》 锡剧剧目，姜跃忠、魏洪涛编剧。该剧写某农业生产队保管员管老爹，热爱集体，坚持原则。其女儿之公爹王亲家的生产队为了盖百头猪场，发展集体生产，让王亲家持该队借条向管老爹暂借公款100元。管为支援邻队发展副业生产，又有本队队长批条，符合财务制度，便慨然允诺，并立即上银行取款，嘱老伴管大妈将钱交给亲家，但管大妈即将此款误借给了儿子的岳父李亲家。管得知李是为请客办喜酒而借走公款，坚持要追回公款，并和王亲家一起对李进行了耐心的教育。最后，李不但自己不借公款，还主动将准备办喜事的私人积蓄也一起借给王亲家的队里盖百头猪场，三亲家的矛盾得以妥善解决。1977年，该剧由江宁县锡剧团首演。同年11月参加江苏省专业文艺团体创作节（剧）目会演，获剧本创作奖、导演奖、演出奖、演员奖。1978年8月至12月又与江苏省锡剧团合作，由江苏电影制片厂摄成彩色戏曲片。

《最听话的丫头》 扬剧剧目，练福和编剧。该剧写生产队队长李振华之妻张桂霞，不仅全力支持丈夫搞好集体生产的工作，她本人也处处带头，积极劳动，忙得顾了田里顾不了家，因而家中的全部家务和照看未断奶的婴儿不得不全由其母张大妈一人辛勤操劳，为此引起了张大妈的不满，母女之间产生了一场充满戏剧性而又饶有趣味的冲突。后来张桂霞耐心巧妙地说服了母亲，并安排了家务，终于成为农忙生产第一线的先进分子。该剧于1977年由江浦县扬剧团首演。同年11月参加江苏省专业文艺团体创作节（剧）目会演，获剧本创作奖、演出奖、导演奖、音乐创作奖、优秀演员奖。

《吕后篡国》 昆剧剧目，吴白匋根据陈白尘话剧《大风歌》改编。该剧写公元前195年，刘邦病故，吕雉欲杀尽开国老臣后篡位，故秘不发丧。因机密泄露，吕后又立即发丧，假传遗诏，传位于其子刘盈，并废戚夫人为奴。陈平为顾全大局，决定不杀樊哙，立即回长安奔丧。吕后抓不到他的把柄，就拜他为郎中令，让其辅佐刘盈。同时，吕后烧毁了刘邦亲笔所写传位给赵王如意的遗诏。陈平的行动不为其他老臣所解。陆贾探出真情后，辞官为陈平做说客，四方联络老臣。赵王入朝，吕后手下将戚夫人残害。周勃得胜回朝，陈平建议吕后将部下解甲归田，以免吕后猜忌。就在刘盈去接周勃时，吕后派人杀害了赵王。刘盈回宫，知赵王已死，又见戚夫人惨遭残害，丧魂落魄，从此纵情酒色，朝政为吕后独揽。公元前188年，吕后临朝称制，并追封自己父兄为王，遭右丞相王陵反对，周、陈则有意让她暴露野心。在陆贾的沟通下，陈、周歃血为盟，共同安刘灭吕。吕后患病，急欲篡权，连杀刘王，连封吕姓王。欢宴时，宗室子弟刘章任监酒令，大挫吕氏诸人威风。吕后见状，气极病重，后经此一吓，终于死去。周勃闻讯，闯到大营，北军左袒，诸吕伏诛。吕氏阴谋未成，汉室江山重归一统。1979年，该剧在江苏省昆剧院首演。

《琵琶泪》 京剧剧目，冯玉铮、金恩渠于1978年创作。该剧写著名评弹演员辛玉泉一家曾为周恩来总理弹唱，受过总理的亲切接见。“文化大革命”中，辛玉泉等人看到事业被毁、同志遭难，万分痛心，后在毛主席对电影《创业》批示的鼓舞下，决定遵照周总理当年的指示，重返书场。这时，“四人帮”在苏州评弹界的爪牙史卫群秉承其主子的旨意，搜集诬陷周总理的材料，竟逼自己当年的师父辛玉泉捏造一份所谓周总理对旧评弹作的“黑指示”，但遭到辛玉泉坚决抵制和揭露。最后，辛玉泉夫妇被害死，一度被史卫群诱骗的辛小云含恨自杀。评弹之家家破人亡，只剩下辛小香在冰天雪地里抱琴挥泪，发誓去北京找毛主席……该剧由江苏省京剧团于1979年首演。同年参加江苏省京剧会演，获得专家及观众的好评。

《关汉卿》 昆剧剧目，朱喜根据田汉同名话剧改编。该剧写至元十八年（1281），关汉卿在大街目睹民女朱小兰含冤被斩，怒火中烧。在著名歌妓朱帘秀的支持下，他决定创作杂剧《窦娥冤》为朱小兰鸣不平。权臣阿合马第二十五公子仗势抢走了刘大娘之女二妞。关汉卿借为阿合马母亲看病之机，巧妙地将二妞救出火坑。关汉卿创作的《窦娥冤》，得到了好友杨显之、王和卿等的支持；无耻文人叶和甫在官府授意下，前来恐吓，被关汉卿痛责，狼狈溜走。朱帘秀演出《窦娥冤》，受到广大群众拥护，却触怒了阿合马，他派人到后台，勒令关汉卿改词，却遭到关汉卿坚决拒绝。因为按原样演出《窦娥冤》，关、朱被逮捕，扮演蔡婆婆的朱帘秀的弟子赛帘秀被剜了眼睛。狱中的关汉卿宁死不屈，写长歌《蝶双飞》与朱帘秀互相勉励。阿合马恶贯满盈，后遇刺身亡。第二年，关汉卿被免去死刑驱逐出境，与朱帘秀两人并骑南下，实现了“蝶双飞”的心愿。1979年，该剧在江苏省昆剧院首演。

《钟山风雨》 话剧剧目，艾煊作。该剧目载《钟山》第2期（1979年）。

《大风歌》 话剧剧目，陈白尘作。该剧目载《剧本》第1期（1979年）。

《被爱情遗忘的角落》 电影剧本，张弦作。该剧本载《电影作品》第10期（1980年）。

《风月同天》 扬剧剧目，银州、向群创作。该剧写唐代扬州大明寺高僧鉴真应日本留学僧荣睿、普照邀请，东渡日本弘法，海航艰难，人事纷争，5次前行均告失败。他因此积劳成疾，双目失明，然矢志不移，终于在天宝十二年（753）东渡日本成功。这次弘法前后历时十二载，为沟通中日两国文化做出不朽贡献。该剧由江苏省扬剧团于1980年首演。

《三把刀》 扬剧剧目，石来鸿、袁振奇、石增祥编剧。该剧写青年厨师杨庆生醉心于恢复失传已久的维扬名菜“琼花宴”，而他的女友、理发师谭虹却在其父谭局长的支持下，谋求与庆生双双跳业改行，二人终因志趣不同而爱情破裂。杨大妈又急又气，也力劝庆生改行，并说出庆生的真实身世及其生母临终时的托付。庆生在痛苦中得到其妹妹、理发师小兰的勉慰和青年修脚工小丁的帮助，终于试验成功“琼花宴”，并与小兰由假兄妹变成真情人。见异思迁的谭虹因误认为小丁是外科医生，轻率地抛出爱情的彩球，而受到了生活的嘲弄。当她听说庆生一举成名，并将与海外的生父团聚时，又企望重新回到庆生身边，却已无可挽回。该剧由江苏省扬剧团首演。1982年12月参加江苏省文化局直属剧院（团）新剧目会演，获演出奖、剧本奖以及表演、导演、音乐、服装等项奖。后由江苏电视台摄成戏曲电视剧《琼花飘香》，获中央电视台1984年全国综合节目二等奖。

《牡丹亭》 昆剧剧目，胡忌根据汤显祖传奇本和昆万里传统演出本节选整理，分为游园惊梦、寻梦、写真、离魂。该剧写南宋时，南安太守之女杜丽娘游园散闷，在春光感染下春情缠绵，梦中与柳梦梅相爱。她醒来后对柳难以忘怀，再去花园寻梦不得，感伤成疾。自画面容后，她于中秋风雨之夜，离魂而去。1982年6月，该剧在江苏省昆剧院首演，系江苏省昆剧院保留剧目。

《秦淮梦》 越剧剧目，谢光宁、邢雁、刘荆原编剧，以曹雪芹南游金陵的轶事为素材创作而成。该剧写《红楼梦》前80回抄本在社会上流传后，不仅引起封建卫道士们的种种非论，更激起了封建统治者的极大慌恐，他们下令搜书，并追捕作者。贫困潦倒的曹雪芹面对厄运，只得应两江总督之约，重返故乡金陵，以便续完全书。曹雪芹南游故地，目睹人民的苦难，又意外重逢幼小失散、沦为歌妓的儿时挚友黎芳青，她的悲惨遭遇更激起他续稿的文思。正当他奋笔写书之际，以皇八子之母佳贵妃和江宁织造局总督石雅斋为代表的统治势力，在金陵城中暗布罗网。两江总督尹公深为曹雪芹担忧，苦心规劝。曹雪芹面对重重压力，仍坚持写作，终于陷入稿焚人危的绝境，而曹雪芹的昔日恋人黎芳青也因挺身救曹护稿而遭到迫害。在民众的同情和鼓舞支持下，曹雪芹与黎芳青终于冲出罗网，登舟北上，飘然而去。1983年11月，该剧由南京市越剧团演出。1985年10月，江苏电视台将其摄制成戏曲电视剧。

《阿Q正传》 话剧剧目，陈白尘根据鲁迅同名小说改编。该剧在忠于原著的基础上，加入了鲁迅的旁白，边叙边演，独特发挥，深刻挖掘了“阿Q主义”喜剧性中的悲剧性。1984年6月，该剧由江苏省话剧团为纪念鲁迅100周年诞辰首演，被评为1981年全国优秀话剧剧本。

《侯门之女》 越剧新编历史剧，陈秋彤、吕一平、计大为编剧。该剧写西晋丞相贾充之女南风与贾午才貌双全，秉性各异。贾充举荐堵阳才子韩寿为东宫伴读来到贾府。皇宫为东宫太子选妃，杨皇后因嫌南风八字与太子不合，改聘贾午为太子妃。南风因未选上而心怀不悦，贾午却为中选而郁郁不欢。正值此时，一男儿闯入贾府，慌乱中得知此人即东宫太子。南风顿觉庆幸，并对韩寿产生爱恋之情，即约韩夜半花园相会。相会时，南风求婚，韩寿知南风慕权求势，不屑为伴。贾午因不愿成为贵妇而向韩寿求助，二人终因意气相投，不顾皇法家规，毅然相结同心。杨娘娘知悉贾午与韩寿私通之事后，亦羞亦怒，只得又将南风定为太子妃，并赐药酒命南风毒死韩寿。南风虽然爱韩之心不死，但仍然违心地毒死韩寿，怏怏进宫。该剧由南京市越剧团于1987年11月排演，另获江苏省首届戏剧“紫金奖”舞台美术奖。

《何日再相会》 锡剧剧目，吴炯明编剧。该剧写唐汉光在1949年元宵之夜，被骗离大陆。20年后，他装扮成船员秘密回到故乡，见到了朝思暮想的老母、妻儿。原来留在大陆的妻子林虹一直与唐母相依为命。唐、林夫妇短暂相会后，唐重返台湾，又给林留下了无尽的相思。1987年该剧由江苏省锡剧团首演。

《天上飞的鸭子》 话剧剧目，赵家捷编剧。该剧写青年干部傅尔与“绿衣天使”邮递员小王偶然相遇，一见钟情，而后他四处寻找小王，闹了一系列的笑话。1988年2月，该剧目由南京市话剧团与江苏省话剧团联合首演。

《水乡女人》 锡剧剧目，俞克平、朱喜编剧。该剧写在某水乡，新莲因丈夫好赌，不问生产，曾想自杀。在同村复员军人中保青及女青年红菱的救助下，她决心依靠自己的力量走出困境。他们修复了破旧的机帆船，用它运载旅客，受到乡亲们的欢迎。但是，新莲没有能够改变丈夫水生的不良习惯，夫妻间的裂痕日益扩大。新莲坚持合法利润的做法，使龙胖子等小船主想靠抬高船价赚钱的企图落空。新莲、保青在工作中日益接近，产生了爱情，然而由于传统思想的阻挠，他们只好分手。新莲事业上的成功并没有能够解决她在生活中所碰到的全部问题。1988年，该剧由江苏省锡剧团首演。

《杀子判》 京剧剧目，续正泰编剧。该剧描写了明代刑部尚书卫怀正维护王法，灭亲惩恶未成的故事。贫民范忠至京城寻其未婚妻卫府丫鬟李凤英，相见时遇到户部尚书吴炳之子吴安。吴安抢走李凤英，反诬范忠图财害命，卫府分子卫欣不明真相，一时性起，剑刺范忠致死。案发后，卫怀正获报依法办案。吴炳为保其子，一面唆使吴安将李凤英抛入江中灭口毁证，一面又奏请皇上赦免卫欣，企图逃避制裁。李凤英幸被渔父搭救，告至刑部大堂，卫怀正详知真相后，不受皇上赦免，大义执法，动刑问斩。临刑之际，卫欣痛悔夺刀，自刎而死。正值动斩吴安之时，吴炳赶到宣读圣旨，吴安死罪获免，卫怀正却落个执法灭亲未平冤的结局。此剧由南京市京剧团于1989年7月首演。

《乾隆断案》 京剧剧目，孙雨亭、一也编剧。该剧写清乾隆年间某年春，乾隆皇帝到江宁府查吏治，访民情。由于民妇张周氏的诬告，乾隆错判了革职官员王子章之女王翠莲的婚姻案，还使两江总督黄德林受到株连。当乾隆知道了事情的真相后，意欲纠正自己判错的案件时，竟遭到大臣们设下的重重障碍。面对一件普通的婚姻案所暴露出来的官场种种弊端，乾隆以他特有的气魄，毅然决然地推翻错案，公开向天下承认自己的错误，避免了更大冤案的发生。1991年，该剧由南京市京剧团首演。

《醒醉记》 京剧剧目，马彬编剧。该剧写唐贞观初年，太宗李世民陶醉于颂扬声中，渐生骄奢之心，竟要花巨资重修前隋洛阳宫，将其作为爱女的陪嫁。皇后多方劝说，李世民拒不纳谏。皇后请亲家公房玄龄再谏，并赐御酒一瓶。房玄龄以酒壮胆，一反常态，犯颜直谏，李世民大怒，将其软禁于宫苑。玄龄以绝食相要挟，皇后为保丞相性命，谎称御赐毒酒逼其进食，玄龄大醉，长睡不醒。尉迟恭误以为李世民逼死老丞相，闯宫痛责李世民，公主也向父皇索要公爹。李世民悔恨万分，至灵堂哭祭。恰此时玄龄酒醒，众人以为鬼魂出现，而玄龄也以为自己已死，故而再无顾忌，敞开胸襟，痛陈利弊。皇后适时赶到说明真相，再度力谏。李世民如梦方醒，收回成命，并再赐玄龄御酒一坛，以褒其酒醉醒君之功。1993年，该剧由南京市京剧团首演，并荣获1994年全国“五个一工程”奖。

《热线电话》 话剧剧目，王承刚、蔡伟编剧。该剧写两位电台《情感世界》栏目的主持人苏琴和江远因善于解决听众情感生活中的矛盾而名声远扬，但当自己的家庭、感情出现危机时却同样陷入了苦恼和无奈。1993年5月，该剧由江苏省人民艺术剧院首演，并荣获第五届文华奖。

《大江奔流》 话剧剧目，赵家捷编剧。该剧写1994年夏，省委副书记程之光看到一封举报南山市新潮实业总公司大搞非法集资的人民来信，立即下令调查，一件震惊中外的金融大案被揭露出来。面对强大的对手和异常复杂的形势，程之光指挥了一场特殊的战斗。1996年11月，该剧由南京市话剧团首演，并荣获第八届文华奖新剧目特别奖、第七届全国“五个一工程”奖和省、市“五个一工程”奖。截至2000年12月，该剧已演出了230多场。

《虎踞钟山》 话剧剧目，邵钧林、嵇道青编剧，原著为江深。该剧写创办我军第一座军事学院的刘伯承元帅，为培养一批身经百战、战功显赫但又未经过正规学习的高级将领，请来了苏联军事专家和文化教员，甚至启用了原国民党降将，因而引发了一系列矛盾与感人至深的故事。1997年5月，该剧由南京军区政治部前线话剧团首演，并荣获第八届文华奖、第七届全国“五个一工程”奖、第六届中国艺术节大奖。

《骆驼祥子》 京剧剧目，钟文农根据老舍同名小说改编。该剧写祥子一个善良勤劳的人力车夫，苦熬苦攒，买车丢车，三起三落。老实、规矩、清白、要强的祥子长期挣扎抗争，然而在旧社会，他只能一步步走向末路，走向沉沦。1998年12月，该剧在江苏省京剧院首演，并荣获第二届中国京剧艺术节金奖、第七届全国“五个一工程”奖、第九届文华奖、第六届中国艺术节大奖。

《世纪彩虹》 话剧剧目，王立信编剧。该剧写造桥工人石松生、桥梁工程师黄乐水、桥工处干部周铁林，曾在战火中结成生死之交，又一次次地经历了人生的惊涛骇浪，他们都把桥看得比自己的生命还重要。1999年6月，该剧在江苏省人民艺术剧院首演，并荣获第九届文华奖。

《秦淮人家》 话剧剧目，赵家捷编剧。《秦淮人家》说的是南京普通老百姓的故事。在南京秦淮河边的一座老河房里，建筑师许经年、评弹艺人秋月、古董商莫克和党的干部薛中行4户普通人家，在近半个世纪的风风雨雨中，相争相容、相扶相助、荣辱与共，历尽情感纠葛、性格碰撞、艰苦磨难和巨大的社会变革，完成了各自的心路历程以及灵魂的重铸和精神的超越。作品紧紧围绕主人公建筑师许经年的秦淮情结和感情生活，通过他和他的老邻居们坎坷一生的细腻描述，在浓浓的南京秦淮文化的氛围中，向观众展示了一幅体现南京人、南京事、南京景、南京情的生活长卷。在友情、亲情、爱情、事业情和爱国情的交织与苦斗中，成功地塑造了许经年等社会主义新人形象，艺术地展现了当代南京人的精神风貌，再现了南京这座光荣城市在新中国成立后的历史变迁，深刻地揭示了我们过去、现在和将来一切的奋斗和努力都是为了人民幸福生活的人生哲理。1999年6月，该剧由南京市话剧团首演，并荣获第九届文华奖，第六届中国艺术节大奖，省、市“五个一工程”奖。

《“厄尔尼诺”报告》 话剧剧目，姚远、邓海南、蒋晓勤编剧。故事发生在一座海滨城市的干休所里，年届七旬的离休老军人郭海生日当天，正焦急地等待4个儿女和3个女婿的归来，他想要同时宣布，在“守寡”15年后，他准备结婚了。陆续回家的儿女们对此持不同的态度，使郭海时而欣然，时而惶然。就在事情似乎水到渠成的时候，一个重大变故猝不及防地降临到他这个传统家庭中。1999年7月，该剧由南京军区政治部前线话剧团首演，并荣获第九届文华奖、第六届中国艺术节大奖。

第三节　曲艺曲种

一、说唱

自三国东吴开始，历东晋，南朝的宋、齐、梁、陈，直至南唐，随着经济的发展，都城南京的文化艺术日趋发展和繁荣。当时大部分著名的文学家和艺术家都曾在南京生活过，并且留下了不朽的杰作。东晋的3位音乐家桓伊、谢鲲和谢尚，均能弹会唱。《晋书》《金陵历代名胜志》《秦淮志》都提到"桓伊善乐"。

《金陵历代名胜志》记载，晋成帝荒政，桓伊曾为成帝抚筝作怨歌，"忠信事不显，乃有见疑患"，唱得成帝脸上"甚有惭色"。《万历重修江宁县志》提到了擅长钟石之乐的谢尚和他的祖父谢鲲："陈郡人，能歌，善鼓琴，避乱渡江居乌衣巷。"从晋代开始延至南朝，贵戚显宦"多蓄家妓，被以锦绣，习以歌舞，逸乐至于无等"（《首都志》）。流行于中原地区的"乡人傩"也得以在这个时期流传到南京。

"乡人傩"一词最早见于《论语·乡党》："乡人傩，朝服而立于东阶。""乡人傩"就是为了祭神，由女巫装扮成诸神，衣服鲜丽，佩饰庄严，配合音乐节奏，载歌载舞。"乡人傩"传入南京后，经过发展，演变成至今仍活跃于南京郊县的"六合神书"。"六合神书"在开唱时自报家门："此会不是初兴的，列国流传到汝邦，周人名叫乡人傩，傩以驱疫赶瘟黄，从前朝衣振木铎，唐朝方兴锣鼓响。"

目前仍活动于南京郊县的"摇木铎"也是一种曲艺雏形。它的历史与"六合神书"一样久远。每逢新春之际，艺人们身挎黄布口袋，手中振动木铎，沿门挨户说唱吉祥话、故事，收取米或钱。据说这种"摇木铎"源于周代"摇木铎以求诗"的传统。与"六合神书"和"摇木铎"有着诸多相同之处的"唱麒麟"，在乡间也颇为活跃。每当正月初一，艺人们便举着扎就的"麒麟"，伴随锣鼓说唱。麒麟是传说中的祥瑞之兽，举着它似有"敬神、驱鬼"的隐义。

在南朝四朝君臣竞相歌舞游乐中，许多与曲艺有关的说唱艺术现象出现。《万历重修江宁县志》载，卢莫愁善于演唱《石城乐》。

吴安秦改"西曲"。《通典》载："梁有吴安秦，善歌，后有乐令，精解声律。初改西曲《别江南》《上云乐》。"据记载，当年秦淮、清溪沿岸豪门大族常表演西曲，它往往有数段歌词，可组成分节歌，也可将若干首唱词连接起来，构成组曲的形式。西曲是用筝和一种叫"铃鼓"的打击乐器伴奏，歌者站在伴奏者身边表演，称作"倚歌"，已类似于曲艺演唱的形式。

吴声清乐是六朝时在南方民歌"吴声""西曲"的基础上，继承了相和歌的传统而发展起来的“清乐”（即清商乐），成为当时东方文化中最优美的音乐。吴声常用箜篌、琵琶配和，或加用笙和筝等组成小乐队伴奏，有时也用单一的筝伴奏。《乐府诗集·上声歌》曰：“初歌《子夜曲》，改调促鸣筝；四座暂寂静，听我歌《上声》。”这反映了六朝时秦淮儿女用筝自弹自唱的生动情景。清乐是六朝时秦淮胜地的主要演唱形式，当时在民间的创作，以表现爱情或离别之情的题材居多，它随着秦淮河碧波到处委婉流韵。

隋唐两代，中国政治、经济、文化中心北移。到了五代，南唐在南京建都39年，三主均酷爱歌舞演唱。相传唐代宫中以说唱著称的内苑老伶工李龟年曾流落南京，在北门大街唱经楼卖曲度日，怀抱琵琶唱述天宝遗事，感慨悲伤之至。清洪昇创作的传奇《长生殿》中“弹词”一折，形象生动地再现了这一历史传说。

二、小唱、鼓子词、莲花落、散曲

南京地区曲艺艺术到了宋代开始呈现繁荣昌盛的景象。南宋初年，秦淮成了那些不以国家危亡为念的官宦富商与怀才不遇、忧国忧民的文人才子的游闲寄情之地，也成为艺人们卖艺的好地方。在这里表演的，主要是“社会”中的人。“社会”是南宋艺人的专业组织，当时有唱赚、傀儡戏、队舞、清乐、耍词、吟叫等十几个“社会”。每个“社会”有数十至百余名艺人。他们主要在瓦子勾栏里进行定期表演，还在节期及其他有纪念意义的时节进行临时性演出。在这里表演的，除了“社会”中的艺人外，更多的是一些参加不了“社会”的零散艺人：“赶趁人”和“路歧人”。相较之下，在酒楼茶肆卖唱的“赶趁人”比来自农村的在空场地“撂地”的“路歧人”地位更低。

宋元时，小唱、鼓子词、莲花落、散曲等是秦淮胜地经常传唱的曲种。

小唱　宋元时期，南京流行着不少富有现实意义的民间曲调。其中，最为著名和流行的一首，则是产生于南宋建炎年间的江南吴歌《月儿弯弯照九州》。这首民间歌谣深刻地揭露了南宋统治者屈辱投降和人民离难之苦的面貌。它由于唱出了人民心声，曲调质朴优美，直到民国时仍在民间传唱。晚唐、五代的曲子，到宋代称为“宋词”或“小唱”，是当时最风靡的一种演唱形式。宋词的体裁形式主要有令、慢、近、犯等。令，又名小令或令曲，是宋词中最简单的形式。慢，又叫慢曲，曲调较长，唱时用板打拍，“重起轻煞”，富有抒情效果。近，又叫近拍或过曲，一般都长于小令，短于慢曲。犯，又称犯调，始见于唐代，盛行于北宋末年。其含义有二：一是指句法相犯，即把原来分属于几个不同曲牌的乐句联成一个新的曲牌；二是指转调或转换调式。当年在秦淮流行的著名词曲有《水调歌头》《愿成双令》《黄莺吟》《扬州慢》《凄凉犯》等。

鼓子词　宋代南京流行一种民间鼓子词，它是一种常在街市勾栏里表演的说唱艺术，歌唱时主要用鼓伴奏，一个节目不论有几段唱词，均以一个词调反复应用。词调有“亲荷叶”“点绛唇”“减字木兰花”“渔家傲”“采桑子”“蝶恋花”等。当时流行的曲目有《金陵府会鼓子词》，以及叙述张生和崔莺莺恋爱故事的北宋赵令畤《元微之崔莺莺商调蝶恋花鼓子词》等。

莲花落 由六朝时一种佛教讲经形式“唱导”演化而来。“唱导”中的“落花”是一种佛事活动，通过“打刹唱举”进行募化，演唱形式“至如解发百数，数别异词，陈愿若星罗，结合皆合韵，声无暂停，语无重复，斯实利口之奇，一期之赴捷也”（《续高僧传》）。南宋时，“落花”已被“莲花落”所取代，并且传到了全国，内容也不仅仅拘泥于佛教说教了。《五灯会元》载：“俞道婆，金陵人，卖油糍为业，一日闻贫子唱‘莲花落’，云：‘不因柳毅传书信，何缘得到洞庭湖。’”有人认为，“数来宝”“快板书”亦为“莲花落”发展演变而成的。

散曲 元代的散曲是秦淮艺人、歌妓常演唱的曲种。散曲是元代文人在杂剧、南戏盛行以后，利用其支曲或套曲的形式创作的一种演唱形式。一般是山水景色、风花雪月，消极叹世或歌功颂德的内容，所以多为高官显贵或文雅之士服务。散曲演唱时很方便，不分场合、地点，随点随唱。

三、弹词、鼓词、花鼓

明太祖朱元璋建都南京以后，内秦淮的两岸河房密集，歌楼舞榭，骈列两岸，画舫游船纷集其间，入晚河中灯船来往，笙歌不绝。这种畸形繁荣的局面一直延续到清朝以至民国年间。明清两代城市中市民阶层的发展壮大，茶馆、戏园、书场等娱乐场所的大量涌现，促使在各地民歌小调的基础上又产生了很多新的说唱曲种，如弹词、鼓词、花鼓等。

弹词 明中叶以后，江南流行一种说唱艺术——弹词。明代的弹词大部分是用琵琶伴奏，也有用小鼓、拍板伴奏的。到清乾隆年间，弹词在苏州、扬州、南京发展很快，艺术上日臻成熟，已产生了由开篇、诗、词、赞、套改、篇子等组成的大型形式，有的还吸收了一些戏曲的唱腔。当时弹词的伴奏乐器除了琵琶外，还有三弦、扬琴。清代创作的弹词最多，在秦淮演唱过的有：反映明末社会矛盾的《天雨花》，控诉妇女受压迫和束缚的《笔生花》《凤双飞》，倾吐对封建制度叛逆情绪的《再生缘》，以白素贞和许仙的爱情悲剧揭露封建制度的《义妖传》，以及讽刺地主阶级嫌贫爱富的《珍珠塔》等。

鼓词 明中叶以后，鼓词传播于北方和江南地区。江南地区的鼓词根据自己的语言风格，逐渐形成了自己的特色，如扬州的靠山调等。乾隆后，鼓词在秦淮很盛行。当时的作品多为述说忠臣良将、卫国英雄们征战、卫国却敌的故事，如《呼家将》《薛家将》等。鼓词和弹词经过长期的发展改革，各自积累了丰富的艺术经验，成为提高现代曲艺艺术和推陈出新可资借鉴的宝贵财富。

花鼓 发源于安徽凤阳的一种以说唱为主的民间歌舞花鼓，在明清之际，广泛流传于秦淮一带，其表演形式一般是男女两人击鼓敲锣舞蹈演唱，还有一人拉胡琴伴奏。据李斗的《扬州画舫录》载，早期凤阳花鼓“声韵凄婉，令人神醉”，其内容多“状家室流离之苦”。明代以来，凤阳地区连年水患，大多数人以打花鼓讨饭为生，因此来秦淮混迹的凤阳花鼓艺人常年不绝。清末以来，花鼓在全国各地广泛流传，有的是在舞台上演唱“花鼓戏”，有的是和其他曲艺或歌舞合起来在街头演唱“打花鼓”，当年在秦淮和孔庙广场上屡见不鲜。直到新中国成立后，仍有安徽艺人到南京表演。

四、南京白局

白局是南京地区的一种民间说唱艺术，产生于清中叶，流布范围除南京市区外，尚有六合、江浦、江宁等郊区县及现属安徽的来安、天长等地。

最早对白局的记载，是清末民初戏曲家夏仁虎在其《岁华忆语·斋孤》中的叙述：“自七月七日后，坊中多延僧作佛事，谓之‘斋孤’，至中元始已。大坊小街，连台讽诵，莲灯灿烂，妇孺喧阗，往往达旦。亦有高搭灯棚清音坐唱者，以不受值，故曰‘走白局’。”从文中可以看出，白局至晚到清末已在南京地区盛行。

明代以来，南京的丝织业非常繁荣，素有“秣陵之民善织”之誉，至清代更进入了鼎盛阶段。许多织锦工人在劳作之余，常用明清俗曲和江南小调来自我娱乐，三五成群地在一起演唱。此外，每逢中元节的盂兰会，或者遇有婚嫁喜庆之事，群众常邀请工人中唱得较好的玩友摆一局，他们“受请不受拘”，白唱不卖钱。因此，这种业余演唱形式，群众称之为“白局”。后来发展成为收取酬劳的营业性演出，故而又有“红局”之说。

白局一直被视为“不登大雅之堂”的俗曲野调，20世纪30年代中期开始逐渐湮没无闻，几成绝响。新中国成立后，南京文化主管部门对白局进行了抢救挖掘，并于1960年成立了专业白局剧团——南京市工人白局实验曲剧团。此外，当时在六合、江宁、江浦等地还有70多位老艺人常进行白局演唱。“文化大革命”中，白局剧团解散，一些流散在各区县的白局艺人亦相继故去。民间尚有少数转业艺人及个别健在的老玩友利用业余时间自娱或为听众演唱。

白局的演出活动一般在晚间。民国年间的戏曲家卢前在《冶城旧话》中记述：“儿时在黑廊听白局，街头置一长几，燃香烛，围坐七八人，一人唱则其他六七人弄乐器。计铙钹、胡琴、三弦各一，余则箫笙之属。所唱虽多小曲，然与昆曲或扬州调异。”卢前所述也就是白局的演出形式。演唱者自击鼓板或碟盘，乐队从旁伴奏兼帮腔，简便大方。演唱者均为男性，分文、武口（或称窄、阔口），文口（窄口）演唱女角，用假嗓细声演唱，武口（阔口）演唱男角。

白局走向专业化成为红局后，出现了年轻的女演员，有严格的师承关系，演出形式也比白局复杂。固定的班社有富贵堂、三圣堂、陆益昌班、陈振祥班等，领班称“局把儿”或“交手”。红局应红白堂会，并下茶楼、书场、花船公演。每个女艺人人手一折，由一男艺人呈主家或茶客点唱。红局有彩绣桌围、椅帔，上绣堂号，桌上立一小屏风，并有戏衣、戏箱。红局乐器配置与白局一样。掌鼓板者主唱，以男角为多；伴奏、伴唱者男女杂坐，坤角以小曲小调为主。有些女艺人专门从事“言情雅书”，以示高洁。秦淮河畔当时的书场如得月台、市隐园、德聚星等，都是经常演唱红局的地方。

当时一些穷困潦倒的艺人、盲人也常到小茶馆沿桌卖唱，或在广场街头“撂地”演唱糊口。有时一人自拉自唱，唱罢捧一茶盅讨赏，叫作“抹桌子”；有时携一女孩，女孩演唱，男的伴奏或搭腔对唱；有的沿巷挨户卖唱乞酬，称为“扬花”；盲艺人演唱则叫“瞽目丝弦”。

20世纪60年代成立的白局专业剧团，在演出形式上进行了许多革新，除坐唱、说唱而外，还推出演唱、彩唱等多种形式，并把南京地区其他曲艺形式揉进白局，给人以耳目一新之感。

白局有近百个传统曲目，大致可分为四类。其中有诗颂喜庆吉祥的，如《采鲜桃》《八仙上寿》等；有演唱民间传说、历史故事的，如《卖油郎独占花魁》《乔奶奶骂猫》等；有反映民俗、介绍地名风景的，如《金陵遍地景》《南京风俗景》等，此外，还有相当一部分是演唱时事的，如流传至今的新闻八大段，包括《抢官米》《倒城墙》《倒文德桥》等，以及《机房苦》《打议员》《鬼瞧病》《三打横溪桥》等。这些新闻段子成了白局所特有的曲目，它能及时反映当时社会上发生的重大事件，加之音乐简洁，语言诙谐生动，深受群众喜爱。

新中国成立后编演和移植了大量歌颂新风尚的曲目，如《秋红曲》《王老头配茶壶盖》《雷锋颂》等。

白局曲调与本省流行的牌子曲基本一致，由于用南京方言演唱，形成了鲜明的地方色彩，淳厚朴素，明快洗练，容易上口，故能在群众中广为流传。词曲的结合也较和谐，曲调大多能以生活化的音乐语言表达出唱词的情感。有些曲调历史流传较久，尚有明清大江南北、秦淮两岸民间俗曲的古朴色彩。白局有“百曲”之称，可见曲牌之丰富，主要有“满江红”“川心调”“银纽丝”“剪剪花”“梳妆台”“八板”“杂八楞”“二簧屏”“数板”“闪板”“流水”等。

五、打春

打春亦名唱春、送春和春调，源于民间小曲，在明清两代盛行。明代，江宁、上元两县谓之“村田乐”。明李诩《戒庵老人漫笔·南都》载：“金陵春节一月，沿街鸣锣跳唱乞米，名打春。相传太祖见田野中有此，命翰林撰词，使城中亦为之。至今，及其时，江宁、上元两县给批举行不废，谓之村田乐，然所唱旧词也。”由此可见，打春始于明朝乡村民间，初为丐者乞讨时所唱，无固定词句，行乞者在春节前后及婚丧嫁娶时，上门演唱吉祥颂辞，见什么唱什么，写景叙事，灵活自由，故而又有“逢家编”“见字歌”之称。

打春的伴奏乐器为一面5寸花鼓、一面6寸星锣，另用马鞭一根（竹制），约0.3米长，后面拴着15个铜钱，上七下八，用红线串起，发出“铛、铛”的响声。

春调多采取单曲和单曲重头的体制，如常以“四季”“五更”“十二月”为题演唱，后又创造了于小曲中加引子、尾声的曲牌联套体制，吸取了当地民间音乐，曲调除“春调”外，还有“长调”“送房调”“懒王调”等，使原来只适用于唱颂吉祥的短曲逐渐演变为可以叙述故事的说唱体裁。

打春这一说唱形式至今仍流行于江宁汤山、东善桥、溧水东屏乡王家山一带和高淳山区及部分圩区，多在农村节日及农闲季节时演唱，属业余演唱。春调音乐已为其他曲种所吸收。

高淳地区，送春尤为流行，传至溧水、江宁等地，因其独有特色，又有“高淳送春”之称。

高淳送春是一种季节性民间艺术活动。每年春节前后，送春艺人手持春锣、春鼓走乡串户，唱故事、颂吉言、为人祈福，以示一年吉兆。由于其活动于立春前后，有把“春”（福祉）送到千家万户之意，故又有“颂春”之称。

明时，打春的“鸣锣跳唱”与现在高淳的“一人敲锣、一人击鼓”的形式基本一致。在高淳艺人所唱的春词中，有一段类似自报家门的唱词：“送春之人本姓陈，家住南京水西门，随父带到溧阳去，十三岁送遍溧阳城。”这说明送春源于南京，后由溧阳传入高淳，与高淳方言结合，逐步形成自己的风格。高淳送春已有200余年的历史，于嘉庆、道光年间就已盛行，但这种民间演唱活动为当时的权贵和文人所不屑。至二十世纪三四十年代，高淳送春艺人队伍不断扩大，高淳19个乡都有一批送春艺人，出现了一些有影响的代表人物。如在溧阳与当时艺人“对春”时击败对方的周家柏，唱腔柔润、表演生动、能唱200多首曲目的魏建春以及擅于自编自演的孔祥和等。他们的演唱各有特色，每逢“坐堂”，围听者不下数百人。在长期的演唱实践中，通过编写、移植，送春艺人积累了一大批演唱曲目。其中有长篇《风筝记》《兰丝带》《乌金记》《洛阳桥》《卖花记》等，短、中篇有《开东坝》《救圩民夫闹圩局》《劝世文》《一百零八个码头》《十二月懒王》《十二月望郎》《十二月长工》等。

新中国成立后，高淳送春艺人得到了当地政府部门的关心和扶持。在县文化部门的领导和组织下，艺人编写了不少内容健康、唱词生动的新曲目，如《土地改革闹翻身》《送子参军》《学雷锋》《歌唱长江大桥》等。在1956年镇江地区文艺会演中，沧溪乡谷繁培、谷繁华演唱的新编曲目《组织起来产量高》获得了演出二等奖。至今每逢春节前后，仍有不少送春艺人活跃在高淳各个乡镇，更有一些女青年加入这个演唱行列，很受群众欢迎。

高淳送春一般为二人演唱，一锣一鼓。演唱的曲调有“长调”“短调”“山歌调”及“种麦子”“卖棉花”等曲调。

六、佛偈

佛偈，是“佛偈说唱”的简称，系由佛教中“无为道”徒众在拜佛礼忏时传佛法教义的一种演唱仪式演化而成。

据住在江宁县谷里的老艺人陶有成口述，“无为道”诞生于唐初，由南京牛首山弘觉寺南京六祖慧能所创。后慧能将衣钵传于江西马祖（号白玉禅君）。根据《金刚经》第七份和第三十份分别有“一切圣贤者皆无为法而有差别”和“一切有为法如梦幻泡影”的字句，马祖开始标明“无为道”门派。由于创始人慧能曾有“传俗不传僧”的誓言，故“无为道”的徒众俱为佛教中的俗家弟子，民间习惯称之为“斋公”，这也是佛偈艺人亦常被人说是斋公的根源。

佛偈经过长期流传，斋公们在演唱的内容上逐渐增加了劝人为善的故事。至清末时，它已成为一种民间说唱的艺术形式，兼具布道、敬神、娱人功能。

佛偈以南京方言说唱，流行于江宁及下关一带，尤以江宁谷里乡一带最盛。

最初唱佛偈是在一些庙宇、宗祠里，后来修建大佛堂（又称“十方佛堂”）将其作为演出场所。佛偈演出通常从中午开始，先由艺人上供敬佛，然后演唱。下午开始讲长篇故事书，演出形式为演唱者围桌而坐，一人主讲，多人答应。其中有说有唱，以说为主，以唱为辅。晚间演唱中、短篇唱段，俗称唱“佛偈”，几乎全是唱，很少用说，时间一般为两三个小时，有时唱到次日天亮才结束。起初每年仅演出6次，即农历二月、六月、九月的十九日观音诞辰、出世、得道日，四月初八释迦牟尼圣诞日，七月十五祭祖日，腊月初八功德圆满日，后来逐渐成为经常性活动。20世纪30年代佛偈相当兴盛，大佛堂发展达13处，它们分布在江宁的许多乡镇和下关等地。此后，佛偈渐趋衰亡，新中国成立后无演出，艺人多还乡务农或做他业。现仍有少数艺人能演唱许多唱段，其中江宁谷里乡老人陶有成仍能和他的徒弟唱不少短篇，以及讲一些长篇故事书。

佛偈原来的题材多为佛教故事和劝世经文，宣传因果报应，也称“经”，如《目连救母》《观音得道》等。之后佛偈内容逐渐扩大到神仙故事，如道教的《八仙得道》等。后来又进一步以民间故事和历史故事为题材，如《黄氏女对金刚》《开天辟地》《三皇五帝》等。另外还有南京地区的民间传说，如《思姑巷四值功曹》《目连三世》等。上述各类曲目多为长篇，脚本均已遗失。现存脚本30余个，大多为短篇，题材多样，如《冤报偈》《心经传》《十二月观音》《木鱼十响》《玄塔》《无为偈》以及《达摩传心印》（中篇）等。

佛偈脚本是一种韵文和散文相间的说唱文学体裁，有说有唱，说有白话和四六文。韵文形式有七言、十言、五言、六言和长短句等诗词体。其中尤以七言诗最常见，且句数无严格规范，大多为四句一番，具有浓郁的叙事特色。唱腔音乐以“弥陀腔”为主，具有深沉委婉的特点，在主曲中占有重要位置。其他还有“十字腔”“对口腔”“爬山头”“道情腔”等多种风格的曲调，共10余种，分别表现喜怒哀乐等不同情绪，带有宗教色彩。演唱形式为无伴奏清唱，有独唱、对唱、众人齐唱等。演唱者要具有一定的业务水平，说唱表演要字正腔圆，动听感人，听众多为农民、城镇居民及一些文人，其中以妇女和老人居多。

佛偈的发展缓慢，受近代和现代曲种影响较小，且依附于宗教，故至今仍保持着早期的形态。

七、六合神书

六合神书流行于江苏六合、仪征和安徽来安、天长等地区。

六合神书是一种坐唱艺术，源于“香火神会”。这是一种由“童子”（巫师）为驱邪逐疫、消灾纳吉所进行的宗教祭祀活动。其中有念、唱、舞蹈与表演，属“傩”的范畴，民间将其称为“香火会”。六合神书就是在念与歌的基础上衍变而成的，俗称“香火”，但它何时产生还待考证。据六合马集乡“老香火”张柏林口述，从他上溯四代之传人王昌林，是嘉庆年间人。由此可知，六合神书至少已有百余年历史。自康熙年间起，战乱平息，社会生产得到恢复，六合地区农民生活安定，唱神书活动逐渐活跃。至晚清时唱神书的艺人多达100余人，并出现了一批知名者，有郝馀瑾、郑有荣、陈文生、周家贵等，稍晚又有郝馀洲、王长坤等。郝馀洲不仅拥有丰富曲目，且善编唱词；王长坤嗓音好，唱功细致。清末民初，香火戏（后称洪山戏）兴起，大批神书艺人改唱或兼唱洪山戏，之后又有一些艺人改唱扬剧，其曲目、音乐也成为扬剧的组成部分。新中国成立前，六合农村的这种民间艺术由于得不到重视，处于自生自灭的状态。

新中国成立后，农民生活习俗有了改变，香火戏艺人做会唱书活动逐渐减少，大多回乡务农。文化部门为保存这个曲种，曾发动艺人记录整理传统曲目。当时艺人宋时雨曾将大批曲目的手抄本上交给南京市文化局，惜“文化大革命”时这些资料全部失落。截至2000年，六合农村尚有会唱神书的艺人40余名，他们平时务农，但每逢农家祭祖、小孩周岁等喜庆日子，则受邀到主家唱神书。其代表人物有张柏林，他书路广，唱腔灵活多变，能领能伴，今已年过八旬，是当今唯一能唱全本《唐僧取经》的艺人。

六合神书的曲目是在“神忏”的基础上发展起来的。早期的“香火神会”中只念“神忏”，其内容是叙述传说中一些神的出生、身世、状貌、修炼地域、法术特性及最后成神的过程。如《华主忏》《都天忏》《观音忏》等。后来穿插有复杂情节的故事传说，逐渐形成“神书”。其最早的曲目称为“唐六本”，即《袁天罡卖卦》《魏徵斩龙》《唐王游地府》《陈子春上任》《唐僧取经》《刘全进瓜》。以后，又在“唐六本”的基础上派生出一些旁系故事的曲目，如《袁樵摆渡》《宣魏徵》《王小二下书》《魏九郎辞学》《魏九郎替父·封神》《九郎官借马》《西安买鞍》《龙宫借鞭》《斩五岳》等。晚期还产生了一些短篇，如《隋炀帝下扬州》《孙二娘开店》等。其中，《孙二娘开店》主要写二娘戏货郎事，情节与《水浒传》不同。

六合神书的音乐属曲牌联缀体，曲调丰富，有“迎神歌”“开坛歌”“七字调”“十字调”“联弹调”“四平板”“磨豆腐”等30余种。唱腔结构为上下句或四句一段体。曲调跳跃起伏，跌宕多姿。

六合神书以韵文歌唱，叙事为主，代言为辅。演出形式一般为2—4人，一人司鼓，一人司锣，一人司小锣。演唱者均为男性，有独唱、对唱、交替唱、齐唱和帮腔等演唱形式。

八、打五件

打五件，因伴奏使用五件打击乐器而得名。它流行于江苏溧水、高淳、江宁、句容、溧阳、宜兴及皖南郎溪、宣城等地。

打五件前身为河南的“地灯子”和湖北的“花鼓戏”。太平天国运动失败后，溧水一带发生瘟疫，人口锐减。是时，河南、湖北洪水成灾。同治九年（1870）后，河南光山、罗北及湖北黄梅等县灾民东迁，河南的“地灯子”和湖北的“花鼓戏”随之进入江苏。

在“地灯子”和“花鼓戏”的流传中，农村出现了打五件的说唱形式。由一人或两人合作，身背木架，架上放着大锣、小锣、堂鼓、钹、竹板五件乐器，沿门自打自唱，无化妆表演。曲调以花鼓调的“蛮蛮腔”和“四平调”为主，以“灯曲”小调为辅。打五件分“打唱”和“点唱”两种。“打唱”近似“门歌”，由演唱者“望风采柳”，即兴编唱说词，内容多为风调雨顺、国泰民安、人寿年丰等；“点唱”近似“清唱”，是由听者点唱段子，如“喜字歌”“福禄寿喜四字全”等。或点唱民间故事及戏文故事的片段，如《恨双脚》（唱泗阳调）。打五件的唱腔、锣鼓来自花鼓调和灯曲，演唱的曲目有故事也有人物，如《婆媳和》《劝姑》《百忍堂》《花魁女》等。由于打五件受到群众的喜爱，后来出现了职业性的打五件艺人，他们为满足听众的需要，大量吸收民间曲调和积累节目，丰富发展了唱腔，逐渐形成了又唱又做的表演形式。

打五件的艺人现有不多，在溧水尚有李节成等人。他唱打兼能，艺技熟练，曲目丰富，其中《赶潘》《恨双脚》《花墙会》等为其拿手曲目。

打五件的演唱形式延续至今，农村仍有艺人以打五件谋生。

九、南京评话

南京评话，又名“讲评词”“说书”，用南京话演出，流行于南京市区与各郊县，以及与南京接壤的安徽省部分地区。二十世纪四五十年代曾在上海市有过一定影响。

南京的评话活动最早见诸文字记载的为清代焦循的《剧说》。书中提及明初朱元璋命乐人张良才说评话。另有华阳散人的《一枕奇》传奇，提到有个和尚在南京大报恩寺前说评话。但以上记载中均未见有“南京评话”这一称谓。

据艺人口述，南京评话起自明末清初的“说善书”。其代表人物为梦明和尚和醒姑。康熙年间，有著名说书艺人柳敬亭，人称“南京柳麻子”，一日说一书，定价一两，十日前先送书帕下定，常不得空，拿手书目是《水浒》。至清乾隆时，南京评话有了自己的行会组织“三皇会”。创始人即当时“说善书”的艺人赵菩萨，后辈艺人尊其为祖师爷。赵菩萨不仅创建了“三皇会”，他的说书技艺也冠绝当时。赵菩萨以擅说《济公传》（又名《疯僧传》）名传后世。

清光绪年间至民国初期为南京评话的兴盛时期。评话艺人不断增加，代表人物有说《水浒》的李朝云、陈秀山，说《唐宋书》的何锦朝、何锦堂，以及说《三国》的周善之、张鸿儒等，其表演各有特点。如《水浒》评话有文武两派，文派以陈秀山为代表，注重说工，讲究语言，全书皆为固定词；武派以李朝云、张长如为代表，讲究动作，侧重表演。张长如精通武术，台上一招一式俱合章法，被称为“跌打水浒”。《三国》评话也有两派。张鸿儒系清末秀才，文学基础较好，他长于修辞，俗中见雅，语言富有文学性。他不仅说书，且擅于“评书”，对书中的人和事往往有独到之见。他的《三国》曾于汪伪政府的“中央广播电台”连播。周善之则以说表细腻取胜，他说曹操之奸诈、刘备之佯弱、关羽之傲慢、诸葛之神机，使人听来如见其人。

抗日战争前后，南京评话的艺人队伍继续扩大，最多时达近百人。演出书目也丰富很多，如何锦朝、何锦堂昆仲的《唐宋书》，自《瓦岗寨》开始，分《隋唐》《兴唐》《征东》《征西》《反唐》《月唐》《后唐》《飞龙传》《包公案》《狄青传》《水浒》《岳传》等，能将唐宋两代的史实连续在十几部评话中演出来。同时，夫子庙、鼓楼、下关一带的茶楼书场也如雨后春笋，纷纷兴起，推动了南京评话的繁荣。其时艺人中影响较大者有张雨臣和孔筱平。张擅说《济公传》，表演生动，有“活济公”之称；孔是何锦堂的弟子，得其师真传，在听众中常有好评。此外，尚有田少章、戴金山等人。

新中国成立后，南京评话艺人先后参加了南京市曲艺团和其他表演团体，挖掘整理了传统书目，并创作改编了一些新书目，如《义民册》《雨花台上红旗飘》等。涌现出张幼臣、孔幼平、金少臣、王小瀛等一批有成就的演员，其中以张幼臣为代表。张幼臣是张雨臣之子，他说表清晰，表演传神，擅用各种方言塑造人物，并将原来的书坛语言南京土话改为南京官话，增强了语言的表现力，又扩大了听众面。1961年，他以《周侗访友》的片段《访赵昆》参加了江苏省评话流派观摩演出。南京评话“说、演”并重，书目多为长篇，书中有很多南京的风土人情、历史掌故、地理形势的穿插，富有浓郁的地方色彩。

“文化大革命”中，南京评话受到了严重打击。演员孔幼平尚不时与听众见面，其演出书目有《乾隆下江南》《吕四娘刺雍正》《六珠楼》等。

十、南京白话

南京白话，又名“南京相声”，流行于南京地区和与南京交界的镇江、芜湖、马鞍山及滁县等地。

南京白话是北方相声的变异。最初，南京白话只是对相声的简单模仿。20世纪30年代，南京评书艺人周凤鸣、钱笑天曾在夫子庙露天书场，模仿相声用南京官话演出，受到听众的欢迎。经过尝试，周、钱深受鼓舞，信心大增。不久，周凤鸣重操旧业，而钱笑天则辍业评书，改说“南京话相声”谋生。由于方言关系，钱笑天的“南京话相声”受到北方相声艺人的蔑视，并拒绝与其同台演出。出于无奈，钱笑天只好独自一人“撂地”演出，上演的段子均为相声传统曲目中的“单口”和“八大棍子”（相声中的中、长篇段子，一般可连续说10天或半月）。代表性曲目有：《解学士》《满汉斗》《蔡锷云南起义》等。这些段子本已是相声中的精品，不仅有曲折生动的故事情节，也有令人捧腹的笑料。钱笑天在演出中除保留上述特点外，又因其出身于评书演员，说表上有一定功力，故其“八大棍儿”的演出颇为观众所称道。他的表演以南京官话为主，又常采用南京方言土语来临时逗笑，以活跃书场的气氛。如南京方言中的肝儿（今天）、门儿（明天）、罕儿（后天）、大嘴儿（大姐）、墙郭拉（墙角），每说至此，南京籍听众便哄然大笑，而外地听众则茫然不知所云。此外，他还移植相声段子“杂学唱”，将其中学唱的京剧等改成南京听众熟悉的白局、扬剧等。这个节目一经上演，便受到听众的热烈欢迎，此后历演不衰。1956年，钱笑天参加了南京群鸣相声队，尽管他的“南京话相声”受到听众的欢迎，但仍不被同行所重视。因此，这种方言相声在专业曲艺团体中只能处于自生自灭的状态。因为不论从曲目的内容上还是表演技巧上，它都没有主体意识，仅仅是对相声的模仿。1963年，秦淮区文化馆业余曲艺队队员李宗汉创作了一个相声节目《老相识》，它通过两个老朋友现身说法的方式对新旧社会进行对比，从而点明“社会主义就是好”这样一个主题。同年，李宗汉与队友梁汉辰合作，于秦淮区文化馆剧场演出相声《老相识》。由于其内容为歌颂型，笑料较少，又由于演员着力模仿北京语言影响了技艺的发挥，故演出效果极不理想，后经全队同志建议，改用南京方言演出。经在剧场实验，效果极佳，本来并无什么笑料之处，一改用方言，便引来观众哄然大笑。后来，李宗汉等人乃将“南京话相声”定名为“南京白话”。

“文化大革命”中，专业的“相声”演出销声匿迹，而大多数南京白话演员因系工人出身，多被保留。又因为南京白话的节目内容多为歌颂型的，故在那段“文艺凋零”的时期，南京白话从演员阵容上及艺术发展上都有了长足的进步。从1963年“南京白话”定名，经过几十年的发展，全市已拥有南京白话演员近数十名，但仅限于业余相声界。南京白话尚未被专业团体所吸收。南京白话的代表性曲目有《杂学唱》《老相识》《包您满意》《商业新风》《人情债》《庙上风情》等。

南京白话的表演形式大体与相声相同，分单口、对口、群口三种，以对口为主。在表演方式上，说表类长于演唱类。20世纪70年代末是南京白话走向成熟的发展期。从此时起，南京白话的脚本在文学的叙述方式上渐与相声有所区别。前者多以自传体式即代言方式叙述，演员即故事中人，采用第一人称角度叙述“我”身边发生的一切，如《老相识》《包您满意》《人情债》等。因南京白话绝大多数段子的内容是表现南京的风土人情，因此，从第一人称的角度叙述更显方便、自然，听众也感亲切。这与相声多采用叙述体——第三人称有明显的区别。正是由于叙述手法不同，南京白话的表演重于说表。演员一上台便是剧中人，一开始便进入“规定情境”之中，人物情绪始终如一，易于把握。表演上要求也高，不允许“跳进跳出”。人物演得像，能引发剧场观众笑，这两者成为演员追求技艺的最高标准，而其中的核心则是表演。

1980年后，各级报刊、电台、电视台经常有南京白话节目发表和播出，其影响范围已不限于南京及毗邻地区。

十一、相声

相声，流行于全国各地。相声最早传入南京的时间为清道光年间。嘉庆二十三年（1818），清人余怀在其著作中曾记载当时夫子庙的相声演出。

清末民初，南京的相声演出活动渐多，最早来宁的相声艺人有卢彩祥、王子亮、戴质臣等。其中，王子亮长期寓居南京，演出相声、双簧。他先与卢彩祥搭档，后与高鑫泉合作。其后他曾多次离开南京，但不久又返回。国民政府定都南京后，北方相声演员“万人迷”来南京演出。“万人迷”原名李德锡，先从其父“老万人迷”学艺，后师从满族人恩绪，民国前在京、津一带享有盛名，被称为“笑语大王”。他来南京多演于飞龙阁、奇芳阁等茶社，曲目为《大审案》和彩扮相声《耍猴儿》等。从20世纪20年代至1949年前，由北方来南京演出的相声演员不下百人。

1927年，王子亮、卢彩祥、王傻子来南京。1930年，郭荣山、韩荣先来南京。1932年，陈子玲、徐阔泉随白云鹏来南京。1935年，常连安、常宝（小蘑菇）随刘宝全来南京。1936年，张寿臣率弟子来宁演于夫子庙，嗣后张寓居南京。1940年，刘宝瑞来南京，直至1954年才离开。1942年，顾海泉、韩信泉（韩歪嘴）来南京，嗣后一直寓居南京。1942年后，周德山（周蛤蟆）、李洁尘、李丽英、李伯祥（小神童）、赵新敏、王长友、赵振铎（小寿臣）、单长军、杨松林（小苹果）、许继昌（皮球）、华布笑、华碧莲、苏琪、张杰尧（张傻子）及他的3个女儿小明星、小金星、小亮星和刘仲生（刘宝瑞之弟）、李进才、郭德重、史万顺、史桂花、史桂香、王宝珍来南京。1945年，马三立、王树田来南京。1946年，富少舫、富贵花父女在宁反串相声《学京剧》，大受欢迎，一时传为佳话。1946年，高笑临（嗣后定居南京，至1958年赴安徽）、周德山、孙俊华及郭玉珊来南京。1948年，苏文茂、来振华、夏万福、赵南亭来南京。

新中国成立后，全国一些有影响的相声演员也陆续来南京演出。1957年，侯宝林、刘宝瑞等人随中央广播说唱团演于中华剧场。1958年，小立本等人随全国曲艺会演巡回演出团演于南京人民大会堂。1964年，常宝霆、白全福、常连安随天津市曲艺团演出于大鸿楼书场。

1952年，南京市相声组成立，演员有张永熙、关立明、夏万福、孙士达、马宝璐、任文明、顾海泉、孙俊华、李桂荣、吴伟申等。

1956年，南京群鸣相声队成立，演员有高笑临、马宝璐、任文利、顾海泉、夏万福、王文瑞、钱天笑、郑水山、张永熙、关立明、潘庆武。

1958年10月，南京曲艺团成立，仅相声演员就有刘宝瑞、张永熙、关立明、任文利等10多人。此外，下关、夫子庙露天书场尚有相声演员王文瑞、崇沛林（大饭桶）、王宝珍等。

1956年，南京军区前线歌舞团曲艺队成立，相声一直作为该团一个主要曲种，最多时相声演员有四档之多。演员有陈北海、吴钧、刘沛勇等。

1960年，江苏省曲艺团成立，不久又增设相声这一曲种。

1984年，钟山曲艺团成立，是以相声为唯一曲种的专业演出团体。

相声自传入南京后，便在南京扎根开花。相声不但成为南京的主要曲种，而且繁衍出了另一曲种——南京白话。在长期的演出中，南京的相声不论从语言的风格、“包袱”的结构以及主要艺术手段上，与北方的相声都有所不同。南京市专业相声演员都隶属南京市歌舞团曲艺队和南京军区前线歌舞团曲艺队。

南京市歌舞团曲艺队是专业演出团体。1973年，南京市歌舞团学员队更名为南京市文工团。后原南京市曲艺团演员张永熙被调入该团，并与乐队演奏员王泽搭档在歌舞演出中插演相声节目。1979年，原南京市曲艺团成员孔幼平也被调入该团，遂团又设置曲艺小组。1977年后，该小组又从原南京市曲艺团的转业、“下放”人员和业余曲艺演员中招收部分人员，编制扩充至12人，市文化局正式将其命名为歌舞团曲艺队，由张永熙负责。主要演员有张永熙、孔幼平、梁尚义、孙素贞、梁军、吕少明、李国先、孙玉亭、言人、马克等。曲种以相声和南京评话为主。相声代表性曲目有《大桥》《新天仙配》《杂学唱》《翩翩起舞》《越剧通》等。

前线歌舞团曲艺队为专业曲艺团体。演员来自部分部队文工团，以相声、快板书、山东快书、徐州琴书、评弹为主。主要演员先后有陈北海、崔金兰、吴钧、陈增智、刘佩勇、杨鲁平、尹卓林、韩兰成等。该团主要为部队演出。

相声艺人在南京上演和创作了大量曲目。如刘宝瑞的单口相声《解学士》《满汉斗》，王树田的《学京剧》，高笑临的《算卦》，张永熙的《丢驴吃药》《红旗菜场》，张永熙、顾海泉、王文瑞的《训徒》，谷海泉、韩信泉的《豆腐席》，马宝璐、任文利的《郎“财”女貌》，吴钧、刘佩勇的《水浒外传》等。

1993年，市歌舞团演员李国先、梁尚义表演的相声《150844》参加在合肥举办的首届中国相声节决赛，获金玫瑰奖创作、表演、综合3项二等奖。

1999年，南京市歌舞团吕少明、马克、李国先、梁尚义表演的相声《漫谈广告》《说怪道快》获第三届江苏省曲艺节优秀表演奖。栖霞区文化馆创作表演的戏剧小品《女大学生宿舍的钟点工》获江苏省第三届五星工程奖、江苏省第三届业余戏剧曲艺大赛一等奖。

2000年，白下区文化馆创作的少儿相声《量词》获全国首届少儿文艺“蒲公英奖”创作银奖、表演铜奖。玄武区文化馆创作的小品《这就是孩子》获全国首届少儿文艺“蒲公英奖”创作、表演铜奖。

十二、梨花大鼓

梨花大鼓，又名山东大鼓。梨花大鼓最初传入南京的时间，据相关资料已知为1913年，是年为讨袁战争之时，江南提督张勋趁机由山东兖州起兵占据南京。张部有大批山东籍官兵，为适应他们的文化之需，梨花大鼓得以进入南京。其时，南京夫子庙前得月台茶馆、市隐园等均为梨花大鼓的演出场所。1920年左右，梨花大鼓名家谢大玉来南京献艺。谢大玉，山东武城人，擅于演唱铁马金戈的《三国》段子，她在南京演唱的《战长沙》《单刀会》等最为听众所称道。同年，孙大玉亦来南京。她们分别演于市隐园与奇芳阁茶社。至1930年，大多数梨花大鼓名演员先后来南京。号称梨花大鼓“四块玉”（谢大玉、孙大玉、赵大玉、李大玉）中，除李大玉外，均多次来南京献艺，其中谢大玉、孙大玉还曾长期居住于南京。

董莲枝为梨花大鼓又一名家。她于1923年19岁时来南京献艺，名噪一时，随后长期定居南京，直至1935年应聘赴汉口游乐场演唱，前后在南京达13年之久。董莲枝在众多南下献艺的梨花大鼓演员中独领风骚。她师承山东大鼓名家姬素英，后经其父指拨，自成一家。近人吴白匋说她：“用缠绵悱恻的旋律融合到刚劲爽朗里去，美而不浮靡。”在吐字方面，她丢弃了浓浊的土音，保留了清澈的北方韵味，不侉不哆，落落大方，雅俗共赏。董莲枝以演唱悲剧故事为主，她的代表作有《剑阁闻铃》等。其他曲目如《宝玉探病》《黛玉悲秋》《摔镜架》（又名《王二姐思夫》）等也都以儿女情长为主。由于其作品文字工整，讲究韵律，有较高的艺术水平，故为文人雅士所推崇。当时的中央大学教授胡小石、中文系主任刘继宣、哲学系主任宗白华、名教授黄季刚、吴瞿安、徐悲鸿、吴白匋及北平音乐学院教授杨仲子等，都是她的听众。

从1913年至1950年这近四十年中，先后到过南京的梨花大鼓名家还有董莲青、董莲芳、盖山东、一声红等。1950年后，南京基本不见梨花大鼓活动。

梨花大鼓有一人演唱和二人对唱两种。演唱者一手执铜片，一手敲鼓，伴奏一般为二人，即三弦和四胡。分南口和北口两大流派，演唱的曲目多以说唱相间的中长篇为主。进入南京后，为适应不同观众的要求，艺人大多改为只唱不说的小段子，在吐字、归音上也为了适应南方观众的需要，逐渐丢弃了浓浊的山东方言，改用较流行的北方官话来替代。

十三、京韵大鼓

京韵大鼓，又名“京音大鼓”。该曲种初为流行于河北、东北等地的“木板大鼓”。

京韵大鼓约在1913年春由北京直接传入南京。首批来南京的艺人为李品一，稍后为富少舫（艺名山药旦）。山药旦当时在京津名声较响，他师从老倭瓜（崔子明）学艺。演唱曲目大多为风趣、轻松之作，又加之表情令人发噱，故他们师徒又有“滑稽大鼓”之称。山药旦在南京一炮打响，大受欢迎，为京韵大鼓扎根南京打下了基础。他的代表作有《蒋干盗书》《兰桥会》，20世纪30年代后又有《先农坛樊凤重逢》（《啼笑因缘》中的片段）。

京韵大鼓自1913年传入南京至1949年期间，先后南来献艺的演员多达百余人。其中有京韵大鼓三大流派创始人：刘派——刘宝全、白派——白云鹏、张派——张水小。另外还有老倭瓜、小黑姑娘、白凤鸣、钟三姑娘、刘凤霞、雪玉霜、方红宝、联幼茹、金小香、伍凤云、夏秋霞、章翠凤以及后来被誉为“金嗓歌王”的骆玉笙。这些演员或先后多次来南京，或长期定居南京。刘宝全曾多次来南京，最后一次来南京为1935年秋。当年10月，他在夫子庙鸣凤茶社演出《单刀赴会》，当时场内座无虚席，甚至连站立之处皆无。有人赞曰：“北里孤怀郁不开，偶从歌咏觅沉哀，宫商激楚敬亭老，知向燕云市上来。”

白云鹏约于20世纪20年代后期首次来南京演出，引起极大轰动。之后他也曾多次献艺金陵。他演出的作品大多为《红楼梦》故事，有《太虚幻境》《殒玉》《黛玉焚稿》等。1929年，他在鉴新茶社演唱《宝玉探晴雯》。老舍曾称赞白氏的大鼓：“高山流水，阳春白雪。”

小彩武（骆玉笙）第一次来南京为1926年，时年12岁。她先清唱京剧，后随王春凤学唱二黄大鼓，艺名“小彩武”。1930年，白云鹏来南京义顺茶馆演出，一曲《红楼梦》使她心驰神往，从此立下改唱京韵大鼓的志向。同年，她在南京贡院西街的“杏花园”（天津饭菜馆）拜韩永禄为师，正式改唱京韵大鼓。经韩授艺后，小彩武技艺大增，加之平时的基础，拜师当年便于夫子庙义顺茶园首次登台演唱京韵大鼓《红楼梦》。由于她平时崇拜白派，因此该曲目的唱腔、表演风格均尚白派。她嗓音甜美，韵味醇厚，一经登台，名声大振，从此改艺名“小彩武”为“小彩舞”。1936年8月，小彩舞离开南京去济南，嗣后又曾3次来南京演出。

在1913年至1949年的30多年内，京韵大鼓在南京一直呈现着蓬勃发展之状，几乎京韵大鼓的代表人物都曾集聚南京演出。最多时，仅南京夫子庙地区就同时有十档京韵大鼓演员演出。至于在下关、鼓楼及夫子庙东、西市场的露天书场演出的艺人也为数不少。

新中国成立后，全国的政治、文化中心北移，京韵大鼓在南京开始逐渐走向冷寂。虽然1950年南京曲艺工作团成立时还专门设置了京韵大鼓这一曲种，且仍有富贵花等名角，但时隔不久，该团被撤销，富贵花等艺人也去了北京。

1963年，南京曲艺团试图在南京再度振兴京韵大鼓，不惜高薪从天津吸收京韵大鼓名演员杨曼华及杨浩亭（弦师）加入该团，但不足两年他们即离去。

1966年以后，除天津曲艺团、北京曲艺团、济南市曲艺团来南京巡回演出中有京韵大鼓演唱外，在南京的专业性曲艺演出中，已很少有京韵大鼓出现。

十四、山东快书

山东快书流行于山东地区，因其早期演唱的曲目内容大多为武松的故事，故又称为“武老二”。据说清末民初已有山东快书活动于南京，但目前尚无确切文字资料佐证。据现有资料可知，最先到南京的山东快书演员为高元才、高元钧兄弟，时间为1929年。当时他们大多在下关招商码头一带“撂地”，有时也到茶馆、江船上卖艺。1930年，山东快书演员戚永力从徐州来南京演于夫子庙。此时高元钧得以拜戚永力为师，后随师又在“大世界”“奎光阁”“鸣凤茶社”献艺。他天赋极好，经戚指点后技艺大进，约在20岁时，他已在南京有一定声誉，并因此得以进入戏茶厅、书场与众多的京韵大鼓、梨花大鼓、河南坠子的名家组成“花场”演出。1937年抗日战争爆发前，高元钧离开南京，至1946年才返回。在高离去的近10年时间内，南京仍有山东快书的演员活动，但由于技艺大多逊于高元钧，难以进入戏茶厅和书场。

1946年，高元钧再次从外地来南京演出时，已在全国曲艺界享有很高声望。在南京期间，他经常应邀赴国民政府中央广播电台播讲，《南京人报（副刊）》亦时常有关于他的演出评论刊出。1946年到1950年，山东快书在南京完成了两个重大的改革。一是丢掉了竹单板，用鸳鸯板伴奏。他用《李逵夺鱼》做试验，获得成功。由于丢掉了竹板，双手负担减轻，更利于手势的发挥。这个改革不久后便为全国山东快书艺人所接受，至今已成为山东快书统一的演出规范。同时，自1947年起，国立编译馆成员萧亦五为高元钧记录整理了山东快书《武松传》，该书计百余万字。二是1949年从南京开始，“山东快书”正式定名。高元钧在应邀到上海灌制唱片《鲁达除霸》《武松赶会》时，将“武老二”更名为“山东快书”。回到南京后，高元钧在其演出海报中正式使用“山东快书”这一曲种名称。由此开始，“武老二”之名被“山东快书”所取代。

1950年高元钧离开南京后，一大批专业、业余的山东快书演员先后在南京崭露头角，有的后来成了全国性的代表人物。从20世纪50年代起，南京市曲艺团、江苏省曲艺团、南京军区前线歌舞团曲艺队、南京百花曲艺团等专业团体都配备山东快书演员，其中较有影响的有陈增智、郑小山、周虹等。南京军区的山东快书训练班还为部队培养了一大批山东快书业余演员，其中“临汾旅”战士演出队的山东快书创作、演出活动，至今从未中断过。

十五、苏北琴书

苏北琴书，又名“洋琴”“琴书”“中原琴书”等。由于其主要伴奏乐器为扬琴，又用苏北方言演唱，因而20世纪50年代始在南京定名为“苏北琴书”。它流行于江苏南京、淮阴、连云港、徐州和江苏北部地区及安徽、上海、湖北等地。

苏北琴书于清末民初传入南京。最先来南京献艺的琴书艺人为山东曹州人王凤云、王兴汉、王化兰等。20世纪40年代至50年代末，南京成为苏北琴书的活动中心，最盛时，琴书艺人不下百人。

苏北琴书分为长篇、中篇、短篇三种形式。长篇又称“万字活”，书目主要有《月唐》《杨家将》《呼家将》等。中篇又称“小八棍儿”，书目主要有《江宁府》《王天保下苏州》《归德府》《九姐大出嫁》等。短篇又称“段子”，书目主要有《水漫金山》《断桥会》《韩湘子上寿》《杨八姐游春》《卖油郎独占花魁》等。

新中国成立后，苏北琴书艺人坚持创新说新，创作并演唱了一批优秀曲目，如《王小二参军》《王桂香打鬼子》等。

1958年，南京市曲艺团成立。荣凤楼、孙芝美、孙素贞、于如发、傅荣彬、杨步松、谭先洪等一批苏北琴书演员进入该团。在同年举行的江苏省第一届曲艺会演上，荣凤楼演唱的《水漫金山》获演唱奖。

1964年，南京市曲艺团创作的苏北琴书联唱《王杰》，在联曲体的基础上融入朗诵、合唱等艺术手段，是为苏北琴书深化改革的一种大胆尝试。

苏北琴书多系一人演唱，一人伴奏。演唱者左手打琴，右手执板，伴奏者操奏坠胡。演唱者附以手帕、扇子、醒木为道具。一部长篇可以连续演唱数月乃至半年。中篇短则一两场，长可达四五场，甚至一二十场。短篇只在一二十分钟内完成，一般用于垫场，主要用于曲艺综合场。

十六、独角戏

独角戏，20世纪20年代形成于上海。大多数独角戏演员为滑稽戏演员所兼任，故又称“唱滑稽的”。新中国成立后，一些独角戏演员由于常与相声演员同台演出，故在南京又有“南方相声”之称。原南京市曲艺工作团、南京市滑稽剧团、南京浦口曲艺剧团和各业余曲艺队均有此曲种。

1936年1月，南京中央游艺场（今人民商场二楼）开业。上海独角戏艺人顾春山、薛玲巧、杨天笑、小笑灵应邀来南京演出。日军占领南京初期，独角戏和各种娱乐活动均变得冷寂，直至1941年后才复有独角戏演员来南京。

独角戏艺人大多能表演滑稽戏，他们在上演滑稽戏的同时，亦演出独角戏。从20世纪40年代中期至50年代初期，众多的滑稽戏剧团先后来南京。1941年，常州天宝滑稽剧团在南京飞龙阁上演滑稽戏《一碗饭》，演员有顾春山、杨天笑等。1941年，上海包一飞在南京新亚茶社演出什锦歌剧、独角戏，演员还有汤慧声、文彬彬等。同年8月，汤慧声、文彬彬、张莉莉、熊子清、戴笑玲在南京组成“五福团”于金龙餐厅上演滑稽戏《小山东到上海》，同时兼演独角戏、越剧。不久，“五福团”解散，汤慧声、文彬彬又搭档在新亚茶社演出独角戏。

1946年，上海万象剧团来南京演出滑稽戏，演员有朱培生、顾春山等。1947年后来南京的独角戏演员更多，仅当时在夫子庙各书场演出的独角戏艺人就不下五档。同年，南京的各电台开始聘请独角戏艺人做商业广告演出。此时诞生了两个专演独角戏的班社：由顾春山、徐笑灵合办的春灵剧团，主要演唱于首都电台；由汤慧声、戴笑玲合办的声玲剧团，演唱于金陵电台。另外在其他电台演唱的还有包一飞、马疯疯、张呆尔、小杨华、赵一疯与赵突山夫妇。1948年，“春灵”“声玲”两团合并，成立春声剧团，仍于各电台演播独角戏。

新中国成立后，南京市曲艺工作团成立，汤慧声、顾春山作为独角戏艺人参加该团，此时在演出广告中使用“南方相声”一名。

1951年，南京成立以演出滑稽戏为主的南京人艺通俗剧团（后改为南京市滑稽剧团，1969年被撤销），汤慧声、顾春山及沪、苏、锡、常等地的滑稽戏艺人纷纷前来参加。该团在17年的演出活动中，坚持演出独角戏。

1979年，南京浦口曲艺剧团成立，由原南京市曲艺团和滑稽剧团“下放”农村回城的演员组成。该团既演“南北相声会”，又演滑稽戏和独角戏。1980年，该团被撤销。至此，南京已无专业独角戏演出活动。

在独角戏传入南京的过程中，《算命》《剃头》《学广东戏》《照像》《宝宝多吃苦头》等曲目，在南京观众中留下了深刻的印象。

十七、扬州评话

扬州评话，又名“维扬平话”，用扬州方言表演，流行于扬州、淮阴、盐城、镇江、南京和上海等地。

扬州评话进入南京地区的时间，据现有资料查证，为20世纪20年代。其时，扬州评话前辈艺人康国华及其子康又华（擅说《三国》），曾先后来秦淮说书。卢前在《冶城话旧》中有记述：“扬州康国华说《三国演义》，名噪大江南北，虽一至金陵，居之未久，近年其子又华来秦淮，予常听其说《水浒》‘醉打蒋门神’，五日始说完一段。常邀中敏往听，中敏谓其颇有父风，比、说、敷、陈极得法，然视其父锋未尽除火气也……”1944年，又有扬州评话艺人樊紫章来南京于金门戏茶厅演出《施公案》。此时，扬州评话名家王少堂亦从维扬来南京献艺，产生很大影响。1947年1月，南京市戏剧人员协会成立，王少堂当选为协会理事。

新中国成立后，南北曲艺交流更为频繁。1954年，王少堂再度来南京，演出于夫子庙和新街口红楼书场。其时，南京市文艺处民艺组组长萧亦五为了继承传统，抢救文化遗产，组织人员对王少堂演出的"王派水浒"代表作《武十回》《宋十回》进行了录音和文字记录。

1957年，王少堂参加江苏省第一届曲艺观摩演出，获荣誉奖。1958年6月，江苏省曲艺会演在南京举行，扬州评话艺人王少堂、王筱堂、王丽堂祖孙三人以及"康派三国"传人康重华等参加了会演。

1960年5月，江苏省曲艺团于南京成立，扬州评话为该团主要曲种之一。演员有王少堂、康重华、王丽堂、夏小台。从此，扬州评话在南京扎下了根，演员们多次在百花书场、红楼书场、未名书场、夫子庙书场和下关文化馆书场进行演出，从而扩大了扬州评话在南京的影响。王少堂还应江苏人民广播电台文艺部的邀请，在该台进行评话《武松》的长篇连播，收听率之高、覆盖面之广，为一时之盛。

1961年12月，江苏省评话观摩演出于南京举行。来自镇江、扬州和南京本地的扬州评话演员王少堂、王筱堂、王丽堂、马凤章、康重华、高再华、徐伯良、徐幼良、戴秉章、林芝庭、余又春、李信堂、夏小台等10余人先后登台献艺，演出了长篇传统书目的选段，受到行家的好评。

"文化大革命"时，扬州评话遭到严重摧残。1968年1月，王少堂受迫害而死，这使扬州评话蒙受了极大的损失。

1959年、1985年和1995年，"王派水浒"《武松》《宋江》《石秀》《卢俊义》相继出版。王少堂的传人，素有书坛"秀口"之誉的王丽堂多年活跃于书坛。

十八、苏州评话

苏州评话，俗称"大书"，与苏州弹词合称为苏州评弹。它是用苏州方言表演的，流行于江苏的南京、苏州、无锡、常州，浙江的杭州、嘉兴、湖州及上海等地。苏州评话最早流入南京地区为1934年。是年，苏州光裕社艺人曹汉昌偕同弹词艺人曹筱英，曾于南京杨公井的一家书场里演过苏州评话《岳传》。

1955年，苏州评弹团著名评话演员曹汉易、杨振新、丁冠渔等人来南京，演出于红楼书场，演出书目有《岳传》《水浒》《英烈传》等，场面非常热烈。1957年后，山西路和平书场、夫子庙书场相继开业，江、浙、沪两省一市的苏州评话演员先后来宁献艺。著名的演员有上海评弹团的吴君玉、浙江省曲艺团的汪雄飞、上海长征评弹团的顾宏伯、常州评弹团的高翔飞等。

1960年5月，江苏省曲艺团在南京成立，苏州评话为该团曲种之一。演员有因擅说《七侠五义》而名闻书坛的金声伯。

1961年12月，由江苏省文化局主办的评话观摩演出在南京举行。参加此次观摩演出的苏州评话演员有钟子亮、曹汉昌、杨振新、莫天鸿、蒋少琴、钱雪峰、金声伯、张国良等。演出书目有《岳传》《东汉》《金台传》《绿牡丹》《七侠五义》《三国》等。上海评弹团著名评话演员吴子安、张鸿声也受邀来南京进行交流演出，他们分别演出了《隋唐》和《英烈》中的片段。

1965年12月，江苏省评弹新书目会演在南京举行，其中有金声伯演出的苏州评话短篇《打虎记》等。

目前，江苏省曲艺团仍然保留着苏州评话这一曲种，演出活动地区主要有苏、锡、常一带及沪等地。

十九、苏州弹词

苏州弹词，俗称“小书”，用苏州方言说唱。它流行于江苏的南京、苏州、无锡、常州一带和浙江的杭、嘉、湖地区及上海等地。

据现有资料，苏州弹词最早流入南京地区为1934年春。其时，苏州光裕社艺人曹筱英曾于南京杨公井的一家书场里演唱过苏州弹词《白蛇传》和《玉蜻蜓》。同年8月，光裕社弹词艺人王耕香应公余联欢社邀请，于香铺营公余联欢社露天剧场演唱《三笑》。抗日战争时期，苏州弹词女艺人范雪君也受邀来南京在夫子庙献艺。但这些演出的时间不长，故影响甚微。

苏州弹词真正流入南京地区是在新中国成立以后。1955年，著名弹词艺人曹啸群、汪韵梅、庞学庭、徐雪兰、高雪芳等，曾随苏州市评弹团演出于南京新街口红楼书场，演唱书目有《秦香莲》《四进士》和《孙芳芝》等。当时听众踊跃，情绪热烈。从此，苏州弹词在南京站住了脚跟。1957年初，位于山西路和平电影院楼上的和平书场开业，以演出苏州评弹为主。不久，夫子庙地区也开设了苏州评弹的演出场所。自此，江、浙、沪两省一市的苏州弹词艺人源源不绝地来南京登台献艺。其中有不少名家、响档。如上海评弹团的杨振雄、杨振言、刘韵若、余红仙、赵开生，上海长征评弹团的钱雁秋、杜剑华，常州评弹团的庞学卿、李娟珍，苏州评弹团的黄异庵、赵稼积，浙江省曲艺团的王伯荫、曹梅君等。演出书目有《西厢记》《法门寺》《玉堂春》《珍珠塔》《玉蜻蜓》《雷雨》等。

1960年5月，江苏省曲艺团于南京成立，苏州弹词为该团主要曲种之一。演员有曹啸君、侯莉君、杨乃珍、汪韵梅、高雪芳、徐琴芳、尤惠秋、朱雪吟、郁树春、曹织云等。在此以前，南京军区前线歌舞团亦设置了苏州弹词这一曲种。至今，苏州弹词仍是该团曲艺队主要曲种之一。该队创作、演出的《夸班长》《迎新曲》等曲目曾在全军或全国获奖。

1961年，南京影剧公司于新街口地区开设百花书场（在大三元菜馆隔壁巷内）。该场所设备讲究、座位舒适，可容纳500余名听众，是南京地区最好的一家曲艺演出场所，也是苏州弹词的基本演出场所。不久，又办起了未名书场，使苏州弹词在南京的演出活动更加兴盛。

1961年4月，由江苏省文化局主办的全省苏州评弹流派观摩演出在南京举行。著名评弹老艺人周玉泉、徐云志、李仲康、俞筱云、俞筱霞等数十位弹词演员汇聚金陵，就苏州弹词的流派艺术及继承传统书目等问题进行了广泛讨论，并举行了内部演出。南京电影制片厂还拍摄了周玉泉、徐云志、李仲康等人的演出片段，将其作为艺人资料保存。

1965年12月，由江苏省文化局主办的江苏省评弹新书目会演在南京香铺营文化会堂举行，全省各评弹团场选派演员参加。演出书目有江苏省曲艺团郁树春、杨乃珍等人演唱的中篇弹词《方向盘》，无锡市评弹团演唱的《毛主席诗词演唱专场》，以及曹啸群、张文婵演唱的短篇弹词《故事会》，苏州评弹团演唱的《夜走向阳村》。

20世纪50年代中期至60年代中期是苏州弹词在南京地区最活跃、最兴盛的时期。“文化大革命”开始后，苏州弹词受到了严重摧残，和平书场、夫子庙书场相继停业，整个南京地区仅剩一家百花书场，也时演时停，勉强维持。1976年，百花书场恢复正常营业，江苏省曲艺团的曹啸君、侯莉君、杨乃珍等人以及其他演出团体的弹词演员先后在南京演出了中篇弹词《江姐》《谁是最美的人》以及长篇弹词《秦香莲》《梅花梦》等。20世纪80年代中期以后，听众逐渐减少，百花书场改为舞厅，用于放映录像，苏州弹词失去了在南京的最后一个演出阵地。江苏省曲艺团仍保留着苏州弹词这一曲种，但正常的营业性演出较难维持。

二十、扬州弹词

扬州弹词，又名“扬州弦词”，用扬州方言说唱，流行于扬州、盐城、淮阴、南京及上海。

扬州弹词最早进入南京地区的时间，据现有资料，为1946年10月。是时，张幼夫、张慧侬曾在夫子庙义顺书场说唱《珍珠塔》。新中国成立后，扬州弹词艺人在南京的演出活动逐渐增多。扬州弹词是江苏省曲艺团的曲种之一，演员有张慧侬、张丽曾。

张慧侬是扬州张家弦词的第四代传人。张家弦词的创始人为清道光年间的张敬轩。张敬轩自己没有子女，传艺于侄儿张丽夫，张丽夫又传子张步青、张幼夫。张慧侬自幼从父张幼夫习艺，他说表幽默，表演生动，继承和发展了“张家弦词”的表演艺术风格。张丽曾是张慧侬之侄女，嗓音清亮，唱腔悦耳，表演洒脱。其父张继青（张步青之子）生前也是扬州弹词的名家。

扬州弹词的传统长篇书目有七八部，以《珍珠塔》《双金锭》《刁刘氏》《落金扇》这四部最有影响力，它们被称为张家弦词的“四宝”。20世纪60年代后，张慧侬自编自演了长篇《李双双》和中篇《喜盈门》等，颇受听众欢迎。为使扬州弹词后继有人，江苏省曲艺团在成立后招收和培养了一批青年演员。长期活跃于书坛的有顾群、李来淼、孙建华等。他们除了奔赴苏北各地为群众演出外，还经常在南京的夫子庙书场和下关区文化馆等场所演出，给当地听众留下了深刻印象。

改革开放以来，曲艺艺术呈现出繁荣的局面。1990年10月23日至10月28日在南京举行的首届中国曲艺节是全国曲艺界的一次盛会。邓小平、陈云亲笔题写了节名，李瑞环发来了贺电，宋任穷、陆定一、彭冲、荣高棠、贺敬之等领导同志题写了贺词；来自15个省市和5个中央直属文艺团体的近300名曲艺界的精英演出了8台23个曲种83个节目。这次曲艺节以其高品位的艺术创造及丰富的内容、生动活泼的形式在南京掀起了一阵“曲艺热”，对弘扬民族优秀传统文化、发展和提高曲艺艺术具有积极而深远的影响。

第四节　曲艺创作

南京曲艺的曲目创作与曲种发展相始终。汉末的《短箫铙歌》和《孔雀东南飞》，以及六朝时的《老胡文康辞》《木兰诗》等，都有明显的曲艺因素，和说唱艺术紧密相连。梁代已盛行讲经、唱说，惜年代久远，曲（书）目无存。诞生于六朝时期的佛偈，后衍变为既说偈语又唱故事的曲艺形式，有的曲目尚存，并对全国产生过影响（如《黄氏女对金刚》）。莲花落诞生于六朝，盛行于宋、元、明时期。打弹这一曲种早已消失，部分曲目尚有记载。南京评话盛行于清代中期。南京白局和数莲花风行于清代，产生过众多曲目。新中国成立后，南京曲艺曲目的创作和演出由过去的无序变为有序，一大批优秀曲（书）目问世，呈现出蓬勃的生机。“文化大革命”期间是曲（书）目编制的灾难性时期，随着一些老艺人作古，有些曲目永远失传。1976年以后，南京的曲艺工作者积极投身于曲（书）目创作中，编演了一些在全国有影响的曲目。

《周侗访友》　南京评话传统书目，又名《八朵云》。

《达子敬打马猴》　南京评话书目，又名《六邑传清》《古棠奇侠传》。其内容由根据六合真人实事史迹及民间传说的片段故事组成。晚清有《六邑传清》的抄本，其编者已无考。1943年，六合县城唐兆银将其改编，并易名《古棠奇侠传》。书中讲述的是清乾隆年间，山东72寨第7寨寨主沈爰，驯一马猴，其凶猛强悍，遍游江淮无敌，到六合时却被回族武侠达子敬击死，由此二人成仇。达为解结，冒风险亲往山东赔礼，闯过多重关卡，二人终于和好。此事为洪泽湖水盗得知，故意盗走六合县大印，指名要达子敬去讨。此后，太湖强人与南京捕快甘凤池作难，盗走江宁府刘镛知府印鉴。甘与达结为异姓手足，达便下太湖取印。达一一化解艰难险阻，终取印而归。最后达子敬虑及结怨江湖过多，难以处世，乃用石灰粉自盲双目，闭门不出，直至病故。民国初年，该书目首由评话艺人丁久经在城隍庙广场讲演。后经杨守政、王四瞎子、夏大淳等接演，不断丰富发展，成为连说40多回的长篇评话。目前，虽未发现完整的抄本，但故事仍在六合县城乡及盱眙、来安、天长、仪征一带流行。

《雨花台上红旗飘》　南京评话短篇书目，张幼臣、张骏良、孔幼平（执笔）作。该书目编演于1958年5月，由南京评话演员张幼臣首演，并于同年参加省曲艺会演，获得表演奖和创作奖，后由江苏文艺出版社出版。该书目讲述中共江苏地委负责人黄英于1933年秋，驾驶一辆轿车，与省、市、地委同志在车内召开“流动会议”时，不幸被叛徒出卖，遭国民党宪兵追捕。为了掩护其他5位同志脱险，黄英不幸被捕入狱。黄在狱中受尽酷刑，但坚贞不屈，最终于雨花台殉难，年仅27岁。该曲目由江苏省人民广播电台录音后多次播放，在群众中有较大的影响。

《打议员》 白局曲目，著名的白局“新闻段”之一，由演唱白局的织锦工人根据当时发生的真实事件编唱。

《抢官米》 南京白局曲目，著名的“新闻段”之一，作者无考。相传该曲目是白局玩友根据光绪二十四年（1898）的事实编唱而成的。

《义民册》 南京白局曲目，夏冰流根据南京民间传说改编。该曲目讲述清朝廷得知白莲教准备在南京起义的消息，疯狂搜捕白莲教徒，并于鸡鸣寺内查获了10万义军的名册。江宁府师爷命书吏秦积安连夜赶抄名册，以便在3天之内同时分路出发搜捕。秦积安将名册带至家中，发现亲友乡邻俱列册中。秦即打发已有身孕的妻子远遁，随即举火自焚，因此救了10万义军。秦妻产下一子，其成人后得中状元，知其父遭遇，即永不为官。该曲目情节生动、曲折，有较强的艺术感染力，为南京工人白局实验曲剧团经常上演的曲目。

《老母猪过下拖拉机》 白局短篇曲目，又名《王婆婆巧养猪》，陶和之作。该曲目讲述某生产大队饲养员王婆婆为队里养头母猪。她手勤脚快，寻找百样草料喂养，降低养猪成本，3年中用1头母猪繁殖的猪仔换回了1台拖拉机。该作品生活气息浓郁，语言生动形象，情节有起有伏，颇能吸引人。1959年，该曲目获南京市业余文艺会演创作一等奖，并曾在《南京日报》《南京文艺》创刊号及《雨花》刊载，且由江苏省人民出版社将其与其他作品结集出版。

《赵小妹》 南京白局新编曲目，又名《万头猪场》，马由、傅松义作于1959年。《赵小妹》以南京浦镇公社群众在中共八届三中全会精神鼓舞下，在社会主义农业建设高潮中涌现出来的新人新事为题材，塑造了一个勤劳质朴、热爱劳动、热爱集体的先进典型人物——赵小妹。该曲目曾刊于《江苏戏曲》1960年第四期。

《数灯》 南京白局传统曲目。该曲目共分4段，以民间乐曲作为开场序曲，以牌子曲“八板”散起开，此为“数灯”的第一段。该段把观众带到一个国强家庆、人寿年丰、万民同乐的气氛之中。第二段有节奏明快的“数板”，叙述了正月十五普放花灯，邻里乡亲互约观灯的热闹情景。第三段以“梳妆台”大牌子曲的唱腔描绘了灯市队伍浩浩荡荡，灯彩琳琅满目，观灯者目不暇接的情景。该段将“数灯”的演唱推至高潮。最后一段也是主要唱段，采用“滚板”，以多变的上下句将花灯花名一一数出。这里既有民间传说故事，又有历史人物的再现，且通过演唱者一板紧似一板的演唱，加之运用了气息控制、喷口等演唱技巧，使听众如临其境，深受南京人民的欢迎。

《母子会》 南京白局曲目，南京市白局曲艺团成员蔡振中于1964年根据同名独幕剧改编。故事叙述列兵黄大华响应号召，决定超期服役，而其母却在农村想让儿子复员回家，未过门的媳妇也等着黄大华回家成亲。母子在部队相会后便发生了一场激烈的争吵。最终母亲被儿子说服，愉快地返回家乡。

《南京风俗景》 南京白局传统曲目。

《火烧六合小东门》 南京白局曲目，作者不详。该曲目系根据民国年间六合县城小东门一场大火的实事编写，具有南京白局“新闻腔”的特点。其唱词采用《五更调》的格式，生动形象地反映了当时火灾的情形。如“地保敲锣闹哄哄，公安局的哨子吹得凶，洋龙后头跟水龙，哎呀呀，挑水桶碰桶”；“五更五点天要明，陈县长出来做人情，捐出钞票和洋钱，哎呀呀，为了笼络人心”；等等。该曲目共70句，唱腔采用民间小调，1960年和1961年，分别参加南京市群众文艺会演和江苏省民间文艺会演，并获得奖励。

《乔奶奶骂猫》 南京白局传统曲目，作者无考。据传，该曲目被移植于扬剧《乔奶奶骂猫》，也有人认为此本为白局曲目，后被扬州清曲移植，再被扬剧所吸收。上述二说，目前均无佐证。该曲目讲述端午节时，家住扬州城十二门四水关六雕桥的乔奶奶因看龙船，无暇顾及家中的狸花猫，致使其中一只跑掉。乔奶奶发觉后，四处寻找猫，却不见其踪影。于是乔奶奶破口大骂，但由于目标不明，她只好漫天乱骂，决心“哪怕三天和三夜，三百六十行都骂交”，前后骂了21行和10种人。此曲目情节简单，但具有浓郁的市井生活气息，唱词写得风趣调侃。

《相遇六个郎》 南京白局传统曲目，作者无考。该曲目讲述1个姑娘先后与6个男子“交往”。大郎为北京人，职业是说书的；二郎为四海漂流，唱莲花落的；三郎是湖北人，当货郎的；四郎是高邮人，卖梨膏糖的；五郎未明籍贯，且是个盲人算命师；六郎是安徽人，唱凤阳调的。此曲目为白局的保留曲目，属对唱形式，上、下手之间一方是姑娘，另一方是籍贯不同、职业各异的6个郎。通过双方一问一答，逐一介绍6个男子。表演6个男子的演员必须会使用北京话、高邮话、凤阳话、湖北话。所以，无论在说、表还是学、唱方面，该曲目对演员都有较高的要求。历代白局艺人均以此曲目作为锻炼技艺的基本功节目。唱词中还涉及很多民国初年的人和事，以及大量的南京地名、掌故等。新中国成立后，艺人们对该曲目中的低级、庸俗部分进行了删改，在南京市郊县演唱。

《杂学唱》 南京白话早期曲目，南京评话艺人钱天笑于20世纪初根据同名相声传统曲目移植而成。他将原相声《杂学唱》中学唱的北方戏曲全部改为学唱南京人所喜爱、熟悉的扬剧、白局、数莲花等，初演时即受到听众的欢迎。嗣后，钱天笑边演边提高，使该曲目逐渐成为其“看家活儿”。二十世纪五六十年代，钱天笑参加了专演相声的群鸣相声队，由于其相声技艺不佳，只能为其他演员充当“量活”。但一旦他演出该曲目，则必须压轴，大受听众的欢迎。为此，钱天笑名声大振。而他用南京话说相声的经验，亦为南京市业余相声界纷纷学习效仿，这为以后南京白话的正式形成做了成功的尝试。该曲目在叙述方式上仍同于相声的叙述体，但不同于南京白话的自传体，故人们亦称其为“南京话的相声”或“南京相声”。

《包您满意》 南京白话曲目，作者、首演者查志华、石公权。该曲目讲述一青年理发工轻视自己的工作，不钻研技术，后来在同志们的帮助下，确立为人民服务的观念，终于成一名技术能手。该曲目自20世纪70年代末创作、演出以来，历演不衰，在观众中有一定的影响。

《老相识》 南京白话曲目，李宗权创作于1963年。

《木鱼十响》 佛偈传统曲目。《木鱼十响》全篇共有58句唱词，没有道白。其唱词以木鱼每“响”一声，讲述一个佛教故事。该曲目通过宣扬佛教故事，向人们传播佛法教义。《木鱼十响》曾为江宁县谷里乡经常演唱的佛偈曲目。

《十二月观音》 佛偈传统曲目，以十二月花名作为引子，简略叙述观音得道的故事。观音本是妙善公主，她不爱皇家的富贵荣华生活，甘愿在白雀寺参禅悟道，出家修行。为救父亲，她不惜剐下手眼，其孝心感动天地，最后终成正果，成为紫竹林中观世音。《十二月观音》全篇共有58句唱词，没有道白。擅唱该曲目的为江宁县谷里乡人陶有成。二十世纪三四十年代，他常开坛说法，演唱佛偈，听众多达数百人。《十二月观音》是他经常演唱的佛偈曲目之一。

《风筝记》 高淳送春传统曲目，原为流传于高淳的民间山歌，后被移植为送春曲目。

《开东坝》 高淳送春传统曲目，根据清道光年间发生在高淳当地的历史事件编写而成，作者不详。

《十二月懒王》 高淳送春传统曲目。该曲目唱词以十二月花名引路，对农村的一些懒汉给以诙谐、辛辣的讽刺，并对他们好逸恶劳的思想及行为进行了巧妙而又深刻的刻画。如描写懒王：“二月懒王龙头高，立春雨水惊蛰到，作田的不离田头旁，懒王脱脚走场头，裤管不卷充大派，水袜上面穿草鞋，掮了锄头忘了锹，到了田里怕弯腰。”“立冬一过雪花飘，天上降下杀人刀，饭没得吃来草没得烧，心上好似滚油浇。”最后鼓励懒王们浪子回头：“不做不累没功劳，黄牛系树一样老。”全篇虽没有什么故事情节，唱词也比较“土”，但“土”得形象、生动、诙谐、幽默，令人发笑。

《站花墙》 打五件传统曲目，源于同名花鼓戏。该曲目讲述杨玉春父母在世时，玉春与王丞相之女王美荣订婚。后玉春父母双亡，叔父将其扶养成人。奈婶娘不贤，偕仆人张宽赴王家投亲。途中，张宽勒死玉春，并冒名去王府认亲。杨玉春未死，为山寨豪杰所救（一说为观音菩萨所救），后也赶来王府认亲。王家见玉春衣衫褴褛，拒不认。玉春一气之下出家。后经丫鬟帮助，与王美荣分别站在花墙两侧相会。美荣得知玉春遇难等往事后，立志不嫁他人，并赠玉春金银，促其攻读。后玉春赶考高中，终得团圆。

《恨大脚》 打五件传统曲目。该曲目讲述一位农村姑娘幼时没有缠脚。出嫁后她整天忙碌，但公婆却嫌她脚大，丈夫也嫌她脚大。一日，“大脚”回娘家，路上与一小脚嬷嬷一前一后。过路人两相比较，指指戳戳。“大脚”又羞又惭，决意“死后要找阎王吵，今天吵，明天吵，来生变个女花俏”。该曲目唱词诙谐有趣，生活气息浓郁。行路时，一连唱出十个恨，生动流畅。此曲目唱“泗阳调”，锣鼓奏“十样锦”，并常与《恨小脚》结合起来演唱，称为《双恨》。

《探亲丢驴》 单口相声传统曲目，原名《嘎鸪进京》，作者无考。该曲目讲述北京齐化门有一位土财主，春节前夕让他儿子嘎子（亦有演员称其为嘎鸪）穿着新衣、新鞋、新帽，带着礼物并牵着驴驮着褥套去北京城里给姐夫拜年。临行前，土财主叮嘱嘎子注意小偷骗子，千万别丢了东西。于是，嘎子便一路小心，人多的时候还拿着缰绳，脸对着驴倒着走，以为这样就能万无一失。但结果是，嘎子不仅丢了驴子，丢了褥套，就连全身的新衣、鞋、帽也被骗走了，最后只好哭着到了姐夫家中。

《三性人》 单口相声传统曲目。该曲目讲述某县官上任之初，下令在全县寻访三种性格的人来衙当差：一为暴脾气；二为慢性子；三为爱贪小便宜的。经过寻访，终于找到了动辄吵闹打架的“暴脾气”，以及家中失火犹不急的“慢性子”和一个买一粒糖果先要尝十样，还要顺带一颗的“爱贪小便宜”。县官量才使用，任命“暴脾气”跟班听差，任命“慢性子”来看管两位少爷，任命“爱贪小便宜”为采买。然而事与愿违，三个人上任的第一天，因为其各自的个性而将原本简单的事情全部办错，使县官有苦难言。第一天，县官带领“暴脾气”走赴宴会，途中遇到大桥被冲坏，“暴脾气”二话不说驮起县官就蹚水过河。县官被其耿耿忠心所感动，允诺回去后，赏“暴脾气”二两银子，谁料到“暴脾气”当时便双手作揖说“多谢老爷！”，将县官一下摔在了河中，县官差点被淹死。回到家后，县官见“慢性子”正在太阳下捉虱子，当时顺口问起他的两个孩子时，却得到“二少爷早上掉井里了！”的回答。县官大发雷霆，斥责他：“为什么不早说？”而“慢性子”却说：“我就是这个脾气。这是您问，如果您不问，我打算下个星期再告诉你。”县官命“爱贪小便宜”置办棺木。“爱贪小便宜”除再三讨价还价，用极少钱买一口棺材外，又趁老板不注意时偷了一口棺材。“爱贪小便宜”回府后讨好地向县官解释道：“闲里置忙里用，大少爷死的时候就不用再买了。”此曲目很早即传入南京，上演不辍，嗣后又成为南京市曲艺团保留曲目。

《追车》 单口相声新编现代曲目，南京前线歌舞团曲艺队相声演员李风琪于1959年自编自演。该曲目讲述新中国成立初期，一位曾失窃过两辆自行车的工人，又买了一辆新车。某日正在水果店买瓜时，他忽见有人骑上了他那辆新车飞驰而去，便急急追赶，从而演出了一场人追车的闹剧。最后真相大白，原来此人不是偷车，而是为了追一个丢失钱包的人。作品采用“误会”的手法设置笑料，反映新时代的新风尚。该曲目曾被著名相声演员马三立、马宝瑞等人采用，作为他们经常演出的段子，并由中央人民广播电台多次播放，在听众中颇有影响。《追车》发表于1959年的《曲艺》杂志。

《豆腐席》 相声传统曲目。该曲目讲述甲为一大部门主事，因见乙相声说得好，热情邀请乙去作堂会（上门演出），除许以重金酬谢外，还有丰盛酒席款待。于是，在乙的催问下，甲将酒席上的菜一道道报出。其实，他所准备的菜都用豆腐制作，如小葱拌豆腐、青菜烧豆腐等。然而他却故意从颜色上、形状上将豆腐加以美化，给乙造成错觉，误认为有红有白、一咬“嘎吱吱嘎吱响”的萝卜皮拌豆腐为拌海蜇等，以此制造“包袱”。该曲目在南京流传较广。二十世纪三四十年代，刘宝瑞、高元钧以及李仙祥等人都上演过。1958年后，该曲目为南京市曲艺团保留节目。

《拴娃娃》 相声传统曲目。该曲目讲述甲利用乙爱在人前显贵、爱出风头的特点，故意编造了“乙”出身为大家、名门之后的历史，表面上像是对乙恭维，但最后却让听众以笑声嘲弄了“乙”的虚荣心理。民国时期，苏琪曾和韩信泉（外号“韩歪嘴”）合作演出该曲目，除了营业性演出外，还在广播电台播出。20世纪60年代初，该曲目被南京市曲艺团挖掘整理，并参加优秀传统曲目展览演出，颇受听众欢迎。

《大审》 相声传统曲目。该曲目讲述两个办案人员经手一桩重大抢劫银行案，却因长期未能破案而忧心忡忡。在突然遇到一名说相声的艺人后，他们计上心来，决定将其骗去顶罪。于是他们以请相声艺人出堂会为由，并许以优厚的酬金使其上当。然后谎说为使相声艺人不致因无知顶撞了老爷，需先试演一次。经过几次排练，相声艺人终于对“老爷有问必答”。于是，相声艺人带着对“出堂会”的憧憬，在两办案人员的指引下，走向了断头台。该曲目旨在揭露旧社会办案人员诬良为盗、草菅人命、吏治黑暗的本质。该曲目由丙扮演相声艺人，甲、乙两人先扮演公差，随后乙又改扮老爷，全部内容在叙说中掺进大量表演成分，故又有较浓郁的戏剧特征。

《糊涂知县》 相声传统曲目，原作者无考。1963年，南京市曲艺团成员张永熙将其整理后发表于1963年《曲艺》杂志第一期。

《胜利还都》 相声曲目，单长平作。

《家庭论》 相声新编曲目，作者不详。该曲目通过对两对夫妻在处理家庭及社会人际关系等问题上采用不同的方法而有着不同效果的描写，赞颂和睦的家庭和互相理解的人际关系，批评那种对家庭和社会随随便便且不负责的生活态度。《家庭论》首演于20世纪50年代，是南京市曲艺团的代表性曲目。

《翩翩起舞》 相声新编曲目，李国先作。

《武功山》 山东快书现代曲目，陈增智作。该曲目讲述抗日战争时期，陈毅到湘赣边界武功山，说服红军游击队下山集中，改编为新四军，东进抗日。该曲目注重通过情节描写，集中而又多方面地表现陈毅机智、勇敢、豪放、风趣以及充满了乐观主义的性格。全书在唱白的结合运用上，进行了大胆的尝试。《武功山》是曲艺作品中表现中国共产党高级领导人斗争历史的优秀长篇书目，曾连载于《曲艺》1980年的第七、八、九期。

《李三宝》 山东快书现代曲目，陈增智作。

《王桂香打鬼子》 苏北琴书新编曲目，孙芝美、孙素贞于1950年编创并首演。该曲目以抗日战争时期被日军占领的王家庄为背景，描写青年妇女王桂香不畏强暴、机智沉着，怀揣利刃，将计就计地进入碉堡。她先用酒将日军灌醉，尔后趁机将其刺死，巧妙地配合了八路军攻打碉堡的战斗，从而使王家庄得以解放。1959年12月16日，该曲目参加了南京市戏曲界大会演，收到了很好的社会效果。

《王杰》 苏北琴书现代曲目，1965年南京市曲艺团集体创作。该曲目讲述1965年，解放军某部班长王杰在江苏邳县张楼公社帮助民兵训练，在炸药意外爆炸的紧急时刻，他为掩护在场的12名民兵和武装干部，自己扑到炸药包上，英勇牺牲。南京市曲艺团集中了主要创作力量，在深入采访的基础上创作了该曲目。1969年9月，该曲目首演后即获得好评，之后又受中共南京市委、南京市文化局指示，在全市各机关团体、部队、院校巡回演出。省、市广播电台多次转播演出实况。1966年初，共青团南京市委对该曲目通报嘉奖。

《喜新厌旧》 快板书曲目，作者不详。该曲目编演于20世纪50年代初期，内容为某工厂厂长刘某在进入城市后，看上了女大学生小杨，便隐瞒了自己在农村已婚的事实，骗取女方感情。在一个星期日，他与小杨泛舟玄武湖上。面对美丽的湖光山色，他与小杨情意浓浓之时，突遇游湖的海军某部军官刘厂长的战友李子明。李子明生性爽快，说话就像“打机枪”，他一见小杨立刻就对刘说：“哟，十几年没见面，你女儿变成大姑娘啦？！”小杨终于明白真相，悄悄地脱下刘某送给她的订婚戒指，扬长而去。该作品主题严肃，而作者却用轻松的笔调来描写，使喜剧气氛贯穿始终。该曲目由南京市曲艺团首演。

《借枪》 快板书现代曲目，孙玉亭创作于1977年。该曲目讲述贺龙在领导南昌起义后，接受中国共产党的派遣，重返湘鄂西，组织工农武装。当贺龙从香港返回武汉时，国民党情报部门悬赏10万大洋，要取贺龙人头。面对严峻形势，贺龙临危不惧，在观音港主动亮明身份，使敌人措手不及。他瓦解了敌人的警戒，又“借”下了敌人一个排的武器，为开辟洪湖游击区不放一枪地打胜了第一仗。该曲目创作后引起较大反响，被认为是表现无产阶级革命家曲艺作品中较成功的一篇。该曲目为南京市歌舞团曲艺队保留曲目。

《顶天立地》 苏州评话短篇书目，金声伯于1971年根据上海梅山冶金公司的事迹编写。该书目由江苏省曲艺团首演，为新编现代书目。它讲述钢铁厂在施工建设中，为加快进度，大胆采用高炉整体安装的施工方案。工程总指挥高如山发扬了工人阶级的大无畏精神，沉着果断，排除险情，终于完成这一创举，将几十米高的炼铁炉准确无误地一次吊装成功。

《梅花梦》 苏州弹词长篇书目，上海潘伯英等人于1953年编写。该书目讲述明代正德年间，擅画梅花的苏州画家张灵和姑苏才女崔莹互有爱慕之情，经祝枝山撮合，定为婚约。不料江西宁王欲以美色迷惑正德皇帝，以达到篡位之目的，在江、浙、皖、赣四省点选秀女，崔莹被官府强选而去。张灵赴辕门击鼓鸣冤，反被抚台收监。幸祝枝山暗中周全，张灵才免去牢狱之灾。与此同时，唐寅接到宁王书信，请他去南昌为秀女描画图容。唐为救崔莹，亲赴南昌，并命张灵扮作书童，同进王府。唐寅设法取得了宁王的信任，被委以护送官之职。当秀女船驶到九江时，唐祝二人里应外合，救出崔莹。最后唐寅以装疯骗过宁王，安全回归苏城。

《迎新曲》 苏州弹词短篇书目，石言、徐林达作，1964年刊于《解放军文艺》。

《故事会》 苏州弹词短篇书目，郁小庭、张棣华作。该书目为新编现代书目，讲述1963年秋收之后，王大妈新屋落成，请来了民间艺人黄连生说书，以示欢庆。黄连生说的《鹦鹉告状》等都是带有封建迷信的旧书。为争夺农村宣传阵地，大队俱乐部故事员金凤在王大妈屋外搭台表演，与黄连生唱了一出“对台戏”，黄以失败告终。在金凤的帮助下，黄连生认清了旧书对人们的毒害，并在故事会上现身说法，除污消毒。《故事会》编演于1965年，同年11月参加了江苏省文化局在南京举办的全省评弹新书目会演。

《球拍扬威》 苏州弹词中篇书目，江苏省曲艺团集体创作，郁小庭、石林执笔。该书目是根据中国乒乓健儿英勇拼搏、获取五项冠军的动人事迹编写的，由江苏省曲艺团首演。

《**谁是最美的人**》　苏州弹词中篇书目，郁小庭、张棣华作。该书目为新编现代书目，写于1977年，内容写某化工厂青年技术员方大成研制成功代号为“305”的高效低毒农药。为了探索合理的工艺流程，厂领导决定在车间小批试制。年轻美丽的姑娘刘婷婷主动争取了这项任务。正在热烈追求刘婷婷的厂宣传干事肖俊阻挠刘婷婷参加，但遭到刘的拒绝。在试制过程中，由于一次意外事故，方大成和刘婷婷中毒昏迷被送进医院。当肖俊走进病房，看到刘婷婷美丽的面庞缠满了绷带时，断然离去。试制中取得的经验，促进了“305”农药的大批投产。庆功会上，当肖俊看到出现在主席台上的刘婷婷青春焕发的容姿比原来更加美丽时，后悔莫及。该书目由江苏省曲艺团首演，后于1978年4月参加全省苏州评弹创作节目会演，荣获创作、演出双奖。

《**多多**》　苏州弹词中篇书目，郁小庭、张棣华作。该书目为新编现代书目，内容写湖山医院有一个被遗弃的女婴，医院的医护人员收养了她并取名多多。3年后，多多认定护士长何英英就是自己的母亲。英英为了让多多能得到母爱，决定正式收养她，但遭到自己母亲的反对。英英的妹妹蓉蓉是名体操运动员，某日，她相约男友王坤荣登门。当王坤荣发现多多就是被自己抛弃的女儿时，惊愕万分。为了掩盖丑事，他骗取了何母的信任，将多多独自丢在远去的列车上。这一切被多多的生母夏玉玲看到，她愤怒地当着英英和蓉蓉的面，揭露了王坤荣的卑劣行为。该书目由江苏省曲艺团首演。

《**小小雨花石**》　苏州弹词开篇，郁小庭作词、谱曲。

《**刁刘氏**》　扬州弹词传统长篇书目，又名《倭袍记》，源于《绘图校正果报录》《重刻唱本雅诊脉全传》《最新续倭袍》等诸刻本。整部《刁刘氏》的故事共有三部分，即发生在刁、毛、唐三家的故事。其中毛家的一部分和刁家的故事联结在一起。《刁刘氏》以刁南楼的妻子刁刘氏（即刘素娥）为主角，讲述襄阳富户刁南楼去扬州游玩，其妻刘氏和邻居王文私通，偶被刁妾王氏发现。刘氏与王文商议，拟将王氏毒死。恰巧刁南楼归家，吃了藏有砒霜的馒头，中毒身亡。刁南楼在扬州时曾和毛龙、唐云卿结拜兄弟。后毛龙中状元，巡按湖广，来刁家吊唁。毛龙发现疑点，嘱童文正审查此案。几经曲折，此案终于真相大白，刁刘氏、王文等人被处斩。

《**群鲜会**》　数来宝现代曲目，南京市曲艺团成员张永熙、吴伟申于1958年创作，并首演于南京夫子庙人民游乐场相声场。该曲目用拟人化手法虚构了众多蔬菜召开“比武大会”的情景，唱词轻松活泼，充满喜剧风格。

《**南京大屠杀**》　太平歌词近代曲目，作者不详，有说为苏琪，但尚无佐证。该曲目讲述1937年日军侵占南京后，进行了一场惨绝人寰的大屠杀。曲目首演于20世纪40年代中期夫子庙内的露天相声场子上，由苏琪演唱。该曲目唱出了中国人民被压抑了多年的内在情感，吐出了沉闷在心中的愤怒，使人回忆起这段惨痛血泪史，激发起民族自尊心。

第五节　戏剧、曲艺研究论著

南京出版刊行的戏剧、曲艺研究论著甚多，有些在中国戏剧、曲艺发展史上有突出的地位。尤其是在明中叶至清中叶、民国年间、新中国成立以后，多种戏剧、曲艺研究论著相继出版，朱权、李渔、焦循、吴梅、卢冀野、钱南阳等人的研究论著，都有很高的学术价值和史料价值。

一、明清论著

《洪武正韵》　韵书，明初乐韶凤、宁濂、王馔等10人奉诏编撰，成于洪武八年（1375）。全书共计16卷，分平、上、去、入四声，归韵6部，收字15245个，收入《四库全书》经部“小学类”。其文字义训据《增修互注礼部韵略》。此书主张“五方之人皆能通者斯为正音”，实际则以安徽凤阳一带语音为标准，今存明嘉靖、万历刻本，卷首有宋濂序文叙述编纂经过，另有凡例8条对编纂方法有所说明。此书在当时的高丽（朝鲜半岛古代国家之一）影响较大，《东国正韵》《训民正音》《四声通考》等的编撰均以它为重要参考资料。

《金陵琐事》　笔记，明周晖著。该书初出4卷，后续2卷，又二续2卷，共计8卷，各卷中均有涉及戏曲作品和戏曲演唱之记载。如卷四中《曲品》一则，对陈铎、徐霖、胡懋礼、张四维诸人所写传奇、杂剧、散曲皆有评述；二续卷下转抄了何良俊《四友斋丛说》中关于顿仁、徐霖的诸条记载。该书有万历三十八年（1610）间刊本、1935年上海襟霞阁“国学珍本文库”本。1955年，文学古籍刊行社据谢国桢、赵元方所藏之明刊本将其影印出版。任二北曾将其辑成《周氏曲品》，后被收入《新曲苑》。

《太和正音谱》　明朱权撰。《太和正音谱》2卷，写成于洪武三十一年（1398），今存影印洪武间刻本，是一部戏曲文学理论、戏曲音乐理论兼及戏曲史料的著作。全书分“乐府体式”“古今英贤乐府格势”“杂剧十二科”“群英所编杂剧”“善歌之士”“音律宫调”“词林须知”“乐府”8章。前3章是戏曲文学理论。“乐府体式”章，分戏曲文学体式为“丹兵体”“宗匠体”“黄冠体”“俳优体”等15家，题为“予今新定乐府体”，表明这样的分类为首创。“古今英贤乐府格势”章专评艺术风格，评论元代和明初杂剧、散曲作家187人。“杂剧十二科”章概括元杂剧的丰富题材。“群英所编杂剧”章与《录鬼簿》相对照，对元代和明初杂剧作家作品多有补充。“善歌之士”章，列“知音善歌者，三十六人”的片段事迹。这两章都有史料价值。《太和正音谱》主要成就在于“音律宫调”章和“词林须知”章内容丰富，涉及戏曲声乐理论、歌唱方法、古剧角色源流等许多方面。第八章“乐府”是北曲杂剧曲谱，占全书篇幅的五分之四，根据北曲黄钟宫、正宫、大石调、小石调、仙吕宫、中吕宫、南吕宫、双调、越调、商调、商角调、般涉调等12宫调分类，逐一记述各个曲牌的句格谱式，以元人或明初的杂剧散曲作品为例，详细注明四声平仄，用大小字体标清正字、衬字，收曲牌335支。这是现存最早的北杂剧曲谱，对后世有较大影响。明人范文若的《博山堂北曲谱》、清人李玉的《北词广正谱》，以及《钦定曲谱》《九宫大成南北词谱》中的北曲部分，都是以本书为基础重新编制而成的。

《鸾啸小品》 笔记，明潘之恒著。该书共12卷，系作者于崇祯元年（1628）编定而成的一部综合性文集。书中一部分文章已载诸《亘史》，另一部分收录的“记”“赞”“序”“铭”类的文字，以及潘之恒致友人的书信，为首次刊行。另外有几篇关于戏曲方面的文章，为《亘史》所未收。书中涉及戏曲的文字，与《亘史》大致相同，皆是总结以往戏曲演出实践的经验，评记一些优秀演员、乐工的艺术特色和成就，叙录昆曲在南京、苏州、扬州等地演出的繁盛情况。该书的崇祯元年刻本藏于上海图书馆，其卷首有韩上桂所作序及汤宾尹、陈元素、方士翊3人的题词。

《制曲枝语》 戏曲论著，清黄周星撰。该书凡10则，论述戏曲创作方法，主张“少引圣籍，多发天然”“雅俗共赏、能感人”“当专以趣胜”。《制曲枝语》原附在《夏为堂集》中《人天乐》传奇卷首，有清康熙年间刻本。其后有《昭代丛书》本（康熙年间刻，张潮辑）、《美术丛书》本（收入第二集）、《新曲苑》本（据《昭代丛书》重排）。1959年，中国戏剧出版社出版的《中国古典戏曲论著集成》将《制曲枝语》收入第七集。

《板桥杂记》 笔记，明末清初余怀著。该书分雅游、丽品、轶事3卷，其中所记为明末秦淮河畔的娼寮、歌场之人物与戏曲演唱情况，并为一些歌女、艺妓立传，介绍其生平与评介其表演、唱弹技艺。该书成于清初，系余怀回忆其在南京长期的浪游生活，仿《东京梦华录》撰著的。卷首有余怀自序与尤侗题记。清初张潮编《虞初新志》收录此书。

《闲情偶寄》 杂著，清李渔撰。该书内容分别论述词曲、演习、声容、居室、器玩、饮馔、种植、颐养诸事。“词曲部”论述了戏曲创作中的结构、语言、声律等问题。“演习部”着重研究戏曲表演、导演等舞台艺术方面的问题。该书为李渔寓居南京期间于康熙九年至十年（1670—1671）撰成并刊行，后人亦不断重刊。主要版本有：康熙十年南京翼圣堂首刻本，题曰《笠翁乞讨书经一种》；雍正八年（1730）南京芥子园刻《笠翁一家言全集》本，题为《笠翁偶集》；1925年上海梁溪图书馆排印的《文艺丛书》本，摘录其中词曲、演习二部，题为《李笠翁曲话》；1949年10月中华书局聚珍坊排印的《新曲苑》本，亦摘录词曲、演习二部，题为《笠翁剧论》；1959年中国戏剧出版社出版的《中国古典戏曲论著集成》，也收词曲、演习二部，题为《闲情偶寄》，即原名。

《剧说》《花部农谭》 清焦循撰。《剧说》完成于嘉庆十年（1805），是一部纂辑汉、唐以来近200部书籍（卷前开列引用书目166部，实不止此数）中关于论曲、论剧的杂录。征轶浩博，其中多罕见珍本，汇集丰富史料。书中多记流传于乐府、梨园、教坊、青楼、乐户中的一些遗闻轶事，并增益风闻，对戏曲的流变、剧目题材的来源、角色的命名及表演艺术等问题都有所探讨。《花部农谭》完成于嘉庆二十四年（1819），是焦循在柳荫豆棚之下和乡邻谈论花部剧目的札记，是中国戏曲理论批评史上研究地方戏曲的第一部专门论著。清乾隆年间，地方戏曲已在全国范围蓬勃发展。对这些新兴的地方戏曲，封建统治者认为有碍风化，于是对其严加禁止；文人学士以为村野便俗，予以鄙薄。焦循却独持己见，不同流俗，与当时的“雅人”们的审美趣味相左，旗帜鲜明地提出“梨园共尚吴音”，而“余独好”花部。《花部农谭》还就花部所演的10部著名剧目叙述了故事梗概，并加以考证和评论。

《霓裳新咏谱》 昆曲曲谱，清光绪年间南京“珠梧书屋”“慕莲氏”抄本。该谱共30册，录昆曲剧目326折，现藏于南京图书馆。书首有慕莲氏所作《例言》，论述学唱昆曲的要领。其中第15册为清代丹徒茅恒（字北山）以传奇剧本形式写成的昆曲演唱理论著作，名《曲曲》。它分8折：《稔音》《精听》《辨声》《考乐》《悟填》《致仿》《砭俗》《究情》。全剧茅氏自任主角，先后以“贴”“小生”“生”扮饰，其他人物分别用生、旦、净、末、丑等家门角色行当应工，通过他们的演唱、说白，表述有关昆曲演唱的理论和诀窍。从正文前光绪二十三年（1897）作者自序和李映庚叙中可知，茅氏为一老曲师，写此“论曲之曲”是为把自己的演唱经验“传诸后来者”。除此册外，其余29册均是昆剧常见剧目。

二、现当代论著

《霜厓曲话》 戏曲论著，吴梅著。该书共16卷，主要内容是对元明杂剧的探讨和评述。1—12卷专论元代杂剧的作家作品，13—16卷专论明代杂剧的作家作品。至于南戏与传奇，在与元明杂剧做比较研讨时也曾兼而论及。书中精辟的见解表现在：（1）作家研究；（2）作品评论；（3）探讨元明戏曲。有《京尘杂忆》《昆剧剧目索引汇编》《苏剧研究资料》一、二辑，其中《阳腔目连戏》系高淳地区流传的阳腔目连戏校注本，由高淳阳腔目连戏艺人陈方振、邵时仁口述，陶涌泉、赵善昌记录，分上、中、下3册，约50万字。全剧110出，叙目连救母事，其关目与明郑之珍《目连救母劝善戏文》基本相同，但有几出关目却为郑本所无。

《顾曲麈谈》 吴梅著，1916年12月由上海商务印书馆出版。该书分上下两册，为文言文体，论述曲的理论和创作，分“乐曲”“制曲”“度曲”“谈曲”4章。

《中国戏曲概论》 吴梅著，1926年10月由上海大东书局出版。

《中国韵文通论》 陈中凡著，1927年2月由上海中华书局出版。该书共9章，论诗经、楚辞、汉魏六代赋、乐府、唐诗、宋词、金元以后的南北曲等。

《词曲史》 王易著，1931年11月由上海神州国光社出版。该书分“明义”“溯源”“衍流”“析派”“构律”“自变”“八病”“振衰”等10章，论述词曲的历史。

《明清戏曲史》 卢冀野著，1933年12月出版。该书除序外分7章：“明清剧作家之时地”“传奇之结构”“杂剧之余绪”“沈璟与汤显祖”“短剧之流行”“南洪北孔”“花部之纷起”。

《中国戏剧概论》 卢冀野著，1934年3月由上海世界书局出版。该书从中国戏剧起源、发展论及宋代戏的繁荣、金代的院本、元明清三代的杂剧和传奇，终于话剧的兴起。

《词曲研究》 卢冀野著，1934年12月由上海中华书局出版，1941年再版，为“中华百科丛书”之一。该书有舒新城总序和编者序，正文论词曲起源、发展和流变，并介绍主要词曲作家。

《电影戏剧的编剧方法》 洪深著，1935年9月由南京正中书局出版。该书介绍电影和戏剧的创作问题，包括人物、故事、材料等方面。

《曲学通论》 吴梅著，1935年11月由上海商务印书馆出版（国学小丛书）。该书论述曲的源流、音调和作法等问题。

《中国戏剧概要》 陈中凡、钱南扬著，1964年12月由南京大学中文系印行。该书分中国古代戏剧述略、宋元戏文、元人杂剧3部分。

《现代剧作家散论》 陈瘦竹著，1979年11月由江苏人民出版社出版。该书收有《论郭沫若的历史剧》《论田汉的剧作》等6篇论文。

《戏文概论》 钱南扬著，1981年由上海古籍出版社出版。全书分19章24节，讲述宋元戏文的源流、演变、剧本、内容、形式，是系统研究南戏的第一本专著。

《昆曲唱腔研究》 戏曲音乐论著，武俊达著，1987年3月由人民音乐出版社出版，为“戏曲音乐研究丛书”之一。全书分为“绪论”“曲牌”“板式”“调式”“腔格”“曲调”“节奏”“曲式”“套式”9章，以及“谱例”“昆曲唱腔的装饰音”2个附录。

《吴梅戏曲论文集》 吴梅著，1983年5月由中国戏剧出版社出版。该书以专著、文章、校勘记、读曲记、叙跋、散论书牍分类，除已发表的作品外，还从其他书刊中辑录89则论章，较全面地反映了吴梅戏曲研究成果。

《论悲剧与喜剧》 陈瘦竹、沈蔚德著，1983年9月由上海文艺出版社出版。该书收论文19篇，先总论，然后论及中外古今有关的悲喜剧。

《陈白尘创作历程论》 董健著，1985年5月由中国戏剧出版社出版。该书是研究陈白尘的第一部专著，书后附陈白尘的创作年表。曾获1989年中国话剧文学研究会专著奖。

《戏剧理论文集》 陈瘦竹著，1988年5月由中国戏剧出版社出版。该书分欧美喜剧理论、论心理分析派的戏剧理论、欧洲反戏剧派的荒诞剧、国内外对中国现代戏剧的研究、中外著名剧作家的重新评论等几个部分，共收论文22篇，另有附录4篇。

《昆剧发展史》 戏曲论著，胡忌、刘致中著，1989年6月由中国戏剧出版社出版。全书分“昆剧的产生”“昆剧的兴起”“昆剧的繁盛（上）”“昆剧的繁盛（下）”“昆剧创作的由盛而衰和演出的繁盛”“昆剧的消衰”“昆剧的没落”“昆剧的新生”8章。书首有赵景深的序，书尾附有昆剧发展年表。

《中国现代戏剧史稿》 陈白尘、董健主编，1989年7月由中国戏剧出版社出版。该书为新中国成立以后第一部现代戏剧史专著，从19世纪末中国“文明戏”的出现，按历史演进，一直写到1949年新中国成立为止，对话剧的产生及沿革论述尤详。

《中国戏曲简史》 俞为民著，1991年1月由江苏文艺出版社出版。该书分“中国戏曲的起源”“南戏”“元杂剧”“明清传奇”“清代花部”等章节。

《李渔与无声戏》 沈新林著，1992年由辽宁教育出版社出版。该书对李渔的生平、文艺观及其白话短篇小说《无声戏》《十二楼》，长篇小说《全锦回文传》进行介绍、论述，全面分析李渔小说的成就。

《明清传奇考论》 俞为民著，1993年由台湾华正书局出版。该书从宏观与微观两个角度对明清传奇发展中的理论、作家、流派做考辨与论述。

《李渔〈闲情偶记〉曲论研究》 俞为民著。1994年由江苏省教育出版社出版。该书围绕结构、情节、语言、音律、表演等理论范畴，对《闲情偶记》的有关论述加以梳理。

《宋元南戏考论》 俞为民著，1994年由台湾商务印书馆出版。该书对宋元南戏的起源、剧目、唱腔曲谱进行了系统论述，并对《荆钗记》等9种南戏进行了考核。

第五章 音乐

YINYUE

南京的音乐有四大特色。一是早。南京地区的先民早在五六千年以前（新石器时代）就创造了原始音乐。二是有个性。南京先民创造的“吴音”“吴歌”，充分显示了南京的地方特色，在中国乐坛上个性鲜明。三是善于融合。南京地处“吴头楚尾”，在东西交汇、南北交融中，南京音乐得到了发展。四是人才集中，艺术品位高。南京作为10个朝代的都城，是那些时期全国的政治、经济、文化中心，加上不少统治者“雅好音乐”，竭力提倡，所以南京音乐人才较为集中，艺术水平相应也高。近现代以来，高等学府又增设了音乐系科，南京更成为全国培养音乐人才的重要城市。兹从器乐、声乐两个方面加以叙述。

第一节 器 乐

一、民族器乐

南京曾出土新石器时代的一种乐器——陶埙。陶埙高6厘米，宽7厘米，有两个音孔。陶埙在周代的八音乐器分类中，被列为土类乐器，其音色古朴醇厚、低沉悲壮，极富特色。这种旋律乐器在历代宫廷雅乐中都被使用过。

商周时代，南京在音乐文化方面的发展居全国先进地位。在南京六合西南程桥出土的一批青铜器，经考证属商周时代的湖熟文化，其中有乐器12件，有一组编钟共7枚。编钟是古代的一种打击乐器。春秋末期到战国时期，编钟数目以9枚一组的居多。南京在商周时代就有7枚一组的编钟，这不但表明了当时南京在青铜铸造工艺方面取得的巨大成就，也显示了音律科学达到的高度。

与编钟同时出土的还有编镈，一组共5件。镈，古代打击乐器，形体与钟相近。无甬（柄）有钮，平口，可直悬敲击，单件独悬，或成组编悬。南京商周时代就有5枚一组的铜编镈，这进一步证实了南京当时音乐文化之发达。

南京六合程桥的另一个墓葬中也被发掘出青铜编钟，一组共9枚，形制、花纹皆相同，大小渐次成编。根据编钟铭文的考证和其他器物的总貌，可认为该墓的时代大体相当于公元前500年左右的春秋末期。

在南京江宁出土的一件青铜兽面纹大铙，据考证其时代相当于西周早期。该乐器重32千克，通高46厘米，柄长19.5厘米，柄端直径5.5厘米，器壁厚1厘米。铙是古代铜制打击乐器，迄今为止，中国大型铜铙出土点分布范围都在长江以南，北方未曾出土。也许可认为，这种大型铜铙正是江南地区当时特有的乐器。

通过这些出土的乐器，我们知道在公元前11世纪前后，南京地区就曾有过规模庞大、具备高中低几个声部的古代乐队。

秦汉以来，又不断涌现出新乐器，如秦时出现了一种新型的弹弦乐器——弦鼗。西晋傅玄《〈琵琶赋〉序》曰："百姓弦鼗而鼓之。"弦鼗是一种圆形音箱、直柄的琵琶，至汉代发展成四弦十二柱的"汉琵琶"。晋人阮咸善弹此器。1960年，研究人员在南京西善桥太岗寺新石器时代遗址发现了六朝古墓一座。该墓出土文物中最有价值的是墓室两壁的两幅砖刻壁画（这在南京地区六朝墓中尚属初次发现）。南壁壁画自外而内为嵇康、阮籍、山涛、王戎4人，北壁自外而内为向秀、刘伶、阮咸、荣启期4人。阮咸挽袖持拨，弹一四弦乐器。《晋书·阮咸传》记："咸妙解音律，善弹琵琶。"画中阮咸所弹乐器名"直项琵琶"，传为咸所创用，故又名"阮咸"。这种乐器以前仅见于唐画，但此墓早于唐代数百年，而壁画中关于乐器阮咸的形状及弹奏之法的内容都明白可见，因此这是极为珍贵的资料。

画中8人，荣启期为先秦时代人物，画面呈现的是他正在弹五弦琴。其余7人为三国、西晋、东晋人物。嵇康也是双手弹琴。《晋书·嵇康传》记："常修养性服食之事，弹琴咏诗自足于怀。"《晋书·向秀传》记："嵇博综伎艺，于丝竹特妙。"画上嵇康弹琴形态怡然，可见其技法娴熟。《事林广记》曾有记载，嵇琴本嵇康所制，故名嵇琴，二弦，以竹轧之，其声清亮（唐代已有两种拉弦乐器，即奚琴与轧筝，到南宋时，奚琴改名为嵇琴）。据考证，此壁画最早不过东晋中期，正当东晋到南朝宋的时期。壁画上的人物当是墓主人所崇拜的。由此可见，当时士大夫阶层是很看重音乐修养的。

先秦时古琴处于发展阶段，尚未定型。三国时嵇康在《琴赋》中提到"徽以钟山之玉"，由此可推测古琴的形制大约从汉代以后才逐渐定型。三国两晋南北朝时，古琴的制造已有相当经验，从六朝时期南京名画家顾恺之所作的《琴图》可见一斑。宋代周密在《云烟过眼录》中指出，古今斫琴名手张钺、沈镣皆江南人。

东晋时，通过印度传入中国北方的"曲项琵琶"，至迟大宝二年（551）以前已被传到南方。《梁书·简文帝本纪》载，大宝二年（551）侯景将害梁简文帝，使人"赍酒肴，曲项琵琶，与帝饮"。可见当时宫廷已有人使用曲项琵琶。东晋武帝时，约384年，随着西北《龟兹乐》被传入内地，在西域龟兹流传的管子（原称"筚篥"）也被传入内地。五代顾闳中所画《韩熙载夜宴图》，描绘了南唐舍人韩熙载在家夜宴作乐的情景，其中有一个管乐合奏的场面：一男性乐工正执拍指挥，在五女乐工中，三人吹筚篥，两人吹横笛。这说明当时管乐合奏已很流行。从宋人所临南唐周文矩的《宫中图》可看出，当时琴与阮的配合演奏也很流行。从周文矩的另一作品《合乐图》中还可看出管弦合奏的情形。

明余怀在所著《板桥杂记》中谈到万历年间，南京秦淮河一带游客演奏十番鼓之事，

“十”是泛指多数，“番”是翻花样或变化之意，“十番”指多样变化。与十番鼓不相同的还有十番锣鼓，这两者不但所用打击乐器种类及奏法大不相同，所用管弦乐曲牌亦不相同，两者是各自独立存在的。十番锣鼓古来名称不一，或简称“锣鼓”，或简称“十番”，还有“十样锦”“十不闲”等名称。据《万历野获编》记载，在明万历年间，南京出现了一种叫“十番”或“十样锦”的器乐合奏，共有鼓、笛、木鱼、板、钹、小铙、大饶、大锣、铛9种乐器。万历以后，这种器乐合奏就在江南地区盛行。

十番锣鼓称管弦乐器为“丝竹”，有大唢呐、小唢呐、曲笛、笙、箫、二胡、板胡、三弦、琵琶等。丝竹又分粗细，以唢呐或笛为粗，其余为细，有时粗细丝竹相同，更番迭奏，形成对比。打击乐器有鼓2种：圆鼓和板鼓；有锣5种：大锣、中锣（更锣）、春锣、喜锣和汤锣；有钹3种：七钹（小铙）、大钹和小钹（一称“骨子”）；另有云锣、拍板、小木鱼和双磬（别名“星”或“碰铃”，南京出土了“六朝击星俑”的形象，说明南北朝时南京就已有此乐器）。十番锣鼓中只用打击乐器的称清锣鼓，俗称素锣鼓；兼有管弦乐器的，称丝竹锣鼓，俗称荤锣鼓。十番锣鼓的曲子常与庆祝节日有关，情调大多是欢乐的。由此可见南京当时民族乐器种类之繁多。

十番锣鼓曾受到太平天国王府的重视。清沈梓的《养拙轩笔记》记载，咸丰二年（1852），作者的同乡高君曾见到太平天国总制在“进馔时，吹鼓手八人奏乐”，所奏即十番锣鼓。

江南丝竹是近代流行于江南、上海、浙西一带的器乐演奏形式，以丝弦和竹管乐器相结合进行演奏，故称丝竹乐。所用乐器有二胡、三弦、琵琶、扬琴、笛、箫、笙、鼓、板、木鱼等。

1936年，中国近代史上第一支专业民族管弦乐队在南京成立，时称中央电台音乐组，后对外称中央广播乐团，至1948年初解散。其创始人为陈济略、甘涛，他们曾在社会上公开招聘国乐人才。经考试，卫仲乐、黄锦坊、陆修棠、杨葆元、甘楠、高子格、高文（女）相继加入乐队，连同乔吉福和陈济略、甘涛，共10人。他们创作或改编的器乐有：合奏类《霓裳羽衣曲》（甘涛编）、《雄风万里》（又名《风云际会》，黄锦培、张定和曲）、《三宝佛》（黄锦培改编）、《华夏风光》（黄锦培改编）；独奏类《阳光畅想曲》（二胡曲，黄锦培曲）、《空前大捷》（二胡曲，黄锦培曲）、《青阳歌》（二胡曲，黄锦培曲）；重奏类《捣练子》（二重奏，黄锦培曲）、《丰湖忆别》（黄锦培曲）等。

民族管弦乐队在电台定期广播国乐节目，不定期播出国乐音乐会，还应邀至机关、学校、工厂及其他单位演出国乐节目，灌制唱片，为电影配乐。

1936年，乐队发行的唱片《变体新水令》（国乐合奏，刘天华曲）、《汉寿亭侯》（国乐合奏，卫仲乐编配），均为上海胜利唱片公司灌制。

1948年，乐队发行的唱片《三宝佛》（国乐合奏，黄锦培改编，甘涛领奏），为上海大中华唱片厂灌制。乐队为上海国泰影片公司摄制的影片《吕四娘》（许如辉曲，甘涛指挥）配录全部伴奏音乐。

乐队为中华教育电影制片厂所摄纪录片《农业》《造纸》《台湾风景》配乐，甘涛指挥。

乐队还举办国乐训练班，培养了一批国乐人才，其中留队学员在新中国成立后成为民乐的骨干力量。陈振铎曾培养出二胡演奏家张锐，张锐曾将刘天华二胡10首灌成唱片，还创作了二胡曲《苍山十八涧山歌》《山林中》《沂蒙山》以及二胡曲集《雨花拾谱》等。

1946年至1950年，在南京从事民乐教学的还有民乐教育家储师竹（1901—1955）。他从1941年起受聘国立音乐院副教授、教授，兼国乐组主任，1946年随音乐院从重庆迁到南京。抗日战争胜利后曾创作二胡独奏曲《私视》。南京师范学院音乐系教授闵季骞、黎松寿均为其学生。

1946年随国立音乐院到南京的民乐教授还有刘北茂（1903—1981）。他是文学家、乐律学家刘半农和琵琶演奏家、二胡演奏家、作曲家刘天华的弟弟，早年在兄长的关怀下，就掌握了许多中外乐器演奏技巧，对二胡、琵琶等尤为精通。1927年以优异成绩毕业于燕京大学英文系，尔后一直在大学从事专业英语的教学与研究。刘天华逝世后，为继承其“改进国乐”的遗志，刘北茂在坚持文学专业英语教学与研究的同时，更加发奋学习二胡、琵琶等演奏技巧，并开始音乐创作。1942年，他毅然放弃大学专业英语副教授的教席，改任国立音乐院民乐教授。1949年，南京爆发了震惊中外的“四一”惨案，刘北茂亲自持二胡单独为被逐出校园的进步学生举行慰问演出，热情支持学生要民主、反内战的革命行动。

新中国成立后，南京一批国乐爱好者在工人文化宫组成工人联合国乐队，1954年成立南京乐社，甘涛任社长，夏一峰任副社长。为拯救濒于绝境的古琴艺术，1956年4月，文化部、中国音乐家协会、中央广播局联合开展全国范围的调查和搜集古琴艺术的工作。在南京，夏一峰、王生香、刘少椿、赵云青等6人录琴曲25首。全国古琴艺术大师查阜西在探访报告中，对南京王生香的琴学理论及琴曲技艺推崇备至。由杨荫浏汇编的《古琴曲汇编》（第一集）收入的18首琴曲中，有17首是夏一峰留下的。

1956年，南京乐社总干事张正吟陪同查阜西去古琴之乡扬州，不仅了解到了广陵派情况，还发现了广陵派第十代琴家刘少椿。张将刘接来南京家中居住，协助查老录下了8首经典琴曲：《樵歌》《山居岭》《梅花三弄》《墨子悲丝》《平沙落雁》《龙翔操》《梧叶舞秋风》《良宵引》，较完整地保留了中国第一部珍贵的广陵派音响资料，为研究广陵琴派艺术留下了极为珍贵的史料，这些资料后由中国艺术研究音乐研究所珍藏。

1958年，古琴家刘少椿受聘南京艺术专科学校（南京艺术学院前身），传授古琴艺术，并和甘涛合编《古琴教材》。王生香先后写成《神奇秘谱指法一斑》《金陵访琴录》《鉴琴六要》《广陵散商榷》，创作的琴曲有《冶山新貌》《访琴吟》《钟山风雨》等。省、市电台录制并经常播出夏一峰、王生香、刘少椿、赵云青等人的琴曲。

1958年1月，南京艺术专科学校音乐系设有民族器乐专业，开设了二胡、琵琶、笛子、古筝、古琴、唢呐、笙、高胡、中胡、大胡、扬琴、月琴、秦琴、打击乐器等专业课。教学内容为现代创作乐曲、优秀古典乐曲、江南丝竹、地方乐曲（广东音乐及其他地方乐曲）、师生创作及练习曲、地方戏曲、说唱音乐的伴奏和合奏曲等。学习课程由该专业的学生根据自己的专长和志愿选择主修乐器与第二乐器。通过教学，学生能够掌握所学专业乐器的各种演奏技巧、风格、表现方法，并具有创作和研究分析乐曲的能力，由此为南京乃至江苏培养了源源不断的民乐人才。

1959年，为庆祝新中国成立10周年，南京艺术学院周根炉作曲的民乐合奏《玄武湖之春》被灌制成唱片。民乐合奏《跃进曲》（王刚强作）、笛子独奏《上游曲》（蔡敬民作）都作为献礼作品，在音乐会上演出。

1959年，前线歌舞团曾以中国青年艺术团的名义赴维也纳参加第七届青年联欢节。中国民族器乐演奏《舟山锣鼓》（田丰改编）获金质奖，并被编入世界著名音乐辞书《新格罗夫与音乐家音乐辞典》。江先渭创作并演奏的笛子独奏曲《姑苏行》在全国亦有很大影响。

1963年，王生香应中国音乐家协会和北京古琴研究会邀请，出席了全国第一次古琴打谱会，与会者是来自全国各地的11位知名琴家。同年，在“上海之春”全国二胡比赛中，南京师范学院音乐系教师沈正陆获三等奖，并录制唱片《阳关三叠》。获一等奖的是上海音乐学院附中学生闵惠芬，她于1956年进入南京市鼓楼区少年之家红领巾艺术团，其父闵季骞为南京师范学院音乐系教授。闵惠芬能成为全国著名二胡演奏家，与南京对她的培养分不开。

在“文化大革命”期间，南京的民乐活动处于瘫痪状态。

1978年，南京艺术学院音乐系马友德创作的二胡独奏曲《万众欢呼》在中国人民解放军全军文艺会演中获优秀作品奖。同年，该系举办了瞿安华二胡独奏音乐会、蔡敬民新竹笛独奏音乐会。蔡敬民还出版了《竹笛与竹笛演奏法》。1979年，他设计的新竹笛获文化部科研奖、江苏省科研奖。1982年，北京音乐出版社出版了《蔡敬民笛曲选》。

1980年，南京乐社恢复活动，11月23日在秦淮区文化馆梨香馆举行了古典音乐会首场汇报演出，到会的社会名流有匡亚明、夏冰流、吴白匋、臧云远等200余人。上海《文汇报》头版对此做了报道，南京电台特制专辑介绍音乐会。

1981年3月21日，瞻园曲会举办，由南京乐社社长甘涛主持。上海的俞振飞、赵景深，北京的张庚、文化部顾问马彦祥、马少波等，还有南京乐社昆曲社友，共58人，一起交流昆曲艺术。

1981年4月26日，秦淮昆曲盛会在秦淮区文化馆举办。南京乐社与昆曲“传”字辈名流沈传芷、倪传钺、王传松、郑传鉴、刘传蘅、薛传钢、姚传芗、周传瑛及夫人张娴（浙江昆剧团著名演员）9位昆曲家一起交流昆曲艺术。同年5月15日，在南京人民大会堂“江苏玄武湖之春”音乐会开幕式上，南京乐社用15床古琴齐奏《良宵引》，并相继在东风剧场举办了2场古典音乐会。

1982年3月27日至4月10日，全国民族器乐独奏比赛在武汉举行，江苏省歌舞团独奏演员朱昌耀的二胡独奏获优秀表演奖（二胡类第一名）。朱昌耀1967年毕业于南京艺术学院音乐系，还曾于1977年、1983年、1987年在江苏省的文艺会演及音乐舞蹈节中获优秀演奏奖。除了演奏外，其创作的《欢庆锣鼓》《江南春色》《枫桥夜泊》《苏南小曲》《五月春潮》《姑苏情》等音乐作品也分别在庆祝新中国成立30周年献礼演出、江苏省首届民族器乐作品评奖、全国第三届音乐作品（民族器乐）评奖、江苏省首届音乐舞蹈节、全国民族器乐作品评奖中获奖，并由中国唱片总公司、广州唱片公司、上海唱片公司、南京音像出版社等录制成激光唱片和磁带在国内外出版发行。

1982年5月8日，为纪念古筝大师娄树华逝世30周年，南京乐社举办民乐演奏活动，甘涛介绍了娄树华生平。同年，文化部组织全国民族器乐调演，南京师范学院音乐系赵扬琴的扬琴独奏获一等奖。

1983年，纪念古琴家夏一峰诞辰100周年古琴演奏会举办。甘涛在会上介绍了夏一峰的生平，对其琴艺和人品给予高度评价。会上演奏了《秋江夜泊》《秋塞吟》《普庵咒》《平沙落雁》《醉渔唱晚》《良宵引》《广陵散》等古琴曲目。

1984年12月23日，庆祝南京乐社建社30周年专场音乐会举办。

1985年，在北京全国二胡邀请赛中，南京艺术学院学生邓建栋获一等奖。同年，在文化部、中国音乐家协会、中央电视台联合举办的全国民族器乐创作比赛中，王建民的《第一二胡狂想曲》获二等奖（一等奖空缺）。同年，在江苏省首届二胡比赛中，南京艺术学院欧景星获青年组一等奖，芮雪获少年组一等奖，张翠兰的扬琴伴奏获优秀伴奏奖。

1987年，在江苏省首届音乐舞蹈节上，南京艺术学院民乐五重奏获优秀重奏奖。南京市歌舞团民乐队新十番锣鼓获演奏大奖。新十番锣鼓曲目《东王得胜令》获改编一等奖。该曲目参加过首届中国艺术节北京会场演出，后又应邀参加中国音乐家协会主办的“振兴中华之声”音乐会，先后在中南海、北京音乐厅、首都钢铁厂等地演出，应中央电视台邀请参加在北京举行的国际电视设备博览会的演出。裴德义花9年时间研创的新十番锣鼓已被编入文化部编制的《中国乐器图鉴》，载入中国乐器史册。从中央到地方，有20多家电视台、电台和报纸期刊播放或发表《裴德义和新十番锣鼓》有关内容。此节目于1987年代表中国参加在意大利举办的《初夏之夜》的国际音乐会专题节目，与小泽征尔、帕瓦罗蒂等世界艺术大师的节目同时向全球播放。1990年，新十番锣鼓被江苏省政府授予文学艺术奖。民乐队获省首届音乐节优秀奖的表演还有笙独奏（雷建功）、埙独奏（陈双九）。

1987年，南京师范大学音乐系教师赵扬琴与朱明观，在首届海内外江南丝竹制作演奏比赛中获创作与演奏奖。南京艺术学院音乐系刘石的琵琶独奏、闫爱华的古筝独奏获表演奖。同年6月，南京艺术学院音乐系蔡敬民、闫爱华、刘石、欧景星、张翠兰等人组成音乐家小组，受文化部派遣，代表中国出访非洲，先后去扎伊尔、塞舌尔、中非、科摩罗、津巴布韦、莫桑比克等国巡回演出。

自1988年起，南京民乐团先后创作和改编民族器乐作品19首，其中有新十番锣鼓独奏《金蛇狂舞》《大闹天宫》《喜迎春》《观灯》《东王得胜令》等，笙独奏《饮泉招鹤》《静夜思》《易安吟》，埙独奏《荆楚悲歌》《雨花》，笙竽合奏《南郭遁坛》，民乐合奏《金陵古韵》《举杯邀月》，琵琶独奏《南音情》，吹打乐合奏《欢庆》，钟鼓乐合奏《普天同庆》，四重奏《梅花三弄》《梅岭春》，笛子独奏《秦淮吟》，打击乐与埙《溯》等。其中有9首为民乐团保留节目。乐团还创作改编演出了一台《八音之鸣》专题节目。

1989年，南京乐社举办了昆曲家甘贡三先生100周年诞辰纪念音乐会。昆曲大师俞振飞，著名学者陈白尘、唐圭璋、吴白匋题诗献辞，其子孙及后学们皆登台献艺，其中有弟子王琴生、张继青，华裔昆曲名票顾铁华等。

1989年，南京艺术学院音乐系涂永梅创作的古筝独奏曲《天京抒怀》获全国民族器乐电视大赛优秀创作奖。同年，在上海ART中国乐器国际比赛中，南艺中专部学生祁瑶获少年组古筝独奏（专业组）第二名，闫爱华古筝指导、柯明琵琶独奏获园丁奖。

附：宫廷音乐

公元前221年，秦始皇建立中国第一个统一的中央集权封建帝国，首次设置了音乐机构——乐府。两汉也都设有音乐机构。自东晋至宋、齐、梁、陈4个朝代，京都均设在现在的南京，直至公元589年隋朝统一，这前后360多年间，南京音乐文化的发展对中国音乐有着重大影响。

建武元年（317），东晋政权在建康建立，这时以北方音乐为主要内容，也包含少量南方民间音乐的相和歌，就随着政治中心流行到江南。人们把北方带来的音乐和南方本地不断产生的民间音乐统称为“清商乐”，其中主要组成部分是大量南方民间音乐“吴声”和“西曲”的结合。在东晋和南朝宋初期，宫廷清商乐创作中有一些较好的作品，以东晋桓伊创作的笛曲《三弄》比较著名。桓伊，字叔夏，曾辅佐谢玄参加过历史上有名的淝水之战。《晋书·桓伊传》说他“善音乐，尽一时之妙，为江左第一”。当时著名书法家王羲之之子王徽之，久闻桓伊善吹笛，有一次在清溪竺桥相遇，便请桓演奏，桓即兴吹奏了一曲《三弄》，从此该曲广为传播，后被琴家们吸收改编为琴曲《梅花三弄》（见明朱权《神奇秘谱》小序）。《金陵历代名胜志》记载，东晋时，晋成帝荒政，桓伊抚筝作怨歌，对其加以规劝。

秦汉以后，所谓宫廷雅乐，主要包括祭祀音乐和朝会、宴飨等场合中带有典礼性的音乐。《万历重修江宁县志》载，谢尚“采拾乐人，拜制石磬，以备太乐”；“江表有钟石之乐，自尚始也”。南朝时，历代帝王都有自己庞大的歌舞表演队伍。《万历上元县志》载：“齐高帝建元二年（480），幸华林园，褚颜回琵琶，王僧虔弹琴，沈文季作子夜吟。”《宋书·乐志》曾记载，南朝宋武帝永初元年（420）虽然在宫廷音乐中撰立了新的歌词，但音乐仍是用晋朝旧曲。而南朝齐连歌词也有很多是沿用宋代的，仅将词中的“宋”改成了“齐”（见《南齐书·乐志》）。

梁武帝萧衍是一位有突出成就的音乐家。他在位四十七载，对南北朝的音乐有重要贡献，其影响一直延续到后代。《旧五代史·乐志》载：“梁武帝素精音律，自造四通十二笛，以鼓八音。又引古五正二变之音，旋相为宫，得八十四调。”他素善钟律，发明了准音器，用三分损益法定四通十二律弦长。他特别重视雅乐，为建设梁乐，曾博询当时的学者。他“思弘古乐，天监元年，遂下诏访百僚”，整理音乐，剔除前朝的疏漏背古的状况。在此期间，他对音乐进行一系列改革与创造，开一代乐风。天监二年（503），梁武帝增用雅乐钟磬至36架之多，编镈和编钟、编磬都具备七声音阶的3个八度，即每架备有21个。当时钟、磬和建鼓在乐队中的排列方法，都有严格规定。据资料显示，梁乐场面之大，超出前代。若以乐器的件数计算，则有建鼓4个、钟12个，编钟和编磬各252件。除去管弦乐器和其他乐器，单这4种击乐器已有520件之多，可见当时之气势磅礴。这还可以从《隋书·音乐志》所记隋乐场面窥见一斑：“至大业中，炀帝制宴飨，设鼓吹，依梁为十二案，案别有錞于、钲、铎、军乐鼓吹等一部，案下皆熊罴貙豹，腾倚承之，以象百兽之舞。”

梁武帝还亲自创作清商乐，如《江南上云乐》14曲，后来还创作了《江南弄》《龙笛曲》《采莲曲》《凤笙曲》《采菱曲》《游女曲》《朝云曲》7曲，词曲并茂。三国时，吴国民间有一种流行的《白纻舞》，晋朝有宫廷演出时，歌词曾用“晋世方昌乐未央”。宋代时将其改编成“宫廷大乐”（《通乐志略》），而歌词仅改一字，即“宋世方昌乐未央”。梁武帝却命沈约改写歌词，作《四时白纻歌》（共5节）。在沈约改写后，梁武帝又特别改写了每节的末了两句，放进歌颂自己的内容。此歌每节的末两句都是“佩服瑶草驻容色，舜日尧天欢无极”。

六朝的鼓吹曲，曲辞大多模仿汉代的短箫铙歌，曲调也是沿袭汉来之旧，其名称由各代自行更改。梁朝有沈约制的12曲：《木纪谢》《贤首山》《桐柏山》《道亡》《忱威》《汉东流》《鹤楼峻》《石首局》《昏主恣淫慝》《期运集》《於穆》《惟大梁》。到了陈朝，太建元年（569）定三朝之乐，采梁故事，陈南北郊及明堂的音乐，自始就用齐乐，到太建五年（573）都改以《韶》为名。齐的音乐本之于宋，所以太建元年的陈氏“词用宋曲，宴准梁乐”（《隋书·音乐志》）。

《南史》载：“陈后主每引宾客对张贵妃等游宴，使诸贵人及宫女学士与狎客共赋新诗相赠答，采其尤丽者为曲调，其曲有《玉树后庭花》。”据《通典》，王灼《碧鸡漫志》载：“《玉树后庭花》《堂堂》《黄鹂留》《金钗两臂垂》，并陈后主造，恒与宫女学士及朝臣相唱和为诗，太乐令何胥，采其尤轻艳者为此曲。”

陈后主还开隋、唐燕乐之声，将北方箫鼓（谓之“代北”，也称“真人代歌”）用于食举乐。《乐府诗集·鼓吹曲辞》小序曾说“北方箫鼓”，“施于燕私”。序中指出北方箫鼓的演奏形式按《古今乐录》，有梁、陈时宫悬图，四隅各有鼓吹楼而无建鼓。鼓吹楼者，昔箫史吹箫于秦，秦人为之筑凤台。故鼓吹陆则楼车，水则楼船，其在庭则画笋虡为楼也。

在6世纪末期，陈后主感到梁代鼓吹乐中的“北歌”有讹传现象，就专门派宫女去北方重新学习“北歌”。这样的学习借鉴，对南朝的鼓吹乐又产生了新的影响。

相传陈后主在隋军已打到江北时，还在宫中照旧“奏伎行乐”，演唱自编的《后庭花》乐曲，结果为隋军韩擒虎部所获，故历来《玉树后庭花》均被公认是“亡国之音”。后代诗人李

白、刘禹锡、王安石等人在诗中都曾提及此曲，可见该曲流传之久远。

《旧唐书·音乐志》记："清乐者，南朝旧乐也。永嘉亡乱（约311），五都沦丧，遗声旧制，散落江左。宋梁之间，南朝人物，号为最盛。人谣国俗，亦世有新声。后魏孝文、宣武，用师淮汉，收其所获南音，谓之清商乐。隋平陈，因置清商署，总谓之清乐。"这清商署管理的就是宋齐旧乐。可见南朝音乐对后世影响之深远。

据《旧唐书·音乐志》，清乐"遭梁陈之乱，所存盖鲜；隋室以来，日益沦缺，武太后之时（684—704），犹有六十三曲，今其辞存者……合三十七首；又七曲有声无辞。……通前为四十四首"。这其中与南京有关的曲子有：《估客乐》（齐武帝作）、《杨伴》（齐朝童谣）、《春江花月夜》（陈后主作）、《玉树后庭花》（陈后主作）、《堂堂》（陈后主作）。

南唐在南京建都39年，三主均酷爱音乐。《菊部轶闻》记，南唐李璟即位时（943），乐工申渐离因善吹三孔笛，不但参加了登基仪式，还被选为"教坊部长"。后主李煜则不但是诗词作家，还是曲作家，元燕南芝庵《唱论》中将其与唐玄宗、后唐庄宗、宋徽宗、金章宗并列为"帝王知音律者"。他曾专门下令整理唐玄宗的《霓裳羽衣曲》。《南唐书·昭惠后传》记："后主诔云：霓裳旧曲，韬音沦世，失昧齐音，犹伤孔氏，故国遗音，忍乎湮坠。我稽其美，尔扬其秘，程度馀律，重新雅制。"五代南唐周文矩《合乐图》中描绘了当时宫廷乐队演奏的情景：正中央放一个建鼓，一人执槌敲击；左右两边各有一组乐队，使用的乐器有拍板、筚篥、尺八、横笛、笙、羯鼓、方向、筝、箜篌、琵琶等，这两组乐队除一边有一个吹筚篥，另一边一人吹尺八（竖吹的单管，后世称"箫"），其余乐器完全相同。只是图中琵琶与唐代盛行用拨子弹奏的情况不同，这里已有"品"，是用手指弹奏的。从全部乐器看，这可能是清乐与西凉、龟兹混合乐队。

1368年，朱元璋建立明朝，定都南京，南京成为全国政治、经济、文化的中心。朱元璋专门设立教坊司，"以掌宫悬大乐，凡行礼筵宴用领乐官四名，领女乐二十四名，随钟鼓司引进，在宫内排列作乐"（《大明会典》）。后来"太祖立富乐院于乾道桥，复移武定桥"（《国初事迹》），"乐户统于教坊司，司有一官以主之，有衙署，有公座，有人役，刑杖、签牌之类，有冠有带，见客则不敢拱揖耳"（《板桥杂记》）。洪武还建"花月春风十六楼"，君臣于"十六楼"极尽歌舞升平之乐（这"十六楼"的名称和位置是：城内的南市楼、北市楼，聚宝门外西边的来宾楼，东边的重译楼，瓦屑坝的集贤楼、乐民楼，西关中街北面的鹤鸣楼，南面的醉仙楼，西关南街的轻烟楼、淡粉楼，西关北街的柳翠楼、梅妍楼，石城门外的石城楼、讴歌楼，清凉门外的清江楼、鼓腹楼）。

明成祖朱棣迁都北京后，南京成为留都，教坊司仍被保留，称为南教坊。正德皇帝下江南，对南北音乐的交流起了积极作用，他把《靖边乐》传到南京。清姚燮《今乐考证》载："又有所谓十样锦者，鼓、笛、螺、板、大小钹钲之属，齐声振响，亦起近年，吴人尤尚之，然不知亦沿正德之旧。武宗南巡自造《靖边乐》，有笙、有笛、有鼓、有歇落、吹打诸杂乐，传授南坊，今吴儿遂引而伸之。”正德皇帝还将顿仁（明正德、嘉靖年间南京教坊乐工）带至北京，至教坊学习北曲。至此，顿仁不但擅南曲，北曲亦精通。沈德符在《顾曲杂言》中说，顿仁“尽传北方遗音，独步东南”。顿仁晚年在何良俊家做曲师，教授歌僮，所授多为“金元人杂剧词”，为当时“南京教坊所不能知”。他精于琵琶，余怀在《板桥杂记》中说，他的琵琶与名演员郑妥娘的歌唱并称，所谓“顿老琵琶，妥娘词曲，则祗应天上，难得人间矣”。

正德皇帝把善词曲的徐霖也带到北京，后又将其放归。《万历重修江宁县志》载：“徐霖，字子仁，……每当筵，自度曲为新声，讴吟甫毕，已被管弦，四坐尽倾，以为神仙中人也。”

明嘉靖到万历年间，南京教坊重新兴盛，《正德江宁县志》《万历重修金陵县志》都记述了当时南教坊艺人集中地有4处：正西伎艺厢——在县西，城南伎艺一厢、城南伎艺二厢——均在县聚宝门（即中华门）外长干街，三山伎艺厢——在县西江东门外街北。一般官吏酬酢可召教坊侑酒，文徵明的次子文文水在《和盛仲交元朗席上听弹筝诗》中云：“泠泠寒玉泻秦筝，片片清声似断冰。一曲浑疑李凭在（李凭是唐代梨园子弟，善弹箜篌），不知秋旅是金陵。”这次宴会的东道主就是嘉靖年的贡生何良俊，他写有《听李节弹筝和文文水韵》：“汩汩寒泉泻玉筝，泠泠标格映清冰，愁中为鼓秋风曲，不负移家住秣陵。”李节就是当时金陵教坊的乐工，他所弹的《秋风曲》，据说就是乐工顿仁从北京教坊学得的金、元人杂剧词曲。

后来，南京豪贵人家自蓄家姬，乐部之风开始盛行。据《客座赘语》载，正德之前，豪贵人家“营声利、蓄伎乐者，百不一二见之”，至正德、嘉靖，始大为普遍。

明以后，南京就没有宫廷音乐了。

二、西洋器乐

南京两江师范学堂开办之时，国内尚无教授西洋音乐之人才，因此聘请日本老师教授音乐课。1905年李叔同留学日本，他与1902年留学日本的沈心工等人是中国最早出国学习西洋音乐的。他们把西方的作曲及钢琴演奏等技法带回中国。李叔同于1913年以后兼任南京高等师范学校音乐教员，为中国培养了一批西洋音乐方面的人才。

1927年，国民政府中华民国大学院院长蔡元培创建了中国现代第一所专业音乐院校——国立上海音乐学院，并兼任音乐学院院长。建院章程提出“输入世界音乐，整理我国国乐”的宗旨。学制和课程设置大体上仿照欧洲音乐院校。1928年秋，学院设预科、本科、专修科，分理论作曲、钢琴、管弦乐器、声乐、国乐5组。学校未设在南京，是因为当时上海有意大利人马利欧·帕器组织并指挥的上海工部局交响乐队，音乐学院的管乐、弦乐教师都是聘请该交响乐队的首席演奏员担任。上海有来自俄罗斯、意大利的许多音乐家，学院历年聘请的外籍教授都有一二十人，还有中国从欧美留学归国的一批音乐家。由于师资力量雄厚，国立上海音乐院建立后，为中国培养了一大批杰出的西洋音乐方面的理论及演奏人才。因上海和南京相距很近，南京也直接受益，不少音乐人才在南京工作，进修都到上海。

1913年由美国教会联合创办的金陵女子大学，在1930年改称金陵女子文理学院，开设了音乐系，培养了一批声乐演唱、器乐演奏及理论作曲人才。生于南京、1935年毕业于该系的唯一的男学生杨嘉仁（1912—1966）后来成为著名的指挥家，经他又培养出钢琴家顾圣婴、傅聪、周广仁，指挥家樊承武、卞祖善、陈燮阳、夏飞云等，也包括曾在江苏省歌舞剧院担任过指挥的江浦琦。

1929年，南京励志社筹组管弦乐团、合唱团、歌剧团，并设立音乐组。

1930年，在法国里昂国立音乐学院留学荣获“桂冠乐士”殊荣的唐学咏学成回国，受聘担任南京中央大学教育学院艺术系音乐科教授兼主任，当时他30岁。他先利用清末进士李梅庵旧有茅舍“梅庵”，将其改建成一座玲珑的楼房，做音乐科办公室及教室，同时聘请年仅21岁、刚从法国回国的马思聪教授弦乐及室内乐，聘请上海音专毕业的喻宜萱教授声乐，并延揽德、奥名教授组成强大师资阵容，由德国女钢琴家史勃曼教授钢琴，奥地利维也纳大学音乐博士史达斯教授配器学和指挥，德国莱比锡音乐院韦尔夫人教授声乐等。当时中央大学是国内规模最大的高等学府、培养人才的摇篮。唐学咏在中央大学音乐科执教达8年之久，培养出许多乐坛精英，是中国现代音乐事业的开拓者之一。

1934年秋至1935年秋，李惟宁在南京中央大学音乐科教授钢琴与理论课程。他是理论作曲家、音乐教育家，1910年生，宁远人。早年就读于清华大学，后至巴黎国立音乐学院和奥地利维也纳音乐学院留学，归国后任南京中央大学钢琴教授，后至上海任职。抗日战争胜利后赴美，任波士顿音乐学院教授，入美国籍。在南京期间曾为中央大学校长罗家伦诗作《玉门出塞》谱曲（四部混声合唱），被俄籍齐尔品教授赞不绝口，评为：“这正是中国风格的佳作，有中国的传统、西洋的技巧，是正确发展的途径。”李惟宁于1981年回国探亲，在北京、上海、成都做学术报告，1984年去世。

在中国早期西洋音乐教育中做过卓越贡献的，还有南京人杨仲子。他于1901年入南京江南格致书院，毕业后考取“庚款”公费留学生赴海外留学。1918年回到祖国，致力于音乐教育事业，先在北京任职。1941年至1942年任重庆青木关国立音乐院院长，继调任教育部音乐教育委员会主任委员。1943年至1946年任国立礼乐馆编纂，兼任国立戏剧专科学校教务主任，新中国成立后曾任江苏省文史研究馆馆员、江苏省文物管理委员会委员、南京文物管理委员会主任。他一生从事音乐教育事业，支持民族音乐的发展。当今国内不少著名音乐家如张文纲、黄国栋、严良堃、黎英海、刘文晋、朱石林、谢功成、郭乃安、王震亚、武俊达等都是当年音乐院培养出来的优秀人才。

1946年，国立音乐院迁回南京，主持音乐院工作的是吴伯超（1903—1949）。吴氏为江苏武进人。1922年12月入北京大学音乐传习所，从刘天华学二胡、琵琶，从外籍教师嘉祉学钢琴。1927年到上海任国立音乐院二胡和钢琴教师。1931年赴比利时留学。先在布鲁塞尔南沙尔勒瓦的音乐院学和声与作曲，后入皇家音乐学院继续学理论作曲及指挥。1936年回国，任教于上海国立音乐专科学校，兼国民政府内政部礼乐编订委员会主任委员。1938年赴广西任职，

1939年至重庆，曾任中央训练团音乐干部训练班副主任及励志社管弦乐队指挥，后任国立女子师范学院音乐系主任。1942年至1949年任国立音乐院院长，兼任该院实验管弦乐团指挥，并于1945年创办音乐院附设10年制幼年班。抗日战争胜利后，音乐院本院迁至南京古林寺旁，这个校舍是他辛劳督建而成的。幼年班则迁至常州，为中国培养了许多优秀音乐人才。他尚存的作品有：《飞花点翠》（民族器乐合奏），第五号钢琴伴奏的二胡独奏《秋感》《革命与国耻》乐曲，《中国人》（混声四部合唱，曾获全国作曲第一奖），《暮色》（女声四部合唱，歌德诗、黄莹词），《逃之夭夭》（女声独唱），《鹿鸣》《冲锋歌》《绣鞋歌》《国殇》（祭阵亡将士哀乐），《腌菜歌》（陈果夫词）等。

在管乐（军乐）方面，1935年毕业于国立上海音乐院、后留学维也纳音乐学院的洪潘，为中国培育出许多杰出人才。他把军乐由单一的仪队表演创新发展为舞台表演艺术，为中国军乐创立了新的里程碑。

20世纪40年代在南京教授钢琴的专家还有：

丁善德，中国首次举办个人钢琴独奏音乐会的第一代钢琴家。1946年秋，国立音乐院从重庆搬迁到南京，丁氏应院长吴伯超之邀，担任该院钢琴教授。在南京期间发表钢琴作品《E大调奏鸣曲》和《中国民歌主题变奏曲》两首。

易开基，中国第一代钢琴家。1946年随国立音乐院迁回南京，至1950年均在南京任教。

周崇淑，南京人，钢琴教育家，中国女性音乐系主任第一人。1946年春随中央大学复员返南京，主持音乐系直至1949年4月离开南京赴台湾。

李嘉禄，钢琴家、教育家。1950年在美国内布拉斯加州州立大学音乐研究院硕士毕业，并获全美荣誉金钥匙奖章、奖状。返回中国后，任南京金陵女子文理学院音乐系教授兼系主任至1952年。曾在南京、上海等地与温可铮、周小燕等人举行联合音乐会。

范继森，南京人，钢琴家、钢琴教育家。1933年中学辍学专学钢琴。1935年至1938年入上海国立音乐专科学校，师从俄籍教授查哈罗夫学习钢琴，成绩优异，经常参加室内乐演出，并与著名歌唱家斯义桂等人多次合作旅行演出，活跃于音乐舞台。1939年开始从事钢琴教育工作，在钢琴基本功训练方面积累了一套宝贵的经验，培育了大量优秀钢琴演奏人才。钢琴演奏家洪腾、李其芳、许斐平，音乐家廖乃雄，作曲家杜鸣心，指挥家陈贻鑫，小提琴演奏家杨秉荪等皆出自他门下。他的儿子范大雷也成了钢琴教育家，培养了世界水平的钢琴演奏家孔祥东等人。

黄源沣，长沙人，大提琴家、音乐教育家。中学毕业后于1934年赴上海专习大提琴，曾师从上海工部局管弦乐队外籍大提琴家乌尔斯坦（俄）、余甫磋夫（苏联）、杜克逊（瑞士）等人学习。1934年入上海美术专科学校音乐系，1937年毕业。自1945年起在国立音乐院担任教学工作。1946年随院从重庆迁到南京，直至1950年春任中央音乐学院大提琴教研室主任之前，均在南京从事大提琴教学工作。中国一些乐团、音乐院校的大提琴演奏员和教师多出其门下。

与南京有关的指挥家有：

马革顺，南京人，指挥家、音乐教育家。中学毕业后考入南京中央大学教育学院音乐系，主修钢琴，并随奥地利音乐博士史达斯学习指挥。1937年毕业，1947年赴美留学，1949年回国，在上海任教，与杨嘉仁等人共同筹组了上海音乐学院指挥系。他从事合唱教育50余年，其门生已成为全国各省市艺术团体合唱骨干或大专院校音乐系科的教授。1981年，他应邀参加美国合唱指挥协会的年会活动，被威斯坦敏士特合唱学院授予荣誉院士称号。20世纪80年代曾应邀来南京讲学。

严良堃，指挥家，1947年毕业于国立音乐院，师从江定仙学作曲，从吴伯超学指挥。

聂中明，1946年考入南京国立音乐院，师从喻宜萱教授学习声乐，毕业后任中央广播合唱团指挥。

郑小瑛，1947年在南京金陵女子大学生物系医预科和音乐系学习，是新中国首屈一指的女指挥家。

1946年，中华交响乐团迁至南京。此团原为民间团体，1940年在重庆成立，1943年改属国民政府教育部，在重庆和南京都曾举办过“星期音乐会”。在南京时，乐团在胜利电影院举办“每周音乐会”，节目以18世纪、19世纪西洋交响音乐作品为主，也演奏过中国个别作曲家的作品。成立时有演奏员三四十人，最多时有五六十人。担任指挥的先后有马思聪、郑志声、王人艺、黎国荃、林声翕等，王、黎二人又先后担任小提琴首席。自1941年起，林声翕担任指挥达7年之久。1945年抗日战争胜利后，林率领中华交响乐团在重庆、昆明、成都、苏州、杭州、上海、南京等地进行庆祝抗日战争胜利巡回公演及劳军演出，创下先后指挥300余场音乐会的记录。中华交响乐团于1949年初解散。

1959年，南京艺术学院音乐系设有管弦乐专业，弦乐专业开设有小提琴、大提琴课程，管乐专业开设有长笛、双簧管、单簧管、大管、圆号、小号、长号等课程。教学内容为中外优秀乐曲、练习曲和师生创作的乐曲。通过学习，学生在专业上熟练地掌握了所学乐器的演奏技巧、表现方法，熟悉其风格，并且有创作和研究分析乐曲的能力。该系为江苏省源源不断地培养出一批批管弦乐人才。在庆祝新中国成立10周年的演出中，音乐系师生组建了一个管弦乐队，并演出了张靖平创作的小提琴曲《庆丰收》《马头琴之歌》，姜希作曲的黑管独奏曲《春》及徐振民作曲的钢琴独奏《江苏民歌主题小曲五首》等。

1961年，朱南溪创作的小提琴曲《江南春早》由小提琴演奏家陈稼华在参加“上海之春”音乐会时演出，获小提琴演奏民族风格特别奖，并被灌制成了唱片。1963年，朱南溪创作了舞蹈音乐《丰收歌》，在全国第三届文艺会演中获优秀作品奖，随后《丰收歌》被拍成电影，灌制成了唱片，出版有舞蹈单行本和音乐总谱。

为适应音乐教学的需要，加强师生艺术实践，促进对外文化交流，并为师资队伍建设储备人才，南京艺术学院实验乐团于1981年11月组建。团长为黄友葵，指挥为石中光。实验乐团成立后，为接待外宾，深入工厂、大专院校，多次举行实验演出音乐会，社会反响良好。

叶惠芳，南京艺术学院钢琴演奏教授。1952年毕业于金陵女子大学音乐系钢琴专业，长期从事钢琴教学工作。1960年至南京艺术学院音乐系任教，1981年任钢琴研究生指导教师，1984年至1990年任音乐系主任，1986年晋升教授。译有《节奏与节奏训练》《霍夫曼答钢琴若干问题》《二十世纪的钢琴学派》等作品。

二十世纪五六十年代在南京从事钢琴教学的还有马友梅、郭惠英、沈颂蔚等人。

盛雪，临川人，南京艺术学院小提琴教授。1945年毕业于国立上海音乐专科学校管弦系。曾任湖南大学、湖北教育学院、华中高等师范、中央音乐学院教授，长期从事小提琴教学和研究工作。小提琴家盛中国、盛中华皆为其子女，均由其启蒙培养。他的学生、南京艺术学院第二届毕业生郭国光也启蒙培养了自己的儿女郭昶、郭晴，使他们后来成为具有国际水平的青年小提琴家。

石中光，南京艺术学院指挥教授。1954年毕业于上海音乐学院音乐系，并成为著名指挥家杨嘉仁的研究生。1959年被调至南京艺术学院任教，长期从事音乐指挥及钢琴教学工作。他是南京艺术学院交响乐队的创始人，长期担任音乐系管弦乐合奏课教学。1985年，石中光在南京指挥演出贝多芬《第九交响曲》，被称为江苏乐坛的一大盛事。

1982年，南京艺术学院钢琴专业毕业生夏明毅获美国辛辛那提国际钢琴大赛一等奖。他曾师从叶惠芳7年。

第二节　声　乐

一、古代歌曲及民歌

古代，诗歌、音乐及舞蹈三者是结合为一体的。中国最初的诗大多是专供歌唱的，最初的音乐也大多是人声的歌唱，只是由于古代没有科学的记谱方法，至今我们得到的只是流传下来的歌词，而不知其旋律。南京的先民们早就创造了自己的音乐“吴音”。春秋时期，孔子爱好的“南音”中就包括“吴音”（“南音”在中国音乐史上的地位相当重要，除“吴音”外，尚有“越音”与“楚音”）。屈原所写的歌曲也受到“吴音”的影响。

历史上第一次见于记载的文人的音乐创作要算《蔡氏五弄》。东汉末年，博学多才的音乐家蔡邕（132—192）曾经“亡命江海，远迹吴会”达12年之久。他曾来到秦淮河上游青溪体验生活，创作了《游春》《绿水》《幽居》《坐愁》《秋思》5首作品，总称《蔡氏五弄》。这些作品经3年修改加工之后才被拿出来演唱，当时著名学者马融听后非常称赞，认为是不可多得的佳作。到嵇康时，蔡邕的曲子已成为人们很熟悉的通俗作品，所以嵇康在《琴赋》中把它列为“下逯谣俗”的首篇。直至唐代，王维、李白、李贺等诗人还常借它的题目进行创作，可见其影响深远。

三国时期，东吴孙皓也酷爱吴声歌曲。吴声歌曲的发源地就是现在的南京。宋郭茂倩的《乐府诗集》第44卷指出：“《晋书·乐志》曰：‘吴歌杂曲，并出江南，东晋以来，稍有增广。其始皆徒歌，既而被之管弦。盖自永嘉渡江之后，下及梁、陈，咸都建业，吴声歌曲，起于此也。’”

秦始皇首次设置了音乐机构“乐府”，而汉武帝刘彻更进一步改组和扩大了乐府。收集民间音乐是乐府的任务之一。当时收集的吴歌中就有一曲《江南》，歌词为：“江南可采莲，莲叶何田田，鱼戏莲叶间；鱼戏莲叶东，鱼戏莲叶西，鱼戏莲叶南，鱼戏莲叶北。”吴歌《桃叶》就是东晋大书法家王献之在南京秦淮河中游迎娶桃叶为妾时写的《桃叶辞》：“桃叶复桃叶，渡江不用楫。但渡无所苦，我自迎接汝。”至今，南京夫子庙还有桃叶渡之地名。

316年，西晋灭亡后北方陷入战乱，而东晋、南朝的商业特别繁荣，其中心就是建邺。由于商旅生活占有重要地位，南京一带的民歌有不少是反映这方面内容的。有些歌曲还用弦乐器伴奏，如《吴歌·上声歌》八首之一首：

初歌《子夜》曲，改调促鸣筝。

四座暂寂静，听我歌《上声》。

这是用筝伴奏自弹自唱的实例。有时管弦乐器都用，如《吴歌·大子夜歌》两首之一中所描绘的：

丝竹发歌响，假器扬清音。

不知歌谣妙，声势出口心。

《旧唐书·音乐志》说：“《子夜》，晋曲也。晋有女子夜，造此声，声过哀苦。”“歌谣数百种，《子夜》最可怜。慷慨吐清音，明转出天然。”

《晋书·乐志》说，在东晋初年，出现了“音韵曲折，又无识者”的新民歌，因为曲调婉转动听，形式新颖，受到人们喜爱，上层社会的人也不得不采用这些新的民间音乐。清商乐中采用的吴声多为五言四句一曲，也有少数歌词为长短句。它们大多是无乐器伴奏的“徒歌”，有时也用缶（一种瓦罐）、埙等乐器伴奏，通常用箜篌、琵琶和篪（或加用笙和筝）组成的小型乐队伴奏。有些民歌后来进入宫廷后，其伴奏乐器便日益丰富起来。有时用竽、瑟、悬鼓等乐器组成的小型乐队伴奏演唱，多用于宫廷宴会，被称为“钟鼓之乐”或“燕乐”。

著名诗人谢朓曾于永明八年（490）作《入朝曲》：“江南佳丽地，金陵帝王州。”《入朝曲》属乐府鼓吹曲，诗中描写了当时的豪华繁盛景象。

南京的莫愁湖，据说是因南朝齐时莫愁女在湖滨住过而得名。在众多关于莫愁女的歌谣中，最早的要数南朝梁武帝的《河中之水歌》。

隋唐时期，中国的政治、经济、文化中心虽然北移，可南京歌舞音乐活动却始终繁盛。《江南好辞》说：“北门大街有唱经楼，相传唐李龟年卖曲于此。”李龟年是唐代宫廷乐师，善奏羯鼓、筚篥，又能作曲，尤擅唱歌，玄宗时在梨园供职。开元年间，与其兄弟彭年（善舞）、鹤年（善歌，兼能撰写歌词）同负盛名。作有《渭州》（鹤年词）、《荔枝香》等曲。安史之乱后，流落江南。《明皇杂录》记：“每遇良辰胜景，为人歌唱数阕，座中闻之，莫不掩泣罢酒。”

唐代的律诗绝诗最初都是歌唱的。唐宋时期，李白、杜甫、刘禹锡、杜牧、李商隐、陆游、李清照、辛弃疾、张孝祥、苏轼、周质等诗人都曾游历南京，留下许多脍炙人口的名篇；元代萨都剌也在南京留下了佳作。这些作品中大多是可以歌唱的，只是我们无法得到当时人们吟咏的韵律。唐代，南京的音乐文化十分繁荣，当时张九龄曾写一诗，描述玄武湖满船诗赋、入云笙歌的盛况："南国更数世，北湖方十洲，天清华林苑，日晏景阳楼。果下回仙骑，津傍驻彩游。凫鹥喧凤管，荷芰斗龙舟。七子陪诗赋，千人和棹讴。"

到了南唐，因三主均爱音乐，南京更是歌舞升平。据《至正金陵新志》载，当时还出现了民间音乐曲家，如杨正花、李冠子等。但南唐末年却发生乐工被集体杀害的事件。《金陵历代名胜志·乐官山》记："南唐末，宋兵南下。诸将置酒大会，伶官痛苦不作乐，被杀于乐官山。《南唐书》有乐工殉国者，或即此。"

南宋建炎年间还产生了一首在全国很有影响的吴歌："月子弯弯照九州，几家欢乐几家愁！几家夫妻同罗帐，几家飘散在他州！"宋人话本《冯玉梅团圆》中载有此歌词，并确定此歌出自南宋建炎年间。这首吴歌反映出发生在建康的一段"交互姻缘"的奇事。南宋杨万里在《诚斋诗集·朝天续集》卷三十中说，他当时即已听到此歌的部分歌词。明朝冯梦龙所编《山歌》卷五中也记了这段歌词。此歌直到明清时仍在民间传唱，但所用曲谱是后人将明代徐梦园的《梦园曲谱》中所载与此词情绪相近的曲调重新配置的。

晚唐五代的曲子，到宋代被称为"宋词"，或称"小唱"。宋词是当时最流行的一种歌曲形式，在社会上风靡一时。宋词的创作方式有旧谱填词和自创新曲（"自度曲"）两类。

姜夔（1155—1221），字尧章，号白石道人，世称"姜白石"，饶州鄱阳（今江西波阳）人。一生未仕，往来鄂、赣、皖、苏、浙间，与当时词人交游，卒于杭州。工诗词，词尤有名，且精通音乐。词重格律，音节谐美，多为写景咏物及记述客游之作。词集《白石道人歌曲》中，其自度曲注有旁谱。琴曲《古怨》中并注明指法，是现存的一部词和乐谱的合集。姜夔又著有《琴瑟考古图》（未见传本）。他不但能写词，还懂得乐理，并能自己作曲。他创作的曲子有两首与南京有关，一首是《杏花天影》。他在淳熙十三年（1186）冬天乘船由沔口（今湖北汉口）出发，于次年正月二日路过金陵，向北遥望淮楚一带地方，看见风日清和美丽，船上挂着帆篷，在波上自由地漂浮着。他回想起古代文人和歌妓的恋爱故事，联想到自己生活漂泊、前途渺茫，留恋、感伤之情油然而生，便创作此歌曲。绍熙二年（1191），姜夔又到金陵，写下了《醉吟商小品》。

元代燕南芝庵《唱论》中谈到各地流行的歌曲："凡唱曲有地所，东平唱'木兰花慢'，大名唱'摸鱼子'，南京唱'生查子'，彰德唱'木斛沙'，陕西唱'阳关三叠''黑漆弩'。"南京的"生查子"到底是怎样的曲调，现已不可考。

明清文人从民歌、小曲中汲取养料，采取民间形式、运用民间词汇写诗作词者颇有些人，如明代散曲家金銮。他字在衡，号白屿，陇西（今属甘肃）人。万历年间侨寓南京，卒时年九十。通音律，有《萧爽斋乐府》。明代中叶开始有民歌、小曲歌词的刊本出现。嘉庆二十三

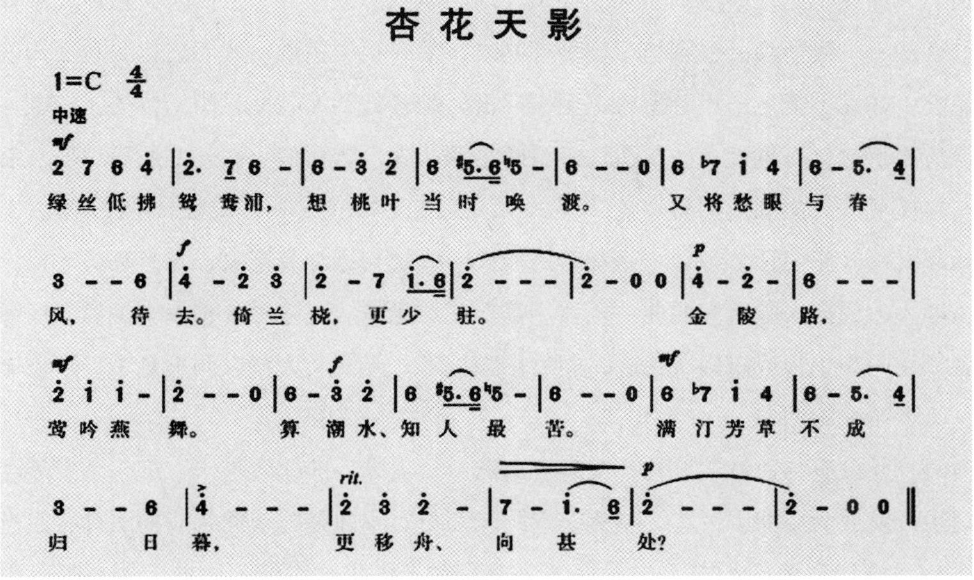

《杏花天影》词曲

《醉吟商小品》词曲

年（1818），捧花生之《秦淮画舫录》补编《画舫余谈》记：“‘绣荷包’新调，不知始于谁氏？画舫青楼，一时争尚。继则坊市妇稚亦能之，甚或担夫负贩，皆能之；久且卑田院中人藉以沿门觅食，亦无不能之。声音感人，至于此极。是昔日秦淮胜地，画舫青楼，此曲亦风靡一时，其流传之普遍，有如此者。”明代流行的小调，除“绣荷包”而外，还有“罗江怨”“银纽丝”“桂枝儿”“吴歌”“粉红莲”等。

明顾起元《客座曲话》说：“南都万历以前，公侯与缙绅及富家，凡有宴会小集，多用散乐。或三四人，或多人唱大套北曲。乐器用筝、笙、琵琶、三弦子、拍板……后乃变而尽用南唱。歌者只用一小拍板或以扇子代之，间有用鼓板者，今则吴人益以洞箫月琴，声调屡变，益为凄惋，听者殆欲堕泪矣。”

明清时，还没有“民歌”之称，只有“山歌”。山歌一般比较短小，进一步发展用乐器伴奏加过门后，就成为小曲。“小”指表演形式较简单。小曲是与戏曲相对的名称，又有杂曲、时曲等名称。清代，民间小曲更加丰富。清李斗在《扬州画舫录》中说：“小唱以琵琶、弦子、月琴、檀板合动而歌。”其中提到“南京调”，传自四方，间亦效之。当时金陵的云锦织造业很繁荣，工人们喜欢自编自唱一种坐唱形式的白局艺术自娱，或参加盂兰会和婚丧喜庆活动，采用的曲调均为明清时流行的小调，如“梳妆台”“剪剪花”“满江红”“银纽丝”“跌断桥”“孟姜女”“九连环”“杨柳青”等。常用曲调近50首，有的小曲还专门介绍当时的风景名胜金陵四十八景，如灵谷寺、紫金山、牛首山、燕子矶、后湖等。有时也将众多曲牌连缀起来，唱一段《三国》《水浒》《杨家将》或神话、爱情故事。

明朝冯梦龙《山歌》一书谈到江南吴地山歌，最多一首用到“猫儿坠”“桂枝儿”“驻云飞”“懒画眉”“皂罗袍”“香柳娘”6个调。这种长山歌已有向说唱音乐过渡的倾向。

“五四”运动前后至二十世纪二三十年代，学者顾颉刚、王翼之等人大量收集吴歌。不久，顾辑《吴歌甲集》和王楫《吴歌乙集》先后问世。20世纪30年代初，又有王君刚辑《吴歌丙集》出现。抗日战争后，有关吴歌的论著渐多。

1949年至1950年，江苏省音乐工作组在全省进行了长期的民间采风活动，为江苏民间音乐的收集整理工作奠定了基础。1956年12月26日，江苏省歌舞团正式成立，全团人员在全省开展了民间歌舞、音乐的收集、挖掘工作，不少民间艺人被请入歌舞团言传身教，一批具有民间特色的民歌如《撒趟子撩在外》《搭凉棚》《拔根芦柴花》《隔里隔三垛》，经过艺术加工后参加1956年第一届全国音乐周，得到广大观众和同行的好评。由费克编曲、雪飞演唱的《拔根芦柴花》受到周恩来总理赞赏，成为经常上演的保留节目。1958年，全国向文化进军，要求普及业余文化。南京的音乐工作者再次到民间进行采风活动，在南京采集的民歌有小调《长工苦》《传统民歌》《山歌》《毛雨子梳调》《新打轮船下江河》，在六合采集的小调有《茉莉花》《摘红菱》《秧田歌》（格冬代）、《金锣一住我开言》，在高淳采集的山歌有《一粒下土一棵秧》《五月栽秧》等。

江苏省歌舞团对一批民间歌舞进行加工，《绣兜兜》《打麦号子》《南通号子》《夸新郎》等民歌成为他们的保留节目，并在上海灌制唱片。

二、群众歌曲、合唱、独唱

1904年左右，南京新学堂普遍开设了乐歌课。1905年以后，学校唱歌已成为当时社会文化生活中的一种新风尚。后来音乐界将这时期的学校歌曲统称为“学堂乐歌”。学堂乐歌把群众歌咏的方式引进了中国人民的音乐生活，为“五四”运动后群众歌曲的创作和发展打下了基础。学堂乐歌的曲调主要来自日本，其次来自西欧各国。最早的乐歌课多是由日本教习任教。传播乐歌的简谱记谱法也来自日本，甚至歌集都是在日本排版、印刷。其倡导者为梁启超、沈心工和李叔同。当年南京的新学堂音乐课唱的就是沈心工编的《学校唱歌集》《民国唱歌集》和李叔同编的《国学唱歌集》等。

1913年以后，李叔同兼任南京高等师范学校音乐、美术教员。他编配和创作的歌曲在社会上广泛流传，曾教育影响过几代人。

在第一次国内革命战争时期，南京男女老少都会唱的是《国民革命歌》，即“打倒列强”。这是群众用法国儿歌《你睡了吗》的简单曲调填配了当时的革命口号：“打倒列强，除军阀。”

1926年12月，在南京由中国青年社编辑发行的《革命歌集》是中国最早出版的一本革命歌曲集，由革命烈士李伟森以笔名“求实”编。《〈革命歌集〉序》对革命歌曲在革命斗争中的作用做了充分的分析。该歌集内收当时流传较广的15首革命歌曲：《国际歌》《少年先锋歌》《国民革命歌》《马赛曲》《进行曲》《反帝国主义歌》《农工歌》《赤湖曲》《三七纪念歌》《纪念五一歌》《五七国耻纪念歌》《追悼中山先生歌》（两首）及《劳动儿童团歌》《童子团歌》。它们均用五线谱和简谱同时刊印，其中一些歌曲附有文字说明。

二十世纪二三十年代，陶行知所填写的歌曲在南京产生了很大影响。陶行知于1910年入金陵大学文科，1914年留学美国，入伊利诺大学学市政，后转入哥伦比亚大学研究教育。1917年回国，历任南京高等师范学校教授兼教务主任，东南大学教授、教育科和教育系主任等职。1927年，陶行知创作了《自立歌》，由赵元任谱曲。《自立歌》歌词大意为：滴自己的汗，吃自己的饭，自己的事自己干，靠人靠天靠祖上，不算是好汉。陶行知运用南京晓庄北固乡山歌，将其填词成《锄头舞歌》。这首歌于20世纪30年代在国内外很流行，被作为晓庄师范学校的校歌。陶行知又用山歌填《镰刀舞歌》，用《镰刀舞歌》的曲调另填了《农人破产之过程》。1929年，陶行知用安徽民歌《凤阳花鼓》填10段词，宣传移风易俗和反帝思想。1927年至1934年，赵元任先后为陶行知谱写了《村魂歌》《黄花歌》《儿童工歌》《春天不是读书天》《手脑相长歌》《小孩不小歌》《自动学校小影》《奶奶的婆婆之悲歌》《儿童节歌》《小先生歌》《广明小学校歌》等10余首歌的曲，是为陶氏谱曲最多的作曲家。

当时创作的歌曲还有：《小孩不小歌》（二）（林孟良、王剑华曲）、《一分钟歌谣演讲》（苏克曲）、《新安旅行团团歌》（张曙曲）、《想一想》（陈贻鑫曲）、《一个地方印刷工人的生活》（冼星海曲）、《慰劳中国战士歌》（任光曲）、《三万歌——祝新安旅行团三周年纪念》（任光曲）、《儿童节歌》（贺绿汀曲）、《献给北碚青年抗敌出征团》（贺绿汀曲）、《谷子在仓里叫》（陈贻鑫曲）、《八位好朋友》（陈贻鑫曲）、《武训歌》（杜鸣心曲）、《邹韬奋先生挽歌》（夏之秋曲）、《朱大嫂送鸡蛋》（崔牛曲）。

1931年，汪秋逸毕业于南京中央大学教育学院艺术科，曾任教于中央大学艺术系（重庆）、南京国立音乐院幼年班。他创作了各种题材、体裁的歌曲100多首，其中影响较大的有“江南三曲”。“江南三曲”中的《淡淡江南月》成为当时大后方抗日抒情歌曲中广为传唱的代表作。还有《夜夜梦江南》（男声独唱）、《烟雨漫江南》（领唱、二部合唱）以及《先有绿叶后有花》（男女声二部合唱）。与他合作写成20余首抗日歌曲的词作者杨友群，早年也在南京读书。

1931年“九一八”事变及翌年“一·二八”事变后，日本武装侵略中国。中央大学校长罗家伦为此创作了3首军歌：《出征》（一）、《出征》（二）、《凯旋》。这3首军歌由唐学咏谱曲，由中央大学音乐系合唱团首演，并由南京中央广播电台实况录音。歌声传遍全国，激励民心，鼓舞抗日士气，发挥了极大功效。1935年，具有全国规模的群众爱国歌咏运动兴起，简称“救亡歌咏运动”。当时南京的学校和社会上普遍传唱抗日歌曲，凡有群众性的游行示威，都以群众唱救亡歌曲鼓舞斗志。1937年卢沟桥事变后，南京人民的抗日情绪更加高涨。作曲家冼星海、张曙、周巍峙等人都曾来南京参加抗日话剧《卢沟桥》（田汉编剧）的演出工作。他们参加了洪深所领导的上海救亡协会演剧第二大队，走遍江苏、浙江、河南、湖北等地从事抗日宣传工作。

在抗日战争和解放战争时期，南京人舒模创作了许多优秀的歌词、歌曲，在历史上发挥过重要作用，在群众中产生过广泛影响。

作曲家费克于1945年创作的《茶馆小调》在当时社会上广为传唱，影响很大。其同期作品还有《五块钱》《为什么》《鸡鸣曲》等。

1945年后，南京人民起来“反内战，反饥饿”，高唱进步歌曲和黑暗势力搏斗。当时，中共地下组织在大中院校学生中教唱《你是灯塔》《团结就是力量》《山那边有个好地方》等革命歌曲，激励青年投身到民主解放的运动中去。

二十世纪三四十年代在南京工作过的声乐专家有喻宜萱、应尚能和胡然。应尚能于1946年从重庆随国立音乐院迁回南京，执教到1950年。20世纪30年代初开始举行个人独唱会，是中国最早举行独唱音乐会的歌唱家之一，发表的作品有声乐论著及150余首歌和练声曲。中国著名歌唱家蔡绍序、旅美大都会歌剧院的歌唱家斯义桂等人均出自他门下。胡然于1946年后创办湖南音乐专科学校，任校长，从此来往于南京、长沙两地，为培植音乐人才出力，1949年春去香港，后定居美国，在美逝世。上海大中华唱片厂曾为他录制唱片，有《大江东去》（青主曲）、《嘉陵江上》（贺绿汀曲）、《思乡曲》（真之秋曲）、《满江红》（古代歌曲，陈田鹤和声）等。

二十世纪四五十年代在南京学习和工作过的知名声乐专家有以下这些。魏启贤，男中音歌唱家。1940年在国立戏剧专科学校乐剧科学习，后转入国立音乐院，师从黄友葵，1946年随国立音乐院迁至南京，1948年毕业。20世纪80年代曾来南京演出。朱崇懋，男高音歌唱家。少年时曾在南京求学，1948年在南京任军乐学校声乐教官，1949年任南京海政文工团音乐干事兼指挥。王品素，女高音歌唱家、音乐教育家。1948年在南京曾参加国立音乐院进步学生组织的“助学民歌演唱会”。1949年前后曾在南京汇文中学、南京师范音乐科任教。孙家馨，女高音歌唱家。1946年至1948年，在南京金陵女子大学音乐系学习，师从黄友葵。20世纪60年代及80年代曾来南京举行独唱音乐会及讲学。温可铮，男低音歌唱家。1946年以第一名的优异成绩考入南京国立音乐院，1950年毕业后，曾在南京金陵大学音乐系任教。曾在第六届世界青年联欢节声乐比赛中获银质奖章。20世纪80年代曾来南京开独唱音乐会，为南京文艺界培养了不少声乐人才。

除此而外，与南京有关的知名歌唱家还有：出生在南京、在音乐舞蹈史诗《东方红》和长征组歌《红军不怕远征难》中任领唱的男高音歌唱家贾士骏；在南师附中毕业后成为全国知名女高音歌唱家的朱逢博；20世纪40年代末曾入南京国立音乐院主修钢琴（师从丁善德、易开基），后在香港学习声乐（师从赵梅伯），成为香港知名女高音歌唱家的费明仪。

与南京有关的作曲家有郑律成（1914—1976）。他生于朝鲜南部锣南道光州，从小爱唱歌，坚持学习钢琴、小提琴、声乐。其代表作有《延安颂》《延水谣》《八路军进行曲》（《中国人民解放军进行曲》）等。

1948年底至1949年初，中国人民解放军第三野战军文艺工作者深入淮海战役战地，开展火线文艺工作，结合战役进程和战斗任务，创作了许多歌曲并在部队中演唱。其后，他们将战役不同阶段中较好的歌曲结合在一起，加上序唱和朗诵词以反映整个战役的主要过程，将其变成《淮海战役组歌》。1949年7月在全国第一次文艺工作者代表大会期间，当时的第三野战军文工团赴京在怀仁堂进行代表演出，毛泽东、朱德、周恩来等观看了演出。《淮海战役组歌》随即刊印出版。原组歌包括10首歌曲：（1）《争取更大胜利》（向憎词，俞频、何仿曲）；（2）《向南进军》（宋珑词，龙飞曲）；（3）《乘胜追击》（韦明词，亚威曲）；（4）《抢占运河》（岁寒、向彤、闻达词，陈大荧曲）；（5）《涉水打碾庄》（茹志鹃词，龙飞曲）；（6）《捷报，捷报，歼灭了黄百韬》（亚威词曲）；（7）《挖工事》（陈大荧词曲）；（8）《全歼黄维兵团》（张锐曲）；（9）《狠狠地打》（亚威曲）；（10）《歌颂淮海胜利》（张锐曲）。后附歌曲《打得好》（王杰词，践耳曲）。1961年6月经作者们修改，《淮海战役组歌》删去《向南进军》《涉水打碾庄》，将《全歼黄维兵团》换成《黄维坐地哭皇天》（王允词，张锐曲），变为8首。此组歌是解放战争时期一部重要的音乐文献。

1949年4月23日，南京解放。歌颂毛泽东、中国共产党及解放区的歌曲几乎人人会唱，如《解放区的天》（陈志昂曲，词作者佚名）、《东方红》等。

1952年，在中国人民解放军全军第一届文艺会演中，华东军区解放军艺术剧院有几首部队歌曲获优秀奖，它们分别是洛辛作词、何仿作曲的《前进在陆地天空海洋》，沈亚威作词作曲的《海岸炮兵之歌》，向彤作词、龙飞作曲的《我们的连队好》。

1956年，电影《柳堡的故事》中的插曲《九九艳阳天》在社会上流传很广，并曾引起争论。其词作者为南京部队创作人员胡石言（与黄宗江合作，高如星谱曲）。1959年，南京艺术学院音乐系茅原等人集体创作的《雨花台大合唱》成为新中国成立10周年献礼节目，并在南京人民大会堂演出（石中光指挥），中央人民广播电台曾来南京录音。

1960年，在全国业余歌曲创作比赛中，海笑作词的歌曲《我的心也在欢笑》获一等奖。

1964年，在中国人民解放军全军第三届文艺会演中，组歌《东海前哨之歌》获优秀奖。

1964年9月，作曲家沈亚威为《东方红·音乐舞蹈史诗》谱写的毛泽东《七律·人民解放军占领南京》最初发表于《音乐创作》1964年第10期、第11期，并被录制成唱片。

沈亚威，1920年生，浙江吴兴人，1954年至1958年间入中央音乐学院作曲系进修。1955年至1965年为南京军区前线歌舞团团长。1985年被选为中国音乐家协会副主席。其作品除前述外，尚有歌曲《夜渡扬子江》（1939）、《四季风车歌》（1940）、《别处哪儿有》（1945）、《打》（1946）、《贫农下中农一条心》（1963）、《战士第二个故乡》（1963）、《毛主席，我们心中的红太阳》（1964）、《行进祖国大地》（1984）等。1945年曾为历史剧《甲申记》谱写插曲。他创作了400余首各种体裁、形式的歌曲作品，其重要作品都被收入《沈亚威歌曲选》（上海文艺出版社1980年版）中。1981年中国唱片社出版盒式磁带《沈亚威声乐作品选》。另有薄膜唱片《护士之歌》。1981年5月，沈亚威作品音乐会举办。

1975年，张卓娅作曲的《加快步伐朝前走》被选入《战地新歌》。

1979年，全国少儿征歌中《我有一个小书库》（沈亚威曲）获一等奖。

1981年，在全国优秀群众歌曲评奖活动中，《中国，中国，鲜红的太阳永不落》（贺东久、任红举词，朱南溪曲）名列第一。同年，在全国少儿音乐表演赛中，卢咏椿作词的《樱花开》《明天歌》（李慧明曲）获创作优秀奖。

1981年5月15日至6月1日，南京举办第一届“玄武湖之春”音乐会。主办单位是江苏省文化局、江苏省广播局、中国音乐家协会江苏分会、南京市文化局、南京市音乐舞蹈协会、南京部队政治部文化部。该活动共有30个单位参加演出22台47场706个节目，组织了多种专场音乐会。

1982年，曾泉星作词的《浪花请你告诉我》获全国征歌优秀奖。同年，何兆华作词、何仿作曲的《我们是千里海防巡逻兵》，任红举作词、张卓娅作曲的《雨打芭蕉淅沥沥》获“80年代新一辈”优秀歌曲奖（后者于1983年又获《歌曲》年度最高奖“晨钟奖”）。1982年，朱南溪创作的合唱歌曲《金色的新疆》在新疆电视台举办的庆祝自治区成立30周年组歌中，获优秀歌曲奖。

1984年，曾泉星作词的《铺路石》获《中国青年报》全国征歌优秀奖。《校园晨读》获北京音乐家协会等单位的全国征歌优秀奖。

1984年，在全国少儿舞蹈调演中，卢咏椿作词的歌曲《采笋》获一等奖。

1986年，合唱套曲《南方有这样一片森林》获第二届北京合唱节表演艺术一等奖。该曲由王祖皆、张卓娅作曲，向彤作词，贺东久朗诵词。

1987年，在第五届全军文艺会演中，组歌《将军、士兵、人民——千里挺进大别山》获优秀创作表演奖。该组歌由陶思耀作曲，任红举作词。联唱《军营风情》获优秀创作表演奖。该歌曲由冬材、惠培峰、王祖庆作曲，肖亚军、骆宗泉、成炎华、汪沉作词。

1987年春，南京市文化局等单位举办了首届合唱节。江苏省文化厅等单位举办了江苏省首届音乐舞蹈节。

1988年，龙飞、沈亚威作曲，卢咏椿、朱平、阎文斌作词的盒式录音带《梦秦淮》出版。在中国音乐家协会等单位主办的“江南杯”大赛中，卢咏椿作词、龙飞作曲的《秦淮花灯》获得一等奖。曾泉星作词的《飘吧，江南的彩云》获1988年全国“广播新歌”评选创作奖。另一首由其作词的《南京，我从遥远的地方来看你》获1988年全国征歌一等奖。

1989年，在庆祝新中国成立40周年全军文艺调演中，歌曲《看到我们就看到中国》（陶思耀曲，孙仲明词）、《中国的土地》（陶思耀曲，孙仲明词）获创作一等奖。同年，曾泉星作词的《在祖国妈妈的怀抱里》获上海全国教师歌曲大赛一等奖。

1993年4月，南京艺术学院中专部1991届毕业生郭晴在德国美因茨荣获尼曼国际小提琴比赛第一名。

1994年12月，苏永进作曲、李朝润作词、李越胜演唱的歌曲《长江、黄河》获文化部第四届“群星奖”金奖。

1999年，南京民乐团演奏的合奏《猎宴》、打击乐合奏《钟山鼓魂》、弦乐五重奏《剑器二号》、笛子协奏曲《台城舞影》、双古筝独奏《雨花魂》，获第四届江苏省音乐舞蹈节器乐演奏金奖。南京民乐团演奏的合奏《猎宴》《静海寺组曲》，打击乐合奏《钟山鼓魂》，弦乐五重奏《剑器二号》，笙独奏《喜盈门》，笛子协奏曲《台城舞影》，双古筝独奏《雨花魂》，埙篪二重奏《伯仲情》，二胡独奏《香君怨》，获第四届江苏省音乐舞蹈节优秀节目奖。蔡文忠、江思维作曲的民乐合奏《江南新韵》，获文化部第九届“群星奖”铜奖。南京民乐团肖江、雷建功的笙独奏《喜盈门》，获第四届江苏省音乐舞蹈节音乐创作金奖。南京民乐团斐德义、雷建功的打击乐合奏《钟山鼓魂》及笙独奏《算盘响》，获第四届江苏省音乐舞蹈节荣誉奖。南京民乐团李耀让、徐凯的《陕北情》《林冲夜奔》，获江苏省“茉莉花”民族器乐比赛“茉莉花奖”。

2000年，歌曲《你是春风，你是绿荫》（大江词，苏永进曲）、《台城春晓》（李朝润词，东林曲）、《最爱是江南》（李朝润词，乔惟进曲），获江苏省“五个一工程”奖。

三、歌剧

现代意义的歌剧历史很短。中国的第一部歌剧《秋子》于1942年在重庆首演。剧情以秋子家破人亡的悲剧，揭露日本军国主义发动的、使中日两国人民都陷入深重灾难的侵华战争的非正义性。全剧共两幕，前有序曲，其创作手法借鉴西洋大歌剧，运用咏叹调、宣叙调、重唱、合唱和管弦乐队等手段。编剧为陈定，作词为臧云远、李嘉，作曲为黄源洛。词作者臧云远于20世纪50年代末至90年代初在南京艺术学院任文学教授，1979年至1983年任副院长，1991年去世。主角秋子的扮演者张权当时是国立音乐院的学生，带领他们参加重庆歌剧团排练《秋子》的就是张权的老师黄友葵。她亦长期在南京工作，直至去世。

1946年，当时在南京国立音乐院任教授和教务主任的陈田鹤曾作清唱剧《河梁话别》。陈田鹤（1911—1955），作曲家、音乐教育家，曾从黄自学习理论作曲。1934年，他所作的钢琴曲《序曲》参加俄国钢琴家、作曲家齐尔品“征求有中国风味的钢琴曲”比赛，获二等奖。还有救亡歌曲《巷战歌》及歌舞《采茶灯》的编曲、《荷花舞》的配器等，都有一定影响。陈田鹤编有《回忆集》（1937）和《剑声集》（1942）两部歌曲集。

1953年冬，华东军区艺术剧院演出歌剧《志愿军未婚妻》，并赴朝鲜慰问中国人民志愿军。1954年上半年回国，又赴舟山群岛演出。

1957年，歌剧《红霞》首演于南京，并在全国产生重大影响，同时被摄制成电影，录制成了唱片。该剧编剧为石汉，作曲为张锐、俞频，导演为李育伍、方信友，主演为蔡佩莹、苏驼、杜明新、潘千里。

张锐是二胡演奏家、作曲家，他的夫人俞频也是作曲家。他们共同作曲的代表作有：歌剧《红霞》《海娘》，电影音乐《夺印》《二泉映月》。张锐同时负责电影《二泉映月》中的二胡独奏。

1961年，南京歌舞团创作演出了大型歌舞剧《牛郎织女》。

1964年，江苏省歌舞团特邀中国歌剧院编导胡尔严、孙天璐来南京，创作演出了大型歌剧《青春》。此后，全团上演歌舞剧《刘三姐》，歌剧《白毛女》《社长的女儿》《河伯娶妇》《雷锋》及各类大中小型歌剧20余部，并长期在江苏各地巡回演出。

1982年，江苏省歌剧团正式成立，创作排演了《春江飞燕》《金孔雀》《月亮花》《不准出生的人》《天朝风云》《天涯歌女》等大型歌剧。

1982年，前线歌舞团根据评弹和话剧《真情假意》集体改编的歌剧《芳草心》首演于南京。1984年6月，该剧参加全国歌剧座谈会观摩演出；同年7月获文化部主办的全国现代题材话剧、歌剧、戏曲观摩演出的歌剧演出一等奖、创作一等奖、导演奖、主演一等奖（主演房新华因演此剧还获1985年的“梅花奖”）、配演一等奖、配演二等奖、歌剧伴奏奖、舞美设计奖、字幕奖。该剧编剧为向彤、何兆华，作曲为王祖皆、张卓娅，导演为苏驼。

1984年，在中国第二届艺术节中，江苏省歌剧团与上海音乐学院周小燕歌剧艺术中心联合演出著名外国歌剧《弄臣》，获江苏省首届文学奖。

1990年，江苏省歌剧团创作排演的《木棉花开了》参加株洲全国歌剧观摩演出，获优秀演出奖。

四、流行歌曲

南京的流行歌曲与全国一样，大致经历过两个阶段：20世纪20年代后期至1949年；20世纪70年代末至今。

1927年，黎锦晖编写的《妹妹我爱你》《毛毛雨》等歌曲在市民中开始流传。1928年，他又写了《桃花红》《特别快车》等100首流行歌曲，这些歌曲很快从上海传至南京。1930年至1936年，他还创作了《人间仙子》等十几部电影插曲。由于电影的放映和灌制的唱片通过留声机传播，这些歌曲几乎家喻户晓。

20世纪30年代，周璇演唱的《何日君再来》（刘雪庵曲，嘉谟词）流传极广。

20世纪40年代，黎锦光的《夜来香》《疯狂世界》《香格里拉》，陈歌辛的《蔷薇处处开》《渔家女》《恋之心》等歌曲在南京久传不衰。

解放战争时期，在南京比较流行的歌曲有《柳浪闻莺》《花外流莺》《采槟榔》等，影响较大的歌曲有黎锦光的《香格里拉》《采槟榔》，陈歌辛的《高岗上》《三轮车上的小姐》《不要你》《度过这冷的冬天》。

1949年后，流行歌曲在国内几乎消失。直至20世纪70年代末80年代初，流行音乐才重新在南京兴起。

当时流行的歌曲主要有3种：（1）以《月亮代表我的心》为代表的爱情歌曲；（2）二十世纪三四十年代曾流行的歌曲，如《何日君再来》《夜来香》《香格里拉》等；（3）带有民歌性质的歌曲，如《卖汤圆》等，还有当时台湾地区的校园歌曲，如《乡间的小路》《外婆的澎湖湾》等，在大、中学生中广泛流行。同时，香港歌星张明敏、奚秀兰、汪明荃等不断来内地演出，国外的摇滚乐队也来中国演出。通过电视传播，通俗歌曲很快在群众中普及。

南京出现了不少有影响力的通俗歌手，如1985年南京市歌舞团的闵小芬获全国15城美声吉他弹唱一等奖。1986年第二届全国电视歌手大奖赛第一次将通俗歌曲列为比赛项目，对通俗歌曲的发展繁荣起了推动作用，从此通俗歌手不断涌现。南京出现了在全国有影响力的通俗唱法歌星，比如：毛阿敏在全国电视歌手大赛中获通俗唱法第一名，并代表中国参加南斯拉夫贝尔格莱德国际流行歌曲大奖赛，获演唱第三名；孙青获全国最佳影视歌曲配唱奖、全国首届金唱片奖；朱虹获广播新歌表演奖、中国歌星大会串一等奖、华东青春歌手大赛第一名、亚洲音乐演唱大奖；唐粒于1989年获全国“海南杯”歌曲大赛通俗唱法二等奖，1990年又获江苏第二届青年歌手电视大赛通俗唱法一等奖，还获江苏省民歌大赛一等奖。

一批流行歌曲作品陆续涌现。贺东久作词、陶思耀作曲的《莫愁啊，莫愁》，通过东方歌舞团独唱演员朱明瑛在中央电视台演唱后，流行全国。1978年带有民歌风味的《太湖美》（任红举词，龙飞曲）在社会上也很流行。在1986年首届通俗歌曲全国大赛中，王建民创作的独唱曲《故乡情》获江苏赛区第一名，并由江苏音像出版社制作成专辑推向社会。

第三节　音乐理论

南朝梁文学理论家刘勰的《文心雕龙》中有许多有关音乐的论述。如《声律》第三十三中写道："夫音律所始，本于人声者也。声含宫商，肇自血气。先王因之，以制乐歌。故知器写人声，声非学器者也。"《乐府》第七中写道："诗为乐心，声为乐体；乐体在声，瞽师务调其器；乐心在诗，君子宜正其文。"他认为音乐的起源是人声，人声是从人的生活中产生的。乐器是模仿人声的，而不是人声模仿乐器。歌词是音乐核心（内容），曲调是音乐的形体，这就是歌词与曲的关系。

长期居住在建康的南朝梁文学家沈约，在前人声韵研究成果的基础上，正式确立汉字四声的名称。《南齐书·陆厥传》记载："沈等文皆用宫商，以平、上、去、入为四声，以此制韵。"《梁书·沈约传》说："约撰《四声谱》，以为在昔词人，累千载而不悟，而独得胸衿，穷其妙旨，自谓入神之作。"至此，四声的专门名词才得以正式固定，声韵学就渐渐演进成独立的科学，成为长期对中国歌唱技术和作曲方法有着辅助作用的一门科学。

七弦琴的独奏，有谱的琴书最早要算明朝朱权编成的《神奇秘谱》。明嘉靖年间刻本《新刊明琴谱二卷》2册，现存于北京图书馆。美国国会图书馆还存有明富春堂刻本《琴谱真传六卷》6册。

清人王谟《汉魏遗书钞》、马国翰《玉函山房辑佚书》、王爽《汉学堂丛书》，各本收辑汉太乐食举曲、汉鼓吹铙歌、魏鼓吹曲、晋鼓吹曲、宋鼓吹铙歌、梁鼓角横吹曲、相和歌、清商乐（吴声、西曲、神弦歌、倚歌、江南弄、上云乐）、梁雅歌、琴曲、散乐、舞曲（鼙舞、铎舞、巾舞、拂舞、白鸠舞）等篇章，是研究魏、晋、南北朝音乐发展的重要资料。

1922年秋，戏曲理论家吴梅先后在南京的东南大学、金陵大学任教，专门研究传奇杂剧的创作、制谱、演唱规律，并把研究成果写成《顾曲麈谈》《曲学通论》《南北词简谱》《中国戏曲概论》《元曲研究》等。南京人卢冀野也系统地阐述过戏曲理论，编著有《明清戏曲史》《中国散曲概论》等。中国音乐史家、乐律学家、民族音乐家杨荫浏也曾在国立音乐院讲授中国音乐史、国乐概论等课程，其讲授教本《中国音乐史纲》（后来整理出书）获教育部学术审查委员会二等奖。他一生研究中国民族音乐，成就卓著，著述极多，一些世界性的音乐辞书如雷曼的《音乐辞典》，也赞扬他对中国音乐的贡献。

长期在南京工作的作曲家、音乐教育家陈洪出版过多本理论著作，如《对位化和声学》《曲式与乐曲》《怎样写歌曲的钢琴伴奏》《小提琴教学》《视唱教程》等，还翻译出版了《西贝柳斯》《论贝多芬交响曲的演出》《贝多芬的九首交响曲》等。

1947年，戏曲音乐家武俊达在南京开展歌咏运动，并编辑《中国音乐》《音乐教学》等刊物。自20世纪50年代起，他专门从事中国戏曲音乐研究，曾为扬剧《赶山塞海》（该剧获1954年华东戏曲会演改革奖）编曲，并编辑《江苏音乐》《广播歌声》等刊物及《扬剧音乐》《昆曲简谱》诸书。1956年，在江苏戏曲学校任教，从事戏曲音乐研究及教学工作，研究范围包括昆曲、京剧、扬剧、锡剧等剧种音乐。先后著有《戏曲音乐分析》《戏曲多声部处理》《戏曲唱功训练》《昆曲音乐研究》《京剧音乐研究》等书，在《音乐研究》等刊物上发表有关戏曲音乐、音乐美学论文数十篇。

南京艺术学院教授茅原的论文《人化的自然和音乐的耳朵——〈巴黎手稿〉与音乐美学》获1985年江苏省哲学社会科学优秀成果三等奖，《音乐的可知性——音乐心理学笔记》获1988年江苏省哲学社会科学优秀成果三等奖。他还编有《音乐作品分析》（3册）、《音乐作品分析谱例》等。

第四节 音乐流派

明嘉靖万历年间，江苏虞山（今常熟）出现虞山派（或称常熟派）。清初，虞山派在金陵有庄臻凤及其学生程雄等人。庄臻凤是清初著名的琴家，弹琴近30年。他不拘泥于其师所授的虞山一派，而是兼采白下、古浙、中州各派之长，所作14首琴曲都各具特色（收入《琴学心声》中）。比较流行的是《梧叶舞秋风》和《春山听杜鹃》，前者为其代表作。明清之交，其弟子赴日，对日本琴学产生了很大影响。

明代，有一些提倡以词配曲的琴家，如黄龙山、杨表正、杨抡等人，多活动在南京，后人也称之为“江派”。他们刊印的琴歌曲谱有些并不宜歌唱，为虞山派严澄所非议。杨表正创作的《金陵吊古》在艺术上有一定成就。

清末，在北京创办金陵琴社的古琴家黄勉之，原籍江宁。他隐姓埋名，在南京削发为僧，向枯木禅师求得广陵琴派的真传，后因与人打官司在南京无法存身，便到北京招收入门弟子传授琴艺。他擅长的曲目有《渔歌》《渔樵问答》《平沙落雁》《梅花三弄》等。他的学生，有一般文教人员，如杨宗稷、史荫美，也有地位显赫的军机大臣张之洞，皇亲贵戚溥侗、叶诗梦，还有贾阔峰。黄勉之去世后，以贩卖棉线为生的贾阔峰接过金陵琴社的招牌，继续在北京传艺。

江南崇明派琵琶主要传人之一的沈肇州，是中国近代琵琶演奏家、音乐教育家。他曾任南京高等师范学校、东南大学的国乐教师。1916年，他在学校实践的基础上，编辑《瀛洲古调》琵琶曲谱（由江苏教育厅出版）。该书分上、中、下3卷，所收大小曲目共45首。自此，崇明派所奏的各种琵琶曲目均被称为“瀛洲古调”，人们也将崇明派称为“瀛洲派”。

1917年，古琴家王宾鲁经康有为介绍来南京高等师范学校教授琴艺。他传授的14首曲谱经其弟子徐卓、邵森编成《梅庵琴谱》。1921年，王宾鲁客故南京之后，其学生徐立孙取其《龙吟观琴谱》残稿重加编述，将琴谱改名为《梅庵琴谱》，以纪念其师教授古琴于梅庵之中。后多种版本的《梅庵琴谱》在国内外普遍流传，影响很大，海内外有些音乐院校将它选作教材。该谱也成为版次最多、影响最广，并为中外学者重视的古琴谱本。

第五节　音乐机构

据1934年6月南京居民职业分类统计，从事文艺的（属有业中的自由业）合计788人，其中男707人、女81人，可见当时文艺事业尚不兴盛，但音乐教育事业却开始发展。有关的音乐院校有：

金陵女子大学音乐系　金陵女子大学创办于1913年。1916年在南京宁海路建筑校舍，1930年改称金陵女子文理学院，设有音乐系，培养了一些声乐演唱、器乐演奏、理论作曲人才。1951年3月，汇文书院（后发展为金陵大学）与金陵女子文理学院合并，组成公立金陵大学校务委员会。1952年全国高等学校院系大调整，金陵大学与南京大学合并，金陵大学文理学院音乐系的一部分师生并入南京师范学院音乐系，一部分师生并入中央音乐学院上海分院。

国立中央大学教育学院艺术科　国立中央大学创建于1927年。设有7个学院，其中教育学院艺术科分国画、西画、音乐3组。音乐组开设普通文学、声乐、曲律、诗词曲、美学、钢琴等必修科。1937年秋，中央大学迁至重庆，1938年改教育学院为师范学院，设艺术系（音乐、绘画组），一直延续到1945年，共有4届毕业生。1946年迁回南京后，仍设艺术系，学制为5年。1947年，世界著名俄籍声乐家苏石林曾来系讲学半年。1949年8月8日，国立中央大学改名为南京大学。1952年院系调整，南京大学与金陵大学合并，在金陵女子文理学院旧址成立南京师范学院，设音乐系。1984年1月，南京师范学院音乐系改名为南京师范大学音乐系。

国立音乐院　1927年建于上海，创办人为蔡元培，是中国现代第一所专业音乐院校。肖友梅任教务主任。建院章程中提出“输入世界音乐，整理我国国乐”的宗旨。学制和课程设置大致仿照欧洲音乐院校，设预科、本科、专修科，课程分理论作曲、钢琴、管弦乐器、声乐、国乐5组。实行学分制，设有选科，分高、中、初3级。1929年9月改名为国立音乐专科学校（简称上海国立音专）。肖友梅任校长，黄自任教务主任并教授作曲理论、音乐史等课程。在抗日战争期间，学校羁留上海，迁入租界的部分改称上海音乐院。1940年11月，国民政府教育部集中了原上海国立音专的一批师生和来自北平等地的音乐家，在重庆青木关成立国立音乐院。先后担任院长的有顾毓琇、杨仲子、吴伯超。抗日战争胜利后，国立音乐院本院迁至南京古林寺旁，幼年班迁至常州。1950年春，音乐院迁至天津。后部分迁至北京，改建成中央音乐学院。

音乐教育委员会　1934年设立，是国民政府教育部负责管理音乐教育的机构。章程中规定其任务有四：（1）音乐教育之设计；（2）编审音乐教科用书；（3）关于音乐教员之考试鉴定；（4）推荐音乐教员，介绍音乐名家，组织各种演奏会。委员由教育部部长就音乐专家、教育专家及教育部部员中聘任及指派。委员会曾编审音乐教材，讨论制定关于音乐教育的一些规定和设施。1939年改组，先后由张道藩、陈立夫任主任委员。1940年后，曾出版刊物《采风》。

国立礼乐馆　1943年成立于重庆，是国民政府制礼作乐的机构。抗日战争胜利后迁至南京。

南京艺术学院音乐系　1952年由上海美术专科学校、苏州美术专科学校及山东大学艺术系音乐、美术两科合并组成。初名为华东艺术专科学校，校址在无锡。1958年迁至南京，改名为南京艺术专科学校。1959年6月，江苏省政府将其定名为南京艺术学院。学院设美术系、工艺美术系、音乐系。音乐系设声乐演唱、民族器乐、管弦乐、钢琴、音乐创作5个专业，招收4年制本科生、进修生和研究生。

中央广播乐团　1936年，南京中央广播电台成立中央电台音乐组，开始以“本台同仁”名义试播国乐，并在社会上招聘国乐演奏人才组成小型国乐队。乐队每周广播两次国乐，每月举办一次大型国乐节目，对外称中央广播乐团。这是中国第一支民族管弦乐队。

民国时期的专业艺术表演团体多为戏班。到1949年，南京还有旧戏班50余家，共有1200人左右。

新中国成立后，音乐事业得到发展，音乐团体逐渐增多。

南京市文工团　1949年7月1日成立，是南京解放后第一个公办文艺团体。它的前身是中共地下组织领导为迎接解放而组成的临时南京文工团。

南京人民广播电台歌咏队　1951年成立。虽然歌咏队是群众业余音乐团体，但在当时没有专业合唱团，而广播电台又是主要宣传媒体的情况下，它宣传党的方针政策，以“每周一歌”的形式配合政治运动，其影响是很大的。歌咏队艺术指导是鲍惠荪，队长为王尔康（现为南京大学教授）。合唱队当时的骨干有杨鸿年（现为中央音乐学院教授，著名合唱指挥家）、常留柱（现为上海音乐学院声乐系主任）、刘若娥（现为上海音乐学院声乐系副主任）等。

前线歌舞团、前线歌剧团　1946年，原新四军军部战地服务团及所属部队的“前线”“抗敌”“拂晓”“淮南大众”等剧团，同八路军山东军区文工团一部分合并，组成华东军区第三野战军文艺工作团（简称三野文工团）。1950年在南京被改编成华东军区解放军艺术剧院。1955年从军区所属部队的文艺团体中选调一批骨干，由国防部正式命名为前线歌舞团。同时成立的还有前线歌剧团。团址均在南京卫岗。1955年建团以来，主要为苏、浙、皖、鲁、闽、赣、沪等地区部队服务，平均每年演出200—250场次。1966年至1967年，其音乐创作演出均处于停顿、瘫痪状态。1969年底，“三团二队”（歌舞团、话剧团、歌剧团，体工队、军乐队）被撤销，整编为南京军区宣传队。1975年10月，前线歌舞团恢复。1985年，全军整编，原福州军区前锋文工团合并到前线歌舞团。

江苏省歌舞团　前身为江苏省音乐工作组。1949年至1950年，全省进行了长期的民间采风活动，收集整理江苏民间音乐。在此基础上，江苏省歌舞团于1955年10月在湖南路7号成立，1956年2月迁址至三条巷。经过3年多的筹备发展，江苏省歌舞团于1956年12月26日正式成立，演员数量达100余人。1958年，江苏省总工会文工团被撤销，部分演员并入省歌舞团，加上部队歌舞团少数演员充实地方，为省歌舞团增添了一批有舞台经验的优秀演员。1958年成立的江苏省工农业余文工团于1959年8月被撤销，部分优秀演员被调入省歌舞团。此时，省歌舞团已有演职人员200余人。1959年底，江苏省歌舞剧院建立，下设省歌舞团、省话剧团、省曲艺团、江苏乐团。1962年8月，江苏省歌舞剧院被撤销，江苏省歌舞团恢复。1966年，全团基本瘫痪。后来工人宣传队、解放军宣传队进驻，省歌舞团改名为江苏省文工团。1972年，一批省戏校和本团培养的舞蹈演员和管弦乐演奏员先后进团，又相继吸收了一批南京艺术学院、南京师范学院的毕业生，演员素质有了可喜变化。20世纪80年代初，合唱队中分出一部分歌剧演员，成立歌剧团。1987年1月，江苏省歌舞剧院重新成立，下属4个专业团体：歌舞团、歌剧团、管弦乐团、评弹团，有演职员410余人。

南京市民族管弦乐队 成立于1963年12月，前身为南京市歌舞团的民乐队。1966年奉命撤销。1986年，南京民乐团成立。1988年10月，经南京市文化局批准，乐团对外称南京民族乐团，编制20人，但实际只有13人，是中国为数不多的专业民族音乐演奏团体之一，在国内外有较高声誉。

南京乐社 1950年前后，一些民乐爱好者在南京工人文化宫组成了工人联合国乐队，开展民族民间的音乐演奏活动。1954年在南京市文化局的关心支持下，南京乐社正式建立，社址在广州路1号。1955年后，社址迁往夫子庙，1957年又迁往中山东路。1958年后，乐社消沉。“文化大革命”中，大多数成员均受到不同程度的冲击，乐社从此销声匿迹。1980年3月1日，南京乐社古乐组正式恢复活动，同年11月8日召开第一次社员大会，到会54人。从此，南京乐社成为与北京古琴研究会、上海今虞琴社、成都琴社比肩而立的中国四大琴社之一。

南京市音乐家协会 1949年11月20日至21日，南京市第一次文学艺术工作者代表大会召开，参加大会的音乐界人士有97人。1950年6月28日，音乐部成立，为文联内设机构。音乐部主任为洛辛，副主任为陈洪、王问奇，驻会总干事为杨琦。1951年6月9日至11日，南京市第二次文代会召开，成立音乐工作委员会。委员会主任为陈洪，副主任为洛辛、王问奇，副总干事为叶传翰（驻会）、刘春安（驻会）。1962年11月18日至21日，南京市第三次文代会召开，设立音乐舞蹈工作者协会。协会主席为晨钟，副主席为何作良、陈大荧、陈珣盘、夏一峰、温欢纳，秘书长为于琦，副秘书长为朱平（驻会）、程元春（驻会）。1980年11月28日至12月2日，南京市第四次文代会召开，选举南京市音乐舞蹈工作者协会理事会。名誉主席为甘涛，主席为王问奇，副主席为庄汉、张金祥、施佩秋、杨毓慈、夏禹生、祝廷伟，秘书长为祝廷伟（1980年11至1981年8月任职）、朱平（1981年8月至1989年4月任职），副秘书长为朱平（1980年11至1981年8月任职）、林敏（驻会，1981年12月任职）。1989年4月11日至12日，南京市第五次文代会召开，原南京市音乐舞蹈工作者协会更名为南京市音乐家协会。协会名誉主席为甘涛、王问奇，主席为庄汉，副主席为卢咏椿、孙斌（驻会）、苏永进、费承铿、黄玲，秘书长为孙斌（驻会）。

江苏省音乐家协会 1956年开始筹备，陈洪任主任委员，费克任副主任委员。1960年4月4日，江苏省第三次文代会在苏州召开期间正式建立中国音协江苏分会。第一届理事会任期为1960年4月至1980年4月，主席为黄友葵，副主席为陈洪、沈亚威、费克、彦军、石林、姜希、程茹辛。

1980年4月12日至18日，江苏省第四次文代会在南京召开期间，江苏省第二次音代会也召开了，并选出第二届省音协理事会。主席为黄友葵，副主席为陈洪、沈亚威、石林、张锐、何仿、雪飞。

1985年12月24日至26日，江苏省第三次音代会在南京召开，有代表170人，选出省音协理事会。主席为黄友葵，副主席为龙飞、陈洪、徐振民、何仿、沈亚威、陈鹏年、庄汉，顾问为石林、彦军，秘书长为高行素，副秘书长为朱新华、何山。理事会下设6个工作委员会：（1）理论创作委员会；（2）表演艺术委员会；（3）音乐教育委员会；（4）民族音乐委员会；（5）戏曲、曲艺音乐委员会；（6）社会音乐活动委员会。省音协附属的学术团体有：江苏省管乐学会、江苏省大提琴学会、江苏省室内乐学会、江苏省手风琴学会、上海音乐学院校友会江苏分会。

江苏省音乐文学学会　成立于1980年9月5日。

南京市音乐文学学会　成立于1985年8月，宗旨是团结、联系南京地区歌词作者和音乐文学研究者，促进歌词创作与理论研究。1990年有会员150人。

新中国成立以来，在南京出版的音乐杂志有：

《广播歌集》　月刊，由南京人民广播电台文艺组编。1949年至1950年12月，共出8期。

《南京歌声》　月刊，由南京市文联主编。1951年1月至9月，共出7期。

《广播歌选》　半月刊，由南京人民广播电台主编。1952年11月至1955年12月，共出75期。

《江苏音乐》　月刊，由江苏省文联主编，1958年1月创刊，旨在传播歌曲、音乐知识。“文化大革命”期间停刊，1980年11月复刊至今，每期约印1万份。

《南京艺术学院学报》　半年刊，1978年由南京艺术学院创办。1982年改名为《艺苑》（季刊），1986年分为音乐版与美术版两种，分别出版至今。

《青春之声》　双月刊，由南京市文联主编，1981年10月创刊，发表歌曲、音乐论述。

《词苑》　1985年由江苏省音乐文学学会创办。

附：佛教音乐

佛教是东汉初年自天竺（今印度）传入中国的。早在东吴时，扶南国（今柬埔寨）就曾有使者来建业，带来具有浓厚佛教特色的歌舞队。孙权特地在皇宫附近建立一座扶南乐署，让宫女们学习他们的歌舞。

佛教讲经、诵经、受戒等一切宗教仪式都需唱梵呗。梵呗是传自印度的一种带有吟诵性质的佛教音乐，原来包含咏经与赞歌两方面。佛经传入中国之初，印度的梵呗尚未同时传入。相传曹魏时代，陈思王曹植就曾写出梵呗六契。东吴时，南下传佛教的代表人物支谦（祖籍本是大月氏，汉献帝时其祖父率领数百人来中国）是一名居士，学问渊博，通晓六国语言。汉献帝末年，由于中原骚乱，他偕数十乡人共奔吴国。孙权封他为博士，由他辅助东宫。他在建业约30年，在建业制作过《赞菩萨连句梵呗》三契。北上传佛教的代表人物康僧会，其祖先是康居（西域古国）人，但世居天竺，因父亲经商，移居交趾，10余岁出家。赤乌十年（247），他来建业，也受到孙权敬重，在建业创作过《泥洹梵呗》一契。

佛教在东晋时期形成南北区域，南方为东晋王朝所保有。当时建康是东晋王朝的首都，佛教又为当地一般士大夫所崇尚，所以佛教非常隆盛，建康的道场就是东晋时期南方佛教的中心之一。这一时期在结合音乐和文学的梵呗方面，道安倡始在上经、上讲、布萨等法事中都唱梵呗，并弘传由帛尸梨蜜多罗所授的高声梵呗，帛法桥作三契经，支昙籥裁制新声，造六言梵呗，梵响清美都著名。

3世纪时，中国的佛教信徒和僧人在中国民间音乐的基础上创造了自己的佛教音乐，也部分吸收了一些印度的佛教音乐，初步建立了中国佛教音乐的体系。此后，佛教音乐在中国的音乐文化中产生了一定影响。最初的佛教音乐“法乐”大多来自西域的龟兹或天竺等国，到南朝的齐、梁两代，开始利用清商乐为佛教服务，到唐代发展为“法曲”。梁代僧人慧皎在其《高僧传》中说：“自大教东流，乃译文者众，而传声盖寡。良由梵音重复，汉语单奇，若用梵音以咏汉语，则声繁而偈促；若用汉曲以咏梵文，则韵短而辞长。是故金言有译，梵响无授。始有魏陈思王曹植，深爱声律，属意经音，……于是删制《瑞应本起》，以为学者之宗。传声则三千有余，在契则四十有二。”他还提到当时佛教里一些专长歌唱的僧人：“译昙智，姓王，建康人。……雅好转读，虽依拟前宗，而独拔新异，高调清澈，写送有余。”中国化的佛教音乐以咏读佛经称为“转读”，以歌赞称为“梵呗”。转读近于诵，字句据佛经而无定。梵呗近于歌，或称颂赞、偈赞，无论是四言、五言、七言，一般均作四句。沈约所著《四声谱》，其四声的创立实受佛经转读的影响。

南朝各代对佛教的态度与东晋相同，宋、齐、梁、陈四朝的帝王大多崇信佛教。齐竟陵王萧子良曾撰制经呗新声，包括《赞梵呗偈文》1卷、《转读法并释滞》1卷。南朝齐王融也曾作《法乐》12曲。南朝佛教到梁武帝时达到全盛。他的长子昭明太子萧统、第三子简文帝、第七子元帝也都好佛。梁武帝萧衍更是好佛的突出代表。由于笃信佛教，他对佛教音乐的繁荣也做出了贡献。《隋书·音乐志》载：“帝既笃敬佛法，又制《善哉》《大乐》《大欢》《天道》《仙道》《神王》《龙王》《灭过恶》《除爱水》《断苦轮》等10篇，名为正乐，皆述佛法。”这10首佛曲的音乐既不是天竺、西域传来的梵音，也不是“胡乐”风格的佛曲，而是具有独创性和“清乐”格调的“正乐”。南京建造的500多所宏丽的寺院，在所有佛教法事活动中，几乎都要奏法乐、唱赞呗，影响千余年。单是钟山大小寺庙就有几十座，真是“梵刹林立，释子成行，梵音四起，钟磬之声不绝如缕”。从南朝以来，南京长干里的瓦官寺每逢法会时期还有百技杂耍表演。

佛经中所载各类乐器多达几十种，但现今法事中所用乐器则仅有打击乐器，以钟、磬、木鱼、鼓为主，配以铃、铛、铪等，取其清澈静穆的效果。现在南京一些寺庙仍有这种音乐。

第六章 舞蹈

WUDAO

第六章

WUDAO

舞蹈

南京的舞蹈艺术有着悠久的历史。六朝时，南京的乐舞就得到很大发展，当时江南吴歌、荆楚西曲与北方流传南下的中原旧曲，总称为“清商乐”，并在此基础上又创“清商新声”，风靡朝野。唐代，南京乐舞也很繁盛（在南京牛首山南唐二陵墓葬出土了男女舞俑10多件）。这种娇柔优美的宴舞风一直盛行不衰，直至明清，戏曲舞蹈和青楼歌舞的兴盛又把古舞推向高潮。民国期间，由于侵华日军占领南京、政局变化等，南京地区的舞蹈艺术受到制约。但在春节元宵节、庙会、祭祀等活动中，群众自发组织表演麻雀蹦、高台狮子、跳当当、跳五猖等古代流传下来的民间舞蹈，自娱自乐。新中国成立后，从20世纪50年代起，解放军驻南京部队与省、市相继成立专业歌舞团体，培养众多的舞蹈编导和演员人才。他们深入生活，采风创作，演出反映南京人民与军队革命精神和风貌、具有江南特色的舞蹈作品，在全国、全军和省级各类舞蹈赛事中获奖，颇有影响。

第一节　古代舞蹈

六朝时，诗雅舞美的清商乐舞不仅开创了中国古代女子乐舞之先河，而且对后世乐舞的发展也产生了深远影响。自隋唐到明清期间，南京的戏曲舞蹈和青楼歌舞时有盛衰，基本趋势是古舞在不断地变化发展之中。舞目浩繁，舞人辈出。

宫廷宴乐舞　1984年4月，安徽马鞍山出土了东吴《宫闱宴乐图》。这幅乐舞图绘有弄丸、弄剑、武女、鼓吹、寻撞、连倒、转车轮、腹旋、跟挂等，生动地展示了汉至六朝初的宫廷伎乐百戏歌舞表演面貌。

白纻舞　古代名舞，因舞者穿用白纻制成的质轻色白长袖舞衣，故得名。原为三国时吴地民间舞蹈，后入宫廷并在贵族筵宴中表演。自三国、晋、南朝到隋唐五六百年间，盛行不衰。以舞袖为主，舞步轻盈飘逸，注重眼神的运用，节奏由徐缓转快速，是精美的表演性舞蹈，也用于祭祀。传至唐代，被列入清商乐中，一直流传至明代。历代文人所作白纻舞歌诗，生动细腻地描写了该舞的优美性。

拂舞　汉、魏“杂舞”名，是江南吴地民间舞蹈，又名“白符舞”“白凫鸠舞”，舞者执拂而舞。在江南一带很盛行并流传到别处，盛行于晋朝。当今民间舞中亦有执拂而舞的，可能是古舞的遗风。

杂舞 汉代在宫廷演出的民间俗舞，有公莫、巴渝、盘舞、鞞舞、铎舞等多种，均出自民间，后演于宫廷。六朝时并以钟磬金石之声，作为庙堂和宫廷雅乐，流传于后世。

鸲鹆舞 古代民间舞，模拟鸲鹆鸟而舞。晋代谢尚擅长此舞，舞时俯仰自如，旁若无人，向南朝齐王敬舞时，大喊大叫，忘我投入。今福建有拍张舞，该舞需奋臂叩击，是其遗风。

垂手舞 南朝俗乐舞之一，有大垂手和小垂手，均是垂手而舞。唐代著名乐舞霓裳羽衣舞中亦有垂手舞舞姿。

前溪舞 南朝舞名，属清商乐吴歌类。此舞情调缠绵，舞态柔婉，具有江南民间歌舞特色。唐代清商乐中仍存此舞，并时有表演。

西曲舞 江汉荆、郢、樊、邓等地的民间歌舞，因其曲调风格与江南的吴歌不同，故名西曲。宋《乐府诗集》所列舞曲有：《石城乐》《乌夜啼》《莫愁乐》《估客乐》《襄阳乐》《三洲》《襄阳蹋铜蹄》《采桑度》《江陵乐》《青骢白马》《共戏乐》《安东平》《那呵滩》《孟珠》《翳乐》《寿阳乐》等。宫中表演时有舞者8到16人。六朝时盛行。

上云乐舞 南朝具有宗教色彩的歌舞，其曲原属清商乐西曲类。梁武帝制《上云乐》七曲，分别是《凤台曲》《桐柏曲》《方丈曲》《方诸曲》《玉龟曲》《金丹曲》《金陵曲》。歌舞描写游仙飞升、遨游六合等，目的是为皇帝祝福。

西凉羌胡杂舞 古西凉为东晋十六国之一，即今甘肃武威，是内地通西域的交通孔道。羌胡杂舞是糅合中原与西域乐舞成分而形成的具有西凉风味的乐舞，从汉至唐各代都很流行。

唐舞 牛首山南唐二陵墓葬出土的10多件男女舞俑中，男舞俑深目高鼻，袒腹叉腰，扬袖而舞；女舞俑高髻蝉鬓，翘首云肩，羽帛飘带。此为唐舞之风韵。

绿腰舞 唐代著名软舞，又名“六幺（么）”“录腰”“乐世”。白居易在《乐世》诗序中说，贞元中，德宗命乐工将其所献之曲中最精彩部分摘录下来自成一曲名《录腰》。此曲旋律十分动听，流传极广，绿腰即根据此创编的舞蹈。舞者身穿长袖舞衣，以舞袖动作为主，舞姿轻盈柔美。唐宋时盛行。

戏曲舞蹈 中国传统舞蹈重要的一支，是中国各种戏曲重要的表现手段。从宋元南戏、杂剧，到明清兴起的京剧、昆曲和秦腔、梆子、川剧等各地方剧种的盛行和成熟，戏曲舞蹈随之逐渐丰富和完备，形成丰富多彩的程式套路。戏曲演员的唱、做、念、打都是舞蹈或舞蹈化了的戏剧动作，从出场、亮相直到下场，举手投足，一招一式都是舞蹈。戏曲艺术家继承和发展古典舞蹈和民间舞蹈，并根据戏曲特点不断创新和美化，形成了自己独特的韵律和美的规律。

第二节 现代舞蹈

新中国成立后，南京舞蹈事业在“百花齐放、百家争鸣”的方针指引下，逐步发展，走向繁荣。部队和省、市相继成立专业歌舞团体，创作了许多优秀舞蹈作品，培养了许多舞蹈人才，并开展了舞蹈研究。

20世纪50年代从解放区传来的舞蹈有《腰鼓舞》《秧歌》《红绸舞》《作作舞》《兄妹开荒》等。南京地区反映现实生活的民间民族舞蹈有了很大发展，一批青少年加入舞蹈行列，接受专业训练，新一代舞蹈工作者像雨后春笋般茁壮成长。20世纪50年代初，舞蹈工作者创作了许多优秀作品，如四幕五场舞剧《金钟铭之家》（隆徵丘）。1952年创作的《阵地舞》（许志勤、杨明坤）、《越海抓俘》（王恭）、《渡海作战》（朱良），参加了首届全军会演。《段龙》（黎明）、《花香鼓舞》（丁沂）、《花扇舞》（梁冰等）、《闹花灯》（鲍如莲），参加了1957年全国首届歌舞会演。《江南三月》（徐兵克等）、《采菱舞》（胡霞飞、曹兰）参加了第七届世界青年联欢节并获银质奖。大型舞蹈《花鼓舞》（徐兵克）、《庆丰收》（王恭）多次参加出国演出。卓文瑞参加第六届世界青年联欢节出演的《春到茶山》获银质奖，《挤奶员》获铜质奖。梁春芳参加第七届世界青年联欢节表演的《春江花月夜》获金质奖。

20世纪60年代，南京舞蹈创作有了进一步的发展。《死靶要当活靶打》（许志勤、李长和）、《丰收歌》（黄素嘉、李玉兰）受到舞蹈界赞扬，至今还在流传。《战士的心》（徐兵克、尉迟剑明、张家炎）和《东海女民兵》（陈克钧、陈妙菊）获第三届全军文艺会演优秀奖。《快乐的饲养员》（王恭）、《喜相逢》（杨明坤）、《江苏灯舞》（彭瑞倩）、《姑娘与小鸭》（林尉仁、李丽娟）、《除四害》（丁沂、阎立国等）、《抗美援越》（丁沂、毛民强等），以及舞剧《青春》（孙元路、傅德荣）和大型歌舞《东海前哨》《抗日革命歌曲大联唱》（集体编舞）都是佳作。20世纪60年代末到70年代，南京舞蹈工作者排练了大型舞剧《白毛女》《红色娘子军》并演出。这期间创作的作品有《渡江先锋》（何楚）、《打谷场上》（孙以岭）、《山寨盛开电站花》（卓文瑞）和《向阳院》（何楚、卓文瑞）。

1978年党的十一届三中全会到20世纪80年代末，南京地区所创作的舞蹈作品数量多于前29年的总和。南京的舞蹈事业蓬勃发展，舞蹈形式多样，题材丰富，富有时代感。作品有《龙腾虎跃》（张家炎），《水乡送粮》（黄素嘉），《茉莉花开》《帆》《梅花颂》《雨竹》《梅香鱼跃》（卓文瑞、何楚），《再见吧，妈妈》《黄河魂》（尉迟剑明、苏时进），《竹排女工》《二泉映月》（傅德荣），《春到水乡》（林尉仁、陈妙华），《踏着硝烟的男儿女儿》（张震军、杨小玲），《小小水兵》（王勇、陈惠芬），《生命之光》（岳振中、吴蕾），《希望》（王天保、华超）等，它们获得全国或省颁发的奖励。大型舞剧有《晚霞》（彭瑞倩、李丽娟）、《金陵十二钗》（应志琪、杨昭信）、《金凤凰》（黄素嘉、张家炎、王恭等）、《漪》（华超、胡霞飞）。这些舞蹈作品具有浓郁的江南风味，在中国舞蹈史上占有一定的地位。

《金钟铭之家》 四幕五场舞剧，1951年4月由中国人民解放军华东军区解放军剧院团在南京首演。文学台本撰写人为张源、隆徵丘，编导为隆徵丘，作曲为龚隆民，主要演员有朱嘉琛、胡霞飞、潘关林，舞美设计为周落。该舞剧创作于中国人民抗美援朝、保家卫国的高潮时期，是新中国成立初期有影响力的舞剧之一。编导在编排舞剧时注意到戏剧结构的完整性和与音乐的协调关系，舞蹈动作根据人物性格的需要加以创造，有时还动用了现代舞和朝鲜民间舞、哑剧手势等。该舞剧在南京、上海、杭州演出多场，在华东文艺会演中获奖。

《采红菱》 女子群舞，1959年由中国人民解放军南京军区前线歌舞团首演。编导为胡霞飞、曹兰，作曲为朱南溪、陈大莹，舞美设计为杨国雄，领舞为邵力。1959年7月，该舞参加世界第七届青年与学生和平友谊联欢节舞蹈比赛，获银质奖章。

《丰收歌》 女子群舞，1964年由中国人民解放军南京军区前线歌舞团首演于南京。编导为黄素嘉、李玉兰，作曲为朱南溪、张慕鲁，舞美设计为杨国雄。1964年，该舞在第三届全军文艺会演中获优秀创作奖和演出奖，后被收入八一电影制片厂摄制的影片《旭日东升》中。曾被国内外许多表演团体学演，流传甚广，是20世纪60年代初优秀的舞蹈作品。

《红楼梦》 舞剧，根据曹雪芹同名小说创作，1981年由江苏省歌舞团首演。编导为于颖，作曲为樊步义，舞美设计为齐牧冬、刘锐，主要演员有刘滔、李沙、廖荷珍、陈琳。该剧中的舞蹈除了运用大量的中国古典舞、民间舞元素外，还吸收了一些芭蕾舞、现代舞和东方舞的元素，由于紧密结合内容，并且进行融合和创新，所以形式风格比较统一。

《采蘑菇》 女子独舞，1986年由中国人民解放军南京军区前线歌舞团首演。编导为陈惠芳、王勇，作曲为曹元德、王祖庆，服装设计为罗维怀，表演者为陈惠芬。编导构思巧妙，作品格调清新。1986年，该舞获全国第二届舞蹈比赛舞蹈编导、表演两项二等奖。

《黄河魂》 男子集体舞，1985年由中国人民解放军南京军区前线歌舞团首演。编导为苏时进、尉迟剑明，编曲为秦运尉，服装设计为罗怀雄，表演者为李建安等。该舞的曲子选自钢琴协奏曲《黄河》，动作编排较流畅、自然，与音乐形象融合得较好。1986年，该舞获全国第二届舞蹈比赛舞蹈编导一等奖。

《剑》 男子独舞，1980年由中国人民解放军南京军区前线歌舞团首演。编导为张家炎，作曲为朱南溪，舞美设计为沈力生，表演者为张玉照。该舞在1980年全国第一届舞蹈比赛中获创作二等奖、表演一等奖。

《再见吧，妈妈》 双人舞，1980年由中国人民解放军南京军区前线歌舞团首演。编导为尉迟剑明、苏时进，编曲为金振华、张慕鲁，服装设计为沈力生、王克修，表演者为华超、森小凤。1980年，该剧在全国第一届舞蹈比赛中获编导一等奖、音乐一等奖，其中华超获表演一等奖，森小凤获表演鼓励奖。

第三节　舞蹈理论

自20世纪80年代以来，南京舞蹈界在理论研究方面开始有了发展。从事舞蹈演出、编导、教学和理论研究的人员，在长期实践中总结出一些成功的经验，撰写出古舞篇、民舞篇专著和学术性论文，把国外有关舞蹈理论文章译成中文，在舞蹈艺术杂志和文化艺术报刊上发表，以促进舞蹈界的学术交流，共同促进舞蹈事业的繁荣兴旺。

殷亚昭，1940年生，又名青溪，祖籍江苏无锡，出生于四川重庆。曾任中国舞蹈家协会常务理事、江苏省舞蹈家协会主席、江苏省民族民间舞蹈研究会会长、江苏省文化艺术研究所研究员。发表了60多篇论文和评论，如《原始舞蹈美的初始意识》《华夏古舞之曙光》《太平天国时期的舞蹈》《江苏面具舞漫述》《孔子和中国的乐舞》《隋代清商乐舞考》《南宋灯戏图腾中的民间舞队》《吴舞初探》等20余万字。

殷亚昭的《中国古舞与民舞研究》获江苏哲学社会科学优秀成果三等奖。她的民舞研究以江苏面具舞、花鼓舞、民间巫舞、太平军舞为切入点，剖析鲜为人知、地域特色浓郁的民舞，使之与江苏古舞、北方民舞做探研，细述其舞蹈观念、舞态动律的内涵意蕴和美学特征，探索其产生经久不衰艺术生命的动因。同时，殷亚昭还参加了《中国民族民间舞蹈集成·江苏卷》的编纂工作，并撰写该卷概论。

殷亚昭的古舞研究十分重视以考古发掘的史料作为基础，同时十分重视对这种艺术样式做全面考察。她的《舞心集》体现了这个主张。

南京的舞蹈理论研究坚持民族性，同时注重与世界的交流。

著名舞蹈家黄素嘉撰写的论文《由此及彼》，在国际舞谱研讨会上发表，并被译成英文编入专辑。她从南京军区前线歌舞团离休后，创办黄素嘉舞蹈学校，提出要吸收现代中外舞蹈的长处，为我们的民族舞蹈所用。

曾任南京舞蹈家协会主席的何楚，翻译了美国学者的多篇论著，如《他的芭蕾作品表现了一种新的语言》（嘉斯夫玛著）、《对旧传统的突破》（安娜凯塞尔戈芙著）、《在缪勒尔舞蹈团的表面魅力之外》。这些文章被刊登在《艺苑求索》等专刊上。

第四节　民间舞蹈的调查整理

南京地区的民间舞蹈自古以来就丰富多彩，长盛不衰。1983年，省、市相继成立了民间舞集成编写小组。1985年，编写小组深入开展调查、搜集工作，挖掘整理出87种尚在民间流传的民间舞蹈（见下表）。

南京地区民间舞蹈流传分布表

流传地区	舞蹈名称
高淳县	跳判官、花扇舞、狮子灯、采茶灯、高跷、跳三角、水浒、堆罗汉、板龙、大马灯、武引道、跳五猖、打盾牌、抛钹、划龙船、跑云、小马灯
江浦县	串花烛、双喜灯、采茶灯、伞灯、高跷、莲湘、龙灯、花灯、花船、蝴蝶灯

（续表）

流传地区	舞蹈名称
江宁县	麻雀蹦、狮子船、龙灯、花船、马灯、飞叉、神鼓舞、叠罗汉、蚌灯、花担、莲湘、云灯、皮老虎、采茶舞、采桑舞、脸子会、划龙船、跌跤会、河灯、生肖灯、高跷
溧水县	龙灯、大龙、虾子舞、打灶火、打水浒、小马灯、大马灯、龙船、犟驴舞、狮子舞、跳当当、采茶灯
六合县	龙灯、马灯、狮子灯、老虎灯、虾子灯、鲤鱼灯、骨牌灯、吼灯、小车舞、花鼓子、跑驴、花船、玩镗、跳秧娘、蚌舞、老背少、踩高跷、龙船、推衫子、跳五官、跳马披、解表大头、和尚戏柳翠、飞钹、莲湘、龙灯、舞狮子

民间舞蹈活动多在春节、元宵节等节日和祭祀、庙会时由群众自行发动组织。人们走街串巷，在广场、村庄院落中演出。演出舞目有狮子舞、大龙、蚌舞、花担、花船、花扇舞、串花烛、花鼓子、踩高跷，以及模拟动物动作的龙灯、生肖灯、虾子灯等29种舞蹈，边跳边舞。还有庆丰收的舞蹈，如跳当当、麻雀舞。武术性、技巧性较强的舞蹈有水浒、打盾牌、飞叉、抛钹、高台狮子等。另外有些舞蹈，如跳五猖、跳判官、解表、打灶火等，主要在宗教祭祀活动中表演。

第五节　舞蹈团体

南京市舞蹈艺术活动繁荣兴盛，一个重要的表现就是层次丰富、形式多样的艺术团体的建立，它们是舞蹈创作和表演的主体。部队和省、市大型的专业舞蹈艺术团体属于第一个层次。此外，区县街道和一些厂矿企业事业单位也有各种名目的舞蹈艺术团体，民间还活跃着许多临时性的舞蹈艺术团队。

前线歌舞团　南京军区部队专业音乐、舞蹈表演团体。全团由创作室、合唱队、舞蹈队、乐队及舞台美术等组成。该团前身是中国人民解放军第三野战军文艺工作团，1950年被编为华东军区解放军艺术剧院。同年舞蹈部成立，隆徵丘任主任。1955年，军区所属部队的文艺团体选调一批骨干，组建了前线歌舞团。这支专业队伍把军旅生活作为其探求的主要领域，驻扎在江南的钟山脚下，40多年来始终坚持以反映革命军事题材和现实生活为主，努力塑造人民解放军英雄形象，在艺术形式上力求丰富多彩、多种多样。其作品具有江南风格和军队特色，主要有《金钟铭之家》《越海抓俘》《江南三月》《死靶要当活靶打》《丰收歌》《再见吧，妈妈》《小小水兵》等60多个，其中29个作品分别获得世界级、全国级、全军级的奖励。该团造就了许多知名艺术家，如老一辈的舞蹈编导有隆徵丘（1960年被调至总政军艺学校任舞蹈部副主任）、徐兵克、王恭、崔及、黄素嘉、胡霞飞、尉迟剑明、张家炎等；中青年编导有王天保、应志琪、杨昭信、苏时进、肖亚军等；优秀舞蹈演员兼编导有王勇、陈惠芬、张震军、华超、吕铃等；全国著名的演员有梁素芳、杨晓玲、张玉昭等。

该团创作的舞蹈作品首先在南京舞台上向南京人民汇报，继而至大江南北的部队，再巡回在神州大地，并前往五洲四海进行演出。1964年参加北京革命史诗《东方红》的演出，1984年参加创作并演出《中国革命之歌》。还参加过第七届世界青年联欢节（维也纳）的演出，访问过苏联6个加盟共和国，随周恩来、陈毅赴印度尼西亚首都雅加达参加万隆会议10周年纪念演出，而后又赴柬埔寨、波兰、阿尔巴尼亚、朝鲜、加拿大、西德等国家演出，为促进中外文化交流，增进中国与世界各国人民的友谊做出了贡献。

江苏省歌舞团 成立于1956年10月。舞蹈队队长由副团长黎明兼任（1979年被调至江苏省舞蹈家协会任主席），副队长为鲍如莲。建队之后，队员经常深入民间学习、采风，将各种民间舞蹈素材作为各个时期的创作源泉，编成具有江南风韵特色的各种舞蹈作品，如《花香鼓舞》《花扇舞》《段龙》《闹花灯》等。歌舞团在建团当年12月就参加了在北京举办的全国专业团体舞会演，以浓郁的江南秀美特色给北京观众留下了深刻而美好的印象。1959年，毛泽东发表了《送瘟神》两首诗词后，歌舞团即编排了大型舞剧《送瘟神》；创作了《抗美援越》《出征之前》等舞剧，还学习排练出《小刀会》《白毛女》等大型舞剧。党的十一届三中全会以后，又创作演出了多个优秀舞目，如《竹排女工》《渔鼓舞》《送夫参军》《二泉映月》《小东西》等。舞蹈队自建队以来共创作50多个舞蹈作品，其中获全国、华东地区、省级奖项的作品近20个。

该团于1980年排练了舞剧《红楼梦》，赴湖北、四川等地演出。1982年，该剧中第四场《黛玉葬花》被文化部选中到美国演出。1989年，该团为全国大学生运动会开幕式编创了大型团体操《一代风流》，还为华东艺术节南京分会场开幕式编创了大型歌舞《东南十月金风》。经过30多年来的建设，该团在发展江苏舞蹈事业，从继承、创新到培养舞蹈艺术人才等方面，都做了有益的探索，并取得了可喜的成果。

南京市歌舞团 成立于1960年，原称南京市文工团，1961年改名为南京市歌舞团（原团内话剧队被划出去，组成南京市话剧团）。该团创作演出了大型歌舞剧《牛郎织女》，但于1963年奉命解散。

1970年，南京市文化局又招收一批歌舞学员进行培养。1971年，文工团在学员队的基础上筹建，1973年与南京市话剧团合并，组成南京市文工团。1977年9月改称南京市歌舞团。

南京市歌舞团先后创作了20多个舞蹈作品，以民间、民族舞蹈为基础，反映南京各个时期的建设新面貌，如《纺织姑娘》《打谷场上》《向阳院》《梅花颂》《生命之光》《茉莉花开》等。1980年，舞蹈《茉莉花开》荣获首届全国舞蹈比赛编舞三等奖、作曲二等奖、表演鼓励奖。该舞目还流传到浙江、山东、内蒙古等省、自治区。该团编导何楚、卓文瑞是新中国第一代舞蹈演员，在未被调进南京市歌舞团之前，就曾创作《情深谊长“索玛花”》，并在革命史诗《东方红》中演出，还创作过《东风万里》《洪流》等舞剧作品。

附：

南京舞蹈作品获奖一览表

年份	作品名称	奖别	作者	备注
1959	《江南三月》	第七届世界青年联欢节银质奖	徐兵克、曹兰、尉迟剑明	
	《采菱舞》	第七届世界青年联欢节银质奖	胡霞飞、曹兰	
1964	《死靶要当活靶打》	第三届全军文艺会演优秀奖	许志勤、李长和	本届会演最高奖
	《丰收歌》	第三届全军文艺会演优秀奖	黄素嘉、李玉兰	
	《战士的心》	第三届全军文艺会演优秀奖	徐克兵、尉迟剑明、张家炎	
	《东海女民兵》	第三届全军文艺会演优秀奖	陈克钧、陈妙菊	
1978	《龙腾虎跃》	第四届全军文艺会演优秀奖	张家炎	本届会演最高奖
	《水乡送粮》	第四届全军文艺会演优秀奖	黄素嘉	
1979	《送夫参军》	文化部举办庆祝中华人民共和国成立三十周年献礼演出一等奖	林尉仁、李丽娟	
	《春到水乡》	文化部举办庆祝中华人民共和国成立三十周年献礼演出二等奖	林尉仁、陈妙华	
	《梅园春》	文化部举办庆祝中华人民共和国成立三十周年献礼演出三等奖	彭瑞倩、陈利民	
	《踩贝》	文化部举办庆祝中华人民共和国成立三十周年献礼演出三等奖	林尉仁、李丽娟	
1980	《再见吧，妈妈》	首届全国比赛一等奖	尉迟剑明、苏时进	
	《剑》	首届全国比赛二等奖	张家炎	
	《希望》	首届全国比赛二等奖	王天保、华超	
	《茉莉花开》	首届全国比赛三等奖	卓文瑞、何楚	
1982	《二泉映月》	华东六省一市首届舞蹈会演二等奖	傅德荣	
	《欢腾的乡村》	华东六省一市首届舞蹈会演二等奖	彭瑞倩、陈妙华	
	《梅香鱼跃》	华东六省一市首届舞蹈会演三等奖	卓文瑞、何楚	
	《雪娘》	江苏省首届院团新戏目汇报演出创作奖	陈克钧、周冬明	
1984	《柳丝青青》	华东六省一市第二届舞蹈会演二等奖	彭瑞倩、陈妙华	
	《雨竹》	华东六省一市第二届舞蹈会演三等奖	卓文瑞、何楚	
	《钟馗戏蝠》	华东六省一市第二届舞蹈会演三等奖	傅德荣、陈克钧	
	《弄潮儿》	华东六省一市第二届舞蹈会演三等奖	林启贤	
1986	《黄河魂》	第二届全国舞蹈比赛一等奖	尉迟剑明、苏时进	
	《踏着硝烟的男儿女儿》	第二届全国舞蹈比赛一等奖	张震军、杨小玲	

（续表）

年份	作品名称	奖别	作者	备注
1986	《采蘑菇》	全军舞蹈比赛二等奖、全国第二届舞蹈比赛一等奖	陈惠芬	
	《小小水兵》	全军舞蹈比赛二等奖、全国第二届舞蹈比赛一等奖	王勇、陈惠芬	
	《红旗颂》	全军舞蹈比赛三等奖	华超、胡霞飞	
	《士兵军乐队》	全军舞蹈比赛三等奖	肖亚军、张家炎	
	《心中战友》	全军舞蹈比赛三等奖	肖亚军	
	《豆蔻年华》	全军舞蹈比赛三等奖	应志琪	
1987	《芦荡晚霞》	江苏省首届音乐舞蹈节一等奖	卓文瑞、何楚	
	《小东西》	江苏省首届音乐舞蹈节一等奖	陈妙华	
	《生命之光》	江苏省首届音乐舞蹈节二等奖	岳振中、吴蕾	
	《森林的儿子》	江苏省首届音乐舞蹈节二等奖	束中发、王爱国	
	《奏鸣曲》	江苏省首届音乐舞蹈节二等奖	刘振学	
	《涓涓溪水》	江苏省首届音乐舞蹈节三等奖	卓文瑞、何楚	
	《亮月亮》	江苏省首届音乐舞蹈节三等奖	李丽娟、毛民强	
	《鲜花多美好》	江苏省首届音乐舞蹈节三等奖	林尉仁、李丽娟、陈克钧、傅德荣	
1989	《悍牛与牧童》	全军第五届文艺会演二等奖	陈惠芬、王勇	
	《野丫头》	全军第五届文艺会演二等奖	陈惠芬、王勇	
1994	《丰收歌》	中华民族 20 世纪舞蹈经典作品金像奖	黄素嘉（编导）	
1998	《天边的红云》	首届中国舞蹈“荷花奖”作品金奖	王勇、陈惠芬（编导）	
	《石头·女人》	首届中国舞蹈“荷花奖”作品银奖	应志琪、杨昭信（编舞）	
1999	《钟山龙腾》	中国民间文艺山花奖	江苏省南京栖霞舞龙队	
	《虞姬》	第四届江苏省音乐舞蹈节舞蹈表演金奖	杨莉莉	
2000	《二小放牛郎》	全国首届少儿文艺“蒲公英奖”创作、表演金奖	白下区文化馆	
	《年年有鱼》	第二届“小荷风采”全国少儿舞蹈汇演评比展演金奖	刘英姿（编导）、孙宁玲（作曲）	
	《看场的小姑娘》	第二届“小荷风采”全国少儿舞蹈汇演评比展演银奖	张金祥、杨鲜婷（编导）、孙宁玲（作曲）	
	《小雪花》	第二届“小荷风采”全国少儿舞蹈汇演评比展演银奖	陈国燕（编导）、邹建平（作曲）	

（续表）

年份	作品名称	奖别	作者	备注
2000	《嬉雨》	第二届“小荷风采” 全国少儿舞蹈汇演评比铜奖	鼓楼区文化馆	
	《丫丫与小树》	第二届“小荷风采” 全国少儿舞蹈汇演评比铜奖	白下区文化馆	
	《钟山龙腾》	文化部第十届“群星奖”优秀奖	栖霞区文化馆	

第七章

SHEYING

摄影

摄影是一种工具，也是一门艺术，是人类社会进步和现代科学技术发展的产物。它可以记录现场、捕捉瞬间，丰富人们的精神文化生活，已被广泛应用于社会生活的各个领域，成为人类文明不可缺少的重要组成部分。

南京是一个具有悠久历史文化传统的人文荟萃之地。南京的摄影事业已有百余年的历史，不过与其他艺术门类，诸如书法、绘画相比，还是一个年轻的艺术门类。可是，摄影作为一种独特的艺术形式，发展迅速，发挥的作用也越来越大。随着社会的不断进步，科学技术的飞速发展，摄影在更好地满足人们实际需要的同时，审美面貌正在发生着日新月异的变化。实用摄影不但丝毫没有萎缩，反而迅速扩大，越来越普及，质量要求越来越高；艺术摄影更存在着无限广阔的创新空间。

100多年来，南京摄影事业的发展呈现“加速度”的状态。早在20世纪20年代，南京就成立了在全国有影响力的摄影社团——美社，以后相继成立了南京影社、南京东南大学影社等；出现了中国第一代著名摄影家，如郎静山、胡伯翔、胡伯洲。近现代的几次战争，例如抗日战争、解放战争，限于我们的摄影条件，没有留下足够多的影像资料。直到新中国成立之后，这种状况才迅速发生根本变化。新闻摄影领先，艺术摄影跟上；以解放军的摄影力量为骨干，群众性的摄影队伍空前壮大，新人辈出；摄影组织、摄影刊物纷纷创立。南京师范大学美术系还设立了摄影大专班，以培养人才。

改革开放后，南京老、中、青三代摄影家和摄影工作者紧密团结，发扬开拓精神，燃起创作热情，以丰硕的艺术成果和卓越的艺术业绩，奠定了南京摄影事业新的里程碑。

第一节　实用摄影

摄影起源于实用，具有工具性、艺术性相结合的本质。绘画是以书写工具和光影手段描写客观事物，表现主观情感；而摄影则是运用现代的设备和新技术，首先满足人们的实用要求，然后在此基础上逐步发挥它所蕴含的艺术潜能，开拓自己的广阔天地。实用摄影是艺术摄影的基础和初级形式，犹如普通汉字书写与书法艺术的关系一样。实用摄影被广泛运用在人类生活中，大致概括为人像摄影（照相）、广告摄影两种样式。至于其他样式，尚在发展形成中，具有向多方面发展的可能性。

一、人像摄影（照相）

人像摄影，我们通常称之为“照相”，这是实用摄影的常见形式。南京的人像摄影早在清末民初就有了。

南京第一家照相馆是清末民初在夫子庙贡院街开设的二我照相馆（一说是清光绪五年〔1879〕在四福巷开设的肖真照相馆）。

中华民国建立后，南京的照相馆逐年增加，其中较有名的有开设在估衣廊内的美利生照相馆、延龄巷内的芙蓉照相馆、鱼市街的钟山照相馆等。到1934年，照相馆的数量已增加至62家，其中设备、技术较好的要数开设在碑亭巷内的光华照相馆。当时该店由钱树滋、王贵逊师兄弟二人经营。钱树滋擅长拍摄长条合影；王贵逊既谙摄影，更精于暗室和翻拍。钱、王两人堪称二绝。民国时期，他们曾给蒋介石、宋子文等国民党要员拍过照。孙中山先生的标准像，亦出自光华照相馆。二十世纪五六十年代，刘少奇、朱德、董必武、聂荣臻等中央领导视察南京军事学院时，曾请钱树滋去拍摄数千人的长条合影照片。

20世纪50年代初，南京的照相业主要是拍摄一些个人肖像，用于学生证、工作证等。随着经济的发展、生活的改善，合家欢、婚纱照等日渐普及。

1956年摄影行业公私合营后，各照相馆充分发挥经营特色。其中，大中华照相馆（现为南京摄影图片社）、新都照相馆（现为百花摄影图片社）以舞台剧照和水彩着色闻名。百花摄影图片社的着色师杭松子在水彩着色上有独到之处，在全国享有盛誉。水彩着色《秋江》剧照，入选江苏省第八届摄影艺术展览和江苏省首届人像摄影艺术展览。新街口的环球照相馆以艺术人像和油彩着色闻名。摄影师徐光擅长拍摄艺术人像，更精于油彩着色。他拍摄的低调照片《老人抓烟斗》曾被刊登在《中国摄影》和香港《大公报》。他的《在打麦场上》《老大娘》《国画家傅抱石》《青年矿工》等分别入选江苏省第四、第五届摄影艺术展览。南京摄影图片社还培养出了芮长青、刘军等青年摄影家，他们的作品曾在全国摄影艺术展览、江苏省摄影艺术展览中展出和获奖。

1980年，在南京举办的首届江苏省人像摄影艺术展览中，南京的照相馆专业摄影师共有75幅作品入选。1983年，在南京举办的第二届江苏省人像摄影艺术展览中，南京的摄影师共有43幅作品入选。

除了照相馆为满足人们的生活需要而开展摄影活动外，随着摄影器械的普及和技术的现代化，人们运用照相机和手机等器材，随时随地自行开展摄影活动。这些摄影大部分属于实用摄影，以留存纪念为目的，在互联网上流传开来，可谓铺天盖地，覆盖了人们生活的每一个角落。原有以传统的人像摄影为主要业务的照相馆，大多改为从事婚礼摄影、儿童摄影、证照摄影等专题业务，并且大大提高了艺术性的标准。

还有一些摄影活动，例如以科学研究为目的的宇宙广角摄影、实验室微摄影，以及间谍摄影等，都属于实用摄影。

二、广告摄影

广告摄影是商品经济发展到一定阶段的实用摄影，是运用摄影技术介绍商品和商业活动（包括演艺明星及演出活动）的一种形式。

广告摄影作品亦具有一定的艺术性，以满足大众的审美需求。新中国成立前后，广告摄影就在南京被采用了。胡伯翔拍摄了许多美女月份牌。

1984年，由江苏人民广播电台编印的5册“江苏省名、优、新产品广告”样本，共刊登了产品广告图片3000余幅。接着，《新华日报》社、江苏电视台、《南京日报》社等亦相继编印了近10册各种类型的产品广告样本画册。

从20世纪80年代初开始，大量的摄影作品被年历、挂历和台历采用。仅江苏图片社自1984年起，每年就出版5本以上摄影挂历。在此期间，江苏人民出版社、江苏美术出版社、江苏国际广告公司亦出版、印刷了大量摄影年历、挂历和独幅年画。

一些好的广告摄影作品在评选中获奖，如陆明德的《化妆品》、刘大可的《银鱼》、毛宁训的《耳机》，均获得了1983年全国广告摄影二等奖。

如今的广告摄影已经突破了平面、静止的模式，并且借助影视、网络加以流传，其宣传效果更是今非昔比了。

第二节　新闻摄影

新闻摄影是运用摄影手段，真实而迅速地报道新闻事件的摄影门类，是新闻事件形象化的展现。南京籍老摄影家胡伯洲说过：“凡时事性质的照片，或与事实有关的一切照片，刊登于日报或者杂志上者，是为新闻照片。”这是中国最早的有关新闻摄影的定义。他同时指出，新闻摄影摄取的对象，为临时发生的事故及与公众有关的种种事物、种种活动，真实性与时间性，二者同样之重要；新闻摄影，有时亦能单独表现新闻。

新闻摄影就其本质和作用而言，基本上属于实用摄影。不少新闻摄影作品具有相当的艺术性。

新闻摄影包含的门类很多，这是由新闻的内容决定的，比如工农业生产、商业、科研、教育、体育、部队生活、城市建设、外事活动、新闻人物、突发事件、重要会议等。南京的新闻摄影，与南京在中国近现代历史中，特别是在新中国建设中所处的地位息息相关，与南京人民在推动历史车轮前进，特别是在新中国建设中所做的贡献息息相关。它发挥了记录生活、鼓舞人心的重要作用。

一、起始和发展

新闻摄影是与近现代的新闻媒体同时诞生、相互为用的。中华民国建立以后，南京已有《南京晚报》《今晚报》《中央日报》等开始用新闻摄影照片配合新闻文字报道。

1933年，老摄影家郭锡麒拍摄的、装帧考究的《南京影集》由上海别发印书馆编辑印制，在中国香港、新加坡发行，引发了一股“南京热”。

抗日战争期间，中外摄影家拍摄了许多义勇军、十九路军和八路军英勇抗日的照片，以及揭露日军侵华罪行的照片，留下了历史的见证资料，有些照片被刊登在《中华画报》和《申报》图画特刊上。南京籍摄影家胡伯翔当时就兼任了《申报》图画特刊的编辑工作。

1949年4月渡江战役、解放南京的摄影报道，全国人民慰问解放军的摄影报道及相关新闻照片，被《新华日报》和全国各大报刊发表。苏联和东欧国家以及部分西方国家也做了报道。

1949年南京解放后，《新华日报》成立了摄影组，先后由邹健东、华谷平、陈哲任组长；接着，华东军区成立了《华东战士画报》社；华东军大、南京军事学院相继成立摄影组。人民解放军这些专业摄影组织的主要任务是用新闻摄影照片向国内外、军内外进行宣传报道，同时它们对开拓、发展南京地区的摄影事业也具有重要作用。

1954年，华东军区在南京成立摄影组。1955年，邓守智、常春等人组成临时前线摄影组，拍摄了大量解放一江山岛、大陈岛的新闻照片。

1954年，新华通讯社江苏分社在南京设立摄影记者岗，许必华为第一任记者。1956年，新华通讯社江苏分社成立摄影组，丁峻任组长。

1958年10月，《江苏画报》在南京创刊。

新华社摄影组的成立和《江苏画报》的创刊，有力推动了南京地区的新闻摄影，并为今后在南京成立中国摄影学会江苏分会奠定了基础。

二、部队的推动

1949年4月南京解放，驻南京部队有一支较强的摄影队伍。他们以饱满的热情开展新闻摄影活动，战果累累，同时对南京新闻摄影队伍的建设和活动的开展发挥了推动作用。

华东军区首先创办了《华东战士画报》社，成立了华东军大摄影组。接着，南京军事学院、总高级步校、华东空军、华东后勤、工程兵学校、炮兵学院相继成立摄影组。这支专业摄影队伍数量之多、力量之大，都是空前的，其中队员有陆仁生、郝世保、邓守智、钟志仁、张亚生等。他们围绕军事训练、军民关系、部队支援地方建设等主题拍摄了大量作品。《新华日报》《解放军报》《江苏画报》《南京日报》等都以“热爱祖国”“人民子弟兵”“加强战斗训练，准备痛歼敌人”“热爱人民公社，支援人民公社”“流血流汗为人民”“在我们流过汗的地方”等为题做了摄影专题报道。1956年，军民共建的紫金山“军民友谊水库”被摄影报道后，这一带人民感激地唱道：“用水不忘修库人，时刻怀念解放军。”

1958年，沈秉钧拍摄的《飞渡江河》入选第三届全国摄影艺术展览。1959年，沈秉钧拍摄的《攀登》入选第四届全国摄影艺术展览。1961年，卢振海拍摄的《东海女民兵》入选第六届全国摄影艺术展览。1962年，邓守智拍摄的《霓虹灯下的哨兵》入选第七届全国摄影艺术展览。这些作品从各个方面表现了解放军艰苦、紧张的训练生活。

20世纪70年代，驻南京部队出现了一批新的摄影工作者，包括许家声、马增宾、鲁晓明、金义良、翟必伦、王新民、范钦尧等。许家声的《军民友谊赛》、马增宾的《支农》、鲁晓明的《练好杀敌本领》都入选了1975年全国摄影艺术展览会。在1976年的全国摄影艺术展览会中，许家声的《医在身边》、金义良的《水上练本领》都参加了展出。

1985年，南京举办了华东抗日、解放战争摄影展览，展现了大量珍贵的历史镜头。

1987年7月，由南京军区政治部举办的华东地区陆海空摄影作品展览在南京军人俱乐部展出。

在培养部队摄影工作者方面，早在1955年，南京军事学院情报系就增设了摄影课程，共举办了5期。1971年、1979年、1991年，南京军区在南京举办了3期摄影训练班。

南京军区《人民前线》报社为了发现人才、培养人才，推动部队新闻摄影工作的开展，从20世纪80年代开始，先后开展了9次摄影比赛，分别是"开创新局面的人""兴中杯""浦江杯""太湖杯""工兵风采""城东杯""浦东杯""白求恩杯""富民杯"。

在1984年全国新闻摄影展览中，陈哲拍摄的《戴礼帽，神气！》、朱俊杰拍摄的《像》分别获得银奖和铜奖。同年，李兵拍摄的《嫁前绵话》、董震南拍摄的《时代的主人》等作品，以较强的时代感及艺术性，参加了在南京举办的第十届江苏省摄影艺术展览。

三、硕果累累

南京在中国革命的进程和社会主义建设中，地位重要，贡献巨大，这为南京新闻摄影的发展提供了得天独厚的条件。在驻南京部队的带动下，众多新闻摄影工作者刻苦努力，南京的新闻摄影取得了累累硕果。

1948年11月，淮海战役开始。摄影者陈仁生（后任《华东战士画报》社社长）拍下了淮海战役总前委刘伯承、陈毅、邓小平、粟裕、谭震林的合影照片。这张照片成了总前委唯一的合影，十分珍贵。

1949年4月，中国人民解放军横渡长江解放南京时，《新华日报》摄影记者邹健东拍摄了许多新闻照片，如《我军奋勇登上长江南岸》，照片内容是几名解放军战士从帆船跳上长江南岸；又如《渡江船只千千万，百万雄师下江南》，照片内容是在长江江面上，解放军战士乘坐帆船，乘风破浪向长江南岸进发；又如《攻占伪总统府》，照片内容是许多解放军战士登上国民党总统府大门的门楼，并把红旗插上了门楼顶。以上这些新闻照片在当时被国内外报刊大量刊登，很好地宣传了解放军横渡长江、解放南京城的这一历史事件。

20世纪50年代到60年代，中央领导人来南京地区视察时，南京地区的摄影工作者拍摄了许多新闻照片。1956年，毛泽东视察南京军事学院，沈秉钧拍摄了照片《难忘的时刻》，照片内容是毛泽东面露笑容，由刘伯承陪同亲切接见军事学院的师生代表。1958年，沈秉钧拍摄了照片《刘主席接见部队代表》，照片内容是刘少奇在廖汉生、钟期光陪同下亲切接见驻南京部队代表。1963年，邓守智拍摄了照片《最幸福的时刻》，照片内容是毛泽东亲切接见话剧《霓虹灯下的哨兵》的演员们。1964年，陈哲拍摄了照片《周总理接见江苏省京剧团演员》，照片内容就是标题所叙述的场景。1991年，王广林拍摄了照片《总书记急切奔灾区》，照片内容是江泽民涉水察看灾情。这幅照片在当时被刊登在《新华日报》和全国各大报纸上，并在全国新闻摄影作品评奖中获得金牌。以上摄影作品及时地报道了重大新闻事件，已经成为重要的历史资料。

在工农业生产的新闻报道中，南京地区的摄影工作者同样拍摄了许多优秀的作品，如1958年张亚生拍摄的《铁的诞生》、1961年朱俊杰拍摄的《喜得超产粮》、1963年任镇北拍摄的《机器脱粒》、1964年顾东升拍摄的《生产化肥设备》等。

在“文化大革命”期间，新闻摄影出现了虚假的报道，同时大部分新闻摄影工作者都“靠边站”了。直到1979年，在南京举办的江苏省第八届摄影艺术展览又重新展出了反映工农业生产的优秀作品，如任镇北拍摄的《喷灌》、张震拍摄的《十月棉乡》、许家声拍摄的《苏南新农村》、王广林拍摄的《笑谈越南纸老虎》等。1981年7月在南京举办的江苏省第九届摄影艺术展览，展出了丁峻拍摄的《雨花石》、万鑫拍摄的《叔叔好》、刘肇胜拍摄的《焊光映辉》、倪龙山拍摄的《旅途中》等好作品。

南京的新闻摄影一直受到党政机关和许多媒体单位的关注和推动。

1993年4月23日，为纪念南京解放44周年，《服务导报》等单位举办“今日南京人”摄影一日专题大赛。100多名摄影工作者参加了这次大赛活动，共收到参赛作品7000多份。这些作品大多视角新、立意好，兼具纪实性与艺术性，为南京人民留下了珍贵的历史画面。

1998年9月30日，由中共南京市委外宣办和南京市文学艺术工作者联合会共同主办的“辉煌的南京”纪实摄影展在南京市科技展览馆开幕。此次展览共展出南京市摄影家的140幅作品，从各个侧面展现南京古城“三年大变”的新面貌，其中12幅作品获佳作奖。该展览在10月中下旬分别在鼓楼市民广场、汉中门市民广场和夫子庙广场巡回展出，受到市民的热烈赞扬。

新闻摄影也在中外交流中发挥了纽带作用。

1993年8月1日，日本三岛市摄影作品展览在江苏省美术馆开幕。这次展览展出的100幅摄影作品着重展示了富士山及其周围的景观。

1999年2月10日，由南京市政府新闻办、市外办、市文联共同举办的“南京摄影展”在日本神户市港口展示大厅展出，共有120幅照片参展。这些照片均为南京摄影家精心创作的、具有很高艺术性的摄影作品，从自然概况、城市建设、经济建设、风景名胜、风土人情等不同侧面展示了南京的新面貌。据粗略估计，展览吸引了18万人次参观，盛况空前。

第三节　艺术摄影

摄影本身包含了工具性和艺术性双重本质。实用摄影、新闻摄影也有一定的艺术性。所谓艺术摄影，则是在实用的基础上发挥其艺术性的本质，为审美而进行的摄影创作。南京的艺术摄影萌芽于20世纪20年代，发展于20世纪30年代。20世纪20年代末，当时中国唯一的摄影杂志《天鹏》在《卷首缀言》中写道："国中影坛，光社矗起于北，华社峥立于南。其中人才之美，作品之精，皆为人所钦仰。"中华摄影学社（简称华社）的主要发起人胡伯翔、胡伯洲兄弟和郎静山，从20世纪20年代末到抗日战争胜利前夕，经常在南京开展摄影创作活动。同时期活跃在南京的摄影家还有冯四知、刘光华等。

一、风光静物摄影

风光静物摄影是艺术摄影的一种常见样式。它是以风光、静物作为艺术载体，以寄托摄影者的思想情感，表达其审美追求的摄影样式。

民国时期较早的风光静物摄影作品，在20世纪20年代末30年代初就出现了。胡伯翔拍摄的照片《热力》《烟霞一老人》参加了华社举办的影展。《晴麓》《石城晚归》被刊登在《中华摄影》杂志上。胡伯翔的代表作有《迎客松》《云雾沸腾》等。

冯四知的摄影作品《藤影翩跹》曾于1932年在芝加哥国际博览会上展出。摄影作品《雾敛》和《良宵》分别发表于1936年第6期《飞鹰》杂志的封面和里页。同年，摄影作品《黄山雪松》在上海《申报》举办的黄山摄影比赛中获得第一名。刘光华于20世纪30年代拍摄的照片《优游》在上海《摄影画报》举办的摄影月赛中获一等奖，1939年拍摄的《风尘仆仆》参加了德国汉堡绿来公司主办的"光的魅力"世界摄影比赛并获奖，又在1947年美国波士顿摄影月刊举办的世界摄影比赛中获奖。

新中国成立后，南京摄影家除拍摄了大量反映工农兵生活的新闻图片外，亦创作了不少艺术性很强的风光静物摄影作品。在南京举办的江苏省第一届、第二届摄影艺术展览上，不少参展照片既具有真实性，又富有艺术感。张文选的《雪地卧枝》、章石羽的《玄武湖》、徐晓冰的《雪舟》、沈秉钧的《燕子矶暮色》等，都是景美形美，静中有动，动中有静，使人赏心悦目。在南京举办的江苏省第二届摄影艺术展览首次展出了华谷平、张亚生、沈秉钧等人的40幅彩色反转片，其中风光静物摄影作品约20幅。

20世纪60年代，南京几位业余摄影爱好者崭露头角，如陈洪（南京师范大学音乐系教授）拍摄的照片《江航》入选江苏省第四届摄影艺术展览，并获荣誉奖。

1962年，南京举办了首次江苏省风光静物摄影艺术展览，共展出了51位摄影者的136幅作品。其中，南京地区入选作品主要有章石羽的《蟹》、陈光的《迎春》、曲超宏的《太湖渔歌》、任镇北的《睡莲》、沈秉钧的《凝香一塔太湖春》、高月秋的《扬子春泛》、陈哲的《千顷三山》、张亚生的《虚怀》、顾东升的《远看渔帆近看花》等。

因受当时创作思潮的影响，1965年、1966年在南京举办的江苏省第六届、第七届摄影艺术展览中，风光静物摄影作品寥寥无几，原来擅长拍摄风光静物的摄影者也改拍政治性很强的题材了。

“文化大革命”时期，摄影艺术创作和其他文化艺术创作一样，遭受了史无前例的打击，许多摄影家受到迫害，有的“下放”农村、工厂，有的还进了“牛棚”。摄影家吕厚民（曾是新华社江苏分社摄影记者，曾任中国摄影家协会党组书记、常务副主席）“下放”到苏北农村。摄影家章石羽（曾任江苏省摄影家协会副主席）“下放”到苏南农村。

“四人帮”被粉碎后，南京地区的摄影艺术创作得到了空前发展。1978年12月，南京市文化局、南京市文联在江苏省美术馆联合举办了南京风光摄影艺术作品展览。展览展出了顾东升的《钟山秋色》、刘栖梅的《鼓楼夜景》、史久鑫的《油香万里》、王远明的《花中行》、文华的《双鹅戏水》、丁峻的《芦花秋瑟》、赵浏兰的《化肥厂的黎明》、万鑫的《昙花》、朱瑞章的《玄武湖之冬》等150多幅作品。其中，既有反映社会主义建设成就、名胜古迹、自然风光的作品，又有一部分以花卉、静物、动物等为内容的艺术摄影作品。

1979年在南京举办的江苏省第八届摄影艺术展览中，南京地区摄影工作者的多幅风光静物作品入选，如王远明的《春天》、章石羽的《旭日飞虹》、张亚生的《潇湘晨曦》。

20世纪80年代，南京地区的摄影艺术创作队伍发生了较大变化，涌现出许多青年摄影家，一支实力较强的业余创作队伍进入了摄影艺术的创作阵地。

1984年在南京举办的第十届江苏省摄影艺术展览中，南京地区青年摄影家钟建民的《春雨催生》、文长生的《冷香》、芮长青的《光与美的旋律》等优秀作品，与老摄影家张亚生的《满目青山夕照明》、顾东升的《玉立》以及李宁的《秋色赋》，同室展出。

1987年在南京举办的江苏省第十一届摄影艺术展览中，青年摄影家于惠通的《小屋》、王旭光的《荷塘月色》（获全国第十四届影展银牌奖）、戴燕梅的《春雾》，都是较好的风光静物作品。

自20世纪90年代以来，南京地区涌现出一批擅长摄影风光静物的青年摄影，创作了一批优秀作品，如刘军的《风》《四季歌》，马有基的《路》，常小扬的《雄风犹在》，司大宇的《夕阳照》，崔云的《存》，金欣欣的《烟树淡水》，周晓因的《水的组曲》，戴燕梅的《梦绕魂牵》。他们的出现和成长使南京地区风光静物摄影后继有人。

1995年，丰秀华的《流来的“金”》获中国第三届妇女影赛银牌。

1996年，杜成发的《米亚罗的曙光》获中国第七届国际影展铜牌。

1997年，于先云的《都市里的田园》获江苏省现代城镇建设风采摄影展览一等奖；严华的《卢沟桥的故事》获江苏省第十五届影展金奖。

1998年，翟必伦的《一滴润千里》获全国第二届“高坚杯”影赛铜牌。

1999年，蔡如林的《春满人间》获“迎新春”全国摄影大赛金奖；姚克慎的《如今山里人》获第二届中国农村“乐凯杯”摄影大赛三等奖；周建的《红烛映天使》获“国旗下的江苏儿女”摄影比赛一等奖。

2000年，杨春明的《人民不会忘记》获江苏省第十六届摄影艺术展览金奖；徐小平的《好一朵茉莉花》、蔡勤的《小品》获江苏省第十六届摄影艺术展览银奖。

二、人物摄影

艺术摄影中的人物摄影不同于实用摄影中的人像摄影。人像摄影指服务性行业（照相馆）的营利性摄影作品，以及大众自发进行的带有纪念性的摄影作品，它们的着眼点在于像不像、好看不好看。人物摄影则是以人物形象为载体，加以具象或抽象处理，以寄托作者思想情感和审美理想的艺术摄影作品。它拍摄的是具体的、有名有姓的典型人物，可以作为新闻照片出现，也可以按照艺术化的要求处理人像摄影作品，其着眼点在于思想性、典型性、准确性。

1961年江苏省第四届摄影艺术展览中曲超宏拍摄的《矫健》、徐光拍摄的《在打麦场上》，1960年江苏省第五届摄影艺术展览中任镇北拍摄的《新农民》、张亚生拍摄的《王少堂说武松》，都属人物摄影。

1981年，在《光与影》创刊号中，丁峻发表了8幅生动展示文艺界座谈会人物特写的照片。1984年在第十届江苏省摄影艺术展览中，李培林拍摄的《沉醉》，得到好评。

1987年7月，在首届江苏省人物摄影艺术展览中，南京地区摄影工作者司大宇的《山姐儿》、范钦尧的《下山虎》、翟必伦的《十八岁的梦》、刘军的《晨韵》、董震南的《春色醉人》，都是从各个方面反映人物特点的好作品。

1990年，姚克慎的《行家》获上海第三届国际影展铜牌；1992年，又获“理光杯”全国影赛特别奖。

1994年1月和2月，南京市摄影家协会会员杨铁的摄影作品《少女》《初梦人生》，在印度举办的第九届FU国际摄影展和第一届佳能杯“亚洲风采”华人摄影比赛中，分别获得了特别奖。

1995年，陶属平的《金色的童年》获第二届佳能杯“亚洲风采”华人摄影比赛银奖。

1997年，翟必伦的《沽白》获第十八届全国影展铜牌。

三、小品摄影

“小品”，是就其构思和表现的形式规模而言的。

小品摄影和风光静物摄影是有所区别的。它的主要特点是取材于司空见惯的东西，如一草、一木、小溪、小道、庄稼等。摄影家通过双手，巧妙抽象地、以小见大地对这些东西加以表现，变成寓意深刻、富于哲理的作品。小品摄影主要靠直接拍摄，不十分依赖暗室加工，故作品具有真切、自然、感人的特点。

南京地区的小品摄影兴起于20世纪50年代，那时摄影家章石羽、张亚生等人已开始创作“小品”。1962年在南京举办的首届江苏省风光静物摄影艺术展览中，章石羽的《田园小景》、张亚生的《蠡园小品》、高月秋的《枇杷》、沈秉钧的《待哺》等，均属于小品摄影中的好作品。

20世纪70年代，晓庄的《生机勃勃》、顾东升的《花径》、张亚生的《小苑秋趣》等，是以各种题材、从各个角度创作的小品摄影作品。

1988年，翟必伦的《有声、无声》小品摄影入选第十五届全国影展。同年，农民摄影家马玉焕在江苏省美术馆举办了以小品摄影为主的“田园情趣”个人摄影艺术展览。著名美学家王朝闻曾在专文《重在发现》中特别赞赏了《关系》《误会》《秋趣》等作品。

20世纪90年代初，青年摄影爱好者邓正明从事花卉小品摄影研究，其作品大多通过角度的选择，将植物的局部化为特殊的形态。江苏人民出版社曾将其《花卉小品》编印成了两套明信片。他的一幅题为《高歌》的小品摄影作品入选了第十六届全国摄影艺术展览。

第四节　摄影技术

摄影的器材和技法，是摄影从众多艺术门类中脱颖而出、独立门户的决定因素。从初期的照相机到后来的数字照相机，摄影这一艺术门类，不但远非绘画所能牢笼，其未来的广阔天地，亦非绘画所能望其项背。摄影技法的改进，包括色彩、光线处理方法的变革，又在摄影艺术这座大厦内部产生了一个个崭新的独具个性的部类。这样的发展势头，正在积聚着更多的延展可能性。

一、特技摄影

特技摄影的关键在“技”，它是通过特殊的拍摄方法和后期制作（暗室加工，亦可称“二次创作”）而产生的艺术作品。这类作品在中国20世纪30年代就面世了，南京地区的摄影家在20世纪50年代亦逐步开始创作。技法大概有：“集锦（合成）”“浮雕”“中途曝光”“色调分离”“旋转放大”“高低调”“多次曝光”“摄影追随法”“网点剜空”“夸张技法”。

出生于江苏淮安、曾在南京活动的中国第一代摄影家郎静山，就是集锦摄影法的创始人。他以照相机代替画笔，运用暗室叠放技术，传模移写，表现中国山水画的意境，不露痕迹地把胸中的山水化作纸上的烟云。他也因此而被国际摄影界公认为“世界十大摄影师”之一。

1962年，张亚生运用中途曝光法创作的《清艳凝香》，首次入选第六届全国摄影艺术展览。

1979年11月25日，《南京日报》开始连载沈秉钧撰写的介绍特技摄影技法的文章，介绍了“色调分离”“多次曝光”“中途曝光”“浮雕”等技法，作为例子的照片也是他拍摄的。在这期间，南京市工人文化宫、南京市白下区文化馆、南京市秦淮区文化馆、中国人民银行南京分行、工人医院等单位组织的摄影训练班亦增加了“特技摄影”这一课程。此后在南京举办的江苏省第八届、第九届、第十届、第十三届摄影艺术展中，均有不少特技摄影作品参展，如周云海的《永不生锈》（色调分离）、薛海明的《花儿朵朵》（多次曝光）、顾东升的《新粮入库》（局部浮雕）、董存抚的《翔》（浮雕转放）、任来发的《我的大作》等。

沈秉钧、顾东升合作的《南京长江大桥》采用彩色浮雕的方法，入选了1979年的全国摄影艺术展览，这是彩色浮雕制作的摄影艺术作品首次在全国摄影展中展出。青年摄影家张成军的《浩气长存》（集锦）还获得了第十三届全国摄影艺术展览金牌奖。该作品利用暗室、套放的方法，下托青松，突出了革命烈士的石雕群像。

目前，摄影特技已被愈来愈多的专业摄影工作者和业余摄影爱好者所采用，从而使作品更具艺术特色。

二、彩色摄影

彩色摄影直到1945年抗日战争胜利后，才开始流入中国。南京是全国最早出现彩色摄影的几个城市之一，仅次于上海市、北京市。彩色摄影的特点在“彩色”，其关键设备是彩色胶卷。当时的彩色胶卷主要是从美国进口的柯达120彩色反转片和少量的德国阿克发彩色反转片。

大量运用彩色摄影从事艺术创作，是从1958年创办《江苏画报》开始的。1959年12月在南京举办的江苏省第二届摄影艺术展览会展出的266幅作品中，就有彩色照片32幅、彩色反转片41幅。对比当时全国第三届、第四届摄影艺术展览和各省、市摄影艺术展览会中彩色摄影作品的情况，这样的数量和比例都是空前的、首屈一指的。其中，彩色照片有丁峻的《竹林》、华谷平的《昙花》、陈哲的《扇舞》、沈秉钧的《汽车出厂》、张久选的《金色》、张亚生的《霜多小桔熟》、章石羽的《玄武湖》；彩色反转片有邓守智的《江城晓雾》、沈秉钧的《春光无限的节日》、章石羽的《百岁挂帅》等。

为庆祝新中国成立30周年，江苏省摄影家协会举办了江苏省第八届摄影艺术展览。展览展出了180幅作品，其中彩色摄影作品就有78幅。作品包括：陈哲的《自力更生结硕果》、任镇北的《喷灌》、张震的《十月棉》、王广林的《扬州三月》、许家声的《待命》、章石羽的《旭日飞虹》、顾东升的《花径》、刘栖梅的《春满苏台》、赵浏兰的《碧枝素花献英魂》、王远明的《春天》、文长生的《戏水》等，以及顾东升、沈秉钧合作的《南京长江大桥》（彩色浮雕）。以上摄影者不仅有摄影界的老将，更可喜的还有许多新秀。1981年，专业摄影杂志《光与影》在南京创刊，为摄影艺术作品开辟了新的园地。

三、数字摄影

数字摄影的出现，标志着在现代科学技术的带动下，摄影艺术的发展进入了一个新阶段。

数字摄影是20世纪90年代后期随着计算机技术的飞速发展而兴起的，它是将图像进行数字化处理的专门技术。摄影数字化的硬件产品——电脑、数码相机、扫描仪、打印机、数码冲印机等设备实现了更新换代，其功能和性能日臻完善、强大，价格迅速降低，为数字摄影走入实用阶段提供了物质条件。数字技术在新闻摄影、广告摄影、商业人像摄影、艺术摄影、网络图像、档案管理等领域已经成为重要的技术手段，在其他摄影领域也发挥着越来越重要的作用。

数字摄影拍摄方便，可通过互联网进行远程图像即时传输，为新闻摄影提供强有力的支持。自1999年以来，南京地区较有实力的报社都逐渐配备了数字摄影的相应器材。现阶段的一些摄影记者逐渐掌握应用技术，运用数码相机拍摄或用传统相机拍摄，再用扫描仪将底片、照片输入电脑，进行图像处理、传输。摄影记者还可以从互联网上查找、下载适用的图片。

数字摄影技术运用于艺术摄影，为以表现作者思想为主要特征的艺术摄影插上了飞翔的翅膀，提供了新的创作空间。层出不穷的电脑图像处理软件性能优越、功能强大，几乎可以达到“没有做不到，只有想不到”的地步。南京地区的摄影家在运用数字摄影技术方面做了卓有成效的探索，取得了可喜的成绩。如：李培林的《江南三月》获江苏省第十五届摄影艺术展览金牌奖，《古镇春雨》获第八届佳能杯“亚洲风采”华人摄影比赛三等奖；王旭东的《在那遥远的地方》《天地祥和》获“大红鹰”中国风光摄影大奖赛优秀奖；张成军的《小红桶》《风雨蓑衣》入选第十九届全国摄影艺术展览；王志航的《雪》入选第十九届全国摄影艺术展览；宋峤运用电脑接片技术的《新南京》在画册《飞阅南京》上刊出，收到了良好的效果。

互联网的迅速发展和普及也为摄影事业带来了新的活力和机遇。通过网络进行图片展览、传输，图像交流变得迅速、便捷，使人们惊喜地感受到互联网给生活带来的巨变。人们可以通过网站、电子邮件尽情享受其中的乐趣，这有助于拓展摄影事业发展的空间。在南京地区的摄影网站中，张成军主办的天涯芳草摄影园、王志航主办的秦淮影网在全国摄影网站中有较大影响力；丁卫主办的金山影视工作室，于惠通、高林胜主持的《扬子晚报》网站的图片主题专栏，也都取得了好成绩。

数字技术给广告摄影、平面设计、书籍报刊出版带来了革命性的变化。1997年、1999年，南京市摄影家协会接受南京市政府的指示，在南京泰迪广告有限公司的积极配合下，编辑出版了两册反映南京现代风貌的大型画册，所有的图片都经过电脑调整，其色彩、反差效果等都很好，受到广泛好评。南京飞尔图像有限公司在数字影像技术的推广和市场化方面也发挥了重要作用。该公司与省、市摄影家协会多次合作，使数字冲印、放大技术得到迅速普及。

近年来，数字技术也渗透到商业人像摄影行业，其应用使得后期制作具有可编辑性，生产周期与传统工艺相比大大缩短。在南京地区，数字技术应用得比较多的影楼有今生有约影楼、喜洋洋影楼。

第五节　摄影理论

摄影理论研究包括对摄影进行哲学层面、思想层面、社会层面和技术层面的研究。南京的摄影理论研究成果，大多数属于社会层面和技术层面。理论研究的深入、理论水平的提高，还有待思想文化界、摄影艺术界的协同努力，从南京的实际出发，广泛吸取全国乃至世界的研究成果，持之以恒，勇攀高峰。

中国第一代著名摄影家胡伯翔早在1931年《中华摄影》杂志第一期发刊辞中即指出："各国摄影刊物，大别分为三类。记载日新月异之学术，与专家之杂论，使新法一出，大众皆知，并及影坛近事者，是为杂志。征集代表作品，精本刊印，流行于国内国外，以宣扬其国之艺术文化者，是为年鉴。专论一事或一题之单行本，是为专书。此三者，皆为研究摄影学之枢纽。欲窥其国摄影艺术之盛衰，非不由此。"其中所谓专论，现在通常称之为"摄影理论文章"。

胡伯翔于1929年5月在上海《天棚》摄影杂志第三卷第六号发表的《美术摄影谈》，是南京最早论述艺术摄影与绘画之不同的专论文章。他另一篇文章《摄影分析》也是很有见地的摄影论文。

王洁之（南京影社创始人）于1938年1月撰写的《郎静山是摄影艺术的抗战者》被刊登在《国民公报》，同年2月撰写的《战时摄影与宣传战》被刊载在《新蜀报》；1939年撰写的《摄影在第二期抗战中》被载于1月15日《国民公报》。以上是南京较早的摄影专论文章。

20世纪50年代初，南京地区的摄影理论工作由张亚生撰写的《摄影路线的探索》（刊于《摄影工作》第一期）开始。此后，1962年张亚生的《漫谈框框》发表在当年的《中国摄影》，同年邓守智的《摄影艺术的组织加工》发表在中国摄影家协会编印的《摄影资料》上。

1980年，丁峻参加了由中国摄影家协会在北京举办的第一届全国摄影理论年会，其论文《漫谈人物特写》入选该年会论文集。同年，李宁的《也谈典型记》发表于1980年《中国摄影》第四期。

1981年11月，曲超宏、沈秉钧、李宁参加了在桂林召开的第二届全国摄影理论年会。李宁的论文《摄影与绘画瞬间异同探索》入选该年会论文集。同年，张亚生的论文《新闻摄影与艺术》发表于1981年《中国摄影》第一期。

1985年9月，李宁参加了在大连市召开的第三届全国摄影理论年会。他的论文《谈摄影的分类问题》入选1986年编印的全国摄影论文集。

在这一时期发表的摄影论文还有：丁峻的《飞行摄影散记》，发表于1977年《中国摄影》第六期；李宁的《浅析摄影艺术的传感》，收录于《摄影艺术论文集》；沈秉钧的《风光摄影与树的关系》，发表于1983年《光与影》第四期；张亚生的《纪实、真实及其他》，发表于1986年《光与影》第二期；李宁的《我的两点意见》，编入《摄影理论参考资料》。

摄影著作有：1963年张亚生编著的《怎样运用自然光》，由上海人民美术出版社出版；1987年刘小元编著的《实用摄影手册》，由江苏美术出版社出版；1989年刘小元编著的《家庭摄影问答》，由江苏美术出版社出版；1992年张亚生编著的《植物摄影》，由上海人民美术出版社出版。

第六节　摄影社团

南京早在1927年就成立了从事摄影创作和理论研究的社团组织美社，是全国最早成立摄影专业社团的城市之一。此后，南京相继出现了为数不多的摄影组织。新中国成立后，南京的摄影社团如雨后春笋，专职和业余摄影队伍日渐庞大，创作和理论研究硕果累累。

美社　1927年冬，张蓬舟、金满成、王峥嵘团结南京、无锡、上海等地的爱好摄影的青年，成立美社，社址设在南京，1929年移至镇江。这是南京最早成立的、规模较大的业余摄影团体，也是继广州景社、北京光社、上海华社、天津北洋之后，全国较早成立且较有影响力的几家摄影社团之一。当时社员共有15人，张蓬舟、金满成、康瀚、高月秋、欧阳璞、何鼎新在南京，王峥嵘、王汝怀在无锡，柴福沅、张充仁、张有德、邵翼之、王怡庵、朱雨轩、波多江种一（日本）在上海。社员用通信投票方式，选举张蓬舟为书记。南京和上海两地各设通讯员1人。南京通讯员为《时事月报》的梁鼎铭，上海通讯员是《时报》的柴福沅。

美社社员职业分布较广，有国民政府官员，有南京、上海各报的老板、编辑、记者，还有从事美术、教育、出版、医学、飞行等行业的人员。当时，美社铸造过一枚照相机模型的小型铜制镀银社章给社员佩戴。

美社除了开过3次照片展览会和出过3次专集以外，还参加过全国美术展览会和比国博览会。上海良友图书印刷公司于1937年出版过一本精装的《美社照片选刊》，上面选登了照片100幅。南京的《民生报》《中央画刊》，上海的《图画时报》《良友画报》《上海漫画》和《天鹏》摄影杂志等，都为展览会出过特刊、专号或专页。

美社的历史从1928年到1933年，只有6个年头。抗日战争开始后，很多社员流离转徙，美社停止活动。

南京影社　1935年春，王洁之、姚少沧、周光来等人在南京发起组建南京影社，并在香铺营公余联欢会上举行影社成立大会。影社社员有吴仲欧、勾适生、汪洋、周克、颜鹤鸣、洪伟烈、彭尔康、徐少沧、王洁之、朱惠珍、李鲁子、黄小漫、周光来等30余人，并推王洁之、彭尔康、徐炎之为常务理事，姚少沧为理事。社址设在估衣廊美利生照相馆。

南京影社的主要活动有：从事摄影创作，开展摄影学术活动，鼓励社员摄影或写文章向报刊投稿，并在《南京晚报》每周编辑《南晚画报》一次；加强与文化界人士的联系，如社员们曾替田汉、阳翰笙、欧阳予倩、马彦祥、曹禺、龚秋霞、胡萍、白杨等人拍摄各类照片，在《良友》《时代》《家庭与妇女》《大公报》等报刊上发表；发动社员参加一些影展，与各地摄影家展开友谊联系，如南京的冯四知、高月秋、高岭梅、向慧庵，上海的金石声，杭州的李毓唐、徐雁影，北平的郑景康，武汉的詹新吾等。

在组建南京影社的同时，王洁之还发动南京中学的同学宋汝浚、陈泽汉等人组建南中影社，在中学生中普及摄影技术，同时组织学生拍摄一些当时抗日爱国学生游行的史料照片。

东南大学影社　1926年，东南大学的学生自发组织了影社。当时，影社由学生沈启元发起，廉光锷、蔡翰丹、王汝霖、戈定邦、张光第、陈魁等加入，推选沈启元为社长。沈启元、戈定邦、张光第、陈魁等人当时选读了本院艺术专修学院，师从徐悲鸿、吕凤子、周玲荪等几位老师，故美学功底较扎实。蔡翰丹入学前在上海曾与叶浅予、鲁少飞、曹汪美、张正宇等人交游，故他拍摄的作品具有较强艺术性。王汝霖出身画家家庭，对风光、静物很感兴趣。影社的摄影作品深得学生们的喜爱。沈启元负责影社事务约3年后，因病逝世，继由王汝霖管理影社2年有余。至1930年，王汝霖等人毕业离校，影社遂解散。东南大学影社虽存在时间不长，但在南京地区高校摄影社团中是较早的一个。

江苏省摄影家协会 原名为中国摄影学会江苏分会。江苏分会筹备委员会于1959年4月10日在南京成立，并举行了第一次会议。出席会议的筹委共有17人，缺席2人，受邀参加会议的有15人。中共江苏省委书记陈光到会做了指示。会上由主任委员樊发源，副主任委员孙振、张文选分别就筹委会筹备经过、筹委会工作任务及摄影工作者今后努力方向等问题做了报告。筹委会决定，丁峻任秘书长，华谷平、张亚生任副秘书长。

1960年4月3日，中国摄影学会江苏分会在苏州怡园举行成立大会。

1966年“文化大革命”开始，中国摄影学会江苏分会因此停止活动。

1979年11月，中国摄影学会江苏分会在南京《新华日报》社内召开在宁理事会议。1980年4月，中国摄影学会江苏分会正式恢复工作，并且更名为中国摄影家协会江苏分会。4月19日至23日，江苏分会召开了代表大会，53位代表参加了大会。大会选举樊发源任主席，丁峻、陈哲、郝世保、章石羽任副主席，顾东升任秘书长，曲超宏任副秘书长。

1991年，中国摄影家协会江苏分会更名为江苏省摄影家协会，批准为社团法人。到2000年，已发展了会员1489名，其中有358名是中国摄影家协会会员。

江苏省新闻摄影学会 1992年12月在南京成立。代表大会有61位代表参加，推选出学会会长刘向东（《新华日报》社），副会长陈哲（《新华日报》社）、丁峻（新华社江苏分社）、许家声（《人民前线报》社），秘书长任镇北（《新华日报》社），副秘书长刘小元（《南京日报》社）、朱亚平（《江苏工人报》社）。

南京市摄影家协会 原名为南京市摄影工作者协会。1980年9月，工作者协会召开筹备会议，并于同年11月28日至12月2日在白下饭店正式成立，同时召开第一次代表大会。大会选举出主席邓守智，副主席朱家宝，秘书长王远明，副秘书长庄中、赵浏兰。

1985年1月，南京市摄影工作者协会第一届第十二次理事会决定将协会名改为南京市摄影家协会。1988年12月19日，南京市摄影家协会在南京工人文化宫召开第二次代表大会，选举出名誉主席朱家宝，主席邓守智，副主席王远明、赵浏兰、胡兴新，秘书长赵浏兰（兼）。

南京市摄影家协会自建立起到1990年，共举办了16届影展。建会前，1978年12月由南京市文化局、南京市文联联合举办的南京风光摄影艺术作品展览，是有较大影响力的摄影艺术展览。

到2000年，南京老年摄影南京市摄影家协会已发展了446名会员，其中有全国会员68名、省会员265名。

江苏省老年摄影学会 1989年5月在南京成立。代表大会推举杜平为名誉会长，张风杨为第一副会长（会长当时空缺），杨水保、任汉卿（兼秘书长）为副会长，张亚生为顾问。1991年补选陈哲为学会会长。

南京老年摄影协会 原名为南京市老年摄影协会。摄影协会于1987年5月在南京成立，会长为任汉卿，副会长为刘保山、刘健芸（兼秘书长）。1991年改名为南京老年摄影协会。

到2000年，南京老年摄影协会已有会员360余名，举办各种影展20余次。

南京市职工摄影协会 1986年2月在南京成立，是在原工人文化宫摄影组的基础上建立的。协会会员分别来自南京各工矿、企业、医院、学校等基层单位。南京市职工摄影协会理事会设理事16人，主席为姚克慎，副主席为万鑫、倪龙山，秘书长为许明义，副秘书长为张成军、钱炜。

第八章

RENWUZHUAN

人物传

皇　象（生卒年不详）　字休明，广陵江都人。东吴时官至侍中。幼工书，师于杜度。《书小史》称其工八分、篆及章草。葛洪《抱朴子》称之为“吴之善书者……一代之绝手”。袁昂《古今书评》认为“皇象书如歌声绕梁”。所书（传）《天发神谶碑》以隶意作篆书，体兼篆籀，独创一格。此碑原置于夫子庙尊经阁内，嘉庆十年（1805）毁于火，现有拓本传世。

左　思（约250—约305）　字太冲，西晋临淄人。出身寒微，因其妹左芬被选入宫，举家迁居洛阳。曾任秘书郎，被齐王司马冏命为记室督，以病辞。太安二年（303）张方纵乱京师，左思移居冀州，数年后病逝。原有集5卷，已佚，后人辑为《左太冲集》。左思存赋2篇、诗14首，其中以《咏史》和《三都赋》为代表作。《三都赋》包括《蜀都赋》《吴都赋》《魏都赋》3篇。《吴都赋》即写南京。他精心覃思，多方求教，花了10年功夫才写成。《三都赋》一经问世，轰动文坛。当时名流皇甫谧为之作序，张载为之作注。张华则赞誉其为“班张之流”。由是“豪贵之家，竞相传写，洛阳为之纸贵”。他描写金陵的繁盛：“朱阙双立，驰道如砥。树以青槐，亘以绿水。玄荫眈眈，清流亹亹。列寺七里，侠栋阳路。屯营栉比，解署棋布。”

陆　机（261—303）　字士衡，吴郡华亭人。吴国丞相陆逊之孙，吴大司马陆抗之子。陆抗死，机领兵为牙门将。吴亡，陆机闭门勤学，十年不仕。方志载，“二陆”（陆机与其弟陆云）在秦淮之畔有宅。晋太康末，陆机与陆云同在洛阳，文才倾动一时。曾任太子洗马、著作郎。后被成都王司马颖命为平原内史，故世称“陆平原”。司马颖与长沙王作战，任陆机为后将军、河北大都督。兵败，机被颖所杀，时年42岁。陆机有集47卷，已佚，后人辑有《陆士衡集》。陆机诗赋、论文俱佳，为太康文学的代表作家。诗作辞藻华丽，注重对偶，但内容较贫乏。以赋的成就为高，如《叹逝赋》《吊魏武帝文》写得凄婉动人。《文赋》是一篇文学批评名著，于今不朽。杜甫诗云“陆机年二十作《文赋》”，倘确实，《文赋》当是在南京的作品。

据《晋书·陆机传》载，陆机所作诗、赋、文章，共有300多篇，今存诗107首、赋27篇、文127篇（包括残篇）。原集已佚。南宋徐民瞻得遗文10卷，将其与陆云集合刻为《晋二俊文集》，明代陆无大据此翻刻为今所通行的《陆士衡集》。明人张溥所辑《汉魏六朝百三家集》

有《陆平原集》。陆机善行书，《平复帖》传为其书。

陆　云（262—303）　字士龙，陆机之弟，西晋文学家、书法家。少善文，有才理。吴尚书闵鸿见而奇之，曰：“此儿若非龙驹，当是凤雏。”陆云曾任浚仪令，有治绩。后入为尚书郎、侍御史、太子中舍人、中书侍郎等职。成都王司马颖荐其为清河内史（世称“陆清河”）。陆云后转为大将军右司马。成都王杀陆机，陆云同时遇害，时年41岁。

陆云的诗大多文辞清新明净而立意典正、结构严谨，与陆机的巧思繁富有所不同。《文心雕龙·才略》评价道：“士龙朗练，以识检乱，故能布采鲜净，敏于短篇。”陆云今存《与兄平原书》35篇。该书记载了他们兄弟二人在文学创作中互相切磋的情况，反映出陆云严肃认真的态度和对于文学创作的有益见解。他甚至对其兄陆机的繁复矫饰做出委婉批评，亦对他的一些作品提出具体意见。陆机对之极为重视，并听取修改。《晋书·陆云传》评价道：“虽文章不及机，而持论过之。”陆云善行、隶书。

《隋书·经籍志》录有《陆云集》12卷，已佚。宋人辑有《陆士龙集》，明人辑有《陆清河集》。

王　廙（276—322）　字世将，琅琊临沂人，王导从弟，东晋书法家、画家、文学家、音乐家。能属文，工诗书，善音乐、射御、博弈。元帝时累官荆州刺史，卒谥康，著《王南平集》。画为明帝师，书为右军法。

郭　璞（276—324）　字景纯，河东闻喜（今属山西）人，东晋学者、文学家，南京第一部小说集《玄中记》（已佚）的作者。好经术，博学有高才，通古今奇字，又善阴阳天文卜筮之术。西晋末年，预测到家乡战乱将起，避地东南。南渡后，先在宣城太守殷祐幕下任参军，后又从宣城东下，被当时任丹阳太守的王导引为参军。东晋元帝即位后，他因献《南郊赋》被任著作佐郎，迁尚书郎，开始与南京结下不解之缘。后又任大将军王敦的记室参军，因劝阻王敦图逆，被害于南京，衣冠冢在南京玄武湖畔。王敦乱平，晋王朝追赠其为弘农太守。

郭璞多才多艺，他的成就是多方面的，在古文字学和训诂学方面造诣颇深，曾注释《周易》《山海经》《尔雅》《方言》和《楚辞》等古籍。其诗文本有数万言，“词赋为中兴之冠”（《晋书·郭璞传》），后多数散佚。今尚存辞赋10篇、诗22首。《江赋》是其辞赋的代表作（收入《文选》）。最为人传诵的作品是《游仙诗》，今存14首，其中还有4首残缺。这些诗歌反映他企图超脱现实又不可能超脱的矛盾心境，对后世影响很大。他的小说集《玄中记》内容丰富、语言简练，在思想和艺术上多有可取之处，比之张华的《博物志》并不逊色。

《隋书·经籍志》记载有“晋弘农太守《郭璞集》17卷”，今不存。明人张溥辑有《郭弘农集》2卷，收入《汉魏六朝百三家集》。

王　导（276—339）　字茂弘，琅琊临沂人，东晋开国元勋，政治家、书法家。后居建康西园，曾建冶城寺、冶亭。少有才识，初任东海王越参军。琅琊王司马睿出镇下邳，导任安东司马。与琅琊王素亲善，于晋末献策移镇建康。司马睿即位，导任丞相，又任骠骑大将军、仪同三司，被封为武冈侯。时称“王与马，共天下”。王导历仕元、明、成三帝，号称仲父。在东晋，他依靠北方士族，团结江南士族，力图开创中兴局面。主张修学校，崇儒学，以扫除玄风。原有集11卷，已佚。今存《请建立国史疏》《上书请修学校》《议复肉刑》《遗王含书》等。

卞　壶（281—328）　字望之，济阴冤句人，东晋书法家。永嘉中官著作郎，后南渡官东晋从事中郎，明帝时为尚书令。在平定苏峻之乱中战死。墓与祠在冶山（今朝天宫西南）。有《卞壶集》2卷，已佚。《全晋文》收11篇。

葛　洪（284—364）　字稚川，自号抱朴子，丹阳人，东晋学者、文学家。少年时，家境贫寒，躬耕田亩。好读书，农隙之暇，乃负笈徒步引借；无纸笔，便日伐薪卖之，乃自给。遂博通群经，少年即以儒家文学知名，后好神仙养道之术，刻苦钻研，终于成为博学多闻、江左绝伦的学者。永宁二年（302），吴兴太守顾秘任命他为将兵都尉，升伏波将军。元帝司马睿为丞相时，被召为掾，因参与镇压农民起义，被封为关内侯。后任司徒王导主簿、咨议参军等职。史学家干宝和其友善，荐葛洪撰修国史，但他固辞不就。后葛洪闻交趾出丹砂，自求为勾漏令，携子侄至广州，被刺史邓岳劝阻，止于罗浮山炼丹，在山积年而卒。

葛洪著述甚丰，《抱朴子》是其代表作。《抱朴子》分内外篇，外篇有《钧世》《尚博》《辞义》《文行》等篇，内有关于文学理论批评的内容。他的文学思想深受王充和陆机的影响，并有所发展。他要求文章发挥社会作用，移风易俗，讽谏过失；反对贵古贱今，认为今胜于古，认为文学风气当随时推移；提倡文学创作要雕文饰辞，并主张德行与文学并重，从而突破了儒家德本文末的思想藩篱。他的轶事小说集《西京杂记》，内容丰富，既有揭露王公贵族、富户商贾穷奢极欲、腐化荒淫生活的篇章，又有记述西汉历史名人遗闻逸事的部分，还有涉及下层劳动人民的部分。如《王嫱篇》写毛延寿贪赂毁图、昭君出塞远嫁匈奴的故事，《鹔鹴裘》记司马相如和卓文君当垆卖酒捉弄卓王孙的故事。内容富有意义，情节曲折生动，引人注目。鲁迅称“此在古小说中，固亦意绪秀异，文笔可观者也”（《中国小说史略》）。志怪小说集《神仙传》，一部分内容取材于史籍记载的历史人物，又记其奇闻怪事，正是志怪小说中的另一种创造。它丰富的内容和叙事、写人的文学手段，在中国小说史上的地位不容忽视。

王羲之（303—361）　字逸少，琅琊临沂人，东晋书法家。官至右军将军，会稽内史，人称“王右军”。他为人正直，以骨鲠称。其书法初师卫夫人。学书勤奋，擅精篆、隶、楷、行、草各体。他的楷书在钟繇楷书的基础上进一步汰减隶意，体势趋方，使楷书定型，代表作有《黄庭经》《乐毅论》等。他的行书成就最大，所书《兰亭序》被誉为“天下第一行书”，并以妍美流便的新书体成为中国“帖学”之祖，后世书家无不直接或间接地受到王羲之书风的影响。其行书名作尚有《丧乱帖》《孔侍中帖》等。其草书代表作《十七帖》以及《淳化阁帖》所载草书作品，改变魏晋章草而成为潇洒流贯、没有波磔的今草书体，成为后人学草的范本。由于他在书法史上的杰出贡献，后人尊称他为“书圣”。他的儿子王献之在书史上也地位显赫，与王羲之并称“二王”。

王羲之妻郗夫人，名郗璇，郗鉴女。能书，有“女中笔仙”之称。

王献之（344—386）　字子敬，王羲之第七子。授中书令。善正、行、草书。幼学父书，后改制度，成一家法，与父齐名，人称“二王”。梁武帝《古今书人优劣评》称其书“绝众超群，无人可拟”。王献之有《鸭头丸》《洛神赋》《中秋》《地黄汤》等书迹传世。

顾恺之（约345—406，一作348—409）　字长康，小字虎头，晋陵人。曾为桓温及殷仲堪参军，义熙初任通直散骑常侍。多才艺，工诗赋、书法，尤精绘画，尝有“才绝、画绝、痴绝”之称。刘裕北伐南燕，恺之为其作《祭牙文》。画人物肖像均重在点睛，“传神写照，正在阿堵中”，如在建康瓦官寺绘《维摩诘像》壁画，即轰动一时。存世的《女史箴图》为隋代摹本，现藏于大英博物馆。顾恺之著有《论画》《摹拓妙法》《画云台山记》，其中“迁想妙得”“以形写神”等论点，对中国传统绘画的发展有很大影响。

谢道韫（生卒年不详）　女，陈郡阳夏人，东晋诗人。安西将军谢奕之女，谢安侄女，王凝之妻。聪慧有才辩。谢安曾问：“《毛诗》何句最佳？”道韫答：“吉甫作颂，穆如清风。仲山甫永怀，以慰其心。”谢安称她有“雅人深致”。家遇雪，叔父谢安召集众子侄讲论文义，俄而雪骤。谢安问：“大雪纷纷何所似？”谢朗答：“撒盐空中差可拟。”道韫答：“未若柳絮因风起。”谢安大为称赏。后世因称女子的文学才能为“咏絮才”。还有一次，凝之弟献之与宾客谈议，词理将屈，道韫在青绫屏障后参加谈论，发挥献之前议，宾客不能折屈。时人对她的评论是，神情散朗，有林下风气。她的诗《登山》，描写东岳泰山景象，颇得自然之趣；又有《拟嵇中散咏松》，则带有玄言习气，表现出从庄老告退到山水方滋之间的演化。

她所著诗、赋、颂、诔原集为两卷，已佚。今存文1篇、诗2首，收入清人严可均《全上古三代秦汉三国六朝文》和今人逯钦立《先秦汉魏晋南北朝诗》。

羊　欣（370—442）　字敬元，泰山南城人，南朝宋书法家。官至中散大夫，义兴太守。亲受舅氏王献之传授书法，善楷行书。时谚曰：“买王得羊，不失所望。”

颜延之（384—456） 字延年，琅琊临沂人，南朝宋文学家、书法家。少孤贫，好读书，无所不览。嗜酒，不护细行，年三十犹未婚。东晋末，官江州刺史刘柳后军功曹。刘裕代晋建宋时，官太子舍人。少帝时，出为始安太守。文帝时，官至金紫光禄大夫。所以后世称他为“颜光禄”。

颜延之和大诗人陶渊明私交甚笃，他在江州任后军功曹时，二人曾过从盘桓；其后出任始安郡，路经浔阳，又与陶渊明在一起饮酒，临行并以两万钱相赠。陶死后，他为其写的《陶征士诔》，感情真挚，文笔优美，是当时骈文的优秀之作，也是后世研究陶渊明的重要资料。

颜延之在当时的诗坛上声望很高，和谢灵运齐名，并称“颜谢”。但实际上，他的成就还不能与谢灵运相比。他的诗好用典故，刻意雕琢，辞藻繁密，缺乏动人的情致。同时代诗人就有中肯议论：汤惠休认为“谢诗如芙蓉出水，颜如错彩镂金”（《诗品》卷中）；鲍照说“君（颜延之）诗若铺金列绣，亦雕缋满眼”（《南史》本传）。其诗存世者不少，而可观者不多，较好的是《五君咏》（5首），此诗作于他出为永嘉太守之时。颜延之性激直，出言无所忌讳，见刘湛等人，遂去职，屏居里巷七载。其诗《北使洛》《还至梁城作》，感情也比较真实。他还有《赭白马赋》。此赋虽属奉诏而作，但如“旦刷幽燕，昼秣荆越”之句，描写骏马奔驰之速，对后来许多咏马诗都曾产生过影响。

颜延之原有集30卷，已佚。明人张溥辑其存世作品为《颜光禄集》，收在《汉魏六朝百三家》中。颜延之善草书。

谢灵运（385—433） 本名公义，字灵运，陈郡阳夏人，南朝宋诗人、书法家。他是谢玄的孙子，袭爵封康乐公，后世习惯称他为“谢康乐”。谢灵运出生于会稽始宁（今浙江上虞），出生后不久就被寄养在钱塘杜家，15岁时回到建康，所以小名为“客儿”，后世又称之为“谢客”。

王谢同为东晋以来的高门领袖，谢灵运在青年时代就接受过良好的文化教育，其才学很早就受到族叔谢混的赏识，和谢瞻、谢晦等从兄弟齐足并驰，成为谢氏族中一时之秀。东晋时，谢灵运官至相国从事中郎。入南朝宋后，一边仍受拉拢，一边遭到猜忌，被降为侯爵，历任永嘉太守、侍中、临川内史等职。他热衷于政治权势，“自谓才能宜参权要”，又出身于豪门世族，故心怀愤恨。虽身居官职，却不理政务，肆意遨游山水。后竟辞官回家，常役使数百人伐木开路，探奇访胜，以排遣政治上的不满情绪。晚年，被人弹劾，诏收捕之，遂兴兵反宋，并为诗曰：“韩亡子房奋，秦帝鲁连耻。”结果兵败被擒，放逐广州，后被杀。

谢灵运的主要成就在于山水诗，他是中国文学史上山水诗流派的创始人。同时代诗人鲍照和汤惠休都用“出水芙蓉”来形容谢诗，这说明了谢诗的特点在于创新，在于自铸新辞、精心刻镂，在于鲜丽清新。代表作有《石壁精舍还湖中作》《石门岩上宿》《入彭蠡湖口》和《登池上楼》等。谢诗扭转了淡乎寡味的玄言诗风，开创了面目一新的山水诗派。唐代的李白、杜甫、王维、孟浩然、韦应物、柳宗元诸大家，都曾从谢诗中汲取过营养。

谢灵运的文，成就不能和诗相提并论。《全上古三代秦汉三国六朝文》存其赋10余篇，最著名的是《山居赋》，其他还有《岭表赋》和《江妃赋》等。他还曾写过著名的哲学论文《辩宗论》，注释过《金刚般若经》，与僧人慧严、慧观等共同润饰昙无谶译的《大般涅槃经》（世称“南本”），又奉诏撰《晋书》。

谢灵运善真草书。《书断》称其书：“模宪小王真草俱美，若石蕴千年之色，松标百尺之柯。”

关于谢灵运的著作，《隋书·经籍志》录有《谢灵运集》《晋书》等15种。《谢灵运集》19卷，北宋以后就已散失。明代李献吉等人从《文选》《乐府诗集》及类书中辑出，由焦竑刊刻为《谢康乐集》。张溥《汉魏六朝百三家集》中有《谢康乐集》2卷。清人严可均《全上古三代秦汉三国六朝文》、今人逯钦立《先秦汉魏南北朝诗》均有辑录。清人黄节有《谢康乐诗注》。此书曾被人民文学出版社于1958年据清华大学讲义本校订排印。

刘义庆（403—444）　南朝宋小说家。祖先为彭城人，后迁居晋陵郡丹徒县京口（今江苏镇江）。其父长沙景王刘道怜，是宋武帝刘裕的二弟。刘义庆出嗣给父亲的小弟弟临川王刘道规。18岁时便被袭封为临川王，任侍中。元嘉元年（424）转散骑常侍、秘书监，又任度支尚书，迁丹阳尹，主管首都（建康）地方事务。元嘉八年（431），坚决辞去左仆射职。第二年，出为平西将军、荆州刺史，加都督。在荆州8年，颇有政绩，使境内安定。元嘉十六年（439），改授散骑常侍，都督江州。第二年，又迁南兖州刺史，并兼都督。南兖州治所在广陵，刘义庆因病，请求回京，死于京邑（建康），后被追谥为康王。

刘义庆的代表作为轶事小说集《世说新语》。《世说新语》很可能并非出自他本人之手，乃是在他的指导之下，组织一班文人学士纂辑而成的，他可谓其主编者。因汉代刘向曾著有《世说》一书，刘义庆此书始名《世说新书》，宋初犹沿用此名，后才改称今名。这部小说集“记言则玄远冷隽，记行则高简瑰奇，下至谬惑，亦资一笑”（《中国小说史略》），对后代笔记小说的发展很有影响，步趋其体例而写出的作品不断出现，在中国古小说中自成一体。刘义庆另撰有志怪小说集《幽明录》和《宣验记》，这两部作品亦有一定影响。

谢惠连（407—433）　陈郡阳夏人，南朝宋文学家。谢灵运族弟，两人并称“大小谢”，后人又增谢朓，合称“三谢”。他10岁能文，深得谢灵运的赏识。《诗品》引《谢氏家录》称：“康乐每对惠连，辄得佳语。”据说谢灵运《登池上楼》中的名句“池塘生春草”，就是因梦中见到谢惠连而写出来的。谢惠连行止轻薄不检，居父丧期间还为其男宠写诗，大为时论所非，因此不得仕进。后来依靠尚书仆射殷景仁的辩护，才在元嘉七年（430）做了彭城王刘义康的法曹行参军。

东汉以后，大赋开始衰微，抒情咏物的小赋逐渐兴起。谢惠连的《雪赋》和谢庄的《月赋》，并为六朝这一类小赋的代表作。他的《祭古冢文》，写得也很有感情，又以辞美著称。

谢惠连颇有诗才，钟嵘《诗品》称“小谢才思富捷”，“又工为绮丽歌谣”。他的诗，语言典雅、清婉，部分篇章表达政治上的失意，隐含着对现实的不满。代表作有《捣衣》《秋怀》《西陵遇风献康乐》和《泛湖归出楼中望月》等。

《隋书·经籍志》载有谢惠连集6卷。明人张溥辑有《谢法曹集》，收入《汉魏六朝百三家集》。

鲍　照（约415—466）　字明远，东海（治所在今山东郯城）人，一说上党（今属山西）人，可能是指东海鲍氏的祖籍，南朝宋文学家。他的青少年时代大约是在京口一带度过的。元嘉十六年（439），鲍照20多岁，为了谋求官职，去谒见临川王刘义庆，献诗言志，获得赏识，被任为国侍郎。刘义庆于此年任江州刺史，他也在年秋到江州赴职。元嘉二十一年（444），刘义庆病逝，他也随之失职赋闲。后来，鲍照又做过一个时期始兴王刘浚的侍郎，在刘浚和太子刘劭一起谋杀宋文帝之前，他已离去。宋孝武帝刘骏起兵平定刘劭之乱后，他又出任中书舍人、秣陵令等小官。大明五年（461），他做了临海王刘子顼的幕僚。次年，子顼任荆州刺史，他随同前往江陵，任刑狱参军等职。孝武帝死后，鲍照亦为乱兵所害。

鲍照一生沉沦下僚，很不得志，但他的诗文在生前就颇负盛名，对后来的作家更产生过重大影响。他的文学成就是多方面的，诗、赋、骈文都不乏名篇，而成就最高的则是诗歌，其中乐府诗在他现存的作品中所占的比重很大，而且多传诵名篇，最有名的是《拟行路难》18首。这些诗感情强烈，很有气势，辞藻华美，在锤字炼句上很见功夫。此外，《梅花落》亦为他乐府诗中的名作，用比兴手法，借物喻人，曲折地流露出对封建社会黑暗现实的不满。这些诗都是杂言诗，有的诗句长达九言，对后世产生较大影响。鲍照的五言乐府诗和其他一些拟古、咏史、写景诗亦多佳制。鲍照的辞赋以《芜城赋》最为著名，它不但被视为他个人的代表作，亦是六朝抒情小赋的代表作之一。其余还有《舞鹤赋》和《野鹅赋》等。关于鲍照的文，以往文人较为重视他的《河清颂》，沈约《宋书》对其生平的记述极简，却全文收入此颂。其实他真正有价值的散文乃是《登大雷岸与妹书》，其余还有《石帆铭》和《瓜步山楬文》等。

永明年间，虞炎奉文惠太子萧长懋之命编《鲍照集》10卷。现存较早的集子是《四部丛刊》影印明毛校本《鲍氏集》。明人张溥编《鲍参军集》最流行。《鲍照集》的注释本，始于清末钱振伦之手，可惜未能刊行。近人黄节在钱注的基础上补注《鲍参军诗注》，今人钱仲联作《鲍参军集注》，附有年表。

谢　庄（421—466）　字希逸，陈郡阳夏人，南朝宋辞赋家、诗人。元嘉二十九年（452），任太子中庶子。刘劭弑立，谢庄和刘骏密通书信。刘骏讨平刘劭，即皇位，授谢庄为侍中，后拜吏部尚书。泰始元年（465）授散骑常侍、金紫光禄大夫。卒谥宪子。

谢庄早慧，7岁能作文，通《论语》，年轻时文名即远播北魏。谢庄任太子中庶子时，南平王刘铄献赤鹦鹉，文帝普诏群臣为赋，太子左卫率袁淑文冠当时，作赋毕示庄。及见庄赋，叹曰："江东无我，卿当独秀，我若无卿，亦一时之杰。"遂隐其赋。《赤鹦鹉赋》，今仅存残文。他的《月赋》和《舞马赋》等，亦为当时所重。他的诗作，在钟嵘《诗品》中被评为清雅，比较好的是五言诗《游豫章西观洪崖井》，近于谢灵运的山水诗。其代表作还有杂言诗《怀园引》、散文《殷贵妃诔》。

《宋书·谢庄传》说他有诗文400多篇行于世。《隋书·经籍志》录其集为19卷，现尚存世的作品不及四分之一。明人张溥将其辑为《谢光禄集》。

王僧虔（426—485） 字简穆，琅琊临沂人，羲之四世族孙。官至尚书令，是南朝齐代表性书家和书论家。善草、隶书，好文史，解音律。有《太子舍人帖》传世，著有《笔意赞》。

鲍令晖（生卒年不详） 女，鲍照之妹，南朝宋诗人。据钟嵘《诗品》记载，鲍照有一次曾对孝武帝刘骏说："臣妹才自亚于左棻，臣才不及太冲尔。"可见鲍令晖诗才出众，同时亦寓以左思兄妹自况之意。鲍令晖诗今存7首，代表作有《题书后寄行人》《拟客从远方来》和《代葛沙门妻郭小玉作》等。钟嵘说她的诗"往往崭绝清巧，拟古尤胜"，但又批评她"百愿淫矣"，这大约是指她那些诗主要写相思之情。这些诗多凄婉之辞，真挚感人。

鲍令晖的作品现存不多，原有《香茗赋》亦佚。其诗7首见于《玉台新咏》。清钱振伦编《鲍参军集》，附有鲍令晖诗。今人钱仲联《鲍参军集注》亦附有鲍令晖诗。

沈　约（441—513） 字休文，吴兴人，南朝梁文学家、书法家。历仕宋、齐、梁三朝。其先世为东吴的世家大族。高祖沈警，做过谢安的参军。祖父沈林子曾在刘裕部下，追随刘裕克建康，又从刘裕北伐，任刘裕参军、征虏将军。刘裕即宋武帝位后，封他为汉寿县伯，迁辅国将军。父亲沈璞，是沈林子的幼子，官至宣威将军、盱眙太守，因防魏有功，后转为淮南太守，在元嘉末年（453）皇族争夺帝位的斗争中被杀。沈约13岁时即成孤儿，到处潜窜，遇到大赦，才免于流亡。

沈约少年时家境贫困，但他刻苦攻读，博通群籍。刘宋时代，任蔡兴宗记室，入朝为尚书度支郎。齐初，为文惠太子萧长懋家令，深见宠信。后来又在竟陵王萧子良门下，与谢朓、王融、萧琛、萧衍、陆倕、范云、任昉合称"竟陵八友"。隆昌元年（494）出为东阳太守。

齐明帝萧鸾即位，沈约任五兵尚书，迁国子祭酒。齐末，他积极参与萧衍密谋代齐自立的活动，曾经为萧衍拟定即位诏书。萧衍建立梁朝后，沈约被任命为尚书仆射，封建昌县侯，后迁尚书令，领太子少傅。死后谥隐，故后人也称他为"隐侯"。

沈约的政治地位很高，加上耆年硕望，深于世故，所以成为当时文坛领袖。齐、梁两朝的许多重要诏诰都是出自他的手笔。他的诗文数量极多，据《梁书·沈约传》《南史·沈约传》记载，共有100卷。清人严可均《全上古三代秦汉三国六朝文》辑其遗文为8卷，除了那些例行的公文外，大量的赋、论、碑、铭都足以表现他的“高才博洽”。在诗歌创作上，他是讲求声律的“永明体”创始人之一。他还提出了声律论、四声八病说，为五言律诗的正式形成开辟了通途。

沈约还是一位渊博的学者，著有《晋书》110卷、《宋书》100卷、《齐记》20卷、《高祖记》14卷、《迩信》10卷、《宋世文章志》30卷，以及《四声谱》等。《宋书》流传至今，列为“二十四史”之一。他还精研佛典，《广弘明集》中曾经收录了他不少有关这方面的文章。沈约工草书，《宣和书谱》称其“下笔超绝”。他的存世之作，明人张溥将其辑为《沈隐侯集》，收入《汉魏六朝百三家集》。

张　融（444—497）　南朝齐文学家，字思光，吴郡吴县人。宋孝武帝刘骏在位时，为新安王子鸾北中郎参军。出为封溪令，曾泛海至交州，作《海赋》。后举秀才，对策中第，为尚书殿中郎，不就，改为仪曹郎，因事免官。后复位，摄祠郭、仓部二曹，迁南阳王友，又入萧道成幕。萧道成代宋建齐时，为长沙王镇军、竟陵王征北咨议，并领记室，后迁黄门郎、太子中庶子，累迁至司徒右长史。

张融出身于吴郡世族，兼好儒、释、道，遗令要在死后“左手执《孝经》《老子》，右手执小品《法华经》”。其言行诡怪狂放，见者惊异。他常叹息：“不恨我不见古人，所恨古人又不见我。”又尝云：“呜呼，仲尼独何人哉！”齐高帝却对他有所深爱，尝云：“此人不可无一，不可有二。”张融的文章也与其为人一样诡激而独与众异。《海赋》是他的代表作。晋人木华也曾作《海赋》，张融意在超越木华。二赋格调不同，而并为名作。此赋既能在习用的辞语中见出新颖奇特的构思，同时也清新流丽，可见功力。其诗今存5首，以《明诗》最具特色。此诗情在景中，自然流畅。

据《隋书·经籍志》载，张融有集27卷，又有《玉海集》10卷、《大泽集》10卷、《金波集》60卷和《少子》5卷，但均已散佚。明人张溥辑有《张长史集》，收入《汉魏六朝百三家集》。

江　淹（444—505）　字文通，济阳考城（今河南兰考东）人，南朝文学家。祖父和父亲都在南朝宋任县令。江淹6岁能诗，13岁丧父，家境贫寒，曾采薪养母。20岁左右教宋始安王刘子真读“五经”，并一度在新安王刘子鸾幕下任职。泰始二年（466），江淹转入建平王刘景素幕。刘景素对他很重视，待以布衣之礼，但由于江淹“少年尝倜傥不俗，或为世士所嫉”（《自序传》），因广陵令郭参文一案，被诬受贿入狱。在狱中，他给刘景素上书陈情获释。此后，他曾举南徐州秀才，对策上第，转巴陵王国左常侍。不久，又回到刘景素幕下，任主簿、参军等职。泰豫元年（472），宋明帝死后，刘景素密谋叛乱，江淹曾多次谏劝，但刘景素不纳，江淹于元徽二年（474）被贬为建安吴兴县（今福建浦城）令。这一时期，他在仕途上很不得志，而在文学创作方面却做出了较大的贡献。升明元年（477），齐高帝萧道成执政，把江淹自吴兴召回，并任其为尚书驾部郎、骠骑参军事。他为萧道成出谋划策并起草文书，大受重用。萧道成代宋自立后，他被任为骠骑豫章王记室带东武令，迁中书侍郎。齐武帝永明间，任庐陵内史、尚书左丞、国子博士诸职。少帝萧昭业即位时，他任御史中丞；明帝萧鸾时，又任宣城太守、秘书监诸职。梁武帝萧衍代齐后，官至金紫光禄大夫，被封为醴陵伯。

江淹的诗，在南朝诗人中显得比较古奥遒劲，稍近鲍照的诗，所以人们往往将二人合称“江鲍”。但从反映生活的广度而言，江诗则远不如鲍诗，笔力也见纤弱，它的特色是意趣深远。代表作有《渡泉峤出诸山之顶》《仙阳亭》和《游黄蘗山》等。江淹的辞赋，多属抒情小赋，既受《楚辞》的影响，也从鲍照等作家的作品中吸取了艺术技巧。代表作有《恨赋》和《别赋》等，以写人们的各种心理活动见长。江淹的文，多数是应用文字，基本上属于骈体。代表作有《狱中上建平王书》和《袁友人传》等。

江淹一生经历了宋、齐、梁三朝，而迄今流传的作品大多作于宋末和齐初。可断定为齐永明以后的作品只有《灵丘竹赋》和《铜剑赞》2篇，其余可能均已散佚，故而史书多记载说，江郎才尽于晚年。

江淹在南朝齐初，曾奉命修史，作《齐史》十志。唐人刘知几在《史通·古今正史》中说他以为“史之所难，无出于志，故先著十志，以见其才”。此书已佚。江淹集据《自序传》称凡10卷，《隋书·经籍志》著录为9卷。另有《后集》10卷。今存《江文通集》，已非《隋书·经籍志》所说原本；清代编《四库全书》时，采用的是乾隆间考城梁宾据明代汪士贤、张溥刊本和睢州汤斌家抄本，参互校订而成，凡4卷。另外还有清乾隆间江昉刊本《醴陵集》。注本有明人胡之骥《江文通集汇注》（中华书局1984年排印本）。

范　缜（约450—510）　字子真，范云堂兄，南乡舞阳（今河南泌阳）人，南朝齐梁时期思想家、文学家。少孤贫，师事沛国刘献，甚受赞赏。及长，博通经术，尤精《三礼》。性质直，好危言高论，不畏权贵。年29岁，鬓发皤然，乃作《伤暮诗》《白发咏》以自嗟。先后出仕齐、梁，历任宜都太守、晋安太守、尚书殿中郎、尚书左丞、中书郎、国子博士等职，长期居于建康。他坚持无神论，同当时盛行的佛教进行了尖锐的斗争。永明七年（489），在建康鸡笼山旁竟陵王萧子良的西邸，与萧子良、萧衍及众僧侣进行大辩论，后发表著名的《神灭论》。天监六年（507），梁武帝萧衍为消除《神灭论》的影响，调动64名朝贵和僧侣，写出75篇文章反驳，范缜仍不为所屈，写了《答曹舍人》等论文，揭露了佛教从精神上奴役人民和物质上妨碍生产的危害。留有《弘明集》。

范　云（451—503）　字彦龙，南乡舞阳人，范缜堂弟，南朝齐梁时期诗人。6岁就随其姑父袁叔明读《毛诗》，8岁时就能写诗。为人机警有识，善写文章，下笔辄成，时人多疑为宿构。宋时，为员外散骑郎。齐时，竟陵王萧子良为会稽太守，范云居其门下，为王府主簿。适值子良游秦望山，见秦时刻石文，人多不识，范云读之如流，因以为上宾，自此宠冠府朝。

与沈约等人友善，为“竟陵八友”之一。历任零陵内史、广州刺史等职。因地方豪族诬告而下狱，遇赦免。后拜黄门侍郎，与沈约同助萧衍以成帝业，俄迁大司马咨议参军，领录事。梁时，迁侍中，任散骑常侍、吏部尚书。以佐命功，被封为霄城县侯，深得武帝宠信，官至尚书右仆射。居官能直言劝谏，卒谥文。

范云是当时文坛领袖之一，与沈约、王融、谢朓等人友善，和何逊也有交往。《诗品》将其列之于中品，评为“清便宛转，如流风回雪”。《文选》录其《赠张徐州稷》《古意赠王中书》和《效古》3首五言诗。其作品还有《别诗》《之零陵郡次新亭》和《闺思》等，时有佳句，风格明净，已见唐音之前奏。

《梁书·范云传》记其有集30卷，至今文章已亡佚几尽。诗尚存30余首，收入今人逯钦立《先秦汉魏晋南北朝诗》。

王　俭（452—489）　字仲宝，琅琊临沂人，东晋名相王导五世孙，南朝齐文学家、目录学家。其父僧绰、叔僧虔，俱有文学才能。王俭1岁时，父被害，为叔父所养。自幼勤学，手不释卷。宋明帝把阳羡公主许配给王俭，遂俭拜驸马都尉。18岁时，成为秘书郎，历任秘书丞、义兴太守、太尉右长史等职，后辅佐齐太祖萧道成即位。礼仪诏策，皆出其手。以佐命之功被封为南昌县公，升尚书左仆射，领吏部，兼丹阳尹。齐武帝时，任侍中、尚书令，领国子祭酒、太子少傅、卫军将军、中书监，死后谥文宪。

王俭在目录学上很有贡献，曾校勘古籍，依刘歆《七略》而撰《七志》，突破刘歆收书不收图的旧例，新增《图谱志》；又始创“文翰”一目，以诗赋文集属之，即后世之集部；另有《宋元徽元年四部书目录》。今皆失传。

据《南齐书·王俭传》云，王俭“手笔典裁，为当时所重”。其诗多为典雅庄重的四言体，有几首抒情写景的五言小诗较为出色。明清之际王夫之称赞其《春诗》说，“二十字为一片云，因日成彩”，“允为绝句先声”（《古诗选评》卷三）。其文大多是讨论礼制的议论文，纯用散体，少用骈偶。代表作为《太宰文简褚公彦回碑》，藻饰华丽，颂扬溢美，明清评点家多有讥评。

王俭是齐初文坛的核心人物，曾主持学士馆，以其家为馆舍。他大力倡导，殷勤奖掖，提携后进。任昉、王摛、萧子恪等人都曾得到他的赏识。南朝文章，以用事为贵，数典为工，王俭是这些风气的推动者之一。据《南史·王湛简传》记载：“王俭尝集才学之士，总校虚实，类物隶之，谓之隶事，自此始也。”自此之后，齐梁文翰，率以富博为长。不过，王俭本人的多数文章，用典还不算太烦琐。

《隋书·经籍志》记有《王俭集》51卷，今散佚。今存诗8首、歌辞5首、文40多篇。明人张溥辑有《王文宪集》。

陶弘景（456—536） 字通明，丹阳秣陵人，南朝齐梁时期文学家、书法家、道教思想家、医学家。好读书，喜道术。20岁以前被萧道成引为诸王侍读。齐武帝永明十年（492）辞官，归隐于句容茅山，炼丹习道，自号华阳隐居。梁武帝萧衍经常向他咨询国家大事，时人号其为“山中宰相”。陶弘景死后谥贞白先生，皇子萧纲、萧纶为之撰写墓志、墓碑。

陶弘景是一位博学的文人，精通天文历法、山川地理、医术本草、琴棋书法乃至阴阳五行。他的著作很丰富，但多属道术和医药方面的书。骈文《答谢中书书》，清淡精美，是六朝山水小品的名作之一。其诗仅存6首，多数质量较高。据《新唐书·艺文志》载，陶弘景曾著《毛诗序注》1卷。

陶弘景善书，师钟王，工草隶，行书尤妙，书风萧远洗雅。唐张怀瓘谓其书“师钟、王，采其气骨，时称与萧子云、阮妍各得右军一体，其真书劲利，欧、虞往往不如，隶、行入能”（《书断》）。镇江焦山著名摩崖石刻《瘗鹤铭》后题华阳真逸撰，上皇山樵书，传为陶弘景书作。其书论有《与梁武帝论书启》等（《梁书》卷五十一、《南史》卷七十六皆有传）。

他有集30卷、内集15卷。江总曾为之撰《陶贞白先生集序》。其诗文多已散佚。明人张溥辑为《陶隐居集》，收入《汉魏六朝百三家集》。

任　昉（460—508） 字彦升，乐安博昌（今山东寿光）人，南朝梁文学家。16岁举秀才，为太常博士。南朝齐时官至中书侍郎、司徒右长史。他与萧衍等人同是“竟陵八友”中人，并相友善。永元三年（501），萧衍进军建康，任昉为记室。次年，萧衍代齐立梁，禅让文告都出自任昉手笔。入梁，任昉为黄门侍郎、吏部郎，出为义兴太守，召为御史中丞、秘书监。又出为新安太守，逝世于任所。追赠太常，谥号敬子。

任昉博学能文，颇受当时学者文宗王俭、沈约器重。他读书广博，自己藏书万余卷，与沈约、王僧孺同为当时著名的藏书家。贺纵、沈约校勘中秘目录，曾取任昉藏书以补正。他文思敏捷，尤长表诰，起草文书，不加点窜。今存其文多为代笔拟作的骈体应用文告之类，有文采而见渊博。清人何焯指出，“任笔为有重名，亦以在当时稍为质健，特不能离去俗格，故高出有限耳”（《义门读书记》），所论中肯。任昉较好的作品，如《王文宪集序》《吊刘文范》等，笔调抒情，哀婉动人，虽“俪体行文”，而“无伤逸气”（《任彦升集题辞》）。

任昉晚年转好著诗，意欲胜过沈约。但是用典过多，属辞滞涩，当时有“才尽之谈”（《南史·任昉传》）。他与王融掀起的那种作诗“竞须新事”的风气，受到钟嵘的批评（见《诗品序》）。不过今存诗21首，却比较平实，用典并不多。如《赠王僧孺》《出郡传舍哭范仆射》（3首）等，直抒胸臆，情辞深婉；《济浙江》《落日泛舟东溪》等，写景述怀，文笔清丽，亦含兴寄。

《梁书·任昉传》载文章33卷。任昉又有《杂传》247卷、《地记》252卷，均佚。《隋书·经籍志》有《任昉集》34卷，已佚。明人张溥辑有《任彦升集》。

谢 朓（464—499） 字玄晖，陈郡阳夏人，南朝齐诗人、书法家。高祖据，为谢安之兄。父纬，官散骑侍郎。母为宋文帝之女长城公主。谢朓家世既贵，少又好学，为南朝齐藩王所重。初为太尉豫章王萧嶷行参军，迁随王萧子隆东中郎府，转王俭卫军东阁祭酒，后为随王镇西功曹，转文学。永明九年（491）随王为荆州刺史，亲府州事。谢朓随之赴任，以文才尤被赏爱。后被调还京都，领记室，掌霸府文笔，又掌中书诏诰。建武二年（495）出为宣城太守，后迁尚书吏部郎。永元二年（500），始安王萧遥光谋夺帝位，谢朓不预其谋，反遭诬陷，下狱而死。

谢朓在青年时期即以文学知名，曾参与竟陵王萧子良西邸的文学活动，为“竟陵八友”之一。在“八友”中，他的成就最高。其实，在西邸时期，他的诗歌题材还较为狭窄，除了游宴应酬之外，就是咏物。赴荆州之后，他的诗歌创作才有所开拓。特别是他经历过政治风波，出任宣城太守之后，他的诗歌创作从内容到形式都取得新的成就。他不仅创作了大量的山水诗，还创作了诸如《赛敬亭山庙喜雨》《赋贫民田》等诗歌，在一定程度上反映了社会现实。

谢朓在诗歌创作中的主要成就是发展了山水诗。谢朓同山水诗祖谢灵运同族，世称“二谢”，谢灵运为大谢，谢朓为小谢。谢朓完全摆脱了玄言的色彩，在山水诗中把描写景物和抒发感情自然地结合起来，达到情景交融的境界。这是他对诗歌艺术发展的重要贡献。谢朓主张“好诗圆美流转如弹丸”（《南史·王昙首传附王筠传》），把讲究平仄四声的永明声律运用于诗歌创作之中，使诗歌的表现艺术达到一个新的境界。谢朓的短诗，耐人咀嚼，富于民歌风味，对五言绝句的形成和发展有一定的影响。谢朓是永明诗人的代表，在当世就享有盛名。他的诗歌不仅影响了唐代诗人，而且影响了一代诗风。梁武帝萧衍曾说：“三日不读谢（朓）诗，便觉口臭。”杜甫说“谢朓每诗堪讽诵”（《寄岑嘉州》）；李白诗中经常提及谢朓，如“解道澄江静如练，令人长忆谢玄晖”（《金陵城西楼月下吟》）、“蓬莱文章建安骨，中间小谢又清发”（《宣州谢朓楼饯别校书叔云》），所以清人王士祯说李白“一生低首谢宣城”（《论诗绝句》）；宋人赵紫芝更认为“玄晖诗变有唐风”；严羽也说“谢朓之诗，已有全篇似唐人者”；明人胡应麟认为唐人“多法宣城（谢朓）”。

谢朓的辞赋和散文的成就，为诗名所掩。谢朓的小赋，写物寓意，借景抒情，体现了汉赋向齐梁骈赋过渡的特点。谢朓还写过表章奏启等之类散文。这些文章情见乎辞，文情并茂，富于诗情画意。

谢朓工草隶虫篆。《书断》称：“草殊流美，薄暮川上，余露照人，春晚林中，飞花满目。”

《隋书·经籍志》记有《谢朓集》12卷、《谢朓逸集》1卷，均佚。明人收集遗佚，重为编定，刻本甚多，通行本有《四部丛刊》影明抄本。今人郝立权有《谢宣城诗注》。

丘 迟（464—508） 字希范，吴兴乌程（今浙江吴兴）人，南朝梁文学家。其父灵鞠，也是当时的著名文人。丘迟幼聪慧，能诗文。在南朝齐时，入萧衍幕为主簿。萧衍代齐建梁后，丘迟被任命为中书侍郎，待诏文德殿。时梁武帝作《连珠》，诏群臣继作者数十人，迟文最美，不久出为永嘉太守，但在郡不称职，被弹劾。帝爱其才，不予追究。迟后又内迁为中书郎、司空从事中郎。

丘迟能诗，工骈文。钟嵘《诗品》把他与范云并列，入中品，说他的诗“点缀映媚，似落花依草”。从现存的诗来看，其写法仿效谢灵运，如《旦发渔浦潭》。他在文学史上之所以占有一席地位，主要还是由于他那篇出色的骈文《与陈伯之书》。天监四年（505），中军将军临川王萧宏北伐魏，丘迟为咨议参军，领记室。时陈伯之在魏，率军抵抗，丘迟写此书晓喻，伯之遂降。此书语言委婉绮丽，历来为人们传诵。

丘迟原有集11卷，已佚。明人张溥辑有《丘司空集》。

萧　衍（464—549）　字叔达，小字练儿，南兰陵人，南朝齐梁时期文学家、书法家，南朝梁武帝。在南朝齐时历官宁朔将军、雍州刺史。中兴二年（502）通过禅让的形式代齐即皇帝位，建立梁朝，在位48年。他统治的大部分时期，经济有所发展，政局也比较安定，对当时都城南京的发展是有一定贡献的。晚年，由于诸皇子争夺皇位继承权，内部矛盾日益激化。太清二年（548），萧正德勾结东魏降将侯景叛乱，攻入建康，萧衍被囚台城，次年饿死。

萧衍博学能文，工书法，通音乐，又笃信佛教。年轻时，曾被列名“竟陵八友”之一。即皇帝位后，重用文士，提倡文学创作。在他的影响下，贵族大臣也纷纷效法，这对当时文学创作的繁荣有重要的影响。

萧衍工书，草、隶、虫篆诸体皆精。著有《观钟繇书法十二意》《草书状》《与陶隐居论书》《书评》传世。

据《梁书·武帝纪》载，萧衍著作极多。除学术著作外，《隋书·经籍志》记有《梁武帝集》26卷、《梁武帝诗赋集》20卷、《梁武帝杂文集》9卷。唐宋以后，虽已散佚，但到明末张溥辑录《汉魏六朝百三家集》时，《梁武帝集》中作品的数量依然超过了许多同时期文人的作品数量。他重视乐府民歌，曾有不少拟作，这些作品分别被收录在《玉台新咏》《艺文类聚》《文苑英华》和《乐府诗集》里。其中，《子夜四时歌》中的《春歌》《夏歌》和《河中之水歌》《东飞伯劳歌》等，清新活泼，堪称帝王贵族中出色的作品。他的一些诏令书敕也写得极有文采。

柳　恽（465—517）　字文畅，河东解（今山西运城）人，南朝齐梁时期诗人。父柳世隆，以功官至尚书令。柳恽少好学，善书简。在齐，初为竟陵王法曹行参军，官至相国右司马。齐末，梁武帝萧衍起兵，柳恽往投帐下，得到任用。入梁，兼侍中，与仆射沈约等共定新律。历任广州刺史、秘书监、右卫将军。梁武帝每宴，必召之赋诗，尝和武帝《登景阳楼》诗，深受赞美。后柳恽曾两度出任吴兴太守，为政清廉，受到吏民称赞。病卒于职。

柳恽多才艺，善诗。其诗今存者不足20首，但不乏佳作。名篇有写闺怨的《江南曲》，起句“汀洲采白苹，日落江南春”，后人诗词常将其作为典故化用。其他代表作有《从（梁）武帝登景阳楼》《捣衣诗》《独不见》和《赠吴均》等。其诗风清新流丽，情调健康，在当时诗坛占有一定地位。柳恽还能曲，善弹琴，为竟陵王萧子良所赞赏；工弈棋，品定棋谱；又好医术，尽其精妙。梁武帝赞曰：“至如柳恽，可谓具美，今其才艺，足了十人。”

柳恽有集12卷，今已佚。清人严可均《全上古三代秦汉三国六朝文》辑其文1篇，今人逯钦立在《先秦汉魏晋南北朝诗》辑其诗18首。

刘　勰（约466—约539）　字彦和，东莞莒（今属山东）人，南朝齐梁时期文学理论批评家。永嘉之乱，其先人避难渡江，世居京口。刘勰入梁出仕后，兼任东宫通事舍人的时间较久，后世因称他为“刘舍人”。

刘勰的家族社会地位并不高，祖父无官，父亲刘尚曾任越骑校尉，去世较早。刘勰家境清贫，不婚娶。大约在他20岁时，母亲逝世。他居丧3年后，投奔南京上定林寺，依靠名僧僧祐，与之居处10余年。在此期间，他笃志苦读，在深研佛理的同时，又饱览经史百家之书和历代文学作品，“深得文理”。从“齿在逾立”开始，刘勰经过五六年的努力，于中兴元年至二年（501—502）间写成了《文心雕龙》。

梁武帝天监初，刘勰起家为奉朝请，先后担任和兼任过中军临川王萧宏、南康王萧绩的记室，车骑仓曹参军，太末（今浙江衢州）令，步兵校尉，东宫通事舍人等职务。在兼任东宫通事舍人期间，与昭明太子萧统交好，共同“讨论篇籍，商榷古今”。萧统主编选录的著名文学总集《文选》，与《文心雕龙》“选文定篇”多有契合之处，自非偶然。中大通三年（531）四月，昭明太子死后，刘勰奉敕与沙门慧震于上定林寺撰经。经成以后，他便弃官为僧，法名慧地。出家后不到1年即去世。

刘勰的《文心雕龙》是中国古代文学理论批评史上第一部有严密体系的“体大而虑周”（《文史通义》）的文学理论专著。此书问世以后，在中国文学史和文学理论批评史上产生了深远的影响。唐代史学家刘知几把它作为写作《史通》的楷模。鲁迅高度评价此巨著，将之与亚里士多德的《诗学》并提。因为创作了这部巨著，刘勰不仅成为中国五、六世纪之交的，也是整个封建时代的一位杰出的文学理论家，在世界美学史上亦为一位卓立不朽的巨人。

刘勰在南京上定林寺期间还写过不少有关佛教方面的著述。《梁书·刘勰传》说他“为文长于佛理，京师寺塔及名僧碑志，必请勰制文”。当时高僧僧柔、僧祐、超辩等的墓碑都出自他的手笔。其文集在唐初已失传。刘勰的著作，现在除了《文心雕龙》外，只有《灭惑论》（《弘明集》卷八）和《梁建安王造剡山石城寺石像碑》（《会稽掇英总集》卷十六）2篇保存下来。

王　融（468—494）　字元长，琅琊临沂人，南朝齐文学家。王僧达之孙，王俭之侄。少聪慧，受母教，博涉有文才。年少时即举秀才，入竟陵王萧子良幕，极受赏识。永明十一年

（493），兼任主客，接待北魏使者，应对便捷。北魏侵边，为宁朔将军主军。不久，齐武帝病重，萧子良和萧昭业争夺帝位失败，王融因依附子良而下狱，被孔稚珪奏劾，赐死。

王融工诗能文。《南齐书·王融传》说他“文辞辩捷，尤善仓卒属缀，有所造作，援笔可待”。他当时最为人称道的文章是《三月三日曲水诗序》。永明九年（491），芳林园禊宴，齐武帝命群臣赋诗，使融为序，当时亦有北魏使者参加。王融写成后，北魏使者认为其文超过颜延之的作品，可以和司马相如的《封禅书》相比。明人张溥也称其为“词涉比偶，而壮气不投”（《王宁朔集》题辞）。其实这是一篇典型的应制之作。他又曾和沈约、谢朓、周颙等人创建讲究声律的新变体，即“永明体”，推动了诗歌形式的发展。他的诗音韵和谐，钟嵘《诗品》说“词美英净”。其诗风与谢朓有一定共同之处，以至后人常把他的诗和谢朓诗相混。

王融所存诗文，明人张溥将其辑为《王宁朔集》。

钟　嵘（约468—约518）　字仲伟，颍川长社（今河南许昌）人，南朝齐梁时期文学理论批评家。钟氏为颍川望族。钟嵘从祖钟宪在南朝齐时为正员郎，父钟蹈为齐中军参军。兄钟岏，梁时任建康令，著《良吏传》10卷；弟钟屿，任永嘉郡丞，天监十五年（516）曾参与编纂类书《遍略》。

钟嵘幼好学，有思理。永明三年（485）秋，与其兄钟岏同入国子学。后因明《周易》，得到国子祭酒、卫将军王俭的赏识，被举荐为本州秀才。永明年间，竟陵王萧子良移居南京鸡笼山西邸，招致文学之士，使西邸成为当时的文学中心，时钟嵘正在京师，深受影响。齐建武初，钟嵘为南康王萧子琳侍郎。建武五年（498），萧子琳被杀，钟嵘改任抚军行参军，出为安国令。永元三年（501），又改任司徒行参军。入梁，迁为中军临川王行参军。天监三年（504），萧元简封衡阳王，出任会稽太守，引钟嵘为宁朔记室。天监十三年（514），萧元简回京师任给事黄门侍郎，钟嵘随之回京师。天监十七年（518），晋安王萧纲（梁简文帝）为西中郎将，负责石头戍军事，钟嵘被引为记室，不久，卒于此职。

钟嵘的代表作为《诗品》，成书于天监十二年（513）之后，是继《文心雕龙》之后的又一部文学批评杰作，是中国文学批评史上第一部论诗专著。《诗品》，一名《诗评》，全书3卷，所论范围仅限于五言诗，共品评了从汉代到梁代的诗人122人。《诗品》分上中下三品，各品均有序言，近人集于书前称作《诗品序》，又称为《总论》。《诗品序》集中阐述了作者的诗歌理论主张。《诗品》还通过对具体作家作品的品评来体现其创作主张。他的批评标准和批评方法都具有独创精神。他还力图通过对诗歌风格特色的探讨，揭示历代诗人创作风格的继承关系，追本溯源，开辟了诗歌研究的新途径。《诗品》对当时诗歌的发展起了直接的推动作用，对后世诗歌批评也有很深的影响。

《诗品》最流行的版本是《津逮秘书》本和《学津讨原》本。近人许文雨有《诗品讲疏》，陈延杰有《诗品注》。

吴　均（469—520）　字叔庠，吴兴故鄣（今浙江安吉）人，南朝梁文学家。家世寒贱，好学有俊才，其诗文深受沈约称赞。梁武帝天监初年，任郡主簿。天监六年（507），被建安王萧伟引为记室。后又被任为奉朝请。他有志于历史著述，欲撰《齐书》，求借齐起居注及群臣行状，武帝不许，遂私撰《齐春秋》，因实录齐梁间的历史而触怒梁武帝，遭焚书免官的迫害。不久，奉旨撰写《通史》，未竟而死。

《梁书·吴均传》说他"文体清拔有古气"。其文体在当时颇有影响，时称"吴均体"。其诗今存140余首，多为友人赠答、赠别之作。音韵和谐，风格清丽，属于典型的齐梁风格，但语言明畅，用典贴切，无堆砌之弊。代表作《送柳吴兴竹亭集》，写景细致，渲染出离愁别绪；《行路难》5首、《胡无人行》和《从军行》等，辞藻华美，又不失刚健清新的气息，有鲍照余绪；《赠王桂阳》表现出寒士的雄心和骨气，并吐露出怀才不遇的愤懑之情。

吴均善于以骈文写书信，代表作有《与施从事书》《与朱元思书》和《与顾章书》等，俱以写景见长，文笔清丽，韵味隽永。吴均还著有《续齐谐记》，它是当时志怪小说中艺术成就较高的作品。

《隋书·经籍志》录有《吴均集》20卷，已佚。明人张溥辑有《吴朝请集》，收入《汉魏六朝百三家集》。

裴子野（469—530）　字几原，河东闻喜人，南朝梁史学家、文学家。裴松之曾孙，裴骃孙。与兄黎，弟楷、绰并有盛名，时称"四裴"。少好学，善为文。齐时，初为武陵王国左常侍，后为江夏五行参军。入梁，任诸暨令。时沈约所撰《宋书》称"松之已后无闻焉"，子野则据《宋书》删撰为《宋略》20卷，其叙事评论多善，而云"戮淮南太守沈璞，以其不从义师故也"。沈约惧而认错，并自叹不及。萧琛以为《宋略》可比《过秦论》。徐勉亦甚推重，并言于武帝，遂子野被任为著作郎，再迁员外郎。时大举北进，武帝命子野作《移魏文》。子野受诏立成，获群臣叹服。武帝目视子野说："其形虽弱，其文甚壮。"自此，符檄之文皆出其手。后子野任中书侍郎，官至鸿胪卿，领步兵校尉。晚年笃信佛教，终身饭麦食蔬。

其著作还有《雕虫论》较著名，对当时注重辞藻的形式主义倾向进行批评。《喻虏檄文》笔力遒劲。今存诗3首，其中《咏雪》较有情致。

裴子野的著作散失颇多。《隋书·经籍志》录有《裴子野集》14卷，已佚，还有《众僧传》《续裴氏家传》和《方国使图》等，均佚。其诗文见今人逯钦立《先秦汉魏晋南北朝诗》及清人严可均《全上古三代秦汉三国六朝文》。

殷　芸（471—529）　字灌蔬，陈郡长平（今河南西华县东北）人，南朝梁小说家。生性倜傥，不拘细行，但是不妄交游，门无杂客。励精勤学，博洽群书。年幼时，受庐江何宪接见，便得到赏识。永明年间，为宜都王行参军。天监初年，为西中郎主簿，后任临川王记室。天监七年（508）迁通直散骑侍郎，兼中书通事舍人。天监十年（511）除通直散骑侍郎，兼尚左丞，又兼中书舍人，迁国子博士、昭明太子侍读、西中郎豫章王长史，领丹阳尹丞，累迁通直散骑常侍、秘书监、司徒左长史。普通六年（525）直东宫学士省。

殷芸长期在南京为官，尝奉梁武帝之命，撰成《小说》10卷，世称“《殷芸小说》”。这是中国古代第一部以“小说”为书名的小说集。原书30卷，至隋已不全，仅存10卷。南朝宋时因避太祖父弘殷讳，故又改称《商芸小说》。明初尚存，后散佚。今只见于《续谈助》及原本《说郛》中。鲁迅《古小说钩沉》中有辑本，收有130余条。其书以时代为次第，而置帝王之事于卷首，始以周汉，终于南朝齐，记载帝王将相与士大夫的遗闻轶事，追求艺术的真实，开始以虚构的情节塑造人物，为中国小说史上的创举。殷芸另存《咏舞》诗1首。

徐　摛（474—551）　字士缋（一作士隽），东海郯城人，南朝梁诗人。徐陵之父。幼好学，及长，遍览经史。初为太学博士，后为晋安王萧纲侍读。萧纲被立为太子后，徐摛转为家令，兼管记。后出为新安太守，官至太子左卫率。大宝二年（551），简文帝萧纲被侯景幽禁，摛气愤而卒。

《梁书》本传说他“属文好为新变，不拘旧体”。这种诗体，已较近于后来的律诗。他曾长期和萧纲在一起写作诗文，形成“宫体诗风”。与庾肩吾齐名，是宫体诗代表作家之一。他的作品仅存5首，另有2篇骈文，都是残缺的佚文。现存诗大多是咏物之作，内容和艺术技巧虽平庸，却无某些宫体诗中那种低下格调。代表作有《胡无人行》等。

何　逊（约480—518）　字仲言，东海郯城人，南朝梁诗人。据说他8岁就能作诗，20岁左右被举为秀才，与他同时代的诗人范云见到他的试策，大加称赞，就此二人结为忘年之交。沈约也很欣赏他的诗，曾对他说：“吾每读卿诗，一日三复，犹不能已。”他出身贫寒，仕途很不得志。梁武帝天监中，曾任建安王萧伟的记室，并随萧伟去江州。后来回建康，又任安成王萧秀的幕僚，还兼任过尚书水部郎。一度与吴均俱被梁武帝赏识，但不久即失意。梁武帝萧衍说：“吴均不均，何逊不逊。”自是疏远。何逊以母丧去职，晚年在庐陵王萧续幕下任职，再度去江州，病逝于兹。后人称其为“何记室”或“何水部”。

何逊的诗，当时曾与刘孝绰齐名，二人称为“何刘”；后人认为其诗与阴铿颇相似，又谓二人“阴何”。他的诗受“永明体”的影响，很讲究声律，某些作品比沈约等人更接近成熟的近体诗。日本僧人遍照金刚《文镜秘府论》在论诗的声律时，曾举他的《伤徐主簿》3首为例；宋代洪迈的《万首唐人绝句》还把他的《送司马长沙》误作唐人五绝选入。他的诗擅长抒写离情别绪及描绘景物。清沈德潜在《古诗源》中称其诗“情辞宛转，浅语俱深”。其代表作有《临行与故游夜别》《与胡兴安夜别》《入西塞示南府同僚》《赠王左丞》《下方山》和《慈姥矶》等。

何逊还有少量辞赋和骈文传世。他的《穷乌赋》似是残存的片段，并非全文。他的骈文中辞藻较好的是《为衡山侯与妇书》，但又无显著特色，远不如他的诗作。

据《梁书·何逊传》记载，《何逊集》是他死后由同时代人王僧孺所编定，共8卷。《隋书·经籍志》所著录的是7卷。此书最晚到五代时已残缺。宋代黄伯思《东观余论》载《何逊集》有后晋天福本2卷，有诗无文。今所见刻本以明代正德张溥刊本为早。继有薛应旂刊本、张燮刊本和张溥《汉魏六朝百三家集》本。中华书局有排印本《何逊集》。

刘孝绰（481—539） 本名冉，小字阿士，彭城（今江苏徐州）人，南朝梁文学家。幼聪敏，能作文，舅父王融称之为“神童”，曰：“天下文章若无我，当归阿士。”又为沈约、任昉、范云所赞赏。始为著作佐郎，后迁兼尚书水部郎。曾侍武帝宴，遵命赋诗7首。武帝览其诗，篇篇嗟赏。后绰累迁秘书丞，后为太子仆，掌东宫管记，颇为昭明太子萧统所重，曾为昭明太子编录文集并作序，遂迁兼廷尉卿。孝绰仗气负才，每有不合意，便极言诋訾，由此与世乖忤，前后5次被免官。后曾任黄门侍郎、尚书吏部郎等职。晚年郁郁不得志，官至秘书监。

刘孝绰的诗，现存60多首。据《颜氏家训·文章篇》载，在同时期诗人中，他与何逊齐名，然而他本人却对何逊颇为轻视。在前辈诗人中，他最服膺谢朓。但他有不少应制及类似“宫体”的作品，又喜用典故，有些诗句还显出模拟的痕迹，远不如谢诗自然真切，其中较为清新可读的是写闺怨的《古意送沈宏》。其他代表作有《太子濮落日望水》《夕逗繁昌浦》和《酬陆长史倕》等。杜甫曾说“何（逊）刘（孝绰）沈（约）谢（朓）力未工”（《苏端薛复筵简薛华醉歌》），此为齐梁后许多诗人之通病。

刘孝绰文，今存《昭明太子集序》等10余篇。刘孝绰有集14卷，已佚。明人张溥辑有《刘秘书集》。

王　筠（481—549） 字元礼，一字德柔，琅琊临沂人，南朝梁文学家。王僧虔之孙。少能属文，年十六所作《芍药赋》，甚美。及长，清静好学，有才名。王筠初为临川王行参军时，沈约每见其文，赞叹吟咏，尝启奏梁武帝曰：“晚来名家，唯见王筠独步。”王筠累迁太子洗马、中舍人，并掌东宫管记。昭明太子萧统独爱文学士，常游宴玄圃，独王筠与刘孝绰颇受器重。中大通三年（531），萧统卒，王筠出为临海太守。后还京，任秘书监、太府卿、度支尚书、太子詹事。侯景之乱中，惊惧坠井而亡。

王筠少负才名，深受沈约赏识。沈约认为其超越时人，并以谢朓所说“好诗圆美流转如弹丸”来称赞他的诗。在太子府中任职时，王筠常和著名的文人刘孝绰、陆倕、殷芸等游宴酬唱。其诗歌代表作有《望夕霁》《北寺寅上人房望远山岫玩前池》等。他勤奋好学，自称“少好书，老而弥笃，虽偶见督观，皆即疏记”，手抄经、史、子书百余卷。他又曾奉敕撰《开善寺宝志大师碑文》，此碑文词句丽逸。另一篇《昭明太子哀册文》亦为人嗟赏，见于《梁书·昭明太子传》，虽不免有谀辞，但在同类文章中还是较有可读性的。

王筠晚年自编文集，以历任官职为集名，一官为一集，《洗马》《中书》《中庶子》《吏部》《左佐》《临海》和《太府》等各10卷，《尚书》30卷，凡100卷，均已散佚。今存明人张溥辑《王詹事集》，收入《汉魏六朝百三家集》。

刘孝仪（486—550）　名潜，以字行，刘孝绰弟，南朝梁文学家。幼孤，与诸兄弟勤学相勉。举秀才，初为始兴王萧憺法曹行参军，随同出镇益州，兼记室。后又随晋安王萧纲出镇襄阳，曾出使北魏。累迁尚书左丞，兼御史中丞。历任临海太守、豫章内史。后来侯景叛乱，州郡失陷。太宝元年（550），刘孝仪病逝。

刘孝绰品评诸弟有“三笔六诗”之说，“三”即三弟刘孝仪，“六”即六弟刘孝威。《梁书·刘孝仪传》称孝仪曾奉敕制《雍州平等寺金像碑》（《艺文类聚》题作《雍州金像寺无量寿佛像碑》），其碑文文甚宏丽。还有《平等寺刹下铭》亦写得典重富丽。其他作品如《北使还与永丰侯书》，写行役时的辛苦和回南后的欣喜，生动而有情致。

《隋书·经籍志》有《刘孝仪集》20卷，今佚。《先秦汉魏晋南北朝诗》录存其诗12首。《全上古三代秦汉三国六朝文》录存刘孝仪并弟孝威文为1卷。明人张溥辑有《刘孝仪孝威集》。

萧子显（487—535）　字景阳，南兰陵人，南朝梁文学家、史学家。齐高帝萧道成之孙，南朝齐豫章王萧嶷之子。7岁被封为宁都县侯，13岁为给事中，入梁降为子爵。历任司徒主簿、太子中舍人、国子博士、吏部尚书。大同元年（535）出为吴兴太守，卒于任上。子显风度洒脱，雍容娴雅，性爱山水，喜饮酒，恃才傲物，谥号骄。

萧子显兼工文学、史学。“二十四史”中的《南齐书》59卷，即为其所著。此书在檀超、江淹和沈约等人所修的南齐史基础上写定，以南齐宗室而记南齐事，材料比较丰富，并能叙事简洁，但也有因忌避而致更改破析之处。他又采集各家《后汉书》，考正异同，为一家之书，共100卷，但已亡佚。在《南齐书·文学传论》中，他着重评述魏晋以来的作家，批评了当时文坛上形式主义的文风，提倡文学“新变”，肯定了鲍照“发唱惊挺”“倾炫心魂”的诗歌特色，这在文学批评史上有重要意义。

萧子显恃才傲物，但又善于迎合。梁武帝自负博学，他就奏请为其编纂文集，又拟定了歌功颂德的《普通北伐记》。他曾自比宋玉、贾谊，但从现存的诗歌来看，其作品并未摆脱轻艳的齐梁风格，并无多少出色之处。诗作名篇有《乌栖曲》。他还写过一篇《鸿序赋》，自诩为“体兼众制、文备多方”，沈约也加以揄扬，但今已不传。

《梁书·萧子显传》说他有文集20卷，今仅存文2篇，收录于《全上古三代秦汉三国六朝文》中。《先秦汉魏晋南北朝诗》收有其诗18首。

庾肩吾（487—553）　字子慎，一字慎之，南阳新野人，南朝梁文学家、书法家。庾信之父。幼能写诗，初为晋安王萧纲常侍。萧纲每徙镇，肩吾常相随。他历任云麾参军，并兼记室参军。萧纲爱好文学，招纳文士，庾肩吾和徐摛、刘孝威等人同被赏接。肩吾又受命抄撰书籍，当时号为“高斋学士”。萧纲为皇太子，肩吾遂兼东宫通事舍人，累迁太子中庶子。萧纲即帝位，任其为度支尚书。侯景之乱至建康，矫诏遣庾肩吾使江州招降萧大心，他乘机逃至会稽，转赴江陵，投奔萧绎，任江州刺史，领义阳太守，后被封为武康县侯。死后，元帝萧绎为其作墓志。

庾肩吾历任萧纲府中属官。当时盛行宫体诗，他是助推者之一。现存的诗文，多为应制、奉和、侍宴、谢启这一类应酬之作，但《游甑山》和《寻周处士弘让》等诗中亦有佳句，写景生动。他晚年身经战乱，诗风有所转变。其《战后行经吴邮亭》等诗抒发对侯景之乱的忧愤，情辞慷慨，笔力也较雄健。由于他讲求声律，他的一些五言诗已具备了五言律诗的雏形。

庾肩吾还是一位书法家，著有《书品》。《书品》叙述书法的源流演变，评论历代书法家的特色，颇受后人重视。

《隋书·经籍志》载有《梁度支尚书庾肩吾集》10卷，但唐代李贺已经感叹不得见其遗文（《还自会稽歌序》）。明人张溥辑有《庾度支集》，收入《汉魏六朝百三家集》。

刘孝威（496—549）　彭城人，南朝梁诗人。刘孝绰六弟。初为晋安王萧纲法曹。萧纲被立为太子后，刘孝威又为太子洗马，率更令，并掌书记。大同九年（543），有白雀翔集东宫，孝威作颂，其辞甚美。后官至中庶子兼通事舍人。及侯景作乱，逃出围城，随习州刺史柳仲礼至安陆，病卒。

刘孝威同庾肩吾、徐摛等并为萧纲的“高斋学士”，诗作主要也是宫体一流。《玉台新咏》选入其诗《和定襄侯初笄》等8首。《望隔墙花》则比较清新流利，《望雨》和《登覆舟山望湖北》体物入微、自然细致。乐府诗《陇头水》描写边塞生活，又格调爽逸、雄健。

《隋书·经籍志》记载有《刘孝威集》10卷，今佚。明人张溥辑有《刘孝仪孝威集》，收入《汉魏六朝百三家集》。

萧　统（501—531）　字德施，小字维摩，梁武帝萧衍长子，南朝梁文学家。天监元年（502）被立为太子。生而聪睿，3岁开始读《孝经》《论语》，5岁遍读“五经”，9岁就在寿安殿讲《孝经》，12岁开始学习判案，15岁加冠礼，读书数行并下，过目成诵，每遇游宴，赋诗至数十韵，或命作剧韵（指难押的字）赋咏，稍思即成，不加涂改，可见其才华。他所居都城南京东宫，藏书达3万卷，著名之《文选》即其在东宫时延集文人学士所共同编定。萧统自幼受儒家思想教育，及长，又随父皇奉佛。在政治上他主张省刑罚，比较关心人民疾苦。普通中，连岁大军北讨，都下米贵，因命菲衣减膳，改常馔为小食，每霖雨积雪，辄遣腹心左右周行闾巷，视贫困家，及有流离道路者，以米密加赈赐，人十石，又出主衣绵帛，多作襦袴，冬月以施贫冻，若死亡无可敛者，为备棺槥。素性爱民，每闻远近百姓赋役勤苦，辄敛容变色。他31岁那年三月游后池，姬人荡舟使他偶然落水，他因此害病，到四月遂至暴恶，已而薨逝，谥号为昭明，世称“昭明太子”。故后人也习称《文选》为《昭明文选》。

萧统一生著作甚多，有《正序》10卷、《英华集》20卷、《古今诗苑英华》19卷、《文集》20卷，均佚。他最重要的贡献是主持编辑了中国现存最早的诗文总集《文选》，选录了自先秦至南朝齐梁时期的诗文共700多篇，使古代许多名篇佳作得以保存下来。《文选》流传很广，对后世影响很大。唐以后往往把它作为学习文学的教科书，并形成了研究《文选》的“文选学”。另外，萧统最早为陶渊明编集作序，对其诗歌和人品评价甚高。所编《陶渊明集》已佚，所作《陶渊明集序》和《陶渊明传》存世，从中看出他对陶渊明的肯定。《陶渊明集序》是历史上最早高度评价陶渊明文学与人格的论文，表现出他的远见卓识。

萧统的著作今所见者，明人辑有《昭明太子集》5卷，系明辽府刊本，今收入《四部丛刊》集部中。另严可均《全梁文》有《昭明太子集》1卷。《文选》的版本较多。据史载，最早的《文选》研究者是隋代的萧该，他著有《文选音义》，已佚。现存最早的、影响最大的注本是唐高宗时代李善《文选注》。至今流传的另一种唐人注本是唐玄宗时代的《五臣注文选》。所谓“五臣”，即由工部侍郎吕延祚所组织的吕延济、刘良、张铣、吕向、李周翰5人。有宋人将李善和“五臣”注本合并刊刻，而称“六臣”注本。此外，尚有唐写本《文选集注》残卷23卷，还有《文选》白文、《文选音》。刻本最早的为北宋明道本，已残。传世宋刻的影印本，有商务印书馆《四部丛刊》所收影宋刻“六臣”注本和中华书局影淳熙八年（1181）尤袤刻李善注本。通行本为清人胡克家翻刻尤本。中华书局在1977年曾把胡刻本缩印，并附《文选考异》于卷末。

贝义渊（生卒年不详） 吴兴人。南朝禁碑，萧梁开禁，南京东郊出现高大雄伟的墓碑《萧憺碑》《萧秀碑》，书者署名“吴兴贝义渊”。贝义渊没有官衔，未见著录，研究者猜测他是民间书手之优者，应征书碑。两碑书风融合南北，瘦硬强劲，矗立至今，碑文大部分已经蚀泐。

沈　炯（502—560） 字礼明，吴兴武康人，南朝梁文学家。少有俊才，为当时所重。仕梁为尚书左民侍郎，出为吴令。元帝时为给事黄门侍郎，领尚书左丞。后为西魏所虏，授仪同三司。以母老在东，恒思归国，恐魏人爱其才而留之。他常闭门无所交游，时有文章，随即毁弃，不令流传。尝经汉武通天台，为表陈情，表达思乡之意，寻获东归。任司农卿，迁御史中丞。入陈，加通直散骑常侍，参决军国大政，颇受器重。文帝尤重其才，欲加官，遇王琳起兵。帝欲使炯立功，乃解中丞，加明威将军，遣还乡里，收合徒众，以疾卒于吴中。谥恭子。

沈炯著有文集20卷，已散佚。明人辑有《沈侍中集》。今存诗18首，《独酌谣》为其名篇；今存文18篇，以《经汉武通天台陈情表》和《劝进梁元帝表》较著名。

萧　纲（503—551）　字世缵，小字六通，南朝梁简文帝，文学家。梁武帝第三子。由于长兄萧统早逝，他在中大通三年（531）被立为太子。太清三年（549），侯景之乱，梁武帝被囚饿死，萧纲即位。他于大宝二年（551）为侯景所害。

萧纲自幼聪敏，自言“七岁有诗癖，长而不倦”。在蕃及做太子时，写作了大量诗歌，以浮艳的辞句来表现空虚放荡的内容。当时的属官徐摛、庾肩吾等人又推波助澜，文学侍从之臣竞相仿作，形成“宫体诗”流派。萧纲也有一些以边塞为主题的乐府诗，在某些写作技巧上开唐人边塞诗的先河。其咏物诗对后世亦有一定影响。

萧纲的文学主张在当时也具有代表意义。他的文学观点见于《与湘东王书》《诫当阳公大心书》。他注重文学的创造，反对拟古；不以圣人为师，而是以古之才人为师，用古之才人的文章做对比，指责当时京师文体“懦钝殊常”；一反传统的文行一致的观点，把立身与文学截然分开。他的文学观反映了当时宫体诗人的创作倾向。

《南史·梁简文帝纪》记其有文集100卷、其他著作600余卷。存世的作品经明人张溥辑为《梁简文集》，收入《汉魏六朝百三家集》。

刘令娴（生卒年不详）　女，彭城人，南朝梁诗人。刘孝绰第三妹，徐悱之妻，世称“刘三娘”。大姊、二姊均有才学，令娴为文尤清拔。孝绰罢官不出，题诗于门，曰：“闭门罢庆吊，高卧谢公卿。”令娴续曰：“落花扫仍合，聚兰摘复生。”其夫徐悱在外做官，令娴常与之寄诗赠答，感情深厚真挚，词意缠绵。最著名的便是《答外诗》二首，其他还有《听百舌诗》《杂诗》和《美人》等。其中《美人》诗，被王夫之选入《古诗评选》，并给予高度评价：“景中有人，人中有景，巧思遽出诸刘之上。”

徐悱为晋安内史，30岁而卒，令娴深为悲痛，作《祭夫文》以悼之。该文辞意凄婉，为人称道，其中“一见无期，百身何赎”“百年何几，泉穴方同”等句，不加雕饰，出自肺腑。徐悱之父徐勉名重一时，本欲为子作哀词，及见此文，乃搁笔。

刘令娴的诗今存8首，全见于《玉台新咏》，今人逯钦立将其辑入《先秦汉魏晋南北朝诗》中；文1篇，见《艺文类聚》，清人严可均将其辑入《全上古三代秦汉三国六朝文》中。

徐　陵（507—583）　字孝穆，东海郯城人，南朝梁陈时期诗文家、骈文家、书法家。幼聪慧，能属文。早年即以诗文闻名，随其父徐摛在萧纲幕下任职。萧纲被立为太子后，他又任东宫学士。太清二年（548），他奉命出使东魏。次年，南方发生侯景之乱，徐陵因此被迫留在邺城。不久，北齐文宣帝高洋篡魏自立，仍不准他南归。徐陵被留于邺城达7年之久，直到西魏攻克江陵杀死梁元帝萧绎后，他才回到建康。南归后第三年，陈武帝陈霸先代梁自立，他又入陈任职，位至左光禄大夫、太子少傅。

徐陵的诗文喜用典故，注意辞藻、对仗。历来的评论家常把他和庾信合称为“徐庾”。现存诗中应制之作和艳体诗占多数。这部分诗内容比较贫乏，在艺术上也较少突出长处，基本上同萧纲、萧绎的“宫体诗”类似，但其中也有一些较为可读之作，如《长相思》《山池应令》和《新亭送别应令》等。其诗作有价值的部分是一些拟作的乐府诗等，代表作有《出自蓟北门行》《关山月》《刘生》和晚年所写的《别毛永嘉》等。

徐陵在南北朝骈文家中地位也很重要。现存作品中，骈文所占的比重最大。梁末到陈的不少公文都出自他的手笔。据《陈书·徐陵传》载，在他死后，陈后主曾下诏说他“文曰词宗”，可见他在当时所享有的声誉。他的这些应用文字往往出于别人授意，不一定代表他的观点。他在为萧渊明代写给王僧辩和裴之横的信中，都不赞成裴之横抵抗北齐，拒绝萧渊明南归；而在《裴使君墓志》中，则对裴之横因抗齐而战死大加称赞。在任约、徐嗣徽等人反对陈霸先时，他先曾附和过，但在《陈公九锡文》中又对陈霸先平定任约之乱备极称颂。这种矛盾的现象说明，当时各派政治力量都想利用他的文笔为自己服务。他的这些文章一般都写得辞藻华美，音节和谐，对后来骈文有一定影响。

徐陵骈文中比较优秀的作品，是他羁留北齐时所写的一些书信，代表作为《致杨遵彦书》和《在北齐与宗室书》等。他的《玉台新咏序》绮艳精工，亦是传诵名篇。徐陵亦是“宫体诗”的重要作者之一，只有少量诗篇清丽简洁，代表作有《关山月》和《杂曲》等。徐陵虽和庾信齐名，但笔力不如庾信遒劲，这是因为庾信的后半生被强留在北周，常怀悲愤之情，文中自然流露出苍凉梗概之气。而徐陵回南以后，陈代统治者对他颇为礼遇。他现存的文章又多是为人代笔，往往追求技巧，而缺乏真情实感。

徐陵善正书。《陈书·徐陵传》说，他的集子经过离乱之后到唐初还有30卷。今本仅存6卷，其中还有不少残篇，是后人从《艺文类聚》《文苑英华》等书中辑出。徐集最通行的版本是清人吴兆宜注本。吴注5卷，第六卷为稍后的徐文炳所补注。《玉台新咏》历来也都被认为是徐陵所编选，《古诗为焦仲卿妻作》即始见于此书。

萧　绎（508—554）　字世诚，小字七符，自号金楼子，南朝梁元帝，文学家。梁武帝第七子。初封湘东王，后累迁镇西将军、都督、荆州刺史。侯景作乱，萧绎命王僧辩等人讨景，事平，即帝位于江陵，在位3年。西魏伐梁，围攻江陵，萧绎不以为意。及城陷，竟焚古今图书14万卷，叹道：“读书万卷，犹有今日！”终为魏军所掳，被杀。

萧绎爱好文学，善书画，著述甚多。原有集52卷，已散佚，明人辑有《梁元帝集》。著有《金楼子》，亦散佚，但今存《金楼子》辑本。另著有《汉书注》《周易讲疏》《内典博要》《老子讲疏》等，亦均散佚。

萧绎善诗赋，是南朝著名的宫体诗人，诗风浮艳轻靡，与其兄萧纲颇近。今存赋9篇、诗100多首，多为反映宫廷糜烂生活的作品。但有的赋，如《荡妇思秋赋》，杂以诗句入赋，在形式上有所创新，辞采绚丽，气势流畅，对后世作家有所影响。有些诗以咏物写景为主，清丽自然，音调谐美。值得重视的是他在《金楼子·立言篇》中所阐述的文学主张。其中关于文笔的辨析是区分文学与非文学的讨论，改变了前人单从有韵无韵区分文笔的局囿，而直接以文章内在的特质差异区分文笔。这是对文学特征认识的深化，是文学观念演化中的一大进步。

顾野王（519—581） 原名顾体伦，因仰慕西汉文学家冯野王，更名顾野王。字希冯，居于亭林（今上海金山），人称“顾亭林”，吴县人，南朝陈文字训诂学家。历仕梁、陈，官记室、撰史学士、大著作。曾主纂梁史，撰《武帝本纪》和《舆地记》30卷以及《顾氏谱传》《分野枢要》等，均佚。又撰《通史要略》《国史纪传》，未就而卒。诏赠秘书监、右卫将军。所撰《玉篇》30卷（有宋人重修本），为《说文解字》之后中国第一部楷书字典，影响后世。顾炎武亦称“顾亭林”，以寄追慕先人之意。

江　总（519—594） 字总持，济阳考城人，南朝陈诗人、书法家。出身高门，幼即聪敏，有文才。18岁时为宣惠武陵王府法曹参军，迁尚书殿中郎。所作诗篇深受梁武帝赏识，遂擢升侍郎。张缵、王筠、刘之遴乃一时高才学士，然对江总雅相推重，与之为忘年友。后江总官至太子中舍人。侯景作乱，台城陷，他避难会稽，又转到岭南，至天嘉四年（563）才被征召回建康，任中书侍郎。陈后主时，历任尚书仆射、尚书令，世称“江令”。他身居宰相要职，却不理朝政，日与陈暄、孔范等人陪侍陈后主，游宴后宫，制作艳诗，荒嬉无度，当时谓之“狎客”。开皇九年（589）灭陈，江总入隋为上开府，后被放回江南，于江都去世。

江总是陈代开国宰相，宫体艳诗的代表诗人之一。他那些盛极一时的宫体诗并无多少价值，而随着国家衰亡、个人地位下跌之后的一些诗歌，渐渐洗去浮艳之色而时有悲凉之音，却得到历史的认可。代表作有《诒孔中丞奂》《明庆寺》《哭鲁广达》《南还寻单市宅》《闺怨》和《宛转歌》等。而评论家认为其后两首诗歌的语言和律调已近似初唐七言歌行。

《宣和书谱》称其“作行草，为时独步”。《陈书·江总传》载有其文集30卷，但今存明人张溥《汉魏六朝百三家集》中所辑《江令君集》仅1卷。

张正见（约527—582前） 字见赜，河东武城（今山东武城）人，南朝陈诗人。其父张修礼为北魏归梁的官员。他自幼随父入梁，好学，有清才。13岁时向当时的太子萧纲献颂，得到称赏，太清初年（547）任邵陵王国左常侍。梁元帝时任通直散骑常侍，迁彭泽令。梁末战乱避难匡俗山。陈霸先代梁建陈，诏命张正见出仕。他先任镇东鄱阳王府墨曹行参军，兼衡阳王府长史，累迁尚书度支郎、通直散骑常侍、撰史著士。太建年间卒。

张正见的诗在陈代颇负盛名，《陈书·张正见传》称“其五言诗尤善，大行于世”。陈代名士多喜文会赋诗。太建初年，徐伯阳与张正见等10余人“游宴赋诗，勒成卷轴”，徐伯阳集而序之，传为文坛佳话，其中以张正见的诗留传最多。今存诗80多首，大多是游宴诗和拟古乐府，讲究声律对仗，比“永明体”更接近于近体诗。代表作有《与钱玄智泛舟》《赋新题得寒树晚蝉疏》和《游龙首城》等。

《陈书·张正见传》载有其文集14卷，已佚。明人张溥辑有《张散骑集》1卷，收入《汉魏六朝百三家集》。

颜之推（531—590）　字介，琅琊临沂人。承传家学，学习《礼》（《周礼》《仪礼》《礼记》）和《传》（《公羊传》《谷梁传》《左传》），博览群书。原仕梁，曾被侯景囚于建康，后还江陵为梁元帝散骑侍郎。江陵陷，他入北齐官至黄门侍郎、平原太守。后入周官御史上士。开皇中（581—604），太子召其为学士。颜之推博识有才，崇尚儒家的忠孝仁义，反对玄学空谈。他目睹当时士大夫子弟的无能和士族教育的失败，认为教育必须改革方能为国家培养有用人才。撰《颜氏家训》一书，为中国古代重要的教育著作之一，亦为家训之祖。另有文集30卷，其中《冤魂志》《诫杀训》被辑入唐释道世的《法苑珠林》，都曾流行于世。

陈叔宝（553—604）　字元秀，小字黄奴，吴兴长城（今浙江长兴）人，生于江陵，南朝陈诗人，陈后主。初为安成王世子，后累迁侍中。太建元年（569）被立为皇太子，太建十四年（582）即帝位。他荒于酒色，不恤政事，起临春、结绮和望仙三阁，常使张贵妃、孔贵人等8人夹坐左右，与狎客江总、孔范等10人游宴，竞艳诗，玩弄淫词，君臣酣饮，自夕达旦，习以为常，以至隋兵南下时，竟恃长江天险而不以为意。祯明三年（589），隋兵入建邺，陈后主犹奏伎行乐，纵酒赋诗不辍。隋将韩擒虎入朱雀门，陈后主始与孔、张二妃匿于胭脂井。及夜，为隋军所执，俘献长安。隋文帝见其无用至此，亦以礼待之，陈后主见状，居然提出要求说："既无秩位，每预朝集，愿得一官号。"隋文帝听了此言，感慨道："叔宝全无心肝！"陈后主后病死于洛阳。

陈后主是南朝"宫体诗"的重要诗人，其诗皆淫艳至极，反映了当时统治者的腐朽糜烂生活，成为后世批判南朝文学的主要对象。今存诗90多首，代表作有《玉树后庭花》和《临春乐》等。另有赋30多篇。原有集39卷，已散佚。明人张溥辑有《陈后主集》。

阴　铿（生卒年不详）　字子坚，武威姑臧（今甘肃武威）人，南朝陈诗人。其高祖袭迁居南平（今湖北荆州），其父亲子春仕梁，为都督梁、秦二州刺史。铿幼年好学，能诵诗赋，长大后博涉史传，尤善五言诗，为当时所重。历仕梁、陈两代。梁时，为湘东王萧绎法曹参军；入陈，为始兴王陈伯茂府中录事参军。陈文帝赏宴群臣赋诗，徐陵荐阴铿预宴，使赋新成安乐宫，铿援笔立就，文帝甚为赞赏。后铿累迁晋陵太守、员外散骑常侍。约于陈文帝天嘉末年去世。

阴铿诗歌的艺术风格同何逊相近似，故世人将二人并称"阴何"。阴铿的诗以写景见长，尤善于描写江上景色，展现江陵洞庭、武昌一带长江风物。艺术上，在雕琢字句的同时，也讲究谋篇，注意完整性。代表作有《晚出新亭》《闲居对雨》《五洲夜发》《晚泊五洲》《游巴陵空寺》《秋闺怨》和《经丰城剑池》等。这些诗均可视为唐代律体的滥觞。杜甫《解闷》诗云："颇学阴何苦用心。"他在《与李十二白寻范十隐居》诗中又云："李侯（李白）有佳句，往往似阴铿。”可见阴铿的诗对唐代诗歌产生了积极的影响。

阴铿原有集3卷，已散佚。今存《阴常侍集》1卷，有《六朝诗集》本（又名《阴常侍诗集》）1卷。另有《二西堂丛书》本、《丛书集成初编》本。

高正臣（生卒年不详） 广平人。官卫尉少卿。工正、行、草书。曾与褚遂良同在高宗朝为官。张怀瓘《书断》将高隶书、行书、草书均列为能品。张还说到自己的父亲善于学高书，有时高氏本人都莫之能辨。上元三年（676），高正臣书《明征君碑》。该碑由唐高宗撰文，立于南京栖霞寺前。

王昌龄（约698—约756） 字少伯，江宁人（《唐才子传》作太原人，《旧唐书》作京兆人）。早年家贫。开元十五年（727）进士，授秘书省校书郎。开元二十二年（734）中博学宏词科，迁汜水县尉。开元二十七年（739）因事贬岭南。开元二十八年（740）被谪为江宁丞，又因“不护细行”被贬龙标（今湖南黔阳）尉。他一直以玩世不恭的态度来对待屡遭贬抑的遭遇，“莫道弦歌愁远谪，青山明月不曾空”（《龙标野宴》）。安史之乱时，他归故里，被濠州刺史闾丘晓所杀。他是盛唐最负盛名的诗人之一，当时就有“诗家天子王江宁”的美誉。诗多边塞、宫怨、别情，七绝尤佳，有“七绝圣手”之称。原有集5卷，已佚，明人辑有《王昌龄集》。

李　白（701—762） 字太白，号青莲居士，陇西成纪（今甘肃天水）人，降生在中亚碎叶城。5岁随父迁居绵州彰明（今四川江油）。李白的一生大部分是在漫游中度过的。几次到金陵，写有几十首歌咏金陵的诗作，其中以《登金陵凤凰台》《长干行》最为有名，在金陵曾为宝志画像作赞（见“三绝碑”，今存南京灵谷寺碑为复制品）。他少有逸才，观百家之书，喜好剑术，求仙学道。大约在二十五六岁出蜀，开始了交游干谒的政治活动。漫游长江、黄河中下游一带，并在湖北安陆成家。后又徙居山东济宁。他不愿走科举的道路，而是想走终南捷径。42岁那年由道士吴筠举荐，被征召赴长安。太子宾客贺知章见而叹曰“谪仙人”，于是李白的声名益盛。可是唐玄宗只委任其为供奉翰林，作为文学侍从之臣。加上李林甫把持朝政，李白理想破灭，2年便被迫离京。后以东鲁、梁园为中心再漫游。他心情苦闷，纵情山水，在洛阳结识了杜甫，在汴州又遇见了高适，三人畅聚梁园、济南。后来李白南游吴越、北涉燕赵。安史之乱时，永王李璘以抗敌平叛为由，聘李白入幕。事败，李白连带下狱，被判流放夜郎（今属贵州）。遇赦后即辗转于金陵、宣城间。其晚年时还至金陵，欲投军报效，最后病死于当涂，葬于青山。有诗900多首，合为《李太白集》。

崔　颢（约704—754） 汴州（今河南开封）人，唐边塞诗人。开元二十一年（723）进士，曾为太仆寺丞。天宝中为司勋员外郎。年少为诗，名陷轻薄。晚年忽变常体，风骨凛然，一窥塞垣，说尽戎旅。其七律诗《黄鹤楼》是一首千古流传的名作，李白就有“眼前有景道不得，崔颢题诗在上头”的感叹。他的4首《长干行》反映金陵长干里船家女子的生活和感情，影响较大。明人辑有《崔颢集》。

颜真卿（709—785） 字清臣，琅琊临沂人，唐大书家。历迁刑部尚书、太子太师，后被封为鲁郡开国公。乾元二年（759）除升州刺史，充浙江西道节度使兼江宁军使。现南京尚存颜鲁公祠。颜真卿工正、行、草书。其书法成就辉煌，楷书宽绰雍容、气魄宏大，成为唐代书风的代表。在南京写有《乌龙潭放生池》，以及灵谷寺前“三绝碑”中的宝志禅师像赞。书法作品还有《祭侄文稿》《刘中使帖》《麻姑仙坛记》等，其中行书《祭侄文稿》被称为“天下第二行书”。

张怀瓘（生卒年不详） 海陵人。唐玄宗开元中历鄂州司马、升州司马、右率府兵曹参军、翰林院供奉。工书法，擅长真、行、草、篆诸体。自视甚高，曾自诩：“真行可比虞（世南）褚（遂良），草欲独步于数百年间。”然无遗迹可考。所著书论有《书议》《书断》《文字论》等，对后世影响巨大。

张　籍（约767—约830） 字文昌，原籍苏州，迁居和州乌江（今安徽乌江），唐诗人。乌江在历史上曾属南京，故南京许多旧志古籍皆把张籍视作南京人。贞元十四年（794），张籍北游，经孟郊介绍，在汴州认识韩愈。韩愈为汴州进士考官，张籍被荐，次年在长安进士及第。元和元年（806）被调补太常寺太祝。张籍为太祝10年，因患目疾，几乎失明，时人称为“穷瞎张太祝”。元和十一年（816）转国子监助教，时目疾初愈，后迁秘书郎。长庆元年（821）受韩愈荐为国子博士，迁水部员外郎，又迁主客郎中。大和二年（828）迁国子司业。世称“张水部”“张司业”。

张籍一生的诗歌创作大致分为3个时期。40岁以前为早期，此时就写过不少好诗，受到韩愈的称赞；40岁至50岁为中期，这是张籍诗歌创作的重要时期，其优秀的乐府歌行作品多是这一时期在贫病交迫中写成的。50岁以后为晚期，这时张籍官职逐步升迁，生活比较稳定，创作上除仍写乐府歌行外，多作近体诗。

张籍的乐府诗与王建齐名，并称“张王乐府”。张籍的乐府诗在内容上广泛深刻地反映了当时各种社会矛盾，爱憎分明地批判现实；在艺术上善于概括事物的对立面形成强烈的对比，运用素描的手法，细致而真实地刻画各种人物的形象，语言通俗浅近而又峭炼含蓄。大诗人白居易在《读张籍古乐府》时，称赞他“尤工乐府诗，举代少其伦”。姚合在《赠张籍太祝》中对其评价更高，说他“古风无敌手，新语是人知”。

张籍的五律诗也写得很好，不事藻饰，不假雕琢，于平易流畅之中见委婉深挚之致。杨慎在《升庵诗话》中就曾指出，晚唐五律有两派：一派学贾岛，另一派则学张籍。

张籍的著作，南唐末年有张洎收集的张籍诗400多首，钱公辅名为《木铎集》12卷。南宋末年，汤中以家藏元丰八年（1085）写本为主，兼以各本校定，编为《张司业集》8卷、附录1卷，魏峻将其刊刻于平江。今传宋蜀刻本唐人集中的《张文昌文集》4卷，共收诗317首。还有明嘉靖万历间刻本《唐张司业诗集》8卷，共收诗450多首，《四部丛刊》曾据以影印。1958年，中华书局上海编辑所以明本为底本，并参照现存各本进行校勘删补，编成《张籍诗集》8卷，共收诗480多首。另据《新唐书·艺文志》著录，张籍有《论语注辨》2卷，今佚。

刘禹锡（772—842）　字梦得，洛阳（今属河南）人，自称中山（今属河北）人，另说彭城（今属江苏）人。贞元九年（793）进士，后登博学鸿词科。初为太子校书，累迁监察御史。与柳宗元同属王叔文革新集团，反对宦官和藩镇割据势力。失败后，被贬为朗州司马，后任连州、夔州、和州等地刺史，前后任职20余年。入朝作主客郎中，晚年官至检校礼部尚书兼太子宾客。撰有《刘宾客文集》。刘禹锡的诗豪劲犀利、雄健爽朗，以咏史诗和政治讽刺诗最为有名。他的《西塞山怀古》《金陵五题》等一向被推为怀古绝唱。《金陵五题》中的《台城》和《乌衣巷》已成为南京人的口碑。

项　斯（约802—约847）　字子迁，江东人，一说台州临海（今浙江临海）人。早年隐居、漫游。会昌四年（844）进士，曾官润州丹徒县尉，卒于任所。项斯早负诗名，其诗作清新隽永，风格与张籍的诗相似。他曾应试落第，以诗卷谒国子祭酒杨敬之，杨见而爱之，作《赠项斯》诗："几度见诗诗总好，及观标格过于诗。平生不解藏人善，到处逢人说项斯。"此诗传遍长安，第二年项斯即擢为上第。后世因称扬人善或说情为"说项"。明人辑有《项斯诗集》，《全唐诗》录存其诗1卷。

杜　牧（803—852）　字牧之，京兆万年（今陕西西安）人。宰相杜佑之孙。26岁中进士，曾在江西、淮南、宣歙观察使或幕府中越10年。后迁监察御史，出为黄、池、睦州刺史，官至中书舍人。有《樊川文集》。杜牧的诗流丽俊逸、爽朗豪宕，在晚唐诗坛上独树一帜。他的咏史诗很有名，借历史上的兴亡成败，指陈讽喻时政。他的抒情写景七言绝句笔致轻灵松秀，意象深远。论者常将其与李白、王昌龄并称为"七绝圣手"。杜牧有《阿房宫赋》《泊秦淮》《江南春》等佳作，后两首是写金陵的名篇。

韩熙载（902—970）　字叔言，维州北海（今山东潍坊）人。后唐进士，亡命南唐，官史馆修撰、中书舍人、光政殿学士承旨。工文善画，受后主忌。曾卧疾于今南京城南戚家山，卒于凤台里之官舍，葬梅岭岗谢安故墓侧。撰《格言》3卷、《拟议集》15卷、《定居集》。韩居家多燕乐，或以韬晦（见《韩熙载夜宴图》）。

冯延巳（903—960） 初名延嗣，字正中，广陵人。少有胆识，以文学见称，尝以白衣见南唐李璟，被命为掌书记。璟即位后，冯延巳任谏议大夫、翰林学士，后迁户部侍郎、中书侍郎，官至宰相。他虽总揽大权，却不专心政事，与李氏父子宴饮唱和，纵情声色。因包庇其弟延鲁等人攻闽兵败一事被罢相。后再度入相，复因事又罢。他不修内政，只知谄媚皇上，遭时人痛恨。与其弟延鲁及陈觉、魏岑、查文徽三人合称“五鬼”。他是南唐较有影响的词作家，现存词100首，集为《阳春集》。所作词虽也不脱闺情、相思，但词风清丽多彩、委婉情深，为宋初婉约词的先奏。

李　璟（916—961） 初名景通，后名景瑶，字伯玉，徐州（今属江苏）人，南唐中主，词人。他是南唐烈祖李昪的长子。大和三年（931），李昪专吴国朝政出镇金陵，留璟于扬州管理国事。升元末年（943）李昪病死后，他继位，改年号为保大，是为中主。璟秉性庸懦，喜人阿谀，重用冯延巳等“五鬼”，削弱了国力，走向衰弱。显德二年（955），周世宗柴荣派兵攻打南唐，他不得不将十四州献给后周，于显德五年（958）废帝号向后周称臣。建隆二年（961）病死于南都（今江西南昌），葬于金陵（今南京南郊南唐二陵——烈祖李昪钦陵、中主李璟顺陵）。李璟工词，现仅存4首（见《南唐二主词》）。

徐　铉（916—991） 五代宋初文学家、书法家，字鼎臣，广陵人。10岁能属文，不妄交游。仕吴，为校书郎。仕南唐，官至吏部尚书。后随李煜归宋，为太子率更令，累官散骑常侍，世称“徐骑省”。淳化二年（991）被贬谪为静难行军司马。不久，卒于贬所。

徐铉在南唐时，文章议论与韩熙载齐名，二人世称“韩徐”。他与其弟徐锴俱精通文字学，二人号称“大小徐”。曾与句中正等共同校订《说文解字》，增补19字入正文，又补402字附于正文之后。经他们校订增补的《说文解字》世称“大徐本”。徐铉还长于书法，喜好李阳冰小篆，臻其妙，隶书也较出色。

徐铉的诗平易浅近、真率自然，不押险韵，不用奇字，颇近白居易诗风。他的代表作有《贬官秦州出城作》《送王四十五归东都》《寄高邮陈郎中》和《喜李少保卜邻诗》等。徐铉的文章承晚唐骈俪之风而体格孤秀。他为李煜所作的《吴王陇西公墓志铭》，立言得体。《宋文鉴》收录此铭。徐铉诗文集有《骑省集》（又名《徐公文集》）30卷，由其婿吴淑编集。

张　泌（930—？） 名一作佖，字子澄，淮南人，五代词人。初官句容尉，被南唐后主征为监察御史，历任考功员外郎、中书舍人，改内史舍人。随李煜归宋，入史馆，为郎中。归家毗陵。

张泌早年以《江城子》二阕得名。这两首词写少女春思，清新活泼，写情微妙，浅而不俗。总而言之，其词内容平庸，思想浅俗，但技巧不凡。张泌亦能诗，多羁旅抒情之作，代表作有《边上》《长安道中早行》《洞庭阻风》和《寄人》等。

张泌没有专著，其诗存于《全唐诗》中，共20首；其词存于《花间集》中，共27首。

李 煜（937—978） 初名从嘉，即位时更名为煜，字重光，号钟隐，别号莲峰居士、钟峰隐士。徐州（今属江苏）人，一说湖州（今属浙江）人。五代词人、书法家，南唐后主。南唐中主李璟第六子，建隆二年（961）继位。不思进取，一直卑屈事宋，岁时贡献，府藏为之空竭，生活浮华奢侈，又迷信佛教，导致亡国。开宝七年（974），宋师长驱渡江，迫围金陵，次年城陷降宋。李煜被俘至汴京，封为右千牛卫上将军、违命侯，改为陇西郡公，过着日夕以泪洗面的囚徒生活。据说他生日时于寓中作乐，作词有“小楼昨夜又东风，故国不堪回首月明中”的句子，宋太宗便用牵机药把他毒死。

李煜在政治上庸驽无能，却具有多方面的艺术才能。工书法，善绘画，精通音律，诗、文均有一定的造诣，词的成就尤高。其词创作，以开宝八年（975）降宋为界线，可分为前后两期。前期的词已表现出他非凡的才华和出色的技巧，但题材较窄，主要反映宫廷生活和男女情爱，代表作有《玉楼春·晚妆初了明肌雪》《喜迁莺·晓月坠》《一斛珠·晓妆初过》《菩萨蛮·花明月暗笼轻雾》《清平乐·别来春半》等。后期的词多反映屈辱的生活、亡国的深痛、往事的追忆，在艺术上达到很高的境界，代表作有《破阵子·四十年来家国》《虞美人·春花秋月何时了》《浪淘沙令·帘外雨潺潺》和《乌夜啼·林花谢了春红》《相见欢·无言独上西楼》等。他的词继承花间词人的传统，又有所创新，达到神秀的境界，清丽而不浮靡，语言明快，形象生动，性格鲜明，用情真挚；亡国后作品更是题材广阔，含意深沉，超过晚唐五代的词，成为宋初婉约派词的开山，在词史上有杰出的贡献。

李煜善书画。书作颤笔虬曲之状，遒劲如寒松霜竹，谓之“金错刀”。评者以为其书笔力不减柳公权。他作大字不事笔，卷帛书之，皆能如意，世谓之“撮襟书”。

李煜的诗、文、词以及书、画创作均富。他的旧臣说他有文集30卷及杂说百篇。《郡斋读书志》载《李煜集》10卷，《宋史·艺文志》也载《南唐李后主集》10卷，均佚。现能见到的有万历四十八年（1620）墨华斋本，录李煜词34首，其中《望江南》可分为两首。后清人邵长光又录得1首。王国维为《南唐二主》补遗，增加了9首，不过其中有争议的不少，据近代多数学者意见，能确定为李煜词的不过32首。其词集注本有清人刘继曾《南唐二主词笺》及近人唐圭璋《南唐二主词汇笺》、王仲闻《南唐二主词校订》等。詹安泰的《李璟李煜词》注释颇详。

刁 衎（945—1013） 字元宾，升州人（一说丹徒人），宋文学家。父彦能。南唐烈祖时，金陵发大水，秦淮溢东关，尤为害。彦能请筑堤为斗门疏导之，水患稍息。

南唐时，刁衎荫补为官，为集贤校理，以文翰入侍李煜，令阅中外奏章。权势甚盛，家富于财，被服饮膳，极于侈靡。归宋，授太常寺太祝。经过沧桑，开始淡于禄位，知名当时。善说笑，喜棋弈。太平兴国初年（976），李昉、扈蒙在翰林，其出仕，因撰《圣德颂》献之。诏复本官，出知睦州。太平兴国中，会诏群臣言事，刁衎上《谏刑书》，建议禁五代以来淫刑酷法，定天下酒税额、除两浙丁身钱，授大理寺丞。真宗时，刁衎献所著《本说》10卷。又以本官充崇文院检讨，预修《册府元龟》。书成，授兵部郎中。卒葬南京南郊牛首山。所著《本说》《治道中术》等，皆不传。

刁衎为“西昆体”诗人，其诗作今仅见于《西昆酬唱集》中。

刁　约（约994—1082）　字景纯，刁衎之孙。少年卓越，刻苦学问，能文章，善书。始应举京师，与欧阳修、富弼声誉相高下。天圣二年（1024）（一说天圣八年〔1030〕）登进士第，为诸王宫教授。不治产业，常有宾客故人满其门。庆历初任同知太常礼院，后改集贤校理。庆历四年（1044）出为海州通判。历任开封府推官、提点京西刑狱。嘉祐初假太常少卿直史馆，为两浙转运使，知越、扬、宣州。熙宁初任判太常寺。能诗，与范仲淹、欧阳修、司马光、王安石、苏轼等人友善，恬于仕进，为人所爱重。晚居丹徒，筑藏春坞，擅园池之胜，一时名士多有题咏。刁约在馆阁40年，告老回归之时，王存以诗送之曰：“平生胸怀笃风义，往还不论贱与贵。骑马都城四十年，未尝一毫为身计。”刁约享年80余岁。苏轼哭之以诗曰：“平生为人耳，自为薄如缟。”王安石祭之以文曰：“坦然制行之平，裕然与人之周。既贵贱以同观，亦始终以相侔。”

叶清臣（1003—1049）　字道卿，长洲人。曾任江宁知府，历官太常寺奉礼郎、太常丞龙图阁学士、翰林学士等职。善书，工楷、行书，有《晋卞壶墓碣》传世。

王安石（1021—1086）　字介甫，号半山，抚州临川人，北宋政治家、文学家。封荆国公，世称“王荆公”。谥文，又称王文公。

王安石自幼随父王益转徙于新淦、庐陵、新繁、韶州等地，至景祐四年（1037），全家始定居于江宁。王安石22岁中进士，走上仕途，曾向宋仁宗上《言事书》，提出改革政治、富国强兵的主张。嘉祐八年（1063），母去世，王安石辞官回江宁守孝，收徒讲学。宋神宗继位后，任王安石为江宁知府。熙宁二年（1069），王安石升参知政事，第二年晋升为同平章事，大力开展变法运动。熙宁七年（1074），由于保守势力反对，新法受阻，王安石被迫辞去宰相职位，再任江宁知府。熙宁八年（1075），他奏请神宗批准泄南京玄武湖水，得田200余顷，将其分给贫民耕种。他二次拜相不久，因遭受保守势力抵制及变法派内部的矛盾，再次辞去相位，退居江宁，三任江宁知府，被封为荆国公，在南京城东门与钟山的半道上建半山园而居。后舍半山园住宅为报宁禅寺（半山寺）。元祐元年（1086），司马光执政，尽废新法，王安石忧愤病死，葬于金陵钟山。

王安石是唐宋散文八大家之一，他的许多诗、文都和变法革新密切攸关，尤其议论文，更是直接为他的政治目的服务。晚年罢相后，他多有闲适遣兴之作，在艺术上更趋成熟。王安石是欧阳修倡导的北宋诗文革新运动的积极参加者。他的文学主张核心是：文章当有用于世，务为有补于世，要求文学为现实政治服务。

王安石的书法奇古，似晋宋间人。笔墨学杨凝式。凡作字，率多淡墨疾书，初未尝经意，风神闲逸，韵度清美。《东坡题跋》云："荆公书得无法之法，然不可学。"王安石著有《王荆公集》《字说》等。

王安石的诗文，宋徽宗时由薛昂等人编纂成集，早已散佚。传世的有两种：一种是《临川先生文集》，通行的是嘉靖二十五年（1546）应云鹫刻本及嘉靖三十九年（1560）何中丞刻本，都是100卷，源于南宋绍兴年间詹大和刻本，即所谓临川本；另一种是南宋龙舒刻本《王文公文集》，也是100卷，但篇目、编次与临川本不同，且只剩两个残本。1959年，中华书局整理出版的《临川先生文集》以临川本为底本，参校其他善本而成。集末附日本岛田翰从残本《王文公文集》中辑得的47篇佚诗、佚文作为《补遗》。这是目前较为完善的王安石全集。1961年，中华书局上海编辑所又得龙舒本的两个残本合刻，去其重复，配成完整的《王文公文集》。

程　颢（1032—1085）　字伯淳，后人称"明道先生"，洛阳人。嘉祐三年（1058）进士，曾任江宁府上元县主簿。熙宁初为太子中允。他反对王安石变法，被任为提点刑狱判官，固辞，后官至太常丞。与弟程颐合称"二程"，是理学的奠基者。提出"天者理也"和"只心便是天，尽之便知性"的命题。他很重视教育，曾上书仁宗请修学校，尊师重儒。40岁后退居洛阳，讲学授徒，有弟子众多。南京最早的书院之一明道书院，即为纪念程颢在上元政绩而建（见《乾隆江南通志》《明道书院》和真德秀《明道先生书堂记》）。程颢著有《定性书》《识仁篇》，后人编为《遗书》《文集》《经说》等，收入《二程全书》。

郑　侠（1041—1119）　字介夫，福州福清（今属福建）人，北宋诗人。随父郑晕居金陵，读书于清凉寺。由于学习刻苦，为王安石所器重。治平四年（1067）进士。神宗时任光州司法参军，任满进京，监安上门。他不赞同王安石新法，曾上书王安石，王安石不答，遂借旱灾的机会，绘流民图描摹流民困苦，乃假称密急，发马递上之银台司，献给神宗，将灾民之苦归罪于新法。神宗览图长叹，第二天便下诏废除新法。王安石被贬，吕惠卿执政，郑又上书，揭发曾与王安石交往密切的吕惠卿的罪状，因而被遣谪汀州，后又被贬逐到英州，元祐时始得归还。苏轼和孙觉推荐他为泉州教授。元符间，他再被贬到英州。徽宗即位后将其放还，官复前职，但不久又为丞相蔡京所毁夺。从此未再出任官职，家居终老。在清凉寺有郑介公读书堂。因他为官清廉，离职后仅余一拂，自号一拂居士，后在此建一拂祠。郑侠后裔，如郑道先、郑篚等多家于金陵。里人揭其闾曰"郑公坊"。

郑侠少年时即有诗名，在清凉寺读书时曾于雪夜赋诗："浓雪暴寒斋，寒斋岂怕哉。漏随书卷尽，春逐酒瓶开。一酌招孔孟，再斟留赐回。醺酣入诗句，同下玉楼台。”王安石叹赏之，屡颂其颔联二句。郑侠的诗，王士禛在《居易录》中认为其在白居易和孟郊之间。《宋诗钞》说，郑侠的诗具有“次山（元结）东野（孟郊）之风，不得以当行格调律之”。郑侠的古体诗风格疏朴老直，代表作有《古交行》。他的七言古诗笔力奇崛，代表作有《谢太守惠酒》和《醉翁行赠黎师醇》。近体诗佳作有《同子忠上西楼》《幽居》和《和子京霜字见寄》。

郑侠著有《西塘集》，原为20卷，后为明人叶向高所删，凡10卷。有明万历本及《四库全书》本。另有《西塘先生文集》9卷，今存《洪氏公善堂丛书》本；《西塘诗集》1卷，有《宋代五十六家诗集》本。

叶梦得（1077—1148）　字少蕴，号石林居士，吴县人。绍圣四年（1097）进士，初任丹阳尉，徽宗时累官翰林学士、知颍昌府。曾发常平粟赈民，以抗拒杨戬等搜刮，摧抑贪吏，而遭废黜。高宗即位，为翰林学士兼侍读，迁尚书左丞。绍兴初，为江东安抚制置使兼知建康府、行宫留守，致全力于抗金防务及筹措军饷，使诸路军得悉力以战，功劳卓著，被《江宁府志》列为名宦。后终官知福州兼福建安抚使。晚年居吴兴弁山，读书吟咏自娱。叶梦得博洽而善著，能诗文而长于词，与张元幹、张孝祥等人为南宋辛派词前驱，其词作婉丽而雄杰。著有《建康集》《石林词》《石林诗话》《石林燕语》《避暑录话》等。

李清照（1084—约1151）　女，号易安居士，济南人。李格非女，赵明诚妻。幼有才藻，工诗词，与其夫共同致力于彝器、碑刻与书画的收藏和研究。靖康元年（1126），北宋亡，夫妻相继南逃至江宁，珍藏的金石图书丧失大半。建炎三年（1129），赵明诚在移知湖州的途中得病，继而死于建康。李清照备尝了国破家亡的痛苦。绍兴二年（1132），她再嫁张汝舟，百日便离异。她没有子女，晚年漂泊于杭州、金华一带，在凄凉困苦中终了一生。李清照是著名女词人，婉约正宗，其词清新隽美，自然而工，现有《李清照集》的辑本。在建康，她和赵明诚于大雪中顶笠披蓑，循城远览，吟诗填词，曾发出“春归秣陵树，人老建康城”的慨叹。

胡　铨（1102—1180）　字邦衡，号澹菴，寄籍庐陵（今江西吉安，南京地方典籍多认为其为金陵人），南宋政治家、文学家。建炎二年（1128）进士。此科由高宗策士，胡铨答策万余言，故授抚州军事判官，转承直郎。金军渡江南下，他于赣州募丁壮，保卫乡里。绍兴五年（1135），兵部尚书吕祉荐，赐对，升枢密院编修官；绍兴八年（1138），秦桧主和，他上书力斥和议，乞斩桧与参政孙近、使臣王伦三人首，而且指责高宗，声震朝野。秦桧认为他“狂妄凶悖”，于是下诏除名，贬昭州。由于朝臣营救，改监广州盐仓。绍兴十二年（1142）被劾，又贬新州，绍兴十八年（1148）又被谪移吉阳军。直至秦桧死，才得徙移衡州。孝宗即位，复奉议郎，历任国史院编修官、国子祭酒、兵部侍郎。以赈灾为急务，议和国阙政，谓和议成有十可吊，不成有十可贺。由于始终反对和议，与朝廷政见分歧，于是力求去职。归庐陵，从事著述。卒谥忠简。

胡铨虽颠沛流离，半生岭海，但志苦心劳，好学不厌。对经史百家之学均有所得，而且通晓绘画艺术。他推崇韩愈、欧阳修，主张以文“传道”。他的文章，内容丰富，驰骋古今，多长篇大论。代表作有《上高宗封事》等，此篇决然表示“不与桧等共戴天”，“愿斩三人头竿之藁街”，并主张“羁留虏使，责以无礼，徐兴问罪之师”，“不然，臣有赴东海而死耳，宁能处小朝廷求活耶”。文章一出，群臣振奋，奸佞失色。另如《应诏言事状》《应诏集议状》《上孝宗封事》和《与王中丞相书》等，也都痛快淋漓。还有题跋，如《跋陈了翁帖》等，也写得激昂慷慨。杨万里在为他的集子所作序中说：“先生之文，肖其为人。其议论闳以挺，其叙记古以则，其代言典而严，其书事约而悉。”

胡铨的诗颇具风采，一如其文。代表作有《次雷州和朱彧秀才韵时欲渡海》《家训》《题小桃源图》《哭赵公鼎》和《题自画潇湘夜雨图》等。其词亦多激愤之语，如《好事近·富贵本无心》直斥“豺狼当辙”。秦桧的私党张棣迎合其意旨，以此词为据，向朝廷检举他“谤讪怨望”，以致被远谪海南岛。

胡铨著有《澹庵文集》100卷，后散失甚多。今传本有《胡澹庵先生文集》32卷、《补遗》1卷，有道光十三年（1833）刊本。其词集《澹菴词》1卷另行，有《四印斋所刻词》本。

陆　游（1125—1210）　字务观，号放翁，越州山阴人。隆兴进士，官枢密院编修，后在建康、夔州、严州等地任职，官至宝章阁待制。工诗词，有诗9000多首，著有《剑南诗稿》《渭南文集》《放翁词》等。另撰《南唐书》18卷。他力主抗金，建都建康。在1170和1178年两次到建康时游天庆观（今朝天宫）、太平兴国寺（今灵谷寺）、清凉山等处，都留有诗文（见《入蜀记》《老学庵笔记》）。如“梦里都忘困晚途，纵横草疏论迁都”，最后一次到建康时又有诗云“孤臣老抱忧时意，欲请迁都泪已流”。乾道元年（1165）在知建康府时游定林寺，留有“乾道乙酉七月四日笠泽陆务观冒大雨独游定林”的摩崖题词。

范成大（1126—1193）　字至能，号石湖居士，吴郡人。绍兴二十四年（1154）进士，任徽州司户参军，累迁吏部员外郎。后出知处州，减轻税赋，兴修水利，颇有政绩。孝宗乾道六年（1170）使金，不畏强暴，几被杀。返宋后，历知静江、成都、明州、建康等地。淳熙五年（1178）为参知政事，仅两月被劾。晚年隐居故乡石湖，有《石湖集》等。范成大是宋诗四大家之一。诗作题材广泛，以爱国诗和田园诗为主，特别是田园诗有独特的成就，把对农村风光的描绘，对农村劳动生活、农人淳朴品质的歌颂和对封建剥削残酷的揭露结合起来，赋予田园诗以新的生命，成为田园诗的集大成者。范任建康知府时，有德政，并写有《赏心亭再题》《秦淮》《望金陵行阙》等描写金陵的诗作。

胡　恢（生卒年不详）　金陵人。华州推官，博闻强识，《书史会要》称其善篆隶。胡恢坐法失官10余年，潦倒贫困。他赴选集于京师，是时韩琦当国，便献小诗自达。其一联曰：“建邺关山千里远，长安风雪一家寒。”琦深怜之，令其篆太学石经，因得复官。晏珠撰《茅山五云观记》，胡恢书册。南京栖霞题名亦其所书。

张孝祥（1132—1169）　字安国，号于湖居士，历阳乌江（今江苏南京浦口区与安徽马鞍山和县交界处）人，南宋词人。父祁曾任直秘阁、淮南转运判官。张孝祥自幼聪明好学，博闻强识。绍兴二十四年（1154），参加廷试，与秦桧之孙秦埙同场。主考官魏师逊及汤思退等为逢迎秦桧而定秦埙为第一，张孝祥第二。高宗读策后，认为他“议论雅正，词翰爽美”，新擢为进士第一，因而招致秦桧不满。及第后，又上疏为岳飞辩冤，更为秦桧所忌恨。秦桧使人诬陷其父与张浚、胡寅等人谋反，于是张祁、胡寅等皆被下狱，绍兴二十五年（1155）秦桧死后才得获释。张孝祥入仕后，先补承事郎，签书镇东军节度判官。转秘书省正字。迁校书郎，兼国史实录院校勘。以后几年，历任秘书郎、尚书礼部员外郎等。他性格刚正不阿，在朝任职期间，曾先后上《论先备札子》《论台体札子》《论涵养人才札子》等奏议，提出了加强边备、抵御金人，扫除积弊，改革政治和培养、选择人才的种种主张，表现了他在政治上的远大理想。隆兴元年（1163）授集英殿修撰，知平江军府事。张浚北伐，又被任为建康留守。以后知静江、潭州、荆南湖北路安抚使。在地方官任上，他严明法纪，锄抑强暴，赈济灾荒，庭无滞讼。张孝祥举进士出自汤思退之门，曾受到汤的举荐提拔。但后来他却举义反对汤思退的议和主张，而支持主战派将领张浚北伐，因而不断受到主和派的诽谤和打击。乾道五年（1169）因病以显谟阁直学士的身份离职，退居芜湖，讲论理学，徜徉山水。同年，病故于芜湖。墓地在南京市江浦县黄山岭。

张孝祥的文章对于南宋王朝政治的腐朽黑暗多有揭露和批判，表现了坚决抗敌、收复失地的爱国精神。谢尧仁在《张于湖先生集序》中称赞其文“如大海之起涛澜，泰山之腾云气，倏散倏聚，倏明倏暗，虽千变万化，未易诘其端而寻其所穷”。

张孝祥的诗歌多赠答、题咏和纪行之作，不少篇章都能于写景叙事之中流露出对国家命运和人民生活的深切关怀。代表作有《黄州》《和沈教授子寿赋雪》。他写诗有意学习苏轼，韩元吉称赞他的诗“清婉而俊逸”。

张孝祥的词现存220余首，其中尤以表现爱国思想、反映社会现实的作品成就最为突出。代表作有《浣溪沙·荆州约马举先登城楼观塞》《水调歌头·和庞佑父》《六州歌头·长淮望断》《念奴娇·离思》《水调歌头·泛湘江》和《念奴娇·过洞庭》等。前人对张孝祥的词评价甚高，查礼在《铜鼓书堂遗稿》中说，“于湖词声律宏迈，音节振拔，气雄而调雅，意缓而语峭”，说中张词的基本特点。他写词有意学习苏轼，评论者也多以为二人极其相似，汤衡在《张紫微雅词序》中说：“自仇池（苏轼）仙去，能继其轨者，非公其谁与哉？”张孝祥词，上承苏轼、下开辛弃疾爱国词派的先河，在词史上占有重要地位。

张孝祥的文集在宋代即有数种刊本行世。今传《于湖居士文集》40卷，有《四部丛刊》影宋本，其中收词4卷。又有《宋六十名家词》本《于湖词》3卷。

辛弃疾（1140—1207）　字幼安，号稼轩居士，南宋济南历城（今属山东）人。22岁时组织2000多人参加耿京领导的抗金农民义军，为掌书记。23岁南渡，先后任南宋建康府通判及湖北、湖南安抚使。由于投降势力的迫害，辛被免职，在上饶、铅山闲居20年。直到64岁，韩侂胄准备北伐，才起用他为浙东安抚使，又调镇江知府，官至龙图阁待制（未就）。当其积极准备北伐时，又遭弹劾，回铅山家中，忧愤而死。辛雄才壮志、文采武勇兼备，诗文俱佳，以词为著，是南宋豪放词的代表作家，存词620余首，有《稼轩长短句》。辛弃疾3次到建康，几度登上赏心亭，留下了许多关于建康的词作，著名的如《水龙吟·登建康赏心亭》《太常引·建康中秋夜为吕叔潜赋》《念奴娇·我来吊古》等。

吴　潜（1196—1262）　字毅夫，一作毅甫，号履斋居士，南宋词人。先祖吴仁寿仕南唐，为宣州转运使，家宁国（今属安徽），祖父辈娶茅城刘氏，遂家溧水永宁乡茅城（当时属溧水，今属高淳），南京旧志多记其为溧水人。

吴潜于嘉定十年（1217）中状元，授承事郎佥镇东军节度判官。绍定四年（1231），任尚书右郎，绍定五年（1232）初任朝散大夫、太府卿、淮西总领，同年九月代理江东转运司。绍定六年（1233）十二月任沿江制置使兼建康府知府、太府卿。端平元年（1234）四月任秘阁修撰枢密都承旨，后任兵部尚书、浙西制置使、进封金陵郡侯。淳祐十一年（1251）为参知政事，拜右丞相兼枢密使，进封崇国公。次年罢相。开庆元年（1259），元兵围攻鄂州（今湖北武昌），复职调集诸军击退元兵。他痛感南宋国势衰微，认为“推原祸根，良由近年奸臣迷国误军”所致，极力抨击丁大全、高铸、萧泰来、沈炎等佞臣，反遭弹劾落职，贬谪建昌军。徙潮州，责授化州团练使、循州安置。景定三年（1262）被贾似道暗中使武人刘宗申以毒物害死于循州（今属广东惠阳）。

吴潜是南宋词坛的重要词人。其词风激昂凄劲，题材广泛，主要是抒发济时忧国的抱负，也常吐露个人理想受压抑的悲愤。代表作有《满江红·送李御带珙》《满江红·金陵乌衣图》等。其诗多为纪游、即事之作，情调多伤感，佳作不多，代表作品有《送曾阿宜往成》等。

据嘉庆《宁国府志》卷二十《艺文志·书目》载，吴潜著有《履斋诗余》《论语士说》《许国公奏稿》《鸦涂集》。现存明末梅鼎祚编校《履斋先生遗集》4卷，辑诗1卷、词1卷、杂文2卷。《疆村丛书》有《履斋先生诗余》1卷、续集1卷、别集2卷，收词250余首。

文天祥（1236—1283）　字宋瑞、履善，号文山，南宋吉州庐陵（今江西吉安）人。宝祐四年（1256）进士，曾任湖南提刑、赣州知府。元兵东下，他组织义军勤王。临安被围，他奉命往敌营议和，因坚决抗争被拘解北方，至镇江逃脱，后转战闽粤。祥兴元年（1278）在潮州兵败被俘后押至燕京，坚决拒降，后在柴市被害。著作经后人辑为《文山先生全集》。他的诗文以大义凛然、慷慨悲壮著称，如《过零丁洋》《正气歌》等。在押解途中，羁留建康两个多月，写了许多诗词，著名的如《金陵驿》：“从今别却江南路，化作啼鹃带血归。”后来建康人民曾在雨花台下建二忠祠，以纪念他和被金兵杀害的建康通判杨邦乂。另有文天祥诗碑亭遗迹在今南京马群蛇盘村（此地为古金陵驿旧址）。

萨都剌（1272—1340） 字天锡，号直斋。先世为西域人，祖父因功留镇云、代，遂居雁门（今山西代县）。泰定四年（1327）进士，官京口录事。后任江南行御史台掾史，淮西、江北道廉访司经历等。为官清正，性好山水，晚年寓居安庆，悠游以终。他博学能文，擅长诗词。风格有的流丽清婉，有的雄迈豪放。他常游金陵，有两首咏金陵的词为名作，《念奴娇·登石头城》韵味苍凉，抚今追昔，写出了风云易散、青山常在的感慨；《满江红·金陵怀古》则以六代豪华成为历史，吊古伤今，抒发了强烈的人世沧桑的感慨。还有《秋日钟山晓行》等诗作，以及诗集《雁门集》。

宋　濂（1310—1381） 字景濂，号清溪，明初散文家、书法家。先祖潜溪（今浙江金华）人，至宋濂时迁到浦江（今浙江浦江县）。宋濂年幼时家贫而好学，借书苦读，博闻强记，卓有成就。曾从散文大家吴莱、柳贯、黄溍等人学习。至正九年（1349），被荐为翰林编修，以亲老辞不就，隐居龙门山著书10余年。朱元璋起兵取婺州，召见宋濂，命他为五经师。朱元璋称帝后，又命他为文学顾问、江南儒学提举，授太子经。洪武二年（1369），奉命修《元史》，为总裁官。当时朝廷祭祀、朝会、诏谕、封赐文章大多由他执笔。累官至学士承旨知制诰，被誉为“开国文臣之首”。洪武十年（1377），因年老辞官还家。后因长孙犯法，又牵涉胡惟庸案，全家谪茂州，路途病故于夔州。正德时追谥文宪。

宋濂的散文，以传记小品和记叙性散文最为出色。其传记小品文，人物形象栩栩如生，性格鲜明，各具特色。代表作有《王冕传》《秦士录》《杜环小传》《李凝传》和《记李歌》等。余如《送东阳马生序》和《桃花涧修禊诗序》等亦很著名。写景名篇有《环翠亭记》《看松庵江》等，文笔简洁，写景状物都较生动、自然。还有寓言体散文集《燕书》和《龙门子凝道记》，以一些生动故事说明抽象的哲理，寓意深刻，耐人回味，其中有些故事已在民间广为流传。他的散文，从容简洁而又富于变化，为世所宗，刘基就推许为“当今文章第一”。宋濂文名还远播国外，高丽、日本、安南等国使节都曾以重金购其文集。

宋濂因身居显位，又逢明初开国盛世，其文章较多颂扬封建统治、宣传封建道德的内容。有些文章如《阅江楼记》，虽情景畅达，但颇为粉饰之辞所累。宋濂的此类文章，成为后来“台阁体”的先声。此外，宋濂因受佛、道影响，部分作品亦有消沉、感伤情绪。

宋濂工书。郎仁宝云“公草书有龙盘凤舞之象”，李日华评曰“昭代精细楷者，宋景濂一人而已”。

宋濂著作有《宋文宪公全集》53卷，亦有版本称《宋学士全集》或《宋学士文集》。此外还有《篇海类编》20卷、《洪武正韵》16卷。主编有《元史》210卷等。

刘　基（1311—1375）　字伯温，青田（今属浙江）人，元末明初文学家、政治家、书法家。14岁入郡庠学《春秋》，后从郑复初学宋代理学。至顺二年（1331）进士，授江西高安县丞。任江浙儒学副提举，因检举御史失职事受排挤，弃官隐居。至正八年（1348），台州方国珍聚众起事，刘基被任为浙东元帅府都事，因反对招抚之策，力主剿捕，与上司意抵牾，被罢职，放浪于绍兴山水间，以诗文自娱。安山吴成七起事时，他被委任为都事，曾组织地主武装，镇压当地义军，升为浙东行省郎中。不久又与元朝统治者矛盾，弃官隐于青田山中，著《郁离子》以明志。至正二十年（1360），朱元璋攻占浙东，刘基与宋濂等人应朱元璋征召到南京，陈时务十八款，劝朱元璋脱离韩林儿自立。在其后七八年内，刘基深受朱元璋倚重，参与机要，辅佐朱元璋先后击败陈友谅、张士诚等部，成为明朝开国元勋之一。明洪武元年（1368），拜御史中丞兼太史令。洪武三年（1370），授弘文馆学士，封诚意伯。洪武四年（1371），因与左丞相胡惟庸交恶，被胡所谮，受朱元璋猜忌，赐归乡里，洪武八年（1375），忧愤而死。一说被胡惟庸毒死。

刘基的政治主张以儒家思想为主，强调国以民为本，而民以食为本，把休养生息和加强武备视为立国的两大根本。他曾参与明初朝廷多项重大决策，与朱元璋共同改变了唐宋以来的科举考试方法，专取“四书”“五经”命题试士。应试者的文章必须仿宋经籍，代古人语气来写，多用排偶文体。这就是后来的“八股文”，又叫作“制义”。这一考试方法沿用到清末。它在巩固封建制度、禁锢思想文化上起了很大的作用。

在明初文坛上，刘基占有重要地位。他具有比较系统的文学思想。他从儒家的“诗教”思想出发，强调作品的教化作用；贬斥元代以来的纤丽文风，提倡“师古”，力主恢复汉唐时期的文学传统。他和宋濂提倡复古，这对于明初文风由纤丽转向质朴起了重要作用。

刘基的文学创作，以诗歌最为突出。诗歌之中，又以乐府、古体诗为优。代表作有《野田黄雀行》《畦桑词》《雨雪曲》《过东昌有感》《有感》《孤儿行》《病妇行》《田家》《夏夜台州城中作》《赠周宗道六十四韵》和《感时述事》（10首）等。内容有反映人民疾苦、抨击酷吏、为民请命等，具有一定社会意义。刘基诗歌的艺术风格比较多样，或求雄浑，或求婉约，或求奇崛，或求天然，兼容并包，卓然成家。著名的神话诗《二鬼》长达1200余字，借二鬼隐喻自己和宋濂，曲折地表现了在朱元璋猜忌压抑下的苦闷以及再整朝纲的抱负，想象奇谲，语言瑰丽，风格雄浑，气势恢宏；而《懊侬歌》和《从军五更转》等诗又追求浅显通达，明白如话，饶有民歌风味。

刘基的散文体裁多样，内容丰富，以寓言体散文最为出色，代表作是《郁离子》。写景代表作有《游云门记》《出越城至平水记》《活水源记》《白云山居记》和《松风阁记》等。风格古朴浑厚。说理，则论点鲜明，文笔犀利，往往夹叙夹议，注意文字的形象性；写景，则讲求意境，手法细腻。颇有唐宋散文名家的风致。

刘基的诗文佳品，多作于元末他前半生几次弃官隐居时期。明初出仕之后，诗文多应酬之作，内容芜杂，思想空泛，少有价值。工书，善楷、行、草书。

刘基的著作较多。先由其子刘仲璟、孙刘廌等人分别编为《郁离子》5卷、《覆瓿集》并拾遗20卷、《写情集》4卷、《犁眉公集》5卷、《春秋明经》4卷，于明初梓行于世。成化六年（1470），戴暨、张僖等人汇刻《诚意伯文集》20卷。嘉靖三十五年（1556），樊献科根据文章体裁，更令编次为《重编诚意伯文集》18卷。今通行本为四部丛刊本《诚意伯刘文成公文集》20卷，系据乌程许氏藏明刊本影印而成，内收《郁离子》18章、文220篇、诗1184首、词233首、《春秋明经》42则。

高　启（1336—1374）　字季迪，号槎轩，长洲人。元末，谢绝张士诚的邀请，隐居吴淞江青丘，自号青丘子。明初被召与纂修《元史》，又入内府教功臣子弟，授翰林院国史馆编修，擢户部侍郎。自陈不习国计，辞归故里。尝赋诗无顾忌，被朱元璋忌恨，后因给苏州刺史魏观写《上梁文》，被株连腰斩于南京，年仅39岁。他是明初最优秀的诗人，与张羽、杨基、徐贲合称“吴中四杰”，论者推为开国诗人第一。诗中尤以律诗和歌行体见长，《登金陵雨花台望大江》一诗最为有名。散文亦佳，如《书博鸡者事》。著有《青丘高季迪先生诗文集》《高太史大全集》。

谷子敬（生卒年不详）　金陵人，元末明初戏曲作家。元末官至枢密院椽史。洪武元年（1368），因系故元旧臣，遭充军。《录鬼簿续篇》称谷子敬明《周易》，通医道，口才捷利，其著乐府、隐语盛行于世，曾作《耍孩儿》乐府十四煞，极为工巧。作杂剧5本：一是《城南柳》，正名为《西池母重会天上桃，吕洞宾三度城南柳》；二是《枕中记》，正名为《终南山吕公云外游，邯郸道卢生枕中记》；三是《闹阴司》，又题《吕孔目雪恨闹阴司》；四是《借尸还魂》，又题《同牡丹借尸还魂》；五是《一门忠孝》，又题《卞将军一门忠孝》，今仅存4本，《太和正音谱》赞其词“如昆山片玉”，评曰“其词理温润，如缪琳琅玕，可荐为郊庙之用，诚美物也”。明人李开先在《词谑》中称：“《吕洞宾三度城南柳》次套，谷子敬生平得意词也。”

蒋康之（生卒年不详）　金陵人。《太和正音谱》将蒋列入“知音善歌者，三十六人”之中，并称“其音属宫，如玉磬之击明堂，温润可爱，癸未（1343）春渡南康，夜泊彭蠡之南。其夜将半，江风吞波，山月衔岫，四无人语，水声淙淙，康之扣舷而歌‘江水澄澄江月明’之词，湖上之民，莫不拥衾而听，推窗出户是听者杂合于岸。少焉，满江如长叹之声，自此誉愈远矣”。

杨　讷（生卒年不详）　初名暹，后改为讷，字景贤，一字景言，号汝斋，蒙古族人，元末明初戏曲作家。从姐丈姓杨，久寓金陵，后病卒。善弹琵琶，作杂剧18种，现仅存《刘行首》《西游记》2种及残存《天台梦》曲词数首；已佚的有《生死夫妻》《偃时救驾》《为富不仁》《三田分树》《红白蜘蛛》《两团圆》《盗红绡》《东岳殿》《海棠亭》《巫娥女》《鸳鸯宴》《保韩庄》《西湖怨》《待子瞻》《玩江楼》等。《玩江楼》一剧，有人说乃戴善甫撰。明朱权《太和正音谱》评其剧作似“雨中之花”。《录鬼簿续编》评其“乐府出人头地，锦阵花营，悠悠乐志”。

周　德（1355—1403）　字是修，金陵人，明诗人。洪武末，举明经。建文帝时，为建文帝之弟朱允熞衡府纪善。留京师，预翰墨纂修。好荐士，陈说国家大计。燕王朱棣兵陷京城，周德留书别友人，托以后事，自尽于应天府学尊经阁下。

周德善诗，喜作歌谣体，反映民间疾苦。《商妇怨》写商妇别离之苦，令人同情。其他代表作尚有《桑妇谣》《莫愁乐》《远别意》和《寄赠白下彭君》等。据《四库总目》，著《刍荛集》6卷行于世。

方孝孺（1357—1402）　字希直，又字希古，宁海（今属浙江）人，明散文家、书法家。曾以“逊志”名其书斋，蜀献王替他改为“正学”，因此世称“正学先生”。福王时追谥文正。

方孝孺曾从宋濂学习，他的文章、学问为宋濂诸弟子之冠，但他轻文艺、重教化，以明王道、致太平为己任。洪武二十五年（1392），任汉中府教授，蜀献王聘他为世子师。惠帝时，任翰林侍讲，颇受信任，凡大政多所咨询。当时《太祖实录》及《类要》等书皆由他总裁。建文元年（1399），燕王朱棣发动争夺皇位的战争。惠帝廷议讨伐，诏檄也都出于方孝孺之手。朱棣夺得皇位后，要他投降，并命他起草诏书。他身穿麻衣孝服前往，号哭响彻殿陛。朱棣一心想利用他的声望，降榻劳之。他执笔书一“篡”字，说：“万世后，脱不得此字。”朱棣又好言慰之，说：“此吾家事。”他亦然骂不绝口。朱棣说：“汝不怕夷九族耶？”方孝孺说：“即夷十族何妨！”被害于午门内，相传午朝门内丹墀上的血迹石，即为方孝孺颈血所溅。后人将血迹石刻成石碑，立于午门之侧，今尚残存一段，为南京市文管会所收藏。方孝孺死后，他的学生收其遗骸，葬于雨花台下。著名戏曲家汤显祖曾立石表其墓，桐城派大师姚鼐在重修其祠、墓时，曾为之作记。其墓现为南京市文物保护单位。他逝世后，人们将他所居住的街道命名为正学路。

方孝孺主张作文要“神会于心”，反对摹拟剽窃，其文风格豪放雄健。《四库全书总目》说他“学术醇正”，文章“乃纵横豪放，颇出入于东坡、龙川之间”。他的散文，常以物喻理，直抒胸臆，文笔畅达，言简意明，为时人所传诵。代表作有《蚊对》和《指喻》等。

方孝孺的著作今存《逊志斋集》及《方正学先生集》等。由于永乐中凡藏有他文章的俱被判死罪，留传于世的诗文俱是由后人辑录的，因此难免杂有他人之作。据《南濠诗话》记载，《勉学》24首是陈子平所作，《渔樵》1首为杨孟载所作，《牧牛图》为元人诗。

朱　权（1378—1448）　明太祖朱元璋第十七子（一说第十六子），自称“大明奇士”，别号涵虚子、丹丘先生、臞仙，明戏曲家。生于应天府，14岁以前从未离开过应天府。自幼博览群书，天赋异禀，怀有殊才。在宫中，受宫廷戏曲熏陶；在宫外，又受大量演出活动影响。在应天府的生活奠定了朱权戏曲成就的基础。洪武二十四年（1391）封于大宁（今属内蒙古），永乐元年（1403）改封南昌。后因事见疑于成祖，乃韬晦于所筑“精庐”之中。卒谥献，世称“宁献王”。

朱权博学多艺，擅长鼓琴，喜爱戏曲，信奉道家思想。自称作杂剧12种，现存《冲漠子独步大罗天》和《卓文君私奔相如》2种。《冲漠子独步大罗天》写吕纯阳、张紫阳超度冲漠子入道事。冲漠子入道后，东华帝君赐道号为丹丘道人。丹丘，又恰是朱权别号，这说明他信奉道家的消极超脱思想，亦想超凡得道。《卓文君私奔相如》写西汉卓文君司马相如的故事，剧作语言尚能追模元人杂剧，较为生动。但他热衷于宣扬天时际遇、夫贵妻荣等封建思想，该剧的思想意义不大。

朱权的主要成就在于戏曲理论方面，代表作有《太和正音谱》《务头集韵》和《琼林雅韵》3种，后2种已佚。《太和正音谱》2卷，写成于洪武三十一年（1398），此时他21岁，有人考证，时在南京。此书现有影写洪武间刻本，是一部戏曲文学理论、戏曲音乐理论兼及戏曲史料的著作。全书共分《乐府体式》《古今英贤乐府格势》《杂剧十二科》《群英所编杂剧》《善歌之士》《昔律宫调》《词林须知》《乐府》等8章，前3章是戏曲文学理论。《乐府体式》章，分戏曲文学体式为“丹丘体”“宗匠体”“黄冠体”“俳优体”等15家，题为“予今新定乐府体”，表明这样分类是其首创，但此种分类仅是一种分类尝试，缺少实际意义和理论价值。《古今英贤乐府格势》章专评艺术风格，共评论元代和明初杂剧、散曲作家187人，以马致远列首位，盛赞其作品为朝阳鸣凤，典雅清丽，有振鬣长鸣万马皆喑之意。而对大戏曲家关汉卿，则以为只是“可上可下之才”，就因他“初为杂剧之始”，才勉强放在前面。《杂剧十二科》章，多因循前人之说，并不能准确地概括元杂剧的丰富题材。《群英所编杂剧》和《善歌之士》两章，富有史料价值。而《乐府》章在内容上，分量最重，占全书篇幅的五分之四，共收曲牌335支，是现存最早的北曲杂剧曲谱，对后世有较大影响。明人范文茗的《博山堂北曲谱》、清人李玉的《北词广正谱》，以及《钦定曲谱》《九宫大成南北词谱》中的北曲部分，都是以此书为基础重新编制而成的。

汤允勣（？—1467）　名一作胤勣，字公让，南京人，明诗人。东瓯王汤和之曾孙，应天府庠生。与府尹不合，攘臂去，题诗学门，有“从今袖却经纶手，且向江头理钓丝”之句。遁居丹徒，又率少年入江阴县署，缚县令，状其罪，送之上官，为有司所收，下狱，会赦而出。遇巡抚周忱作启事，即席成数万言。周忱奇之，荐于朝。少保于谦召询古今将略及兵事，应对如响。累授锦衣卫千户，稍迁至指挥佥事。天顺中，锦衣侦事者摭允勣旧事以闻，谪为民。成化初，复故官。天顺三年（1459），擢都指挥佥事，充延绥东路参将，分守孤山堡，力战而死。

汤允勣工诗，为景泰十才子中佼佼者。汤允勣为武将诗人，其诗豪迈奇崛，挥洒如风雨。代表作有《樵岭》《秋怀》《巨侠》《听秋轩》和《立春后作》等。有《东谷集》10卷传世。

蒋主孝（1397—1472）　字宗伦，一字务本，句容人，明诗人。好儒而工医，凡抱奇疾莫能识者，诊之无不愈。急于救人，虽雪夜炎天，有求必赴。曾疏《内经》以示学者，有人劝他入仕途，他说："医可以济人，奚必仕？"喜吟咏，与弟主忠，及王贞庆、汤允勣等结诗社，号景泰十才子，后又与贺确相倡和。爱临古帖，精鉴古。襟度洒落，于日夕必焚香鼓琴，作文弄楚歌之曲。自制有《樵林操》，人多传习之。生平笃于友爱，治家尚质，嫁娶悉有定规，葬祭无不周备。房帏无华锦，曰："我等不耕蚕而得饱暖，可不与天地节无益费乎？"遇孤贫则赒恤无所惜。妻独醉先生史瑾之女，有子二，长子论，次子谊。谊举进士，授杭州府推官，蒋主孝戒之曰："不俭，则不能廉。试看贪官皆由不俭故也。"后蒋谊居官有廉能名。

蒋主孝著有《务本斋诗》和《樵林摘稿》等。其弟蒋主忠，字存恕，一字慎斋（一作蒋忠，字主忠）。《明诗人小传》云："忠字主忠，恐误。"蒋主忠著有《慎斋稿》《金陵纪胜》《续貂小稿》和《诗法钩元》等。

倪　谦（1415—1479）　字克让，号静存，上元人，明文学家、书法家。正统三年（1438）举人。正统四年（1439），考中探花。官编修。景泰元年（1450）出使朝鲜，风采凛然，朝鲜人一睹风采，悚然叹服。有所作，即席挥洒，不加点缀，莫不吐舌，惊以为神。朝鲜国中梓行其文，一时成风。归国后，一度入直文华殿。凡应制赋诗，中官常立俟以进。累官至翰林侍讲学士。天顺三年（1459），主试顺天，黜权贵之子，遂诬构以罪，谪戍开平。成化初，复旧职，与子倪岳同日入史局纂修《英宗实录》。进南京礼部右侍郎，转南京礼部尚书。卒赠太子少保，谥文僖。

倪谦为人谦和恭让。家居南京铁作坊，坊隘巷夹道，铁工列肆，公舆从出入，铁工皆起立。公呼之前，语之曰："汝吾乡人，毋为我出入妨汝作业，第坐为之。"后复起立，再语之，始坐而不起。据说，后又有某御史亦世居巷内，授职后怒居民倨坐，执送巡城，欲加之罪。巡城御史诘问："尔等小民，何敢为是？"居民曰："小民俱为倪尚书所误。"备述前事，且云："实不知御史又尊于尚书也。"巡城官听后，把这些居民全部释放回家。次日，巡城官对此御史说："闻居民言，令我亦惭。"后来，其子倪岳虽位居高官，仍然保持此风，每往部里，皆步出街后才登车前往。

倪谦工书。王世贞《三吴墨妙跋》曰："倪文僖公与僧求竹贴，却无意而有笔。"

倪谦为文才思敏捷，云涌川溢，当时少有能及者。其著作甚丰，居南京时，曾遭火厄，其子倪岳不顾其余手掇其父旧稿以出，收拾散佚，合为170卷，倪谦亲自校订者有890篇，别为32卷，用刻以传。长沙李东阳为之序，称其雄才绝识，学充其身而形之于言，典正明达，卓然馆阁之体。子岳作跋。据《玉堂丛语》载，平生著术有《玉堂稿》100卷、《上谷稿》8卷、《归田稿》42卷、《南宫稿》30卷、《辽海编》4卷。据《四库书目》，另有《倪文僖集》32卷、《朝鲜纪事》1卷并传世。

童　轩（1425—1498）　字志昂，一字雪厓，明文学家。祖籍鄱阳，随父徙家金陵，入应天钦天监。为人谦介寡合，笃于内行，性好学。住金陵时，有时家人衣食不周，吏部尚书王恕知道后就赠以米和白金，实在无法他才接受一次，一般都予拒绝。南京吏部尚书王恕了解他的个性，不敢直接赠送他什么，正巧有人持礼币来向他求文，王就对此人说："童公之文胜余，令人导汝往求之。"此人找到童轩，童轩劈口就问："汝自来乎？抑有使之者乎？"此人以实对，童轩听后遂却而不纳。童轩于景泰二年（1451）登进士，授南京吏科给事中。以抚川寇事，谪知寿昌县。久之，荐致佥事，督云贵学政。拜太常寺少卿，转正卿，掌钦天监。又以右副都御史总制松潘，进南京吏部右侍郎，又进南京吏部尚书。享年74岁，赠太子少保。

童轩能文善诗工书法，明人过庭训在《分省人物考》中评价他说："士昂为文渊博雄丽，诗有唐人体裁，书法遒劲。"著有《清风亭稿》10卷、《枕肱集》20卷以及《海岳涓谈》《谕蜀稿》《纪梦要览》等。

陈献章（1428—1500）　字公甫，新会人。以举子就试吏部，两试不第，成化年间授翰林院检讨以归。居白省，人称"陈白沙"，讲授经学，有"活孟子"之誉，是岭南唯一从祀孔庙之人。他提出"学贵知疑"的教育理论，成了明代理学向心学转变的关键。善用茅草笔，在南京书刻白马寺碑传世。

李应祯（1431—1493）　初名生生，以字行，更字贞伯，长洲人。景泰四年（1453）举乡试，入太学。以工书，授中书舍人。弘治中为太仆省卿。文徵明曾从其学书，篆楷皆入能品，行草隶亦清润端方，如其为人。丰坊《书诀》称其真书学欧、颜，得君谟用笔之法。文徵明谓其潜心古阵，而所自得为多，推为当代第一。其尤妙者三指搦管，虚腕疾书，今人莫能及。

庄　昶（1437—1499）　字孔阳，号木斋，又号定山居士，江浦人。成化丙戌（1466）进士，授检讨，上书忤旨，贬桂阳州判官，未行改南京行人司册吏部郎中。隐居定山27年。文徵明曾多次到定山拜师求学。草书迥然自成一家，与陈白沙（献章）齐名。曾与陈宪章等在江浦白马寺联句，由陈书碑。深解书法，或问张汝弼草书如何，曰"好到极处，俗到极处"。

问如何则可？曰“写到好处，变到拙处”。又善画山水，烟云苍蔚，花鸟亦佳。著有《定山集》。

史　忠（1438—约1519）　字端本，一字廷直，明诗人。本姓徐，从母姓史。自号敦翁，又号痴仙、痴痴道人。江宁人。外呆内慧，据说17岁方能言，人皆以痴呼之，亦自认痴，自称痴。所居在冶城，有楼，即称“痴楼”。痴翁为人性豪侠不羁，不喜权贵，有不合辄引去，或径以言折之不顾。周晖《金陵琐事》记载他勤俭嫁女的雅事和收养妻弟寡妇的义举。

史忠善画、能诗、妙解音律。他善画山水人物，深为吴门画派沈周钦服。他的画当时就十分珍贵，得其片纸者，皆珍藏之，但至今几乎绝传。他的诗写自己胸次，不以锻炼为工，随意自然，清新可喜。著有《江南二隐稿》（与金琮合集）和《痴翁遗集》。他又长于乐府新声，每搦笔乘兴书之，略不构思，或五十曲，或百曲，方搁笔。词曲名家陈铎和徐霖亦服其敏速。

吴文度（1441—约1510）　字宪文，原籍晋江（今属福建），徙居江宁，明文学家。成化八年（1472）进士。任南京御史，因劾妖僧继晓被杖。迁汀州知府，有惠政，后来汀州人曾刊行其著作，以志遗爱。刘瑾屡次向他索贿，他都不予理睬，令以南京户部尚书致仕。

吴文度少与其兄文威共同茹苦力学。为官后，所至有政声。敏捷见事，当几辄发。告老回归之后，田宅无所增，对子侄辈亲爱如己出，与故旧相处犹同布衣时一样。家居南京北门桥，尝于桥上遇见其兄踽踽而行，即下舆扶携而归。上有姊，老而寡居，接至家中共度晚年岁月。老姊亦能诗文，有时有人来探望吴文度，值其他出，便由老姊接待，议论学问，谈论篇什，供茗而去。著有《交石类稿》3卷。

何　昙（生卒年不详）　女，字玉仙，号白云道人，金陵人。画家史忠（痴翁）姬。能诗，兼工篆书，尤精治印，与清人韩约素（钿阁）同为古代女子以篆刻卓然成家者。又解音律。居恒以文字自娱，喜画小景，并能作飞白竹石。

倪　岳（1444—1501）　字舜咨，上元人，明文学家。倪谦之子。天顺六年（1462）举人，天顺八年（1464）进士。入翰林，为庶吉士，授编修。成化中，历侍读学士，直讲东宫。成化二十二年（1486），擢礼部右侍郎。弘治初，改左侍郎。又代为吏部尚书。卒赠少保，谥文毅。明代父子官翰林，俱谥文，自倪岳始。

倪岳好学，文章敏捷，博综经世之务，为文浩瀚流转，不追章琢句。其诗亦不事雕琢，多关心百姓疾苦。成化七年（1471）六月，某地连雨十日，倪岳赋诗《成化辛卯六月苦雨浃旬民以大困惑今怀昨良用恻然因抵掌放歌聊以泄激烈之悲耳诗云乎哉》云：“……我愿天公放白日，照耀四海祛烦愁。蚕得帛兮田得粟，乐以卒岁心悠悠。小臣无能窃君禄，却把大笔歌天休。”成化十七年（1481），某地自春徂夏，亢阳不雨，河流不通，水脉几绝，农事弗修，漕纲且阻，倪岳回天无力，徒以心焦。至五月九日始雨，达旦未止，喜而忘寐，作《喜雨谣》，表达自己对大旱的焦虑："片云不生暑威炽，嗟我绝望心力穷。"对大雨的喜悦："我不愿天能雨豆，谁能作粥苏疲癃。我不愿天能雨针，谁能补衮为华虫。但欲此雨滂沱足三日，叱咤海若鞭苍龙，河流滔滔通万漕，田畴拍拍酬三农。拟效周诗赋云汉，载仰帝德歌年丰。"著有《清溪漫稿》24卷。

金　琮（1449—1501）　字元玉，尝游赤松山，自号赤松山农，上元人。好吟咏，为金陵才子之一，屡试不第。工书，十二三岁时即能作大字。

徐　霖（1462—1538）　字子仁，一字九峰，自号髯仙，又号快园叟，还称徐山人，明戏曲家、书法家。原籍一说长洲，一说华亭。6岁时，父亲逝世，从兄迁居上元，全家均入上元籍。其家世勋贵，少为诸生，但是，倜傥不羁，坐事削籍，乃殚力于藻翰，名播海外。

徐霖寓居南京快园，故号快园叟。快园在南京武定桥东箍桶巷内。正德十四年（1519），明武宗朱厚照南巡，由伶人臧贤推荐，徐霖曾到御前填写新曲。第二年，朱厚照又来南京迎春，还召徐霖应制词曲。在此期间，明武宗朱厚照竟两次来到徐霖快园家中，还在他家中晚静阁旁池里垂钓，因钓得金鲤一尾，高兴得失足落水。晚间，并曾同徐霖同卧起。朱厚照屡次要封他官职，他都辞而不就。

徐霖多才多艺，明周晖《金陵琐事》称："子仁诗才笔阵，丹青乐府，足称能品。"他是著名的戏曲作家，传世戏曲作品有《绣襦记》全本（一说为薛近衮所作）、《柳仙记》残曲。他的散曲，当时极为妓家崇奉，在勾栏中非常流行。可惜大多未能传存。徐霖与同代著名戏剧家陈铎并称"曲坛祭酒"。

徐霖的诗文亦佳，同陈铎、谢承举并称"江东三才子"。据说他7岁就能赋诗，传世著作有《丽藻堂文集》《快园诗文集》等。文徵明也很佩服他的文才。他还善书画，绘事虽精妙，而书名益振。明周晖《金陵琐事》云："徐子仁九岁作大书，操笔成体。正书出入欧（阳询）、颜（真卿），大书初法朱晦翁（朱熹），乃乱其真，后喜赵松雪（孟頫），笔力遒劲，布构端饬，成一家书。至于篆字，得法于异人，更造阃奥。西涯李相国（李东阳）、白岩乔太宰（乔宇）时号篆圣，见则以为不及。"明何乔远《名山藏》云："霖篆登神品，余若真行，皆入精妙，碑版书师颜、柳（公权），题榜大书师詹孟举（詹希元），并绝海内。日本使臣，得者什袭为珍。"《同治上江两县志》等亦记载："日本、安南尝以重价购其书画。"在书法方面，他还著有《续书史会要》。

陈　沂（1469—1538）　初字宗鲁，后改鲁南，号石亭，又号小坡，明文学家、书法家。祖籍鄞县，明初，其曾祖陈瑶（字伯俊，号菊隐）以名医由鄞县入籍金陵。祖父陈恺，字仲和，号艾庵，亦以医名，人称"陈一贴"。父亲陈钢，成化元年（1465）举人，善书工诗。

陈沂为陈钢长子，生而颖秀，5岁能属句，10岁能诗，12岁作《赤宝山赋》。少好苏轼诗，而自号小坡。正德十二年（1517）进士，致庶吉士，授编修，进侍讲，出为江西参议，历山东参政。因为不附从张璁、桂萼，改山西行太仆寺卿致仕。终因触忤朝官张璁，更兼向上抗疏，而罢仕。回归金陵，筑遂初斋，杜门著书，绝意人事。顾起元对他的评价是："有德有言，人伦标表。书绘皆入能品。晚与顾司寇（顾璘）浮游诸寺，即席作赋，光彩照人。"陈沂多才多艺，善书工诗，能作曲，又致力于地方文献，颇多建树。他的书法，前人评价说他学苏长公，旁及篆、隶、绘事，皆称能品。他的文章，出入史汉；他的诗作，少学东坡，中年乃宗法盛唐。诗歌代表作有《观音山江阁与顾英玉中秋看月》和《夏日杂兴》等。陈沂亦能作曲，有《善知识苦海回头记》，今尚存于《杂剧十段锦》中。还有不少散曲作品，收于《南北宫词记》中。

陈沂还致力于乡邦文献，正德年间著《金陵古今图考》，专记金陵建置，自列国迄明代，为图15帧，每图均附说明；著《金陵世纪》4卷，分都邑、城郭、宫阙、郊庙、官署等18门；嘉靖中著《献花岩志》，为南京城南30里之献花岩专志；另有《南畿志》《金陵名山记》等；还参加《山东通志》的编写。陈沂的著作甚丰，除此而外，还有《维祯录》《畜德录》《拘虚晤言》《询刍录》《遂初斋集》《拘虚馆集》《石亭集》《皇明翰林志》《诲似录》等。

刘　麟（1474—1561）　字元瑞，一字子振，明文学家。祖籍安仁，后入南京鹰扬卫籍。绩学能文，与顾璘、徐祯卿并称"江东三才子"。弘治五年（1492）中举，弘治九年（1496）进士及第。时有外戚张氏骄横，中外侧目，台谏庞津等历诋罪状，反而触怒皇帝，下诏入狱。刘麟上疏申救，声誉遂起。授刑部主事转员外，出守绍兴郡大治，却被刘瑾诬陷，矫旨废为编民。郡人如失父母，为立生祠。既失官，贫不能归，乃寓居长兴，与孙一元辈为"湖南五隐"。直到刘谨事败，再起知西安。累官工部尚书致仕，后又得罪刘珰而罢官。家居30余年，萧然一室，赋诗自娱。尝欲建楼以居，而无此财力，遂悬篮舆于梁曲，自卧其中，名曰"神楼"。文徵明为之绘神楼图，骚人墨客争相咏之。刘麟平生尚气节，以文学鸣于时，律诗步盛唐，字法羲献。卒后，赠太子少保，谥清惠。有《刘清惠集》12卷传世。

王　韦（生卒年不详）　字钦佩，一字南原，上元人，明诗人、书法家。弘治十八年（1505）举人，第二年中进士。选庶吉士，授南吏部主事，致兵部，迁礼部郎中，升河南提学副使，擢南太仆少卿。孝德纯备，丧母之时，适病在床，哭必恸绝，水浆不入，数日遂毁，至槁以殁。四方闻而哀之。

王韦有诗才，主张写诗要有才情，曾言："唐风既成，诗自成格，不与雅颂同趣。汉、魏变于雅颂，唐体沿于国风，雅言多尽，风辞则微。今以雅文为近诗，未尝不流于宋也。"故其诗婉丽多致，隽味难穷。弘治十八年（1505），内阁试庶吉士，以《春阴》为诗题，下注不拘体。他作歌行，为诸老所赏。当时柴墟储静夫为太仆少卿，过访王韦，焦竑在座，索要其诗稿读之，读至“朱阑十二昼沉沉，画栋泥融燕初乳”，储静夫击节叹赏曰：“绝似温（温庭筠）、李（李煜）。”焦竑说：“本是王（王维）、韦（应物）。”著有《南原集》7卷。善书，真、草清雅有法。

顾　璘（1476—1545）　字华玉，号东桥，苏州人，居上元。弘治九年（1496）进士，授广平知县，擢南京吏部主事，晋郎中。正德四年（1509）出为开封知府，一度被谪。后任山西、湖广巡抚，右副都御史，所至有政声。后迁南京刑部尚书，罢归。璘少负才名，多交游。初与同里陈沂、王韦同称“金陵三杰”，其后宝应朱应登继起，合称“金陵四大家”。顾璘诗步宗唐人，以风调胜，羽翼李梦阳。著有《息园存稿》《浮湖集》《山中集》《凭几集》等。其《国宝新编》《金陵名园记》对金陵人物、名宅、掌故叙述较详细。另有目录学著作《顾尚书书目》6卷。

王以旂（1486—1553）　字士招，号石冈，江宁人，明大臣，诗人。正德五年（1510）中举人，第二年登进士，授江西上高县令。历官河南御史、兵部右侍郎兼右佥都御史、南京古都御史、工部尚书，致左都御史、兵部尚书。曾铣被逮下狱后，乃受命代为总督三边（边绥、宁夏和甘肃）军务。在镇六年，修筑延绥城堡4500余所，又筑兰州边垣，边镇以安，为保卫西北边疆做出了卓越的贡献。卒于固原，军民号泣罢市。赠少保，谥襄敏。

王以旂家居南京聚宝门（今中华门）外小市西，去驯象门里许。屋宇朴陋，居之晏如。为都宪时，每出入必引避小市口路，曰：“此皆吾邻居父老子弟为贸易者，吾不忍以车前三驺妨其务也。”邻有老人与封翁善，王以旂幼年时以伯父呼之，既贵，犹不改。王以旂宅地既荒僻多草，各道御史拨余丁4名扫除。王以旂急忙打发不用，说：“此四人非亲即邻也，何忍用之。”后来有人劝他郊居不便，为他物色好城中羊市桥北一大宅地，他一看即报罢。同年赵大尹问其故，王以旂说：“此府第也。门厅广大，必常得青衣数人守之，吾一老书生安能办此夠儿辈耶？”卒老旧居中，其厅事仅如中人家，而且微时矮屋三间，贵显后移于园中，不加粉饰，题曰“存本堂”。

其诗多应酬之作，尚清新可读。著有《襄敏集》4卷、《漕河奏议》4卷。

陈　铎（约1488—约1521）　字大声，号秋碧，又号坐隐先生、七一居士，明戏曲家。他出身于一个世袭官僚家庭。曾祖父陈文佐助朱元璋削平群雄有功，封睢宁伯。祖父陈政曾官中府都督。他于正德初年世袭济州卫指挥之职。祖籍下邳（今江苏邳州），一说祖籍巢县（见《庐州府志》），徙居南京。

陈铎出身世家，一生生活优裕，放荡不羁，不受礼法约束。他博学能文，于经传子史、百家九流莫不淹贯，却无意举业，热爱散曲，牙板随身，混迹勾栏酒肆，熟悉下层人民。他无论在散曲创作、散曲表演上，还是在散曲理论、散曲指导上，都造诣绝高，被南京教坊誉为

“乐王”。

陈铎的散曲集有《秋碧乐府》《梨云寄傲》《月香亭稿》《可雪斋稿》和《滑稽余韵》。其散曲作品多写男女风情和闺怨相思，供歌妓清唱，有纤弱娇柔的一面，亦有情景委婉的一面。写作手法高超，多能传唱一时，代表作为《滑稽余韵》，共收136篇作品，纯用口语写就，刻画了当时社会上各行各业中的各种人物形象，其中有铁匠、银匠、机匠、旋匠、挑夫、厨子、闸夫、渔户等，也有里长、牢子、道士、和尚、巫师、媒人之类，还描写了米铺、冠帽铺、香烛铺、等秤铺、胭粉铺、油坊、柴炭行、绒线铺等30多种店铺的经营生活，堪称明代中叶城市生活的风俗画卷，这是他散曲作品中成就最高者。

陈铎写有杂剧《花月妓双偷纳锦郎》和《郑耆老义配好姻缘》。明人汪廷讷辑有《陈大声乐府全集》。

陈铎工于诗词，有词集《草堂余意》。他写的《夜行》诗极为有名，其中“山月巧窥人影瘦，夜凉先向客衣生”，对仗工整，用词精巧，富有意味，成为传诵一时的名句。其《草堂余意》着意奇特，把宋《草堂诗余》中的春意、夏意、秋意和冬意这四部分的词，每首都照原韵和作一首。这样的词集在中国词学史上亦为独树一帜。陈铎还工书善画，擅长楷书，绘画近明代杰出山水画家沈周。可惜的是，书画作品皆未传世。

文　彭（1498—1573）　字寿承，号三桥，长洲人。文徵明长子，少承家学，以诸生次贡，先授秀水训导，后擢升国子助教于南京。书法于篆、分、真、行、草并佳，不蹈父迹，而自成家。初学钟（繇）、王（羲之），后效怀素，晚年则全学孙过庭，尤精于篆、隶。工刻印，后人奉为金科玉律，以其为吴门开派宗师。当明代晚期，以石制印尚未普及，多用其他印材，三桥每以牙章入印，时自蒙稿落墨，而命金陵人李文甫刻之。其后，在赛虹桥路遇青田人送石来宁制售妇女饰件，发现此石凝腻纯润可以治印，从此乃不复治牙章，于是灯光冻石之名，始艳传于世。

马一龙（1499—1571）　字负图，号孟河，又号玉华，溧阳人。官至南京国子监司业，以书名。陶宗仪《书史会要》曰：“一龙作字悬腕运肘，落管如飞，顷刻满幅，自谓怀素以后一人。然评者谓其奇怪，为书法一大变。”

归有光（1506—1571）　字熙甫，号震川、项脊生，昆山人。嘉靖十九年（1540）举人。其后20余年，8次会试不第。徙居嘉定读书讲学，门徒常达数百人，人称“震川先生”。嘉靖四十四年（1565）进士，授长兴知县，后调任顺德通判，管理马政。官至南京太仆寺丞，参与撰修《世宗实录》，以劳瘁致疾，卒于南京。他是明代中期反对“前后七子”复古运动的唐宋派的主要作家。他的散文体现明代人情觉醒的思潮，多叙家事，情感真挚自然，笔触细腻，善于捕捉细节，语言疏淡而自有风味，有《项脊轩志》《先妣事略》《寒花葬志》等名篇。所撰《备倭事略》《昆山县倭寇始末书》可补史事。另有《震川先生集》。

何良俊（1506—1573） 字元朗，号柘湖，华亭人，明戏曲理论家。青少年时期攻习诗文，爱好戏曲。酷爱读书，曾20年不下楼。与弟良傅并有才名，时人比之“二陆”（陆机和陆云）。良傅举进士，良俊犹滞场屋。嘉靖年间，良俊以岁贡入国学，当道者知其才名，特授南京翰林院孔目。曾聘请著名老曲师顿仁研讨戏曲音律。后因仕途屡不得意，辞去官职，归隐著述。在南京居住时期较长，后迁居苏州。自称与庄周、王维、白居易为友，题书房名“四友斋”。

何良俊能诗善文，在戏曲理论上颇有建树。著有《清森阁集》、《柘湖集》28卷、《何氏语林》30卷、《世说新语补》4卷、《四友斋丛说》38卷。《何氏语林》仿《世说新语》体例，辑录自两汉至元代文人的言行；《四友斋丛说》在考订经史以及词曲上很见功夫，保存不少明代史实、掌故。

许　谷（1506—1588） 字仲诒，一作仲贻，号石城、石城居士，上元人，明文学家。好读书，博涉精诣，有文名。嘉靖四年（1525）举人，嘉靖十四年（1535）会试第一名。是年，肃宗亲试进士，许谷对策切直，读卷者恐忤上意，故抑之。许谷授户部主事，管仓务，以清慎举职。受尚书梁材器重，居三月，调礼部，转吏部文选郎中，拜南少常少卿，改江西提学，升南尚宝司卿致仕。归田后，嗣顾璘主词坛。家居30年，未尝通报政府。缙绅有造门求见，不报谢。征文者屦满户外，受其贽金投一竹筒中。客至命探取之，沽酒酣饮，达旦不寐。里人宴饮，不知其官列上卿。然泾渭了然，不喜苟合，凡钻营者不敢至其门。

许谷的诗诗格爽俊，得古人意，绝无官气。著有《省中稿》2卷、《二台稿》2卷、《归田稿》10卷和《武林稿》1卷等。

顿　仁（生卒年不详） 明中叶教坊曲师。清人王士祯《池北偶谈》曰：“金陵旧院，有顿、脱诸姓，皆元人后没入教访者。”有人据此推断，顿仁祖先可能系蒙古族人。正德年间，顿仁曾随武宗至北京，于教坊学北曲50余套，嘉靖、隆庆时，何良俊聘顿为家班曲师，顿将其怀之50年的北曲，尽教何家小鬟，深受何之欣赏。顿感称：“不意垂死，遇一知音。”顿暮年流落金陵旧院，赖其孙女顿文存活。时顿以精擅琵琶称誉旧院，人呼之“顿老琵琶”。

何良俊赞顿仁北曲的演唱及伴奏曰：“于《中原音韵》《琼林雅韵》终年不去手，故开口、闭口与四声阴、阳字，八九分皆是。”《顾曲杂言》中载顿仁论曲：“南曲箫、管，谓之唱调，不入弦索，不可入谱。”又云：“弦索九宫，或用滚弦，或用花和、大和钐弦，皆有定制，若南九宫，无定则可依，且笛、管稍长短其声，便可就板；弦索若多一弹、少一弹，即板矣。”

王世贞（1525—1590） 字元美，号凤洲，又号弇州山人，太仓人。嘉靖进士，历任刑部主事、南京兵部右侍郎、刑部尚书等职。善古诗文，为“后七子”之首，影响甚大。倡“六经皆史”说，于明史多有建树，对太祖建朝时期史实多有补正。著有《弇州山人四部稿》《弇山堂别集》，另撰有《嘉靖以来内阁首辅传》《皇明名臣琬琰录》《锦衣卫志》《国朝纪要》等。热心于方志，尝作万历《通州志》序等。对戏曲、书画均有精辟论叙，著有《艺苑卮言》，并编有《王氏画苑》《王氏书苑》。

李　贽（1527—1602） 本姓林，名载贽，字宏甫，号卓吾，回族，晋江人。嘉靖举人。初任河南共城教谕，嘉靖三十九年（1560）任南京国子监博士，数月后因奔父丧回籍。1570年起历任南京刑部主事等职凡8年。在南京与耿定理及其兄耿定向、罗汝芳、王畿、焦竑交往甚密。万历四年（1576）开始研究佛学。后任云南姚安知府，弃官归居，专事讲学和著书，敢于接收女子听讲。晚年居湖北麻城龙潭湖芝佛院，故又号龙湖叟。76岁时被以“敢倡乱道，惑世诬民”之名逮捕，下锦衣卫狱，自刎死。

李贽以异端自居。贬抑孔孟，认为儒、道、释三教无异同，反对以孔子之是非为是非，反对道学。在文学上主张“率性说”和“童心说”，反对复古模拟，对后来的“性灵派”有影响。李贽是中国早期启蒙思想的代表。著作有《藏书》68卷（万历二十七年〔1599〕刊于南京，记万历前400多个人物）。另有《续藏书》《焚书》《续焚书》《初谭集》《四书评》《史纲评要》《李温陵集》等。其著作曾被列为禁书，“尽行烧毁”。

胡汝嘉（1529—1528） 字懋礼，一字沁南，号秋字，金陵人，明戏曲作家、文学家。嘉靖乙丑（1565）进士，官翰林编修，以言忤执政，出藩参。工隶草并画，收藏甚丰，所作诗词格律遒，著有《沁南稿》等。《客座赘语》称他“文雅风流，不操常律”，“其《红线》杂剧，大胜梁辰鱼”。《金陵琐事》亦称：“胡懋礼有《红线》杂剧，最妙。吴中梁辰鱼亦有《红线》杂剧，脍炙人口，较之懋礼者，当退三舍。”

何　震（1530—1606前后） 字主臣，一字长卿，亦称雪渔，婺源人。精篆刻，与文彭挚好，盖在亦师亦友之间。文彭得灯光石多请震刻之，其工可知。何震尝曰：“六书不精义入神，而能驱刀如笔，吾不信也。”后遍游边塞。大将军而下皆以得其一印为荣。震后复归金陵，住城南承恩僧舍。性好宾客，而不恤其家。姜绍书论印云：“雪渔如绛云在霄，舒卷自如。”何震中年始学画竹，其竹苍莽淋漓，风格尤胜。程孟长、程元素父子为其同乡后进也，收其所刻印5000余钮，拓为谱，有《印选》4卷传世。何震著有《续学古编》1卷。周亮工《印人传・书何主臣章》曰：“往来白下最久……国博究心六书，主臣从之讨论，尽日夜不休。”以此可见印人聚集南京互相研究讨论印学之一侧面。文彭、何震对印学有不可磨灭的承前启后之功。自文、何二人始，“徽派”粲然粗具，后学者绵延不绝。

姚汝循（1535—1597） 初名理，字汝循，后改字叙卿，又字凤麓（因居近南京凤凰台），江宁人，明诗人。嘉靖三十四年（1555）举人，第二年登进士。官杞县令、南刑部主事、大名知府，后降调桂阳州同知，转嘉定知州。为官有政声，敢于执法，处置不法奸僧，擒太监蔡伯贯，亦敢于为蒙重诟者仗义执言，注意兴修水利，为民造福。

姚汝循自大名罢官归田时，著《屏居集》8卷。及嘉州罢后，历游燕、赵、楚、蜀间，著《浪游集》6卷。晚年退耕秦淮，著《耕余集》8卷，并传世。还曾选编金陵人诗为《金陵风雅集》，共40卷。

焦 竑（1540—1620） 字弱侯，又字从吾，号澹园，亦称漪园，金陵人，明文学家、书法家。祖上于明初以军功封副千户，隶属南京旗手卫，遂世为南京人。焦竑自幼敏慧好学，泰州学派学者罗汝芳和耿定向都是他的老师。耿定向在南京办崇正书院，挑选十四郡名士前来学习，焦竑亦在其中，并任学长。焦竑于嘉靖四十三年（1564）中举，万历十七年（1589）中状元。任翰林院修撰，迁东宫讲读官。其间，大学士陈于陛曾推荐他领修国史，他未能修成，却以史料另外编成《国朝献征录》120卷、《国史经籍志》6卷。采辑历代皇太子的模范事迹，编成图文并茂的《养正图说》作为明太子的教科书。因正直敢言，得罪上司与同僚。万历二十五年（1597），焦竑任顺天府乡试副主考，被诬陷收受贿赂、营私舞弊、取士非人，后被贬为行人（礼宾司官员），外放为福宁州同知。次年，值地方官政绩考核，被降级。自此，焦竑弃官家居，日与挚友讲学论文，著书立说。70岁高龄时一度出任南京国子监司业，不久卸职。

焦竑的政治思想和学术思想是进步的。明代进步的思想家李贽与其师耿定向矛盾激烈，斗争尖锐。焦竑称李贽为"圣人"，"可居圣门第二席"，尽力帮助李贽著述，开展讲学活动。他甚至利用自己的藏书为李贽提供资料，并为李贽的著作审稿和撰写序言，协助刻印出版。李贽死后，焦竑还为他编印了《李氏遗书》。顾起元《客座赘语·书法》称："弱侯真行，结法眉山，散朗多姿，而古貌古骨，有长剑倚天，孤峰刺日之象。"

焦竑为明代有名的学问家、古文大家。《澹园集》是他文章的结集。焦竑的著述很多，尚有《国朝献征录》《国史经籍志》《易筌》《老子翼》《俗书刊误》《玉堂丛语》《焦氏类林》和《焦氏笔乘》等。

刘丽华（生卒年不详） 女，字桂红，秦淮艺人。明嘉靖年间在世，居秦淮凝香馆。刘丽华"光艳无匹，性聪敏端正"，对《西厢记》有特别爱好，并有自己的见解。据王骥德考证，刘丽华刻有口传古本《西厢记》，于嘉靖二十年（1541）刻成（已散佚）。这个刻本的前面刊有刘丽华本人的题辞。刘丽华认为，崔莺莺"岂甘心事郑"，后来她拒绝张生的求见，"盖深于怨也"，"董解元、关汉卿辈，尽反其事；为《西厢》传奇，大抵写万古不平之事，亦发明崔氏本情，非果忘张生耳"。这个刻本的后面刊有文士范子虚所写的跋文，跋文中说刘丽华“尝称说崔氏，心慕效之，……每诵其书，未尝不抚卷流涕也”。据蒋星煜考证，刘丽华所刻口传古本《西厢记》，是迄今所知明代南京刊刻北杂剧《西厢记》最早的版本。

马湘兰（1548—1604）　女，字守真，名月娇，号湘兰子，小字玄儿，或称玄貌，因排行第四，又称四娘，应天人。自幼沦落秦淮，后成为名妓，吹、拉、弹、唱，无一不能。善丹青，工诗文，擅词曲。为人豁达大度，任侠好义，轻财货，重然诺，有“女季布”之誉。著有剧作《三生记》，诗《湘兰集》2卷。所画兰竹为人收藏。潘之恒在《亘史外纪·马姬传》中赞其为嘉靖年间金陵“青楼十二钗”中之“最著”者，“无论宫掖戚畹、王公贵人、边城戍士”，“无不知马湘兰者”。《三生记》全剧已佚。《群音类选》收其部分曲词，题为《三生传玉簪记》，下有注：“此系马湘兰编王魁故事，与潘必正《玉簪》不同。”

万历三十二年（1604），马湘兰“以生平不识金阊为恨”，率其家女郎十五六人，应王百谷之约，往苏州为之祝七十寿辰，演《北西厢》全本累月，得“吴人激赏之”。其后，又应杨苏门等13位文士之请，于六月六日赴杭州演《北西厢》二出，备受赞誉。是年，马湘兰从苏、杭归金陵后，于深秋病亡。

冯梦祯（1548—1606）　字开之，号具区，秀水人。万历间会试第一，官翰林院编修，累迁至南京国子监祭酒。钱谦益《列朝诗集小传》谓冯氏斋名“快雪堂”来自家藏王羲之《快雪时晴帖》，这是“望文生义”。其实冯氏并未收藏此帖，按冯氏《结庐孤山记》云：“上梁于去年嘉平某日，时积雪初晴，命之曰‘快雪堂’，取晋帖《快雪时晴》语。”只是用典，并非珍藏。该帖当时在王穉登手中，传承有序，于1949年被掠出“三希堂”，现存于台北“故宫博物院”。

汤显祖（1550—1616）　字义仍，号海若，又号海若居士，自署清远道人，临川人，明戏曲作家、文学家。万历十一年（1583）进士，万历十二年（1584）官南京太常寺博士，万历十六年（1588）改官南京詹事府主簿，万历十七年（1589）迁南京礼部祠祭司主事，万历十九年（1591）为上书《论辅臣科臣疏》遭贬广东徐闻县典史，万历二十一年（1593）移浙江遂昌县令。万历二十六年（1598）辞官返临川，闭门创作，躬践排场，拍曲教伶。万历四十四年（1616）溘然而逝。著有传奇《玉茗堂四梦》（《紫钗记》《牡丹亭》《南柯记》《邯郸记》），诗集《红泉逸草》《雍藻》《问棘邮草》，文集《玉茗堂文集》。

汤显祖于万历四年至八年（1576—1580）曾3次游学南京国子监，与老友、南京礼部精膳司郎中帅机相聚，拜同乡、南京国子监司业张位为师。在国子监听课之余，与沈懋学、梅鼎祚、张青野等人往还，结交了一些秦淮伶优、歌妓，开始戏曲处女作《紫钗记》的创作。汤显祖将《紫箫记》写到第34出时，被帅机读后认为“此案头之书，非台上之曲也”，故辍笔。在南京做官8年间，与屠隆、臧懋循、姜鸿绪等人为曲友，在他们的影响与鼓励下，于太常增博士任上，在《紫箫记》的基础上“更为删润”，完成了《紫钗记》的初稿。明末，祁彪佳在《远山堂曲品》里评《紫钗记》说：“先生手笔超异，即元人后尘，亦不屑步。会景切事之词，往往悠然独至。”吕天成在《曲品》中评论说：“《紫钗》仍《紫箫》者不多……，描写闺妇怨夫之情，备极娇苦，直堪下泪，真绝技也。”

汤显祖遭贬后，虽然未再到南京，但他的戏曲作品在南京书坊屡经刊刻出版。《牡丹亭》写成后，很快传至南京，引起轰动，连演10年不衰。以后400多年间，《牡丹亭》在南京戏曲舞台上间有演出，至今仍为江苏省昆剧院保留剧目之一。

魏少峰（约1555—1620）　金陵人，明木刻家。万历十四年（1586）刻《新刻续编三国志后传》，万历十九年（1591）刻罗本撰王希尧画万卷楼本《新刊校正古本大字音释三国志通俗演义》等书插图。常署“白下魏少峰刻”或“金陵魏少峰刻像”。当时明代刻工有刻文与刻图像的分工。

董其昌（1555—1636）　字玄宰，号思白、香光居士，华亭人。官至礼部尚书。赠太子太傅，谥文敏。善诗文书画，天才俊逸，少负重名。书法始以米芾为宗，后遍临各家，曾在金陵得见右军《官奴贴》，“自此渐有小得”，后自成一家，闻名海内，书画人称“双绝”。著有《容台文集》《画禅室随笔》。

潘之恒（1556—1622）　字景升，号鸾啸生、鸾生、亘生、冰华生等，因须髯如戟，又被时人呼为髯翁，自亦称髯，歙县人，明戏曲评论家、作家、诗人。幼“蜚声诗坛”。及长，师王世贞，倾心“公安派”。入太学，再试不遇，即弃去。专精古文词，恣情山水，大江南北，齐鲁燕越，所到皆“宴游、征逐、征歌、选妓”或“品胜、品艳、品艺、品剧”。海内名流多与之交往。潘之恒与张凤翼、臧懋循、汤宾尹及袁宏道兄弟等人交情尤深。在交游中，他喜欢“随得随录记之”，以致著述“月积岁累，高等几身”。有《亘史》《鸾啸小品》《黄海》《三吴杂志》《涉江集》《漪游草》等。

潘之恒在南京、苏州、扬州等地多次主持“曲宴”，兴举戏曲演出活动。15岁时初游秦淮，至66岁客死金陵，其间游居南京10余次。万历乙酉、丙戌（1585—1586），“主顾氏馆，凡群士女而奏技者百余场”，“流连光景，所际最盛”。万历三十四年（1606）秋冬之交，于“秦淮联协宴之会凡六、七举”。万历三十七年（1609）夏，在秦淮结社，为韩上桂安排演出杂剧《司马相如传》，邀北曲名优傅寿及兄傅卯分别饰演卓文君和司马相如。入冬，潘之恒抱病5次观看吴越石家班演出的《牡丹亭》。他在南京时，曾为许多演员的优秀演出题咏，写了许多艺人小传、观剧随笔和评论，并记录了当时南京剧坛特别是昆山腔演出的实况。这些文章都被收入《亘史外纪》《鸾啸小品》中。潘之恒的这些诗文被当时戏曲界称为“赏音”，誉为“独鉴”，故潘又有“姬之董狐”之誉。

黄应组（1563—？） 字仰川，署应祖或黄组，新安人，明木刻家，活动于金陵。他绘刻均精，所刻点粒不苟、繁而不乱，用大小不同点子构成山石之凹凸及明暗面，使画面精神更为充沛，其刻作有所革新，是徽派的杰出代表。刻有程伯阳绘图本《孔圣家语图集校》，汪耕绘《棋谱·坐隐图》《人镜阳秋》，现存《义烈记》等5种，尤以汪廷讷编、钱贡画《环翠堂园景图》（环翠堂为汪廷讷居金陵的别墅）更为著名。

顾起元（1565—1628） 字太初，一作璘初、邻初，号遁园居士，江宁人，明文学家、书法家。万历二十六年（1598）会试第一人，殿试一甲三名，由编修累官国子监祭酒、吏部左侍郎兼翰林院侍读学士。号称清修和尚，深得其师叶盛等人器重。正欲高升、前途无量之际，3次上疏辞官。获准后回归故乡，退居杏花村之遁园，潜心著述，轻易不上公庭。而后朝廷曾7次诏命他为相，他都不应召，友人题其园中小筑曰“七召亭”。他居家绝迹公府，只有牵涉地方利弊之事方才出头，以利百姓。天启年间，南京有人为魏忠贤立生祠，官府“乞文辞”，他以手疾坚辞。其门人又以重金求札，也遭拒绝。顾起元死后葬于安德门外花园村。

顾起元一生著作甚丰，工诗善文，尤致力于南京地方文献，他的《客座赘语》是研究南京地区戏曲历史的重要参考材料，对南京地区嘉靖、万历年间的社会状况亦多所反映。其各种著作还有《中庸外传》《说略》《蛰庵日记》《遁园漫稿》《尔雅堂诗说》《懒真草堂集》《寒松斋稿》《归鸿馆稿》《武陵稿》《雪堂随笔》《名公象记》《顾氏小史》《金陵宫阙都邑图》《金陵古今石考》《金陵古今图考》《金陵卧游六十咏》等。还与余光、焦竑、朱之蕃、余孟麟等人合著《金陵雅游篇》，参加编修《万历江宁县志》。精金石之学，工书法。

朱之蕃（1570—1625前后） 字元介，一作元升，号兰嵎，祖籍聊城，后入南京锦衣卫籍，明文学家、书法家。幼即颖拔，能文善书，事亲孝。万历二十三年（1595）考中状元。既贵，将遗产全部让给两个弟弟朱之瀚和朱之士，且资助两个弟弟的子女婚嫁。有父执辈死，则安养其妻子儿女。万历三十三年（1605）出使朝鲜。凡朝鲜权贵馈以其重礼要求明王朝庇护以不受倭寇侵犯者，他一律拒不收礼。凡朝鲜权贵以人参、貂皮等珍贵物品作为润笔索要字画者，他则用这些物品以换购散落在朝鲜的中国书法作品、名画和古器，受到朝鲜人极口赞诵。归国后，擢掌南翰林院事，晋南礼部右侍郎。后来，母亲逝世，他便辞官不出，在谢公墩北构筑“小桃源”以居。临终前，呼唤儿子从义到面前说：“人生聚则成形，散则为气，一去来间耳！”问以后事，不答而逝。南京人为了纪念他，把他居住过的巷子称作“朱状元巷”（在水西门附近，西起莫愁路，东至仓巷）。

朱之蕃著有《使朝鲜稿》4卷、《纪胜诗》1卷、《南还杂著》1卷、《落花诗》1卷。善书，真行法赵孟頫，兼学颜真卿、文徵明，运笔快，可日书万字。

钟　惺（1574—1624）　字伯敬，号退谷，竟陵（今湖北天门）人。万历三十八年（1610）进士，授行人，迁工部主事。不久改南京礼部郎中，出为福建提学佥事。后辞官归家，晚年入寺院。在南京时，僦秦淮水阁，读史常至深夜，有所见即记之，成《史怀》20卷。另撰有《通纪集略》5卷、《明季编年》12卷、《读经国史合考》。钟惺诗文反对拟古，主张抒写性灵，倡导幽深孤峭的风格。他与谭元春合称“竟陵派”，合编的《古诗归》《唐诗归》曾盛行。他的记叙、议论散文亦有一些新奇隽永之作，如《浣花溪记》《游武夷山记》等。另有《诗合考》《宋文归》《隐秀轩集》等。

钱谦益（1582—1664）　字受之，号牧斋，晚号蒙叟，常熟人。万历三十八年（1610）进士，曾讲学于东林书院。崇祯初为礼部侍郎，因与温体仁争议失败，被革职。弘光时谄事马士英、阮大铖，为南明弘光朝礼部尚书。清兵下南京，他率先迎降，以礼部右侍郎管秘书院事，但仕清未得信任，不久辞归。家有绛云楼，藏书极丰，诗文在当时极负盛名，与吴伟业、龚鼎孳并称“江左三大家”。诗风沉郁藻丽，技巧纯熟，接近宋诗。他善写组诗，有名作《后秋兴》，另有《初学集》《牧斋集》《列朝诗集》。曾欲修《明史》，为《明史》副总裁，另撰《国初群雄事略》14卷、《三史备言》等。

胡正言（1584—1674）　字曰从，号十竹主人、默庵老人。原籍徽州休宁，寄籍金陵。弘兴时官武英殿中书舍人，加入复社，交游甚广。明亡后，蛰居小楼30年，以示气节。终日以著作及刻印、卖印为生。精篆刻，擅书画，善画山水、人物，尤擅花卉、墨梅，且擅制墨。天启七年（1627）辑《十竹斋画谱》，创造彩色版画，名声极大。崇祯十七年（1644）辑《十竹斋笺谱》，鲁迅、郑振铎均推崇此谱能反映明末士大夫“清玩”文化之最高成就。笺中所作波光云影，皆以设色凸纹，尤见匠心独运。胡正言又作《十竹斋雪鸿散迹》。其所创作画谱、笺谱等皆以独特绝技为之，不仅在当时博得赞誉，迄今仍被推为“艺林无上珍品”，名震国际艺坛。日本浮世绘的印刷技法原来很简单，看到十竹斋的画谱、笺谱后方始改进。胡正言著述甚丰，除上述作品外，还有《石谱》《梨云馆竹谱》《重订四六鸳鸯谱》《书法必稽》《十竹斋临古篆文法贴》《印存初集》《印存玄览》《胡曰从印谱》《十竹斋印谱》《印史》《胡氏篆草》等。所出印谱大多是木刻版本，印章的金石气韵几于湮没，不能见其原貌，所刻的原石传世甚少。胡氏治印效法雪渔平实一路。南京十竹斋藏有胡氏传世之作。

黄道周（1585—1646）　字幼玄，号石斋，漳浦人。南明福王时官礼部尚书。南都覆，唐王赐其为武英殿大学士。黄道周率师至婺源，与清师遇，兵败被俘，不屈，卒于南京。书法擅长楷、行、草诸体，远师钟繇、索靖，书品高古，书风奇峭，遥开近世宗风。

丁继之（1585—？） 名胤，金陵人，明昆曲唱家。演《金锁记》中驴儿娘“妙绝一世”，曾以丑行演《水浒记》中的净角赤发鬼刘唐。李良年（武曾）在《秋锦山房集·丁老行》中赞“丁老坛场推第一”。丁常与张燕筑、沈云甫、王公远、朱继章等人集于李丽贞、李香君家，或集于“迷楼”之顾眉生家串戏。顺治十四年（1657），顾眉生30岁生日时，召宾客数百人，集梨园老辈及李大娘、李十娘、王节娘等曲中名伶宴于园中，丁继之应邀与郭长春、张燕筑、王式之、王恒之合串《王母瑶池宴》以贺。

丁继之与明末清初名士王士祯、冒辟疆、周亮工、孔尚任、钱牧斋等人交厚。约于崇祯末年（1644），丁年高，于大石坝街西营河房，率徒侑酒为业，时钱谦益曾病寓丁继之河房。陈寅恪《柳如是别传》考证：丁继之河房实为钱、柳反清复明活动场所。孔尚任曾据此将丁继之写入《桃花扇》。丁继之90余龄病逝于南京。

阮大铖（约1587—1646） 字集之，号园海，亦号石巢、百子山樵，怀宁人（一说桐城人），晚明戏曲作家。万历丙辰（1616）进士。天启甲子（1642）官吏部都事中时，曾以《百官图》媚魏忠贤，一度引退，后复召为太常少卿，旋乞归。崇祯元年（1628）起为光禄卿。崇祯二年（1629），魏定逆，阮坐罪四等，贿赂免狱，削职为民。流落金陵后，居库司坊，筑石巢园，蓄养声妓，编演传奇。复社文士曾作《留都防乱揭》张布于市驱之。1645年，朱由崧建南明弘光朝廷，阮以《燕子笺》进奉，又得马士英力荐，遂官兵部尚书副都御史。后降清，又随军入闽，1646年跌死于仙霞岭（亦有阮游山触石而死、被清军杀死之说）。阮大铖撰传奇11种，《忠孝环》《老门生》《翠鹏图》《赐恩环》《井中监》《桃花笑》《狮子赚》7种不传，今存《石巢四种》——《燕子笺》《春灯谜》（亦名《十认错》）及《双金榜》《牟尼合》。其中以《燕子笺》最为人所称道，《奸遁》（亦名《狗洞》）一折，至今仍为昆剧保留剧目。吴梅认为：“阮园海之曲，不以人废言，可谓三百年一作手矣。”清人丁传靖认为，“《燕子笺》实为阮园海之女（阮丽珍）所作”。《中国女性文学生活》《中国文学家大辞典》《中国历代才女小传》也都认为阮丽珍为《燕子笺》之草创者。

阮大铖兼擅昆弋二腔，曾为清军以昆腔唱《燕子笺》，遭清军不悦，遂改唱弋阳腔，清军“始点头称善”。曾目击阮园海家班搬演传奇之张岱，在《陶庵梦忆》中盛赞阮精于戏曲表演艺术：“阮园海家优，讲关目，讲情理，讲筋节，与他班孟浪不同。然其所打院本，又皆主人自制，笔笔勾勒，尽出苦心，与他班卤莽者又不同。故所搬演，本本出色，脚脚出色，出出出色，句句出色，字字出色。余在其家，看《十错认》《摩尼珠》《燕子笺》三剧，其串架斗笋，插科打诨，意色眼目，主人细细与之讲明，知其意味，知其指归，故咬嚼吞吐，寻味不尽。至于《十错认》之龙灯、之紫姑，《摩尼珠》之走解、之猴戏，《燕子笺》之飞燕、之舞象、之波斯进宝，纸扎装束，无不尽情刻画，故其出色也愈甚。”

阮大铖虽精于戏曲，因其行恶，故见弃于时人。《曲栏闲话》云：“园海词笔，灵妙无匹，然终因附逆在前，降清于后，为明末最无气节者而为士人唾弃，世人不齿耳。”

王　铎（1592—1652）　字觉斯，孟津人。明末官拜东阁大学士，后在南京与钱谦益率百官开门降清。据《福王本末》载："里下小民，亦至泣下，欲生食王铎、方拱乾之肉。及弘光遁，铎为市民所执，詈其误国，众手交加，须发立尽。"入清，铎官至礼部尚书，谥文安。书学"二王"，书风雄浑恣肆，为近代书风之开山。有《拟山园法帖》传世。

刘素明（约1595—1650）　明木刻名手。万历、天启年间刻有师俭堂刊、陈眉公批评本《西厢记》《琵琶记》《红拂记》《绣襦记》《玉簪记》《幽闺记》《新编孔夫子周游列国大成麒麟记》《丹桂记》插图，又刻有衍庆堂本《古今小说》《警世通言》等书插图，明末还刻《硃订西厢记》卷首图20页、单面图40幅。

苏昆生（1600—1679）　原名周如松，固始人，明末清初曲师。久寓金陵，为阮大铖家班教曲。后应左良玉聘入幕中唱曲。清兵南下，苏昆生至九华山出家，旋又还俗投杭州皖南籍文士汪然明。汪故，苏转走苏州，曾于虎丘曲会上演唱，"引喉一发，响遏行云，出字归音，绳尺严谨，感人肺腑。众皆瞠目咋舌，俯首拜服，当即求其为师者甚众"。返金陵时，曾转道太仓会吴梅村，二人极为友契。吴写古体长歌《两楚生行》，歌中赞他和丁继之："一生嚼徵与含商，笑煞江南古调亡。洗出元音倾老辈，叠成妍唱待侯王。一丝索成珠盘转，半黍分明玉尺长。最是大堤西云曲，累入肠断杜当阳。"

文士英（1600—1680前后）　字及先，号白华老人，江宁人。少好篆、籀，从师金一甫学治印。文士英年未30岁时，索其图章者有门庭若市之誉。每与人言及："吾得之一甫金夫子，夫子得之何主臣（震）先生。"这足见其不忘本源若是。文士英工书并能画，年80岁时尚能灯下作蝇头小楷，笔健如壮年。据俞剑华《中国美术家人名辞典》考订，《广印人传》及《补遗》以文及先、文士英列作二人，实误也。

程　邃（约1605—1691）　字穆倩，一字朽民，号垢区，一号清溪，又号垢道人，歙县人，诸生。住金陵10余载，又侨居扬州40年。周亮工《印人传》曰："印章一道，初尚文、何，数见不鲜，为世厌弃。犹王、李而后，不得不变为竟陵也。黄山程穆倩邃，以诗文书画奔走天下，偶然作印，乃力变文，何旧习，世翕然称之。"程以变革姿态登上印坛，学问厚实，才气过人。治白文仿汉，浑穆方整，刀法沉郁顿挫，颇有山水画精神，清瘦可爱，苍莽高古。所治朱文印，吸取朱简碎刀短切技法，又采撷福建彰浦黄枢以钟鼎文入印之长处，边栏用战国古玺阔边，印风迥异于古人。

傅　寿（生卒年不详）　女，字灵修。父傅瑜，兄傅卯。三人均为万历年间南京教坊司艺人，又为时负盛名之郝可成班主要演员。傅瑜精通北曲，20岁前习旦，30岁习生，40岁习外，被班中推为教师。卯、寿兄妹至十二三岁时，“灼灼如双芙蓉”，“新都逸史氏作二妙篇揄扬之，一时声重”。时“第趋狭邪者竞新曲，以昆山魏良辅调相高”，“北音寥垂绝”，傅瑜精心向卯、寿传授北曲，使之有“弦索琅琅锵金戛玉之韵”。二人学成登台表演，“一座尽狂”。“寿习为曼声遏云，吴人咸矫舌不下”；“卯则超距行伍中，振衣呼啸，举国无能和者”（《亘史外纪》）。潘之恒看了他们的演出后，称赞说：“虽李延年兄妹，不过是矣。”至是，傅氏三人名播海内。岭南韩上桂到南京，在秦淮会潘之恒，一见便问傅寿。既见，韩认为傅寿“有侠士风”，出剧本《司马相如传》求傅寿演出。傅寿一日通读本子，十日即演出。傅卯饰司马相如，傅寿饰卓文君，“宛然绝代人复出”。韩大快，“倾橐金为赠”，并为“愿下第后寻盟，再观垆头之剧”。

此后，傅寿名声日上，长州俞宣赞美其为“金陵唱北曲之殿”。潘之恒亦称“傅灵修以北音擅名曲中，两都称独步”，并作《灵修歌》赞：“灵修来兮窈窕，色既愉兮歌且笑，留灵修兮憺忘归，残月上佤晓光摧。”名艺人朱无暇也作歌盛赞傅寿：“启皓齿兮咏空谷。……彼何人兮曰灵修？”

傅寿有亲传弟子朱子青。寿辍演后朱子青亦名噪一时。

纪振伦（生卒年不详）　字春华，别号秦淮墨客，江宁人。万历三十四年（1606）前后在世，以校订戏曲著名。经他校订的传奇有《七胜记》《剑舟记》《桂三记》《折桂记》等。《七胜记》演诸葛亮七擒孟获事，有明万历唐振吾刊本，存本原题“《武侯七胜记》，秦淮墨客校”。《三桂记》原题《三桂联芳记》，演金正子兄弟三人同年登第故事，有明万历唐振吾刊本。《远山堂曲品》《传奇品》《曲海目》《曲录》《今乐考证》并见著录，除《今乐考证》外，诸本均题“秦淮墨客校”。另有纪振伦曾作传奇《罗帕记》等一说，但《曲海总目提要》仅录《罗帕记》纪振伦重校。另外，纪振伦还校正小说多种。《古典戏曲存目汇考》认为：“小说《杨家将演义》传为秦淮墨客作，恐即纪著。”

杨仙度（生卒年不详）　又名杨超超，万历年间南京戏曲艺人，工旦。据《鸾啸小品》中称，杨仙度对戏曲艺术能“一目默记，一接神会，一隅旁通”，表演“赋质清婉，指距纤利，辞气轻扬”，“登场从容合节”，“其进若翔鸿，其转若翻燕，其止若立鹄，无不合规矩应节奏”。在语言应用方面，杨仙度能与人物、情景贴切，一呼一叹，皆有神韵，在《琵琶记》中扮赵五娘呼蔡伯喈，在《明珠记》中扮无双呼王家哥哥，在《浣纱记》中扮西施呼范大夫，“皆有凄然之韵”，“能得其微”；对感叹的处理，能做到“缓辞劲节，其韵悠然，若怨若诉”，“近自然也”。潘之恒在南京看其演出后，大为赞赏，认为杨仙度的表演艺术才能超过了他所见到的许多同代优秀艺人，著文惊呼：“仙仙乎？其未央哉！”潘之恒为杨仙度改名为杨超超，并写文《仙度》记其事，又写《与杨超超评剧五则》，高度赞扬和详细评述杨仙度的戏曲艺术表演才能。这2篇文章均收入《鸾啸小品》中。

张　怡（1608—1695）　怡亦作遗，初名鹿征，字瑶星，又字薇庵，号白云，应天人，明末文学家。张可大之子。明末，以诸生荫锦衣卫千户。李自成入京师，张不屈，被系，义而逸之。归故里，知妻已死，孑身隐居摄山僧舍，不入城市，闭户著书，自号白云山人。虽日著书，却秘不示人。当事者高其节，招之或造谒，张逾垣而走。每日除读书、著书外，便在山中樵汲，对外不言诗书。乡人称其“白云先生”，外人亦不知山中有是人也。后张卒葬山中。

张怡著作甚丰，有诗文集20余卷、《志林》2卷、《续笔》8卷、《金陵私乘》8卷、《蠡酌》48卷、《读易私钞》20卷、《白云言诗》12卷、《史絜》24卷和《謏闻随笔》等。

吴伟业（1609—1671）　字骏公，号梅村，太仓人。曾师事张溥，是复社成员。崇祯四年（1631）会试第一，廷试第二，授编修，时年仅20余岁。不久充东宫讲学官，迁南京国子监司业，转左庶子。南明福王立，吴任少参事，与大学士马士英、尚书阮大铖不合，遂归故里。入清后，官国子祭酒，3年后辞归，病殁于家。吴伟业诗取法盛唐，学习元白，时称“娄东派”。诗风沉郁苍凉，辞藻清丽，精于律诗，歌行尤为擅长。其《圆圆曲》通过描写陈圆圆的悲欢离合，寄寓国事兴亡的慨叹，尤为著名。吴伟业还写有传奇《秣陵春》，借南唐覆亡后的故事，抒发明亡的哀痛。另有《梅村家藏稿》《春秋地理志》《绥寇纪略》等。

黄宗羲（1610—1695）　字太冲，号南雷，人称“梨洲先生”，余姚人。从学于刘宗周。19岁入京为父讼冤，后领导复社反对宦官权贵。曾组织世忠营抗清。南明鲁王任其为左副都御史。明亡后，黄隐而著述。曾在南京作《留都防乱公揭》，反对阮大铖等人。黄博学精思，为一代思想家，尤长于史，是浙东史学的主要人物。他反对理学空谈，倡导求实的学风。倡“非君说”，提出“以天下为主，君为客”，“天下之大害者，君也”。主张“工商皆本”和改革土地、税收等。这些观点，对清初思想界有启蒙作用。其著颇多，有《明儒学案》《明史案》《明夷待访录》《宋元学案》等，后辑为《黄宗羲全集》。

马　锦（生卒年不详）　字云将，回族，其先为西域人，明末“兴化部”演员，工净。“兴化部”与“华林部”是当时金陵最著名的两个戏班。一次，“兴化部”“华林部”两部对台竞演《鸣凤记》。马锦与“华林部”一李姓演员并饰演严嵩。开始时二人演得难分高下，但演至《河套》一折时，观众全被“华林部”吸引过去。马锦感到羞愧而悄然离去，使“兴化部”的戏无法终场。3年后，马锦归来，又与“华林部”竞演《鸣凤记》。二人演至《河套》一折时，相比之下，饰演严嵩之李姓演员黯然失色。李拜倒在马面前，自称弟子。事后，“华林部”有人问马锦经何人传授而超过李姓演员，马回答道：“李伶表演独一无二，他不肯教我。我想现在国相与严嵩是同一流人物，我就在京师当了他的门卒3年，每天随侍，观察他的言谈举止，日子长了，就有了心得体会。这就是我的老师。”马锦的故事成为中国戏曲现实主义表演艺术的典型范例而被广泛传诵。

纪映钟（生卒年不详） 字伯紫，一字伯子、檗子，号憨叟，明末诗人。其父为处士纪青，字竺远，家贫，能诗，少为诸生，弃去，入天台为僧，复舍去。纪映钟约于崇祯年间在世，为明诸生。崇祯时，张溥、杨廷枢、张采、周钟等人组建复社，四方云集响应。纪映钟尤喜结纳，与顾梦游同被推为领袖。顾梦游早殁，纪映钟独领群英。明亡后，弃诸生，躬耕养母，自称“钟山遗老”。尝与龚鼎孳友善。龚既贵，纪应其之邀，寓居北京10年。卒之日，里人为文以祭，略云：“依隐玩世，壮语高姿。达官访以当世之务，名士题以风流之师。”

纪映钟工诗善书，尤负诗名，藻思横溢。居常奉父，以家庭赓唱为乐。秦州邓汉仪评价其诗曰：“诗必宗唐，乃为合调，而摹拟皮毛者又失之。伯紫始极巉峭，继乃雍和，所以去肤而得其神，卓然为诗家之冠。”又云：“诗家只是识卑，所以气懦，伯紫十年读史，故下笔崭然，独与人异。”王渔洋极为欣赏他《别家》诗的最后两句：“底事（一作“惆怅”）天涯头易白，杨花空满阅江楼。”这两句诗紧扣诗题，情景交融。纪映钟著有《真冷堂诗稿》《补石仓集》和《檗堂诗钞》等。其妹纪映淮，字阿男，亦能诗，亦为王渔洋所赞赏。代表作有《桃叶渡》等。

李　渔（1610—1680） 本名仙侣，号天徒，后改名渔，字笠翁，又名笠鸿、谪凡，别署有笠道人、湖上笠翁、觉世稗官、随庵主人、新亭樵客等，兰溪人，清初戏曲家。生于雉皋（今江苏如皋）。在明代考取过秀才，参加几次乡试，均落第。弘光元年（1645），曾一度在金华同知许檄彩处做幕宾。约顺治五年（1648）以后，移家杭州，过着“卖赋以糊其口，吮毫挥洒怡如”（黄鹤山农《〈玉搔头〉序》）的生活。与毛先舒、丁澎等人并称“西冷十子”。他的不少小说和戏曲作品写于此时。顺治十四年（1657）前后，迁居金陵，结交了不少社会名流，如吴伟业、尤侗、王士祯、周亮工等人，和他们有唱和之作。约于康熙七年（1668）或稍后，李渔在南京营建了别具一格的别业芥子园。芥子园是综合经营李渔创作、编选的文学、历史、戏剧、美术等类书籍、笺简刻印、发行事宜的书铺，影响极大。在南京20年，他以家姬组成戏班，亲自编写剧本，组织排演，周游各地，在达官贵人处“打抽丰”。传世的《奈何天》《比目鱼》《凰求凤》《慎鸾交》《巧团圆》等剧，以及他最得意的著作《闲情偶寄》都写于南京。《闲情偶寄》于康熙十年（1671）由金陵翼圣堂刻印出版。康熙十六年（1677）春，李渔迁回杭州终老，3年后去世，葬杭州方家峪九曜山之阳。

李渔著述甚丰，作有传奇《奈何天》《比目鱼》《蜃中楼》《怜香伴》《风筝误》《慎鸾交》《凰求凤》《巧团圆》《玉搔头》《意中缘》10种（合称《笠翁十种曲》）。还有诗文集《笠翁一家言》，长篇小说《合锦回文传》，短篇小说集《十二楼》《无声戏》，编辑《芥子园画谱》《资治新书》等。李渔的剧作在当时传演甚盛，对后世影响极大。《意中缘》《比目鱼》《玉搔头》等，在秦腔、晋剧、川剧、京剧、越剧等剧种都有改编演出。他的《笠翁十种曲》，流入日本者亦多。德川时代（1603年至1876年的德川幕府时期）中晚期之人苟言及中国戏曲，无有不立举湖上笠翁者。他的《闲情偶寄》主要内容是研究戏曲创作、演出和研究园林建筑、居室安置，较全面地反映了他的美学思想和艺术观点。他广泛地汲取了前人的理论成果，联系当时戏曲创作的实际，并结合他自身创作经验，对戏曲理论做了较为全面、系统的总结。他还对前人较少涉及的“登场之道”做了初步的总结，这在中国古代戏曲理论发展史上是一个值得重视的突破。他的小说大多取材于当时社会生活，所写内容以男女婚姻为主，情节比较曲折，但亦多格调低下、思想陈腐之病。

方以智（1611—1671） 字密之，号鹿起，桐城人，清初文学家、思想家、科学家、政治活动家。方文的侄子。崇祯十三年（1604）进士，官翰林院检讨，明末复社领袖之一，反对当时朝中的腐朽官僚。李自成起义军攻入北京后，方以智逃至南方，又受到阮大铖等人的迫害。南明永历政权建立后，方以智任经筵讲官，又被太监王坤诬劾免职。永历三年（1649），拜礼部尚书、东阁大学士，俱辞不就。明亡后，削发为僧，改名大智，字无可，别号弘智、浮雪山愚者、愚者大师，人称“药地和尚”。

方以智幼禀异慧，博览群书，诗词歌赋、琴棋书画都极精通。字作章草，亦工“二王”。他的诗词作品大多为伤时感事之作，抒发了面临国破家亡的悲愤之情，表达了他对故国乡土的怀念。诗词风格高凉苍郁，其情怨而不怒，含蓄深沉。代表作有《独往》和《闻雁》等。入清后，方作诗较少，偶一为之，又多作禅语，自喻而已。著有文学作品集《浮山全集》、科学著作《物理小识》及《东西均》《通雅》《药地炮庄》《易余》《性故》《一贯问答》和《博依集》等。其中《易余》《性故》和《一贯问答》等，现仅存抄本。

黄周星（1611—1680） 字景虞，号九烟、圃庵、而庵，别号汰活主人、笑苍子、笑苍道人，清初戏剧家。明亡后，改名黄人，别署半非道人。6岁能文，7岁善正行、草隶，23岁就读于南京国子监。崇祯十三年（1640）进士，官南都户部主事。入清后，往来吴越江淮间，教经度日，与流寓南京的周蓼恤、杜芥、杜濬并称“湖广四强”。康熙十九年（1680）投水自尽。

黄周星撰有杂剧《惜花报》《试官述怀》（皆佚）；传奇《人天乐》（一名《北俱庐》），有清初刊本存，收入《古本戏曲丛刊》第三集，写成于康熙十四年（1675），其卷首语有《制曲枝语》10条，专论戏曲作法。

杜　濬（1611—1687） 原名诏先，字于皇，号茶村，黄冈（今属湖北）人，清初诗人。少倜傥。明崇祯时为太学生，不得志，乃刻意为诗。明亡后，不出仕，流寓金陵30余年，居鸡鸣山之右。杜有茅屋数间，梁欹栋朽，但求诗者踵至，杜谢绝不应。家贫常不能举火，友人欲代申免房号银（房屋租税，官绅可申请免缴），杜耻居官绅之列，拒之。安贫守志，非但自己不出仕，还曾作《与孙豹人书》，劝告友人孙枝蔚勿仕清廷，“毋作两截人”。性傲，家设竹门，午睡或有事时，从外加锁，客来必须在外坐等，虽大官至亦如此。一次钱谦益来访，杜竟也闭门拒不接见。晚岁，穷饥自甘，后贫益甚，往来维扬间，死于扬州，无以为葬。及陈鹏年知江宁府，始将其葬于蒋山北之梅花村。

杜濬夙负济世大志，因不愿效力朝廷，便寄情于诗文之间。其诗学杜甫，遗貌取神，遒宕清逸中时有气势，五律尤佳，连吴伟业也说："吾五言律得茶村《焦山》诗而始进。"明亡前，其诗多为登临及朋友交往之作；明亡后，诗多寓兴亡之感。

杜濬著作因家贫无力付梓，故多散佚。现存光绪甲午黄冈沈卓如刻《变雅堂诗集》10卷及《变雅堂文集》8卷，只相当于他全部著作的十之二三。

髡　残（1612—约1692）　僧，俗姓刘，字石溪，号白秃，自号残道人，武陵人。居江宁，幼失恃，投龙山三家庵为僧，旋历诸方，住金陵牛首寺。性寡默。所画山水奥境奇辟，绵邈幽深。诗文、书法亦古奥。

方　文（1612—1669）　字尔止，一名一来，字明农，晚字嵞山，桐城籍上元人，清初诗人。他一生57年，约有一半时间是在南京度过的，并且终老于南京。方文年轻时即有时誉，好结四方名士，与从子方以智声名相颉颃。值世乱，不就博士弟子试，专心著述以终。

方文为人心直耿傲。有个溧阳人陈名夏，为明崇祯进士，参与过东林党的活动。李自成攻占北京后，他投降大顺农民军。清兵入关后，他又转投清朝，官至吏部尚书、弘文院大学士。陈名夏亦能诗，乞假南归时，欲借方文名声定其诗稿，对方文执礼甚恭。方文反复读了他的诗稿，说："甚善，但须改三字，即必传无疑耳。"陈名夏以为是帮他的忙，就说："宁止是，顾三字者，何也？"方文厉声说："但须改陈名夏三字！"当时坐客满举错愕，不能出声。陈名夏亦厉声回答："尔谓我不能杀尔耶？"恰巧代巡来谒，陈名夏拂袖而去。后来，众客人咸咎方文，方文笑道："吾自办头来耳，公等何忧。"

方文为诗善抒性灵，不屑雕饰，好改人诗，每与人辩，至面赤背汗不可休。对他的诗，当时名家钱谦益、施闰章、龚鼎孳等人均推许之。他一生作诗不下五六千首，后由其婿王概结集为《嵞山集》50卷，存其一半左右，其中咏南京的诗约占十分之一，如果加上在南京所写的诗作，又占一半左右。

周亮工（1612—1672）　字元亮，号栎园，又有陶庵、栎老、栎下生、谅工、适园等别号，祥符人，移家金陵。崇祯十三年（1640）进士，官御史。清初历任福建按察使、户部侍部。精鉴赏。家有赖古堂，藏印、书、画极富，尤酷藏印，所交皆一时篆刻名手，遍请刻印多达千余纽。兴到尚能奏刀，规矩谨严，古意盎然。著《栎园读书录》《印人传》《赖古堂印谱》。工诗文，擅草篆，包世臣称其草书能品下。

顾炎武（1613—1682） 字宁人，号亭林，晚年化名蒋山佣，昆山人，明代诸生。与同里归庄友善，诗文俱佳，有“归奇顾怪”之称。青年时加入复社。南明王朝在南京建国时，任兵部司务。参加过南明抗清和昆山自发反抗斗争，失败后流亡各地，坚持秘密反清活动，在南京钟山有旧居。明亡后，曾十谒明陵，常在南京、长湖、淮阴等地继续反清或交游文会。晚年卜居陕西华阴，卒于曲沃。他提倡的“天下兴亡，匹夫有责”之说影响深远。主张改革君主独治，代以众治。他说“人君之于天下，不能以独治也，独治之而刑繁矣，众治之而刑措矣”，提出“正人心，厚风俗，重众治”的民治观点，建议废除吏胥等。又主张“经世致用”，是一代思想家，开朴学之先。他博学多识，著作丰富，有《亭林诗文集》《日知录》《天下郡国利病书》《音学五种》等。

余　怀（1617—约1697） 字澹心，一字无怀，号曼翁，又号曼持老人，莆田人，清文学家。终生布衣，无功名。侨寓金陵，与杜濬、白梦鼐齐名，时称“余杜白”。才情艳逸，工于诗，尝赋诗《金陵怀古》，王士祯以为不减刘禹锡。康熙时，余怀曾与曹寅、尤侗等人来往，互有赠诗。诗文集有《味外轩文稿》《研山堂集》和《秋雪词》等。

余怀晚年所写的《板桥杂记》，记下了大量明末秦淮戏曲活动，对许多著名演员都有所评述，特别是在文艺史上第一次考查了柳敬亭的身世，成为迄今可见最完备的明末清初秦淮戏曲史料。他还写有戏曲《集翠裘》，周亮工读后“觉马致远、乔梦符一灯犹未灭也”。

其子余宾硕，字鸿客，生卒年不详，亦能诗。代表作有《金陵览古》诗60首，书前由周亮工、尤侗和陈维崧作序。

侯方域（1618—1655） 字朝宗，号雪苑，商丘人。父恂，明户部尚书，东林党人。侯方域初随父居京师，与方以智、冒襄、陈贞慧并称“四公子”。22岁至南京应试，与张溥、陈子龙等复社、几社人士结交，并参与陈贞慧、吴应箕等人与阮大铖的斗争。福王时，马士英、阮大铖当政，迫害复社人士，侯避祸投奔史可法、高杰。顺治八年（1651）中副榜，入清求仕，为士林诟病。已而后悔，发愤作诗，有《壮悔堂文集》《四忆堂诗集》等。侯曾于南京与名妓李香君相恋，二人演绎成有名的《桃花扇》悲剧。侯所写的散文《李姬传》刻画了李香君深明大义的爱国情怀。其余作品如《马伶传》《癸未去金陵日与阮光禄》，都是名重一时的散文。其文取法韩、欧，才气纵横，与魏禧、汪琬并称。

龚　贤（1618—1689） 一名岂贤，字半千，号野遗、柴丈人，昆山人。随父居上元，后曾居扬州20年，46岁回金陵定居，于清凉山筑半亩园。13岁能画，工山水，取法董源、吴镇，能重视写生，用墨层层染渍，浓郁苍润。后人把他与樊圻、高岑、邹喆等人合称“金陵八家”。龚贤有《柴丈画说》《龚安节先生画诀》《半千课徒画说》等画论著述。工诗文，诗浑朴雄放，素绝华藻，有《诗患》《半亩园诗草》《香草堂集》等。

郑 簠（1622—1693） 字汝器，号谷口，上元人。行医为业，终生不仕。工书，尤善隶书。少时便矢志学习隶书，先师法闽中宋比玉，学20年“日就支离，去古渐远，深悔从前不求原本，乃学汉碑，始知朴而自古，拙而自奇，沉酣其中者三十余年”。为访山东、河北汉碑，倾尽家资。学书刻苦，并能从《曹全碑》《史晨碑》中化出，形成前无古人的沉着而又飞舞的新貌。故朱彝尊称之为“谷口八分古今第一”。清方朔在《枕经堂题跋·〈曹全碑〉跋》中云：“国初郑谷口山人专精此体，足以名家，当其移步换形，觉古趣可挹。至于联扁大书，则又笔墨俱化为烟云矣。”

笪重光（1623—1692） 字在辛，号君宜，又号蟾光、江上外史、郁岗扫叶道人，句容人。工书画，秦祖永《桐荫论画》称其“书法眉山，笔意超逸名贵，与姜西溟、汪退谷、何义门齐名，称四大家”。

董小宛（1624—1651） 女，名白，字青莲，江宁人。少时读书练字，“神姿艳发，窈窕婵娟”，成为秦淮艳绝，沦落风尘。19岁嫁冒襄，随往如皋，27岁卒。董小宛天姿巧慧，针神曲圣、食谱茶经，莫不通晓。尤好读杜甫、李商隐等名家诗，“衾枕间犹拥数十家唐诗而卧”，并帮助冒襄收集、抄写、校订唐人诗歌。她自编妇女诗集，名《奁艳》。冒襄作有《影梅庵忆语》，记小宛始末。

黄虞稷（1629—1691） 字愈邰，一作俞邰，号楮园，上元人，清藏书家、诗人。先祖为晋江人，明时移家上元。黄7岁能诗，号为神童。康熙十八年（1679），以诸生举博学鸿儒，遭母丧，不与试。后为左都御史徐元文所荐，参与修《明史》，分撰《艺文志》及《列传》部分，又参与纂修《大清一统志》。徐元文为《大清一统志》总裁，以假归，康熙帝下诏准予携志稿于家编辑。徐元文又上奏说明黄虞稷学问渊博，健于文笔，要求黄虞稷跟随相助，后得到批准。黄虞稷为纂修此志刻苦搜讨，以力疾竣事，竟以劳卒。

黄虞稷家世藏书，有8万余卷，与江左诸名士约为经史会，以资浏览，借阅者无虚日。所撰《千顷堂书目》32卷，收录有明一代典籍较全，并注作者简历，类末附宋、辽、金、元人著作，以补前史之缺，为《明史·艺文志》所本，系中国古代目录学重要著作。另著有《楮园杂志》《我富轩诗集》《我贵轩集》《朝爽阁集》和《蝉窠集》等。

石 涛（1630—约1708） 僧，俗姓朱，名若极，法名原济，亦作元济，后人误传为道济；号大涤子、苦瓜和尚、清湘陈人，全州人。中年时住南京。善画山水及花果、兰竹，兼善诗文、书法。

夏完淳（1631—1647） 原名复，字存古，号小隐，华亭人。自幼聪颖，7岁能作诗文。14岁从父夏允彝、师陈子龙起兵抗清。父兵败自杀，他继遗命，尽以家产饷军，并与陈子龙佐吴易在太湖起义。顺治四年（1647）因上表鲁王谢恩（鲁王曾诏谥允彝文忠，封完淳为中书舍人），事泄被捕，械送南京。同年9月，在狱中痛骂洪承畴，从容就义，年仅16岁。他是中国历史上罕见的少年英才。早年作品《大哀赋》凄楚哀婉，直追庾信《哀江南赋》。名诗《细林夜哭》写在押解南京的路上，抒发缅怀老师陈子龙和决心赴难的心情，情真词切，慷慨悲壮。《狱中上母书》是在南京狱中给嫡母的诀别信，悲情凄楚。夏完淳还撰有《续幸存录》8卷，后辑为《夏完淳集》。

曹　寅（1658—1712） 字子清，一字幼清，号荔轩，又号楝亭、雪樵，自署柳山、柳山聱叟、柳山居士、西堂扫花使者、棉花道人等，清戏曲活动家、剧作家。先世为汉族人，祖籍河北丰润，后迁居辽宁沈阳，成为满洲正白旗包衣。康熙二十九年（1690），曹寅任江宁织造，于11月赴任。第二年，苏州织造由曹寅妻兄李煦提任，曹寅又兼巡视两淮盐漕监察御史和较理扬州诗局。康熙五十一年（1712）病故。曹寅在江宁织造任上的20余年中，康熙帝4次南巡，均以织造府为行宫。

曹寅“督理江南织造，……爱才恤士，更所性生，知名之士，满集幕下”（施瑮《随村先生遗集》），与余怀、尤侗、顾景星、毛奇龄、洪昇、孔尚任、顾彩、王士桢、金埴、赵执信、陈维崧、朱彝尊、吴伟业、周亮工、石涛等戏曲家、诗人、作家均有交往。曹寅“象数艺术，无所不窥；……弹棋擘阮，悉造精诣”（顾景星《〈荔轩草〉序》），“有时自傅粉，拍袒舞纵横；跳丸击剑讫，何如邯郸生”（张大受《清溪集·赠曹荔轩司农》）。曾排演自己编撰的《北红拂传》、尤侗的《清平调》《读离骚》《黑白卫》等剧。康熙四十三年（1704）春末，洪昇游金陵时，曹寅为其搬演《长生殿》，“每优人演出一折，公（曹寅）与昉思（洪昇）雠对其本，以合节奏。凡三昼夜始阕”（金埴《巾箱说》）。

曹寅“有诗才明声律”，改写、编撰了《北红拂记》（抄本藏文化部艺术局）及《太平乐事》《续琵琶》《虎口余生》等剧本。他收藏、精刻过许多古籍。《楝亭十二种》中的《录鬼簿》2卷是依据明初吴门生过录本重刊的，大约源于至正五年（1345）以后由钟嗣成重订过的一种古本。

曹寅又能诗词，其诗出入于白（居易）、苏（轼）之间，平朴深厚，厕身满族诗人中可称“大家”。诗歌多唱和赠答之作，大多写景咏物，抒发离愁别恨，感叹光阴荏苒、功业难遂。代表作有《岁暮远为客》和《读洪昉思稗畦行卷感赠一首兼寄赵秋谷官赞》等。著有《楝亭诗钞》8卷、《诗钞别集》4卷、《词钞》1卷等；又汇刻前人文字、音韵书为《楝亭五种》，艺文杂著为《楝亭藏书十二种》，并刻印《全唐诗》。

方　苞（1668—1749）　字凤九，一字灵皋，号望溪，原籍桐城，清散文家。曾祖象乾为明朝广西副使，明末避乱，才从桐城迁居到南京。方苞是他父亲方钟舒与后妻吴氏所生的次子。方仲舒在南京城北六合县吴家过了10年赘婚生活。方苞6岁时才搬到南京老宅居住。康熙三十八年（1699），方苞为江南乡试第一名，时文被誉为江东第一，古文被认为是“韩欧复出”，“北宋后无此作”。康熙四十五年（1706）进士，以母病归家未出仕。康熙五十年（1711），以戴名世《南山集》案被牵连入狱。因为《南山集》作过序，方苞被判死刑。但康熙帝知道他的文章，竟下了“方苞学问天下莫不闻”的殊谕，赦免其死罪。方苞隶汉军旗籍，入直南书房。此后，他30年的仕宦生涯经历了康、雍、乾三朝。前10年是康熙帝的文学侍从，中间10年充武英殿总裁，后10年升任翰林院侍讲、内阁学士、礼部侍郎等职。75岁时告老还乡。

方苞是桐城派散文的创始人。他尊奉程朱理学和唐宋散文，提倡古文要重“义法”，文章要重“清真雅正”和“雅洁”。他反对黄宗羲、颜元的反程朱理学的思想，持论严而拘，但能适合清朝巩固思想统治及文风的需要，所以其说得以流行，影响颇大。

方苞自己所写散文以所标“义法”及“清真雅正”为旨归，写得简练雅洁有断制，没有枝蔓芜杂的毛病，开创了清代古文的新面貌，但感情比较淡泊，形象性不强，气魄不够宏大。著有《望溪先生文集》18卷、《集外文》10卷、《集外文补遗》2卷。

张　坚（1681—1763，一说1771年还在世）　字齐元，号漱石，别署洞庭山人，江宁人，清戏曲作家。“少攻时艺，乡举屡荐不售，焚稿出游，转徙齐、鲁、燕、豫间”（张坚《〈玉狮坠〉自序》）。乾隆六年（1741），皇帝开办律吕正义馆，有人想推荐他去，他拒绝，叹曰：“今老矣，顾乃以伶瞽之事进，而希荣利，窃耻为之。”（徐孝常《〈梦中缘〉序》）。后又赴江西、浙江、汉中等地。一生或为官僚幕客，或以教学为生。曾作《江南一季才歌》，以“奈何长作诸侯客”自嘲。

张坚推崇昆曲，对昆曲衰微，叹为“雅奏不见赏时也”。有人将他撰写的剧本购去，“将以弋腔演出之”，他“大恐，急索其原本归”（徐孝常《〈梦中缘〉序》）。杨恩寿《词余丛话》云：“漱石四种中，唯《梦中缘》排场变幻，词旨精致，洵为思（洪昉）后劲，足开藏园（蒋士铨）新声，湖上笠翁（李渔）不足数也。”

吴敬梓（1701—1754）　字敏轩，一字粒民，清小说家。因其书斋署“文木山房”，晚年自号文木老人；因自故居安徽全椒移居南京，故又自称秦淮寓客。其祖上定居全椒以前，原居南京六合。家庭为科甲鼎盛的缙绅世家。曾祖吴国对为探花，与诗人王士祯同榜官至翰林院侍读，提督顺天学政；祖父辈吴晟是康熙丙辰（1676）进士，吴昺是康熙辛未（1691）榜眼；亲祖父吴旦以监生考授州同知。60年间，一家有进士、举人等功名以及出仕的官员十四五人，贡生、秀才之类还不计算在内。

吴敬梓生父为雯延，吴敬梓为其幼子。吴敬梓出嗣给长房吴霖起为子，吴霖起在吴敬梓23岁时逝世。吴霖起死后，因吴敬梓是嗣子，便产生争产纠纷，乃至发生了亲族冲入家中攫夺财产的事件。这让吴敬梓看清了封建社会家族伦理道德的丑恶本质，认识了那些衣冠楚楚的缙绅人物的虚伪面目，使他和那些倚仗祖业和门第做寄生虫的庸俗人物分道扬镳，也成为他人生的转折，从而奠定了他后来创作《儒林外史》的思想基础。他毅然挥霍完遗产，在33岁时移家南京，购宅近秦淮河岸，名"秦淮水亭"，开始了卖文生涯。36岁时，安徽巡抚赵国麟荐举他应博学鸿词考试，但他只参加了省里预试，就托病辞去了征辟，甘愿贫困。在贫困中，他还为重建南京先贤祠，竟不惜卖掉全椒最后一点老屋，襄助其事。54岁时，吴敬梓客死于扬州旅次。经两淮盐政使卢见增捐资，由其友人将其棺木运回南京，葬于清凉山麓（一说凤台门）。

《儒林外史》是吴敬梓的代表作。此书始作于其36岁，成书于其50岁左右。有专家考证，此书写作年代难以确定，但至少下半部是在吴敬梓定居南京、辞去征辟以后陆续写成的。《儒林外史》表面上写明代生活，实际上展示了一幅18世纪中国社会的风俗画。它以封建士大夫的生活和精神状态为中心，从揭露科举制度以及在这个制度奴役下的士人丑恶的灵魂入手，进而讽刺了封建官吏的昏聩无能、地主豪绅的贪吝刻薄、附庸风雅的名士的虚伪卑劣，以及整个封建礼教制度的腐朽和不堪救药，乃至城乡下层人民都在这种社会秩序下灵魂被歪曲得不成样子的现象。《儒林外史》是中国叙事文学中讽刺艺术的高峰，它开创了一个以小说直接评价现实生活的范例。它影响深远，晚清的长篇小说凡稍能吸引读者注意的，没有一本不受其影响。《儒林外史》的出现，标志着中国长篇小说的成熟。

吴敬梓一生还写了不少诗、词、文、赋，其中有许多歌咏南京之作，部分结集在今存的《文木山房集》中。他晚年也曾治经，著有《诗说》7卷（已佚）。

曹雪芹（约1715—约1763）　名霑，字梦阮，号芹圃、芹溪等，清小说家。祖籍辽阳，先世原是汉族人，后为满洲正白旗包衣人。曹雪芹的祖辈与南京关系密切。曾祖父曹玺连任江宁织造22年。祖父曹寅做过康熙帝的伴读和御前侍卫，后又任江宁织造20余年，极受康熙帝宠信。康熙6次南巡，有4次驻跸于江宁织造府曹家，并由曹寅负责接驾。曹寅病故，其子曹颙、曹頫先后继任江宁织造。他们祖孙3代4人，共任此要职达60余年之久。曹颙是曹雪芹的生父。曹雪芹自幼便是在南京秦淮风月之地的繁华生活中长大的。

雍正初，由于封建统治阶级内部政治斗争的牵连，曹家遭受一系列打击。曹頫以"行为不端""骚扰驿站"和"亏空"罪名革职，家产抄没。曹頫下狱治罪，曹雪芹随着全家离开南京，迁回北京居住。这时曹雪芹十三四岁。生活中的重大转折、世态炎凉，使曹雪芹的思想产生飞跃，南京的生活亦在他的思想上留下不可磨灭的印象。《红楼梦》的深邃思想，来自这种飞跃；《红楼梦》的许多生活细节，来自他在南京的生活感受。此后，曹雪芹约于乾隆二十五年（1760）回过一次老家南京外，一直在北京过着贫困的生活，贫病终老于北京西郊。

曹雪芹多才多艺，是诗人，又是画家，但是他的最大贡献还在于创作了现实主义不朽杰作

《红楼梦》。《红楼梦》这部长篇小说内容丰富、思想深刻、艺术精湛，把中国古典小说创作推向最高峰，在中国文学发展史上占有十分重要的地位。“自有《红楼梦》出来以后，传统的思想和写法都打破了”（《鲁迅全集》第8卷）。曹雪芹因创作了《红楼梦》而为人类建立起一座文学丰碑。曹雪芹的名字，不仅属于他生活的那个时代，而且属于今天和明天。研究《红楼梦》，亦成为一门博大精深的专门学问，专称“红学”。

《红楼梦》是曹雪芹“披阅十载，增删五次”“字字看来皆是血，十年辛苦不寻常”的产物。可惜，在他生前，全书没有完稿。今传《红楼梦》120回本，其中前80回的绝大部分出自他的手笔，后40回则为他人所续。80回以后他已写出一部分初稿，但出于各种原因而没有流传下来。

秦大士（1715—1777）　字鲁一，又字鉴泉，号秋田老人，江宁人。乾隆十七年（1752）状元，官至侍读学士。精篆籀及诸行楷法。后世人评之：名儒硕德，望重一时，诗书画称“三绝”。秦大士书法直逼欧、柳，又工篆隶，《艺舟双楫》列其行书于佳品下。他还著有《蓬莱山樵集》。

袁　枚（1716—1797）　字子才，号简斋，钱塘人，清诗人、诗论家、书法家。幼时家境贫寒，父亲和叔父都依人做幕府，游食四方，靠母亲替人做女红来贴补家庭生活费用，袁枚也因此得以从师读书。袁枚7岁从师读《论语》《大学》等书。9岁读《古诗选》（始于《古诗十九首》，终于盛唐诗歌）、《离骚》，迷恋辞赋，并模仿写作。爱书如爱命。12岁中秀才。21岁到广西探望叔父，受到广西巡抚金铁赏识，恰遇清廷举行博学鸿词科考试，被金铁单独上疏推荐，是被推荐的200多人中最年轻者。虽未录取，亦名满天下。乾隆三年（1738）考取举人，次年考取进士，被选为庶吉士，学习满文。乾隆七年（1742）因满文考试不及格，被外放为江南地区的知县。先后在溧水、江浦、沭阳任职，最后被调任江宁，颇有政声。乾隆十三年（1748）辞官，定居江宁，筑室小仓山隋氏废园，更名随园，世称“随园先生”。从此不再出仕，从事诗文著述，广交四方文士，晚年自号仓山居士。嘉庆二年（1797），病逝于随园，并葬于随园之侧五台山百步坡上。

袁枚是乾嘉时期的代表诗人之一，与赵翼、蒋士铨并称“乾隆三大家”。他活跃诗坛60余年，存诗4000余首，这些诗基本上体现了他所主张的“性灵说”，有独特风格。袁诗思想内容的主要特点是抒写性灵，表现个人生活遭际中真实的感受、情趣和识见，往往不受束缚，时有唐突传统，在艺术上不拟古，不拘一格，以熟练的技巧和流畅的语言，表现所感受到的思想体会和所捕捉到的艺术形象，追求真率自然、清新灵巧的艺术风格。其即景抒情的旅游诗和叹古讽今的咏史诗颇多佳作。袁枚亦工文章，不乏名篇。

袁枚又是乾嘉时期的主要诗论家之一，继明代公安派、竟陵派而持“性灵说”。他有许多论诗的书信文章，而以《随园诗话》及《补遗》《续诗品》为诗论主要著作。《随园诗话》除阐述“性灵说”的理论外，对历代诗人作品、流派演变及清代诗坛多所评述。《续诗品》则是仿司空图《二十四诗品》之作，立36目，用四言韵文简括诗歌创作过程、方法、修养、技巧等具体经验体会，即所谓创作“苦心”。袁枚所持“性灵说”较明代公安派又前进了一步，显得全面完整。他是明清“性灵说”的主要代表人物。

袁枚的文学思想还具有发展观点，并有区别地注意各种文学样式的具体功能，因而对封建正统文学观点及形式主义思潮有冲击作用，在当时是进步的。袁枚不以书名，而张问陶盛赞其书，以为雅淡如幽花，秀逸如美士。一点着纸便有风趣，其妙在神骨间。著有《小仓山房集》80卷、《随园诗话》16卷及《补遗》10卷，还有《子不语》24卷及续编10卷等，尺牍、说部等30余种。

蒋士铨（1725—1785） 字心余、苕生，号清容、藏园，铅山人。原为钱氏，自长兴迁铅山，始姓蒋。乾隆二十二年（1757）进士，官翰林院编修。居官8年乞养归，主讲蕺山、崇文、安定三书院。《同治上江志》载“南京鸡笼山下有鸿雪楼，蒋士铨太史寓止于此”。他诗文曲皆有名，诗与袁枚、赵翼并称“江右三大家”。文亦工，善叙事，细腻动人。南北曲更佳，有“乾隆第一曲家”的美誉，著有杂剧、传奇《一片石》《雪中人》等16种，其中9种合集为《藏园九种曲》。辑有《忠雅堂集》43卷。

姚　鼐（1732—1815） 字姬传、梦穀，室名惜抱轩，人称“惜抱先生”，桐城人。乾隆二十八年（1763）进士，选庶吉士，改礼部主事，历充山东、湖南乡试考官，累迁至刑部郎中，记名御史，任《四库全书》纂修。后南归专事讲学，主讲紫阳、钟山等书院40余年。他在乾隆五十五年（1790）至嘉庆五年（1800）和嘉庆十年（1805）至二十二年（1817）两次担任（南京）钟山书院山长，时间长达22年。耄耋之年仍与诸生讲论不倦，后卒于南京。鼐早年从伯父姚范学经，又随刘大魁学古文，成为桐城派的主要作家。治学以经学为主，兼用子史和诗文。论文主张义理、考据和辞章三者统一，并辑《古文辞类纂》说明文章义法，还主张“明道义，维风俗”，维护封建礼教。曾参与纂修《续江宁府志》，另撰《春秋三传补注》3卷及《九经说》《老子章义》《庄子章义》。有《惜抱轩文集》《惜抱轩诗集》等，其《春秋三传补》于1797年刊于南京。

邓石如（1743—1805） 原名琰，字石如，以字行，后改字顽伯，号完白山人、古浣子，怀宁人，清中叶书法家、篆刻家。早年从父学书法篆刻，31岁时客居江宁收藏家梅镠家达8年之久，其间遍临梅家所藏秦汉碑帖，寒暑不辍，遂书艺大成。后至京师，得大学士刘墉赞赏，被誉为“千数百年无此作矣”。清包世臣称“怀宁篆隶分已臻绝诣”，赵之谦亦云“国朝人书以山人为第一”。他在书法上的成就为清代碑学的大盛奠定了基础，在篆刻方面开创了邓派新风。以后的吴让之、赵之谦、吴昌硕、黄士陵、齐白石均受其影响。

铁　保（1752—1824）　字冶真，又字铁卿，号梅菴，满洲正黄旗人。乾隆三十七年（1772）进士，嘉庆时官两江总督。少时与白龄、法式善称“三才子”。书名甚高，楷书学平原，草法右军，旁及怀素、孙过庭，临池之工，天下莫及。为乾、嘉时期“翁（方纲）、刘（墉）、成（永）、铁（保）”四家之一。

孙星衍（1753—1818）　字伯渊，号渊如，阳湖人。少与同里杨芳灿、洪亮吉、黄景仁齐名，袁枚品其诗，赞其为“天下奇才”，并与之订忘年交。乾隆五十三年（1788）以进士授翰林院编修，充三通馆校理等职。和珅知其名，欲一见，他终不往。后改刑部主事，历官山东粮道、权布政使。曾应阮元之聘主讲沽经精舍，后主钟山书院多年。他博览群书，工篆书、擅诗文、精校勘，研金石。其《尚书今古文注疏》是后人研究《尚书》的最完善的资料，还著有《周易集解》《寰宇访碑录》《夏小正传校正》《史记天官书考证》《金石萃编》《仓颉篇》《尔雅广雅训诂韵编》诗文集等。同时，他又是清代著名的修志家，曾编撰《松江府志》《庐州府志》等。他纂修志书取材颇为广泛，极为重视史迹和地理考证。喜藏书，刻有《平津馆丛书》《岱南阁丛书》。

侯　芝（1768—约1830）　女，字香叶，号香叶阁主人、修月阁主人，上元人。她是梅曾亮之母。以10年之力，将仅有抄本流传的《玉钏缘》《再生缘》等4种弹词加以改订、作序、刻印，遂传世。另编写《再生缘》，题名《金闺阁》。

邓廷桢（1775—1846）　字维周，号嶰筠，江宁人，清文学家。嘉庆六年（1801）进士，选庶吉士，授翰林院编修。嘉庆十年（1805）会试、嘉庆十三年（1808）会试和乡试，皆为同考官。嘉庆十五年（1810）出为宁波知府。母忧服阕，补陕西延安知府，历榆林，调西安。因为狱断明决，颇有政声，受陕民歌颂，誉流京师。道光元年（1821）超迁湖北按察使，授布政使，又迁江西布政史，授巡抚事。道光六年（1826）擢安徽巡抚，在皖10年，兴利除弊，折平冤狱，政绩卓著，俗乃大和。道光十五年（1835）迁两广总督。道光十九年（1839）力助林则徐禁销鸦片，屡挫来犯之英舰，终其任英军不得入虎门。道光二十一年（1841）初调任闽浙总督，整饬海防，加强守备。7月，英舰进犯厦门，他亲督水勇击退侵略军。嗣因投降派诬陷，与林则徐同时被革职，充军伊犁。后起用为甘肃布政使、陕西巡抚、陕甘总督，在西北大力组织垦荒。逝于积劳成疾。邓廷桢精通吏治，有“神明”之称。持节数省而洁清自守，居处饮食，一如寒素，历来受到好评。

邓廷桢长于诗词及古音韵学，著有《青嶰堂文集》《双砚斋诗钞》《妙吉祥室词》《双砚斋词话》《诗双声叠韵谱》和《说文解字双声叠韵谱》等。

包世臣（1775—1855） 字慎伯、诚伯，号倦翁、小倦游阁外史，安吴人，世称“包安吴”。嘉庆十三年（1808）举人。初任江西新喻知县，后被罢官。又随明亮征川、楚，有奇谋，但不被采纳，于是返归，卜居金陵。关心时政，主张抗英。曾先后为陶澍、裕谦、杨芳等幕僚。注重经世致用，批判理学、汉学的脱离实际。工书，用笔逆人平出，以侧取势，何绍基称其书法名重于江南，从学者相矜以“包派”，对当时书坛影响极大。著有《小倦游阁文集》《安吴四种》（《中衢一勺》《艺舟双楫》《管情三文》《齐民四术》），其中《艺舟双楫》下篇为书法理论。

方　山（1776—1820前后） 字锡之，号龙眠，桐城籍上元人。国子生。工画，所画山水、兰竹等有逸趣，诗文品佳，兼善行、楷书。嘉庆时与朱鲁南等90余人结金陵画社。

汤贻汾（1778—1853） 字若仪，号雨生，晚号粥翁，别署扫云子、扫云道人、琴隐道人，武进人，清文学家。以祖父难荫，袭云骑尉，为三江守备，历官粤东、山右、浙江。儒雅廉俊，盗贼帖弭。后以抚标中军参将，擢温州镇副总兵，因病不赴，退隐白门（今江苏南京）以居，焚香鼓琴，颐然尘外，海内名宿多与之游。咸丰三年（1853），太平军入南京，汤贻汾赋绝命诗，投池而死。

汤贻汾工诗书画，著有《琴隐园集》《画筌析览》。亦精音律，著有《剑人缘》《双补恨》和《逍遥巾》3种，合称《梯仙阁三种曲》。因通音律，还培养家婢歌唱表演，颇有影响。

管　同（1780—1831） 字异之，上元人，清散文家。道光五年（1825）举人，入安徽巡抚邓廷桢幕。

管同与同乡梅曾亮都是姚鼐高足，论学为文一遵姚氏轨辙，史称“鼐门下著籍者众，惟同传法最早”（《清史稿·管同传》）。梅曾亮即受管同影响，才改习古文。然管同颇能自立，论学之作，往往直言姚氏所失，曾自叹不得复见其师而更正之。张舜徽说他“虑周思密，发昔人所未发。疑古之识，殆欲度越其师”（《清人文集别录》）。管同的文章特贵宏毅，偏重阳刚之美，“师姚先生之文而不袭其派”（邓廷桢《〈因寄轩文集〉序》），但成就不及梅曾亮。

管同之文长于议论，时有卓见。他本有志经世，然会试不中，胸怀所蓄，抒发为文。撰《拟言风俗书》《拟筹积贮书》和《禁用洋货议》等，纵论天下大计，指陈弊端，颇中肯綮，逆料事态发展，亦时具远识，传诵一时。

管同亦能为诗词，方宗诚称其诗“缔情隶事，创意造言，论者以为得苏黄之朗峻”（《管异之先生传》）。管同著有《因寄轩文集》《皖水词存》等，两书俱未刊行。其诗仅零星见于《晚晴诗汇》等总集所录。已刻者有《因寄轩文集》。管同殁后1年，邓廷桢为之付梓。该文集于光绪五年（1879）重镌，包括初集10卷、二集6卷、补遗1卷。

梅曾亮（1786—1856）　字伯言，上元人，清散文家。道光二年（1822）进士。授知县不就，援例为户部郎中。道光二十九年（1851）告归，主扬州书院讲席。咸丰三年（1853），太平军攻克南京，传说梅曾亮适在城中，曾受礼遇，尊为“三老五更”。后辗转至清江，坐馆于江南河道总督杨以增署，不久去世。章太炎有《书梅伯言事》考证此事，指出吴敏树为伯言诔辞，已“以名高为嘲，以卒于颠倒为诟”。

梅曾亮少喜骈文，与同邑管同交好，转攻古文。姚鼐主讲钟山书院，梅管二人俱出其门。管同早卒，梅曾亮居京师20余年，承姚鼐余势，文名颇盛，治古文者多从之问义法，有继主文坛之势。

梅曾亮生当封建制度解体之际，主张“文章之事莫大乎因时”（《答朱丹木书》），曾写出《与陆立夫书》《上某公书》等关心鸦片战争的佳作，与经世派遥相呼应。但他以官僚镇压“悍民”与“督粮”方法不同为喻，说明“因时”是要桐城派更切实地维护封建统治，跟曾国藩后来提倡的“与世变相因”完全一致。早在嘉庆十八年（1813），一般以为“天下方盛，乱端未兆”，梅曾亮便已作《民论》数百言，“穷极奸民之害，左道乱政之烈，而以汉之黄巾米贼为喻”。此后，他又写了一些家传、墓志铭，表彰镇压白莲教、天理教农民起义者的罪行。他也有些比较客观的“因时”之作，如《记棚民事》反映一定的社会问题，但表示束手无策，只好“记之以俟夫习民事者”。

梅曾亮曾批评骈体文矫揉造作，“为俳优登场，非丝竹金鼓佐之，则手足无措。其周旋揖让，非无可观，然以之酬接，则非人情也”（《复陈伯游书》）。又曾引述管同语：“人有哀乐者面也。今以玉冠之，虽美，失其面矣。此骈体之失也。”（《〈管异之文集〉书后》）但他对于散文的见解，基本上未脱桐城派窠臼，只是能吸收非桐城派的一些长处。他赞扬陈用光“为古文学者，得于桐城姚姬传先生；扶植理道，宽博朴雅，不为刻深毛挚之状，而守纯气专，主柔而不可屈；不为熊熊之光，绚烂之色，而静虚澹淡，若近而若远，若可执而不停”（《〈太乙舟山房文集〉序》）。这实际上也是梅曾亮自己散文创作的指导思想。虽然他还认为“性情异，文章亦异”，但也只是桐城派内部的大同小异。因此，他的散文在艺术上往往选声练色，姿韵安雅，笔力微弱，与其盛名不能相符。

梅曾亮“少好吟弄，长多坎坷”（《〈柏枧山房诗文集〉自序》），作文之余，常以为诗。原本唐音，兼有众体。但“自箴其失”，有八蔽之多。虽为严于律己，亦终身不以诗名。其《杂咏》（5首）和《移家诗》，章太炎曾细加分析，认为就是梅曾亮身在太平天国时的自解之辞。梅曾亮还著有《柏枧山房集》31卷。

万荣恩（生卒年不详）　字玉卿，号青心居士、小瀛洲小史，南京人，清剧作家。嘉庆年间在世。“少年倜傥，博学多文”（黄秋《醒石缘叙》），“幼阅临川先生四梦，心甚乐之”（《〈红楼梦传奇〉自序》）。撰传奇《谪花楼》《醒石缘》。《醒石缘》收入阿英编《红楼梦戏曲集》中。

魏　源（1794—1857）　原名远达，字默深、墨生、汉生，别号良图，邵阳人。早年随父入京，学从刘逢禄，与龚自珍相识，同为提倡“经世致用”的今文学派的代表人物，二人时称“龚魏”。魏源于道光二年（1822）中举。道光五年（1825）受聘于江苏布政使贺长龄幕，在南京为贺编《皇朝经世文编》120卷、《明代食兵二政录》。道光十二年（1832）卜居南京城西龙蟠里（今龙蟠里20号），宅第名“小卷阿”，并于乌龙潭（今乌龙潭公园）浅水边建宛在亭。后为两江总督陶澍筹议、漕运、水利、盐政事务。道光二十一年（1841）参加两江总督裕谦幕，筹划浙江前线抗英事宜。感愤时政，受林则徐之托，在宛在亭据林则徐译《四洲志》及有关资料编成《海国图志》50卷。道光二十二年（1842）撰《圣武记》14卷，颇具影响。此后离开南京。道光二十四年（1844）中进士，授江苏东台知县，历兴化知县、高邮知州等职。咸丰元年（1851）撰《元史新编》95卷。咸丰三年（1853），太平军攻至扬州，魏源因迟误驿报被免职。年逾60岁，辞官避居兴化、杭州、南京，潜心佛典和著述。咸丰七年（1857）卒于杭州僧舍。

魏源主张变法图强，是近代启蒙思想家，提出“师夷长技以制夷”的口号，主张学习西方。在哲学上，他提出“天下物无独必有对”“及之而后知，履之而后坚”的论题。主张改革教育，如设立义学；育婴恤嫠，为百姓接种牛痘等。在文学上，他继承了乐府诗的现实主义传统，又极富时代精神，《江南吟》《寰海》等为其代表作。他的散文内容翔实，明达条畅，对以后的白话散文颇有影响。另有《默觚》《古微堂集》《老子本义》等大多不传。1975年，中华书局收辑其短篇论著、诗文成《魏源集》。

方　絜（1795—1830前后）　字矩平，号治庵。其籍贯有三说，一说黄岩人，一说歙县人，一说江宁人。唯其艺事活动主要在金陵。乾嘉以后为金陵派刻竹名手，人称“方竹”。精于铁笔，然所治印章，传世颇少。刻竹尤为绝技。凡山水、人物小照，皆自为粉本，于扇骨臂阁及笔甬上，阴阳凹凸，勾勒皴擦，心手相得，运刀如用笔。曾为达受和尚作《庐山竹脚图》于竹臂阁，刻工精细，须眉毕现。又曾为阮元作80岁肖像。有竹刻拓本一册，真无上逸品。著有《石我斋吟稿》。

朱绪曾（约1796—1866）　字述之，上元人。道光举人，官至知府。藏书为江浙第一。著有《续宋文鉴》《金陵旧闻》《读书志》《金石文字跋尾》《国朝金陵诗征》48卷、《昌国典咏》10卷，辑有《开有益斋集》。

甘　熙（1798—1852）　字实庵、石安，晚号二如居士，江宁人。甘福之子。道光十九年（1839）进士，曾任知县、户部广东司、云南司主稿、记名知府等。他一生勤奋好学，博识多通，尤精舆地之学。咸丰二年（1852）受诏进京重安道光灵柩于墓陵，并为咸丰复勘平安峪陵地。甫毕，"以微疾三日，卒于邸舍"。甘氏故居在南京南捕厅大板巷（今为南京市民俗博物馆），曾有津逮楼，藏书画极富，后被毁于兵燹。甘熙著有《白下琐言》8卷及《金石题咏》《桐荫随笔》《栖霞寺志》。还编有《重修灵谷寺志》12卷、《金陵忠义孝悌祠传赞》2卷、《金陵题咏汇编》46卷。

何绍基（1799—1873）　字子贞，号东洲，又号蝯叟，道州人。道光十六年（1836）进士，官编修、四川学政。精小学，旁及金石碑版文字。书法颜平原，上溯周秦，两汉、蒙古与六朝南北碑，靡不心手追摹，卓然成家。各体皆工，以行书、小真书为尤。咸丰间侨寓南京，对金陵书坛影响甚巨。

汤绶名（1802—1846）　字寿民，武进人。汤贻汾长子。久居南京，袭云骑尉，官盐城守备。精四体书，工铁笔。善绘墨梅、桃花，画山水得文人意境，又善鼓琴。有《画眉楼摹古印存》。

汪士铎（1802—1889）　字振庵，又字梅村、晋侯，号悔翁、芝生、无不悔翁、种樗老人，江宁人，清文学家。道光二十年（1840）举人。荐授国子监助教。咸丰三年（1853），太平军攻克南京，汪士铎逃至皖南绩溪山居，讲读不辍。胡林翼抚鄂，聘其入幕府，从事讲学与著述，亦参与制订进攻太平军的军事计划。同治三年（1864），汪士铎归金陵，筑屋曰"砖丘"。经江苏学政疏荐，授国子监助教衔。

汪士铎幼年家庭贫苦，自励于学。与杨大堉同精"三礼"，时号"汪杨"。尤擅舆地学。工诗，著有《悔翁诗钞》。其余著作有《水经注图及附录》2卷、《南北史补志》14卷、《南北史补志未刊稿》13卷及《汪梅村先生文集》《悔翁笔记》。辑有《胡文忠公抚鄂记》，并参与《续江宁府志》和《同治上江两县志》的编纂工作。

莫友芝（1811—1871）　字子偲，号郘亭，贵州独山人。道光十一年（1831）举人，官至知县。寓居金陵。精通文字音韵及版本目录学，著有《郘亭传钞》《韵学源流》等。书工篆隶，对钟鼎款识和秦汉石刻无所不窥、无所不临，具其疏宕古拙的风格特征。

端木埰（1820—1880前后）　字子畴，江宁人。道光二十九年（1849）优贡，官至内阁侍读。性兀傲不偕俗，独居京师，自甘冷僻。书法颜真卿，小楷尤工，曾手缮《经史粹言》《读史法戒录》进呈，皆蒙留览。

洪仁玕（1822—1864） 花县（今广州花都区）人，太平天国后期领导人之一，清诗人、文论家。洪秀全族弟。早年曾参与洪秀全创立拜上帝会，后来流亡香港、上海等地，迟迟未能与太平军会合，但学习了西方资本主义文化。咸丰九年（1859）春到达天京，投身太平天国运动。同治三年（1864）秋兵败被俘，惨遭杀害。

洪仁玕学识渊博，谦虚忠诚。在到达天京之前，就曾写过《甲寅四年冬自上海乘海轮返香港》和《香港饯别》等诗，以抒发自己向往革命的情怀。到天京后不满1月，即被封为干王，总理朝政，兼任文衡总裁，有“文曲星”之称。在献身太平天国的短短五六年里，他成为文化战线的主将，贡献突出。他曾赋诗指斥曾国藩的文化围剿：“任尔豪强穿铁砚，天公注定妄张罗。”（《题御赐金笔》）在《资政新篇》《士阶条例》《军次实录》等著作中，他还发表了一系列文学见解，并于咸丰十一年（1861）与蒙时雍、李春发联衔发布《戒浮文巧言谕》，正式提出太平天国的文学主张。他认为，“文以纪实”，“言贵从心”；“文艺虽微，实关品学”，一切文章都要“切实明透，使人一目了然”；一切文章都要“合天情，符真道”，“一字一句之末，要必绝乎邪说淫词，而确切于天教真理，以阐发乎新天新地之大观”。这不仅冲击了“浮文巧言”的要害，而且也明确要求知识分子要从“器识”和“品学”入手，运用文学为太平天国革命服务。

洪仁玕的诗歌创作不多，基本上都收入在《军次实录》之中。另外，他还有一篇对话体的散文《英杰归真》，假托自己回答一个虚构降官的问话，阐述太平天国文学的变革更新。该篇散文是太平天国文学中的一篇重要作品。1978年，中华书局出版了《洪仁玕选集》。

秦际唐（1837—1908） 字伯虞，号南罔，学者称南罔先生，南京人，清文学家。4岁失父，由母亲何氏口授“五经”和唐诗，由此打下治学基础。太平军攻入南京后，秦际唐出走，先居苏州，再迁上海。同治六年（1867）举江南乡试。同治十三年（1874）入上（元）江（宁）两县志局，分纂《忠义》《烈女》两谱。光绪十三年（1887）起主讲南京奎光、凤池两书院。光绪二十八年（1902），尊经、凤池两书院被改为校士馆。光绪三十一年（1905），校士馆被改为师范传习所，所址在原尊经书院，秦际唐被聘为总教员。光绪三十二年（1906），师范传习所被改为初等师范学堂，秦际唐被聘为教务长。

秦际唐以诗文纵横一世，为文主张不可止于韩愈，应远始司马迁、班固，甚至追源于“六艺”，但不要不名所宗，以己意行之。为诗，主张首性情。其诗时人誉为“石城七子”（秦际唐、陈作霖、何延庆、顾云、邓嘉缉、蒋师辙和朱绍颐）之冠。著有《南罔草堂文存》和《南罔草堂诗选》等。

陈作霖（1837—1920） 字雨生，号伯雨，晚号可园、可园老人，学者尊称为“可园先生”，南京人，清末民初文学家、经学家、史志学家。咸丰元年（1851）补县学生。光绪元年（1875）举人。后屡试不第，遂归里着意教育和著述。光绪十年（1884）入金陵官书局任分校。其后又任奎光书院山长、崇文经塾教习。光绪二十八年（1902），清廷行“新政”，改惜阴书院为上江两县学堂，陈任堂长。宣统元年（1909）任江南图书馆书官。辛亥革命后任江苏通志馆总校、编纂。1919年任江宁县志局总纂。

陈作霖工诗，积极参与并组织南京文坛活动，于同治十二年（1873）正月初七首创文会——“挑菜会”。第二年，又于正月二十一日邀约文人借白居易生日作文会。光绪十三年（1887），陈作霖募刊朱绪曾集30年之精力辑成之《金陵诗征》，版成之日，又约南京名流35人，于盋山惜阴书院山长薛时雨“薛庐”之有叟堂，祭历代诗人。光绪中叶，与秦际唐、何延庆、顾云、邓嘉缉、蒋师辙和朱绍颐等人结“石城七子”诗社。陈作霖的诗偏重纪实，有“诗史”之称。著有《可园诗存》《可园文存》。又与甘之焕、秦际唐等人辑成《国朝金陵文钞》，与秦际唐编校《国朝金陵词钞》。

陈作霖著作甚丰，有《金陵通传》49卷、《金陵通纪》14卷、《金陵琐志五种》9卷、《金陵先正言行录》6卷、《元宁乡土志》6卷、《江苏兵事纪略》3卷，还有《历代遗民传》《可园备忘录》《养和轩随笔》《一切经音义通检》和《寿藻堂外稿》等。

樊增祥（1846—1931）　原名樊嘉，字嘉父，号云门，恩施人。擅诗文、书法。清光绪丁丑（1877）翰林，官江宁布政使。书法以北碑入行楷，方挺劲拔，行止自如。清帝逊位后，流寓上海，颇负书名。

王　瓘（1849—1911前后）　字孝玉，又作孝禹，辛亥后以字行，铜梁人（一作桐城人，又作天津人）。由举人官江苏道员。工篆、隶书，精鉴别，富收藏，兼工篆刻。光绪时以金石、书法名于时。小篆参有邓石如、赵之谦、杨沂孙诸家之长。曾参端方幕，故所见颇广。

张祖翼（1849—1917）　字逖先，号磊庵，桐城人。髫年即好篆隶金石之学，篆宗石鼓、钟鼎文，隶法汉碑。工行楷。偶写兰竹，俱有韵致。篆刻全师怀宁邓石如。因篆籀书法功底极深，故法邓派治印，能得心应手，登堂入室，游刃有余。曾参端方幕。在两江总督署刻有《天发神谶》（三段碑）摹本，为逖先命其弟子所作。

陈三立（1852—1937）　字伯严，号散原，义宁人。光绪十五年（1889）进士，官吏部主事。光绪二十一年（1895），上海开强学会，陈三立曾列名。此年，其父陈宝箴为湖南巡抚，创办新政，提倡新学，支持变法运动。黄遵宪、梁启超等人相继来长沙协助。陈三立佐其父，多所筹划。当时他与谭嗣同齐名，有“两公子”之称。政变后，因“招引奸邪”罪，父子同被革职，永不叙用。他侍父退居江西南昌即西山，筑崝庐。光绪二十六年（1900），父忧愤病死。此后，他常往返南京寓庐与西山间，亦漫游江南近地。自是年庚子四月，应友人薛申伯之约挈眷来南京，至1929年去牯岭，前后共寓居南京29年。先赁屋寓珠宝廊（今建邺路、中山南路、白下路交接处），后迁居中山街（今白下路），再构屋青溪上游之西岸西华门头条巷。居中正街时，在柳诒徵等倡议下，以家居办思益小学（南京有新制小学之始），受到两江总督张之洞的赞许。后任两江总督端方曾视察小学，赠学生每人文房四宝一份。清亡后，陈三立以遗老自居，与沈曾植辈相唱和。他好奖掖后进，诗弟子胡朝梁号称传其衣钵。

陈三立为“同光体”诗人的首领。陈衍区分近代诗艺术风格为二派，列陈三立于“生涩奥衍”一派之内。汪国垣《光宣诗坛点将录》则将其奉为一百零八将的都头令。陈诗不仅为“同光体”一派所推崇，倡导诗界革命的梁启超在《饮冰室诗话》中也表示对其十分倾倒，说“其诗不用新异之语，而境界自与时流异，浓深俊微，吾谓于唐宋人集中罕见伦比”。金天翮以为是“狷介之才，自成馨逸”（《答樊山老人论诗书》）。林庚白也以为“虽囿于古人之藩篱，犹能屹然自成其一家之诗”（《〈今诗选〉自序》），但又指出它“方面太狭”（《丽白楼诗话》上篇），“非学子所宜取经”（《〈角声集〉自序》）。陈三立也擅长古文，能继承桐城派传统。李希圣称其文水平在陈寿、范晔之间。但是，其诗作在清亡以后，在思想上留恋清王朝，最后甚至有污蔑工农革命的诗句，但在艺术上始终一副面目，毫无变化。

陈三立著有《散原精舍诗集》上、下卷，《续集》上、中、下3卷，《别集》1卷（有商务印书馆本），《散原精舍文集》17卷（有1949年上海中华书局本，流传较少）。

端　方（1861—1911）　字午桥，姓托忒克氏，满洲正白旗。本汉人，姓陶，号陶斋。官两江总督。从政之余，醉心于古玩收藏，是中国著名的收藏家之一。尤工书法，融欧阳询与苏东坡于一炉，自有面目。著有《陶斋藏器目》《陶斋吉金录》《陶斋藏石记》等。

曾　熙（1861—1930）　字季子，又字嗣元，更字子缉，晚号农髯，人称“髯公”，衡阳人。光绪二十九年（1903）进士，曾主讲衡阳石鼓书院。客居南京时，求学索书者，接踵而至。民初应梅庵李瑞清之邀赴上海。1915年始于上海卖字，并由旧友在金陵为其代理其事。书法上追籀篆，变化有致，尤精汉隶、南北朝诸体，深得《夏承碑》与《张黑女墓志》神韵，与李瑞清齐名，并称“南曾北李”。60岁后作画，能以篆隶笔意为之，不求形似，另有逸致。

孙　文（1866—1925）　字中山，号逸仙，香山人。中国民主革命先驱者，中国同盟会创始人，曾任中华民国临时大总统。虽不以书名扬天下，而所书酷似苏轼。40岁后，在书法风格上每每有唐人写经笔意，愈发正直浑厚，朴实雍和，起笔收锋精到，非学所能。平生多书“博爱”“天下为公”“革命尚未成功，同志仍须努力”等语句赠人。

李瑞清（1867—1920）　字仲麟，号梅庵、梅痴，入民国后署清道人，抚州人。光绪十九年（1893）举人，光绪甲午进士，入选翰林院庶吉士。光绪三十一年（1905）以候补道分发江苏，为三署江宁提学使，并兼南京两江优级师范学堂监督。1911年武昌起义时，他于战乱中主持学堂，坚持上课；同年接受总督张人骏的委命任江苏布政使，积极筹粮筹款维持学堂。1912年清帝逊位时，辞去学堂职务，隐居上海。1920年逝世，葬于南京牛首山。李主持两江优级师范学堂期间，“视教育若性命、学校若家庭、学生若子弟”，以“嚼得菜根，做得大事”为校训，广罗人才。

王世镗（1868—1933）　字鲁生，晚号积铁老人，祖籍天津。清末民初任镇巴等地知事，客居汉中。早年喜摹龙门造像，尤于《爨宝子》用力至深，造诣颇深。中年后曾将张传之《草诀歌》改订为《增改草诀歌》，手书泐石。由于石劣工拙，又重改订，刻石嵌于室峰小道院墙上。某人得《增改草诀歌》补刻本，除去标题款识，重装成册，伪托明人所书，以珂罗版印行出售，反诬王氏窃明人书为己有。后于右任得此本极为赞赏，电邀王氏来南京。两人相见恨晚，王为于书《先伯母房太夫人行述》（香港《书谱》1985年第6期全文刊印）。其书法古拙苍浑，于论其为“古之张芝，今之索靖，三百年来，世无与并”。后病殁于金陵，得于右任赠墓地，葬于牛首山。与清道人李瑞清为邻。他在南京的遗作有百余帧，曾被公开展览，后因战争而散佚。

丁二仲（1868—1935）　原名尚庾，祖籍绍兴。幼时随父宦游通州。庚子年八国联军侵华时，其父在抗击中殉国。丁二仲随母南下，寄居南京舅父家。读书极用功，后随民间艺人学画及勾刻鼻烟壶内壁梅、兰、竹、菊与山水。辛亥革命后，烟厂蜂起，其技亦不售，约以治印，刻扇骨。摹汉印于砖上，日必数方，孜孜不倦，能得浑穆端重之气韵，艺名渐噪。与齐白石家印风各异，遂有“南丁北齐”之说。丁于绘事擅花卉，初宗陈道复、虚谷和尚，后师法吴昌硕，以气韵胜。其书法善隶篆，隶宗《华山碑》，篆书酷喜散氏（矢人）盘，用笔以李瑞清、曾熙之法。在艺事上受过金陵名儒仇涞之、蔡超伯、杨复明等人指导。丁氏于1935年冬自绘、自题、自刻《岁寒三友图》时，过于劳累，且饮酒过量，病殁于南京住所。其生前印作由仪征朱华岳、朱乔岳昆仲出资刻成《蓉园印谱》8卷传世。其印风古拙，结篆纡曲别致，章法工稳。

蔡元培（1868—1940）　字鹤卿，号孑民，浙江绍兴人。光绪十六年（1890）进士，后授翰林院庶吉士，补编修。甲午战争后，接触西学，同情维新派。戊戌变法失败后，回绍兴，任中西学堂提督，提倡新学。1902年与章炳麟等人发起组织中国教育会，任会长；创办爱国学社和爱国女学，同时以《晨报》为阵地，宣传民主革命思想。1904年与龚宝铨、陶成章等人组织光复会，任会长，次年加入同盟会。1907年赴德莱比锡大学留学。1911年武昌起义后回国，1912年任中华民国临时政府教育总长，发表《对于教育方针之意见》，主张采用西方教育制度，废止祀孔读经，提出了全面改革的方针。1913年赴法考察教育，1915年与吴玉章等人倡办留法勤工俭学会。1916年冬回国，次年任北京大学校长，积极支持新文化运动，提倡学术自由，主张“兼容并包”，实行教授治校，宣传劳工神圣，以美育代宗教。“五四”运动时，同情学生爱国斗争，多方营救被捕学生，后被迫辞职。1920年赴欧美各国考察教育，次年回国，1923年再赴欧洲从事学术研究。1927年任国民政府大学院院长。1928年主持第一次全国教育会议，制定了一个具有资产阶级民主革命性质的教育宗旨；筹建并专任中央研究院院长，兼任交通大学、中法大学等校校长。1931年“九一八”事变后，主张抗日，次年与宋庆龄等人发起成立中国民权保障同盟，任副主席。1937年抗日战争全面爆发后，由上海移居香港。1939年被推为国际反侵略大会中国分会名誉会长。1920年同黄炎培、郭秉文等人联名陈请创立东南大学，后任首届校董之一。又对中央大学的改组多有贡献，如1932年曾任中央大学整理委员会委员长。平生著作甚丰，辑有《蔡元培全集》7卷，另有译著《伦理学原理》《哲学纲要》等。

杨复明（1869—约1930）　字鹿鸣，号宾叔，南京人，题其居曰“灵寿如意室”。入民国后任北京古物保存所所长10余年。能篆刻、书法，善画兰石，有《画石歌》。精金石考据，富著述，有《石言》《兰言》《古今兰辨》《吉金录》《石玉录》《治庖金石考》等书，其中部分成书于1921年。

徐　谦（1871—1940）　字季龙，号黄山樵客、佐治老人，歙县人。光绪进士，翰林院编修。工书法，自初唐人上追“二王”，楷、行兼备，秀逸有致。辛亥革命后任广州军政府秘书长、国民党中央执委常委。曾寓居南京多年。

王　瀣（1871—1944）　字伯沆，号冬饮。世籍溧水，后迁上元。他生性颖异，诗书一过成诵。幼从母学明史，少长，博通经史小学及各体诗文，下逮说部，靡不精究。中年后，由博返约，归于宋明理学。自1916年，为南京高等师范学堂（后改为东南大学、中央大学）教授，直到1937年止。南京沦陷期间，日军威逼他任教于伪大学，他大义凛然，卒不为稍屈。其书法学颜真卿，渊懿典雅，风骨遒劲，与何绍基一脉相承。他极重气节，后于日伪时期病殁于边营老宅，遗命不出丧，墓即在厅后天井内。墓碑为柳诒徵手书。

程先甲（1872—1932）　南京人，清末民初文学家。因居住在南京城南大百花巷，而用笔名“百花仙子”。20岁中举。21岁时用1个月时间，创作《金陵赋》1卷。该卷长达3723言，一时被东南各地争相传抄。光绪二十四年（1898）任江南高等学堂国学教授。光绪三十一年（1905）任江宁简字学堂总理（校长），大力推广文字改革。时有学员数百名，把切音字运动推行到南方13省。江宁人士甚至妇孺互相授受，街衢墙壁均书简字，寻常通信均用简字，其效已著。同年，张謇在上海创立江苏教育总会，程先甲被选为评议员。随后，江宁学会成立，程先甲又被推为副会长、两江学务处学务议绅。光绪三十二年至三十三年（1906—1907），南京水灾严重，程毅然为民请命，拨得3万元，冒着风雪泥泞，赴湖熟散赈。余款留为积谷基金，涓滴归公。晚年与友辈10余人创立文艺团体——霞社，互以诗词唱和达数年之久。有文稿《霞社唱和集》。

程先甲著作颇丰，自名书斋为“千一斋”（盖承“智者千虑、必有一失；愚者千虑，必有一得”之意），所著各书合称《千一斋全书》，共有40余种。包括：《千一斋文甲集》8卷、《千一斋文乙集》4卷、《千一斋诗甲集》10卷、《百花词》1卷、《选雅》20卷、《广续方言》4卷、《广续方言拾遗》1卷、《群雅札记》2卷、《许慎淮南注钩沉》1卷、《续方言类聚》5卷、《续方言小记》4卷、《选学管窥》6卷、《选学源流记》2卷、《文选古字补疏》8卷和《文选校勘记》3卷。还有未刻者《赋话》1卷、《词话》1卷、《文种》2卷、《千一斋脞录》14卷、《唐人五律类编》4卷和《国学丛刊》若干卷等。

易　孺（1872—1941）　初名廷熹，亦名熹，字季馥，号大厂，别署魏斋。早年留学日本。返国后应邀来南京，出任南京方言学堂监学。才艺广博，在诗文词曲、书画篆刻、声韵训诂上均造诣俱深。书法初师赵之谦，晚益豪纵；画则逸笔草草。20世纪30年代常往来于宁、沪，与前中央大学教授陈中凡等人交往甚密，留有很多作品在民间。

仇　埰（1873—1945）　字亮卿，一字述庵，世称“鞠谯词人”，南京人，民国时期教育家、书法家、词人。光绪间留学日本弘文书院，习教育。宣统六年（1915）拔贡，殿试分省浙江以知县用，而矢志乡梓教育事业，乃托词亲老，辞不赴任，在南京与伍仲文等人创办四区模范小学。历任第一模范堂长、四区模范总办、宁属师范学堂学监。辛亥革命后，创办江苏省立第四师范学校，任校长达15年。其间又创设栖霞乡村师范分校，并在第四师范学校增设艺术专修科（大专），其学生遍及大江南北。仇埰执教严格，对学生爱才若渴，对乡贤友侪，凡学术上有所成就者无不尊崇。

仇埰50岁以后始着力填词，传为佳话。他的词，论者以为涩而不晦，缜而不缛，意内而言外，心危而志苦。他与石云轩、孙阆仙、王东培结蓼辛词社，号称“蓼辛社四友”，著称词坛，刊有《蓼辛词》。又与廖忏庵、林铁尊、夏蔚如、吴瞿庵、汪旭初、陈匪石、乔大壮、卢冀野、吴白匋和唐圭璋等人结成如社，刊有《如社词钞》。在上海，与夏敬观、林子有、林铁尊、吴眉孙、郑午昌、夏瞿禅和龙榆生等人结午社，刊有《午社词》。在近代词坛颇有影响。著有《鞠谯词》2卷，辑有《金陵词钞续编》6卷等。善书法，习颜真卿最久，上追“二王”。王东培赞其有“骨秀神怡”的风格。

张桂轩（1873—1963）　静海人，京剧演员。12岁进天津“永胜和”科班，先学老生，后改武生。18岁出科，曾在山东、北京搭班。1891年赴日本演出3年，在返国途中又在朝鲜汉城，俄国海参崴、伯力、双城子等地演出3年多。1908年又赴西伯利亚演出。返国后，先在东北以“勇猛武生”驰名，1909年前后至上海，与京剧武生李春来、盖叫天、张德俊合称“江南四杰”。20世纪30年代初到南京。20世纪50年代初，张桂轩为抗美援朝献飞机大炮，曾以近八旬高龄义演《白水滩》。1952年，受聘为南京军事学院武术教授。1954年起在南京市少年京剧团任教。1959年任江苏省戏曲学院副院长。1960年任江苏省京剧院副院长。他还被特邀为南京市政协委员，被选为南京市人民代表、江苏省文联委员。

张桂轩虚心好学，毅力惊人，为练绝技曾多次负重伤，几乎致死。他练功从不间断，直至逝世前几天，还在翻单杠，练飞天十三响。在77年舞台生涯中，张桂轩在艺术上不断创新，如《花蝴蝶》中的顶功，《谁敢拿我》中的杠子功，《铁公鸡》中的真刀真枪，《白水滩》中的扎抢、齐眉棍，《翠屏山》中的“大六合”刀，均有特色，被誉为“活十一郎”“活石秀”。在武老生表演艺术上也有所创造，如在《蜡庙》中，他饰费德功之师飞天豹武七鞑子，扮相为鸭尾巾、白满、背刀，有从3张桌子上翻下的特技；在劈死褚彪后，用打一套“少林拳”，表现武七鞑子为弟报仇后的狂喜心情，颇为特别。在《绝燕岭》里，他饰隋朝老将定燕平，身扎大靠，头戴霸王盔，大白满，手使长杆双枪，在会战瓦岗寨的三十六将时，对使用不同兵器的对手均有不同的打法。下场时，双枪向左要，向右要，“赐球”，“缠身”，再“左踢、右踢”跨双枪，“踩没”接单腿转身，左拳齐额，右手背双枪十字，很好地表现出定燕平的虎威。在《魔家四将征北海》中，他勾脸饰闻太师，戴白满，唱做并重。他能唱高八度的正宫调，所以也演老生唱工戏，在《界牌关》中唱昆曲，在《伐子都》中唱梆子，文武昆乱不挡。

王孝煃（1874—1947）　字东培，号寄沤，又号红叶词人，江宁人。清代末科举人，先后在汇文书院、金陵大学、江苏省立第四师范学校、东南大学任教。淡泊寡欲，以诗词、书画、篆刻自娱。所画清拔超俗，尤以写梅最佳。生平治印不倚门户，自出机杼，功力深厚，典雅有则。他刻印左手执刀，不计石质优劣，不收润笔之资，所以自题书斋曰“三不同斋”。书法自褚遂良上追“二王”，旁及六朝墓志，秀劲清雅，自诩不让明人。

商衍鎏（1874—1963）　字藻亭，号又章、冕臣、康乐老人，番禺人。少勤学有才名。光绪三十年（1904）末科探花，授翰林院编修，选派日本，毕业于日本法政大学。民国初年应德国汉堡大学之聘，任该校汉学教授。1914年回国任财政部秘书。后来江苏办税，置产南京，长期居宁。新中国成立后被聘为江苏文史研究馆馆长。1964年，其子商承祚任教于广州中山大学，迎接父亲赴穗。商衍鎏被广东文史研究馆聘为副馆长，继而又任中央文史研究馆副馆长。在南京留下墨迹甚多，楷书学褚遂良、颜真卿。中年后学草书，变化自如，飞逸多姿。

夏仁虎（1874—1963）　字蔚如，号枝巢，另号枝叟生，又署村翁、钟山旧民，南京人，文学家、史志学家。少年即蜚声文坛，肄业于江阴南菁书院。光绪二十八年（1902）举人，留京任用，多年寄居北京。辛亥革命后，任北洋政府财政部次长，后任国务院秘书长。北伐后，退出官场，从事著述、讲学。抗日战争期间，隐迹讲学，先后执教于北京大学、北京师范大学。新中国成立后，被聘为中央文史研究馆馆员。生前藏书甚富，但在新中国成立前多佚，只有关于南京的著述和文献仍得到妥善保存。1960年，他视力衰退，仍设法将这批500余册书籍邮寄南京，捐献给市文管会，其中有《景定建康志》等珍本。

夏仁虎在文学上的成就主要是传奇和诗词创作。著有传奇《碧山楼》，共12出，见于《国立北平图书馆戏曲音乐展览会目录》；著有诗词《枝巢编年诗》40卷、《啸庵词》《枝巢新乐府》《清宫词》200首等；另有文集12卷。在史志方面，曾主修《北京市志》，参加重修《江苏通志》，补《耆旧传》300篇。还撰有《秦淮志》《玄武湖志》《岁华忆语》《南京明遗民录》《枝巢四述》《国策选腴录》和《旧京琐记》等。

陈衡恪（1876—1923）　字师曾，号朽者、朽道人。义宁人。书斋名槐堂、唐石移、染仓室。祖宝箴任湖南巡抚；父三立有进士功名、工诗，世称“散原先生”。“六君子”血案后，陈受株连，“永不叙用”，遂举家迁来南京。金陵名儒王瀣应邀在陈家开馆授课，为陈衡恪奠定极好的学业基础。衡恪天赋聪颖，10岁能为擘窠大字，涂抹烟云，工诗文，世以奇童视之。弱冠赴日本习博物，归国后顺道上海拜吴昌硕为师。先后任南通、长沙等校教师；继任教育部编审，北京高等师范学校、北京美术专科学校教授。工篆刻，熔铸秦汉，古拙淳朴，毫无霸悍之气。在汉铸、封泥方面造诣极高，并有新意。印风凝重、浑朴，书法则篆、籀、隶、魏、真、行诸体无不工，风神秀逸，笔力苍劲。画山水得力于沈周、道济、髡残、石溪、兰瑛，“不使一笔入四王”。性行纯笃，喜奖掖后进。齐白石时在京华，以正统自居者多不肯正视。陈衡恪虽年少于齐，却竭力与之交流，故有“君无我则退，我无君不进”之说。1923夏，以继母俞夫人病驰赴南京，母死而以哀悴发疾，卒于南京故居，年仅47岁。吴昌硕悼其“朽者不朽”，梁启超谓其死为“中国文化界之大地震”。陈衡恪著有《染苍室印存》《槐堂诗钞》《不朽录》《陈师曾先生遗墨》。

谭延闿（1876—1930）　字组安，又字组庵，别署畏公，茶陵人。光绪进士，翰林院编修，辛亥革命后历任湖南督军兼省长，1927年后出任国民政府主席、行政院院长。书法造诣极深，善擘窠大字，从钱沣上溯颜真卿，尤得力于《麻姑仙坛记》，成为当时学颜第一人。中山陵碑亭大字即出于其手笔，“求书碑版墓志者户限为穿，人得其寸缣尺纸，引以为宝”。其弟谭泽闿亦有书名，书风亦相近。

于右任（1878—1964）　原名伯循，以字行，别署骚心，号髯翁，三原人。光绪举人，后加入同盟会，随孙中山从事民主革命活动。曾办《民吁报》《民立报》《神州日报》。在国民政府任审计院院长、监察院院长等职。于右任是清末以来杰出的书法大家，擅诗文，其行书以魏碑版为基础，参心篆、隶、草法，独辟蹊径。中年变法，专攻草书，自成一家，人称“于体”。1931年发起成立标准草书研究社的倡议，创办《草书月刊》，编著《标准草书》一书，影响深远。有《右任诗存》《右任文存》及《右任墨存》《于右任书法》等多种作品集传世。

蔡　守（1879—1941）　原名绚，后改名守，号寒琼，别署成城子、寒道人，晚年号茶丘居士，顺德人。嗜好古董，广泛研究书画、篆刻、博物、碑版。中年时参加邓实主办之国粹学报图片工作。加入南社，与各方唱和尤多。抗日战争时期，流徙苏皖间，后来定居南京鼓楼二条巷，病殁年62岁。书法四体俱能，亦精篆刻。其妻谈月色为黄宾虹弟子，擅书瘦金体，通篆刻，用王福厂法。蔡守著述颇丰，有《寒琼碑目》《寒琼金石跋续》《说文古籀补》《宋纸宋绵考补》《缪篆分韵》《漆人传》《画玺录》《印雅》等书。

柳诒徵（1879—1956）　字翼谋，号劬堂，丹徒人。幼孤，受母教，能淬励向上。光绪年间优贡。1903年赴日本考察。民国时期历任东南大学、东北大学教授，江苏国学图书馆馆长、中央研究院院士。精擅书法，笔力劲健，善书汉、魏、六朝碑版，尤善写《经石峪》和颜体，信手挥来，皆成佳构。久住南京龙蟠里，享年77岁。

李叔同（1880—1942）　号息霜、圹庐老人，平湖人，出生于天津。1918年出家为僧，释名演音，字弘一，故法名为弘一法师，号晚清老人，笔名多达200余个，自幼聪颖好学，多才多艺。22岁考入上海南洋公学，受蔡元培革命思想的影响，于1905年东渡日本，在东京上野美术学校攻读西洋绘画，其指导教师是该校西洋画科主任教授黑田清辉。李叔同在留日期间写的《水彩画略说》一文，可称中国水彩画启蒙之作。1910年毕业回国。在上海任《太平洋日报》画刊主编，兼任上海城东女校美术教师，1912年应浙江两级师范学堂之聘，负责该校图画音乐主课教学。1915年负责南京高等师范学校美术主课教学。力主改革美术教学方法，推行石膏像木炭写生，扫除临摹旧习，引导学生走写实的造型之路，他在浙江两级师范学堂第一次实行人体写生，并编写《西洋美术史》讲义，在学生中组织洋画研究会，推行西画教育。他是中国西画史上早期有卓越贡献的艺术家。

由于李叔同痛感当时社会腐败，苦闷彷徨，终于1918年在杭州虎跑寺出家。从此以后，他潜心于研究律宗，停止了其他艺术活动，仅保留了书法。于1942年在福建泉州圆寂。李叔同出家后，曾将其全部作品交当时北京艺术专科学校保存。可惜经过数十年动乱，这些作品已很难找到。现存水彩画只有1905年的《山茶花》一幅，是中国早期水彩画很有代表性的作品。它继承了中国绘画艺术的传统，色彩润泽，笔法劲挺，单纯雄健，别具一格，构图和造型方法都运用了中国形式，有浓郁的中国味。

李栖云（1880—1953）　原名墨湖，自号南岳山樵，邵阳人。光绪二十九年（1903），在日本加入同盟会，受孙中山的赏识。后奉命回粤刺杀两广总督张之洞，乔装成一和尚，因故未遂，反炸掉自己左手一指，时报刊称誉其为“九指头陀”。李栖云精于佛学内典，多于酒后盘膝而坐，能以此为眠。金石书画无一不精。与黄宾虹、谢无量友善。北伐战争时任韶关司令。1928年，何民魂出任南京市市长，请他任“旗民生计处处长”。后与蒋介石意见不合，遂去上海以卖书画刻印为生。李宗仁、白崇禧及其“桂系”将领，以及有过交谊之显贵，均以请他刻印变相接济他的生活。汪精卫在南京粉墨登场后，曾派一说客送5000银圆邀他出任“和平军华南总司令”，他怒以鸡毛簟帚将说客从楼上打到楼下。新中国成立后，上海市市长陈毅聘其为上海市文史研究馆馆员。李栖云治印，全以汉印为宗，明清流派诸家不涉一笔，功力深邃。所存印谱由黄宾虹前题后跋，极为推崇。惜其子不能珍藏遗作，以至散失，以无从问世为憾。

黄七五（1880—1964）　原名辑五，如皋人。在南京两江师范学堂毕业后留学日本，毕业于日本宏文书院。回国后任教于第四师范学堂，后返里任如皋中学体育教员。日军侵华后，黄七五义愤填膺，悲观投河，后为江北新四军救起，遂投身革命。曾任苏北卫生局副局长、图书馆馆长、博物馆馆长、文管会副主任、江苏省书法印章研究会副会长等职。1962年，被聘为江苏省文史研究馆副馆长。自幼嗜好书法，遍临碑版，于《爨宝子》用力至深，成就最大，章草亦自具面目，卓然成家。

叶恭绰（1881—1968）　字裕甫，又字誉虎、玉父，号遐庵，晚年别署矩圆，番禺人。叶恭绰家学渊源，祖父衍兰，以金石书画名世。父佩玱，字仲鸾，诗文篆隶无不精究。他毕业于京师大学仁学馆（北京大学前身），曾任国民政府交通部部长。生平致力于文化学术，醉心于考古与鉴定文物，尤长于碑版、书画、古铜器，造诣颇深。与收藏家吴湖帆、黄宾虹等人交谊甚切。书法兼备各体，以学苏字最为传神，且时有个人情趣。新中国成立后，被聘为中央文史研究馆馆长。殁后葬于南京东郊仰止亭（此亭由叶氏在孙中山先生灵柩举行奉安大典后捐建，叶氏要求日后安柩于此）。

杨天骥（1882—1958）　字骏公，号千里，吴江人。书法四体兼善，尤工治印，一以汉印为宗，浙皖两派不与焉。1931年后任国民政府监察院委员。人多求其法书，尤有请为刻印者。天骥篆刻，功力颇深，汉白优于朱文，尤以边跋，水平在赵撝叔与黄牧甫之间，但较牧甫为深，颇饶六朝韵味。

夏一峰（1883—1963）　古琴演奏家。幼年父母双亡，家境贫寒。1895年入淮安一所道观做小道士，跟道师学吹横笛和唱昆曲，后从杨子镛学古琴。1921年从淮安迁来南京，加入青溪琴社，结交了苏、浙、鲁、湘、赣、川等各地的琴家，博采众长，形成了“稳健细腻，声情并茂”的艺术特色。20世纪50年代后，被聘为中央音乐学院民族音乐研究所特约研究员。1957年，杨荫浏教授亲自为夏一峰演奏的古琴名曲录了音，并协助他整理琴谱17首，著成《古琴曲汇编》第一集。该书并被列为民族音乐研究丛刊出版。夏一峰是中国音乐家协会会员，曾任江苏省和南京市政协委员、南京市音协副主席。1954年，他发起组建南京乐社并担任乐队副社长，在古琴艺术的继承发展及培养接班人方面做出了很大贡献。

吴　梅（1884—1939）　字瞿安，号霜厓，别署长洲呆道人，苏州人，教育家、戏曲理论家、作家。从小好学，得师友教诲甚多。吴梅在回顾自己一生的“遗嘱”中说，古文得到盛霞飞的帮助，“诗得（陈）散原老人，词得疆村遗民（朱祖谋），曲得（俞）粟庐先生，从容谈燕，所获良多”。他一生刻苦自励，倾力于戏曲研究与创作。

1922年秋，应南京东南大学（南京大学前身）校长郭秉文及国文系主任陈中凡邀聘，举家自北京迁来南京，出任东南大学教授，专授词曲。1928年8月，东南大学易名为中央大学，吴梅又兼教于上海光华大学，来往于南京、苏州、上海三地。1933年又应金陵大学国文系主任胡小石之聘，为文学研究班讲授金元散曲。吴梅在南京执教、研究、著述15年，在育人、学术等方面皆硕果累累。这期间完成出版的戏曲研究著作有《奢摩他室曲丛》《中国戏曲概论》《曲学通论》《元剧研究》等。同时，创作了杂剧《湖州守》，自选付刻了《霜厓三剧》（《湘真阁》《无价宝》《惆怅爨》）。

吴梅对学生谆谆教诲，因材施教，要求学生“兼收并重、分治求专”，引导学生躬于实践。他组织或参与了潜社、如社、紫霞曲社活动，常与学生、友人雅集于寓所、校园或秦淮河畔，伴词、度词、度曲，切磋艺事。1929年，苏州昆剧传习所艺人以“新乐府”班名来南京演出半月，吴梅亲率学生每场必至剧场观摩，回校后又于课堂上给学生讲解。这些教学活动大大增益了学生对中国戏曲艺术价值的认识和兴趣，使一些学生走上了终身研究词曲的学术道路，其中任中敏、唐圭璋、卢冀野、钱南扬、王季思、吴白匋等人成为著名的戏曲专家、学者。

1937年9月，汪精卫派特使奉亲笔信礼聘吴梅出任伪政府要职，吴梅当即拒绝，连夜携家人经木渎南逃。1939年1月，吴梅历经颠簸，抵云南李旗屯学生李一平家，寓李氏宗祠，不久病逝。20世纪80年代，苏州市有关单位将吴梅遗骸迁往苏州西郊风景区藏书乡小王山安葬。

杨仲子（1884—1959，一说1885—1962）　南京人。早年留学法国，先学化学，后专攻音乐。归国后被各大学争相聘请。他有一方纪年闲章自刻“壬申长艺院壬午长乐院癸未主乐教，”就是说1932年任北平艺术学院院长，1942年任国立中央音乐院院长，1943年任国立礼乐馆作乐部主任兼中央音乐院教务长。杨仲子毕生喜爱书法，精于钟鼎文与甲骨文，常集宋人词句为楹联分赠亲友。与胡小石订交后，相互交流，后胡娶其妹，两家更是亲密。杨闲时刻印甚多，学人谓之“以贞卜文字入印第一人”。他在北平期间，丁世峄为之刻书斋名“海燕楼”。齐白石对其极敬重，特为治《见君思齐》《不知有汉》两印。他在全国印坛声誉甚高。

王蕴章（1885—1942） 字莼农，号西神，无锡人。道平太史子，家学渊源。光绪二十八年（1902）举人，治辞章之学。通英文，应聘上海商务印书馆，主编《小说月报》凡10年。工书，擅率更体，工铁线篆，书殊自负，尝为人书联："成佛肯居灵运后，学书直到永和前。"但不喜作草书，有请之作草书，每钤"草草劳人草草书"七字小印。论书颇有独到，如云"归安杨见山隶书，隶中之率更也；汀州伊墨卿隶书，隶中之鲁公也"。又云："篆书刻印，自完白山民出，而一破明人文三桥、何雪渔之积习；行书自包安吴出，而一洗嘉道间馆阁书之陋体。石如、慎伯，皆书家开山手也。"又云："六朝人书，上承晋后，下开唐先，化篆之圆，得隶之方，蕴蓄宏深，包孕茂密，凡普遍盛称唐之欧、虞、褚、薛，宋之苏、黄、米、蔡，以及元之松雪，明之香光，六朝人均已导其先路。"这些论述都极为精辟。王蕴章著述甚富，有《墨林一枝》《碑林奇字》《玉台艺乘》《临池杂志》等。

黄　侃（1886—1935） 字季刚，号运甓，书斋名量守庐，蕲春人。早年留学日本，为章太炎得意弟子。治小学尤为独到，多有发明，有《手批十三经》传世。先后为武昌高等师范学校、东南大学、中央大学、金陵大学等校教授。书法籀篆，古拙可爱，楷书得欧阳询之精髓，工整秀雅。

李毅士（1886—1942） 名祖鸿，武进人。父亲李宝璋是同治十二年（1873）举人，清末出家。李毅士受父亲熏陶，自幼酷爱绘画，七八岁时就开始舞笔弄墨，有"小画师"之称。1900年就读于浙江求是书院。1904年因家境衰落，与同学相偕去英国半工半读，工余时间自习西画，补习英语。1907年入英国格拉斯哥美术学院学习西画，毕业时名列前茅。1912年又接受专供学习科学的留学生公费，进入格拉斯哥大学物理系，于1916年毕业。同年秋回国，受蔡元培之聘任教于北京大学理工学院，1919年兼任北京高等师范学校图画手工科西画教授。北京美术专科学校成立后，任该校西画科主任，并与王悦之、吴法鼎等人组织阿博洛学会，传播西方艺术。1924年冬，受刘海粟邀请任上海美术专科学校教务长。1927年，经蔡元培推荐，受南京中央大学之聘，任该校教育学院艺术科西画教授兼主任，1929年起兼任该校工学院建筑系西画教授。抗日战争爆发后，随中央大学迁重庆，继续在建筑系任教。1940年离开中央大学行居华岩塔院，身体日衰，但仍作画到深夜。1942年到阳朔写生，突然逝世于桂林。他生前曾留遗言"待到山河光复，政治清明，愿将自己的作品捐献国家"。新中国成立后，其家属把他存于上海的遗作《长恨歌画意》30幅和《粥少僧多》油画水彩画10幅，捐献给上海市文化局。《长恨歌》30幅现由北京中国美术馆收藏。

吕凤子（1886—1959） 原名吕濬，字凤痴，早年笔名江南风，后又改称凤先生，丹阳人。自幼聪明过人，勤奋好学，10岁左右就显出艺术才能，善按实景写生，能将诗意入画。15岁考中秀才，被誉为"江苏才子"。1905年清政府废科举。1907年考入南京两江优级师范学堂图画手工科，1909年毕业，成为中国第一批能掌握水彩画理论和技法的新型美术师资。因成绩优异，留在两江师范附中任教，以后历任宁属师范、常州五中等校图画教师，教授水彩画。曾出版《风景画法》《水彩画法人间美》《自在画》（3卷）和《中等学校水彩画贴》（4册），对中国早期水彩画的教学和创作有较大的贡献。1918年到北京女子高等师范学校任教。1931年他的山水画《庐山云》在法国巴黎世界博览会上荣获中国画一等奖，名字被收入大英百科全书，成为现代传统中国画写入世界艺坛的先驱者之一。吕凤子后担任上海美术专科学校教授兼教导主任、中央大学艺术系教授、国立艺术专科学校校长、国立社会教育学院艺术系主任等，为中国高等艺术教育事业做出了贡献。新中国成立后，除继续担任教学工作外，还被选为江苏省人民代表、全国美协江苏分会副主席、江苏省国画院筹委会主任委员。1959年12月20日因病不幸逝世。有《中国画法研究》《吕凤子画集》等传世。

汪辟疆（1887—1966） 名国垣，字笠云，后改辟疆，晚年自号方湖，彭泽人，目录学家、藏书家。早年毕业于北京京师大学堂。久居南京，为南京第四中山大学、中央大学、金陵大学国文教授。与胡小石、陈中凡并称“三老”。所著《唐人小说》《诗坛点将录》为学生推重。书法宗“二王”，以《圣教序》为主体。

苗胜春（1887—1970） 原名苗雨青，武清人，京剧演员。14岁入“德胜魁”科班学艺。出科后于1908年与张桂轩、老孟七等人去俄国海参崴、伯力、双城子等地演出达3年零10个月。1911年回国，于东北、华北诸大城市搭班舞台等剧场演出。与赵桐珊、芙蓉草等8人号称“坐地八仙”，为各地先后来沪之数十位著名演员搭档配戏，还曾随梅兰芳东渡日本演出。他能适应多种艺术流派和不同风格的演出，功底厚、戏路宽、文武昆乱兼擅。演出角色之代表有《走麦城》中之关平、《打严嵩》中之严侠、《逍遥津》中之穆顺、《翠屏山》中之杨雄等。他是汪笑侬、冯子和、周信芳等人排新剧、搞改革的有力合作者，场上有机变，搞新戏有胆识，深受同行推崇，许多票界名流都曾向他讨教。在抗美援朝中，他以64岁高龄积极参加捐献飞机大炮义演，与梅兰芳、盖叫天、赵如泉、张少甫等人同台演出，扮演《莲花湖》中的胜英。

1952年起，苗胜春历任苏州少年京剧团教师、副团长，并被推选为苏州市人民代表。1960年任南京市戏曲学校副校长，为培养京剧表演人才不遗余力，为演员、学员们传授《逍遥津》《四进士》《铁笼山》《挑滑车》《走麦城》《长坂坡》等剧目。1970年2月17日病逝于南京。

胡小石（1888—1962） 原名光炜，号倩尹，又号夏庐，祖籍嘉兴，生于南京，文学理论家。清末入两江师范学堂学生物学。在校时推崇清代乾（隆）嘉（庆）学派的治学方法，特别推重程继田所著《九谷考》。毕业后专攻文史，从事高等教育工作，曾任北京女子高等师范学校国文部主任，武昌高等师范学校、金陵大学文史教授，西北大学、中山大学国文教授，东南大学、中央大学中国文学系教授、系主任等职。1928年7月出版《甲骨文例》，这是甲骨学中论述甲骨文例的第一部著述。抗日战争爆发后，胡小石随校西迁，在四川调查方言，著《江津县方言志》。1939年秋任云南大学文学院院长。新中国成立后，任南京大学教授、图书馆馆长。1955年任江苏省人民委员会委员，后任南京博物院顾问、省政协委员等职。

早年问学于李瑞清、沈曾植，为李之入室弟子。书法涩笔顿挫，古朴瘦劲，颇有汉魏风骨。隶书严正峻爽而有变化，刚劲中出墨味；篆书则擅长方笔金文，书风雄强、挺拔；草书结体学大王，布白学王铎；真书早年宗龙门笔法，晚年从《萧憺碑》《萧秀碑》而上溯“大王”，精劲内敛；行书取笔于倪鸿宝，化险劲为凝练，继承并发扬了李瑞清涩笔顿挫的风格，并创造性地将其用于写今草和狂草，富有特色。自甲骨文问世以后，他是甲骨文研究早期的学人之一。其书学理论是以系统阐述古文字的演变，论述先秦、两汉艺术发展的规律，并提出颇具个性的看法。其他如分末之辨，临书的用笔、结体、布白等，都有所论述。他吸取了李、沈二家的论说，融合南北书派，碑帖并重，能全面地论述中国书法艺术的特色，是民国期间南京最有代表性的书法家、书法理论家之一。著有《楚辞辨名》《楚辞文例》《李杜诗文比较》《中国文学史讲稿》《说文古文考》和《胡小石论文集》等。

陈延杰（1888—1970）　字仲子、仲英，笔名晞阳，南京人，文学家。光绪三十年（1904）举秀才。光绪三十四年（1908）毕业于南京两江师范学堂文科。后执教于宁属师范学堂，任南京文物管理委员会委员、南京市政协第一至五届委员会委员。

陈延杰既是诗人，又是学者，一生专心治学，在经学、古典文学，特别是在古典诗论方面有较高造诣，晚年还致力于文献资料整理研究工作。著有诗集《晞阳诗》，这是1944年全国学术评比获奖著作中仅有的两部诗集之一。在学术上，他与胡小石、胡翔东三人齐名，世称“李（瑞清）门三子”（他们同为李瑞清之高足）。著有《经学概论》《周易程传参正》《诗品注》《孟东野诗注》《张籍诗注》《贾岛诗注》《陆放翁诗钞注》《文文山诗注》和《诗序解》等。1951年，任南京市文管会图书组组长，负责整理国民政府（总统府）遗留下来的百余万册图书。晚年编辑南京文献书目，并撰有《南京文献书目提要》。

郝余洲（1888—1971）　六合八百镇大营郝村人，洪山戏早期演员，艺名郝东方。1900年从兄郝余瑾学香火戏“洪山大会”，并开始尝试把京剧表演艺术应用到“洪山大会”的演唱中去。1905年，组班演出，称洪山戏。1924年至1926年，领班到上海南洋桥大戏院演出。1927年回乡组建“四方”分班，巡回演出于苏皖边境六合、来安等6县及南京。1931年，六合地方官吏禁演洪山戏，他领班去江宁等地演出。戏班积极宣传抗日。新中国成立后，当选为六合第三、四、五、六届人民代表大会代表。1971年病故。

郝余洲擅演丑行，语言出口成趣，生活气息很浓。演《陈州放粮》时，以挑提的虚拟动作、生活化的顺口溜，生动地表现了剧中人范宗华勤劳、朴实、风趣的个性。郝余洲授徒很多，对洪山戏初期的发展起了重要作用。后来成为扬剧奠基人之一的潘喜云，就是他的开门艺徒。

陈中凡（1888—1982） 原名钟凡，字斠玄，号觉元，别署觉玄，建湖人，文学理论家。1910年肄业于南京两江师范学堂博物科。1914年入北京大学哲学门，从刘师培习经史，1917年毕业后留校任教。曾执教于北京女子高等师范学校，后又任广东大学文科学长兼教授、金陵大学教授、暨南大学国文系主任及文学院院长、中山大学教授和金陵女子文理学院中国文学讲座教授等。新中国成立后，任金陵大学文学院院长兼中文系教授。1952年起一直担任南京大学中文系教授。历任江苏省政协副主席、省民盟主任委员、省文史馆馆长等职。

陈中凡在青年时代即投身辛亥革命，参与光复南京之役。进北京大学学习后，在李大钊等人的影响下，宣传科学与民主，坚决支持新文化运动。在蒋介石背叛革命后的20多年里，他断然拒绝国民党反动派的多次拉拢。新中国成立后，他积极参加中国共产党所领导的各项政治活动和社会活动。

陈中凡学识渊博，举凡哲学、史学、文学、音乐、戏曲等，均有精深研究。酷爱昆曲，为弘扬、传播昆曲艺术，曾于1922年特邀曲学大师吴梅至东南大学专授词曲课。晚年致力于中国戏曲史教学，培养了一批戏曲史研究生。生平著述甚丰，早在1927年就写出了中国第一部《中国文学批评史》。有关戏曲方面的著作有：《元曲研究的成就及其存在的问题》《〈西厢记〉杂剧的作者问题》《高明〈琵琶记〉评价的商榷》《汤显祖〈牡丹亭〉简论》等。其他著作有《汉魏六朝文学》《周秦文学》《中国韵文通论》《清晖集》《两宋思想评述》《中国民主思想发展史》《经学通论》《诸子通谊》《诸子书目》和《书目举要补正》等。

马荣福（1889—1963） 原名马春身，高淳漆桥乡舟村人，徽剧演员。自幼喜爱唱戏，后拜师学艺，边学边演出，先后参加春福班、全福班演出。1929年自领戏班“洪福班”，被群众称为“马荣福班”。抗日战争爆发，高淳部分地区沦陷后，戏班解散。20世纪50年代初，马荣福加入安徽省当涂县人民京剧团。1958年受安徽省徽剧团聘请，为该团演员教戏，直到退休返乡。马荣福本工小生，拿手好戏有《淤泥河》《白门楼》《芦花荡》《断桥》等，嗓音洪亮，声情并茂，唱做俱佳，在高淳、溧水、宣城、郎溪、广德一带颇负盛名。安徽省徽剧团编印的《徽戏音乐资料汇编》，收入他的16个唱段，包括《淤泥河》《徐策跑城》《孙士林讨封》《七星灯》《忠孝全》《二进宫》《男绑子》《溪皇庄》《二度梅》《龙虎斗》《白玉带》等剧目，涉及老生、净、丑、青衣、花旦等行当。他教学要求严格，吐字行腔都遵循徽调唱法，将自己的拿手好戏《淤泥河》等剧目传授给安徽省徽剧团少年演员章其祥（后为该剧团主要演员并任副团长）。1969年5月，该团进京演出于怀仁堂。周恩来接见章其祥时，询问了其师承关系，甚为赞许。戴不凡等戏剧史论家说，马荣福所传授的《淤泥河》是“真正的老徽调”。

甘贡三（1889—1969） 原名鑫，南京人，业余昆剧演唱家。精通笙、箫、笛、三弦、琵琶等民族乐器，酷爱昆剧，积极参与和组织业余昆剧活动，曾请昆剧全福班老艺人尤彩云在家教子女、媳学昆剧。1932年（或1933年）任公余联欢社昆曲组组长，与溥侗、吴梅等人切磋昆曲，组织紫霞社。抗日战争时期，在重庆与穆藕初、张充和等人建渝社。1942年受聘至重庆师范学校教昆曲。1943年又与范崇石等人组织重庆曲社。抗日战争胜利后返宁恢复紫霞社。曾任南京师范学校昆曲及音乐教师。其时，向他学唱昆曲的人很多。为解决学唱昆曲者不识工尺谱的困难，他曾将百余出昆剧折子戏翻成简谱，但这些简谱连同他与吴梅、溥侗等人研究昆剧和民族音乐的手稿，都在“文化大革命”中被毁。

1935，上海百代唱片公司曾为甘贡三灌制了《寄子》《扫松》等昆曲唱片。1954年，甘贡三与其次子甘涛，古琴家夏一峰、张正吟等人组织南京乐社，并首任昆曲组长。1957年，江苏人民广播电台录其笛子曲牌10首。

超　轮（1890—1960） 俗姓孙，高淳薛城乡人，高淳阳腔目连戏鼓师。4岁时家贫，被送彰教寺出家。少年即擅长梵呗唱念，20多岁开始学唱目连戏，先后从刘思合、徐瑞聪学艺，在几年时间内将3本目连背诵如流，曲牌腔调无不精通。后来成为数一数二的鼓板师傅，能上高台，能打坐堂。晚年教了一批学生，其中坤灵伢、韩体钧艺术造诣较高，成为广大观众欢迎的著名演员。1958年，超轮应聘到江苏省戏曲学院目连戏班任教师，工作认真负责，出色地完成教学任务。1960年病逝。超轮生前还喜爱抄写目连戏剧本，抄了请人改正错别字，改了再抄。现存有1939年经超轮多次抄改，为其姐丈贡生宋渭川订正的3本（6册）目连戏抄本。

陶行知（1891—1946） 原名文濬，继采王阳明“知行合一”说，易名知行；又语“行是知之始，知是行之成”，再易名行知，歙县人。15岁入县城崇一学堂，与汪采白同学。后入金陵大学国文系，赴美留学获政治学硕士与教育文监学位。1927年于南京创办晓庄试验乡村师范，提出“生活即教育”“社会即教育”。书法师颜真卿，出入于唐宋诸家，上追北魏。他常给人题字“捧着一颗心来，不带半根草去”“以教人者教己，在劳力上劳心”“亲民亲物亲赤子，问古问今问未来”，流传甚广。

乔增劬（1891或1892—1948） 字大壮，书斋名“波外楼”，华阳人。祖茂谖公在京都供职，“六君子”于菜市口被杀后，乔家曾收拾其遗体掩埋，故士人多敬重。乔增劬幼受家庭影响，旧学基础甚厚。曾求学于清季译学馆，通中法文学。工书，取法章草。篆刻学黄士陵，又参合己意，奇宕诡谲，成个人面貌。能诗词，有《波外楼诗》《波外乐章》《大壮印蜕》等传世。乔氏早年在北京与许季茀、鲁迅同事于教育部。约于1932年，应邀来南京国立中央大学任教，先讲授诗词，后因吕凤子离校，遂代之以授篆刻课。多为社会名流、专家学者治印，声誉甚高。国文系学生蒋维崧拜乔氏学治印。高月秋为金陵照相业世家，酷嗜治印，虽不是中央大学学生，由人引荐亦拜乔氏为师，终成南京著名篆刻家。

赵元任（1892—1982）　原籍常州，生于天津。1907年至1910年曾就读于南京江南高等学堂，公费赴美留学，先后学数学、物理、哲学和音乐，曾获康乃尔大学物理学学士和哈佛大学哲学博士学位。1920年回国，次年赴美任教。后去欧洲游历进修，1925年回国在北京任职。1934年应国民政府之邀，在南京担任教育部音乐教育委员会委员，修订全国小学、中学、大学音乐教育课程。抗日战争爆发后，任教于西南联合大学。1938年春赴美讲学，后入美国籍。他不但是闻名世界的中国语言学权威，还对中国文学、诗词、音韵、音乐理论作曲均有卓越贡献，树立了中国艺术歌曲的典范。一生共写了100多首歌曲，主要是一些合唱曲和一些钢琴小品等。在南京期间出版了《儿童歌曲集》（1934）、《西洋镜歌》（1935）、《晓庄歌集》（1936）等。1935年，与黄自、贺绿汀共同为故事片《都市风光》作曲。1935年，百代唱片公司曾为赵氏灌制由他亲自作曲演唱的两首歌曲。

郎静山（1892—1984）　淮阴人，早期摄影家。1910年就开始摄影生涯。1920年他拍摄的《苏州园林》参加了上海亚洲文会举办的影展。1927年冬，他与胡伯翔等人倡议创建了中国早期的摄影社团——美社。

20世纪20年代初开始，他除在上海活动外，还常在南京参加摄影活动，直到1949年南京解放为止。1992年6月27日，郎静山摄影大师百龄百幅作品展在南京市博物馆展出。1933年冬，他在《新闻夜报》创办了《摄影艺术》周刊，刊登评介、摄影史话等方面的文章计230多期。在此期间，他还出版了《静山摄影集》《静山美术摄影》。1937年，他入选国际沙龙的作品名列世界第20名。1939年，他拍摄了许多融和画理、意境深远的集锦照片，并对外公开这一技法。这是摄影史上的一个创举，奠定了“集锦派”摄影的理论基础。1940年，英国皇家摄影学会首先授予他初级会士衔，次年又以集锦照相法授予他高级会士衔。1947年作为世界50名著名摄影家之一，郎静山参加美国举办的大规模摄影顶峰展览，展览目录的封面采用了他的集锦照片《红树青山》。1958年，他集中了一批精致的新作，在香港举办了个人影展，又出版了《集锦作法》（有4国文字版本）。1968年，美国摄影学会授予他高级会士衔。国际摄影界赠予其“亚洲影艺协会之父”光荣称号。1980年，他获得美国纽约摄影学会首届颁赠的世界十大特艺专家荣衔。1981年，法国图书馆邀请他展出50幅作品，他应邀去法国参加开幕式，并作集锦文苑。

江腾蛟（1893—1951）　扬州人，扬剧早期乐师、教师。早年因家贫辍学，曾充当军乐队演奏员。同时刻苦自学，专攻扬州清曲，吹、拉、弹、唱皆通，尤擅长笛子，并掌握了鼻孔吹奏笛子之特技。20世纪20年代初，应邀与葛锦华、戴惠芳等人到上海、南京演出“大开口”。“大开口”原是用小锣、小鼓等打击乐伴奏，经他提倡，改用丝竹乐器伴奏。另外，他参与了把扬州清曲《小尼姑下山》《活捉》等小曲目搬上舞台演出的工作。同时，他还把清曲“梳妆台”“滚板”“数板”“补缸”等曲调运用于舞台，丰富了“大开口”口腔的表现力。

1924年，扬剧第一个女子科班——新新社成立，他是该班的主要教师。为了适应女声的唱腔，他创用改弦换调的方法，衬托唱腔。这种方法在扬剧舞台上延续至今。他先后为扬剧界培养了不少有成就的演员，如金运贵、筱金楼、石玉红、王美云、颜玉君等。新中国成立后，江腾蛟在南京参加了力进扬剧团。1951年秋因伤寒，逝于南京夫子庙鸿运楼剧场。

徐悲鸿（1895—1953）　原名徐寿康，宜兴人。父亲徐达章是自学成才的画家，善画人物、走兽，兼长翎毛、花卉。1902年起，徐悲鸿学习书法，1903年随父学画，每日临摹吴友如的人物一幅，帮助父亲渲染画面次要部分的色彩。1908年至1911年家乡遇大水，他随父外出谋生，鬻字卖画。后担任彭城中学图画教员，兼任宜兴女子师范学校及齐思小学图画教员。1915年得一民间医师资助，离家去上海半工半读，在上海图画美术院入西洋画科学习，后考入震旦大学学习法文，结识高剑父、康有为。为哈同花园附设的仓圣明智大学画仓颉，获得一笔画资，1917年去日本，研究美术半年。后返回北京，应蔡元培之邀，任北京大学画法研究会导师，发表《中国画改良之方法》，主张“古法之佳者守之，垂绝者继之，不佳者改之，未足者增之，西方绘画之可采者融之”。1919年3月，由政府派去法国留学，考入巴黎高等美术学校，并拜法国写实画家达利为师。留欧期间，曾在德国学习，去瑞士、意大利等国考察，浏览古今艺术名作，并创作了许多作品。刻苦攻读8年后回国。翌年与田汉、欧阳予倩筹办南国艺术学院。应南京国立中央大学之聘，兼任该校教育学院艺术教育科教授，1935年任中央大学艺术科主任兼教授。1930年完成《田横五百士》《九方皋》《徯我后》。1933年1月应法国国立美术馆之邀，赴法举办中国画展；11月应意大利、德国、比利时之邀，赴各国举办中国近代绘画展览，在欧洲引起极大反响。1934年5月1日，中国绘画展在苏联莫斯科历史博物馆开幕，徐悲鸿在苏联考察访问，热情赞扬苏联社会主义文化。1937年抗日战争爆发后，随中央大学迁至重庆，继续任教。其后，去新加坡举办个人画展，将卖画所得全部捐献给祖国救济灾民。1939年底应印度诗人泰戈尔之邀，赴印度讲学，并举办画展，宣传抗日。1941年在吉隆坡、槟榔屿、怡保三城市举行悲鸿筹赈画展，呼吁海外侨胞为国出力，并将画展所得巨款全部捐献祖国。1945年，大病未愈，坚持在中央大学艺术系任教。1946年抗日战争胜利后，应聘任北平艺术专科学校校长。1949年4月出席在布拉格举行的保卫世界和平大会，7月当选为中华全国美术工作者协会主席，12月被政务院任命为中央美术学院院长。1953年9月23日，出席全国第二次文代会，担任执行主席；26日晨因脑出血逝世。文代会于28日为其举办公祭，将其安葬于北京八宝山烈士公墓。

徐悲鸿是中国杰出的艺术大师、伟大的爱国主义者。他一生以振兴民族文化艺术为己任，开拓了中西美术互学共进的新历程，在中国画、素描、水彩画、油画等方面，为中国艺术宝库增添了无数幅绘画珍品。他的水彩画《仕女图》（上海博物馆藏）描绘康有为的夫人，严谨而流畅，反映了他早期作品的写实风格；《女人体》（北京徐悲鸿纪念馆藏）则造型严谨，用笔生动，色彩通透、和谐，为中国水彩画中不可多得的杰作。主要油画作品有《远闻》《怅望》《箫声》《田横五百士》《徯我后》等。出版有《徐悲鸿油画集》《徐悲鸿素描集》等。其书法受康有为影响极深，对北魏精研尤深，中年后喜临《张猛龙》《郑文公碑》《爨宝子碑》。其寓后被改建为徐悲鸿纪念馆。

俞剑华（1895—1979）　又名德、琨，以字行，济南人。1918年毕业于北京高等师范学校图画手工科。曾任上海美术专科学校、东南联合大学、暨南大学教授。1949年后，历任华东艺术专科学校教授、上海画院副院长、南京艺术学院教授。擅长山水、花卉、书法，在中国美术史论研究方面成就尤大。其作品有《俞剑华画集》，编有《中国画论类编》《中国美术家人名辞典》，论著有《中国绘画史》《俞剑华美术论文集》等。

陈之佛（1896—1962）　又名绍本，别署雪翁，余姚人。1918年毕业于日本东京美术学校图案科。1923年回国，曾任上海艺术大学、上海美术专科学校、南京中央大学教授及国立杭州艺术专科学校校长。1949年后，任南京师范学院美术系主任，南京艺术学院副院长，江苏省文联、省美协副主席等职。前期主要从事工商图案设计，后期致力于工笔花鸟画创作。传世名作有《松龄鹤寿》《梅鹤迎春》。出版画集多种，有著作《图案构成法》《西洋美术概论》《艺用人体解剖学》《中国陶瓷图案概观》等10余种。在整理、研究和创新南京云锦等方面做出了显著成绩。

胡伯翔（1896—1989）　名鹤翼，南京人。出身于绘画世家，自幼从父胡郯卿习画。1913年随父至上海以绘画为业。在上海时曾与吴昌硕、王一亭、黄山寿等人加入中华书画社。1928年，胡伯翔和其弟胡伯洲与郎静山、钱景华、邵卧云、王大佛等人一起创办华社，曾多次举行影展。20世纪20年代，国人照相品材奇缺，兄弟二人一起一面研究摄影，一面自己动手试制干片和印相纸材料。

1930年，胡伯翔与朱寿仁、周瘦鹃、严独鹤等人创办东方图书出版社，出版《中华图书杂志》（简称《中华画报》，远销世界各地）。日军侵占上海后，《中华画报》被迫停刊。胡伯翔和其弟胡伯洲又与吴印咸、魏守忠、蔡俊三、金石声、陈万里、胡君磊、张印泉、李尧生、穆一龙等著名摄影家举办了摄影创作活动。其作品大部分刊登在《中华画报》《申报图画特刊》等刊物上，有些作品还参加了华社等影团举办的影展。胡伯翔的代表作《热力》《烟霞一老人》都参加了华社举办的影展；《晴麓》《石城晚归》《打麦》被刊登在《中华摄影杂志》上。

新中国成立后，胡伯翔曾任上海第一、三届人大代表和政协委员，后任上海中国画院画师。1989年在上海病逝，享年93岁。

刘海粟（1896—1994） 名槃，字秀芳，常州人。擅油画、国画。1912年与乌始光、张聿光创立上海图画美术院，1916年任校长。1926年上海市政当局发布严禁美专裸体画命令，刘海粟亦以“学阀”罪名遭通缉，1927年走避日本。1929年起赴法国、瑞士、比利时参观及举办个展。1931年回国，在上海、南京举办个展。1933年起往返于柏林、上海、雅加达、吉隆坡等地筹办中国现代绘画展览。1947年在上海举办个展。1952年任华东艺术专科学校校长，旋任南京艺术学院院长、名誉院长，中国美术家协会顾问。出版多种画册，培养众多美术人才，以画名世，书法造诣亦深。所书字幅无论大小，均厚重雄壮而又不失灵动。

宗白华（1897—1986） 原名之櫆，字白华，常熟人，生于安徽安庆。早年就读于南京，后入青岛大学、同济大学。1918年毕业后从事新文学活动，曾参加少年中国学会，并在上海编辑月刊《少年中国》及《时事新报》副刊《学灯》。1920年赴德国留学，入法兰克福大学，1年后转入柏林大学。1925年回国历任东南大学哲学系副教授，中央大学哲学系教授、哲学系系主任，并担任中国哲学学会理事，兼任中国哲学会编辑委员会、西洋哲学名著编辑委员会、中国哲学研究委员会委员，中国文艺社理事。1937年卢沟桥事变后，随中央大学迁至四川，在重庆与商承祚、梁思成等人组建中国艺术史学会，并再次主编《学灯》。抗日战争胜利后，随中央大学迁回南京，继续在哲学系任教。1949年后，任南京大学哲学系教授。1952年任北京大学哲学系教授，1960年任哲学系美学教研室主任。他学贯中西，是现代美学的开拓者，有译著《宗白华美学文学译文选》、康德《判断力批判》（上卷）、《罗丹在谈话和信札中》、瓦尔德赫斯《欧洲现代画派论选》。著作有《三叶集》（通信集，与郭沫若等人合作）、《流云小诗》（诗集），以及《美学散步》《美学与意境》《论文艺的空灵与充实》《略论艺术的价值结构》《中国诗画中所表现的空间意识》《唐人诗歌中所表现的民族精神》《论中西画法的渊源与基础》等。

段熙仲（1897—1987） 芜湖人，文学家，教授，江苏省劳动模范。1984年加入中国共产党。毕生献身于教育事业，先后在安徽第二女子师范学校、安徽大学、中央大学、南京大学师范学院、南京师范学院、南京师范大学任教。任民革江苏省委顾问、中国作家协会会员。一生治学严谨，学识渊博，对经史子集、诗词曲赋都有精深的研究和独到的见解。著有《〈仪礼正义〉校刊句读》《礼经〈仪礼〉句读》17卷以及《礼经释名》《水经注·疏证》40卷等。

邵时仁（1898—1967） 高淳沧溪乡人，20世纪50年代迁居丹湖乡丙扬村，高淳阳腔目连戏、徽戏鼓师。自幼喜爱戏曲，业余学艺。后入戏班，登台司鼓。曾长期与陈方正、谷昌铭、陈崇和、陈双木等人合作。其鼓风古朴、简练、大方，打鼓时腕力匀称，节奏鲜明、准确，能做到锣鼓与曲版衔接时不露痕迹，即使多次演奏同一曲牌，速度、强弱都能始终如一；讲求韵味，使唱腔和锣鼓浑然一体。他对徽、京的音乐也很熟悉。抗日战争胜利后，高淳春福班以每天一担稻的工资聘他做鼓师。1957年，邵时仁参加了县文教科组织挖掘传统剧目的工作。他与陈方正一起口述了阳腔目连戏剧本110出。1958年至1960年，受聘于江苏省戏曲学院目连戏班任教。之后，应安徽省徽剧团之邀到团传艺。他还与陈方正一起挖掘出高淳阳腔目连戏110出、曲牌160余支、锣鼓牌子20多支。

宋选之（1898—1967） 苏州人，昆剧教师。1917年毕业于江苏省第二师范学校二部，任教于望亭小学。早年，投师沈月泉学昆曲，习小生，瞒着家里人以假姓名参加演出。1930年后先后在上海交通银行、永大银行任职，在业余时间从事昆曲清唱和演出活动。1954年应苏州市文化局聘请，在苏州苏昆剧团任教师，为昆曲“继”字辈学员授艺，并兼任苏州市越剧团和苏州市锡剧团技导。1956年，宋选之到江苏省戏剧训练班任昆曲身段教师，将昆曲小生的各个角色的不同身段，分析综合成“指法”“水袖”“折扇”三大类，每类20节，每节有若干身段。为方便学生记忆，每节都用4句形象语言概括，深受学员欢迎。他还和扬剧老艺人合作，把昆曲《断桥》《琴挑》改编为扬剧；和黄梅戏教师合作，把昆曲《游湖借伞》改编为黄梅戏，教给学员。他在教学中要求严格，言传身教，受到学员的敬重。1958年后，戏剧训练班先后改建成戏曲学校和戏曲学院，他先后任昆曲班主任、地方戏曲系副主任。1962年任校务委员会委员，1964年退休，1967年病逝。

田　汉（1898—1968） 字寿昌，长沙人。早年在日本求学，曾回国参加“五四”运动，加入少年中国学会。1921年与郭沫若等人组织创造社，任中华书局编辑、大夏大学教授。后与欧阳予倩办南国剧社、南国艺术学院、南国电影剧社，从事戏剧活动。1930年加入中国左翼作家联盟。1932年加入中国共产党，任中国左翼戏剧家联盟党团书记、中共上海文委委员。此间曾率南国剧社两次来南京公演。1935年被捕囚于南京，被保释后仍从事戏剧活动，任国立南京戏校教授，与洪深组建中华舞台协会。1937年去武汉、上海等地，任军委第三厅八处处长，从事抗日宣传。1948年入解放区。新中国成立后历任文化部戏曲改进局、艺术局局长，中国戏协主席兼党组书记，全国文联副主席等职。一生著作甚多，有《田汉文集》《田汉剧作选》等。在南京期间作有《黎明之前》《卢沟桥》《晚会》等剧本。《卢沟桥》在南京首演，反响很大。

林散之（1898—1989） 原名以霖，早年号三痴，更名散之，晚号江上老人、聋叟，书作上常署散耳，江浦人。曾任江浦县副县长、南京书画院院长、中国书协名誉理事、江苏书协名誉主席等职。他是中国现当代著名艺术家，在诗、书、画三方面成就卓著，人称“三绝”。

赵朴初有诗赞其“庄严色相臻三绝，老辣文章见霸才”。他一生作诗2300余首，有诗集《江上诗存》传世。启功称其诗“惟杨诚斋或堪比附”（《〈江上诗存〉序》）。其绘画早岁师承黄宾虹，传其衣钵。其书法成就影响最大，学书“由唐入魏，由魏入汉，又转而入唐，入宋元，降而明清皆所摹习”（《〈林散之书法集〉自序》）。刻苦临池，数十年如一日，不求闻达。书法擅精各体，尤善草书，70岁以后名扬海内外，可谓大器晚成，被公认为“当代草圣”。有《林散之书画集》《林散之书法选集》《〈乙瑛碑〉林散之临本》等传世。

王万青（1899—1967）　扬州人，扬州清曲艺人、戏曲教师。出身于清曲世家，自幼学艺，得到清曲名家施元明的传艺，专工旦行角色，并能拉、弹、打各种乐器。嗓音清脆、明亮，咬字准确扎实，行腔委婉动听。年轻时经常与前辈黎子云一起唱曲，很快崭露头角。代表曲目有《秦雪梅》等，并灌有《秦雪梅吊孝》《九腔十八调》《马前泼水》《黑牡丹》等唱片。在长期的演唱过程中，他在唱腔上进行新的探索，从民间音调、戏曲声腔和生活音调中吸取音乐素材，博采众人，别创新声，几十年中编创了《玉美珍》等多种曲调，丰富了清曲唱腔的表现力。

新中国成立后，王万青加入了南京市实验扬剧团，在学员队中担任教师，并积极挖掘传统曲调。这些曲调被收入《扬剧音乐》一书中的就有40多首。另外，他还参加了《葡萄熟了的时候》《荆钗记》等戏的音乐设计和创作。1956年，王万青在江苏省戏曲训练班任教师。晚年任江苏省曲艺团教师。他授业无私，传艺严谨，培养了大批学生，并著有《扬州清曲唱念艺术经验》一书。

沈子善（1899—1969）　原名沈国宝，字子善，以字行，又名沈六峰，号六峰阁主，六合人。21岁毕业于江苏省立第四师范学校，27岁毕业于东南大学教育科，32岁任南京女子中学实验小学校长。应聘任河南大学教育系教授，兼系主任。1937年应邀赴九江，任复旦大学第一联合大学教授，兼代总务长，年底随校迁往重庆。此间兼负责《中国教育全书》编纂和国立编译馆编纂工作。1943年与沈尹默、潘伯鹰等人发起成立中国书学研究会，任总干事长；创办《书学》杂志，任总编兼社长。新中国成立后，在南京师范学院（南京师范大学前身）教育系教授“中国教育史”和“书法”等课程。书法创作和研究以学习王羲之为主，书风严谨，结字绰约，与沈尹默并称“江南二沈”。研究《书谱》，甚有时誉，人称“沈书谱”。专著《王羲之研究》以其体系性为人称道。他还开展大中小学书法教育，制订庞大而完备的计划，并逐步实施，培养出一大批著名书法家和书法教育家。

黄淬伯（1899—1970）　字脆白，晚年自谓垂伯，南通人。1920年以优异成绩为清华大学国学研究院录取，受业于王国维、梁启超两位大师。毕业论文是《慧琳一切音韵考》，是研究唐代西安地区音韵学的一项突破。王国维手批一“甲”字，以示赏识。此文后为中央研究院语言历史研究所刊印。黄氏未到而立之年即定居南京，先后任教于中央政治学校、中央大学、金陵大学。新中国成立后，先后任教于南京军事学院、南京大学。黄氏治印虽宗秦汉，但因早年在北京读书，故受陈衡恪熏染甚深。平生最爱有两方闲印，一是《静安门人》（王国维字静安），另一是《新会弟子》（梁启超是广东新会人）。1960年，胡小石主持江苏省书法篆刻研究会时，黄氏曾热心参与其事。重操铁笔，惜其不轻为人作。有《静文斋印存》两册。

陈方正（1899—1973） 高淳沧溪乡人，高淳阳腔目连戏、徽戏演员。自幼喜爱戏曲，农闲时拜师学唱目连戏和徽戏，并参加演出活动。20岁正式登台演出。他功底扎实，唱做俱佳，行腔、吐字严谨规矩，既不古板呆滞，也不以花腔讨俏，声、腔、字、情配合得当。因擅演净角戏，“大花脸”竟成了他的艺名。他能戏甚多，举凡净角应工戏，几乎无不能演。目连戏中《奏事》等出，尤为拿手。生、旦、丑等行当戏也能胜任，戏中唱词、曲牌背诵如流，被誉为“戏包子”，还能吹、拉、弹、敲各种乐器。

陈方正的徽戏表演也颇出色，1946年应邀参加了以徽戏老艺人组成的“寿星班”，在高淳县境及溧水乡间演出。拿手戏有《白马堂》等。1957年，高淳县文教科组织老艺人挖掘传统剧目，他与邵时仁一起挖掘整理出高淳阳腔目连戏110出、曲牌160支、锣鼓牌子20多支。1958年至1960年，他在江苏省戏曲学校目连班任教，为主课教师。接着，又到安徽省徽剧团任教。

潘玉良（1899—1977） 女，原名张玉良，字世秀。祖籍镇江，生于扬州。少曾沦为歌女。1918年起在上海美术专科学校、法国里昂国立美术专科学校、巴黎美术专科学校学习，后从意大利罗马美术专科学校毕业。1929年回国任上海美术专科学校教授、系主任，1931年至1937年任中央大学艺术系教授。后迁法国，任中国艺术会会长。曾多次参加国际画展，画作有《读者》《椅子上的少女》《浴后》等。雕塑作品有《张大千头像》《汪济远氏像》及铸铜《格鲁赛头像》《孟德梭雷头像》等。其遗作、遗物今已运回安徽合肥。

钱松喦（1899—1985） 号芭方，宜兴人。幼承家学。1923年毕业于江苏省第三师范学校，后在无锡美术专科学校教山水画和诗词课。1957年后历任江苏省国画院画师、副院长、院长，中国美术家协会江苏分会副主席，中国美术家协会常务理事、顾问，全国人大代表等。多次举办个人画展。作品有《长城》《南京新貌》《红岩》等。出版《钱松喦画辑》等多种画集，并著有《砚边点滴》。

钱南扬（1899—1987） 名绍箕，字南扬，以字行，平湖人，戏曲史家。1919年入北京大学国学门史文科，曾从许守白学戏曲，从钱玄同学声韵学，从刘子庚学词学，从戏曲学家吴梅学曲。1925年北京大学毕业后，先后任浙江宁波省立四中、绍兴省立五中、湖南省立三中国文教员和浙江大学文理学院助教。1930年任武汉大学中文系讲师，1956年在杭州大学中文系执教，1959年起任南京大学中文系教授。

钱南扬长期致力于中国古典戏曲的研究，对宋元南戏造诣颇深。宋元南戏来自民间，曾遭封建统治阶级禁毁。明清以来，宋元南戏剧本散失殆尽。辛亥革命前后，王国维《宋元戏曲史》、姚华《菉漪室曲话》相继问世，开创研治宋元南戏之学。1934年，赵景深所著《宋元戏文本事》出版；同年，钱南扬在北平《燕京学报》发表《宋元南戏百一录》，该文辑录了54种宋元南戏的残曲，引起学术界的重视。新中国成立后，钱南扬总结过去的研究成果，为可考的宋元南戏整理了一篇总目，计得宋元南戏167本，其中有传本者15本、全佚者33本、有佚曲可以辑录者119本，并分别对作品本事及曲义加以考证，辑成《宋元戏文辑佚》。钱南扬还从事民间文学和民俗学的研究。20世纪30年代初，曾同钟敬文等人在杭州发起成立中国民俗学会。曾任中国民间文学工作者协会顾问、中国民俗学会顾问、中国古代戏曲学会顾问、江苏省戏曲学会顾问、江苏省民间文学工作者协会名誉主席、江苏省民俗学会名誉主席等。

钱南扬创作和校注的南戏作品有：《戏文概论》《元本琵琶记校注》《永乐大典戏文三种校注》《汤显祖集·戏曲集》《汉上宧文存》以及《谜史》等。他的学术成就在国际上享有很高的声誉。1984年10月，中国戏剧家协会授予他“第一届全国戏剧理论著作奖”荣誉奖。

罗根泽（1900—1960）　字雨亭，文学理论家。1925年入河北大学中文系学习。1927年进清华研究院国学门，师从梁启超、陈寅恪、冯友兰等人。毕业后，历任河南大学、天津女子师范学院、河北大学、中国大学、安徽大学、北京师范大学、西北联合大学和中央大学教授。新中国成立后，任南京大学教授。

罗根泽学术研究涉及诸子、中国文学批评史及中国古史，为古史辨学派主将，著作颇丰。1932年、1937年先后主编《古史辨》第四册和第六册（为其研究古史、诸子之力作），考辨文章达40万字。其中，《战国前无私家著作说》《晚周诸子反古考》等篇有极高的学术价值。所撰《中国文学批评史》材料丰富、体例创新、分析细致，颇得学界好评。其《乐府文学史》为中国第一部研究乐府之专著。

周　琪（1900—1975）　字仁廉，南京人。自幼即酷爱书法，先后学欧阳询、颜鲁公、柳公权。后专攻颜鲁公，强调笔力沉着，结字宽博，行款疏朗。30岁后，即以擘窠大字驰名，为南京市老书家骆宗海之入室弟子。抗日战争后，在升州路弓箭坊一漆匠铺订润鬻字。为人狷介古板，所交者多为金陵名流学者。

钱瘦竹（1900—1978）　原名君易，无锡人，自称吴越王钱镠后裔。早年就读于无锡美术专科学校，受校长胡汀鹭熏染甚深。后去上海攻读同济大学土木工程，余暇雅好书法篆刻。在抗日战争胜利前后来南京定居，住珠江路双井巷。钱氏书法以写秦权诏版最为得意。林散之、高二适与之友善，分别有诗赞其用笔。钱氏篆刻融合皖、浙两派，结字峬峭，章法因印文变化，粗犷时不修边幅，秀丽时楚楚有致，刻小印尤佳。

张云鳌（1900—1978）　六合八百镇褚营村人，洪山戏早期演员，艺名张桂芳。幼从兄张云成学“香火内坛”演唱，1916年拜郝余洲为师学洪山戏，工正旦。因在六合六峰戏馆演唱时遭地痞侮辱，后又遭官绅压榨，愤而于1946年出家为僧，法号脱尘，1978年去世。张云鳌嗓音甜润，演唱感情充沛。在演《莲花庵》大夫人出家时，唱中带泪，叙中夹叹，将农村妇女哭新调糅进唱腔，感人至深。观众赞誉他的表演“使人抽泣成声”“木头人听了也伤心”。他曾传授许多艺徒，其中有后来成为上海市友谊扬剧团主要演员的丁曼华、潘秀英（小杏子）等。

童　寯（1900—1983）　满族，字伯潜，沈阳人。1925年毕业于北京清华学堂，后留学美国宾夕法尼亚大学建筑系，获硕士学位。回国后任东北大学建筑系教授及主任。1944年任中央大学建筑系教授。1949年后任南京大学、南京工学院建筑系教授，建筑研究所所长等。在南京设计的主要工程有国民政府外交部大楼及外交官邸、首都电厂、美军顾问团公寓AB大楼、铁道部大楼（位于萨家湾）、水晶台地质调查所（今江苏省地质局）、朝天宫故宫博物院仓库等。对建筑史论研究颇有成就，著有《江南园林志》《新建筑与流派》《近百年西方建筑史》《日本近现代建筑史》《苏联建筑》《造园史纲》《东南园墅》（英文版）等，在国内外皆有较大的影响。

唐学咏（1900—1991）　永新人，音乐教育家。1921年赴法国里昂，在中法大学海外部学习，次年入里昂国立音乐院，是当时入该院学习的唯一一个中国学生。1929年毕业，获得该院桂冠乐士学位。1930年至1937年任南京中央大学艺术系教授。1930年回国后，在音乐教学中坚持使用固定唱名法，是早年在国内专业音乐教育中推行固定唱名法的音乐教育家之一。在南京期间创作的作品有《胜利进行曲》（钢琴三重奏，1933年）、《正月十五日元宵节》（钢琴组曲，1934年）、《民国革命歌》（1934年）、《礼运大同》（《礼记》词，1936年）、《世梦》（李叔同词，1936年）等。

王敦化（1900—1991）　字畹芝，临沂人，书斋榜曰“小红词室”。早年求学于齐鲁大学，毕业后留校任讲师，后任教于青岛。抗日战争胜利后移家南京，执教于金陵中学。新中国成立后被调入汇文女子中学任国文教员。该校领导发现其长于金石、鉴定之学，遂推荐其入南京博物院任职，可谓人尽其才。王氏好古博学，对金石书画、碑版法帖有一定之鉴赏能力，尤其在版本鉴定上最为突出。毕生喜收藏，藏品颇富。刻印宗汉人法，在1935年汇编成《篆刻参考书传本书目》一册，由董坚叔题签。限于当时条件，此书不乏舛误之处。

吴昌国（1901—1940） 高淳花鼓戏艺人，拜师张铁匠，工花旦。唱腔甜润清丽，扮相风致妩媚，擅演《小辞店》《中辞店》《游春》等剧，人称“三绝”。他在《小辞店》中的唱功，婉转缠绵；在《中辞店》中的做派，描尽农村小镇妇女的刻骨思念；在《游春》中的扇子功、手巾功，在花鼓戏演员中堪称独步。这三出戏已成为花鼓艺术具有代表性的传统剧目。吴昌国在苏南、皖南一带被誉为花鼓戏花旦行的“盖三江”，有“吴昌国不来，戏不开台”之誉。吴在江宁一带演出时，遇一国民党军官令士兵抢去做妾，吴妻闻讯赶来，此军官始知吴是岸然丈夫。1940年秋末冬初，吴在家乡唱戏，当地伪乡长要吴去唱“堂会”，令他扮着戏装劝酒，吴断然拒绝。乡丁用枪逼着他边唱边劝酒。吴受此侮辱，当场气得吐血，回家后用剪刀将脸划破，不久后卒，年仅39岁。

刘少椿（1901—1971） 古琴演奏家，现代广陵派的第十代传人。原籍富平，1915年随父南下经营盐业，在扬州长期定居。少年时，其父曾聘请颇有名气的琴家孙绍陶到家中教他学习古琴3年。他还常与广陵派古琴世家王方谷之子王艺之切磋琴技，并遍访各派琴家。为了博采众长，又向川派及金陵琴家黄勉之求教，琴艺大长。1956年，中国音乐家协会、文化部、国家广播事业局联合举行全国琴人、琴曲调查搜集工作，刘少椿被邀至南京参加全国琴人录音，录下了《樵歌》《山居吟》《梅花三弄》《墨子悲丝》《平沙落雁》《龙翔操》《梧叶舞秋风》《良宵引》8首广陵派琴曲。该录音至今还保留在中国艺术研究院音乐研究所，是中国第一部广陵派古琴音响资料。1958年，刘受聘到南京艺术学院音乐系任教，与程午加、甘涛磋研编写古琴教材，培养了不少古琴演奏人才。

臧雪梅（1901—1972） 原名张少奎，诨号大狮子，镇江人，扬剧演员。少年失学后学唱花鼓戏，后师承扬州清曲名家施元明，在唱功上打下牢固的基础，先学闺门旦，后改唱小生。20世纪20年代初，与周四扣（旦）、许金福（老旦）、尤彭年（青年）、方少卿（小生）等人应邀到浙江省杭州大世界演出，而后辗转上海，进入南京。在以后的30多年中，他一直活跃在宁、沪、扬的扬剧舞台上。他的拿手好戏有《秦雪梅吊孝》《刘全进瓜》《琵琶记》《刁刘氏》等。

臧雪梅唱功扎实，嗓音圆润，身材匀称，扮相俊俏，既善于吸收古老剧种的表演程式，又能从生活中汲取营养，其戏生活气息浓厚。他在传统唱法的基础上吸收名家唱法，加上个人的体会予以融化发展，做到唱腔新颖，为观众所欢迎。他在《刘全进瓜》一剧中饰演李翠莲。唱《梳妆台》“十二根金钗”一段时，在原七字句的基础上，在三句腔中增加了51个字，首开堆字唱法，增强了表现力，对扬剧演唱艺术的发展起了重要作用。1932年，他积极倡导推动“大开口”（香火戏）“小开口”（维扬戏）合并，因而被选为上海市维扬戏公会副理事长。

1936年，南京发生了“禁演扬剧六十年”事件。当时正在南京金陵大戏院演出的臧雪梅被国民党当局扣押。卢沟桥事变后才恢复自由，重新登台演出。

新中国成立后，臧雪梅在南京参加了联三扬剧团，后被调入南京市实验扬剧团。1957年，他在南京市扬剧团与同行一道重新整理改编了《三审刁刘氏》，受到了好评。同年，又参加了江苏省首届戏曲会演，演出《琵琶记》中《咽糠》一折（饰蔡公），获大会奖状。晚年一直在江苏省青年扬剧团做教学工作。

罗化千（1901—1986）　新登人。毕业于上海中华艺术大学。擅长书法，精于北魏。“九一八”事变后曾义卖对联400余幅，救济东北灾民。新中国成立后，参加南京市书法家协会，被选为理事，并任聘为江苏省文史研究馆馆员。

唐圭璋（1901—1990）　字季特，南京人，文学家、词学家。1901年2月出身于一个清寒的塾师家庭。6岁即从父读书。8岁丧父。12岁母亲病故。13岁时由校长陈荣之资助，始入南京市立奇望街小学。1915年小学毕业，获南京市会考第一名，并于同年秋天考入江苏省立师范学校。1920年秋任教于六合县西门平民小学。1922年春考入东南大学中文系，师从吴梅学习词曲，在校时加入潜社。1928年秋毕业于中央大学（东南大学前身）中文系。从此，先后任教于江苏省立女子中学、南京中央军校、重庆中央大学、南京金陵大学。1934年曾参加组织如社。1946年曾在南京通志馆任编纂，编辑出版《南京文献》。新中国成立后，先后任教于南京大学、长春会计专科学校和东北师范大学。1953年秋，回南京师范学院任中文系教授。后任博士研究生导师、国务院古籍整理出版规划小组顾问、中国韵文学会会长、中华诗词学会名誉会长。1990年11月28日因心力衰竭，病逝于南京。著有《宋词三百首笺注》《全宋词》《全金元词》《唐宋词简释》《宋词纪事》《元人小令格律》《词学论丛》《词话丛编》等多部词学专著。其中，《词话丛编》获江苏省哲学社会科学优秀成果荣誉奖。主编的《唐宋词鉴赏词典》于1987年获全国优秀畅销书奖。

谢亦鸣（1901—1992）　桐城人。出身于书香门第。其父在上海时与吴昌硕为挚友，能诗词文赋，擅书法，对其影响至深。谢亦鸣能四体书，以汉隶最为传神。秦淮风光带多有其匾额题字。后任江苏省文史研究馆馆员。殁后，门人醵资刊印《谢亦鸣书法选集》，由沙曼翁题签。

程午加（1902—1985）　奉贤南桥镇人，琵琶演奏家。自幼从父学习江南丝竹，中学时在南京工业学校一边读书，一边随南京高等师范学校海门派琵琶家沈肇州、山东诸城古琴家王燕卿学习。1921年在上海复旦大学文科社会教育专业读书，参加郑觐文创办的大同乐会，随郑学习古琴、钟、磬等。后随琵琶演奏家汪昱庭学琵琶，随王巽之学古筝。1925年在上海组办俭德国乐团，拜海门派琵琶家施颂伯为师。1928年赴北京、重庆参加励志社战地服务社组织的演出活动。抗日战争胜利后在国立政治大学及国立音乐院任教授。1949年后先后在华东军政大学文艺系、山东大学艺术系、南京艺术学院音乐系任教。创作的作品有：《泰山观日出》《巴山夜雨》《自由万岁》《陆地行舟》《浦江码头》《勇敢的战士》《美丽的青春》《孔雀开屏》《钢花》《秋播》等。1957年，上海文艺出版社出版了程午加的专著《十番锣鼓》，后来该社又出版了他的《月琴、秦琴、三弦》一书。1959年，音乐出版社出版了他的《琵琶曲集》。由于当时该集未能包括他的全部琵琶曲目，20世纪70年代重新整理4册线谱琵琶曲集。

萧　娴（1902—1997）　女，字雅秋，号蜕阁、枕琴室主，贵阳人。康有为入室女弟子，并有诗称“应惊长老咸避舍，卫管重来主坫坛”。书法以“三石”（《石门颂》《石门铭》《石鼓文》）为友，擅长写篆、隶、楷、行诸体，尤喜作擘窠大字，常在丈二纸上写4个大字，气势雄浑、胆魄惊人，为高龄书家中之一绝。北京人民美术出版社、江苏美术出版社及贵州人民出版社均出版过她的书法选集。她多次在南京、济南、贵阳举办个人书展。任中国书法家协会名誉理事、江苏省书法家协会顾问、南京市书法家协会名誉主席，系江苏省美术馆一级美术师。贵阳市特在名胜古迹翠微阁修建萧娴先生书法作品陈列馆，用于存放萧老捐赠的100余件书法精品。

胡伯洲（1902—？）　胡伯翔弟。出身于绘画世家，自幼从父胡郯卿习画。1916年随父胡郯卿至上海以绘画为业。1928年，兄弟俩与郎静山、钱景华、邵卧云、王大佛等人一起创办华社，曾多次举行影展。20世纪20年代，国人照相品材奇缺，兄弟二人一起一面研究摄影，一面自己动手试制干片和印相纸材料。

1931年，胡伯洲参加《中华摄影杂志》的编辑工作，1936年兼任《申报图画特刊》编辑。当时《中华画报》和《申报图画特刊》刊登了许多义勇军、八路军、十九路军抗击日本侵略者的图片。兄弟俩又与吴印咸、魏守忠、蔡俊三、金石声、陈万里、胡君磊、张印泉、李尧生、穆一龙等著名摄影家举办了摄影创作活动。其作品大部分刊登在《中华画报》《申报图画特刊》等刊物上，有些作品还参加了华社等影团举办的影展。胡伯洲的代表作有《迎客松》《云雾沸腾》《庐山瀑布》《由一线天看蓬莱三岛》等。

1951年，胡伯洲曾任香港《世界电影》画报编辑，1956年任上海市印刷十一厂副厂长。

鲍春来（1903—1965）　扬州人，扬剧演员。幼年从叔父鲍荣贵学唱花鼓戏和扬州清曲，专工小花脸。1921年，同江德余、葛锦花、戴惠芳、孔少兰等人一起到上海大世界演出。同年，到南京、镇江、扬州、芜湖、汉口演出。20世纪50年代初来南京。1953年加入联三扬剧团，1955年加入南京市实验扬剧团。1958年被调入南京市戏曲学校任教师。1960年转入江苏省戏剧学校扬剧班任教师。1963年退休。

鲍春来的功底扎实，身段灵巧，演唱风趣诙谐而不俗，常与臧雪梅等人合作演出，是扬剧早期名丑之一，拿手好戏有《王道士拿妖》《打花鼓》《魏大蒜》等。他熟知扬剧传统剧目，晚年曾叙录60多出幕表戏及濒临失传的10多出定本戏，与人合作整理出版《打面缸》《打花鼓》《算命》等。1957年，南京市举行戏曲会演，他演出了传统戏《王道士拿妖》，受到好评。

高二适（1903—1977） 原名锡璜，晚号舒凫、麻铁道人等，东台人。民国时任立法院秘书，新中国成立后为江苏省文史研究馆馆员。善诗文，精书法，尤擅章草。其《新定急就章及考证》影印出版，是文字学力作。1965年发表《〈兰亭序〉的真伪驳议》一文，揭开“兰亭论辨”的序幕。书法以“二王”为宗，上攬皇象章草，旁掠张旭狂草，合而为一，自铸新体。章士钊曾盛赞其书法“挥洒极工，颇类南宫名札”。他出版有《高二适书法选集》。

范存忠（1903—1987） 字雪桥，上海崇明人。1927年毕业于东南大学外文系，1928年获美国伊利诺伊大学文学硕士学位，1931年获美国哈佛大学哲学博士学位，同年回国任中央大学外文系教授、系主任。任中国合作经济研究社理事长。1944年至1945年应邀赴英国牛津大学讲学、进修。1年后回国任中央大学外文系教授、文学院院长。1949年后任南京大学副校长、中国英语史研究会会长。主要著作有《约翰逊博士与中国文化》《英国文学论集》《英国史提纲》《英国文学史提纲》《中国文化在启蒙时期的英国》，与人合编《近代英国散文选》。

李清悚（1903—1990） 南京人。1926年毕业于东南大学教育科。1927年任南京市儿童教育实验区中心实验学校校长，并协助陈鹤琴、陶行知等人创立中华儿童教育社，任驻社常务理事。1933年创建南京市第一中学。1934年，中华儿童教育社组团赴日本参观教育，他被推任团长。抗日战争期间，他任国立社会教育学院教授兼电化教育专修科主任，并兼任中央大学教育系教授。1947年任政治大学教育系教授，1948年以中华儿童教育社代表资格接受美国国家教育协会奖学金赴美考察，入哥伦比亚大学师范学院，选学儿童教育和电化教育等5门课程。1949年回国，先后任上海师范学院、上海师范大学和上海师范教科所教授，上海市教育学会理事。著有《小学行政》《中学行政管理学》《上海近百年教育史》等。

王气中（1903—1991） 又名正旺，字拙存，合肥人。1930年毕业于中央大学中文系，1940年起历任河南大学教授、重庆大学教授、蒙藏委员会秘书、南京边疆学校教授、中央大学副教授兼训导处秘书、南京大学教授。著有《两汉文学史》《中国古代散文史纲》《艺概笺注》《刘熙载和艺概》等，另有论文《桐城派在中国文学史上的地位》《王勃评传》等。

傅抱石（1904—1965） 原名昌盛、瑞麟，新喻人。出身贫苦，聪敏好学，由邻里、师长援手，终以优异成绩毕业于南昌师范学校。由于徐悲鸿的赏识与推荐，得到熊式辉的资助，于1933年赴日本留学，学成回国，又由徐悲鸿介绍，被中央大学艺术科（系）聘为教授。新中国成立后，任南京师范学院美术系主任。江苏省国画院成立后，被任命为首任院长，直至1965年中风去世。

傅抱石的山水、人物画独步画坛，享誉海内外，其篆刻之工却为画名所掩。自幼即嗜治印，篆刻学赵之谦，已能乱真，并靠此活命。对于微雕，亦称拿手。1935年在日本东京举行个展时，金原省吾曾称誉云："君丰于艺术才能，绘画、雕刻、篆刻俱秀，尤以篆刻为君之特技。"傅抱石治印主张独创，他说："刻印不比学画，画可搬而印不可搬，画可不断临摹而印必须独创。"他解释独创为"既严肃认真，有典有则，而又奇兵突出，妙着频生"。其书画作品所钤印章，俱出己手。

张慧剑（1904—1974）　石台人，文学家，笔名辰子。20世纪20年代进入新闻界，为北京《舆论报》副刊编辑。1932年在南京主编《新民报》副刊。抗日战争胜利后迁至上海。新中国成立后，脱离报界，居南京专事著述。张慧剑一生著作甚多，诗歌、散文、杂文和剧本等皆有所涉猎，于历史研究亦有贡献。主要著作有杂文集《辰子说林》、电影文学剧本《李时珍》和注释《儒林外史》等。其遗著《明清江苏文人年表》搜罗详尽、资料丰富，为研究明清历史与文化之重要工具书。

胡宝安（1904—1985）　北京人，京剧乐师、教师。8岁拜耿永清为师学京剧弦子。1915年随搭班富连成，任月琴伴奏，后改任京胡和笛子伴奏。1924年起到李万春剧团担任京胡和笛子伴奏。前后16年间，在东北各城市及上海、武汉等地演出。1940年起，带领长子胡少安与周金莲合作，在石家庄演出。第二年与新丽蓉等人合作。1946年，父子二人南下至蚌埠、徐州、青岛等地演出。后胡宝安随武生王鸣仲到西安演出。1951年起，他加入南京新宁京剧团负责乐队和事务工作。1957年起，先后在南京市京剧团、南京市青年京剧团、江苏省京剧院青年京剧团任弦子。1961年到江苏省戏曲学校京剧系任音乐教师。他戏路宽，能熟练演奏几种乐器。在戏校任教时，负责吹弹乐器的教学，工作认真负责，为使学生易于掌握，年近花甲还孜孜不倦地学习简谱乐理。1973年退休。1985年病逝于南京。

卢　前（1905—1951）　原名正绅，字冀野，自号小疏、饮虹，别署江南才子、饮虹园丁、冀翁等，南京人，戏曲史论家，杂剧、传奇、散曲作家。1926年毕业于东南大学。曾在光华大学、成都大学、河南大学、中山大学、金陵大学、暨南大学等大学教授文学、戏剧。抗日战争胜利后，任南京文献委员会主任、南京通志馆馆长。1947年，随于右任到新疆巡视。1950年加入中国国民党革命委员会。

卢前"年十二三始，好韵语"（《〈弱岁集〉自序》），"十八从长洲先生（吴梅）学为曲"（《论曲绝句》）。与梁实秋、宗白华、郭沫若、闻一多、田汉、杨宪益、翦伯赞、任二北、张友鸾等人均有交往。一生编撰刊行作品甚多，有关戏曲史论、戏曲作品考证评论的著作有《明清戏曲史》《中国戏剧概论》《读曲小识》等；撰写的戏曲作品有《饮虹五种》（包括《琵琶赚》《茱萸会》《无为州》《仇宛娘》《燕子僧》）、《女惆怅爨》（包括《窥帘》《课孙》等杂剧）、《楚凤烈传奇》。此外，他还编印了《元人杂剧全集》《明杂剧选》《饮虹簃杂剧丛刊》《广中原音韵》《中州乐府音韵类编》《曲韵举隅》等戏曲作品集和工具书。

徐子权（1905—1968） 学名德舆，别名萤窗，署名有徐皋、紫裘道人等，祖籍海宁，昆剧曲友、编导、教师。生于上海，8岁开始读书，同时学习昆剧。9岁已能登台演出，所擅长的许多昆剧剧目均是其父徐凌云亲授。后又学京剧武戏《挑滑车》《铁笼山》等，受尚和玉亲授。徐子权毕业于上海南洋大学，后虽曾在东北军、北洋政府、航联保险公司及祖传实业中任职，却始终耽迷于戏曲。他与梅兰芳、程砚秋、俞振飞及“传字辈”艺术家均有交往，曾同台演出，切磋表演艺术，于昆剧艺术上有相当造诣，编、导、演、作曲皆能。

1956年，徐子权应江苏省戏曲训练班之聘任教师。1960年，被调入江苏省苏昆剧团，同时还多次应省、市各地戏曲团体之聘，为艺术顾问或导演。由他改编、作曲、导演的昆剧现代戏《活捉罗根元》，参加1960年江苏省首届青年戏曲演员观摩演出，获得极大成功，成为江苏省昆剧院保留剧目。1964年，江苏省京剧院参加全国京剧现代观摩演出的《耕耘初记》《再接鞭》，他都参与了导演工作。徐子权还擅长书法、绘画。

吕斯百（1905—1974） 江阴人。1928年毕业于中央大学艺术系。1934年毕业于法国里昂油画研究院。回国后，任中央大学艺术系教授、主任10余年。新中国成立后参加九三学社，兼任该社中央委员。先后被调任兰州师范学院艺术系、南京师范学院美术系教授。擅长油画风景、静物，其画作构图严谨，色调温和，用笔洒脱。1956年赴延安写生，1961年在南京、1962年在上海举办个人油画展。有《吕斯百画集》等。

彭献章（1905—1979） 六合四合乡鼓村人，洪山戏演员，艺名彭月楼。自幼爱唱洪山调，拜邱麟为师，专工小生。1924年满师后，挂牌首演于南京大行宫戏院，连演3个月。1944年，任新四军东南办事处洪山剧团团长时，曾领导该团创作演出许多抗日现代戏。1949年，彭一直为当地剧团做艺术辅导。

彭献章嗓音嘹亮甜脆、送音极远。他在扮演众多文武小生角色中，又以眼球运转灵活，甩发圈既多又快，并能深刻体现人物心情而引人入胜。彭饰演的主要角色有薛丁山、杨宗保、薛仁贵、吴汉等。

高月秋（1906—1978） 南京浦镇南门人。高家世业照相，但高月秋酷爱书画音乐，与程砚秋、张大千诸名流交谊甚深。1932年，乔曾劬来南京中央大学任教。不久，高月秋即拜乔为师学习篆刻。抗日战争爆发前，随乔师入川。乔曾劬牵头，召集徐镜、蒋维崧、曾绍杰、谢梅奴与高月秋等人组成印人团体巴人印社（又称巴社）。社团曾在重庆开展览会，后由高月秋负责编印《巴社印集》。高氏治印虽师乔氏，然不取奇诡险势，尤其中年后治印，结篆稳重，布局妥帖，用刀劲健为长，形成古拙凝重之印风。

吴白匋（1906—1992） 原名征铸，扬州人。1930年毕业于金陵大学，后曾在金陵大学、国立女子师范学院、苏南文化教育学院任教。1949年后历任苏南文协筹委、江苏省文化局副局长等职。1973年起任南京大学教授、江苏省剧协副主席、民俗学会名誉主席、锡剧研究会名誉主席。剧作有《义民册》《红楼梦》（锡剧，合写）、《百岁挂帅》（锡剧，合写），后者已被上海海燕制片厂拍成舞台剧。扬剧《袁樵摆渡》曾获1954年华东会演奖。昆剧《吕后篡国》于1980年上演后影响较大。吴白匋另有《白石道人词小笺》《凤褐庵诗词集》《吴白匋戏曲论文集》，又编辑《中国大百科全书·戏曲卷》。

朱　偰（1907—1968） 字伯商，海盐人。自幼从父朱希祖习古文，1923年考入北京大学经济系，1929年考取德国柏林大学政治经济研究生，获哲学博士学位。1932年回国，任中央大学经济系教授、系主任，抗日战争时期任国民政府财政部专卖司司长、关务署副署长等职，同时兼任中央大学、中央政治学校经济系教授。1949年后历任南京大学经济系主任、江苏省人民政府参事、省文化局副局长、省文物管理委员会副主任、省图书馆委员会副主任、南京图书馆馆长等职。1957年被错划为右派，在“文化大革命”中被迫害致死，1979年得到改正。朱偰著有《金陵古迹图考》《建康兰陵六朝陵墓图考》《元大都宫殿考》《明清两代宫苑建置沿革图考》《北京宫阙图说》《南京的名胜古迹》《苏州的名胜古迹》《江浙海塘建设史》《大运河的变迁》《中国运河史料选辑》《郑和》《中国人民开发台湾反对侵略斗争史略》《玄奘西游记》等，文学作品有《汗漫记》《行云流水》《越南受降记》等。

范儒林（1907—1971） 原名汝霖，和县人，京剧演员。自幼学京剧及操琴，10余岁取艺名小艾虎，于上海旅社中自拉自唱，卖艺求生。数年后，梅兰芳发现他的艺术才能，作主让他拜梅剧团徐兰沅为师。师徒二人同赴北京。在北京，徐请宋继亭教他文戏，请沈富贵教他武戏，自己则每天为他吊嗓及正腔、正字。范儒林在一次堂会后失嗓，南归。流寓南京京昆名票甘贡三家，为甘之子女教戏。1937年梅剧团来南京，范再随徐兰沅北上，1942年复返甘家寓居。1949年至1959年，范儒林以于南京各机关、学校授徒为生。1959年秋，上海京剧院聘他任教该院学馆。1969年，范儒林从上海退休，回南京后于1971年病故。

刘天红（1907—1975） 原名刘鹤庆，字叔诒，新宁人，京剧演员、教师，工老生。生于南京，6岁随父母学戏，取艺名刘天红，与母同台演出，同时随张德福学谭派、汪派戏。9岁在上海凤舞台搭班，又学了《扫松》等麟派戏。12岁已挂头牌，13岁随欧阳予倩至南通更俗剧场演出，后至苏州、杭州、济南、青岛、南京等地献艺，以汪派须生蜚声南北。大中华、百代、高亭等唱片公司先后为他灌制了《失街亭》《探母回令》《朱帘寨》《张松献地图》《马前泼水》《受禅台》《打严嵩》《庆顶珠》《卖马耍锏》《打侄上坟》《四郎探母》等唱片。

刘天红20岁时去北京，在陈秀华门下学会了多出余派戏，与荀慧生搭班，易名刘叔诒，改唱余派。在北京期间，曾得到余叔岩的指点和琴师李佩师、鼓师杭子的帮助。1934年应邀由北京返回上海。“八一三”事变日本侵略者侵占上海后，他离开舞台，在家为学生说戏教戏。

1958年，刘天红应聘至上海音乐学院任教。1959年来南京任江苏省京剧院创作研究部主任，同年11月至江苏省戏曲学院，先后任校务委员、戏剧研究室副主任、京剧系（科）副主任等职，直至1975年因病去世。刘天红在教学上要求较严，注重对学生的启发，勤勤恳恳，一丝不苟，培养了不少京剧演员。

续明清（1907—1978）　京剧票友。居南京内桥，开办石灰店，拥资颇丰。经华子献介绍，与来南京演出的京剧名角梅兰芳、筱翠花、李世济、童芷苓、荀慧生、尚小云、马连良、谭富英、裘盛戎、张君秋、赵燕侠、言慧珠、李如春、赵荣琛、李万春等人结识。他热情招待艺人食宿，并尽力介绍其他票友前来见面，同时向名角问艺，名角也借此与票友切磋技艺。久之，续明清成为南京票友与名角之间联系的活动家。他醉心马连良的表演，曾二次邀马连良来家，一起深入切磋技艺，在艺术上得到提升。因为他的马派唱腔掌握得好，票友们誉他为“南京马派第一”。

丁吉甫（1907—1984）　南通人。毕生从事于书法篆刻研究与创作，先后任教于华东艺术专科学校、南京艺术学院。1960年，江苏省书法印章研究会成立后，他积极参与其事。20世纪70年代，丁氏为弘扬篆刻艺术，联络全国造诣较高的篆刻家，收集资料、印蜕，后于1980年出版由其主编的《现代印章选集》。该书计收98人作品。在彼时条件较困难的情况下，能成此书，实在是印坛盛事。

黄显之（1907—1991）　湘潭人。擅长油画，1928年考入国立西湖艺术专科学校，1935年毕业于法国巴黎美术学院，其作品参加法国春季沙龙展览。1938年后任教于桂林师范学校、重庆师范学校，历任中央大学艺术系教授、南京大学艺术系主任、南京师范大学美术系教授、南京市美协主席。作品有《樱桃》《今日东篱分外明》《晚年》等。

黄友葵（1908—1990）　湘潭人，声乐教育家。自幼爱好音乐，启蒙于教会学校，10岁开始学钢琴。1926年考取南京金陵文理学院攻读生物专业，后转入苏州东吴大学主修生物学，兼习化学、数学及钢琴。1930年转入音乐系主修声乐演唱，1933年获学士学位。后返回东吴大学创办音乐系，同时师从声乐教授苏石林继续深造。20世纪30年代中期，经常在上海、南京、苏州等地举行独唱会，并与上海工部局管弦乐队合作演出。1939年任昆明国立艺术专科学校声乐教授。1940年后受聘于创办在四川后迁院于南京的国立音乐院，任该院的教授兼声乐系主任。其间曾举行多次独唱会。新中国成立后，任南京大学及南京师范学院声乐教授。1958年任南京艺术学院声乐教授兼音乐系主任，后又任副院长。她是中国最早的女高音歌唱家之一，声音属抒情兼花腔。1960年当选为中国音乐家协会江苏分会第一届主席，1980年、1985年连任第二届、第三届江苏分会主席，直至逝世。1989年，其著作《论歌唱艺术》一书由湖南人民出版社出版。1990年9月1日因肺心病逝世于南京。

陈白尘（1908—1994）　原名增鸿、征鸿，淮阴人。读中学时即发表诗歌、小说，17岁时以短篇《另一世界》获《小说世界》杂志征文奖。1926年考取上海文科专科学校，后转入上海艺术大学、南国艺术学院，随田汉参加进步艺术团体——南国社。1928年秋辍学，参与摩登社、南风社，同时有一批中长篇小说问世。1932年“一・二八”事变后，因任反帝大同盟淮阴分盟负责人和共青团淮阴特委秘书长被国民党逮捕。出狱后，投身中国左翼作家联盟，积极创作。其短篇小说《小魏的江山》被茅盾编入《一九三六年最佳小说选》。抗日战争爆发后，陈白尘投入抗日戏剧运动，组织上海业余剧人协会，任文艺界抗敌协会理事。抗日战争胜利后，主编中共《华西日报》，任《文汇报》副刊《新文艺》编辑。1948年参与筹建地下上海戏剧电影工作者协会。1949年后历任上海市军管会文艺处处长、上海戏剧电影工作者协会主席、中华全国电影工作者协会常委、上海电影制片厂艺委会主任、文化部剧本创作室主任、中国作协理事兼秘书长、《人民文学》副主编。1965年被调入江苏省文联工作。1978年受聘为南京大学教授兼中文系主任，组建戏剧研究室，招收研究生，为全国综合性大学之首创。同时任中国剧协副主席、中国影协名誉理事、江苏省文联和作协名誉主席。陈白尘一生作品甚多，主要剧作有历史剧《金田村》《大风歌》，电影《乌鸦与麻雀》《宋景诗》《鲁迅传》，多幕剧《魔窟》《乱世男女》《秋收》《大地回春》《结婚进行曲》《岁寒图》《升官图》，独幕剧《禁止小便》《未婚夫妻》，改编剧《阿Q正传》，戏剧理论著作《戏剧创作讲话》《中国现代戏剧史稿》等。其中以讽刺喜剧创作享誉中外，如《升官图》等，另有散文集《云断梦忆》等。

顾无为（生卒年不详）　本姓汤，南京人，出生于光绪年间，文明戏演员、戏剧活动家。宣统年间投身于文明戏活动，活跃于南京、上海、武汉等地。曾与郑正秋、任天知、欧阳予倩等人同台演出。1915年为编演《皇帝梦》讽刺袁世凯称帝，曾被袁秘密逮捕欲置死地。袁败，顾出狱，继续演出文明戏。曾于1917年至1918年在南京、武汉、南昌、上海等地建导社，培养文明戏后备力量。1921年在南京创雅集剧院。1931年与陈野禅等人在南京创标准京剧团。后又倾家财于淮清桥创“南京大世界”游乐场，场内经常有京剧、滑稽戏、道情戏、滩簧戏及文明戏的演出。为招徕观众，他曾演出京剧连台本戏《樊梨花》，并将京剧《玉堂春》移植改编成文明戏演出，又为道情戏、滑稽戏、滩簧戏整理传统剧目、排练新剧目，还将一些文明戏剧目改编成地方戏上演。1937年，“南京大世界”游乐场毁于火灾，顾无为离开南京，后殁于香港。

顾无为活跃于南京舞台数十年，在表演艺术上有相当造诣。卢前在《冶城旧话》中说：“顾无为口齿甚清，仪表亦佳，当时（指清末民初）所谓正生、大口，南北无其左者。”

梅凤贻（生卒年不详） 祖籍湖北（一说河南），清末溧水民间花鼓戏艺人。随祖父落户溧水，3岁丧父。10岁拜某京昆戏班张师傅为师，改姓张，学闺门旦。20岁返家，复姓梅，以织布为业，并在“堂子”教戏传艺。母死后组班演唱花鼓戏。梅凤贻嗓音流丽柔和，表演能融入京昆门旦艺术，注重文静、妩媚、纤巧，形成独特风格，门徒很多，世称“梅门”，为江南一带流行之花鼓戏中一重要艺术流派。皖南花鼓戏艺人又称之为“下路戏饭”或“外江派”。

张月娥（1909—1956） 原名张文龙，字海青，扬州邗江县公道桥人，扬剧演员。自幼喜唱香火戏，其启蒙师傅为许云山。12岁离乡到上海加入香火戏班（后改为维扬大班，俗称“大开口”）学艺，工旦角，后改唱小生，兼唱老旦和丑角。他的唱腔格调鲜明，具有高昂、奔放、朴实的特点，有着浓郁的地方色彩和感情变化。擅长“堆字”唱法，能把多句唱词连在一起，越唱字堆得越紧，最后甩一甩腔，把情绪推上顶峰，博得观众热烈掌声。他的这种演唱风格，是当时扬剧名旦胡玉梅（小皮匠）唱腔的衍化与发展。“大开口”“小开口”（维扬文戏）合并后，他很快掌握了“小开口”的唱腔，并能把“大开口”的粗犷风格与“小开口”善于叙述的特点融合在一起。他还向京戏学习武功等表演艺术。20世纪30年代在上海维扬戏舞台上，他已是一个唱做俱佳的名演员，演出的《三请樊梨花》《十二寡妇征西》《王宝钏》《吴汉杀妻》等，受到观众好评，被誉为维扬戏“四大名旦”之一，人称“江北梅兰芳”。

1941年，他到南京组班演出，邀请很多知名演员，增加演出点，经常在下关、城中、城南3处演出，有时还赴扬州、镇江、芜湖、蚌埠等地演出，最多时同组7个班，扩大了扬剧的影响和流传地域。1949年后，他把剧团名称改为力进扬剧团。1950年，剧团演出了周镜泉等人创作的现代戏《枪毙恶霸地主萧月波》，连演80多场，轰动南京。1951年，力进扬剧团改建为南京市实验扬剧团，他任副团长队，培养了一批青年演员。他积极挖掘传统剧目，与人合作整理出版《鸿雁传书》及传统曲调几十首（其中11首收入《扬剧音乐》一书）。1954年，他参加华东戏曲会演，获奖。1955年，被调入江苏省扬剧团工作。1956年病逝。

宋时雨（1909—1974） 艺名宋喜云，绰号小狗子，六合八百岳阳村人，洪山戏演员，原系塾师。1926年从舅父赫宗仁习艺，专工老生，满师后即为郝东方班挑大梁演员。抗日战争期间，先后数次领班演唱于天长、六合、仪征等地，并在演出活动中两次救护过新四军的地方干部。新中国成立后就职于南京新声扬剧团。1957年回乡劳动。1974年病故。宋时雨善于按照自身嗓音条件，独创腔韵；长于根据人物性格，发挥激情。他饰演《秦香连》中的王丞相、《斩老龙》中的魏徵、《九更天》中的马义等人物形象，得到观众普遍赞扬。

沈祖棻（1909—1977）　女，字子苾，海盐人。1934年于中央大学毕业后入金陵大学国学研究班，1942年后历任金陵大学、江苏师范学院、南京师范学院、武汉大学教授。在南京期间曾结社土星笔会。作品有《辨才禅师》《茂陵的雨夜》《厘山的风浪》《马嵬驿》《苏丞相的悲哀》等。她善于运用心理分析的方法写历史题材小说。后专于古诗词，著有《涉江诗稿》《涉江词稿》《古诗今选》（与程千帆合作）及《宋词赏析》《唐人七绝诗浅释》，另有新诗集《微波辞》。

高金保（1909—1983）　高淳东坝镇人，京剧武生演员。6岁随兄入孙标班学艺，9岁登台演出。1931年高淳遭大水，他随班进入南京，演出于下关京都大戏院，与盖叫天同台。盖见他年轻英俊，功底扎实，特推荐代为主演《白水滩》中之十一郎。演出获得成功，高遂取艺名高小培。高在与盖同台期间，得盖指导，技艺猛进，后于苏皖地区声誉益佳，其演出之《南阳关》尤为时人称赞。擅长之剧目还有《闹天宫》《走麦城》《临江驿》《狮子楼》《北汉王》《斩经堂》等。

20世纪50年代芜湖地区花鼓戏剧团成立，高金保任该团艺委会委员、技术指导兼武功教师。先后为皖南地区京剧、花鼓戏、黄梅戏培养青年演员数百人。他年逾花甲仍坚持练功、辛勤教学，于1975年完成《练功十八法》与《剑法三十三式》之整理、编写、付印工作。1978年某日凌晨，他舞剑时头撞木桌，虽经抢救脱险，但因脑内血管破裂未能及时发现、治疗，久病后于1983年1月13日逝世。

郑山尊（1909—1984）　原名岳，笔名拾杏，苏州人，戏剧活动家。1932年秋开始参加左翼戏剧家联盟蓝衣剧社的秘密活动，1933年5月加入左翼戏剧家联盟。1935年10月加入中国共产党。1936年5月遭国民党逮捕，以“危害民国罪”被判刑2年。1937年9月因第二次国共合作被提前释放，即作为“救亡演剧十一队”代表，在上海及上海郊区进行戏剧救亡活动。1938年10月到新四军工作，历任新四军教导总队俱乐部指导员、政治部宣传干部、抗大九分校教育科副科长、苏中二地委《滨海报》编辑、江宁县政府秘书及代理县长、茅山地委文教科长、新四军十六旅政治部宣传科科长。1949年10月，被调任江苏省文化局副局长。1965年，又被调入江苏省人民委员会视察室任视察员。1978年9月，回江苏省文化局当顾问，受局党组织委托，分管昆剧和曲艺。

郑山尊一生都在为开展共产党的戏剧活动而努力工作，新中国成立后主要从事戏曲的组织领导工作。他广泛团结戏曲界的专家、学者、艺人，切实有效地贯彻了党的戏曲工作方针，为繁荣戏曲、培养人才、挖掘继承优秀文化遗产做了许多工作。他参与筹划和具体操办了多次昆剧界的大活动，例如：1956年9月，第一次昆曲观摩演出；1962年底，苏、浙、沪昆剧观摩会演；积极推动改编演出现代戏，1962年，其倡议改编的昆剧现代戏《活捉罗根元》演出后受到好评。1976年后，他亲自撰写了《租界三月记》《英烈花》《翠红山》《美缘记》等昆剧现代戏剧本。他致力于昆剧“抢救、继承、改革、发展”方针的实施，尽管年事已高，仍于1983年亲自带领江苏省昆剧院演艺团赴北京演出。直到1984年5月28日猝然逝世的当天，他仍在为江苏省昆剧院的工作和筹备诞生百年纪念活动而操劳。

徐平羽（1909—1986）　原名元健，高邮人。早年就读于上海大夏大学。1930年加入中国共产党，从事统战工作。第三次国内革命战争时期，任华东野战军随营军政干校政治部主任。1949年后任南京市文教接管委员会主任，华东军政委员会教育部高等教育处处长，南京市教育局局长，南京博物院院长，南京市文联副主席、主席，上海市政府秘书长，上海市委宣传部副部长，文化部副部长等职。

陈瘦竹（1909—1990）　无锡人，文学理论家。1933年毕业于武汉大学外文系。曾任国立编译馆编译、戏剧专科学校教授、中央大学中文系教授。新中国成立后，在南京大学任教，为中文系教授、系主任。曾任江苏省文学艺术界联合会副主席、中国话剧文学研究会名誉会长和中国喜剧文学研究会会长等。长期致力于中国现代文学、中外戏剧理论的教学和研究，并从事文学创作。著有《现代剧作家散论》《戏剧理论文集》《论悲剧与喜剧》（与沈蔚德合著）等。其中《论悲剧与喜剧》于1984年获中国戏剧家协会戏剧理论著作奖、江苏省1979—1984年哲学社会科学优秀成果荣誉奖。

陶　白（1909—1993）　笔名东方既白，江阴人。1931年在上海从事抗日活动，后加入中国共产党。1938年起历任新四军教导队教员、抗大五分校主任教员、宿迁县宣传部部长等。1949年起历任无锡市军管会文教部部长、苏南文教处处长、江苏省教育厅副厅长、宣传部代部长、南京体育学院院长、江苏省高教厅厅长等职。著有《知识分子问题》《劳动教育讲话》《陶白诗选》及杂文等。

吴天石（1910—1966）　原名毓麟，南通人。早年就学于通州师范学校，参加左翼文化运动。1932年毕业于无锡国学专修学校，先后在南通崇英女子中学、聊城师范学校、济南乡村师范学校以及南通中学任教，并参加抗日活动。1943年后任县政府秘书、专署文教科科长、江海公学副校长、苏南公学校长。1952年起历任江苏师范学院院长，江苏省教育厅副厅长、厅长等职。“文化大革命”中与夫人李敬仪同遭迫害致死，后得到改正。吴天石毕生从事教育理论研究，重视“双基”，重视职业教育，重视师资队伍建设，特别是对改进中小学语文教学等有系统论述。著有《甲申记》（剧本）、《教育书简》等，有合著《谈谈我国古代学者的学习精神和学习方法》。

赵贯一（1910—1973） 又名赵达、赵贯义，回族人，京剧演员、教师。从小喜爱京剧，13岁拜师学戏并经常参加堂会演出。1933年在银行工作时，在业余时间钻研余派艺术。1937年，余叔岩为他说过《失空斩》《洋羊洞》《搜孤救孤》《上天台》等戏，后于1938年正式收他为徒。他正确掌握余派唱、念的发声和气息运用方法，在舞台上声音清澈圆润而又浑厚坚实，酷似其师。1939年，余劝他组班唱京剧，但由于家里反对而未成。新中国成立后，他到钱宝森打把子温习所学习。1953年起，先后在北京、天津、石家庄等地参加专业剧团演出。1958年入江苏泰州京剧团，并兼任泰州戏曲学校副校长。剧团改为扬州市京剧二团后，他参加创作并演出了现代京剧《战士故乡》《柯山红日》等。1961年到江苏戏曲学院京剧系任教，对学生严格要求，关怀备至。所教的《法场换子》在1963年公演时，受到南京观众的好评。他演唱的《摘缨会》《宿店》曾分别被中央人民广播电台、上海人民广播电台录音、播放。

赵瑞年（1910—1975） 高淳双塔乡人，京剧演员。14岁进春福班拜丑角张松柏为师。聪明机灵，幽默诙谐，唱、做、念、打皆为上乘，曾享盛名于高淳戏曲界。其于《九锡宫》中扮演的程咬金、《乌龙院》中扮演的张文远，最受观众赞誉。另外，在《女起解》《莲花庵》《红鸾禧》诸剧中扮演的崇公道等角，也颇受观众欢迎。1949年后，在高淳农村以及安徽宣城、宁国等地辅导农村业余剧团排练剧目，传授技艺，培养之业余文艺骨干达数百人。

张　辰（1910—1986） 南京人，金陵名宿张金鉴之子。张家为金石书画世家，藏古玩与历代印谱甚丰。张金鉴于清末曾任江西县令，后返故里即唱酬文艺，与当时文士，如王东培、蔡超伯、杨复明、仇涞之诸公极友善。张辰幼时耳濡目染，加之于书法篆刻用力甚勤，故能四体书，以铁线篆、楷书最传神。其篆刻以汉铸印、秦小玺见长。张辰毕业于金陵大学化学系，抗日战争胜利后为南京第二中学校长。新中国成立不久，被调至南京师范学院化学系任教。

杨建侯（1910—1993） 无锡人，擅长油画、国画。1935年毕业于中央大学艺术系。历任重庆国立艺术专科学校讲师，桂林艺术专科学校、南京金陵大学、南京大学、南京师范学院、南京师范大学教授，江苏省美术家协会副主席、南京市美术家协会顾问、中国美术家协会会员。油画作品有《解放南京》《家庭访问》等，著作有《人物画基本技术作法》等。

倪成模（1911—约1968） 南京人，世居仓巷。其父曾入两江藩署幕。其时书画名家黄山寿常客藩署，其父曾得其指授。倪成模自幼即好刻印，深得庭训之益。治印学吴昌硕，甚有所得。新中国成立后遂以卖印为生，曾挂牌贡院西街。20世纪50年代曾应滁州琅琊山寺僧超然和尚之邀，赴琅琊山刻摩崖多处，回南京后即在家为人治印。自制楠木小章，为群众刻私章应急，立等可取。

陈国桦（1911—1970）　梅县人。1933年毕业于燕京大学。曾任《民声报》《南洋日报》等报纸主编、编辑，后历任中央大学、中山大学、南京师范学院教授。从事英国文学和希腊文学的教学和研究。主要译著有《特洛国的妇女》《教会史》《苏涅洛夫大元帅》《希腊抒情诗选》《裴欧沃夫》《农妇》等。

冯四知（1911—1984）　南京人。1930年考入上海大学商学院银行系，1933年获商学学士。此时，他开始与摄影结缘，并将其作为终身职业。20世纪30年代初是他摄影成熟的阶段，拍出了一批优秀作品。他拍摄的《藤影翩跹》曾于1932年在芝加哥国际博览会上展出。

1936年，他与金石声、蒋炳南在上海组织鹰社，编辑《飞鹰》杂志。同年6月在南京华侨招待所举办了冯四知摄影展，展出作品105幅。其《雾敛》和《良宵》分别被刊于1936年第6期《飞鹰》杂志的封面和里页。同年，《黄山雪松》获《上海申报》举办的黄山摄影比赛第一名。

1939年，他在重庆国民政府中央通讯社任摄影组组长；1943年被调到重庆中华教育电影制片厂，1947年到长春电影制片厂任摄影组副组长。1949年上海解放后，他一直在上海电影制片厂任摄影师，先后拍摄了《大地重光》《翠岗红旗》《铁道游击队》《凤凰之歌》《宝莲灯》等影片。《翠岗红旗》曾于1953年8月在捷克斯罗伐克卡罗维发利第七届国际电影节获摄影工作奖。1956年中国摄影学会（后改名为中国摄影协会）成立时，他作为特邀代表，被选为中国摄影学会理事。1960年中国摄影学会上海分会成立时，他当选为常务理事。1984年在上海逝世，终年73岁。

萧亦五（1912—1977）　原名毅武，光华人，戏曲活动家、作家。出身于贫苦家庭。1937年在抗日淞沪前线作战时，左腿严重受伤，后独自扶杖辗转至武汉。截肢后，开始以抗日经历为题材写作纪实文学。武汉沦陷后，他随老舍辗转至重庆国立编译馆工作，继续创作并发表了一些散文、小说及曲艺作品，同时被吸收为全国文艺界抗敌协会会员。人民解放军解放南京后，他任南京市军管会文艺处民间艺术组组长，参加全国第一次文代会。1955年任南京市文化局副局长。1957年被错划为右派。1977年因脑出血去世。

在南京期间，他组织了3届南京市戏曲会演，推动了南京市戏曲工作的开展；先后组织、指导了扬剧《枪毙恶霸地主萧月波》《跳出迷魂津》《黑户》，京剧《唇亡齿寒》《信陵公子》，越剧《汉奸特务王纪鹏伏法记》等剧目的创作和演出；大力支持京剧《凤鸣关》《封侯恨》《过巴州》《一匹布》，扬剧《算命》《王道士捉妖》《荆钗记》《魏大蒜》《刁刘氏》等传统剧目的挖掘、整理工作，并参加对王少堂的扬州评话《武十回》《宋十回》《林十回》

《卢十回》的录音，写下上千万字的记录稿，对《武十回》中的个别回目还做了文学性的整理，连同对王少堂扬州评话的研究文章，发表在《南京师范学院学报》上。

马思聪（1912—1987） 海丰人，作曲家、小提琴演奏家。读小学时学过风琴、口琴、月琴。1923年去法国，就读于南锡音乐院，后去巴黎师从奥伯德费尔学小提琴，继而考入巴黎音乐院布舍里小提琴班。1929年回国，在广东戏剧研究所附属管弦乐队任指挥，并担任小提琴独奏。还在上海、南京、广州举办小提琴独奏会。1930年再次赴法，随比内鲍姆学作曲，次年回国。1933年至1937年任教于南京中央大学音乐系。20世纪50年代末在南京举办过小提琴独奏会（钢琴独奏为夫人王慕理）。1966年11月移居美国，入美国籍。在南京期间的作品有：《降B大调钢琴三重奏》（1933年）、《G大调小提琴奏鸣曲》（1934年）、《摇篮曲》（小提琴狂奏曲，钢琴伴奏，1935年）、《F小调小提琴奏鸣曲》（1935年）、《第一回旋曲》（小提琴独奏曲，钢琴伴奏，1937年）、《永生》（男中音独唱曲，管弦乐伴奏，1937年）等。

孙　望（1912—1990） 原名孙自强，字止畺，晚号蜗叟，张家港人。1937年毕业于金陵大学文学院中国文学系，获学士学位。历任金陵大学、南京师范学院中文系教授、系主任。曾任中国作家协会江苏省分会常务理事、副主席、顾问，江苏省高等学校中国语言文学教育研究会会长等。长期从事古代文学的教学和研究，亦写诗，著有诗集《小春集》。论文专著有《王度考》《〈箧中集〉作者事辑》《韦应物事迹考》《〈莺莺传〉事迹考》（以上均收入《蜗叟杂稿》和《南京与唐诗》等）以及《元次山年谱》《全唐诗补遗》《元次山集校订》《元结评传》。

鲍传铎（1912—1991） 宝应人，人称“诗礼传家，书香门第”。能四体书，刻印自秦汉入，30岁后一改初衷，学黄牧甫，追求印面平正无斑驳，线条坚挺，有一定装饰性。弟翰青留学日本，20世纪50年代为江苏省政府副秘书长，喜爱金石书画，后被调至南京博物院任副院长。

舒　模（1912—1991） 原名蒋树模。1931年入南京国立中央大学教育学院艺术系音乐专业学习中提琴，师从马思聪，1935年毕业。1937年11月，他在南京加入抗战剧团，该团不久被改编为抗敌宣传队，他加入抗敌演剧第一队。1938年8月，创作了《军民合作》词曲：“你在前面打，我在后面帮……大家同心合力干，不赶走鬼子心不甘！”这首歌很快在全国流传开来。随后，他创作了《武装上前线》《学生进行曲》《叮叮当》《保卫家乡》等富有战斗气息的歌。1940年起，写了《保边疆》《无家别》《破敌歌》《反法西斯进行曲》等许多歌曲。1942年创作的《你这个坏东西》，揭露大发国难财的吸血鬼，在社会上很有影响。1943年，他又写出了欢快活泼的《大家唱》，这首歌在社会上也很流行，并成为西南联大歌咏团的团歌。

1944年，他写了一首《凭良心》，揭露国民党消极抗日，积极反共，为此被国民党视作“异党嫌疑”。此歌也被禁唱。1945年初，他为李凌的诗《跌倒算什么》谱曲，其音调铿锵有力，鼓舞了革命人民。抗日战争胜利后，舒模主要写讽刺歌曲。

甘　涛（1912—1995）　出身于南京书香门第，其父甘贡三为清代名儒甘熙之后。甘涛4岁开始学唱昆曲小段，6岁习笛，9岁学胡琴，后来涉猎江南丝竹和广东音乐，中学时被誉为“南胡圣手”，又掌握了古琴、筝、琵琶等弹拨乐器的演奏技巧。1931年考入上海国立音乐专科学校小提琴专业，师从意大利教授法利国。1934年入中央广播电台任音乐组组长和广播乐团团长兼指挥。20世纪40年代在重庆举办了二胡独奏音乐会，还率团去曾家岩中共重庆办事处举办音乐晚会，受到周恩来的赞赏和鼓励。新中国成立后，先后执教于华东人民革命大学南京分校、南京大学艺术系、金陵大学音乐系、南京师范学院音乐系。1958年任南京艺术学院音乐系民乐教研室主任、教授。国内一批知名演奏家，如闵惠芬、龚一、陈耀昌、朱昌耀、杨积祥、周维等，都曾得到他的亲授和指导。

罗叔子（1913—1968）　一作罗赤子，又名崇艺、范球，新化古梅人。1948年毕业于国立杭州艺术专科学校国画系。专长中国美术史、中国工艺美术史，兼擅篆刻、国画和诗词。曾经刘汝醴引见，拜徐悲鸿为师。历任华东艺术专业学校、南京艺术学院美术系讲师，西泠印社、江苏省书法印章研究会理事等。著有《北朝石窟艺术》《中国纹样史》，与陈之佛合编《中国艺术美术史》，与刘汝醴合编《桃花坞木版年画》，与南京艺术学院教师合编《顾恺之研究资料》等。罗叔子早在艺术专科学校读书时，即与同班同学刘江说过，他已模刻汉印千方，可见其用功甚勤。后旁参赵之谦、吴昌硕法，尤以吸收黄士陵的平正光洁最为显著。他用刀薄瘠，结果险中寓奇，能驭险为正，有创新精神。20世纪50年代至60年代，他在江南印坛有较大影响。后在“文化大革命”中受迫害而死。

赵遂之（1913—1990）　镇江人。父辈与丹徒柳诒徵往来甚密，交流艺事。赵早年在上海邮局做练习生，后以积蓄读大学。曾在许多大学、中学教数学、物理课。书法精铁线篆，治印学徐三庚。熟谙文史，人称“杂家”。新中国成立后，参加中国民主同盟，长期在南京图书馆做古籍修补、缮录工作，有《王安石诗词注释》一书传世。

王秀兰（1914—1960）　女，扬州廖家沟人，扬剧演员。12岁去上海，入黄永玉主办之永乐社学戏，受业于傅承德等艺人，与高秀英、黄秀莼、陈秀珍同为该社第一批学员，成名后并称为“扬剧四秀”。她刻苦好学，戏路较宽，初学小花脸，15岁改唱旦角，并能反串须生和花脸。早年演出《大补缸》，幽默动人；成名后演出的优秀剧目有：《桃花女》《疾心》《麻疯女》及《四老爷打面缸》。1949年加入苏北实验扬剧团，1953年入江苏省扬剧团，为主要演员。次年参加华东区戏曲会演，获演员二等奖。1959年，江苏省扬剧团排演《百岁挂帅》并赴京汇报演出，她在剧中扮演佘太君一角，获得中央领导和戏曲界同行以及广大观众一致好评。同年8月，加入中国共产党。时已身患癌症，但仍不顾病痛赴沪拍摄电影《百岁挂帅》。在摄影棚内，她强忍酷热，靠挂葡萄糖盐水维系生命，坚持拍完最后一个镜头。1960年8月，终因癌症恶化逝世。后周恩来莅宁，闻知深表惋惜。

华子献（1914—1976） 原名华瑞琛，武进杨桥人，戏曲活动家、京剧票友。家贫，13岁入典当行学徒。1938年考入国民政府财政部国库署。1948年春辞职，租赁剧场，组织演员班底，从事京剧演出的组织、管理和经营。新中国成立后，任南京市中华剧场副经理、南京市影剧公司副经理，并连续多年任南京戏曲电影业同业工会主任委员。曾当选为南京市工商联常务委员、南京市人民代表。

华子献曾从程砚秋及赵荣琛学程派戏，常在重庆、南京登台演出，拿手好戏有《春闺梦》《锁麟囊》等。1941年，他在重庆为协助赵荣琛摆脱戏院老板王泊生的虐待，不遗余力为之奔走，筹建第一剧场，组织大风剧社，由赵主演，并邀聘李紫贵、金素秋等人演出《徽钦二帝》《桃花扇》等剧，遭国民政府社会局刁难。1948年，国民党政局不稳，华子献在南京租赁的剧场观众锐减，他倾家荡产维持剧场演出。中国人民解放军解放南京后，他得到南京军管会文艺处的支持，情况逐步好转。他为人谦恭和顺，办事能力极强，勤勤恳恳，任劳任怨，和戏曲界尤其是京剧界人士交谊颇厚。经他邀请，京剧“四大名旦”、各大剧种的名角都曾先后来南京演出，使南京戏曲舞台盛极一时。

朱启銮（1914—1990） 歙县人。1932年在天津南开中学就学时加入反帝大同盟和共青团。1933年在上海光华中学加入社会科学家联盟和中国共产党。1934年入北平大学，1937年毕业于上海新闻专科学校。1940年在南京从事党的地下工作。1949年后历任南京市政府副秘书长、市委宣传部部长、南京航空学院院长、市政协副主席、市文联主席、南京古都学会会长、南京太平天国学会会长等职。著有《怎样评价李秀成》，有合著《略论古都的现代化趋向》等，译有《英国的太平天国政策》。

吴调公（1914—2000） 笔名丁谛，镇江人。中共党员。1935年毕业于上海大夏大学中文系。后任南京师范大学中文系教授、中国古代文学研究会理事、《中国思想家评传》丛书副主编。作品有长篇小说《长江的夜潮》《突围》，散文集《调公文录》《海市集》，专著《谈人物描写》《与文学爱好者谈创作》《古代文论今探》《神韵论》等。专著《李商隐研究》获江苏省社科优秀成果一等奖，文集《古典文论与审美鉴赏》获江苏省社科优秀成果一等奖、国家教委人文社科研究二等奖。

钟铭元（1915—1989） 上海人，京剧演员、教师。1924年拜单德元为师，工武生。1932年起在大江南北搭班演出，颇受杭嘉湖一带观众的赞赏。1949年加入苏南军区文工团京剧队，1954年加入江苏大众京剧团（江苏省京剧院前身），任武生演员。曾任江苏省剧院一团业务主任、三团工会主席等职。20世纪60年代后，他为关注青年演员成长，长期担任江苏省京剧团青年剧团的武功老师，并曾为江苏省最早的体操运动员教授过跟斗。1966年被调至江苏省戏校，任武功教研组组长。1978年江苏省戏校实验京剧团成立时，任副团长。此后又回校任昆剧科负责人，1978年3月退休。1950年在苏南军区文工团时被评为三等模范；1953年在江苏大众京剧团又获得模范称号和奖励。1979年加入中国共产党。1989年9月因病在南京逝世。

朱 彤（1915—1983） 原名朱美声，南京人。1940年毕业于金陵大学，1948年获美国威斯康星大学硕士学位。青年时代即从事文学活动。1949年起先后在东吴大学、无锡社会教育学院任教。1952年起先后任江苏师范学院、南京师范学院教授。毕生从事文艺理论的教学和鲁迅及美学的研究。有论著《鲁迅的作品分析》（1—3卷）、《鲁迅创作艺术技巧》《美学与艺术实践》《论形式美》《红楼梦散论》等，并作有剧本《郁雷》《书香人家》。

费 克（1917—1968） 原名蒋晓梅，曾用名吴明之、明之、刘中里、石坚等，南昌人，作曲家。少年时做过学徒，为工读生。1937年抗日战争爆发后，参加南昌抗敌后援会，做宣传工作。1938年在武汉参加军委会政治部三厅所属“演剧五队”。1941年转入新中国剧社，做演员兼音乐创作、指挥工作。1948年任华中新华书店和《苏南日报》音乐编辑，后任江苏省文化局音乐组组长。1956年任中国音乐家协会江苏分会副主任委员。1958年创办月刊《江苏音乐》。1960年，中国音协江苏分会正式成立，任副主席，同年任江苏省歌舞话剧院领导。抗日战争和解放战争时期，曾创作近百首群众歌曲和戏剧、电影插曲。20世纪60年代为话剧《文成公主》（田汉编剧）配乐，同时从事民族民间音乐的收集、整理和锡剧音乐的改革工作。1968年因心脏病去世。

汪剑耘（1917—1975） 原名彭年，南京人，京剧演员，工青衣。幼时受业于乔鸿年、林如松。20世纪30年代初在南京票界初露锋芒。17岁参加新生票社活动，演出《四郎探母》《红鬃烈马》等戏，深得观众赞赏。抗日战争时期，在川西五道桥盐务总局工作，于该局业余京剧队师从梅兰芳师兄王蕙芳学《金叉奴》等戏，被誉为盐务总局“四大名旦”之一。抗日战争胜利后回到南京。夏声剧校来南京演出时，曾应聘义务教戏。20世纪50年代初，曾多次参加救灾、捐献飞机大炮的义务演出。1950年，参加友艺集票社活动，培养了一些青年京剧票友，使部分青年走上专业道路。1951年8月，在上海梅公馆正式拜梅兰芳为师，在艺术上得到很大进步。1953年，赴天津与老生王则昭合作，正式下海演出；后与老生周啸天合作，演出于苏、鲁、皖三省大中城市。1958年该团并入南通京剧院，汪剑耘任三团团长。在“文化大革命”初期，他被迫退休，每月只领到10余元生活费，后忧郁成疾，于1975年病逝，年仅58岁。

王僧鉴（1917—1983） 北京人，鼓师。16岁拜张清顺为师，学京剧打击乐。勤学苦练，精通小锣、铙钹、大锣及板鼓等多种乐器的诸种技法，深得同行赞誉。1937年后，先后为王吟秋、刘美君、梁一鸣、董玉苓、关正明、麒麟童、新艳秋、梅兰芳等人司鼓，演出于河北、山东、安徽、江苏、福建等地。1956年加入南京市剧团。1960年被调入江苏省京剧团，与名师杨宝忠合作，先后为赵荣琛、金少臣、蒋慕萍、王琴生、许翰英、孙玉祥等人司鼓。

他打鼓戏路很宽，文武戏都擅长。腕子松、劲头好，单签、双签俱有功力，有鼓味，且打来连贯，圆而有气韵，于传统戏中之专用锣鼓有独到研究。开点、叫板以及托、保、跟、随都见火候，节奏掌握准，既能配合剧情需要，又能发挥流派风格特长。传统功力很深，但并不保守，能潜心艺术改革。1957年4月，南京市举办戏曲会演，他参加《探庄·射灯》伴奏，获音乐伴奏乐师奖。1975年被吸收为中国戏剧家协会会员。1983年12月10日病故。

周　邨（1917—1985） 扬州人，戏剧活动家。自幼家境贫寒。中学毕业后，积极参加救亡运动。1936年冬，随扬州文化界救亡协会组织的工作团溯江而上到汉口，由汉口转入安徽六安、立煌等地。先后任皖西六安晨鸣社战时服务团负责人、皖西立煌动委会二十一工作团团长。1938年9月，随江上青到皖东北开辟抗日根据地，任皖东北特支支委书记、皖东北游击司令部政治部组织部部长。1939年冬，重新回到苏北，创办苏北中学，宣传抗日主张，培养爱国青年。1939年至1945年，先后担任扬泰地区中共苏北特派员组织委员、苏北行政委员秘书长、两淮盐务管理局局长、苏北行署民政处观察员、苏中二专署秘书等职。抗日战争胜利后，历任苏中二分区文教处副处长、兴化县副县长、宝应县县长。

新中国成立后，周邨历任宝应县委书记，扬州市委书记、地委宣传部部长，南京市文教部长，江苏省文化局党组书记、局长等职，长期从事宣传文化部门的领导工作。1958年，在他提议领导下，江苏省在城乡各地普遍建立了文化站，从而使文化站的普及率名列全国前茅。1959年，在充分调查研究的基础上，他亲自组织力量对全省戏曲队伍进行了卓有成效的整顿。他十分热爱党的图书、文博事业，对历史文物、古籍版本颇有研究，特别是对太平天国历史和古典名著《三国演义》的研究颇有建树。在繁忙的行政工作之余，创作了话剧《特别勋章》，还和别人合作创作了《天京风雨》等戏剧作品。在“文化大革命”中受到错误的批判，其后工作得到恢复，继续担任江苏省文化局局长。他年逾花甲，但仍为拨乱反正，振兴文艺，落实党的干部政策、知识分子政策积极努力工作，直至离任。

王元坚（1918—1982） 鄞县人，越剧作曲家，笔名袁泾。1949年7月参加由上海军管会文艺处举办的第一届地方戏剧研究班学习。同年9月加入由范瑞娟、傅全香组织的东山越剧社，负责作曲。1951年加入由竺水招、商芳臣、筱水招等人组织的上海云华越剧团（南京市越剧团前身），并兼任上海春光越剧团、光明越剧团等剧团的作曲工作。1954年11月，随云华越剧团到南京。1956年2月，南京市越剧团建团，他在团内一直负责作曲。15年间，剧团的《柳毅传书》《南冠草》《莫愁女》《天雨花》等大小100余出剧目的音乐作曲，基本上均出自他手。

王元坚与剧团演员和老艺人，特别是与竺水招、商芳臣、筱水招长期密切合作。他唱腔设计朴实细腻，既注意发挥演员演唱风格的特点，又能帮助演员有所创新。他在《柳毅传书》一剧中创作合唱曲，保持和发展了越剧唱腔抒情优美的特点，既情深意切，又为这出美丽的神话故事剧增添了诗情画意的艳丽色彩。他还把剧团不同时期各个剧目中的主要唱段进行整理、编纂，亲自将其刻写油印成册，为积累演员唱腔艺术留下了宝贵的音乐资料。他建议扩充乐队编制，增加伴奏乐器，并普及乐理知识，帮助乐队提高演奏水平。为了使越剧托腔伴奏能规范化，他编创了一套“尺调中板过门”，颇有成效。

1957年，王元坚作曲的《南冠草》获1957年江苏省第一届戏曲观摩演出音乐奖，《庵堂认母》获南京市第三届戏曲观摩演出音乐整理奖，他兼任导演的《天雨花》也获得南京市第三届戏曲观摩演出奖。在“文化大革命”中，王元坚到南京电瓷厂工会工作。1982年病逝于上海。

金少臣（1919—1982）　又名金世卿，北京人，京剧演员，工净。出身于梨园世家，1935年进天津中原大剧场当学员。1937年正式登台演出，先后在天津天中大戏院、北洋剧院、上海更新舞台、济南北洋戏院、青岛中和戏院、天津华北戏院当演员。1941年起，先后随李宗义、王玉蓉、童芷苓、张君秋、谭富英、金少山、杨宝森等人巡回演出，历时11年之久。1952年加入北京宝华京剧团，与杨宝森搭档，并灌制了《夜审潘洪》《空城计》等唱片。1955年加入南京新宁京剧团，1956年加入天津京剧团，1957年至1959年任南京京剧团花脸演员，1960年随团并入江苏省京剧院，至1974年退休。

竺水招（1921—1968）　女，又名竺云华，嵊县（今嵊州市）人，越剧演员。1932年进本乡后山村白佛堂的女子小科班学戏，拜老艺人竺焕全为师。3个月后科班解散，她与同科师姊妹8人转入赵瑞花的瑞云舞台学艺。工旦角，亦擅小生。15岁即脱颖而出，以旦角挑大梁，先后两次与尹桂芳合作组班演出于江苏海门和浙江黄岩、宁波一带。1939年到上海，先与徐玉兰同台。1940年起复与尹桂芳合作8年。1945年初夏率团至南京演出，接受南京市文化局直接领导。1955年2月27日，剧团改为南京市实验越剧团，1956年2月23日正式建为南京市越剧团，她均任团长。同年赴北京演出，与部分主要演员、编导等受到周恩来的接见。

竺水招擅演正直、善良、憨厚、富有爱国思想的角色。在历史剧《南冠草》中饰演明末爱国诗人夏完淳，获1957年江苏省第一届戏曲观摩演出大会演员一等奖。剧本原作者郭沫若誉其“就是我心目中的夏完淳形象”。她主演的《柳毅传书》久演不衰。该剧于1962年由长春电影制片厂摄制成彩色戏曲影片。

竺水招演技精湛，唱腔朴实，身段、水袖大方。“圆场”功底坚实，在传统剧目《碧玉簪》中饰演旦角李秀英，在《三盖衣》一折中运用快速、轻盈的大“圆场”和横、直、S形等几种不同的麻雀步（碎步）“圆场”，加以潇洒、飘逸的长水袖身段，细微、生动地刻画了李秀英对丈夫爱、惧、恨交织的复杂心态，在越剧界独树一帜，为同行与观众一致称道。此外，所饰演的生角《天雨花》中的左维明、《莫愁女》中的徐澄、《卖婆记》中的农民李阿大、《梁祝》中的梁山伯，旦角《江姐》中的江姐、《铁骨红心》中的贫农妇女向永贞等古代和现代人物，都十分出色。竺水招戏德高尚。1942年至1946年在上海龙门戏院期间，竺水招得知一般演职员包银很少，就带头与老板交涉，不惜以降低自己包银甚至以罢演为条件，迫使老板改善一般艺人的生活条件。1956年，剧团经济比较困难，她又提议全团一视同仁，首先保证每人16元伙食费的最低生活待遇，因此受到群众爱戴。“文化大革命”初期，竺水招受到迫害，于1968年5月26日去世。1978年，南京市文化局为她改正，恢复名誉。

季彦辉（1922—1976） 江阴人，锡剧演员、编导。14岁于无锡拜锡剧艺人陈梅生为师，学武生。19岁师满后，搭陈梅生、冯雪祺等戏班演出。1944年起，兼任说戏、剧务。1950年春，参加上海市军管会主办的上海市第一届地方戏剧研究班学习，改任编导。同年秋加入苏南文联工作，任戏改组干事。1951年8月，被派至苏南文联锡剧实验剧团任艺术股长。1953年3月，任江苏省锡剧团编导，直至去世。

1949年前，季彦辉为锡剧界为数极少之“说戏人”之一，平素勤奋好学，善于从兄弟剧种或文学作品中吸取养料，在开拓锡剧题材、丰富上演剧目等方面做出了积极贡献。1950年以后，他不断学习，掌握新知识、新技巧，编导水平日益提高。先后与人合作或独自创作、改编、整理了一批锡剧剧目。所编剧目十分注重群众性、娱乐性，人物性格鲜明，语言生动，戏剧性强，深为观众与同行赞赏。与田夫合作导演之《双推磨》，于1954年获华东区戏曲观摩演出大会多项奖。1951年与叶至诚合作改编之现代剧《翻身姐妹》，曾配合婚姻法宣传，演遍苏南。其改编之《打面缸》，于1954年赴北京为全国第一届人民代表大会演出，并为京剧、汉剧等剧种移植。《玲珑女》《小过关》等经其整理、改编之剧目，经常为电台播放。《玉蜻蜓》一剧于1962年赴上海、杭州、南昌等地演出时，反映强烈，成为江苏省锡剧团经常上演之保留剧目，并为其他剧种团移植演出。他与田夫合作创作之新编历史剧《天国怒火》，被收入1985年江苏《新戏百种》丛书。

房竹君（1922—1987） 女，祖籍淮安，1922年生于杭州，扬剧演员。6岁随父母去上海，后从扬剧艺人夏金兰学戏，常于上海、南京等地演唱“大开口”。1937年师从武功教师刘少舫学习京剧表演程式和武功，成为扬剧较早能“打出手”的刀马旦。当时她经常上演的剧目有《东方氏替夫报仇》（《虹霓关》）及《武松打店》《水漫金山》等。其中《武松打店》一剧，是盖叫天的司鼓张四保所授。

房竹君在艺术上锐意进取，曾练过“跷功”，并在扬剧舞台上率先穿着“宫装大靠”。新中国成立后，她与顾玉君合拍了电影《上金山》。1949年，房竹君参与组建南京力进扬剧团。1952年南京实验扬剧团成立，1956年南京市扬剧团正式成立，她均为剧团主要演员。1959年，她被调入江苏省扬剧团，在剧团的保留剧目《百岁挂帅》中饰演杨九妹，在《三审刁刘氏》中主演刁刘氏，在《三女审子》中扮演大夫人。1987年夏，房竹君因心脏病在南京逝世。

辛瑞华（1922—1990）　灌云人，戏曲活动家。1940年参加革命，1942年加入中国共产党，先后在泗阳集干部学校、苏北文联、淮海文工团、淮阴艺校任职。1953年，江苏省扬剧团成立，辛瑞华任副团长。1959年起，他任团长兼党支部书记，并曾兼任江苏省地方戏剧院副团长。1983年12月离休，1990年因病逝世。

辛瑞华在江苏省扬剧团任职期间，致力于剧团的剧目创作和演出实践。《恩仇记》《百岁挂帅》《三女审子》等在全国有影响的剧目，便是他任职期间的成果。他组织并参与创作现代戏《耕耘记》。该剧后被移植改编为京剧后，参加1964年全国京剧现代戏会演。为了节约，辛瑞华领导组织团舞美工作者以纸代布做布景，并设计了便于上山下乡演出的可拆卸布景和百搭布景。

谭君卿（1923—1986）　宜兴和桥镇人，锡剧演员。1938年开始学艺，在江南一带搭班演出。1950年10月加入先声实验锡剧团。先声实验锡剧团于1951年改组为苏南文联实验锡剧团，1953年与苏南文工团部分团员合并成立江苏省锡剧团，谭君卿始终为主要演员之一。

谭君卿戏路很宽，正派、反派、小生、小丑、现代戏、古装戏，演来都得心应手。他对艺术一丝不苟，无论演主角、配角，都刻苦钻研，塑造人物恰如其分。先后荣获华东首届戏曲观摩演出大会的演员三等奖、江苏省首届戏曲观摩演出大会的演员二等奖。他创造的众多人物形象，如《走上新路》中的中农儿子张学才、《红色的种子》中的商人钱福昌、《梁山伯与祝英台》中的梁山伯、《庵堂认母》中的徐元宰、《双珠凤》中的胡知县等，都给观众留下了深刻的印象，受到赞赏。1986年3月因骨癌去世。

洪培荣（1924—1985）　苏州人，盔头技师。1941年进苏州李昌泰戏帽店做学徒。1946年受雇于无锡市蒋永记盔头店，1948年满师。1953年和其父在无锡市新昌盔帽店开始独立制作盔头。1956年进江苏省京剧团任盔头技师。他制作技术娴熟，水平高超，各式盔、冠、帽皆能，且能创造革新，能根据不同人物造型设计不同的样式。20世纪50年代，江苏省京剧团先后配合京剧艺术大师梅兰芳、周信芳演出，他分别为梅兰芳《贵妃醉酒》中的杨贵妃制作了三凤冠，为周信芳《徐策跑城》中的徐策制作了金相雕。他除出色地完成京剧团工作外，还为江苏省锡剧团、江苏省话剧团、江苏省戏曲学校等制作新戏盔头，为国家节约了大量费用。江苏省话剧团《文成公主》中的头饰皆由他设计制作。其精湛技艺及工作成就，于省内外均有较大影响。

王思任（1924—1989）　东台人，中国民主同盟成员。抗日战争期间就读于南京。与高二适堪称莫逆，有同乡、同事、同里之谊。诗学杜子美、陈后山；书法学“二王”，风神俊逸，潇洒自如，是南京市书法教学研究会创建者之一。

潘君昭（1924—1992）　女，武进人。1951年毕业于复旦大学，后任南京师范学院中文系研究员。著有《论李清照的后期词》《论温韦词》等论文多篇，有合著《唐宋词选注》《唐宋词学论集》等。

卞双喜（1924—1998）　常州人，京剧鼓师、教师。自幼即随父母学习京剧司鼓，后从名师张兴海深造，艺事大有长进。13岁正式开始舞台艺术生涯，1951年参加苏北实验京剧团。1953年，该团与苏南大众京剧团合并为大众京剧团，1955年又改建为江苏省京剧团。卞双喜任鼓师，曾为新艳秋、荆剑鹏、赵云鹤、沈小梅等人伴奏，在江苏省和杭嘉湖一带颇有影响。1957年，他伴奏的《虹桥赠珠》参加江苏省第一届戏曲观摩演出大会，获乐师奖。同年，他获“江苏省京剧团先进工作者”称号。

1960年9月，卞双喜被调往江苏省戏校京剧科，任乐队教研组组长。教学认真，工作勤恳，为党的艺术教育事业培养了多批合格的京剧乐队人才。1984年、1985年被评为江苏省戏剧学校先进工作者。1986年12月加入中国共产党。1998年7月因病去世。

程茹辛（1925—1990）　滨海人。长期在南京工作，曾在中国音乐学院上海分院干部进修班学习。1953年任江苏省锡剧团团长，致力于戏曲音乐的改革和创新。创作、改编了锡剧《双推磨》《庵堂相会》《庵堂认母》《红楼梦》《罗汉钱》《走上新路》等曲调，还为《农家宝》《红花曲》等戏曲影片创作了音乐。20世纪60年代担任江苏歌舞话剧院副院长期间，创作了舞剧《送瘟神》《江海烽火》等的音乐。歌曲《丰收的庄稼齐登场》曾获文化部奖励。20世纪70年代至1990年一直担任江苏省文联主办的《江苏音乐》杂志主编。曾发表《民间乐语初探》《“二泉映月”音调渊源探索》《论琵琶三法》等论文。

叶至诚（1926—1992）　吴县人。早年从事编辑出版工作，1947年在上海戏剧专科学校就读。1949年到苏北解放区，在苏南和江苏省宣传部文艺处任职，1954年后在省文化局、省文联党组工作并任创作委员会副主席。1957年受到错误的处理，后得到改正。1974年回省作协任《雨花》副主编、主编。擅作散文、杂文，有合著《花萼》《未必佳集》等散文集。

赵　玲（1928—1972）　女，又名赵惠良，杭州人，滑稽戏演员。其父赵希希（亦名赵云亭）为滑稽戏十大明星之一。赵玲11岁随父学艺，以京剧开蒙，随小京班在杭嘉湖一带演出。1950年后转为以演出话剧为主，一度任南京市话剧团副团长。曾饰话剧《阿Q正传》的吴妈及《海滨激战》的女主角，获南京市戏剧会演一等奖。1957年被调入南京市滑稽剧团，在多部滑稽戏中担任主角，以表演细腻、唱腔优美、冷中见噱为观众所称道。赵玲戏路开阔，老旦、花旦、泼辣旦，皆能胜任。其代表性剧目有《两厢情愿》《无所谓》《火锅为媒》。在《大点秋香》中反串唐伯虎，以小生行应工。赵玲嗓音柔美，能熟练掌握多种戏曲曲调及民歌小调的唱法。在《火锅为煤》中饰演钱玉翠一角，运用扬剧、越剧、锡剧、黄梅戏和评弹及小曲10多种曲调进行演唱，观众为之一曲一鼓掌。她表演不瘟不火，既稳且准，多于细微之处见光彩。在《要钱不要爷》一剧中，饰演势利小人大怪妻，化妆匠心独具，往往刚一亮相就使观众哄堂大笑。赵玲被评为南京市三八红旗手、市先进工作者，曾任市政协委员。

杭龄童（1928—1990）　邗江槐泗乡人，扬剧演员。10岁随父学戏，唱“大开口”，并按京剧科班要求，学唱、做、念、打等基本功，功底扎实，戏路较宽。1949年加入扬州联友扬剧团，后并入苏北实验扬剧团。1953年后成为江苏省扬剧团主要演员之一，主演文武老生兼花脸。1990年因病去世。

杭龄童在舞台上塑造了众多艺术形象：在《碧血扬州》中扮演史可法；在《百岁挂帅》中扮演孟良；在《断太后》和《包公告状》中均扮演包公；20世纪80年代剧团排演新剧《朱洪武与马娘娘》（后改名为《马娘娘》）时，扮演马上皇帝朱元璋。他也擅长演现代戏，在大型现代戏《耕耘记》《女会计》《三把算盘》等剧中，成功地塑造了很多朴实的农民形象。此外，他还参加了剧团的技导、导演工作。

杭龄童于1954年在华东戏曲观摩会演中，获得表演三等奖。1956年获江苏省先进生产者荣誉称号。1984年在江苏省庆祝新中国成立35周年戏曲调演中，因在《朱洪武与马娘娘》一剧中扮演朱元璋，获优秀表演奖。

曾宪洛（1929—1966）　湘乡人。幼年受良好的家庭教育。在云南大学读书时，得到闻一多、吴晗、楚图南的教诲。1942年随西南联大学生投奔延安，途经贵阳被国民党特务拦阻。1947年在金陵大学学习时，积极参加学生运动，为该校地下学联代表。1948年3月加入中国共产党。1948年11月被国民党逮捕入狱。1949年1月出狱后被转移到中原解放区，参加中国人民解放军第二野战军金陵支队，随军渡江参加接管南京工作。后历任华东革命大学辅导员、中共南京建筑系统的党委宣传科、南京市文化局艺术科员。1957年被错划为右派，在“文化大革命”中受迫害致死，1979年得到改正。

曾宪洛被调至南京市文化局工作后，全心投入戏曲、曲艺传统艺术的挖掘整理工作。从1955年至1957年上半年期间，整理出版的传统剧本有京剧《封侯恨》《花子骂相》及扬剧《打花鼓》。整理发表了张桂轩的艺术经历和经验，还发表了《江苏戏曲工作的矛盾何在》《历史的悲剧与性格的悲剧》等数十篇评论文章。他还致力于扬州清曲的整理，与人合作写出《南调·满江红》（由南京市文化局油印）。20世纪60年代初，他身处逆境，仍致力于戏曲、曲艺的研究工作，写作了一批论文。其中《新艳秋舞台生涯五十年》和《扬州清曲》2篇遗稿分别发表在江苏省政协文史资料研究委员会编辑出版的《江苏文史资料选辑》第五辑和第十六辑。

曾宪洛还从事诗歌的创作和研究，在《新华日报》《南京日报》等报刊发表过多篇诗作和评论文章。他题赠艺人的一些旧体诗曾传诵一时，其中4首遗作发表在1982年《江苏戏剧》上。

姚明德（1929—1981） 又名姚正德，苏州人，江苏省京剧院鼓师。出身于贫苦艺人家庭。10岁学戏，12岁入上海戏剧学校，初学武生，后改武场。15岁因家贫辍学，入京剧戏班演奏小锣，16岁起任司鼓。师承名鼓师王燮元，深得其真传，并吸取南、北各家所长，成为戏路宽、文武戏兼擅之鼓师。曾先后为童芷苓、李玉茹、言慧珠等人司鼓。伴奏中能注意演员不同特点，充分把握文、武场之间的和谐融合。于江苏省京剧院工作期间，努力学习音乐理论，积极参加创作活动，从谱曲、配器到指挥、司鼓，对该院新编剧目做了大量工作。曾于南京艺术学院讲授鼓艺多年，多次被评为院、局（厅）系统先进工作者。1959年，随剧团参加第七届世界青年与学生联欢节和北欧五国的访问演出。

丁汗稼（1929—1986） 本名丁汉家，曾用名丁云霭、丁特，另用笔名沈丰丁等，潍坊人，诗人、剧作家。出身于富裕家庭，早年在家乡读小学、初级中学，1947年8月至青岛上中学。1948年5月受革命思想影响，奔赴解放区，8月考入华东大学。1949年2月加入中国人民解放军，4月参加渡江战役，时为华东南下干部纵队宣传员，6月随中国人民解放军第三野战军南下，在常州军管会文化服务团（后改为常州地委文工团）任副分队长。1952年参加无锡市文工团和苏南文工团，同年被调入南京，先后在江苏省扬剧团和江苏省文化局戏曲编审室任专业编剧。1953年加入中国共产党。1955年12月起在江苏省文联创作委员会任辅导员。1958年至1977年被“下放”至徐州市铜山县柳新公社务农。1977年11月被调回南京，任江苏省文化厅剧目工作室创作组组长。1984年11月被调任江苏省文化艺术研究所创作研究室主任。1986年9月21日因癌症逝世。

丁汗稼从事文化艺术工作近40年，多才多艺，倾注毕生精力、智慧和才华，创作了大量诗歌、戏曲、话剧、歌剧、电视剧、歌词、曲艺、杂文、文艺评论等各类作品，讴歌祖国、赞颂人民、崇仰真理、鞭挞黑暗，成就卓著。在戏剧创作方面的主要作品有：扬剧《白蛇传》《打花鼓》《映天湖》；京剧《就是她》（与杨彻合作，据同名话剧改编）、《千秋之谜》（又名《关公和貂蝉》）、《红拂传》（据程派名剧整理、改编），以及《十人桥》《新笋》等。《白蛇传》一剧于1958年由江苏人民出版社出版，其中《断桥》等折子戏成为江苏省戏剧学校教材。《就是她》于1965年参加华东区京剧现代戏会演，颇获好评，同年由上海文化出版社出版，全国先后有数十个剧团将其移植上演，中央电视台、江苏电视台曾分别做了录像。该剧于1979年被选入江苏人民出版社出版的《1949—1979江苏小戏选》。在生命的最后时刻编写的《红拂传》，获1986年江苏新剧目观摩会演荣誉剧本奖。

丁汗稼还创作了诗集《静静的水杉》，歌剧《金孔雀》，话剧《锁》《君望石榴树》等。

方　之（1930—1979）　原名韩建国，祖籍湘潭，生于1930年2月5日，从小生长在南京。在南京第一中学读高中时，接受进步思想和党的教育，参加了中国共产党地下组织。1949年4月高中毕业后，先后担任过团区委书记、团市委宣传部部长。工作之余，埋头于文学创作，发表小说多篇。1955年加入中国作家协会。1957年以后，在江苏省文联、南京市文联从事专业文学创作。在反右派斗争中受到错误的批判和处分，被“下放”农村劳动；在“文化大革命”期间再度被“打倒”。1969年，被强制携全家“下放”至洪泽县农村安家落户。1979年回城后积劳成疾。病中自知不久，为扶植文学新人，发起创办了《青春》文学月刊。1979年10月22日因肝癌病故。著作有短篇小说集《在泉边》、中篇小说《浪头与石头》，另有《方之作品选》。小说《内奸》获1979年全国优秀短篇小说奖。

张玲娣（1930—1985）　女，原名徐菊英，无锡人，锡剧演员、教师。幼年父母双亡，被锡剧艺人张雪芬收为养女，改名张玲娣。7岁随养父母在雪芬剧团学锡剧，习花旦、青衣。自1943年起，先后参加阿金、林其森、高雅君、王建培、蒋祥大组班的剧团以及无锡先声锡剧团，在苏南和上海一带演出。1951年任上海新华锡剧团团长，1953年被调到江苏省锡剧团，为主要演员之一。其表演细腻、感情真挚，在《红楼梦》中扮演王熙凤，给观众留下深刻印象；在《三请樊梨花》中扮演樊梨花，独树一帜，76句唱腔，以徐缓的怨诉始，以急速的怒斥终，声腔抑扬顿挫，细致、充分地表现了剧中人的复杂心情。1954年在华东区戏曲会演时获演员奖，1957年在江苏省首届戏曲会演时获二等奖。1964年到江苏省戏曲学校任锡剧教师，备课仔细，教学认真。1985年殁于南京。

侯镜昶（1934—1986）　江阴人。南京大学中文系毕业后，随胡小石攻读研究生课程3年，后留校任教。20世纪80年代起开始培养硕士研究生，成绩斐然。1987年赴杭州任浙江大学教授，未及二载，因心脏病猝死于杭州。有《书法论丛》上、下两册传世。

大事记

新石器时代

南京雕塑艺术开始出现。

约公元前 17 世纪至公元前 11 世纪（商）

此时期史称“青铜时代”，南京铸铜雕塑发端。

181 年（东汉光和四年）

《校官碑》立碑。碑原在溧水境内，现藏于南京博物院。

276 年（吴天玺元年）

《天发神谶碑》刻立，原石在江宁县学内。

苏建书《吴封禅国山碑》。

280 年（西晋太康元年）

太康时期，代表作家有陆机、陆云等，人称“二陆”。太康年间及其前后一段时期的诗风，后人称之为“太康体”。陆机被誉为“太康之英”。

324 年（东晋太宁二年）

郭璞卒。郭璞作有《游仙诗》，今存14首。他的《玄中记》是南京地区最早的一部小说集。

364 年（东晋兴宁二年）

葛洪卒。葛洪著有《抱朴子》和轶事小说集《西京杂记》、志怪小说集《神仙传》等。

433 年（南朝宋元嘉十年）

谢灵运卒。谢灵运是中国也是南京地区最早大量写作山水诗的诗人，作有五言诗《登池上楼》《岁暮》等。元嘉时期，玄言诗逐渐衰退，山水诗开始兴起，后经长期发展，逐渐形成山水诗派。

谢惠连卒。谢惠连作有《雪赋》等。此时咏物写景的小赋兴起。

谢灵运、颜延之、鲍照的诗风，后人合称为“元嘉体”。

444 年（南朝宋元嘉二十一年）

刘义庆卒。刘义庆招聚文人学士撰成《世说新语》，此为记述人物言行的轶事小说代表作品。刘义庆还撰有志怪小说集《幽明录》和《宣验记》。

466 年（南朝宋泰始二年）

鲍照卒。鲍照继承汉乐府传统，作有《拟行路难》18首，又作有《芜城赋》《登大雷岸与妹书》等。

谢庄卒。谢庄作有咏物小赋《月赋》等。

470 年（南朝宋泰始六年）

九月，虞龢著《论书表》呈明帝。

474 年（南朝宋元徽二年）

江淹的《恨赋》《别赋》约作于此时或稍后，为南北朝时期抒情小赋的代表作品。

479 年（南朝齐建元元年）

东晋至南朝宋齐间，乐府民歌兴盛。长江下游一带流行“吴声歌”《子夜歌》等，长江中游一带流行“西曲歌”《石城乐》等。

484 年至 530 年（南朝齐永明二年至南朝梁中大通二年）

南京栖霞山千佛岭石窟雕刻历经46年完成。

487 年（南朝齐永明五年）

竟陵王萧子良开西邸（今南京鸡笼山），招聚文学之士，包括沈约、谢朓、王融、萧琛、范云、任昉、陆倕、萧衍，他们号称“竟陵八友”。

永明时期，汉语的平、上、去、入四声被发现，沈约、谢朓和王融等人将其用于诗律及骈体文，开创“永明体”。骈文逐渐发展成熟。代表作品有孔稚珪的《北山移文》和稍后丘迟作于梁天监五年（506）的《与陈伯之书》，以及吴均的《与朱元思书》、刘峻的《广绝交论》等。

499年（南朝齐永元元年）

谢朓卒。谢朓继谢灵运之后，进一步发展了山水诗传统，其代表作品有《晚登三山还望京邑》等。

502年（南朝梁天监元年）

刘勰的《文心雕龙》约撰成于上年或本年，为中国文学批评史上第一部有严密体系的文学理论专著，标志着古代文学理论批评的高峰。

梁武帝令殷芸撰轶事小说集《殷芸小说》，为中国文学史上第一部以“小说”名书的短篇小说集。

518年（南朝梁天监十七年）

钟嵘约卒于此年。钟嵘所著《诗品》，为中国文学批评史上第一部专论诗歌（五言诗）的理论批评著作。

526年（南朝梁普通七年）

梁昭明太子萧统及其门客用数年时间编成《文选》，为现存最早的诗文总集。

531年（南朝梁中大通三年）

萧纲被立为梁太子，与徐摛、庾肩吾等人写作大量浮艳华靡的“宫体诗”。

徐摛、徐陵父子和庾肩吾、庾信父子所作诗及徐陵、庾信所作骈文，后被称为“徐庾体”。徐陵的《玉台新咏》约编成于梁代中叶，为主要收录艳情诗的诗歌总集。

557年（南朝陈永定元年）

阴铿为南朝陈代表诗人，与齐梁时期诗人何逊并称“阴何”，所作五言诗格律渐趋严整。

676年（唐上元三年）

《明征君碑》立于栖霞寺前。

759年（唐乾元二年）

颜真卿除升州刺史，充浙江西道节度使兼江宁军使。同年写《蔡明远帖》《乍奉辞帖》。

830年（唐大和四年）

张籍约卒于此年。张籍作有《野老歌》《山农词》和《贾客乐》等。张籍与王建齐名，同为“新乐府运动”的代表诗人，所作乐府诗被称为“张王乐府”。

937年至975年（南唐升元元年至北宋开宝八年）

李昪、李璟南唐二陵陵墓雕刻建造完毕。

943年（南唐保大元年）

此后30多年中，南唐的代表词人有冯延巳、中主李璟和后主李煜等，其词作较“花间派”词有所发展。冯延巳作有《鹊踏枝》14首、《谒金门·风乍起》等。李璟作有《摊破浣溪沙·菡萏香销翠叶残》等。

977年（北宋太平兴国二年）

李昉、徐铉等人奉敕编纂《太平广记》，于次年完成。《太平广记》共500卷，为按类编纂的古代小说总集。

978年（北宋太平兴国三年）

李煜卒。李煜的词影响北宋词坛，在文学史上具有重要地位。

982年（北宋太平兴国七年）

李昉、徐铉等人奉敕编纂《文苑英华》，于雍熙四年（987）完成。全书总共1000卷，为继《文选》后又一部大型诗文总集。

1068年（北宋熙宁元年）

王安石应诏入对，作《本朝百年无事札子》；次年任参知政事，开始变法。

1086年（北宋元祐元年）

王安石卒。王安石为北宋诗文革新运动代表作家、“唐宋八大家”之一。晚年诗律趋于工细，被称为“荆公体”。

1138 年（南宋绍兴八年）

胡铨作有政论散文《上高宗封事》等。

1165 年（南宋乾道元年）

南宋前期，爱国诗词成文学创作的主流，代表词人有张孝祥等。张孝祥的《六州歌头·长淮望断》作于隆兴元年（1163），《念奴娇·过洞庭》作于本年。

陆游独游钟山，至定林庵壁上题字，后该字被移刻于紫霞洞崖石上。

1276 年至 1280 年（元至元十三年至十七年）

郭守敬制定了古代最先进的历法——授时历，并创制出青铜雕刻天文观测仪器简仪，比欧洲同类仪器早300年。

1295 年（元元贞元年）

元贞、大德年间，杂剧创作出现高峰。白朴为代表作家之一，与郑光祖、关汉卿和马致远并称“元曲四大家”，代表作品有《梧桐雨》和《墙头马上》等。

1370 年（明洪武三年）

朱元璋在南京设立教坊司，定教坊司冠服，对乐艺、俳长、歌工、乐工人等之衣着做了严格规定，不准与常人混淆；教坊司官员冠服则与百官同。

1373 年（明洪武六年）

朱元璋召113岁老人周寿谊问昆山腔事。

朱元璋颁布《御制大明律》，并有《禁做搬演杂剧律令》。

1374 年（明洪武七年）

高启被处死。高启与杨基、张羽和徐贲并称“吴中四杰”，代表诗作有《登金陵雨花台望大江》等。

1375 年（明洪武八年）

刘基卒。刘基于元末明初作有神话长诗《二鬼》、散文《卖柑者言》和寓言散文集《郁离子》等。

《洪武正韵》书成。

1381 年（明洪武十四年）

宋濂卒。宋濂作有散文《王冕传》《送东阳马生序》和寓言散文集《燕书》等。

1398 年（明洪武三十一年）

朱权《太和正音谱》著成。

1402 年（明建文四年）

方孝孺卒。方孝孺作有散文《蚊对》和《指喻》等。

1409 年（明永乐七年）

朱棣重申《禁做搬演杂剧律令》。

1421 年（明永乐十九年）

朱棣迁都北京，原教坊司改称南教坊。

1506 年（明正德元年）

陈铎为弘治中期至正德年间散曲代表作家，作有散曲集《滑稽余韵》等。

1519 年（明正德十四年）

朱厚照南巡至南京，召臧贤、顿仁、徐霖、王眉山等；南教坊奏朱厚照之《靖边乐》。

1587 年（明万历十五年）

汤显祖在南京写成《紫钗记》。

1598 年（明万历二十六年）

汤显祖《牡丹亭》在南京演出。

1604 年（明万历三十二年）

五月至六月，马湘兰带领戏班至苏州、杭州演出《北西厢》。

1642 年（明崇祯十五年）

阮大铖写成《燕子笺》。

中秋，冒辟疆请阮大铖家班演出《燕子笺》。

1680年（清康熙十九年）

李渔卒。李渔作有传奇集《笠翁十种曲》（包括《风筝误》等10种），又撰有戏曲理论著作《闲情偶寄》等。

1699年（清康熙三十八年）

张坚写成《梦中缘》。

1704年（清康熙四十三年）

曹寅迎洪昇于南京，为之演出《长生殿》。

1705年（清康熙四十四年）

曹寅在织造府为康熙帝演戏三夜。

1711年（清康熙五十年）

康熙年间兴戴名世《南山集》文字狱。方苞受株连入狱，后作有散文《狱中杂记》。

1722年（清康熙六十一年）

孙玉烈，名云倡，重建高淳沧溪三元观戏楼。

1749年（清乾隆十四年）

方苞卒。方苞提倡“义法”，开创桐城派古文。

袁枚辞官居江宁，即今南京小仓山随园。其论诗提倡“性灵说”，流行一时。所著《随园诗话》，刊行于1790年，为清代影响最大的诗话之一。袁枚与赵翼、蒋士铨并称“乾隆三大家”。

乾隆至嘉庆年间，骈文创作继续发展，逐渐形成与桐城派古文对立的骈文流派，袁枚为乾隆中后期的代表作家。

高淳固城刘家垅万年台重建。

1754年（清乾隆十九年）

吴敬梓卒。吴敬梓的《儒林外史》约写成于乾隆初期寓居南京之时，为清代长篇小说的代表作品之一。

1763年（清乾隆二十八年）

曹雪芹约卒于此年。曹雪芹的《红楼梦》（原名《石头记》），于其生前已开始传抄，乾隆五十六年（1791）由程伟元首次刊印，后40回为他人所续。《红楼梦》标志着中国古代长篇小说发展的高峰。

1775年（清乾隆四十年）

闰十月，乾隆帝令查缴江宁清啸生《喜逢春》传奇等。

1778年（清乾隆四十三年）

江宁布政使刊《违碍书籍目录》列出应销毁的戏曲剧本，其中包括：杨忠裕著《奇服斋杂剧》、徐渭著《四声猿杂剧》、海来道人著《鸳鸯绦传奇》、清啸生著《喜逢春传奇》、金堡著《偏行堂传奇》、徐述夔著《五色石传奇》、三吴居士著《广爰书传奇》、方成培著《双泉记传奇》等。

1781年（清乾隆四十六年）

江宁李经应聘赴扬州任删改戏曲词馆总校。

1792年（清乾隆五十七年）

是年前后，秦淮河一带盛行女童伶戏（髦儿戏）。

1798年（清嘉庆三年）

三月初四，兵部侍郎兼都察院右副都御史总理粮储提督军务巡抚江宁等处地方事务，遵照仁宗严谕，发布告示，令各地禁演乱弹等戏；外来之班，速回原籍；本地之班，改习昆、弋两腔。如有违者，演戏之家及在班人等，一体治罪。

三月，冶城山馆有花部戏班演出《斩姚期》等戏。

1809年（清嘉庆十四年）

昆曲庆余班在南京频繁演出。

1817年（清嘉庆二十二年）

捧花生写成《秦淮画舫录》，次年写成《画舫余谭》，称秦淮画舫更为华丽；雏鬟演戏，播誉一时。

1821年（清道光元年）

道光年间，桐城派古文出现“中兴”局面，代表作家为姚鼐门下四弟子梅曾亮、管同、方东树、姚莹及曾国藩等。

1821年至1850年（清道光元年至三十年）

昆腔庆福班、梆子吉祥班、四喜班在南京演出。

1853年（清咸丰三年）

正月，太平军克池州（今贵池）。王韬《瓮牖余谈》写道，太平军“初以演戏为邪歌，继于池州得戏班衣服器具数十箱，回金陵，乃招优伶装演，筑台于清凉山腰大树下，东王观之甚喜”。太平军中“皆尚戏剧”。

二月，太平天国定都天京。谢介鹤《金陵癸甲纪事》称，太平军攻克南京后，“在利涉桥搜戏班衣箱、优伶二百人（抄本作数十人），均送秀清点视，再行分配”。

约是年，高淳三元观古戏楼毁于战乱。

约是年，洪秀全令：“凡邪歌、歌戏一概禁止。”

1859年（清咸丰九年）

洪仁玕所著《资政新篇》于本年冬刊行。洪仁玕任太平天国文衡总裁，管文化教育，为太平天国代表作家，于《资政新篇》中主张“禁演戏”。

1862年（清同治元年）

据王韬《瓮牖余谈》称，天京城内戏曲甚兴，“天王生日，俱赐宴，畀以银牌，并演乡间杂剧为乐”。

十二月，天王洪秀全五十寿辰，演戏7天（见《丛编简辑》卷三《能静居日记》）。

1864年（清同治三年）

清军入南京，太平军中徽戏艺人王鸿寿、汪曹龙、老孟七、张七、任七等流至里下河等地搭班。

高淳再次建沧溪三元观戏楼。

约是年，曾国藩倡导恢复秦淮画舫。

1879年（清光绪五年）

王鸿寿（艺名三麻子）在江宁府演出《四进士》。

1884年（清光绪十年）

南京新建梨园祖师庙于钓鱼巷落成。

1888 年（清光绪十四年）

六合香火神会内坛艺人搭台演唱，称洪山大会。

1905 年（清光绪三十一年）

六合洪山大会艺人郝余洲邀请王长昆等人组成戏班演出，称洪山戏。

高淳东坝东岳庙戏楼毁于火。

1906 年（清光绪三十二年）

汪笑侬演出于仪凤园。

是年前后，善昆曲之茅北善创音乐传习所于朝天宫，前后有女弟子千余人。

李瑞清在南京两江优级师范学堂任总监时，创立图画手工科。

1909 年（清宣统元年）

近代诗歌社团南社成立，吴梅为主要成员之一。

南京两江优级师范学堂第一届图画手工科33名学生毕业，他们分赴江苏、浙江、江西、湖南、广东、四川、山西、北京等地担任教学工作。吕凤子因成绩优异，留在南京两江师范附中任教，从此研究西画教学10年，出版水彩画《风景画作》《人间美》及《中学水彩画帖》等，为早期水彩画的传播做出了贡献。

1910 年（清宣统二年）

王鸿寿、张桂轩等人于南京劝业场南洋第一大舞台演出。

据《金陵杂志》统计，南京城内有戏茶园37家、戏院3家。

1911 年（清宣统三年）

淮安人周实和阮式等人为呼应南社，在南京建立淮南社。10月10日，资产阶级革命党人发起武昌起义，周实和阮式等人在故乡淮安率众响应，被清政府杀害。南社闻讯立即集会追悼，并强烈要求惩办凶手。

清末民初，南京第一家照相馆——二我照相馆在夫子庙贡院街开设了。

1912 年

2月，中华民国临时大总统孙文于总统府为京剧演员潘月樵授勋，并亲笔题赠横幅“现身说法，高台教化”。

1915年

南京通俗教育馆建成，负有调查、改良新旧戏曲，收集旧戏曲剧本进行研究的任务。

李叔同担任南京高等师范学校的美术主课教师，进行水彩画教学，改革教学方法，推行石膏木炭写生，扫除临摹旧习，引导学生走写实的造型之路。

1917年

高淳重建东坝东岳庙戏楼。

1918年

李洪春于南京拜徽、京剧艺人王鸿寿为师。

李毅士担任江苏省立艺术专科图画系主任，负责西画教学。他指导学生创作了许多水彩画，如《鸡鸣寺佛堂》《秦淮河船家》《玄武湖草亭》《鼓楼公园》等。

1922年

1月，东南大学教授梅光迪、胡先骕和吴宓创办《学衡》杂志，反对白话文和新文学，反对马克思主义在中国的传播，向新文学运动发起进攻，得名“学衡派”。他们遭到中国共产党领导下的文化新军的有力抨击。

1925年

薛珍在上海美术专科学校毕业任教1年后，回到南京，在江苏省第四师范艺术专科教学水彩画并进行创作，出版了《现代水彩画》2辑。

尚小云、马连良、侯喜瑞、郝寿臣、高庆奎、谭小培、周瑞安等京剧艺人于下关演出。

是年前后，于玮文、李烈保、徐子义等人组成京剧票社——遣雅集。

1926年

南京东南大学学生沈启元、廉光锷、蔡翰丹、王汝霖等人自发组织了东南大学影社。

1927年

在全国较有影响的摄影社团——美社成立。该社由张蓬舟、金满成、高月秋等15人组成，张蓬舟任书记。

1928年

徐悲鸿主持国立中央大学艺术教育科（后改为艺术系），移居南京，直至抗日战争时期才迁重庆。他培养了大批水彩画人才，如吕斯百、吴作人、张安治、孙文林、郁风、萧叔芳、陈志华、那畹衡、宗其香、魏起正等。

20世纪20年代

由吴梅发起的潜社成立，主要成员有唐圭璋、王季思、段熙仲和张世禄等。曾刻印《潜社词刊》。

1931年

顾无为、林如心、陈野禅3人合办标准京剧团。

1932年

4月7日，为改良戏剧，南京市实验剧团成立。

11月，紫霞昆曲社聘请吴梅任社长。

1933年

约10月前，公余联欢社成立。社内设京剧、昆剧、话剧3个组。

10月21日至22日，程砚秋为黄河水灾救济会筹款，于中山东路励志社义演两日，与红豆馆主合演《奇双会》。

自10月23日起，程砚秋为建筑南京戏曲音乐院筹款，假座国民大戏院义演5天。

是年，灵谷塔碑刻竣工。

1934年

4月，上海更新舞台来南京于民业公司（在科巷）演出。

5月24日至27日，公余联欢社于明星大戏院举行首次戏曲公演，演出京、昆剧目30余出。

9月，由孙望、常任侠、汪铭竹和程千帆等人创办的《诗帆》问世。

又，公余联欢社与中国国立戏曲音乐会联合举行京、昆大会串，参加演出的有程砚秋、言菊朋、周信芳、萧长华、俞振飞、姜妙香等。

秋，公余联欢社邀请梅兰芳剧团合作演出3天。

12月8日至14日，梅兰芳、金少山、林树森、萧长华、程继仙、刘连荣等人应各省筹募旱灾救济会南京分会之请，义演3场。

是年，南京计有京剧院3家，从艺人员375人；清唱茶社20家，从艺人员514人；徽班剧院3家，从艺人员71人；道情戏院之从艺人员143人。

是年，南京碑亭巷内开设了设备、技术较好的光华照相馆。

1935年

春，王洁之、姚少沧、周光来等人在南京发起组建南京影社。

5月11日至31日，言菊朋、杨瑞亭、云艳霞、言少朋等人于南京大戏院演出。

7月11日至30日，时慧宝、李万春等京剧艺人在南京大戏院演出。

9月1日，梅兰芳于苏联访问演出，并去欧洲一些国家考察戏剧。归国后，他抵达南京下关火车站，受到民众热烈欢迎。

9月11日至16日，梅兰芳、姜妙香、萧长华、刘连荣等人与南京的京、昆名票友红豆馆主、魏新绿、乐天居士、王颂忱等为救济水灾难民，联合义演6场。

自10月9日起，苏州昆班仙霓社于南京大戏院演出20余天，共演剧目近200出。

是年，上海百代唱片公司为甘贡三灌制昆曲《寄子》《扫松》等唱片。

1936年

秋末，秦昆山、筱启山夫妻创办京剧科班秦家班。

12月10日前后，北方昆弋班祥庆社韩世昌、白云生等人首次来南京演出，持续近1个月。其间，公余联欢社与祥庆社举行联欢会。白云生拜吴梅为师，学习《错梦》《题画》《偷曲》等折子戏，韩世昌也向吴梅学习了《寄扇》，并与张充和研究《寻梦》的演唱艺术。

是年，藏经楼三民主义碑廊建成。

1937年

3月3日，梅兰芳等人在大华大戏院为冬赈义演日夜两场，收入2800余元。筹款后被改作建立平民医院之用。

1939年

春，国民革命军陆军新编第四军（下简称新四军）来安六合办事处举办所属八县文艺检阅演出，其中六合洪山戏艺人演出了现代戏《军民合作》。

秋，六合抗日根据地宋时雨洪山戏班于周围各县乡镇演出。演出前，艺人郝余洲常即兴演唱一段宣传抗日的顺口溜，如《可恨小东洋》《天将镇淮南》等。

是年，沈蔚德创作的抗战多幕剧《民族女杰》，获教育部抗战创作剧本第一名，并于1940年由重庆正中书局出版。

20世纪30年代

蓼辛词社成立，成员有仇埰、石云轩、孙阆仙和王东培等。刊有《蓼辛词》。

如社成立，成员有吴梅、仇埰、廖忏庵、林铁酉、夏蔚如、吴瞿庵、汪旭初、陈匪石、乔大壮、卢冀野、吴白匋、唐圭璋和蔡嵩云等。刻有《如社词钞》。

霞社成立，成员有10余人，社长为程先甲。刻有《霞社唱和集》。

1940年

3月，傅抱石发表《刻印源流》。

约11月上旬，南京伶界联合会筹备委员会成立。

12月，首都模范戏剧研究社成立，注册社员计有249人。

1942年

2月，位于建康路秦淮河畔东钓鱼巷27号的梨园祖师庙建成，南京市梨园协会筹委会即由新姚家巷余庆里3号迁入该庙。

3月22日，南京市梨园协会于建康路丽都大戏院举行正式成立大会。

3月31日，祖师庙落成与祖师爷开光典礼举行，上海伶界联合会派代表李茂林前来祝贺，尚小云、梁一鸣及天津、北京、山东、徐州、蚌埠等地的梨园同仁皆纷纷来电祝贺。

是年，孙德龙于刘公祠5号创办京剧科班孙家班。

1943年

7月，抗日边区淮南行署路东专员公署东南办事处组建洪山剧团。

秋，应范长江联系邀请，六合洪山戏郝（余州）东方班至大柳营为新四军二师师部会议演出《南阳关》《陆登尽忠》《精忠报国》等戏。演出后，师长罗炳辉等人与演员一同进餐。

是年，由褚民谊主持编印、昆剧艺人沈传琨辑定的《昆曲集锦》于南京据手写本刊印。

1944年

1月，南京市梨园协会扩为剧艺公会。

8月，汤慧声、文彬彬、张利利、熊子清等人组成“五福团”，在金龙餐厅演出连台滑稽戏《小山东到上海》40余本以及滑稽京剧，持续演至年底。

1945年

10月，新四军江宁县抗日政府在殷巷召开万人大会庆祝抗日战争胜利。会上，湖熟镇新声京剧票社演出《捉放曹》《空城计》《黑风帕》《扫松下书》等剧目。

是年，著名水彩画家李剑晨、杨廷宝、章隽、樊明体、余钟志、陈志华、那畹衡等人随校来南京，在中大建筑系、艺术系任教，成为南京水彩画创作、研究的骨干力量。

1946年

12月12日至14日，程砚秋、谭富英、叶盛兰、叶盛章、袁世海、曹二庚、高盛麟等京剧名角于大华大戏院演出3场。

1947年

1月10日，南京市戏剧人员协会于夫子庙中华戏茶厅举行成立大会。

3月，爱国实业家范旭东创办的永利铔厂的海王平剧团成立。

1948年

2月，甘贡三花甲堂会于南捕厅甘氏宅内举行。卢前（甘贡三外甥）特作《祝寿词》，经程灵白谱曲（昆曲），由甘贡三子女、媳、孙大合唱，中央广播乐团伴奏。晚间，亲友彩排京剧《麻姑献寿》等，甘氏合家三代演出昆剧《天官赐福》。溥侗特托人从上海专程送上亲笔手书的《百寿图》祝贺。

4月2日，国际戏剧协会中国分会于南京召开成立会议。

5月21日，国际戏剧协会中国分会召开第三次临时执行委员会，正式选举执行委员会委员31人。戏曲界梅兰芳、田汉、欧阳予倩、马彦祥、焦菊隐等人当选。

5月，戏曲旬刊《菊影春秋》于南京创刊。

10月11日，南京市戏剧人员协会于钓鱼巷梨园祖师庙举行庙会。戏曲、曲艺艺人千余人参加敬祖师爷仪式，并演出《加官》《八仙献寿》《六国封相》。

1949年

4月28日，中国人民解放军南京市军事管制委员会成立。军管会文教委员会文艺处由黄粲任处长，郑山尊任副处长。

4月，《新华日报》社在南京成立摄影组。邹健东任组长，后华谷平、陈哲相继任组长。

5月9日，南京市青年文协召开成立大会，讨论通过了宣言、会章和文协工作十项纲领，选出了理事9人。11日公布工作纲领。

5月16日，南京市委、市政府、市军管会联合召开南京市文化、教育、科学界人士座谈会。刘伯承在会上号召大家共同努力，发展南京市的文化科学工作。

6月1日，全国文协在宁会员创办《文艺报》（旬刊）。

6月30日，南京市10多位代表前往北平出席全国第一次文代会。

6月，中央大舞台上演《闯王进京》。自7月上旬起，演出《逼上梁山》。

7月18日至8月13日，《南京人报晚刊》发表署名文章5篇，批判《盘丝洞》《御碑亭》等剧目，同时指出新编京剧《九件衣》《新大劈棺》有古代人物现代化问题。

8月16日，南京市委、市军管会、市政府举行茶话会，欢迎出席全国第一次文代会的本市代表暨中国人民解放军第二野战军、第三野战军代表归来。参加会议的有文化艺术界人士百余人。会上，传达了全国文代会精神，并决定筹备召开南京市首次文代会，成立南京市文联筹备委员会。

9月27日，南京市军管会文艺处于大众剧社召开京剧工作者座谈会，讨论戏曲改革问题。

9月30日，南京市军管会文艺处召集原南京市戏剧人员协会、民间艺术改进委员会、电影戏剧公会等组织的负责人，举行民间戏曲、曲艺艺人代表以及有关单位人员会议，宣布《南京市民间艺人总登记暂行纲要》。

10月2日，为庆祝新中国成立，南京市文艺界在玄武湖举行为期3天的游湖大会。全市文艺工作者2000多人参加演出各类文艺节目。

10月13日，苏联文化艺术和科学工作者代表团由作家法捷耶夫、西蒙诺夫率领到达南京参观访问，参观游览了南京风景名胜。西蒙诺夫在文艺界集会上发表了讲话，并给《新华日报》撰写了《我怎样写〈俄罗斯问题〉》的文章。

10月19日，南京市文艺界举行纪念鲁迅先生逝世13周年晚会。市委宣传部部长陈其五做报告，号召全市文艺工作者学习鲁迅先生的战斗精神。会上，赖少其、方光焘、陈中凡做了题为《鲁迅生平》《鲁迅引导我前进》等讲话。

10月24日，南京市文联筹委会召开第一次会议，市军管会文艺处处长赖少其在会上传达了全国人民政协会议精神。会议还做了有关成立市文联的4项决议。

10月29日，中国人民解放军第三野战军政治部文工团第三团在中央大舞台演出《李闯王》（严朴改编）。

11月1日，中央大舞台更名为中华剧场，作为改良京剧的实验剧场。

11月6日，《新华日报》开辟副刊《文艺》，由南京市文联筹委会主编。

11月20日至21日，南京市第一次文学艺术工作者代表大会召开，出席的代表及来宾有400余人。赖少其致开幕词，孔罗荪做筹备工作报告，南京市委副书记江渭清和市委宣传部部长陈其五到会讲话。

12月6日，赵晓岚、张铭声、朱素林在南京大戏院演出京剧《九件衣》。

12月7日，南京市文联与市军管会文艺处联合举行京剧《九件衣》座谈会。

12月13日，南京市军管会文艺处邀请农民代表座谈京剧《九件衣》。

12月14日，《南京人报》邀请南京市文艺界、京剧票友举行《九件衣》座谈会。

12月17日，新编京剧《将相和》在中华剧场进行首场演出。

自12月26日起，雪声越剧团在大鸿楼剧场演出《祥林嫂》和《白毛女》。

20世纪40年代

由中共南京地下组织文委领导的进步文艺组织诗行社、荒城文艺社成立，曾出版刊物，团结进步文艺工作者与反动派进行斗争。

1950年

1月13日，南京市文艺界剧场职工基层委员会成立。

1月23日，南京市京剧改进委员会筹备委员会成立。苏隽为主任委员，赵松樵、管公衡为副主任委员。此后，各京剧戏院先后成立京剧改进研究小组，纷纷创作和改编剧目上演。创作剧目有《好战必败》《人欢猪壮》《顾大嫂》等。演员改编的剧目有王玉让的《除三害》、关正明的《打棍出箱》、曹四庚的《闹登州》等。

3月22日，南京市文联和市军管会文艺处联合设立文艺奖金，鼓励创作配合当前政治任务的作品。

4月2日，《南京人报》增辟副刊《新戏曲》，由《新戏曲》编委会主编，每周1期，为戏曲改革服务。

5月1日至6月3日，南京市军管会文艺处和市文联举办第一期南京市戏曲人员讲习班，有学员149人。后于同年7月、1951年12月、1953年11月、1954年11月再办，共办5期。

5月27日，南京市诗歌工作者联谊会成立，并与上海诗联合办《人民诗歌》月刊。该刊为新中国成立后最早的全国性诗刊之一。

6月1日，南京市文联、市总工会、《新华日报》社、市电台联合举办的工人写作讲习班开学。参加学习的71名学员来自52个工矿企业。

6月6日，南京市文联号召全市会员参加和平签名运动，积极搞好宣传活动。

6月19日，南京市文联举办纪念屈原诗歌朗诵会。

6月23日，中国人民保卫世界和平大会南京分会、南京市文联等单位联合举办“保卫世界和平”征文活动。

6月24日，南京市文联举办诗歌展览会，展出“五四”运动以来的新诗，同时也展出屈原作品以及有关资料。

6月28日，南京市文联举行第四次常委及执委联席会议，选举赖少其为文联主席。

6月29日，南京市军管会文艺处直接领导的习进京剧团在南京大戏院进行首场演出。

10月19日，南京市文艺界集会纪念鲁迅逝世14周年，《新华日报》出版纪念专版。

11月5日，《新华日报》发表全国文联的号召，文学艺术界行动起来，以笔当枪，抗美援朝。

11月7日，南京市文联常委会决定动员全市文学艺术工作者，动用多种文艺形式开展抗美援朝宣传活动。

11月12日，南京市文联举办抗美援朝诗歌晚会。

11月18日，南京市文联文学部召开创作会议，号召积极投入宣传抗美援朝的创作。

是年，《华东战士画报》社在南京成立。陆仁生任社长，郝世保任副社长。

1951年

自1月6日起，京剧演员裘盛戎、李世济、李多奎在中华剧场演出。

1月16日，南京市地方戏改进会筹委会成立。主任委员为郑山尊，副主任委员为萧亦五、文微夫。

自2月6日起，京剧演员叶盛兰、谭元寿在中华剧场演出。

2月15日至24日，南京市文联与市京剧、地方戏、曲艺改进会联合举行春节戏曲竞赛，有5个剧种的13个演出单位参加。力进扬剧团《枪毙恶霸地主萧月波》获第一名，新声越剧团《信陵公子》获第二名，习进京剧团《太平军攻克杭州》获第三名；125人获优秀奖章。

又，南京市戏曲艺人和影剧院为慰问中、朝战士，救济朝鲜灾民，义演捐献人民币15549820元（旧币），合人民币1554.94元（新币）。

4月3日，力进扬剧团所演扬剧《枪毙恶霸地主萧月波》截至今日已连演83场。

4月19日，南京市文联民艺部举行全体会员大会，选举萧亦五等24人组成戏改工作委员会。

春，南京联友扬剧团成立。

5月5日，政务院发布《关于戏曲改革工作的指示》。

6月9日至11日，南京市第二次文学艺术工作者代表大会召开。华东军区司令员陈毅、南京市委副书记江渭清到会讲话。孔罗荪作《文联今后任务和方针》的报告，郑山尊做一年来文联工作情况的报告。

6月18日至10月28日，南京市文学艺术工作者积极响应全国文联为抗美援朝捐献“鲁迅号”飞机的号召，广泛开展义演义卖活动（超额完成捐献任务）。80岁高龄的京剧武生演员张桂轩剃须重登舞台，在中华剧场演出《白水滩》。

6月18日，南京市文艺界举行纪念高尔基逝世15周年晚会。

6月26日，丁玲、萧殷来南京，在市文艺界集会上做关于文学创作问题的报告。

8月6日，南京市文联举办的诗歌研究班开学。

10月19日，南京市文艺界集会纪念鲁迅逝世15周年，市文联主席赖少其做了《中国新文化的旗手——鲁迅先生》的报告。《新华日报》的《文艺》副刊出版专刊。

11月3日，人艺通俗话剧团于南京成立。

12月，力进扬剧团改组为民营公助的南京市实验扬剧团。

1952年

4月23日，南京市文艺、科学界为纪念四大文化名人（阿维森纳、达·芬奇、雨果、果戈理）举行座谈会。

6月18日，南京市中苏友协、市文联联合举行纪念高尔基逝世16周年晚会。新华书店等8处展出高尔基生平、斗争生活的图片。

6月26日，南京市委宣传部部长石西民在市文艺界大会上做《学习毛主席〈在延安文艺座谈会上的讲话〉，认真严肃地开展南京文艺整风运动》的报告。

7月18日，南京市人民政府文化事业管理处成立。

10月21日，南京市戏曲界文艺整风总学委会成立。

11月7日，作家聂甘弩前来南京调查古典文学名著《水浒传》作者施耐庵的生平，同南京作家座谈。

11月12日，南京市文艺界原有的京戏、曲艺、地方戏、职工4个基层工会合并改组成南京市文化艺术工会戏曲工作委员会。

11月30日，以吉洪诺夫为首的苏联文化代表团来南京，应邀向南京市各界人士3000多人做报告。

1953年

1月2日，江苏省人民政府文化事业管理局成立。

1月10日，南京、苏南、苏北文联联合发起成立中国古典小说史料征集委员会。钱静人任主任，汪普庆任副主任。

2月6日，江苏省文化局主持的扬剧观摩演出开始，共演出新老剧目20个。参加的剧团有：南京市实验扬剧团，扬剧联合二团、三团，联友扬剧团，苏北实验扬剧团，金星扬剧团。

3月9日，苏南大众京剧团和苏北实验京剧团合并为江苏大众京剧团。

3月20日，江苏省文化局戏曲审定组成立。吴白匋任组长。

4月10日，江苏省扬剧团、江苏省锡剧团成立。

自4月27日起，南京市实验扬剧团进行民主改革。

6月15日，屈原逝世2230周年，江苏省、南京市文学艺术界联合举行纪念会，并举办屈原著作展览。

6月18日，江苏省、南京市文艺界集会纪念高尔基逝世17周年。

7月8日至10日，南京和苏南、苏北文联联合召开江苏省文学艺术工作者联合会筹备委员会，到会49人。会议决定成立江苏省文学艺术工作者筹备委员会，任命李俊民为主任委员；南京市文联并入江苏省文联，南京市的文艺工作由江苏省文联兼顾。

10月7日，南京市文化事业管理处颁布《关于私营职业剧团、曲艺艺人演唱单位流动演出手续的规定》。

10月15日，印度诗人查托巴迪亚来南京参观访问。

10月19日，江苏省、南京市文化界人士举行座谈会，纪念鲁迅逝世17周年。

10月，南京市5个公营剧场成立联合办公室。此后，新街口、朝天宫、下关等处相继成立场地艺人管理委员会。

11月7日，江苏省锡剧团在上海市政府礼堂演出《双推磨》《秋香送花》，接待国家副主席宋庆龄、政务院总理周恩来。上海市市长陈毅陪同观看。

12月，江苏省锡剧团演出的《双推磨》由上海电影制片厂摄制成电影。

1954年

2月3日至14日，江苏省大众京剧团、江苏省扬剧团、江苏省锡剧团、南京市实验扬剧团等12个剧团以及华东戏曲研究院院长周信芳等人参加全国人民慰问中国人民解放军代表团，向驻南京部队、军队院校进行春节慰问演出76场，并组成9个慰问队到医院慰问志愿军和解放军伤病员。演出吸引观众13万多人次。

自4月8日起，梅兰芳、姜妙香、刘连荣等人在人民大会堂演出（江苏大众京剧团配合），剧目有《贵妃醉酒》等。在演出期间，梅兰芳曾会见职工业余文艺会演的演职员1000多人。

4月23日，为纪念莎士比亚诞生390周年，南京图书馆展出莎士比亚作品。

4月23日至30日，南京市文化事业管理处举办首届戏曲观摩演出，共演出16个剧目。参加演出的有：南京市实验扬剧团、南京市扬剧学员队、联友扬剧团、合众越剧团、新光越剧团、大众越剧团、联友越剧团、人艺通俗话剧团等。

6月上旬，田汉向江苏省、南京市文艺界做关于戏曲改革问题的报告。

7月15日，为纪念契诃夫逝世50周年，江苏省、南京市文艺界联合举行座谈会，并举办契诃夫著作、图片展览。

7月，南京市文化事业管理处举行扬剧老艺人座谈会。《鸿雁传书》《打花鼓》《观灯》《秦雪梅吊孝》等传统剧目进行了内部观摩试演。

9月10至14日，江苏省第一次文学艺术工作者代表大会在南京召开，并成立江苏省文联。俞铭璜为主席。

9月中旬，文化部调江苏省锡剧团到北京为第一届全国人民代表大会演出，剧目有《双推磨》《庵堂相会》《打面缸》《罗汉钱》等。周恩来、朱德等党和国家领导人观看了演出。

10月19日，南京市文艺工作者举行座谈会，纪念鲁迅逝世18周年。

12月中旬，江苏省锡剧团专场演出招待到南京参观访问的缅甸联邦总理吴努。吴努奖给在《双推磨》中饰何宜度的费兴生一枚金质奖章。

是年，甘贡三主持的南京乐社昆曲组成立。

是年，华东军区在南京成立摄影组，刘朴任组长。隔年，邓守智、常春、李义芳、刘铁男、张颖等组成临时前线摄影组，拍摄了解放一江山岛、大陈岛等珍贵资料。

1955年

1月初，江苏省文化事业管理局将戏曲审定组扩大为戏曲编审室，副局长钱静人兼任主任，吴白匋、孙大翔、萧亦五任副主任。编审室下设3个组：现代戏剧组、传统戏曲组和曲艺组。上半年共改编和整理《红楼梦》《水泼大红袍》《玉如意》《火里桃花》等8个传统剧目，创作现代锡剧3个，审定民间职业剧团剧目19个（其中可上演的有9个）。下半年因参加肃清反革命运动而停止工作。

3月初，云华越剧团接受南京市文化事业管理处直接领导，改组为民营公助的南京市实验越剧团。

5月7日，江苏省人民委员会颁布《江苏省民间职业剧团登记管理暂行条例》《江苏省现有民间职业剧团登记工作计划》。

5月13日至6月10日，《人民日报》分3批发表关于胡风反革命集团的材料。随后，全国错误地开展了对胡风等人的批判运动。在宁的文学作者化铁、黄天戈、华田等人受牵连，一度被捕。1980年被予以改正。

5月，人艺通俗话剧团的《第二个春天》（芦甸编剧）被勒令停演。

6月1日，夫子庙人民游乐场开幕，内设8个演出场所用于演出京剧、扬剧等。

自6月27日起，南京市举行第二届戏曲观摩会演。

7月20日，江苏省文化局发出《关于加强对民间职业剧团领导和管理的通知》。

自11月9日起，周信芳应邀来南京做纪念舞台生活50周年演出。

是年，江苏省文化局拨款24510元，用于安排省内各地贫苦老艺人生活。

1956年

1月2日，南京市戏曲编导研究班成立。

1月29日，南京市剧场公司成立。

自2月8日起，南京市实验越剧团在北京演出《南冠草》《柳毅传书》《梁祝》等剧。文化部艺术事业管理局和中国戏曲研究院为《南冠草》召开座谈会，郭沫若、老舍观看演出，并分别为演出本进行修改和润色。周恩来多次观看剧团演出，于3月4日和邓颖超一起看《南冠草》后，与演职人员合影留念，并邀请剧团于4月12日进中南海紫光阁演出《南冠草》。演出结束后，他还在办公室接见剧团团长竺水招，副团长商芳臣、陶影、筱水招及《南冠草》改编者毕华琪等。

2月27日，南京市人民委员会批准南京实验越剧团为国营南京市越剧团。

2月28日，南京市人民委员会批准南京市实验扬剧团与联友扬剧团合并为国营南京市扬剧团。

2月，南京市电影公司与剧场公司合并为南京市影剧院公司。

3月15日，《南京日报》创刊。创刊号辟有《玄武湖》文艺副刊。4月19日，又新辟“文化生活”文艺版。

4月23日，南京市文化事业管理处改组为南京市文化局。

4月，南京市影剧公司创办《戏剧介绍》半月刊。

自6月21日起，浙江省昆苏剧团应邀来南京演出《十五贯》。6月28日，江苏省文化局、南京市文化局联合举行《十五贯》座谈会。

6月23日，南京市文化局召开剧团团长、编导人员会议，研究剧目工作，提出“一团一本戏”要求。

7月中旬，江苏省文化局在南京召开全省剧目工作会议，成立江苏省剧目工作委员会筹委会。

自8月9日起，南京市文化局对本市表演团体开始艺术整训，聘请戏曲研究人员和戏曲爱好者30余人参加。在整训期间，参与者排演了扬剧《刁刘氏》《活捉三郎》《秦雪梅吊孝》和越剧《香帕冤》《卖花三娘》等12个久不上演的剧目。自10月17日起举行展览演出，对有争议的剧目展开讨论。

自9月12日，中国作家协会和全国总工会联合组织的作家参观团一行24人来南京访问参观，并同南京文艺工作者座谈。

10月27日，《南京日报》报道全市各剧团艺术自整训以来，共挖掘出800多个传统剧目。

11月22日，南京市文化局、市工会联合举办全市职工业余文艺创作会演。由于市文联并入省文联，自今年始，全市群众文艺创作工作由市文化局兼顾。

12月17日，江苏省、南京市文化局联合举办“张桂轩舞台生活73周年纪念”活动，授予张桂轩奖状。张桂轩以83岁高龄演出了《翠屏山》。

12月18日，南京市实验京剧团成立，主要演员有赵荣琛等。

自12月21日起，江苏省文化局、江苏省文联、南京市文化局联合举办北昆观摩演出。韩世昌、白云生、侯玉山、侯永奎、马祥麟等人演出了《林冲夜奔》《游园惊梦》《刀会》《拾画叫画》等。

是年，江苏省文化局在南京召开京剧老艺人座谈会，挖掘传统剧目。南京市成立了剧目工作分会，收集到剧本近千种。各剧团演出了久未上演的剧目44个。

是年，江苏省锡剧团演出的《庵堂相会》《庵堂认母》由上海电影制片厂摄成电影。

是年，新华社江苏分社成立摄影组。丁峻任组长。

1957年

1月1日，为扶助孤寡老艺人而设立的福利机构——南京市艺人之家成立。

1月，江苏省文化局将江苏省少年京剧团划归南京市文化局代管。

自2月28日起，南京市第三届戏曲观摩会演举行，有京剧、扬剧、越剧3个剧种10个剧团700多人参加，共演出大小传统剧目32个。3月上旬，张桂轩、新艳秋、苗胜春为会演展览演出了《凤鸣关》及《三堂会审》。

4月4日至30日，江苏第一届戏曲观摩演出在南京举行，共有17个剧种200多个剧团的1000多名代表参加，共演出两年来创作、改编、整理的大小剧目94个（其中现代戏11个），并进行评奖活动。文化部和上海、广西等地派来观摩代表。南京市参加演出的有越剧《南冠草》，扬剧《算命》《咽糠》，京剧《封侯恨》等9个剧目，其中《南冠草》获优秀剧作奖、优秀演出奖、导演奖、音乐奖、舞美奖。南京市属剧团有30多位演员分别获一、二、三等奖；老艺人苗胜春等7人获奖状。

5月1日，集体所有制的南京市滑稽剧团成立。

5月6日，江苏省剧目工作委员会在南京成立。吴白匋、孙大翔任主任委员。

5月，人艺通俗话剧团分为南京市话剧团和南京市滑稽剧团。

6月30日，南京市职工业余文学创作研究会成立。

7月1日，南京市文化局召开《杀子报》《大劈棺》座谈会。

7月27日，秦淮剧场落成。

9月17日至21日，江苏省文化局于南京召开全省京剧团团长会议。会上成立了江苏省京剧协会筹委会，推选张桂轩为筹委会主任。

12月，江苏省剧目工作委员会编成《高淳阳腔目连戏》等戏曲资料5种。

是年，南京市剧目工作分会编成《部分扬剧传统剧目目录》。

是年，李剑晨《水彩画技法》《英国水彩画选集》由人民美术出版社出版。《水彩画技法》提出了水彩画三要素，即水分、时间、色彩，以及干画法、湿画法两种基本方法，成为中国水彩画技法理论经典性著作。《英国水彩画选集》则介绍了19世纪初以来英国最优秀的22位画家不同题材、不同风格、不同技法的典型作品，是一本重要的值得欣赏、借鉴的优秀读物。这两本书极大地推动了全国水彩画的发展。

1958年

2月下旬，江苏省人民委员会批准，在省戏曲训练班基础上，在南京组建江苏省戏剧学校。

3月17日，文化部副部长钱俊瑞到南京，向江苏省暨南京市文艺界做报告，号召文艺工作实现“大跃进”。

3月28日，南京图书馆、南京市中苏友协联合举办报告会，纪念高尔基诞生90周年。

3月至4月，江苏省剧目工作委员会制订本年“跃进”工作规划，要求全省挖掘剧目2600个、整理剧目1000个、创作剧目500个、审查剧目5000个。

5月9日，江苏省文化局向各专区、市、县文化主管部门发出《关于抢救戏曲界老艺术家的表演艺术经验的规划》。

5月上旬，中国戏曲研究院、八一电影制片厂来南京拍摄张桂轩的京剧表演艺术片。

5月11日，保加利亚儿童文学家安盖尔、卡拉利切夫到南京参观访问。

又，南京市委宣传部编选的南京郊区民歌《人间胜天堂》由江苏人民出版社出版发行。

5月20日，南京市人民委员会批准，大众越剧团与联友越剧团合并成南京市越剧二团。

5月，江苏省京剧团首次赴北京演出。周恩来观看了《挑滑车》《倩女离魂》。

6月18日，南京市委宣传部召开新民歌创作座谈会。

下半年，南京市委决定恢复南京市文联，与市文化局合署办公。

7月1日，南京市文联主编《诗传单》创刊。《诗传单》共出版了10期。

7月初，江苏省锡剧团赴北京参加文化部主办的部分省市现代题材戏曲联合公演，演出《红色的种子》；参加正在北京举行的世界文化名人关汉卿创作700周年纪念演出周，于中华全国文联礼堂演出锡剧《救风尘》。

7月10日，南京市文联、市文化局、市工会联合编印《群众文艺》（内部交流资料）创刊。

7月30日，江苏省少年京剧团更名为南京市青年京剧团。

8月6日至15日，南京市文化局召开现代剧创作座谈会，同时举行全市专业剧团创作的现代剧汇报演出。

9月17日，南京市越剧团赴福建前线慰问解放军，演出169场，吸引观众达13.9万人次。

9月，南京大学中文系成立戏曲研究室。主任为陈中凡，副主任为陈瘦竹。

10月，江苏省戏剧学校开学。首届新生有114人，他们分别在目连戏、徽剧、昆剧、苏剧、扬剧、木偶戏等专业班学习。

11月9日，南京市戏曲学校开学，设京剧、扬剧、越剧3个专业。

中国戏曲学院、中国音协在南京、无锡、杭州举办第一期戏曲音乐研究班，由吕骥、晏甬、李元庆、马可主持。研究班有学员48名，他们来自11个省、市。

12月1日，南京市委宣传部主编的《南京民歌选》，由彭冲撰写序言，南京人民出版社出版发行。

12月25日，江苏省第二届戏曲观摩演出大会在南京举行。

是年，《江苏画报》在南京创刊。主编为樊发源，副主编为张文选，编辑组组长为张亚生，副组长为孙铁生，采访组组长为华谷平。

1959年

1月20日，江苏省第三届戏曲观摩演出大会在南京举行，有600多名代表（分属13个剧种）参加演出，共演出19场42个大小剧目。其中包括戏曲现代戏18个，如淮剧《一家人》、滑稽剧《满意不满意》；整理传统剧目23个，如扬剧《十二寡妇征西》、淮剧《金桥》、淮海戏《樊梨花》、新编京剧《打乾隆》等。

1月30日，江苏省文化局决定南京市扬剧团并入江苏省扬剧团，同时成立江苏省青年扬剧团，由南京市代管。

2月8日，南京中苏友好协会举办第一届摄影艺术展览，展出作品178幅，涉及作者80余人。

2月，南京市京剧团被撤销。

4月初，江苏省锡剧团去北京为中共八届七中全会做专场演出，剧目有《救风尘》《嫁媳》《三访桑园》。周恩来、陈云、贺龙等党和国家领导人观看演出，接见演职员并与其合影留念。

4月5日，全国人民代表大会代表田汉到南京视察工作。次日，江苏省暨南京市文化局联合召开戏曲界座谈会，向田汉汇报“大跃进”以来戏曲工作的成绩和存在问题。田汉做了在戏剧工作中坚持“两条腿走路”和“一盘棋”的讲话。

4月10日，中国摄影学会江苏分会筹委会在南京成立。樊发源任主任委员，孙振、张文选任副主任委员，丁峻、华谷平、张亚生、吴中行、邓守智、章石羽、沈秉钧、陈田、陈哲、裘在滋为委员。

4月20日，《江苏戏曲》在南京创刊，主编为周邨。

4月22日，经江苏省人民委员会批准，江苏省戏剧学校改组为江苏省戏曲学院。

4月23日，南京市属剧团举行庆祝南京解放10周年演出。演出剧目有：市越剧团、市越剧二团联合演出的《桃花扇》，市青年京剧团《岳云》，市滑稽剧团《火锅为媒》等。

7月10日，江苏省、南京市文学和戏剧界人士座谈前线话剧团创作、演出的《东进序曲》。

7月12日至8月5日，江苏省京剧团部分青年演员59人组成中国青年代表团艺术团，团长为钱静人，副团长为王平。7月12日，艺术团从北京出发，前往奥地利首都维也纳参加第七届世界青年与学生和平友谊联欢节，并在世界青年与学生和平友谊联欢文艺竞赛中，获东方古典舞蹈金质奖章5枚。周云霞、周云亮、张世兰等人主演的《虹桥赠珠》，沈小梅、宗云兰主演的《游园》，刘秀荣（中国戏曲学校实验京剧团团员）、万连奎主演的《春郊试马》也分别获奖章1—2枚。

8月6日至11月27日，参加世界青年与学生联欢节的中国青年代表团艺术团以“中国京剧团”名义到北欧的瑞典、挪威、芬兰、丹麦和冰岛5国的20个城市访问演出65场，剧目有《拾玉镯》《秋江》《卧虎沟》《双射雁》《贵妃醉酒》等19个，受到热烈欢迎。5国的91家报纸发表评介文章280篇，并刊登剧照、演员照片140帧。

8月15日，江苏省扬剧团奉中宣部之调前往北京汇报演出，带去《百岁挂帅》《恩仇记》《白蛇传》等大小剧目8个。刘少奇、周恩来、朱德等党和国家领导人观看了《百岁挂帅》，并予鼓励。10月，《百岁挂帅》由上海电影制片厂拍摄成电影。中国京剧院四团将《百岁挂帅》移植改编为京剧《杨门女将》。

10月9日，海地作家弗兰克·富治到南京参观访问。

10月20日至12月28日，由江苏省京剧团、锡剧团、扬剧团、淮剧团部分演员组成的慰问新疆少数民族和支边人员演出团，赴新疆乌鲁木齐、哈密、巴里昆、伊犁、昌吉、阜康、米泉、奇台、吉木萨尔等地进行慰问演出。

11月下旬至1960年1月，江苏省文化局抽调全省20个剧种（包括话剧、歌舞和曲艺）45个剧团的演职员2350名集中在南京汇报演出。选择较优秀的剧目85个（其中戏曲剧目83个），由省内的编剧、导演、音乐、舞台美术等方面的专家组成工作组进行加工。

12月中旬，江苏省戏曲学院柳子戏班（丰县柳子剧团）和江苏省淮剧团演出柳子戏《抱妆盒》、淮剧《一家人》，以接待到南京参观访问的全国人民代表大会常务委员会副委员长班禅额尔德尼·确吉坚赞和中国人民政治协商会议全国委员会副主席帕巴拉·格列朗杰。

12月，江苏省文化局决定，从南京市越剧团、南京市越剧二团、镇江市越剧团、无锡市越剧团、武进县越剧团、常熟县越剧团中选调部分青年演员，组建江苏省青年越剧团，由南京市文化局代管。

12月，南京玄武湖和江苏省美术馆相继举办江苏省第二届摄影艺术展览，展出作品225幅（内彩色照片32幅）、彩色反转片41幅。

是年，李春光、殷志扬的小说，朱光弟的诗，李正标的曲艺，张锦峥的演唱等作品，先后由江苏文艺出版社出版单行本。工人作者张正超创作的民歌《东方巨龙上九重》被选入《红旗歌谣》。

是年，中国戏剧家协会主编、江苏省文化局编辑的《中国地方戏曲集成·江苏省卷》上、下两册，由中国戏剧出版社出版。该书共收入新中国成立10年来整理改编和创作的13个剧种的34个大小型剧本。

1960年

4月3日，江苏省书法印章研究会在苏州成立。会长为胡小石，副会长为傅抱石、黄七五，秘书长为亚明，副秘书长为丁吉甫、张文俊，理事有吴俊发、沈子善、罗叔子等人。

4月3日，中国戏剧家协会江苏分会成立。周邨为主席，沈西蒙、吴白匋、郑山尊、姚澄、张桂轩为副主席。

自4月8日起，江苏省首届青年戏曲演员观摩演出大会在南京举行，南京市参加演出的扬剧《瞎子算命》受到好评。

5月10日，经江苏省委批准，江苏省锡剧团、江苏省扬剧团、江苏省昆剧团、江苏省淮剧团、江苏省戏曲学院合并组成江苏省地方戏剧院。江苏省剧目工作委员会亦并入，经费单独由省文化局拨款，继续负责整理编印有关戏曲资料；江苏省京剧团、南京市京剧团、南京市青年京剧团、扬州专区京剧团部分人员合并组成江苏省京剧院；江苏省话剧团、歌舞团合并组成江苏省歌舞话剧院。三剧院均设有演出、教学、研究三部。是日，三剧院在南京人民大会堂举行建院大会。

9月，江苏省京剧院、江苏省地方戏剧院、江苏省歌舞话剧院所属教学训练部合并，恢复江苏戏曲学院，下设京剧系、地方戏曲系和歌舞话剧系，以及编剧班、导演班，共有16个专业。地方戏曲系设有昆曲、锡剧、扬剧3个剧种的表演和音乐6个专业，京剧系设有表演和音乐2个专业。

10月28日，南京市“艺人之家”由市工人文化宫接管。

12月2日，江苏省青年锡剧团成立，由南京市文化局代管。

12月21日，江苏省地方戏剧院扬剧团演出《百岁挂帅》、淮剧团演员清唱淮调，以接待由周恩来总理、陈毅副总理和夫人陪同到南京访问的柬埔寨国家元首诺罗敦·西哈努克亲王和夫人，王位最高委员会副主席宾努亲王，首相福·波伦和第一副首相涅·刁龙等。

是年，南京市文联编辑南京职工小说集《春天里的竞赛》。工人作者蔡之湘的诗歌《工人步子迈得大》得到郭沫若的称赞，作曲家马可为之谱曲。老干部创作的革命斗争故事先后由《南京日报》和《雨花》分别出了专版与专辑。

1961年

2月，江苏省青年锡剧团被撤销。

2月至3月，《雨花》第二、三期开展“关于戏剧冲突问题”的讨论。南京大学教授陈瘦竹发表论文《论戏剧冲突》。

3月，江苏省地方戏剧院将历年来汇集在省剧目工作委员会的全省各地收集挖掘出的各戏曲剧种传统藏本、艺人口述记录本、回忆录等各种戏曲资料数千种，先后分铅印、油印以及未印的情况，编印成《江苏省戏曲资料印本概况》（这批已印和未印珍贵资料后于“文化大革命”中散失、损毁）。

5月中旬，越南社会主义共和国主席胡志明访问南京。江苏省地方戏剧院锡剧团、苏昆剧团及江苏省青年京剧团在人民剧场为胡志明主席七十寿辰举行祝寿演出。

5月，南京市文联举办学术讲座，南京大学中文系教授胡小石做了题为《〈北征〉小笺》的专题报告会，对唐代大诗人杜甫《北征》一诗的思想和艺术成就以及背景做了分析论述。

9月25日，江苏省、南京市文联在大华影剧院集会，隆重纪念鲁迅诞生80周年、逝世25周年。

10月7日至31日，江苏省锡剧观摩演出在南京举行，有150多名代表及王嘉大、王呆初、张乾大、过昭容、沈阿燃、李如祥等老艺人参加，演出22场，公演7场，其中有锡剧不同发展历史时期的剧目47个，并印发多种锡剧历史资料。在会演期间，10多位名演员在南京人民大会堂串演《珍珠塔》《孟丽君》。会后，演艺人组成江苏省锡剧著名演员巡回演出团，赴镇江、常州、无锡、苏州、戚墅堰等地演出。

自10月下旬起，南京市越剧团赴长春拍摄戏曲艺术片《柳毅传书》。

年底，南京的红旗扬剧团迁往江浦，改组为江浦县扬剧团。

是年，南京市文联在全市倡导和组织编写革命故事和斗争回忆录活动。蒋光鼐的《锋芒初试》、毛英奇的《忆江南》、夏冰流的《南京志》等分别在《雨花》发表。吴虎的《火烧城隍庙》在《新华日报》发表。

是年，胡小石发表《书艺略论》。

1962年

1月10日，荀慧生应江苏省文化局聘请到南京传艺，收宋长荣、董金凤、胡慧兰3人为徒，在江苏省京剧院举行拜师仪式。

1月18日至21日，南京市第三次文学艺术工作者代表大会召开，有代表500人出席。南京市委书记处候补书记郑康做报告，曹汶做文联工作报告。

2月21日至3月10日，江苏省文化局在南京主办江苏省扬剧观摩演出大会，有140名演员参加，共演出19场56个剧目（包括花鼓戏、香火戏和清曲剧目）。老艺人演出了花鼓戏、香火戏专场各1次。会演以挖掘传统剧目、研究发展扬剧艺术为主要目的。会演结束后，演艺人选择扬剧不同发展时期的部分代表性剧目组成江苏省扬剧著名演员联合演出团，赴镇江和苏北一些地区巡回演出。

3月6日，中国作家协会江苏分会和中国戏剧家协会江苏分会联合邀请历史文物研究专家沈从文，就中国戏曲古代人物服装道具等问题做专题报告。江苏省直属艺术表演团体和前线话剧团等舞台美术工作者20余人参加报告会。

3月15日，周信芳应邀向江苏省、南京市戏曲界做题为《关于戏曲艺术问题》的报告。

5月，为纪念毛泽东《在延安文艺座谈会上的讲话》发表20周年，南京市文协举办文学报告会和座谈会，介绍《讲话》发表以来的重大创作成就，讨论《红岩》等优秀作品。

自8月8日起，纪念梅兰芳逝世一周年演出在南京举行。

8月，江苏省地方戏剧院被撤销。江苏省锡剧团、江苏省扬剧团、江苏省苏昆剧团和江苏省淮剧团恢复原建制。

9月，江苏省戏曲学院改名为江苏省戏剧学校。

是年，张弦、张震麟创作的《莫愁女》由南京市越剧团演出，引起了文艺界和广大观众的强烈反响。方之的短篇小说《出山》在《上海文学》发表。该小说被《中国青年报》转载，向全国推荐。许多报刊发表评论文章，予以赞誉。

是年，南京市文联与《新华日报》《雨花》联合举办文学讲习所。艾煊、陆文夫、陈辽、方之、吴调公、滕凤章等人兼任教师。

是年，南京市文学工作者协会举办李春光、王树三、徐宝康的小说，艾煊的散文作品研讨会。

是年，江苏人民出版社出版南京市作家编写的《打鬼的故事》、南京民间故事集《太平军破地道阵》。

是年，南京市戏曲学校撤销扬剧班、越剧班，改名为南京市京剧学馆。

是年，由江苏、上海、福建分会，南京、福州军区联合举办的中国人民解放军东海前线摄影展览在南京展出，共展出190幅作品。

是年，李剑晨水彩画展在北京中国美术馆展出。

1963年

1月16日，吴晗向江苏省、南京市戏剧界、文学界、史学界做题为《历史·历史人物·历史剧》的报告。

2月27日，京剧表演艺术家张桂轩在南京病逝。

2月，江苏省剧目工作委员会和剧协江苏分会联合举办小型剧本征稿和评奖活动，以提倡和推动现代戏创作，至年底共收到2864个小剧本。初选的32个剧本分别被推荐给《雨花》和江苏省人民出版社发表和出版；另内部编印9册《剧本选》，向全省推荐上演。

3月8日至27日，江苏省、南京市地方戏剧团现代戏展览演出在南京举行。

3月，江苏省、南京市话剧团分别创作、上演《雷锋》。

6月，江苏省锡剧团演出的《双珠凤》由上海天马电影制片厂和香港金声影业联合摄制成彩色锡剧片，11月完成。

是年，《剑晨水彩画集》由江苏人民出版社出版。

1964年

1月，一度被撤销的江苏省剧目工作委员会恢复建制。

2月，江苏省第五届投影艺术展览在南京展出，入选作品175幅，并首次举办作品评奖。评奖最终评出最佳奖2幅、优秀奖7幅、荣誉奖16幅。

6月5日至7月31日，江苏省京剧代表团到北京参加文化部举办的全国京剧现代戏观摩演出大会。省京剧院演出大型剧目《耕耘初记》和小型剧目《再接鞭》。6月28日晚，国务院总理周恩来，副总理陆定一、林枫等人在北京市工人俱乐部观看《耕耘初记》，对该剧提出改进意见，并邀该剧演艺团去国务院礼堂演出一场。

7月10日至8月7日，江苏省戏曲现代戏观摩演出在南京举行，有9个剧种的代表、观摩代表及非正式代表1200余人参加，共演出26个剧目。其中有2个革命历史题材的剧目，余均为反映社会主义革命和建设的题材，如《红花曲》《农家宝》《大年夜》《借驴》《姐妹行》等。江苏省委第一书记江渭清、华东局宣传部部长夏征农在大会上讲话，号召戏曲工作者努力学习毛泽东文艺思想，改进世界观，将戏曲战线上的社会主义革命进行到底。会后，全省剧团贯彻大会精神，大演现代戏，基本上停演古装戏、传统戏。南京市越剧团演出了《林道静在农村》。

10月10日，南京市委批复市总工会，同意将工人白局剧团划交市文化局领导。

10月13日，江苏省财政厅和文化局联合发出《关于在我省演出的革命现代戏定期给予免征文化娱乐税的通知》。

11月23日至12月2日，南京市文化局、市文联等单位在世界剧场联合举办南京市1964年群众业余话剧创作观摩演出，演出了反映现实生活的独幕话剧16个，演出6场，受到文艺界和广大群众的好评。

是年，南京市作家发表诗作80多首、独幕话剧100个，小说、报告文学如《紧要关头》

《好师傅》等较有影响。文艺整风开始，方之的短篇小说《出山》错误地遭受全国性批判；市业余作家创作的短篇小说《玛瑙和玉锁》《梅英》《家庭问题》在省报上受到批判。

1965年

1月，南京市文化局、市文联联合召开群众业余文艺经验交流会，推动全市群众业余文艺创作和文艺活动的开展。

自2月15日起，江苏省京剧革命现代戏观摩演出于南京举行，有12个代表队的660多名代表参加，演出大小剧目18个，如《江姐》《黄海前哨》《伏虎》等。大会结束后，编导38人留在南京，在大会剧目加工组的领导下，用20天的时间对观摩演出中的11个剧目进行再加工。

2月下旬，国务院副总理陈毅在南京观看由江苏省苏昆剧团演出的昆剧现代戏《活捉罗根元》，江苏省委负责同志听取他对该剧的意见。

5月26日至6月，华东区京剧现代戏观摩演出大会在上海举行。江苏省代表团演出大型剧目《江姐》《伏虎》和一台小型剧目（《枫林渡》《就是他》《英姑》）。

7月至8月，为抗美援越，南京市文协组织诗歌作者创作诗歌15首，编印诗传单1.2万份，并与音协联合举办抗美援越诗歌演唱会。越南留学生参加了活动。

是年，《王丹虎墓志》《王兴之夫妇墓志》出土。高二适发表《〈兰亭序〉的真伪驳议》。

1966年

1月，江苏省文化局和中国摄影家协会江苏分会在南京联合举办江苏省第八届摄影艺术展览，展出了120多位作者的180多幅作品。

5月13日，南京市委发出关于立即开展“文化大革命”学习活动的通知。

8月，南京市文化局与秦淮区政府决定撤销金陵京剧团。

12月27日，南京市文化局同意群众组织的要求，将南京市京剧学馆改名为南京市红色青年京剧团，南京市滑稽剧团改名为南京市方言戏剧团，南京市白局剧团改名为南京市地方说唱团。

是年，江浦县扬剧团改名为江浦县工农兵剧团。

1967年

3月10日，江苏省和南京市同时实行军管。市文化系统由市军管会政治部宣传组领导。

1968年

3月，江苏省和南京市相继成立革命委员会。文艺界分别由省、市革命委员会宣传组领导。

10月13日，文联干部和市级机关干部都被“下放”到浦口“一〇四”干校。

1969年

1月，南京市红色青年京剧团“下放”金湖县宝应湖农场劳动。5月，剧团被调回，排演“革命样板戏”，并改名为南京市京剧团。

7月6日，南京市革命委员会决定建立南京市文工团。

11月23日，江苏省革命委员会决定，江苏省戏剧学校和南京艺术学院、南京师范学院的音乐系、美术系合并，成立江苏省革命文艺学校，为中等专业学校，由工人、解放军毛泽东思想宣传队领导。

11月30日，南京市革命委员会文教局成立。

11月，部分文联驻会干部“下放”到农村。

12月，南京市文教局开始整编市属剧团，江苏省青年越剧团并入南京市越剧团，南京市白局团并入南京市话剧团，撤销江苏省青年扬剧团，只剩下南京市越剧团和南京市京剧团2个戏曲剧团。

1970年

3月，江苏省苏昆剧团改为江苏省京剧团二团，排演“革命样板戏”，后被调往六合，委托六合专区领导。9月，剧团回南京驻江苏教育学院，后返回四条巷32号。

6月，南京长江大桥工人写作组编写的报告文学集《南京长江大桥》由上海人民出版社出版。

1971年

2月27日至3月3日，柬埔寨国家元首诺罗敦·西哈努克亲王和夫人，由中共中央军事委员会副主席叶剑英陪同访问南京。在此期间，他们观看了江苏省京剧团专场演出的《沙家浜》。

9月，南京市革命委员会文教局编印《革命文艺——群众业余文艺创作选编》。该书分短篇小说、诗歌、小戏、曲艺、演唱专辑等6册。

是年，南京市革命委员会毛泽东思想宣传站成立，下设文艺创作组和广播电台两部分，隶属市委宣传部领导。

1972年

5月23日至6月4日，为纪念毛泽东《在延安文艺座谈会上的讲话》发表30周年，江苏省和南京市所属戏曲剧团演出“革命样板戏”，并试演《常青树下》《炉火正红》《螺号长鸣》等创作剧目。

7月，南京市革命委员会毛泽东思想宣传站编辑的《天堑飞虹——南京长江大桥诗选》由江苏人民出版社出版。

10月，江苏省京剧二团仍改为江苏省苏昆剧团，由南京调往苏州，委托苏州市革命委员会领导。

11月，江苏省革命文艺学校更名为南京艺术学院，设戏剧系，有编导、话剧、舞台美术等专业，属大专院校。

1973年

3月，南京市革命委员会决定撤销南京市文教局，并成立南京市文化局和南京市教育局。

4月13日至29日，江苏省专业剧团戏曲调演于南京举行，有省直属剧团及各专区各市代表团1740人参加。11个剧种和曲艺共演出18台剧（节）目，其中大型剧目9台、小型剧目5台、曲艺3台、歌舞1台。中央人民广播电台、人民文学出版社、中国唱片等单位派来观摩代表。调演结束后，《小陈庄》《胜利渠》等4台大戏，《江上明灯》等3个小戏在南京公演。

年中，南京市革命委员会毛泽东思想宣传站文艺创作组改为南京市革命委员会文化局创作组，下设文艺组、美术组等。

1974年

1月，南京市革命委员会文化局创作组编辑出版文学刊物《群众创作》（双月刊）。至1977年底，《群众创作》共出24期。

4月27日，南京市工农兵业余文艺评论组成立，开展文学、戏剧、音乐、美术等方面的评论工作。

11月17日至27日，江苏省革命委员会文化局在南京主办全省部分专业剧团文艺调演，有1200余人参加。演出剧（节）目11台，其中地方戏曲移植“革命样板戏”3台，创作大型剧目3台、小戏1台。国务院文化组派5人观摩小组到南京观看演出。

1975年

5月，南京市文化局创作组编印《千歌万曲动起来——南京电线电缆厂工人诗选》。

是年，南京市文化局创作组编写的短篇小说集《风华正茂》由江苏人民出版社出版。

1976年

7月18日，江苏省、南京市委宣传部联合召开大会，隆重纪念鲁迅逝世40周年。

1977年

7月20日至8月9日，江苏省革命委员会文化局在南京召开第二次全省戏剧创作会议。会议分组讨论了各地新创作剧本56个（其中大戏21个、小戏35个），提出修改意见，还对创作中一些问题开展研究和争鸣。

10月6日，南京艺术学院戏剧系划出，在南京市申家巷46号恢复江苏省戏剧学校原建制，分设京剧、昆剧、锡剧、扬剧、编导、舞台美术、歌舞、话剧等专业。

11月14日至12月7日，江苏省文化局举办的江苏省专业文艺团体创作节目第二轮（戏剧）会演于南京举行。南京市越剧团的《报童之歌》、江浦县文工团扬剧队的《最听话的丫头》、江宁县锡剧团的《三亲家》，均获创作奖和演出奖。

12月24日，江苏省昆剧院于南京上演昆剧《十五贯》。《新华日报》发表社论：《祝贺昆剧〈十五贯〉重新上演》。

1978年

2月25日，《南京文艺》文学双月刊创刊。至1979年7月，《南京文艺》共出版10期。

3月26日至4月1日，南京市文化局召开南京市创作会议，文化馆站、工会、专业、业余四方面的创作人员250人出席。会议内容为进一步解放思想，繁荣南京市文艺创作。

4月6日，江苏省革命委员会文化局党组召开直属文艺文化单位负责人会议，布置落实干部政策工作。此后，对在“文化大革命”中受到冲击的各单位及人员造成的冤假错案，先后予以改正，恢复名誉。

5月，南京市文化局举行竺水招同志骨灰安放仪式，对其被错划右派予以改正。范瑞娟、吴小楼专程来南京参加。

5月20日，文化部选调江浦县文工团扬剧队的《最听话的丫头》、江宁县锡剧团的《三亲家》，赴北京参加纪念毛泽东《在延安文艺座谈会上的讲话》发表36周年演出。

9月，江苏省戏剧学校实验京剧团在南京成立。团长为朱志耀，副团长为钟铭元。

10月4日，江苏省暨南京市隆重集会，纪念毛泽东诗《送瘟神》发表20周年。

10月26日至28日，根据南京市委关于“尽快恢复南京市文联工作活动”的决定，南京市文联筹备小组召开座谈会。文联和文学、戏剧、美术、音舞协会正副主席和理事共45人出席会议，座谈恢复文联的筹备工作。

11月20日，南京市文联第三届委员扩大会召开。会议内容：宣布市文联及所属文学、美术、戏剧、音舞协会正式恢复工作；讨论文联和协会今后的工作任务等。

是年，南京工学院李剑晨、杨廷宝、童隽、崔豫章、许石丹、金允铨6位水彩画家的水彩画联展在江苏省美术馆展出，拉开了中国水彩画恢复发展的序幕。

1979年

1月4日至17日，江苏省革命委员会文化局在南京主办江苏省京剧创作剧目会演大会，有省、专区12个剧团的代表及省内外（包括北京、上海、四川、湖南等地）观摩人员计1160人参加，共演了12台18个剧目（大小型各9个）。《琵琶泪》《血冤记》等剧目受到好评。

1月下旬，南京市越剧团的《报童之歌》赴北京参加文化部主办的庆祝新中国成立30周年献礼演出。

3月19日，南京市文联召开文学创作座谈会，研讨全市近几年散文和报告文学创作。

5月4日，南京市革命委员会批复市文化局，同意将原南京市滑稽剧团、南京市曲艺团和木偶剧团的30个“下放”人员迁回南京，但不同意恢复原建制。其中15人组成浦口区曲艺团，曲艺团为区属集体所有制剧团。

7月9日，南京市文联邀请上海复旦大学春笋社的卢新华等6位同志同南京市青年作者座谈。

9月，《金陵百花》双月刊创刊。

10月1日至28日，南京市越剧团的“新花演出队”公演，《莫愁女》大受欢迎。

10月15日，青年文学月刊《青春》创刊（前身为《南京文艺》）。创刊号发行5764册。

10月21日，作家方之逝世。方之的小说《内奸》获1979年全国优秀短篇小说奖。

10月，江苏省妇联命名南京市越剧团的《报童之歌》剧组为“三八红旗集体”。

11月20日至12月2日，受文化部委托，由江苏省革命委员会文化局、省戏剧学校筹办的全国专业（南方片）教材会议在南京召开。参加会议的有南方14个省、市、自治区18所院校15个剧种的代表和列席代表62人，他们讨论和交流了教材112种。

12月14日，南京市文协召开创作座谈会，成立小说、诗歌、评论组和民间文学组等。

12月28日，南京市文协与《钟山》《雨花》《青春》《南京日报》联合召开评论工作座谈会。

是年，南京大学戏曲研究室重新成立。

是年，南京市文化局恢复设置剧目工作室。

是年，南京市书画院成立。院址设在玄武湖公园内。林散之为院长，陈大羽、萧娴、曹汶为副院长。

是年，《李剑晨水彩画》由上海人民美术出版社出版。

1980年

1月，《江苏戏曲》复刊。

3月，南京乐社昆曲组恢复。

4月8日，文化部在北京召开新中国成立30周年献礼演出颁奖大会。南京市越剧团的《报童之歌》获创作二等奖和演出二等奖。

4月，中国摄影家协会江苏分会正式恢复工作，于4月9日在南京召开代表大会。

4月19日至23日，中国戏剧家协会江苏分会在南京召开第二次代表大会，选举周邨为主席，王平、吴白匋、杨正吾、张辉、张继青、姚澄、郑山尊、梁冰、新艳秋和漠雁为副主席。

7月1日，江苏省照相技术研究会在南京正式成立，并举办了江苏省首届专业人像摄影艺术展览。

7月，南京市文化局、浦口区政府决定撤销浦口区曲艺团。

8月29日，南京市委办公会议讨论决定，不恢复南京市白局剧团。

自10月13日起，南京大学中文系的美国留学生魏丽莎向江苏省戏剧学校京剧教师沈小梅学习《贵妃醉酒》。

10月21日，江苏省作家协会举行方之逝世一周年报告会。

11月10日，《人民文学》副主编韦君宜与《青春》文学月刊编辑和部分作者座谈，探讨当前文艺界所关心的一些问题。

11月24日，剧协江苏分会舞台美术研究会在南京成立，会长为周洛。研究会后改名为江苏省舞台美术学会。

11月25日至12月24日，江苏省1980年戏曲现代戏观摩会演于南京举行。南京市越剧团的《巫山燕》获演出三等奖。

11月28日至12月2日，南京市第四次文学艺术工作者代表大会召开。市委第一书记储江致祝词，田芜做工作报告。

12月1日至9日，文化部于南京召开戏曲现代戏座谈会。

是年，江苏省书法家协会、南京市书法家协会成立。

是年，江苏水彩画学会建立。李剑晨担任会长，杨云龙、陈志华任副会长，袁振藻任秘书长。

是年，南京市摄影工作者协会筹备组正式成立，并于9月初召开第一次筹备组会议。

是年，南京市美协雕塑壁画研究会成立。

1981年

1月，南京市文协主办的《创作新稿》（内部交流资料）创刊。

2月，南京市文学讲习所成立，并于3月7日下午举行开学典礼。首届学员有130名。

又，江苏省昆剧院邀请分散于数省市的“传”字辈艺术家到南京录像。剧目有《白兔记·出猎》《连环记·小宴、梳妆掷戟》《荆钗记·参相》《琵琶记·卖发》《长生殿·惊变、酒楼》《千钟禄·打车》《绣襦记·卖花、当巾、莲花》《金不换·守岁》等。

3月17日至23日，《中国大百科全书·戏曲卷》编委会筹备会于南京召开。

3月20日，剧协江苏分会创办的不定期内部刊物《江苏戏剧通讯》改为对开四版一大张，每月1期，公开发行。

3月21日，为欢迎在南京参加《中国大百科全书·戏曲卷》编委会筹备会议的编委和专家，江苏省昆剧院、南京乐社昆曲组联合举办瞻园曲会。

4月，《青春》杂志15篇此前发表的短篇小说经专家评选获得首届《青春》文学奖。

9月24日，江苏省、南京市文艺界3000多人集会，纪念鲁迅100周年诞辰。南京大学教授陈白尘在会上做了题为《学习鲁迅的彻底革命精神》的报告。

9月30日，经江苏省政府批准，江苏省京剧团和江苏省戏剧学校实验京剧团合并，恢复江苏省京剧院建制。

12月，《光与影》（季刊）摄影艺术杂志在南京创刊，由江苏人民出版社出版，全国发行。

是年，《青春》全年发行584.3万册，为该刊历史最高纪录。

1982年

1月1日，《南京日报》新辟文艺副刊《雨花石》。

1月5日，江苏省文化局向省属剧院、团发出《关于繁荣我省戏剧剧目创作的若干规定》，并将其发至各专区、市、县文化主管部门参考执行。

2月23日至26日，南京市文化局召开戏剧创作年会。

3月19日，为纪念德国诗人歌德逝世130周年，文讲所举办文学讲座。

4月14日，《青春》编辑部举行1981年度“青春文学奖”授奖大会，有小说、报告文学、散文、诗歌等21篇作品获奖，其中南京青年作品占三分之一。

4月18日至19日，作家高晓声、陆文夫应邀来南京讲学。

4月，中国摄影家协会副主席、摄影家陈复礼，香港摄影家钱万里相继应邀来南京访问，并进行创作活动。

7月，《青春》编辑部在常熟虞山镇举办苏南地区小说作者改稿讲习班。

8月初，江苏省文化局、中国剧协江苏分会联合设立江苏省戏剧创作“百花奖”，商定成立评选委员会；省文化局同时设立江苏省戏剧创作“伯乐奖”，公布了两奖条例。

8月7日至16日，江苏省昆剧院在南京主办《痴梦》学习班，由张继青主讲。来自北京、陕西、湖北、安徽和江苏等地的京剧、秦腔、汉剧、徽剧、扬剧、锡剧、淮剧、淮海戏等8个剧种的43名演员和音乐工作者参加学习。

9月21日，应南京市文协、文讲所邀请，贵州省专业作家何士光为南京地区业余文学作者介绍创作体会。

10月3日，江苏省昆剧研究会于南京成立。

10月4日至6日，江苏省文化局、中国剧协江苏分会、江苏省哲学社会科学联合会、江苏省昆剧研究会联合在南京举办纪念汤显祖逝世366周年活动。文学、哲学、昆剧研究和戏剧工作者300余人参加了纪念会，观看了江苏省昆剧院的纪念演出。徐朔方教授做学术报告。

10月14日至18日，南京市文化局召开1982年剧本讨论会，对越剧《秦淮梦》、京剧《沈万三》、话剧《东边日出西边雨》等剧本进行研讨。

10月23日至11月2日，中国当代文学研究会1982年学术讨论会在南京举行。参加者有专家、学者、作家、诗人200多人。

12月24日至29日，南京市文化局举办专业剧团青年演员会演，共演出大型剧目4个、折子戏18个。会演设剧组奖、演出奖、表演奖和园丁奖。

1983年

自1月6日起，南京市委宣传部和南京市文化局组成工作组，对市属全民所有制剧团进行体制和制度改革，先由南京市越剧团试行分队承包。

1月18日，江苏省文化局和中国剧协江苏分会联合主办的江苏省（1982）戏剧百花奖暨省直属剧院、团会演授奖大会在南京人民剧场举行。

1月26日，中国摄影家协会主办的第一届全国青年摄影艺术展览在江苏省美术馆开幕，展出了全国青年摄影作者的267幅作品。

3月20日，南京文学作品广播朗诵艺术研究会成立，并举办《报春花》朗诵会。

3月，南京市文协民间文学组织编写的《南京民间传说》由江苏人民出版社出版。

6月，南京市文学艺术各专业作者60多人分批到苏、浙、皖、陕、鲁等省深入生活，积累创作素材。

7月，文学双月刊《青春丛刊》创刊。

10月25日，著名词学研究家陈廷焯的《白雨斋词话》和《词则》手稿在南京发现。

11月6日至14日，为纪念曹雪芹逝世220周年，全国红学会在南京召开研讨会。南京市越剧团在延安剧场演出《秦淮梦》。

是年，江南诗词学会成立。

是年，南京市书法教学研究会成立，有会员110人。

是年，南京市越剧团的保留剧目《莫愁女》由南京电影制片厂摄制成彩色戏曲片。

是年，中国水彩画展赴科威特展出。南京水彩画家6人6幅作品参加展出。

1984年

自1月1日起，江苏省文化厅直属剧院、团1984年新剧（目）汇报演出及全省1983年青年演员新剧目调演在南京举行。南京市越剧团的《秦淮梦》参加。

4月初，业余爱好者组织的南京市京剧艺术研究会成立。

4月4日，1983年度“青春文学奖”评选揭晓大会在南京举行。获奖作品有短篇小说、报告文学、诗歌、散文等14篇，美术作品2件。

4月23日，张继青荣获首届中国戏剧梅花奖后在人民大会堂汇报演出。

7月，在南京市文学讲习所的基础上，青春文学院改建成立，分小说、诗歌、评论3个专业。文学院有全国各地函授学员26551人，其中江苏学员5322人。

8月8日，南京市文协、文讲所举行玛拉沁夫报告会。

8月17日，清代江宁织造府西园遗址在大行宫小学、市幼儿教育中心施工工地被挖掘发现。有关专家认为，这对研究《红楼梦》和曹雪芹有重要价值。

9月，南京市作协主办的文艺月报《朗诵报》试刊。

9月，南京市越剧团委托江苏省戏剧学校代培30名演员入学。

10月4日至1985年2月6日，江苏省文化厅、中国剧协江苏分会联合举办庆祝新中国成立35周年戏剧调演。

10月15日，江苏省高等院校摄影学会在南京成立。

10月27日至28日，南京市剧协、南京市京剧艺术研究会联合举办纪念梅兰芳诞辰90周年京剧演出。

12月7日至11日，南京市文化局举办1984年专业戏剧创作评奖活动，市、县10个专业艺术团体的7台剧（节）目参加评奖。此次活动设有关剧本、演出、演员、导演等方面的19项奖。

是年，江苏省京剧院以自愿结合、领导调配和批准的原则，由主要演员黄孝慈、董金凤、黄晓萍领衔分别组织“雨花”“馨梅”京剧团。

是年，莫愁诗社成立。

1985年

1月14日至15日，中国剧协江苏分会与江苏省文化厅联合举办的戏剧百花奖进行第三届评奖活动。

1月29日，江宁县首次文代会召开，成立南京市第一个县文联。大会选举产生了文联委员会委员和正主席、副主席。县文学工作者协会也同时成立。

4月2日，全国优秀报告文学、中短篇小说授奖大会在南京举行，有65篇作品获奖。

5月23日至25日，南京市作协召开首次会员大会，正式成立南京市作家协会。大会选举产生了协会理事43名，包忠文当选主席。

7月3日，南京市作协成立理论批评委员会、民间文学工作者委员会。

8月1日至5日，南京市文化局举办的市县专业剧团青年戏曲演员会演于延安剧场举行，有京、越、锡、扬4个剧种的7个剧团参加，共演出5台21个折子戏。会上评选出一等奖6个、二等奖10个、三等奖13个。

8月，以歌词作者和研究者为主体组成的南京音乐文学学会成立，有会员150人。

12月20日，春笋儿童文学创作基金会在南京成立。

是年，金陵印社成立。

1986年

1月15日，香港著名青年京昆演员邓宛霞在南京人民剧场演出《战冀州》《凤还巢》。

2月12日，南京市越剧团为庆祝建团30周年，在延安剧场首场演出根据印度古尔·南达的小说改编的越剧《湖畔盲女》。

3月，南京散文诗学会成立。

4月1日，南京市作协在盆景园开办文学沙龙，旨在沟通作家与社会的联系，沟通信息，切磋艺术，扶植新人，繁荣创作。

4月21日，南京市政协《爱国报》和青春文学院联合发起的《我与世界》青年征文评奖揭晓，有17篇作品获奖。

4月25日，《青春丛刊》编辑部在扬子石化公司举办为期半个月的笔会，来自全国的10多名当代知名作家赴会。

4月23日至30日，南京市作协和扬州市文联联合举办的“琼花诗会”在扬州举行。

6月10日，南京市文化局在金陵图书馆召开竺水招逝世20周年纪念会。上海越剧院、浙江省越剧院的代表及著名越剧演员尹桂芳、戚雅仙等特来南京参加了会议。

9月，南京市作协民间文学工作者委员会所编南京民间传说集《史痴嫁女》由中国民间文艺出版社出版。

10月21日，南京市作协理论批评委员会召开台湾作家陈若曦作品讨论会。

10月27日，白下区首次文代会召开，成立南京市第一个区文联。区文协同时成立。

10月，南京市越剧团演员竺小招在中央及华东六省一市的人民广播电台联合举办的全国越剧青年演员广播大奖赛中获演员奖。

11月，六合县锡剧团创作上演的《红枫祭》，在全国、全省、全市获剧本、表演、舞美、灯光等方面的14项奖。

12月10日，标志南京市7年来文学创作实绩的首届金陵文学奖评选揭晓，获奖作品31篇。

12月29日，中国煤矿文化宣传基金会文学研究所和南京市作协在杭州联合召开周梅森《黑坟》讨论会。

是年，新街口孙中山雕像由戴广文创作完成。

是年，大成殿两庑碑廊竣工。

1987年

1月2日至4日，南京市京剧团特邀京剧表演艺术家杜近芳、景荣庆在延安剧场联合演出《凤还巢》《龙凤呈祥》。

5月21日，江苏省老年京剧研究会在省政协礼堂举行成立大会。

5月，南京散文学会成立。

7月，南京杂文学会成立。

8月24日，由《青春丛刊》编辑部、南京军区文化部、中国作协江苏分会和中国作协鲁迅文学院联合举办的胡正言中篇小说《五色土》作品讨论会在北京举行。

9月12日至22日，尹桂芳率福建省芳华越剧团首次来南京，在人民剧场演出尹派名剧《红楼梦》。该剧由青年演员王君安、李敏等人主演。

9月，由中国摄影家协会江苏分会和南京市摄影工作者协会联合举办的第一届江苏省青年摄影艺术展览在南京市展出，共展出了80余名摄影者的120余幅作品。

11月9日至15日，中国京剧院二团李维康、耿其昌、高牧坤等人在南京人民剧场、人民大会堂演出《四郎探母》《谢瑶环》《游龙戏凤》《玉堂春》等。

12月5日，老作家萧亦五逝世10周年纪念会在郑和公园举行。

12月，在北京举行的全国青年京剧演员电视大奖赛决赛中，江苏省戏剧学校学生张大环、李水荣获优秀演员奖。

是年，南京印社成立。武中奇为社长，陈大羽、王一羽为副社长。

是年，江苏省直属单位书法家协会（省直书协）成立。

是年，中国人民解放军驻江苏书法工作者协会成立。

1988年

3月22日，南京市作协、江苏文艺出版社等单位联合召开秦淮文化研讨会。

3月28日，南京企业家与作家联谊会成立。

4月25日至27日，京剧表演艺术家梅葆玖、梅葆玥由江苏省京剧院协助在人民剧场演出《文昭关》《凤还巢》《四郎探母》《武家坡》《霸王别姬》等剧。

4月，金陵文学基金会成立。

5月26日，法国电影研究专家吉尔·德·维尔布瓦在南京做题为《关于作家·电影》的学术报告。

5月29日，受中国作协委托，江苏作协举行授奖仪式。南京市作家周梅森的中篇小说《军歌》获全国中篇小说奖，程玮的《来自异国的孩子》获全国优秀儿童文学奖，斯群获文学期刊编辑荣誉奖。

6月10日，《青春》编辑部荣获中国作协、中华文学基金会颁发的“庄重文文学奖”——青年文学期刊奖。

6月17日至20日，南京市作协主办首届金陵诗歌节，历时4天。

6月27日，应南京市作协邀请，香港作家联谊会秘书长、作家吴羊璧先生做学术报告。

6月，青春诗社成立。

9月，中国摄影函授学院在南京成立江苏分院。丁峻任院长。

11月，苦丁斋笔记文学社成立。

是年，江苏省昆剧院演员石小梅获第五届中国戏剧梅花奖。

是年，以李剑晨为团长的江苏省水彩画代表团随江苏省水彩画展访问香港，在港交流、座谈，增进两地友谊。

是年，《中国摄影报》江苏记者站在南京成立，设在江苏摄影家协会内。任镇北任站长，沈秉钧任副站长，李宁、田鸣为记者，刘伯梅为办公室负责人。

是年，江苏省青年书法家协会在南京成立。

是年，据统计，南京市文联各协会所属文学艺术社团有34个，其中文学社团11个。

1989年

1月22日，南京市越剧团在人民剧场首演由竺小招、袁小云、陶琪等人主演的新编古装剧《侯门之女》。

2月15日，南京台港澳暨海外华文文学研究会正式成立。

3月，南京市越剧团演员竺小招的舞台艺术集锦电视片《春来江水绿如蓝》获1988年度全国电视文艺星光奖一等奖。

4月5日，第二届“南化杯”金陵文学奖评选揭晓，有27篇文学作品获奖，有4位同志在全国性评奖中获奖并被授予特别奖。

4月11日至12日，南京市文学艺术界联合会第五次代表大会召开，有代表500余人出席。市委副书记胡序建致祝词。

5月2日，江苏省老年摄影学会在南京正式成立。

10月1日，第二届中国艺术节（华东·南京）开幕。来南京参加本艺术节演出的各地戏曲剧种有闽剧、采茶戏、赣剧、滑稽戏、昆剧、五音戏、黄梅戏、锡剧、柳琴戏等。

10月22日，中国戏剧家协会江苏分会、南京乐社、江苏省老年京剧研究会在江苏省锡剧团实验剧场联合举办京昆名家甘贡三先生百年诞辰演出。

1990年

2月17日，展现南京市越剧团演员商芳臣舞台生涯60年的电视片《夕照满山青》拍摄完成。

3月15日，钱浩梁、曲素英、谷春章与江苏省京剧院演员在人民剧场联合演出《艳阳楼》等京剧剧目。

4月8日至10日，中国剧协江苏分会、周信芳艺术研究会、江苏省京剧院、人民剧场为纪念周信芳95周年诞辰，特邀“麒派”传人赵麟童、董春柏、赵云鹤主演《坐楼杀惜》《宋士杰》《古城会》《未央宫》等。李瑞环为这次纪念演出题词“麒艺流芳”。

5月24日，南京市戏剧家协会、省市广播电台文艺部、白下区文化馆共同创办的南京市青年越剧联谊会成立。商芳臣为名誉会长，会员有80余人。在宁演出的越剧名家尹桂芳、范瑞娟、戚雅仙、毕春芳、金采凤、周宝奎等人到会联欢。

5月20日至26日，南京市文化局、南京市电影剧场公司为纪念毛泽东《在延安文艺座谈会上的讲话》发表48周年，邀请上海越剧名家尹桂芳、尹小芳、王文娟、金采凤、周宝奎、范瑞娟、徐玉兰、袁雪芬、戚雅仙、傅全香等人，在延安剧场演出《法场祭夫》《回十八》《算命》《三盖衣》《书房会》等折子戏及流派清唱。

8月21日至23日，南京市文化局在南京市越剧团小剧场举行市属剧团青年演员会演，有40多位演员、7个艺术品种的25个节目参加演出。

10月23日至28日，首届中国曲艺节在南京举行。邓小平、陈云亲笔题写了节名，李瑞环发来了贺电，宋任穷、陆定一、彭冲、薄一波、荣高棠、贺敬之等领导同志题写了贺词；来自15个省市和5个中直文艺团体的近300名曲艺界的精英演出了8台23个曲种83个节目。这次曲艺节以其高品位的艺术创造及丰富的内容、生动活泼的形式在南京掀起了一阵“曲艺热”，对弘扬民族优秀文化、发展和提高曲艺艺术具有积极而深远的影响。

12月5日，南京市政协、市剧协、市京剧研究会在市政协会议室联合举办纪念徽班进京200周年京剧诸流派清唱会，并庆祝南京市京剧研究会成立6周年。江苏省京剧院演员杨小卿、蒋慕平、黄孝慈等人清唱了《黄鹤楼》《洪羊洞》《谢瑶环》中的精彩唱段。

12月12日至13日，江苏省京剧院为纪念徽班进京200周年，在南京人民剧场演出《战冀州》《四郎探母》《杨家将》。

12月14日，由江苏省文化厅与省美协、省版画家协会主办的江苏省首届水印版画艺术节在南京揭幕。这次艺术节有11个不同类型1300余幅水印版画系列作品同时展出，受到来自海内外120余位版画家、美术理论家和学者专家的称赞，在美术界产生了轰动效应。

是年，南京市第一届水彩画展览在市工人文化宫展出。

1991年

4月26日，由南京军区政治部举办的华东地区陆海空军摄影作品展览在南京军区军人俱乐部正式展出。

6月30日，庆祝中国共产党成立70周年南京摄影艺术展览在南京市工人文化宫举行。

是年，江苏省文化厅与省音乐家协会、省舞蹈家协会联合举办江苏省第二届音乐舞蹈节。专业表演团体的207个节目和业余代表队的197个节目参加了演出。省歌舞剧院朱昌耀的民族弹拨乐合奏曲《姑苏情》在第二届全国民族管弦乐展播暨全国民乐小作品征集评奖中获一等奖。

是年，江苏教育出版社出版的《朱自清全集》获全国第二届优秀教育图书一等奖。译林出版社出版的《追忆似水年华》获第一届全国优秀外国文学图书一等奖。江苏少儿出版社出版的《世界童话名著精选》获第五届全国图书金钥匙奖优胜奖。

是年，以李剑晨为会长、常厚鍠为副会长的南京现代水彩画会成为国际水彩画联盟会员之一。南京现代水彩画会参加亚洲及世界大展4次，与世界各国20个水彩画组织建立了交流关系。

1992年

2月，江苏版画院成立。

10月，江苏省人民艺术剧院的话剧《甲申纪事》参加了京、津、沪、苏、鲁3市2省优秀剧目巡回演出。

11月，江苏省歌舞剧院的舞剧《五姑娘》参加1992年全国舞剧观摩演出，获得优秀剧目、优秀导演、优秀舞美设计、优秀表演4个奖项。

12月28日，江苏省新闻摄影学会在南京正式成立。

12月，江苏省京剧院的京剧《青蛇传》参加全国青年京剧团（队）新剧目会演，获得优秀剧目、优秀导演、优秀舞美设计、优秀表演、优秀配角及编剧、音乐设计、武打设计、表演等9个奖项。

年底，中国标准草书学社由银川迁来南京，并于1993年2月在长江路292号挂牌开展工作。

是年，江苏省美术馆共举办美术、书法、摄影等各类展览71次，其中外国展览11个，吸引观众达12.6万余人次；共收藏各类美术作品233件，其中89件系捐赠；编辑出版了《江苏省水印版画近作专集》和《江苏省美术家作品选》；为筹办世界屋脊写生画展收集素材，共有7位画家赴藏写生，另有一批画家赴西北写生。

是年，江苏少儿出版社出版的《山羊不吃天堂草》获宋庆龄儿童文学奖一等奖，《少女的红发卡》获二等奖；《彩图儿童古诗观止》获冰心奖，并与《中华民间故事大画库》等5种图书同获第三届优秀少儿读物编辑奖。江苏古籍出版社出版的《版画纪程——鲁迅藏中国现代木刻全集》获中国图书奖一等奖和第二届古籍图书评比一等奖。江苏美术出版社出版的《敦煌》获江苏省第二届文学艺术奖一等奖。

1993年

1月至4月，南京杂技团一行15人在日本北海道札幌市进行商业演出，共演出240场，创汇6万多美元。3月14日至6月24日，应日本长崎荷兰村株式会社邀请，南京杂技团少儿杂技一行24人在该市参加郁金香节的演出活动，历时3个多月。7月21日至9月6日，由南京杂技团组成的中国春苗少年儿童杂技艺术团一行13人受中国少儿文化艺术基金会的委派，赴日本北海道登别市华园进行友好访问演出，共演出123场。9月至10月，受文化部派遣，由南京市杂技团、歌舞团组成的南京小型艺术团一行10人，前往卡塔尔、黎巴嫩、科威特、叙利亚4国进行交流访问演出。南京杂技团于9月11日先后赴约旦和日本福冈县进行友好访问演出。

2月12日，《南京日报》用整版的篇幅发表了六合县四合乡农民画，刊载了《采莲图》《雄鸡》《山里人家》《牧鹅》《母子情》等12幅新作。

2月14日至28日，近代著名艺术大师黄宾虹画展在南京开幕。这次展出的80幅珍品，由浙江省博物馆提供，是黄宾虹各个时期的代表作，包括早年的作品《石耳山》、90岁作的《滨山深处》、91岁作的《黄山迎客松》等。

2月20日，南京小红花艺术团演出的戏曲联唱节目《春童献瑞》，参加中央电视台鸡年春节联欢晚会演出，获得地方台推荐节目奖。

3月30日，金陵老年大学书画院正式成立。

3月，江苏省昆剧院张继青获首届日本山本安英之会纪念基金奖。山本安英是日本一流的老资格话剧表演艺术家，曾获中国剧协名誉会员称号。

4月10日，南京市话剧团在百花艺苑上演英国荒诞派当代著名剧作家哈洛德·品特的名剧《情人》。该剧由葛石柱、李宗华主演，特邀前线话剧团李建平执导。

4月23日，为纪念南京解放44周年，《服务导报》等单位举办“今日南京人”摄影一日专题大赛。

4月30日，南京艺术学院美术系名誉主任、南京市文联顾问陈大羽教授个人画展在北京中国美术馆开幕。这次展出的作品有花鸟、书法、印章共70余幅，其中有各个时期的珍品及近作10多幅。作品融绘画、书法、篆刻为一体，且各具特色。

5月26日至6月中旬，应新加坡华夏经济文化促进会和《联合早报》的邀请，南京小红花艺术团一行45人赴新加坡参加华族文化节演出，受到热烈欢迎，并在东南亚地区引起强烈反响。

5月29日，具有70年历史的哈萨克斯坦共和国列宁芭蕾舞剧院在南京首演经典芭蕾舞剧《天鹅湖》。苏联功勋演员彼斯马古罗夫和苏联人民演员热娃依赛托娃等人参加演出。

6月2日，江苏油画雕塑院正式成立。由89件油画、壁画作品组成的首次作品汇报展同时在美术馆开幕。

6月15日，江苏省优秀电视剧“春兰杯”奖在南京揭晓。江苏省委宣传部、江苏电视台拍摄的《双桥故事》，南京电视台拍摄的《吴敬梓》《电视茶馆》《人生难忘少年时》《孩儿梦》以及南京电影制片厂的《狂奔》，中央电视台和江苏电视台合拍的《太湖人家》等10部电视剧获奖。

6月27日至28日，江苏省声乐新作品音乐会在南京人民剧场举行。南京市歌舞团、市群艺馆等单位参加演出。

7月11日至22日，南京书画院画家一行10人应日本名古屋市政府邀请，赴日本名古屋市进行友好访问和文化交流。

7月20日至21日，朝鲜国立平壤高空飞人驯兽表演团在南京五台山体育馆公演。该团有50余位演员，其中人民演员金泽成曾两次获世界“魔术王”称号，功勋演员金成熙、赵金顺、柳敬相等人也都是身怀绝技的国际金奖得主。

7月26日，为纪念郑板桥300周年诞辰，南京博物院举办“扬州八怪”书画展览。这次共展出书画作品71件，其中一级文物占四分之一。金农的《寒梅》、黄慎的《探珠图》、郑燮的长卷《荆棘丛兰》、华喦的《钟馗嫁妹》等20余件作品为首次公开展示。

8月6日，著名女书法家萧娴书法作品陈列馆在贵阳市翠微园揭幕。萧娴专程赴贵阳参加揭幕式并剪彩。贵州省和贵阳市领导及书法界人士100多人参加了开馆仪式。萧娴曾于1991年向故乡贵阳市捐献了100余幅书法精品。

8月15日，江苏省京剧院著名演员沈小梅应美国夏威夷大学校长罗伯特·汉斯的邀请，再次赴该校讲授京剧艺术，还将帮助他们排演现代京剧《沙家浜》。随同赴美的还有著名演员陆根章、琴师沈福庆。

8月31日，丰子恺画展在南京博物院举办，展出100幅作品。

9月18日至26日，南京小红花少儿民乐团一行28人应日本国际音乐中心邀请，赴日本岩手县进行访问演出。

9月18日，第三届中国沈阳国际秧歌节暨民间舞蹈邀请赛开幕。高淳县的大马灯——民间广场舞蹈应邀参加了表演，并获得大赛最高奖“金玫瑰”奖；何楚获编导一等奖。

9月下旬，应国务院侨务办公室商派，南京军区前线歌舞团以“中国金陵艺术团”的名义，赴美国、加拿大两国的10个城市慰问华侨社团，并参加旧金山湾区各界华人隆重庆祝新中国成立44周年演出活动。

9月28日至10月13日，李可染艺术展在江苏省美术馆举行，共展出美术、书法作品200余幅。

10月4日，荷兰民间舞蹈团在南京人民大会堂公演。该团来南京演出是根据中荷文化交流协议，由国家文化部特邀安排的。

10月14日，新加坡国家舞蹈团在南京人民剧场首场上演古典和现代芭蕾舞剧。该团是新加坡唯一的专业芭蕾舞蹈团。

11月16日至19日，中国民族之声大型演唱会暨全国民族声乐艺术研讨会在南京举行。中国音协名誉主席吕骥等70多名音乐专家出席了会议，并在南京人民大会堂举行大型民族声乐演唱会。

11月18日，应日本爱知县日中友协、名古屋市曼陀铃乐团邀请，南京民乐团一行18人赴日本名古屋市访问演出。南京民乐团和名古屋市曼陀铃乐团在该市刚落成的艺术中心音乐厅举行联合公演。

11月18日至26日，为庆祝江苏省和日本福冈县建立友好省县1周年，南京小红花艺术团和南京杂技团组成艺术团一行43人作为江苏人民友好使者，赴日本福冈县进行访问演出。

11月20日，莫斯科体育舞蹈表演团在南京五台山体育馆进行首场公演。

12月1日，南京市人大教科文卫委员会和市文联联合召开纪念毛泽东100周年诞辰文艺座谈会。省、市文艺界著名人士30余人出席会议。市委副书记、市人大常委会主任胡序建到会并讲话。

12月7日至16日，江苏省首届戏剧节在南京举行。全省16家戏剧（院）团9个剧种17台剧目1500多名演职员，分别在人民剧场、延安艺术影剧院及省人民艺术剧院小礼堂参加演出。南京市京剧团的《醒醉记》和市越剧团的《洞房文武错》参加了省首届戏剧节的演出活动。

12月24日，由江苏省文化厅主办的纪念毛泽东诞辰100周年江苏省美术书法作品展览在省美术馆开幕。省领导孙家正、张怀西、段绪申为展览剪彩，各界人士500多人参加了开幕式。

12月24日至25日，由江苏省、南京市宣传部和文化部门联合主办的纪念毛泽东100周年诞辰大型音乐歌舞《红旗颂》晚会在南京人民大会堂举行。

是年，京剧《青蛇传》、话剧《甲申纪事》、歌剧《江南好》获文化部文华新剧目奖。汪人达、刘仲宝、姚呈远、艾金梅、马昌钰分获文华剧作、编导、舞台美术设计和表演奖。倪同芳获第十届中国戏剧梅花奖。故事《小校长怒砸校门》、歌曲《我们的朋友》获文化部“群星奖”银奖，另有3个节目获铜奖。

是年，南京市杂技团表演的杂技《转碟》在第四届吴桥国际杂技节上一举夺得最高奖——金狮奖。

是年，南京市歌舞团演员李国先、梁尚义表演的相声《150844》在合肥举办的首届中国相声节决赛中，获“金玫瑰”创作、表演、综合3项二等奖。

1994年

1月12日，由著名歌唱家李谷一组建的中国轻音乐团・JSTV艺术团在南京人民大会堂举行首场演出。李谷一、刘秉义、闵鸿昌、黄卓、魏金栋、傅声、张宏声等15位著名歌唱演员登台演唱了风格各异的歌曲，3000多名南京和外地音乐爱好者观看了这一精彩的表演。

1月16日，在新加坡举办的中国书画拍卖会上，金陵画派傅抱石、钱松喦、亚明、宋文治的6件国画精品全部被拍出。成交额最高的是傅抱石的《平沙落雁》，5.06万新元；钱松喦的《太湖胜境》1.1万新元，《汕头风光》4180新元；亚明的《松林闲话》4620新元；宋文治的镜片《黄山奇松》4400新元，册页《江山入画图》1.1万新元。

1月18日至21日，迎春京剧优秀剧目专场演出在南京人民剧场举行。梅兰芳金奖赛（生角组）金奖获得者、中国京剧院一级演员于魁智领衔主演《伍子胥》（全剧）、《三家店》（秦琼发配）及《群英会》《借东风》《华容道》等传统京剧集锦；上海京剧院全国著名梅派传人夏慧华等人主演了《断桥》等。

1月至2月，南京市摄影家协会会员杨铁的摄影作品《少女》《初梦人生》在印度举办的第九届FU国际摄影展和第一届佳能杯“亚洲风采”世界华人摄影比赛中获特别奖。

1月，应台湾有关方面邀请，由江苏省昆剧院张继青等人组成的南昆艺术家小组赴台，示范演出了古典名剧《牡丹亭》《琵琶记》等，并进行传习、讲学。

2月10日，由江苏省京剧院沈小梅精心传授的英语京剧《沙家浜》在美国夏威夷肯尼迪剧场首次登台演出，获得成功。

3月8日，江苏省女书画家作品展在江苏省美术馆开幕。95岁高龄的书法家萧娴坐轮椅参观了展览。

5月24日，中美音乐家在南京五台山体育馆联袂演出巨型交响音乐会。40位中外钢琴演奏家联弹20架三角钢琴，演奏了罗西尼、柴可夫斯基和贺绿汀等中外音乐家的著名曲目。

6月初，南京市作家协会在南京东方艺术院举办俞律作品讨论会。20多位教授、作家、编辑对俞律的小说散文选《湖边集》进行探讨。

8月，江苏省美术家协会成立江苏省水彩画艺术委员会。杨云龙担任主任。

10月5日，南京举办著名画家傅抱石90周年诞辰纪念活动。傅抱石作品特展在南京博物院开幕，共展出了南京博物院和南京傅抱石纪念馆收藏的傅抱石国画精品120多幅。同时举办的还有纪念傅抱石90周年诞辰座谈和艺术讨论会、傅抱石90周年诞辰特种邮票首发式。一套6枚邮票图案均取材于傅抱石作品，其中第一枚取材于《听泉图》，第二枚取材于《洗手图》（又名《观画图》），第三枚取材于《大涤草堂图》，第四枚取材于《擘阮图》，第五枚取材于《虎跑》，第六枚取材于《山阴道上》。南京出版社在纪念活动期间，出版了《傅抱石的青少年时代》。

10月14日，著名女画家潘玉良绘画精品展在南京博物馆举办。展出的近80幅作品从油画、国画、素描三方面展示了潘玉良卓越的艺术成就。

10月24日至25日，由中国音乐家协会、南京《青春之声》编辑部等联合举办的第二届“中国潮”金曲征歌大赛揭晓新闻发布会、颁奖仪式暨获奖作品音乐会在北京举行。

10月31日，由中国曲艺家协会、江苏省文联主办，江苏省曲艺家协会承办的“中国曲艺荟萃·94新人雅集”活动在丁山宾馆举办。参加这次活动的有骆玉笙、马季、高英培、田连元、王丽堂、杨乃珍、吴宗锡、巩汉林、金珠、杨鲁平、黄霞芬、高秀敏、聂泽新、石巍等曲艺界著名曲艺大师和表演艺术家，他们示范和交流演出全国14个曲种的17档精彩节目。江苏的杨鲁平、聂泽新、黄霞芬、石巍和张沂等人获新人奖。

11月7日，王洛宾作品音乐会在南京五台山体育馆举行。参加演出的有前线歌舞团、省歌舞剧院等5个文艺团体的150多人，王洛宾本人也参加了演出。10日，王洛宾应邀为秦淮区中小学师生举办音乐讲座。

11月中旬，应文化部之邀，南京市京剧团进京演出《醒醉记》。这是市京剧团成立以来首次在北京亮相。

11月23日，中共中央办公厅毛主席纪念堂管理局派专人来南京，向为毛主席纪念堂赠送作品的江苏省41位画家颁发了作品收藏证书。江苏省委常委、宣传部部长王霞林，省有关部门领导梁保华、潘震宙出席了颁证仪式。著名书画家宋文治、魏紫熙、武中奇、陈大羽等人也出席了颁证仪式。省文联党组副书记、省国画院院长赵绪成代表省文联、省书法家协会，向毛主席纪念堂赠送了一幅长50米、由江苏省37名获奖少儿书法爱好者共同创作的江苏少儿敬书毛主席诗词长卷。

12月28日，南京乐社在秦淮区文化馆剧场举办成立40周年古典音乐会。该社培养的著名二胡演奏家闵惠芬、著名古琴演奏家龚一和古琴演奏家、民族音乐理论家林友仁等人演奏了《赛马》《潇湘水云》《流水》等名曲。

12月，在中国文联、中央电视台、中华民族文化促进会、中国舞蹈家协会、中国艺术研究院舞蹈研究所联合举办的“中华民族20世纪舞蹈经典评比展演”活动中，南京军区前线歌舞团有5个节目获奖。其中，黄素嘉、李玉兰创作的《丰收歌》获金像奖；苏时进、尉迟剑明创作的《黄河魂》，王勇、陈惠芬创作的《小小水兵》，张震军、杨小玲创作的《踏着硝烟的男儿女儿》，胡霞飞、华超创作的《繁漪》同获金牌奖。《丰收歌》《黄河魂》《小小水兵》应邀参加颁奖晚会演出。

1995年

1月14日，日本指挥家外山雄三邀请中国指挥家、南京艺术学院石中光联袂指挥中日友好千人交响音乐会。石中光应邀率南艺百人乐队前往日本，与名古屋交响乐团、爱知县艺术大学交响乐团联合演出《马勒第八交响乐》。南艺乐队在石中光指挥下演奏《金陵怀古》。

1月16日，来自全国10多个艺术团体的优秀老中青三代舞蹈家白淑湘、贾作光、阿依吐拉、沈培艺、敖登格日勒、冯英等人在南京人民大会堂，献上一台名为“新百之夜”的精品舞蹈专场，演出了13个题材多样、风格各异的中国古典舞、民间舞、芭蕾舞。

4月14日，应江苏省龙文化传播邀请，著名舞蹈家杨丽萍来南京在人民大会堂举办独舞晚会。

4月28日，李剑晨画展在江苏省美术馆举办。

4月下旬，越剧尹派创始人尹桂芳率福建芳华越剧团来南京演出《玉蜻蜓》。

5月30日，金陵当代八人水墨画展在北京中国画研究院开幕。

6月5日，著名剧作家陈白尘教授逝世1周年，全国各地40余名学者、专家与江苏省戏剧界人士、南京大学师生等人聚会南京大学，举行“陈白尘纪念会暨中国话剧文学研究会第六届年会”开幕式。江苏省委常委、宣传部部长王霞林到会讲话。

6月6日至15日，南京王朝文化艺术有限公司举办金陵四书家作品展，展出当代书法大师胡小石、林散之、高二适、萧娴的60余件书法珍品，并召开“四老”书法艺术研讨会。

6月10日，纪念刘天华诞辰百年音乐会在南京大行宫会堂举行。刘天华的嫡传弟子闵季骞、马友德、涂友梅和全国著名二胡演奏家张锐等人参加演出。江苏省领导陈焕友等10余人观看了演出。

6月19日至26日，应香港邵氏影视台湾分总经理马芳踪邀请，由江苏省京剧院和淮阴京剧团组成的江苏京剧团在台北连演9场，演出了《荒山泪》《红娘》《火凤凰》《望江亭》《天女散花》《雁荡山》等剧目。

6月29日，江苏省、南京市书画界召开徐悲鸿艺术成就和艺术品德研讨会。7月12日，徐悲鸿诞辰百年纪念大会在南京师范大学举行。沈达人、张怀西和廖静文共同为徐悲鸿塑像揭幕。7月25日至31日，徐悲鸿诞辰100周年纪念画展在江苏省美术馆举行，共展出徐悲鸿国画、油画、素描和书法作品120幅。

7月6日，享有世界盛誉的美国奥克兰国际青年交响乐团在南京人民大会堂举办大型交响音乐会。

8月8日，南京市话剧团排演的讴歌优秀援藏干部孔繁森的大型话剧《孔繁森》在人民剧场首演。一幕幕真实感人的场面催人泪下。

8月28日，南京市为纪念抗日战争和世界反法西斯战争胜利50周年而举办的大型电视文艺晚会“金陵祭”在南京人民大会堂演出。著名歌唱家李谷一、刘秉义及前线歌舞团、蓝盾歌舞团、市歌舞团等专业及业余演员参加了演出。

9月，越剧戚派创始人戚雅仙带领上海静安越剧团在延安剧场献艺，她为观众清唱了《白蛇传》《玉堂春》选段。

10月1日至2日，被誉为“钢琴王子”的法国著名钢琴演奏家理查德·克莱德曼在南京五台山体育馆举行音乐会。

10月24日，首届中日国际书画大展在南京博物院展出。展览由江苏国际文化交流中心和日本国际美术书道文化交流协会联合举办。参展作品有300余幅，其中中方50余幅、日方250余幅。

11月初，毕春芳来南京与戏迷一起举办戏曲联谊会。

11月21日，以尉天池、章炳文为首的南京书法代表团一行5人抵韩国，出席在汉城举办的“中韩书法交流展”的开幕式。

11月27日至12月3日，江苏省第三届音乐舞蹈节在南京举行，有千余名演职员参加演出，共演出12台25场154个节目。舞蹈节评选出304项奖次，展示了江苏省近年来音舞创作和演出的丰硕成果。南京代表队在该届音舞节中获专业和群艺2个组织奖，在专业节目评奖中获2个金奖、8个银奖，在群众文艺节目中获2个金奖、4个银奖。南京小红花艺术团的二胡独奏《水乡行舟》和舞蹈《彩蝶飞舞》均获一等奖。

12月24日，南京市第二届文学艺术奖颁奖仪式在南京电视台演播厅举行。南京市文学艺术奖是本市文学艺术最高奖。本届评选自8月发出通知，2个月内收到各艺术门类的申报表近200份，经初评委和终评委两级评选，产生获奖作品。市政府对49部优秀作品授予创作表演奖，其中电视专题片《伟人周恩来》、京剧《醒醉记》、杂技《转碟》、摄影《初梦人生》、漆画《花季》、陈慎之的书法及歌曲《长江·黄河》等7部作品为金奖，南京电视台、南京市京剧团、南京市群艺馆、南京市摄影家协会、南京市话剧团5家单位获组织奖。

12月26日，南京市文联文艺创作组宣布成立。创作组向社会公开招聘签约作家，选择有创作实力、有具体创作计划和选题的作家，签约期限可视其创作计划为1年或2年，期满后可以续聘，也可解约。签约作家的名额每年保持在5—7名。市作协将向签约作家下达创作指标，每年创作并发表的数量不少于20万字，并要在全省乃至全国产生较大影响。签约作家有出版、发表作品的自由，著作权归个人所有，但其创作成果应作为创作组成果。市文联将积极筹集资金为作家提供创作津贴、采访、深入生活及创作资料等费用。

1996年

1月7日，南京古筝专业委员会在南京召开成立大会。

1月至11月，南京市文联、鼓楼区委和《南京日报》社联合推出《金陵文艺百家》栏目。

该栏目在《南京日报》每周二的《雨花石》或《书林》副刊上介绍南京地区德高望重的文艺家，先后介绍过获得国际、全国大奖和市政府文艺奖的文艺功臣以及崭露头角、创作势头旺盛的中青年文艺家共45位。

3月16日，德国古典吉他演奏家莱恩伯特埃文斯在南京大行宫会堂举行独奏音乐会。

3月20日，南京市文学艺术创作指导委员会成立。该委员会致力于引导文学艺术创作，扶持优秀文艺人才，努力推动精品力作的生产。其工作内容包括规划年度创作计划，评审文学艺术创作组的创作成果，推荐市文学艺术创作组创作成果的出版、发表和演出。委员会下设办公室，日常工作由市文联分管领导负责。

3月29日，南京市文联文艺创作组招聘作家签约仪式举行。7位作家和1个创作集体的代表接下签约协议书，成为南京市首批签约作家。

3月，由国税总局、中国文联、中国作协合办的全国“税收与法制”征文比赛揭晓。南京市地税局和市文联、市作协联合组织采写的以宣传税收征管改革、讴歌税务干部为主要内容的报告文学《钟山风雨起苍黄》获报告文学优秀奖；市作协孙华炳创作的反映税务干部与逃税者斗争的电视剧本《苦斗》获纪实电视片剧本类优秀奖。

5月1日，由中国舞蹈家协会、南京军区政治部文化部等联办的“锦绣江南——黄素嘉舞蹈作品晚会”在南京人民大会堂首演。演出的节目既有黄素嘉的代表作《丰收歌》《水乡送粮》等，又有她为晚会创作的《花香蜜甜》《好一朵茉莉花》等。

8月22日，“世纪之声”全国征歌大赛颁奖会在科技会堂举行。该活动由中国音乐家协会、《音乐周报》和南京市文联共同主办。中国音协书记处书记冯光钰等人出席颁奖大会。本次征歌大赛历时8个月，共收到全国各地包括港澳台地区的来稿共1.8万余件。最终，260首作品分获一、二、三等奖，其中《雪原上的故事》等10首歌曲获一等奖。

9月14日，江苏省纪念陈之佛100周年诞辰纪念大会暨陈之佛工笔花鸟画展在南京博物院举行。省委副书记曹克明等人出席大会，并为陈之佛铜像、绣像揭幕。省美术界人士、陈之佛的亲属及弟子等数百人参加了纪念活动。

9月26日，应江苏省演出公司邀请，世界级著名钢琴演奏家旅美华人殷承宗首次来南京在人民大会堂举办钢琴音乐会。

10月3日至7日，由南京市文联承办的“金陵美”大型诗、书、画、影展览首次进入金秋恳谈会暨商品交易会主展馆——江苏展览馆展出。展览在4天中接待参观者10万人次。这个展览以“爱我南京，建设南京”为主题，汇集了南京市文艺家创作的文学、书法、美术、摄影4个艺术门类的精品280幅，其中有林散之、萧娴、亚明、武中奇、陈大羽、魏紫熙、宋文治等著名老艺术家的作品，也有崭露头角的中青年艺术家的作品。展名由中国书协代主席沈鹏所题。

10月10日，经文化部批准，俄罗斯著名油画家作品展应南京市文化局和江苏东方画廊的邀请在南京博物院展出。俄罗斯油画以现实主义艺术风格迥异于一般意义的西方油画。此次展出油画作品120件。应邀来访的俄国著名油画家有：“个性画家”丘列涅夫、“无手画家”普吉村、名作《画家与母亲》的作者巴甫洛夫、“俄罗斯风光画家”萨尔采夫及茹柯夫、费里宾柯等。俄罗斯艺术家在宁期间与省、市美术界人士进行交流座谈。

10月22日，为纪念红军长征胜利60周年，毛泽东诗词大型演唱会在南京人民大会堂隆重举行。省、市、部队领导和老干部观看了演出。演唱会由市委宣传部、市文联等单位主办。1300余名军地专业和业余演员演唱毛泽东各个不同历史时期的18首诗词。

10月18日，日本以文会书法作品展在南京博物院展出。该展览由南京市书法家协会和日本以文会联合举办，有参展书法作品100幅，本市部分书家的作品应邀参展。

10月25日，第二届中韩书法作品展在南京博物院举办。该展由南京市书法家协会与韩国槿墨书学会联办，展出书作100幅，中韩书家各占一半。在展览期间，中韩书法家举办笔会和联谊会。

10月，中国摄影协会主办的优秀摄影组织工作者最高奖“金烛奖”评选揭晓，全国共有10位摄影工作者获此殊荣。南京市摄影艺术家协会主席赵浏兰为获奖者之一。

11月1日，由南京市文化局与有关单位联办的保罗·戈布瑞什吉他专场音乐会在延安剧场举办。

11月16日，“明天更辉煌”电影系列活动在南京中央大酒店开幕。这一活动由中国电影基金会和江苏省文联等联合主办，来自全国电影界130多人参加。当晚，南京五台山体育馆举行“明天更辉煌”文艺晚会，祝希娟、唐国强、方舒、潘虹、牛群、冯巩、蒋大为、孙悦等影星、笑星、歌星登台献艺。

11月17日，“中国影人书画”展览在江苏省美术馆开幕，展出凌子风、赵子岳、谢添、谢芳、新凤霞等百多位电影界人士创作的书画作品100余幅。18日至21日，红楼电影厅举办了“明天更辉煌”影展。

11月21日至23日，由南京市文化局、市文联等主办，市群艺馆承办的全市群众文艺创作会演在实验剧场举行，来自15个区县的近百个节目接受了专家的评审。会演分舞蹈、音乐、曲艺小品、小戏剧、少儿5个专场，由省、市及部队的文艺专家组成评委会，进行创作、表演等奖项的评选，并于23日下午举行颁奖仪式。

11月28日，南京市文联文艺理论研究室召开著名诗人田芜诗词作品研讨会，文艺界知名人士20余人出席会议。80岁高龄的田芜于1938年加入中国共产党，亲历抗日战争、解放战争，写下大量的诗词、散文及各种形式的文艺作品。田芜的诗词以旧体诗表现新事物，其《鸿泥集》收入60多年来创作的诗词230余首，是市文联“艺海晚霞工程”文艺丛书的第一部。

12月5日至11日，由南京市美术家协会和金陵饭店艺术中心联合举办的赵良翰遗作展在江苏省美术馆展出。赵良翰生前是一位极有艺术造诣、具有相当影响的花鸟画家，从艺从教50年，一生清贫。这个展览适逢赵先生逝世10周年纪念日，展出他的100余幅作品。

是年，江苏省歌舞剧院剧目《孙武》参加全国歌剧观摩演出，获得剧目奖、优秀编剧奖、优秀作曲奖、优秀指挥奖、优秀服装奖和优秀演员奖等多个奖项。省昆剧院剧目《桃花扇》

《绣襦记》参加全国昆剧新剧目交流演出。

是年，电视片《南京大屠杀》获全国“五个一工程”奖，《七战七捷》等4部电视剧在“飞天奖”评比中获奖。电台的广播新歌《望穿秋水》获全国广播新歌一等奖。南京电影制片厂的儿童故事片《红发卡》在北京试映获广泛好评，已被广播电影电视部列为1996年第二批国产重点影片。

1997年

1月29日至30日，全国少儿戏曲大赛在南京举行，20个省、市的近千个节目参赛，参加决赛的有近50个节目，参赛选手均为14岁以下儿童。南京市戏乐演奏《打虎上山》和戏舞表演《虞剑》获一等奖；锡剧《双推磨》，戏舞《京腔京韵戏娃子》《小小花木兰》《巾帼小英雄》《天风流韵江南吟》，戏歌《为女民兵题照》6个节目获二等奖；6个节目获创作奖；市文联、市文化局获优秀组织奖。30日晚，南京人民剧场举行颁奖暨获奖节目汇报晚会。著名戏剧演员尚长荣、刘长瑜、茅威涛在颁奖会上做了示范演出。

2月12日，由南京艺术学院和南京少儿古筝艺术团联合主办的历届全国少儿古筝比赛获奖选手音乐会在南京延安剧场举行。20多名在全国获奖的小选手和40多名少儿古筝艺术团的小演员汇聚一堂，以独奏、二重奏和齐奏、合奏等形式，表演了《山的遐想》《箜篌引》《长相思》《草魂咏》和《木卡姆散序与舞曲》等传统曲目及创新作品。小演奏家们的精彩表演受到观众好评。

4月17日至30日，受文化部派遣，南京市杂技团一行21人应邀代表国家赴瑞典首都斯德哥尔摩，参加1997年瑞典“公主杯”国际杂技节比赛。此次比赛共有10个国家16个代表队参加。南京市杂技团参赛节目《转碟》和《抖空竹》深受好评，双获银奖，受到了文化部的表彰。

5月20日，俄罗斯女中音歌唱家叶莲娜·叶尔梅娃在南京人民剧场举行独唱音乐会。她演唱了《莫斯科郊外的晚上》《三套车》《红梅花儿开》等苏联老歌，还演唱了《让眼泪流尽》《波琳娜浪漫曲》等著名歌剧咏叹调。她的表演声情并茂，赢得阵阵掌声。叶莲娜是俄罗斯著名女中音歌唱家，曾在英国、荷兰、比利时等地巡演。1995年开始在圣彼得堡大歌剧院工作。1997年初，她作为特派音乐专家来南京艺术学院任教，培养了一批中国弟子。

7月10日，由中国电影家协会和江苏省文联主办的张弦电影作品研讨会在南京召开。电影界著名人士谢飞、黄蜀芹、梅朵等数十人参加此次研讨会。为期3天的研讨会就张弦作品的思想内涵和艺术特色进行讨论，并观摩了《上海姑娘》《被爱情遗忘的角落》《青春万岁》《湘女萧萧》等张弦的电影作品。

10月4日，由南京市文联举办的1997南京产业文联美术书法摄影作品展在江苏省美术馆开幕。南京市的13家企业120余幅美术、书法、摄影作品参加展览。由于作品均出自基层，展览充满生活气息和时代特征，让观众感受到一线工人的风采。经评选，共有30幅作品获奖，梅山集团朱新龙的国画《铁河》等6幅作品获一等奖。

10月中旬，南京市文联主办的《青春》杂志在江苏省第二届期刊（社科类）评选中被评为优秀期刊。本届期刊评选和技师评估分十佳、优秀、一级、二级、三级，共有118种期刊参评。10种期刊获十佳称号，30种期刊获优秀称号。

11月中旬，由南京市文联《青春之声》编辑部、中国民族文化艺术交流中心、《中华工商时报》社共同举办的第三届“中国潮金曲”征歌活动结果在北京揭晓。20日，颁奖音乐会在北京举行。中国文联主席周巍峙等人出席了颁奖音乐会及获奖作品新闻发布会。这次征歌活动历时半年，收到应征歌稿5000余首。这些歌曲题材广泛，风格各异，从不同侧面赞美并讴歌改革开放以来祖国的新面貌。经评选，活动最终评出金奖10首、银奖10首、铜奖15首、优秀创作奖51首。

是年，南京共有28批322人次分别赴美国、英国、日本、俄罗斯、意大利、荷兰、瑞士、瑞典、圣马力诺、印度尼西亚、新加坡、南斯拉夫、韩国以及中国香港、台湾等15个国家和地区进行文化交流。其中，团队出访13项、个人出访12项、归口报批的涉外演出3项，为历年之最。国内外30多家新闻机构对南京市的对外文化交流工作进行了宣传报道。

1998年

1月18日，由南京市文联、南京红宝丽股份有限公司等联合举办的1998年新春戏曲精品演唱会在江苏电视台演播厅举行。这台演唱会汇集了省内外京、昆、越、锡、扬、淮剧与柳琴戏等剧种的众多名角。黄孝慈、石小梅、袁小云、倪同芳、小王彬彬5位“梅花奖”得主同台献艺。

6月28日，亚明黄山画展在南京古南都饭店美术馆开幕。省、市书画界著名人士及观众百余人出席了开幕式。亚明是新金陵画派领袖人物之一，曾任江苏省美协主席、省国画院副院长。这次展出的数十幅黄山风景画是亚明九上黄山之后创作的精品。

6月30日，由南京市民乐团和南京市歌舞团共同组建的中国艺术团对马耳他、葡萄牙、法国进行友好访问演出。这是南京艺术表演团体首次以中国艺术团的名义代表国家出访。

8月19日至22日，江苏·南京国际民间艺术节在南京举行。来自俄罗斯、南非、西班牙、意大利、克罗地亚、韩国、日本7个国家的166名民间艺术家，与江苏省近300名艺术家，共同进行了3场大型演出，表演了各国民间歌舞节目45个。这次江苏·南京国际民间艺术节是第四届中国国际民间艺术节的一个组成部分，主会场设在北京，共有五大洲16个国家派团参加，规模和水平均胜于前3届，其主题是“发展民间艺术，促进友谊和平”。

9月2日，江苏省第三届“五个一工程”评选颁奖晚会在南京举行。南京市共有六大类14件作品获奖，获奖数居全省各市之首。南京市委宣传部获得组织奖。获奖的14部作品是：戏剧类的话剧《大江奔流》，电视剧类的《天地娘心》，电视专题片类的《世纪钟》，广播剧类的《希望》《中华之声》，歌曲类的《有一种爱》《香港的故事》《祝福谣》《问长江》，优秀理论文章类的《论邓小平的历史地位》《论实现社会主义的五个公式》，图书类的《市策论》

《南京百年风云》，曾获第六届全国“五个一工程”奖的电视剧《小小生命树》获荣誉奖。

9月30日，由南京市委外宣办和市文联共同主办的“辉煌的南京”纪实摄影展在市科技展览馆开幕，共展出南京摄影家的140幅作品。这些作品从各个侧面展现出南京古城“三年面貌大变”的新貌，其中12幅作品获佳作奖。该展览在10月中下旬分别在鼓楼市民广场、汉中门市民广场和夫子庙广场巡回展出。

11月，由南京市歌舞团编导、表演的独舞《听雨》，在江苏省第三届“独、双、三”舞蹈比赛中获舞蹈表演金奖、舞蹈编导金奖、优秀演员奖等4个奖项，并进入全国第二届“独、双、三”舞蹈比赛，获优秀表演奖，取得的成绩在全省名列前茅。

12月18日，南京市民间文艺家协会成立。该协会的宗旨是繁荣南京民间文艺，主要任务是规划、组织和指导南京市民间文艺的调查和采录，征集并整理民间文艺资料，进行民间文艺的学术研究和学术交流等活动。

12月27日，南京市第三届文艺奖揭晓，颁奖仪式在南京电视台演播厅举行。电视剧《小小生命树》等7个国际、国内获大奖的作品及演员获荣誉奖。南京市文化局、市文联、南京市电视台、南京有线电视台等9家单位荣获组织奖。颁奖会上，省京剧院、南京小红花艺术团、市歌舞团等文艺团体表演了以获奖作品为主的精彩节目《花开一年又一年》。

是年，南京市文化局共办理对外文化交流项目37个469人次，是历年来办理对外文化交流项目最多的一年。其中出访项目30个共200人次，分赴美国、加拿大、法国、葡萄牙、马耳他、荷兰、新加坡、日本、土耳其、韩国、厄立特里亚及中国香港、澳门、台湾等14个国家和地区。办理来访项目7个共269人次，分别来自美国、新加坡、朝鲜、中国台湾等国家和地区。

1999年

2月10日，由南京市政府新闻办、市外办、市文联共同举办的南京摄影展在日本神户市港口展示大厅展出。共有120幅照片参展，均为南京摄影家精心创作的作品，它们从自然概况、城市建设、经济建设、风景名胜、风土人情等不同侧面展示了南京的新面貌。展览吸引18万人次参观，盛况空前。

4月20日，为纪念南京解放50周年，由南京市文联、南京电视台等单位组织创作的“南京，我心中的歌”大型音乐会在南京大行宫会堂举行。这台音乐会的主创人员全是生活和工作在南京的艺术家，首次成系列地推出歌颂南京的歌曲16首。

10月，《青春》创刊20周年。20年来，《青春》坚持“为无名者铺路”的宗旨，努力发现和培养文学新人。该刊发表的《女炊事班长》《姐姐》《今夜有暴风雪》等一大批力作先后在全国获奖，并被改编成影视作品，受到读者、观众的欢迎。由《青春》起步或成名的一大批作者，已成为中国文坛的中坚力量。《青春》曾荣获中国作协首届庄重文文学奖和“全国文学类核心期刊”称号，被誉为“青年的知音、作家的摇篮”。在社会主义市场经济条件下，《青春》强化内部改革，积极探索走向市场的新路子，编辑部实行栏目主持人制，推出读者欢迎的新栏目，坚持文学高品位，从而赢得了市场，再次被评为“江苏省优秀社科期刊”。

8月2日，由南京市文联建立的南京文艺网站“http://www.arts.org.cn”在国际互联网开通。这是江苏省在国际互联网上建立的第一家综合文艺类网站。该网站设有“南京文艺家库”“文艺动态”“南京文艺史志”“文艺期刊”“艺界新人”“文艺沙龙”“艺术画廊”等10余个专题，集中展示了南京文艺创作成果和文艺人才，扩大了南京文艺的影响，促进了创作与交流，并通过众多的专栏、丰富的内容、齐全的功能，为广大网友提供浏览查询、艺术交流、人才招募、艺术鉴赏、艺术品购买等多种服务。

11月26日，南京市文联成立50周年美术书法摄影作品展在江苏省美术馆开幕，《南京市文联五十年美术书法摄影作品选集》首发式同时举办。该选集由江苏人民出版社出版发行，分美术、书法、摄影3个分册，全彩精印，装帧考究，荟萃了市文联成立以来创作的优秀作品372幅，其中美术140幅、书法108幅、摄影124幅，展示了南京50年来在美术、书法、摄影艺术领域取得的丰硕成果。

12月18日，在中国文联、中国民间文艺家协会举办的中华舞龙大赛决赛上，由南京市文联组团的栖霞区舞龙队表演的《钟山龙腾》，在全国32支舞龙代表队中脱颖而出，夺得全国民间文艺最高奖“山花奖”和大赛金奖，并于19日至20日参加了在北京天安门广场和首都体育馆举行的庆祝澳门回归祖国大型文艺庆典活动。

是年，南京对外文化交流情况：有18批次共112人次分赴美国、澳大利亚等地进行友好访问演出、展览或文化交流。由南京市文化局和中国驻法大使馆共同承办的法国蒙塔尔纪第66届国际博览会“中国文化周”系列演出、展览、展销活动取得圆满成功。南京民乐团访问澳大利亚的演出活动在当地引起轰动，该团的一台民乐节目被作为1999年墨尔本国际艺术节闭幕式演出及庆祝江苏省与澳大利亚维多利亚州结为友好省州20周年庆典活动。南京在走出国门的同时，也迎来了7个国家和地区的文化使者222人次，举办演出、展示项目10个。

2000年

1月11日，南京市油画雕塑院成立。该院属市文联领导，著名画家冯健亲、雕塑家戴广文任名誉院长，雕塑家吴显林任院长。

5月6日，由南京市文联、金陵琴社等单位联合举办的江苏省首届古琴学术研讨会在南京举行。

10月，南京市杂技团《群钗嬉春·抖空竹》《绿影婆娑·转碟》和《扬帆远航·地圈》在第五届全国杂技比赛中获2个金狮奖和1个银狮奖。市京剧团青年演员范乐新在文化部组织的全国优秀青年京剧演员评比展演中获一等奖。市京剧团的《胭脂河》，市歌舞团的歌曲《茶山云雾》《绿色的消息》荣获市“五个一工程”奖。南京小红花艺术团的舞蹈《年年有鱼》获得第二届“小荷风采”全国少儿舞蹈比赛金奖。

是年，话剧《秦淮人家》荣获文化部第九届文华新剧目奖和中国艺术节大奖；剧中秋月的扮演者、市话剧团演员张燕燕获得文华表演奖。杂技节目《群钗嬉春》和《扬帆远航》分别参加文化部春节晚会和中央电视台《曲苑杂坛》的演出，《群钗嬉春》还受文化部的派遣，赴摩纳哥参加国际最高水平的杂技大赛，获“金小丑”特别奖。

是年，南京文化艺术中心建成竣工，世界大戏院、实验剧场、秦淮剧场、解放影院、胜利影院、艺小附属剧场的改造工程全部完成。改造出新影视百花园，建成江苏首家“电影超市”。

是年，大厂区被文化部命名为“全国文化先进区”，并受到人事部和文化部表彰。秦淮区获得文化部授予的“全国民间艺术之乡”称号。金陵图书馆被文化部评为“读者喜爱的图书馆”。

主要参考书目

1. 陈作霖撰：《金陵通传》，影印本。
2. 傅璇琮主编：《唐才子传校笺》，中华书局。
3. [清]钱谦益著：《列朝诗集小传》，上海古籍出版社。
4. 刘绍唐主编：《民国人物小传》，台北传记文学出版社。
5. [元]钟嗣成撰：《录鬼簿》，中国戏剧出版社。
6. [明]无名氏撰：《录鬼簿续编》，中国戏剧出版社。
7. 孙楷第著：《元曲家考略》，上海古籍出版社，1981年。
8. [清]厉鹗撰：《宋诗纪事》，上海古籍出版社，1983年。
9. [清]王豫辑：《江苏诗征》，刻本。
10. [清]朱绪曾辑：《金陵诗征》，刻本。
11. 萧涤非等主编：《唐诗鉴赏辞典》，上海辞书出版社，1983年。
12. 唐圭璋编：《全宋词简编》，上海古籍出版社，1986年。
13. 北京大学中国文学史教研室选注：《魏晋南北朝文学史参考资料》（全二册），中华书局，1962年。
14. 赵国璋主编：《江苏艺文志·南京卷》，江苏人民出版社，1995年。
15. 中国戏曲研究院编：《中国古典戏曲论著集成》，中国戏剧出版社，1959年。
16. [宋]马光祖修，周应合纂：《（景定）建康志》，刻本。
17. [元]张铉纂修：《（至正）金陵新志》，铅印本。
18. [明]王诰修，刘雨纂：《（正德）江宁县志》，广陵古籍影印本。
19. 南京市地方志编纂委员会办公室编纂：《南京简志》，江苏古籍出版社，1986年。
20. [清]陈作霖撰：《金陵琐志》，广陵古籍影印本。
21. 南京市文献委员会编：《南京文献》（26期），铅印本。

22.［明］顾起元撰：《客座赘语》，中华书局。
23.［清］余怀撰：《板桥杂记》，铅印本。
24.［清］甘煦撰：《白下琐言》，铅印本。
25.曹道衡等编（著）：《中国文学家大辞典》，中华书局。
26.华彬清主编：《南京社会科学志》，方志出版社，1998 年。
27.王森然著：《近代名家评传》，三联书店，1998 年。
28.［东汉］蔡邕等撰，孟兆臣校释：《书品》，北方文艺出版社，2000 年。
29.朱仁夫著：《中国古代书法史》，北京大学出版社，1992 年。
30.杨仁恺主编：《中国书画》，上海古籍出版社。
31.［东晋］顾恺之撰，孟兆臣校释：《画品》，北方文艺出版社，2000 年。
32.李来源、林木编著：《中国古代画论发展史实》，上海人民美术出版社，1997 年。
33.张光福编著：《中国美术史》，知识出版社，1982 年。
34.查双禄主编：《南京曲艺志》，江苏文艺出版社，1996 年。
35.王逊著：《中国美术史》，上海人民美术出版社，1989 年。
36.傅抱石撰：《中国绘画变迁史纲》，上海古籍出版社，1998 年。
37.南京戏曲志编辑室编：《南京戏曲资料汇编》（1—5 辑），内部发行。
38.傅璇琮主编：《中国古典诗歌基础文库：元明清诗卷》，浙江文艺出版社，1994 年。
39.钱仲联主编：《近代诗三百首》，浙江古籍出版社，1990 年。
40.［唐］许嵩著：《建康实录》，中华书局，1986 年。
41.南京市地方志编纂委员会编：《南京人物志》，学林出版社，2001 年。
42.梁披云主编：《中国书法大辞典》，香港书谱出版社、广东人民出版社，1987 年。
43.史全生主编：《中华民国文化史》，吉林文史出版社，1990 年。

人物传汉语拼音首字母索引

G

H

J

K

L

M

N

P

Q

R

S

T

W

X

Y

Z

后记

《南京文学艺术志》终于面世。该志书从编纂到最终出版历经30余载，数易其稿，凝结了数十位编纂人员的心血与汗水，得到了许多专家的关注与指导。从零起步，编纂之难，过程之艰辛，可见一斑。

《南京文学艺术志》是根据宁委办〔1988〕58号文《转发市地方志办公室<关于组织编纂“南京市志丛书”的报告>的通知》精神启动编纂的，是“南京市志丛书”90部志书之一。作为南京地方重要志书，该书按当时的编纂要求“上限不限，下到1993年”，涉及文学、美术、戏剧等各艺术门类，面广量大。为此，当时的南京市文联党组几经研究讨论后，确定编纂方案，成立了修志办公室，精选专业人员投入编纂工作。经过30余名编纂人员的辛勤工作和艰苦努力，历时10年，于1997年完成80万字的书稿。其间，几届市文联党组均高度重视修志工作，听取工作汇报、安排编纂经费、制订工作日程，按时完成了“送审稿”。书稿历经两次联审，参与联审的专家有包忠文、何永康、周积寅、韩品峥、王能伟、顾东升等。王一羽、王宜早、赵浏兰等同志审阅了相关章节。南京市地方志办公室审定后认为，“该书资料扎实，特点鲜明；体例完备，分类基本合理；文笔流畅，可读性较强”。但后来出于经费、换届等历史原因，该书未能及时出版。

出版《南京文学艺术志》是南京文化建设中一项极其重要的基础性工作，《南京文学艺术志》也是作为六朝古都的南京不可或缺的重要志书。尤其是南京现已被列为“世界文学之都”，更需要一部让世人了解南京历史文化深厚渊源的志书。2020年4月，本届南京市文联党组决定重新启动沉积了20多年的《南京文学艺术志》的出版工作。市文联党组成立了由市文联班子成员组成的编纂出版工作领导小组，积极筹措出版经费，并制定了编纂出版工作方案，邀请原书稿主要执笔人顾伯岭、吴福林、王宜早等人担纲，在志书编纂办公室同志和市文联各文艺家协会秘书长的积极配合下，对原书稿进行重新审阅和修改，删去了冗长的叙述，补充了1994年至2000年的文艺资料。本次编纂工作也得到了南京市地方志办公室的指导。编纂工作历时近两年，终于形成这部呈现在读者面前的70余万字的志书。

该志书资料丰富翔实，较为完整地记述了南京从古至今（2000年）以来文学艺术发展的脉络、艺术传承，以及重要文学家、艺术家及对其作品的评介等。志书虽几经修改、多次校勘，但由于时间跨度大、资料浩繁、资料来源多，内容上的错讹及挂一漏万之处在所难免。恳请方家与广大读者不吝批评赐教，以便今后再次编修时纠谬补遗。

值此出版之际，我们衷心感谢志书的各位审稿专家以及参与编纂工作和提供图片资料的各位同志。感谢高峰、肖振才、韦荣奎、时觉非百忙之中审阅书稿，慷慨赐教。感谢张光芒、黄征、苏金海、陈克年、孙俊、林敏提供了许多宝贵的资料和线索。感谢杨幼筠、蔡佳楠为该书所做的许多烦琐而有益的工作。感谢南京出版社给予的大力支持。

编　者

图书在版编目（CIP）数据

南京文学艺术志 / 南京市文学艺术界联合会编. --
南京：南京出版社
ISBN 978-7-5533-3551-3

Ⅰ.①南… Ⅱ.①南… Ⅲ.①文艺 - 工作概况 - 南京
Ⅳ.①I209.953.1

中国版本图书馆CIP数据核字（2021）第261150号

书　　名　南京文学艺术志
编　　者　南京市文学艺术界联合会
出版发行　南京出版传媒集团
南 京 出 版 社

社址：南京市太平门街53号　　　　邮编：210016
网址：http://www.njcbs.cn　　　　电子信箱：njcbs1988@163.com
联系电话：025-83283893、83283864（营销）　025-83112257（编务）

出 版 人　项晓宁
出 品 人　卢海鸣
责任编辑　冯展君
装帧设计　王　俊
责任印制　杨福彬

排　　版　南京新华丰制版有限公司
印　　刷　南京凯德印刷有限公司
开　　本　889毫米×1194毫米　1/16
印　　张　33.5
字　　数　740千
版　　次　2022年4月第1版
印　　次　2022年4月第1次印刷
书　　号　ISBN 978-7-5533-3551-3
定　　价　238.00元

用微信或京东
APP扫码购书

用淘宝APP
扫码购书